FEUX D'OMBRE

DEAN R. KOONTZ

Miroirs de sang
Le monstre et l'enfant
La peste grise
La chair dans la fournaise
La semence du démon
Spectres — *J'ai lu* 1963/**6**
Le rideau de ténèbres — *J'ai lu* 2057/**5**
Le visage de la peur — *J'ai lu* 2166/**4**
Chasse à mort — *J'ai lu* 2877/**6**
La nuit des cafards
Les étrangers — *J'ai lu* 3005/**9**
Les yeux foudroyés — *J'ai lu* 3072/**8**
Le masque de l'oubli
La voix des ténèbres
Le temps paralysé — *J'ai lu* 3291/**6**
Une porte sur l'hiver
L'antre du tonnerre — *J'ai lu* 1966/**3**
Feux d'ombre — *J'ai lu* 2537/**7**
L'heure des chauves-souris — *J'ai lu* 2263/**6**
Midnight — *J'ai lu* 3623/**8**
La cache du diable
Fièvre de glace
La maison interdite
La mort à la traîne
La nuit du forain
Les yeux des ténèbres

DEAN R. KOONTZ
(LEIGH NICHOLS)

FEUX D'OMBRE

TRADUIT DE L'AMÉRICAIN
PAR MICHEL DEMUTH

éditions J'AI LU

*Ce roman est dédié à
Dick et Ann Laymon
qui sont encore plus merveilleux
qu'ils ne le paraissent.
Avec un grand bonjour
à Kelly.*

Un halètement,
une morte soudaine :
le conte a commencé.
    Le Livre des Chagrins comptés

Titre original :

SHADOWFIRES

Copyright © Nkui, Inc., 1987
Pour la traduction française :
© Éditions J'ai lu, 1989

PREMIÈRE PARTIE

OMBRES

Connaître les ténèbres c'est aimer la lumière, c'est accueillir l'aube et redouter la nuit.
Le Livre des chagrins comptés.

1

Choc

Une lumière intense tombait du ciel, se répandait à profusion. Elle ondulait sur les vitres, dessinait des flaques de couleurs sur les coffres et les capots des voitures à l'arrêt, posait un vernis humide sur les feuilles des arbres, soulignait les chromes et le ruissellement brûlant des embouteillages. Sur la moindre surface polie scintillait une image miniature de Californie et tout le centre de Santa Ana était enveloppé dans la clarté limpide de cette matinée de fin juin.

À peine eut-elle quitté l'immeuble de bureaux que Rachael Leben s'immobilisa sur le trottoir. Fermant les yeux de plaisir elle leva le visage un bref instant vers le ciel ardent.

— Tu souris comme si tu n'avais jamais été aussi heureuse de ta vie, déclara Éric qui venait de sortir derrière elle.

À la voir ainsi épanouie dans la chaleur de juin, il éprouva une sourde jalousie.

– Je t'en prie, dit-elle, sans bouger, pas de scène.
– Tu m'as tourné en ridicule.
– Ça, sûrement pas.
– Et qu'est-ce que tu essaies de prouver, nom de Dieu ?

Elle ne lui répondit pas, bien décidée à l'empêcher de gâcher cette merveilleuse journée. Comme elle se détournait pour s'éloigner, Éric se précipita et se mit en travers de son chemin. Ses yeux gris-bleu, d'ordinaire glacés, brillaient à présent d'un éclat brûlant.

– Ne nous conduisons pas comme des enfants, fit Rachael.
– Ça ne te suffit pas de me quitter. Il faut que tu racontes au monde entier que tu ne veux plus de moi, ni rien de tout ce que je pourrais te donner.
– Non, Éric. Je me fiche de ce que le monde peut penser de toi en bien ou en mal.
– Tu tiens à remuer le fer dans la plaie, c'est ça, hein ?
– C'est faux, Éric.
– Mais si, bon Dieu ! Mais si ! Ça te fait plaisir de me voir humilié.

Elle le vit alors sous un jour différent. Il était presque pathétique. Auparavant, il lui avait toujours paru fort, au physique comme sur le plan intellectuel. Fort dans ses choix, dans sa volonté. Même ses émotions, il savait les dominer. Il pouvait aussi se montrer cruel. À certaines périodes, durant leurs sept années de mariage, il lui avait paru aussi distant que la lune. Mais jamais encore elle ne l'avait vu ainsi ; faible et pitoyable.

– Humilié ? reprit-elle d'un ton songeur. Éric, je t'ai rendu un service inestimable. N'importe qui d'autre arroserait cela au champagne.

Ils sortaient du bureau des avocats d'Éric. Leur divorce venait d'être réglé avec une rapidité qui avait surpris tout le monde à l'exception de Rachael. Elle avait créé la surprise en arrivant seule et sans revendiquer rien de ce qui pouvait lui revenir selon les lois californiennes sur le régime de la communauté. Elle avait même considéré comme trop généreuse l'offre préalable qu'on lui avait faite et proposé des sommes qui lui semblaient honnêtement plus raisonnables.

— Au champagne ?

Rachael ne pouvait être plus provocante !

— Au champagne ! railla-t-il à nouveau. Alors que tu vas aller crier sur les toits que tu as refusé les douze millions et demi auxquels tu pouvais prétendre uniquement pour que nous divorcions plus vite, pour ne plus me voir ? Et tu voudrais que ça me fasse rire ? Nom de Dieu !

— Éric...

— Tu brûlais d'impatience d'en avoir fini avec moi, oui. Tu te couperais la main pour ça. Et il faudrait que j'arrose mon humiliation au champagne !

— C'est un principe chez moi de ne jamais prendre plus que...

— Principe, mon cul !

— Éric, tu sais que jamais je ne...

— Tout le monde va me regarder et se dire : « Bordel, ce type doit être vraiment insupportable pour qu'on mette douze millions et demi pour s'en débarrasser ! »

— Je ne révélerai à personne nos accords.

— De la merde, oui.

— Si tu crois que je vais te débiner ou raconter des trucs sur ton compte, c'est que tu me connais encore moins bien que je ne le pensais.

Éric avait douze ans de plus qu'elle. Lorsque Rachael l'avait épousé, il avait trente-cinq ans et valait quatre millions de dollars. À présent, il en avait quarante-deux et sa fortune se chiffrait à plus de trente millions. La législation de Californie, de quelque façon qu'on l'interprète, donnait droit à treize millions de dollars à Rachael en cas de divorce – c'est-à-dire la moitié de la somme accumulée pendant la durée de leur mariage. Au lieu de quoi, elle avait juste demandé sa Mercedes rouge 560 SL, plus cinq cent mille dollars. Mais aucune pension alimentaire. À tout prendre peu de chose mais elle avait calculé que ce premier apport lui donnerait le temps et les moyens de se retourner...

Les passants les observaient, elle en prit soudain conscience. Elle eut envie de fuir.

– Je ne t'ai pas épousé pour ton argent, déclara-t-elle d'un ton désabusé.

– Je commence à me le demander ! Il faut voir la suite...

On sentait l'aigreur dans ses propos. Son visage aux traits volontaires n'avait plus la moindre beauté en cet instant. La colère le déformait, creusant des plis profonds autour de la bouche.

Sans amertume, sans intention de le blesser, Rachael le contemplait. Oui, c'était bien fini. Elle ne ressentait plus aucune colère, tout juste quelque regret.

– Maintenant que tout est terminé, dit-elle, je compte bien ne plus jamais vivre dans le luxe et pour un bon bout de temps ! Tes millions, je n'en veux pas. C'est toi qui les as gagnés, pas moi. Grâce à ton génie, ta volonté de fer et toutes ces heures que tu as passées à ton bureau ou au labo. C'est toi qui as construit, et toi seul, et c'est à toi que revient le profit de ce que tu as bâti. Tu es un homme important, Éric. Et je ne suis pour rien dans ta réussite...

Éric pâlit. Les rides se creusèrent un peu plus sur son visage. Il était blanc de colère. N'avait-il pas l'habitude de jouer le rôle déterminant dans ses relations avec autrui ! Il ne savait que dominer et il pliait sans cesse les autres à ses désirs ou alors il les brisait. Les amis, les associés, les employés d'Éric

Leben lui obéissaient toujours sous peine d'ennuis. Ils n'avaient pas le choix : se soumettre ou se démettre. Éric aimait l'exercice du pouvoir, il prenait plaisir à se battre pour des marchés d'un demi-million de dollars. Dans sa vie personnelle, il en allait de même. Pendant sept ans, Rachael avait abdiqué toute volonté. Il ne lui en avait su aucun gré...

Sa docilité apparente lui avait dû le confondre. Elle l'avait ainsi privé de ce pouvoir dans lequel il se complaisait. Il s'était attendu à une bataille interminable sur le partage des biens, et elle avait évité ce piège. Il avait savouré par avance des discussions venimeuses sur la pension alimentaire. Et elle l'en avait frustré en refusant toute assistance financière. Il avait envisagé avec plaisir un affrontement au tribunal. Quelle satisfaction c'eût été pour lui de la montrer comme quelqu'un de cupide ! Certes, il aurait perdu une partie de sa fortune mais il aurait eu le sentiment d'avoir gagné une bataille et de l'avoir soumise, elle. Au lieu de cela, elle avait clairement expliqué que tous ses millions n'avaient aucune importance pour elle. Il se sentait floué. Elle lui avait coupé l'herbe sous les pieds et, ce qui le rendait fou de rage, en cet instant, c'était le fait qu'elle avait été son égale. Il n'avait eu aucune prise sur elle.

L'un et l'autre se mesuraient du regard.

– Pour moi, fit Rachael, j'ai perdu sept années de ma vie, et tout ce que je demandais, c'était un dédommagement en conséquence. J'ai vingt-neuf ans, presque trente, on peut estimer que ma vie commence. Peut-être un petit peu plus tard que pour les autres. Cette somme va m'aider à repartir. Si je perds, si un jour il m'arrive de penser que j'aurais peut-être mieux fait d'accepter ces treize millions... eh bien, ça me regarde. Mais nous avons déjà trop discuté...

Elle s'écarta avec l'intention de s'éloigner, mais il la saisit par le bras.

– Laisse-moi, s'il te plaît, fit-elle d'un ton égal.
Les yeux brillants de colère, il lança :
– Comment ai-je pu me tromper à ce point sur toi ? Je te croyais douce, un peu timide, une petite fille qui flottait au-dessus des réalités du monde. Mais en fait, tu es une sacrée emmerdeuse, hein ?
– Vraiment ! Tu te comportes de façon insensée. Tu es grossier et ce n'est pas digne de toi. Maintenant, laisse-moi partir.
Il lui serra le bras encore plus fort.
– À moins que ce ne soit un truc pour négocier, c'est ça ? Hein ? Quand tous les papiers seront prêts, quand nous reviendrons pour la signature vendredi, tu changeras peut-être brusquement d'idée, non ? Tu demanderas davantage ?
– Non. Tu te trompes.
Il eut un sourire crispé, méchant.
– Mais si, j'en suis sûr. Tu vas refuser de signer à seule fin de prouver qu'on a voulu t'escroquer. Tu diras que c'est nous qui t'avons proposé cette somme et qu'on a tout fait pour te forcer à signer. Ainsi j'aurai l'air d'un salaud absolu. C'est ça, hein, ta stratégie ?
– Je t'ai dit que tu te trompais. Crois-moi. Je suis sincère.
Ses doigts s'enfoncèrent dans le bras de Rachael.
– La vérité, Rachael !
– Arrête.
– C'est bien ta stratégie, n'est-ce pas ?
– Tu me fais mal.
– Et pendant que nous y sommes, pourquoi tu ne me parlerais pas de Ben Shadway ?
Elle sursauta. Ainsi Éric était au courant à propos de Benny !
Le visage de son mari devenait de pierre sous le soleil.
– Il te baisait depuis combien de temps avant que tu te décides à me quitter ?
– Tu me dégoûtes, fit-elle.

Elle regretta aussitôt ses paroles. Elle s'était laissé surprendre et il ne cachait pas sa satisfaction.

– Depuis combien de temps ? répéta-t-il, persifleur.

– J'ai rencontré Benny six mois après notre séparation, déclara-t-elle en s'efforçant de garder un ton neutre.

– Depuis combien de temps vous couchiez ensemble, Rachael ?

– Si tu es au courant pour Benny, c'est que tu m'as fait surveiller, et ça, tu n'en avais pas le droit.

– Parce que tu aurais voulu garder tes sales petits secrets !

– Si tu as vraiment payé quelqu'un pour me suivre, tu dois savoir alors que je n'ai vu Benny que pendant cinq mois. Maintenant, partons. Tu me fais mal.

Un homme jeune, qui passait à côté d'eux, hésita à intervenir :

– Vous avez besoin d'aide, madame ? demanda-t-il enfin.

Éric se retourna et, sous l'effet de la colère, vociféra :

– Casse-toi. C'est ma femme, et nos affaires ne te regardent pas.

Rachael se débattait, essayant en vain d'échapper à la poigne de fer d'Éric.

– C'est votre femme, d'accord, dit l'inconnu, mais ce n'est pas une raison pour lui faire mal.

Lâchant le bras de Rachael, Éric ferma les poings tandis que Rachael remerciait cet homme courtois.

– Merci, mais tout va bien. Vraiment. C'était simplement un petit désaccord.

Il haussa les épaules et s'éloigna, non sans se retourner plusieurs fois.

Cet incident parut faire prendre conscience à Éric qu'il se donnait en spectacle, lui, un homme de sa position ! Il détestait cela, pourtant il ne désarmait pas. Il avait le visage rouge, les lèvres exsangues, un éclat dangereux dans les yeux.

Rachael avait hâte d'en finir.

– Sois heureux, Éric, lui dit-elle. Tu as épargné des millions de dollars et plus encore en commission d'avocat. Tu as gagné. Bien sûr, tu ne m'as pas écrasée comme tu espérais le faire, mais tu t'en tires honorablement. Tu devrais t'en réjouir.

Avec une haine brûlante qui la secoua, il lança :

– Sale idiote de pute, le jour où tu m'as quitté, j'ai eu envie de te cogner dessus et de t'écraser la figure à coups de pied. J'aurais dû le faire. Oh, oui. Ta petite figure d'idiote. Mais j'ai cru que tu reviendrais.

Il leva la main comme pour la gifler, mais il se retint à temps. Rachael s'était crispée dans l'attente du coup. Brusquement, il se détourna et s'éloigna.

Tout en le suivant du regard, Rachael se félicita d'avoir mis fin à cette situation. Il y avait chez lui une volonté maladive de dominer les autres. En niant le pouvoir qu'il avait eu sur elle, en le repoussant, non seulement elle s'était montrée son égale mais, à ses yeux, elle l'avait émasculé. Oui, c'était bien cela, car rien d'autre ne pouvait expliquer l'état de rage dans lequel il se trouvait, et la difficulté qu'il avait eue à maîtriser sa violence.

Elle en était venue à le détester, à le haïr même, mais si parfois elle avait eu peur de lui, jamais, jusqu'à présent, elle n'avait senti à ce point l'intensité de sa colère, ni combien il pouvait être dangereux.

Le soleil écrasant la força à fermer un instant les paupières. Il était toujours aussi brûlant sur sa peau, mais elle eut un frisson glacé et comprit à quel point elle avait bien fait de quitter Éric. Elle avait sans doute eu de la chance de s'en tirer sans autre dommage que les marques de ses doigts sur son bras.

Avec soulagement, elle le vit traverser la rue. Mais, l'instant d'après, ce sentiment se mua en horreur.

Il marchait droit vers sa Mercedes noire, garée de l'autre côté de l'avenue. Il devait être aveuglé par la colère à moins que ce ne fût le soleil... Sinon comment expliquer qu'il s'élance dans le couloir de circulation sud de Main Street ? Par chance aucun véhicule ne passait. Mais soudain, alors qu'il traversait le couloir nord, un camion de la voirie déboucha à quatre-vingts à l'heure.

Rachael hurla pour le prévenir. Trop tard. Le chauffeur du camion écrasait sa pédale de frein mais le crissement des pneus bloqués fut presque instantanément suivi du bruit atroce du choc.

Éric fut projeté en l'air et alla retomber dans le couloir sud comme s'il avait été soulevé par l'explosion d'une bombe. Il s'écrasa sur la chaussée et alla rouler à cinq mètres de là, raide d'abord, puis avec une affreuse mollesse, comme s'il n'était plus fait que de vieux lambeaux et de fils. Il resta immobile, le visage contre le sol.

Une Subaru jaune freina dans une plainte déchirante pour s'arrêter à moins d'un mètre. Une Chevrolet la suivait de près. Elle percuta la Subaru qui alla presque buter contre le corps d'Éric.

Rachael était arrivée la première. Le cœur haletant, elle s'agenouilla et instinctivement, posa une main sur le cou d'Éric pour chercher le pouls. La peau était gluante de sang, ses doigts glissèrent dans la chair meurtrie, cherchant la palpitation de l'artère.

C'est alors qu'elle vit le creux abominable qui déformait son crâne. Sa tête avait été enfoncée sur tout le côté droit, au-dessus de l'oreille déchirée, sur la tempe et jusqu'au sourcil. Elle voyait un œil unique, grand ouvert, au regard rendu fixe par le choc. Un œil qui ne voyait plus. Des fragments d'os avaient dû s'enfoncer dans son cerveau et la mort avait été instantanée.

Elle se redressa brusquement, vacilla, prise de nausée. Elle serait tombée si le chauffeur du camion ne l'avait pas soutenue et accompagnée jusqu'à la Subaru contre laquelle elle s'appuya.

– Je n'ai rien pu faire, dit-il d'un ton misérable.

– Je sais.
– Rien du tout. Il est arrivé devant moi. Il ne m'a pas vu.

Tout d'abord, Rachael eut du mal à reprendre son souffle. Puis elle s'aperçut que, distraitement, elle grattait les traces de sang sur sa robe d'été, et la vue de ces marques rouges, encore humides, sur le coton bleu pastel, la fit suffoquer. Le souffle bloqué, elle s'affaissa contre la Subaru, ferma les yeux et crispa les mains l'une contre l'autre. Elle ne voulait pas s'évanouir. Elle lutta pour contrôler chaque inspiration, patiemment, et le fait même d'en modifier le rythme eut une influence apaisante.

Autour d'elle, elle entendait les automobilistes qui avaient abandonné leurs voitures pour accourir. Certains lui demandèrent comment elle se sentait. D'autres voulurent aller chercher un médecin, mais elle les retint d'un geste.

Si jamais elle avait eu de l'amour pour Éric, il venait d'être réduit à néant. D'ailleurs il y avait longtemps qu'elle n'avait même plus d'affection pour lui. Quelques instants seulement avant cet accident, il avait fait preuve d'une haine absolue et terrifiante. Dès lors elle n'avait pas lieu d'être à ce point bouleversée. En fait elle était secouée. Durement secouée. Et il y avait de quoi. Parcourue de frissons, elle prit alors conscience du froid qui la pénétrait. Un sentiment de perte qu'elle ne parvenait pas à analyser. Ce n'était pas du chagrin. Non... rien qu'un vide soudain.

Des sirènes se firent entendre dans le lointain.

Peu à peu, elle retrouva un souffle régulier.

Ses frissons se firent moins violents.

Les sirènes se rapprochaient.

Elle rouvrit les yeux. Le radieux soleil de juin n'était plus aussi clair, aussi pur. L'ombre de la mort était passée et, dans son sillage, la clarté du matin avait pris un reflet jaune et acide qui évoquait plus le soufre que le miel.

Des gyrophares rouges, les sirènes qui mouraient... Tout contribuait à alourdir l'atmosphère. Une voiture de police et une ambulance de secours s'étaient garées dans le couloir de circulation nord.

— Rachael ?

Surprise d'entendre son nom, elle se retourna et vit alors Herbert Tuleman, l'avocat d'Éric, qu'elle avait quitté quelques minutes auparavant. Elle avait toujours apprécié Herb, et savait que c'était réciproque. L'homme à l'allure débonnaire avait d'épais sourcils gris qui, pour l'instant, étaient méchamment froncés.

— C'est un de mes associés... expliqua-t-il, il revenait au bureau... il a vu ce qui s'est passé. Il est accouru pour me prévenir. Ô mon Dieu...

— Oui, fit-elle, la voix sourde.

— Mon Dieu, Rachael...

La jeune femme hochait la tête en silence.

— C'est... c'est fou.

Rachael se sentait à bout de forces.

— Quelle ironie ! reprit-il, l'air accablé.

C'est alors qu'elle comprit ce que Herbert voulait dire. Dans l'heure qui avait précédé, elle leur avait dit qu'elle n'exigerait pas une part importante de la fortune d'Éric et voilà que maintenant, Éric n'ayant ni famille ni enfants de son premier mariage, les trente millions de dollars plus toutes les actions de la société allaient, presque certainement, et, par défaut, lui revenir à elle seule.

2

Hantée

Le grésillement de la radio de police montait dans l'air torride en même temps que les messages nasillards et l'odeur de l'asphalte fondant sous la chaleur.

L'équipe de secours ne pouvait plus rien pour Éric Leben, si ce n'est transférer son cadavre jusqu'à la morgue municipale. Il attendrait dans une chambre froide. Un médecin viendrait l'examiner. Il était mort des suites d'un accident et la loi exigeait l'autopsie.

— Le corps devrait être disponible dans les vingt-quatre heures, avait déclaré l'un des policiers à Rachael.

Pendant qu'ils rédigeaient un bref rapport, elle s'était assise à l'arrière de la voiture de patrouille. Puis elle était ressortie. Elle se sentait mieux au soleil. Son esprit engourdi la torturait moins.

Ils chargèrent alors dans l'ambulance le corps couvert d'un drap. Des taches de sang apparaissaient par endroits.

Considérant qu'il était de son devoir de réconforter Rachael, Herbert lui proposa de la raccompagner jusqu'à son bureau.

— Il faut vous asseoir un moment et reprendre vos esprits, dit-il, une main sur son épaule, le visage encore tout crispé par l'inquiétude.

— Mais non, Herb, ça ira. Vraiment. Je me sens juste un peu secouée.

— Prenez un peu de cognac, vous vous sentirez mieux ensuite. J'ai une bouteille de Rémy Martin au bureau. Voulez-vous que j'aille la chercher ?

— Non, je vous remercie. Je pense que ce sera à moi de m'occuper des obsèques, aussi je vais rentrer au plus vite.

Les infirmiers refermèrent les portes de l'ambulance et regagnèrent sans hâte l'avant de la voiture. Plus besoin de sirènes et de gyrophare. Désormais, plus rien ne pourrait sauver Éric.

— En ce cas vous accepterez bien un peu de café, insista Herb. Vous devriez rester assise au calme un moment. Il n'est pas bon que vous preniez le volant dès maintenant.

Rachael posa la main sur son visage tanné d'un geste affectueux. Tous les week-ends, il faisait de la voile et sa peau s'était burinée sous les embruns.

— J'apprécie votre sollicitude. Sincèrement. Mais je me sens bien. Dois-je vous dire que c'est à peine si j'éprouve du chagrin ?

Il lui prit la main.

— Il n'y a là rien d'anormal, Rachael. Pour l'avoir eu comme client, je sais quel homme difficile il était !

Rachael soupira.

— Il ne vous a donné aucune raison d'avoir du chagrin. Non seulement il était difficile à vivre, Rachael, mais il s'est montré stupide de ne pas comprendre à quel point vous étiez précieuse. Hélas ! Il a manqué de jugement.

— Je vous adore.

— Je parle sérieusement, Rachael. Croyez-moi.

L'ambulance démarra, emportant le corps d'Éric. Le soleil prit soudain un éclat hivernal, soulignant la carrosserie blanche et les chromes, comme si Éric quittait le monde dans un véhicule taillé dans la glace.

Herb guida Rachael à travers la foule, jusqu'à l'endroit où était garée la 560 SL.

– Quelqu'un ramènera la voiture d'Éric, proposa-t-il. On la mettra dans son garage et on vous donnera les clés par la suite.

– Je vous en remercie.

Quand elle fut au volant, sa ceinture bouclée, il se pencha vers elle :

– Il faudra que nous reparlions affaires, bientôt.

– Dans quelques jours, si vous le voulez.

– En ce qui concerne la société...

– Les choses continueront à rouler d'elles-mêmes pendant un temps, non ?

– Certainement. Nous sommes lundi... Peut-être pouvez-vous passer me voir vendredi matin ?

– Entendu.

– Dix heures ?

– Parfait.

– Vous êtes certaine que tout va bien ?

– Mais oui.

Rachael rentra chez elle sans incident, avec toutefois l'impression de conduire comme dans un rêve.

Elle habitait un bungalow de trois pièces à Placentia. Le quartier était agréable et les gens plutôt aimables. Quant à la maison elle avait bien des charmes : portes-fenêtres à la française, banquettes, plafonds à caissons, vieille cheminée. Elle avait fait le premier versement en quittant Éric, l'année précédente. Le bungalow était certes différent de Villa Park, où elle avait vécu avec Éric dans le luxe, sur un demi-hectare de pelouse bien peignée. Mais elle le préférait de loin au somptueux manoir hispano-moderne. Placentia avait des dimensions plus humaines et puis elle n'était pas empoisonnée par tous les mauvais souvenirs de Villa Park.

À peine arrivée, elle ôta sa robe tachée de sang, se lava le visage et les mains, se coiffa et se remaquilla, discrètement, comme d'habitude. La banalité de ces gestes eut peu à peu sur elle un effet apaisant.

Ses mains ne tremblaient plus, bien qu'elle sentît encore au fond d'elle-même un vide glacé. Elle choisit ensuite un des rares vêtements sombres de sa garde-robe – un tailleur gris avec un chemisier plus pâle, un peu chaud pour une journée d'été – puis elle appela Attison Brothers, une compagnie de pompes funèbres renommée. Le rendez-vous pris, elle se rendit immédiatement jusqu'à leur siège de Yorba Linda, un immeuble de style colonial imposant.

Jamais encore elle ne s'était occupée de funérailles. Et quand elle se retrouva assise en face de Paul Attison, dans son bureau lambrissé de bois sombre, discrètement éclairé, avec son épaisse moquette pelucheuse, elle se surprit à trouver un certain humour à cette situation. Elle l'écoutait gravement se qualifier de « conseiller en chagrin ». L'atmosphère était si soigneusement étudiée pour être solennelle que tout devenait théâtral. La compassion d'Attison était ostentatoire, pesante, calculée, et pourtant, de manière surprenante, elle rentra dans ce jeu, répondant de la même façon à ses condoléances et autres platitudes. Elle se sentait comme une actrice coincée dans une mauvaise pièce écrite par un auteur incompétent, obligée de débiter son dialogue parce qu'il était moins gênant d'aller jusqu'au terme du troisième acte que de quitter la scène au milieu de la représentation. Ce « conseiller en chagrin » voyait le cercueil comme un « séjour éternel ». Pouvait-il en être autrement ! Quant aux vêtements du défunt, avec lesquels il serait inhumé, il les appelait l'« ultime vêture ». Il parlait aussi des rites attachés à la « conservation » plutôt que d'« embaumement », et du « lieu de repos » pour la tombe.

Bien que cet entretien fût à la fois lugubre et macabre, Rachael ne se sentit pas l'envie d'en relever le ridicule et elle fut soulagée de quitter les pompes funèbres au bout de deux heures et demie.

D'ordinaire, elle appréciait un certain humour,

celui qui sait se moquer des aspects sinistres de l'existence. Mais pas aujourd'hui. Elle n'était pas d'humeur à rire, son esprit était sombre et pourtant ce n'était pas du chagrin qu'elle éprouvait. Plutôt de la tristesse, tristesse de cette rencontre avec la Mort au beau milieu d'une radieuse journée d'été. La solennité du moment l'angoissait et, de retour au bungalow, tandis qu'elle réglait les ultimes détails des obsèques et qu'elle appelait les amis d'Éric et ses associés pour leur annoncer la nouvelle, elle se sentit soudain bien seule.

Vers la fin de l'après-midi, elle ne put s'abuser plus longtemps. Elle sut qu'elle avait peur. Pour ignorer ce qui allait se passer, elle tenta de ne pas y penser. Elle y réussit en partie, mais, au fond d'elle-même, elle savait. Elle savait... et elle se mit à trembler.

Elle se mit alors à parcourir la maison, s'assurant que toutes les portes et les fenêtres étaient bien fermées. Pour finir, elle tira les stores et les rideaux.

À 17 h 30, Rachael brancha le téléphone sur répondeur. Les journalistes avaient commencé à appeler, rien que pour avoir un témoignage de la veuve du Grand Homme, et elle comprit qu'elle n'aurait pas la patience d'affronter les gens des médias.

Il faisait un peu trop frais dans la maison, aussi régla-t-elle l'air conditionné. Mis à part le chuintement léger de l'air froid qui soufflait par instants à travers les évents et la brève sonnerie du téléphone qui précédait le déclenchement du répondeur, la maison devint alors aussi silencieuse que la retraite de Paul Attison.

Mais bientôt le silence lui donna la chair de poule. Allumant la chaîne, elle choisit alors une station FM qui passait de la musique d'ambiance. Un long moment, elle resta là, devant les grandes enceintes, les yeux fermés, se balançant doucement tout en écoutant *Chances Are* de Johnny Mathis. L'instant d'après, elle montait le son pour que la musique résonne dans toute la maison. Elle sentit alors le besoin de bouger et se rendit dans la cuisine pour y prendre une barre de chocolat. Puis elle ouvrit une demi-bouteille de champagne brut, sortit un verre et emporta le tout jusqu'à la salle de bains.

Sinatra chantait *Days of Wine and Roses*.

Elle remplit la baignoire. La température de l'eau était à la limite du supportable. Elle ajouta un trait d'huile de bain au jasmin et se déshabilla. Comme elle allait pénétrer dans l'eau, la peur monta de plus belle jusqu'à la submerger. Fermant les yeux, elle s'efforça de respirer à fond et de se dire que c'était une réaction infantile. En vain.

Nue, elle courut jusqu'à sa chambre et s'empara du pistolet de calibre .32 qu'elle gardait en permanence dans sa table de chevet. S'assurant que le chargeur était garni, elle libéra le cran de sûreté et revint dans la salle de bains avec l'arme qu'elle déposa sur le dallage bleu sombre, tout près de la baignoire, avec la bouteille de champagne et le chocolat.

Andy Williams chantait *Moon River*.

Avec une grimace, elle plongea dans le bain chaud. L'eau lui arrivait jusqu'aux seins. La brûlure se fit moins vive et elle s'habitua peu à peu à la température. En fait, cette chaleur intense était agréable, elle pénétrait jusqu'à ses os et dissipait enfin la sensation glaçante qui l'avait gagnée depuis qu'Éric s'était jeté au-devant du camion, sept heures auparavant.

Elle croqua dans la barre de chocolat, ne grignotant en fait que quelques miettes qu'elle laissa fondre sur sa langue. Elle luttait pour ne pas penser, essayant de se concentrer sur le plaisir élémentaire que lui procurait ce bain trop chaud. Elle flottait, se laissait aller, savourant le goût du chocolat en même temps que l'arôme du jasmin qui montait de l'eau.

Quelques minutes plus tard, elle rouvrit les yeux et se servit un verre de champagne. Il était glacé, parfait, sa saveur piquante répondait admirablement à celle du chocolat et à la voix de Sinatra qui susurrait les dernières paroles mélancoliques de *It Was a Very Good Year*.

Pour Rachael, le rite relaxant du bain était un moment très important de la journée, peut-être le plus important. Quelquefois, elle grignotait du fromage plutôt que du chocolat et buvait du Chardonnay californien au lieu de champagne. Ou alors de la bière bien fraîche – une Heineken ou une Beck's. Il lui arrivait aussi de croquer de ces cacahuètes particulièrement dodues que l'on trouvait dans une épicerie luxueuse de Costa Mesa. Mais, pour elle, c'était toujours un délice dont elle profitait lentement, consciencieusement, miette par miette, gorgée après gorgée, mesurant la moindre nuance de goût, de parfum, de texture. Elle était de ces êtres qui savourent l'instant présent.

Benny Shadway, l'homme qu'Éric prenait pour l'amant de Rachael, disait qu'il existait trois catégories de personnes. Les unes axées sur le passé, d'autres ne vivant que dans le présent, et celles qui se projetaient dans l'avenir. C'étaient en général des angoissés. Ils essayaient de voir quelle crise ou quel problème insoluble pouvait les attendre au détour du futur. Mais certains, cependant, n'étaient que des rêveurs impénitents qui attendaient de façon absurde le bonheur ou la fortune sous une forme ou une autre. Sans compter les drogués du travail, les gagneurs qui considéraient que l'avenir et la chance ne faisaient qu'un.

Éric appartenait à cette race, sans cesse occupé à réfléchir à de nouvelles conquêtes, aux prochains affrontements. Le passé était pour lui effroyablement ennuyeux et la lenteur du présent ne faisait que l'irriter.

D'un autre côté on pouvait dire que celui qui vit

dans le présent dépense la plus grande partie de son énergie et de son intérêt dans les joies ou les aléas de l'instant. Les gens de cette catégorie sont souvent de simples paresseux, incapables de préparer le lendemain ou même de l'envisager. Sans défense face aux coups du sort, ils ne peuvent accepter l'idée qu'un moment agréable ne dure pas toujours. Et quand ils sont victimes de la malchance, ils sombrent dans le désespoir absolu.

Mais il y avait aussi ceux qui travaillent dur, qui s'investissent totalement dans leur tâche, de tout leur cœur, de tout leur esprit, ceux qui recherchent l'efficacité et l'habileté. Un maître ébéniste, par exemple, trouve son bonheur dans l'instant. Il n'attend pas avec impatience l'achèvement, puis l'assemblage final d'un meuble. Il consacre toute son attention et son amour du métier à façonner puis à finir les bras d'un fauteuil, les barreaux d'une chaise, les tiroirs et les poignées d'un placard chinois. C'est la création elle-même qui lui apporte la plus grande satisfaction et non l'instant où le meuble lui apparaît comme fini.

Les gens en prise avec l'actualité étaient, selon Benny, plus susceptibles que les autres de trouver des solutions évidentes aux problèmes car ils ne se préoccupaient que des contingences immédiates. En même temps, ils se montraient souvent conscients des réalités et surtout plus efficaces.

Alors qu'ils dînaient ensemble un soir au *Peking Duck,* Benny avait dit à Rachael :

– Tu es typiquement une femme pour qui seul compte le présent. Et si l'avenir ne te laisse pas indifférente, jamais tu ne perdras le contact avec le quotidien. Tu es merveilleusement douée pour vivre avec ton temps.

Ce à quoi elle avait répondu :

– Oh, ça va, tais-toi et mange ton *moo goo gai pan*.

Pourtant, pour l'essentiel, ce qu'avait dit Benny

était vrai. Depuis qu'elle avait quitté Éric, Rachael avait suivi cinq cours de management au collège de Pepperdine dans l'intention de monter une petite affaire. Probablement une boutique de prêt-à-porter pour la clientèle de luxe. Elle imaginait quelque chose de spectaculaire et d'amusant à la fois, le genre de magasin que les gens fréquentent non seulement pour y acheter des vêtements mais parce que c'est un lieu couru. Après tout, elle s'était spécialisée en art dramatique à l'UCLA et elle avait décroché son diplôme juste avant de faire la connaissance d'Éric lors d'une fête de l'université.

Elle n'avait pas envie de devenir actrice, mais montrait un talent réel pour les décors et les costumes, ce qui lui serait utile pour sa boutique aussi bien que pour le choix des articles. Néanmoins, elle n'avait pas encore sa licence de gestion d'entreprise et son choix n'était pas encore fixé. Elle était de fait bien ancrée dans le présent, rassemblant patiemment des idées et des connaissances, attendant simplement le moment où ses plans se cristalliseraient. Quant au passé, elle n'en avait cure. S'appesantir sur les tragédies et les chagrins était un gaspillage absurde de temps et d'énergie.

Elle s'étira dans son bain et inspira profondément la vapeur de jasmin.

Johnny Mathis chantait *I'll Be Seeing You* et elle sifflota quelques notes, puis croqua un peu de chocolat et but une gorgée de champagne.

Elle essayait de se relaxer, de se laisser dériver, portée par ce moment harmonieux, dans la plus douce tradition californienne. Ce détachement pourtant était affecté et elle en prit conscience lorsque le carillon de la porte tinta. Dans la seconde où elle l'entendit, par-dessus la musique, elle se redressa pour saisir le pistolet. Sa panique était telle qu'elle renversa son verre.

Sortant de la baignoire, elle passa son peignoir bleu et, l'arme serrée contre elle, le canon pointé vers le bas, elle traversa lentement la maison plongée dans la pénombre en direction de la porte d'entrée. L'idée d'ouvrir l'épouvantait mais, en même temps, elle se sentait irrésistiblement attirée, comme sous l'effet d'une transe hypnotique.

Elle s'arrêta pour éteindre la chaîne et le silence s'établit, menaçant.

Une fois dans le vestibule, elle posa la main sur la poignée. Le carillon tinta à nouveau et elle hésita. Il n'y avait pas d'ouvertures dans la porte, pas la moindre fenêtre latérale. Elle regretta alors de n'avoir pas fait poser un judas. Ses yeux restaient rivés sur la lourde porte de chêne, comme si, par miracle, elle allait voir à travers et identifier son visiteur. Elle tremblait.

Sans comprendre pourquoi, elle se sentit soudain terrorisée. En réalité, tout au fond d'elle-même, elle savait pourquoi. Simplement, elle répugnait à admettre ce qui était à l'origine de cette peur et qui risquait de transformer quelque horrible possibilité en une abominable réalité.

Une fois encore, le carillon tinta.

3

Disparu

C'est en revenant de son bureau de Tustin que Ben Shadway avait appris par la radio la mort brutale d'Éric Leben. Sur le moment, il n'aurait su dire ce qu'il éprouvait. Une sorte de choc, oui. Mais il n'était absolument pas triste, même s'il fallait bien admettre que le monde venait de perdre un grand homme. Leben avait été un type brillant, indéniablement génial, mais il s'était toujours montré arrogant, imbu de lui-même, et peut-être dangereux.

En fait, Ben se sentait plutôt soulagé. Il avait craint qu'Éric, comprenant enfin qu'il ne pourrait jamais récupérer sa femme, lui fasse du mal. C'était un homme qui détestait perdre. Il vivait fréquemment dans un état de colère noire que son attachement obsessionnel à son travail venait tempérer. Mais il aurait certainement usé de violence, humilié par le récent refus de Rachael.

Ben avait un téléphone dans sa voiture – une Thunderbird 1956 soigneusement entretenue – et il appela immédiatement Rachael. Il n'eut que son répondeur et elle ne décrocha pas quand il s'identifia.

Il s'arrêta au feu, à l'angle de Newport Avenue et de la 17e Rue, et hésita un instant avant de tourner à gauche au lieu de continuer jusqu'à sa maison d'Orange Park Acres. Il était possible que Rachael ne fût pas encore rentrée, mais elle finirait bien par le faire et aurait besoin de réconfort. Aussi se dirigea-t-il vers Placentia.

Le soleil éclaboussait le pare-brise de la Thunderbird et les ombres des feuillages défilaient en dansant. Il éteignit la radio et mit une cassette de Glenn Miller. Les premières notes de *String of Pearls* emplirent la voiture : il était difficile d'admettre que l'on pouvait mourir par une journée aussi magnifiquement ensoleillée.

Selon sa classification personnelle, Benjamin Lee Shadway était un homme tourné vers le passé. Il préférait les vieux films aux plus récents. De Niro, Meryl Streep, Gere, Travolta ou Penn l'intéressaient bien moins que Bogart, Bacall, Gable, Carole Lombard, Tracy, Hepburn, Cary Grant, William Powell ou Myrna Loy. De même, ses lectures préférées étaient des bouquins des années vingt, trente ou quarante. Des thrillers de Chandler, d'Hammett et de James M. Cain ou encore les premières aventures de Nero Wolfe. Quant à ses goûts musicaux, ils allaient vers la période swing : Tommy et Jimmy Dorsey, Harry James, Duke Ellington, Glenn Miller, et l'incomparable Benny Goodman.

Pour son plaisir et sa détente, il construisait des maquettes de locomotives et collectionnait tout ce qui touchait au chemin de fer. Rien n'est plus empreint de nostalgie, rien ne convient mieux à un homme axé sur le passé que les trains modèles réduits.

Il savait pourtant ce qu'il voulait. À vingt-quatre ans, il avait obtenu sa licence immobilière et ouvert sa première agence à trente et un ans. Maintenant qu'il en avait trente-sept, il possédait six agences et faisait travailler trente employés. Une des raisons de sa réussite professionnelle, c'est qu'il traitait ses clients comme ses employés avec une courtoisie et une gentillesse qui séduisaient dans cette époque trop rapide, trop brutale.

Plus tard, indépendamment de son travail, un autre événement survint pour le distraire des locomotives, des vieux films, du swing et du passé en général : sa rencontre avec Rachael Leben. Rachael, avec ses cheveux auburn comme dans les tableaux du Titien, ses yeux verts, ses longues jambes, son corps épanoui...

Elle était un élégant compromis entre ces jeunes femmes que l'on croise dans la rue, ravissantes et modernes, et ces créatures fascinantes que l'on voyait dans les films des années vingt et cinquante telles que Grace Kelly et Carole Lombard. Elle était douce, amusante, intelligente, elle avait du charme. Tout ce dont Ben Shadway avait pu rêver. Tout ce qu'il souhaitait, c'était se retrouver avec elle dans une machine à remonter le temps. Retourner en 1940, louer un compartiment sur le *Superchief* et traverser le pays en faisant l'amour pendant des milliers de kilomètres, doucement bercés par le rythme du train.

La première fois qu'il avait vu Rachael, c'était à son bureau. Elle cherchait une maison. Ils s'étaient ensuite revus fréquemment pendant cinq mois. Au début, il avait été tout simplement fasciné comme n'importe quel homme peut l'être par une femme attirante, s'interrogeant sur la saveur de ses lèvres, sur ce qu'il éprouverait en serrant son corps contre lui. Il était excité par le grain de sa peau, le dessin de ses jambes, les courbes de ses hanches et de ses seins. Puis il avait découvert qu'elle n'était pas sans esprit. Sa générosité l'avait conquis. Enfin elle était sensuelle, ce qui ne gâtait rien. Et elle éprouvait autant de plaisir à contempler un coucher de soleil qu'à dîner dans le restaurant le plus raffiné de la région.

Son désir s'était petit à petit mué en attachement profond et puis au cours des deux derniers mois, il avait su qu'il éprouvait pour elle de l'amour.

Ben était presque certain qu'elle l'aimait, elle aussi, et bien qu'ils ne se soient pas fait part de leurs sentiments, il devinait l'amour dans les gestes tendres qu'elle avait pour lui et dans ses yeux, quand il la surprenait à le regarder en secret.

Ils s'aimaient, mais ils n'avaient toujours pas fait l'amour. Bien qu'elle fût très réaliste et capable de goûter le plaisir de chaque instant, Rachael n'en était pas pour autant une femme facile. Elle ne se livrait guère mais il devinait ses pensées les plus intimes. Cette idylle tranquille donnait à Rachael tout le temps d'explorer et de savourer leur affection grandissante, ces liens qui se raffermissaient entre eux. Lorsque enfin ils succomberaient au désir et connaîtraient une totale intimité, l'amour, après cette attente, n'en serait que meilleur.

Il était prêt à lui accorder tout le temps qu'elle souhaiterait. Et puis, au fur et à mesure que se développait leur amour, jour après jour, il éprouvait un plaisir particulier à imaginer son abandon dans ses bras. À travers elle, il en était venu à comprendre qu'il n'avait rien à gagner en précipitant les choses. Parce qu'il se sentait proche des époques passées, qui à ses yeux étaient plus raffinées, Ben aimait à faire la cour et ne souhaitait pas passer trop vite aux actes. Il ne manquait pas d'expérience, loin de là, mais il trouvait plus gratifiant et même érotique d'attendre que les liens qu'ils avaient tissés entre eux les amènent tout naturellement aux joies de l'amour physique.

Il gara la Thunderbird dans l'allée de Rachael, près de sa 560 SL qu'elle n'avait pas pris la peine de mettre au garage.

Sur un côté du bungalow, les bougainvilliers avaient poussé en un bosquet dense, couvert de fleurs. Ils montaient jusqu'au toit et formaient au-dessus de la porte un dais vert constellé de rouge que soutenait une treille de bois.

Dans l'ombre fraîche, Ben sonna plusieurs fois, inquiet du temps que Rachael mettait à venir ouvrir.

La musique que l'on entendait à l'intérieur cessa soudain. Rachael entrouvrit enfin la porte. Il constata qu'elle avait mis la chaîne de sûreté. Elle risqua un œil méfiant par l'entrebâillement. Puis elle sourit en le voyant. Il perçut son soulagement.

— Oh, Benny, je suis tellement contente que ce soit toi.

Elle décrocha la chaîne de cuivre et le fit entrer. Elle était pieds nus dans un peignoir de soie bleu à la ceinture nouée et tenait une arme.

Déconcerté, il demanda :

— Qu'est-ce que tu fais avec ce revolver ?

— J'avais peur...

Elle releva le double cran de sûreté et posa l'arme sur une petite table. Puis, voyant que Ben fronçait les sourcils, incrédule devant son explication, elle ajouta :

— Oh, je ne sais pas. Peut-être que je suis... un peu nerveuse.

— J'ai entendu la nouvelle à la radio... Il y a quelques minutes à peine.

Elle se blottit dans ses bras. Elle avait encore les cheveux humides. Un parfum de jasmin émanait de sa peau et son haleine sentait le chocolat. Il savait qu'elle avait pris un de ces bains interminables qu'elle affectionnait.

Il la serra contre lui, toute tremblante.

— D'après ce que j'ai compris, tu étais là-bas quand c'est arrivé...

— Oui.

— Quel drame !

— Benny, c'était atroce. (Elle le serra plus fort.) Je n'oublierai jamais le bruit du camion quand il l'a heurté. Ni la façon dont il a rebondi sur la chaussée.

Elle eut un frisson.

— Du calme ! fit-il en posant la joue sur ses cheveux mouillés. Ne dis rien.

— Mais si. Il faut en parler si je veux oublier un jour.

Il glissa la main sous son menton et leva son visage adorable vers lui. Il l'embrassa, tendrement, recueillit le goût du chocolat sur ses lèvres.

– D'accord. Alors, on s'assoit et tu me racontes...
– Mets le verrou.
– Ne crains rien, fit-il en la précédant.

À nouveau inquiète, elle se figea sur place.

– Non, insista-t-elle. Verrouille la porte.

Perplexe, il revint sur ses pas et lui obéit.

Rachael récupéra le pistolet sur la table.

Il se passait quelque chose, mais quelque chose de plus grave que la mort d'Éric, qu'il ne comprenait vraiment pas.

Le living était plongé dans l'ombre car elle avait tiré les rideaux. Étrange ! D'ordinaire, elle affectionnait la lumière et profitait du soleil à la façon des chats qui sommeillent au bord des fenêtres. En fait, il n'avait encore jamais vu les rideaux tirés dans cette pièce.

– Laisse, fit-elle comme il s'apprêtait à les ouvrir.

Elle alluma une petite lampe et s'assit dans un cercle de lumière ambrée, à l'extrémité du sofa couleur pêche.

C'était le ton dominant dans le décor moderne du living, un coloris lumineux soutenu par des touches de bleu sombre, des lampes de bronze, une table basse en verre et en métal. Dans son peignoir bleu, Rachael était en totale harmonie avec la pièce.

Elle posa l'arme sur la table, près de la lampe. À portée de main.

Ben alla récupérer le chocolat et le champagne dans la salle de bains et les lui apporta. Puis il passa dans la cuisine et prit une boisson rafraîchissante.

Lorsqu'il la rejoignit sur le sofa, elle avait l'air torturé.

– Je me sens fautive, murmura-t-elle. Je veux parler du chocolat et du champagne. C'est comme si je célébrais sa mort...

– C'est peut-être justifié, quand on sait à quel point il s'est montré indélicat avec toi.

Elle secoua la tête avec insistance.

– Non. Ce n'est pas une raison, Benny. Quelles que soient les circonstances, il faut avoir de la décence.

En un geste inconscient, elle effleura de ses doigts la cicatrice certes à peine visible sur sa peau, mais qui existait néanmoins le long de son maxillaire droit. Un an auparavant, lors d'une violente crise de colère, Éric lui avait lancé un verre de scotch en pleine figure. Il l'avait heureusement manquée mais un éclat l'avait atteinte à la joue et il avait fallu plusieurs points de suture pour fermer la plaie. Heureusement la cicatrice était très discrète. Ce jour-là, elle avait décidé de quitter Éric. Jamais plus il ne lui ferait de mal. Même au niveau de son subconscient, se disait-elle, sa mort aurait dû la soulager.

Elle entreprit de raconter à Ben la rencontre avec Éric dans le bureau de l'avocat ainsi que leur altercation sur le trottoir. Elle s'interrompait de temps à autre pour boire une gorgée de champagne. Puis elle fit à Ben le récit de l'accident et lui décrivit le cadavre avec un luxe de détails. Les mots la soulageaient et il lui fallait à tout prix se libérer de ce poids. Elle raconta aussi son entrevue avec l'homme des pompes funèbres et, au fur et à mesure qu'elle parlait, elle cessa de trembler.

Benny était tout près d'elle. Se tournant pour lui faire face, il posa la main sur son épaule, lui massa tendrement le cou, caressa ses cheveux aux reflets de cuivre.

– Trente millions de dollars ! dit-il, songeur. Quelle ironie du sort !

– Je n'en veux pas vraiment, fit-elle. Je vais en abandonner une partie. Une grande partie.

– Fais ce que tu veux. Mais ne prends surtout pas de décisions que tu pourrais regretter plus tard.

Les sourcils froncés, elle ajouta :
— Il est sûr qu'il serait furieux si j'agissais ainsi.
— De qui parles-tu ?
— D'Éric, souffla-t-elle.

Il trouva sa réaction incongrue. Pourquoi s'exprimait-elle comme si Éric existait encore ? À l'évidence, elle était encore sous le choc.

— Donne-toi le temps de t'habituer, lui dit-il.

Elle soupira puis hocha la tête.
— Quelle heure est-il ?

Il jeta un coup d'œil à sa montre.
— 18 h 45.
— J'ai appelé quantité de gens dans l'après-midi pour les prévenir et leur donner la date de l'enterrement. Mais il doit en rester au moins une quarantaine à contacter. Éric n'avait pas de parents proches – rien que des cousins et une tante qu'il détestait. Peu de vrais amis. Les amis ne comptaient pas pour lui. Il n'avait que des relations professionnelles. Grands dieux, quelle corvée !

— J'ai mon téléphone dans la voiture, lui proposa Ben. Je peux t'aider, si tu veux. Ce sera vite fait.

Elle eut un pâle sourire.
— Ça aura l'air de quoi ? Non, il n'y a que moi qui puisse me charger de cette démarche.
— Ils ne sont pas obligés de savoir qui je suis. Je leur dirai simplement que je suis un ami de la famille.
— On peut considérer que ce n'est pas un mensonge, remarqua Rachael. Tu es le meilleur ami que j'aie au monde, Benny.
— Plus qu'un ami.
— Certes.
— Bien plus, j'espère.
— Moi aussi, je l'espère.

Elle lui donna un léger baiser et, un bref instant, appuya la tête contre son épaule.

Peu après 20 h 30 ils avaient réussi à téléphoner à toutes les relations d'Éric. Rachael déclara alors qu'elle avait faim.

— Après ce que j'ai vécu aujourd'hui et ce que j'ai vu... on pourrait croire que j'ai le cœur dur...

— Pas du tout, dit Ben gentiment. La vie continue, ma belle. Ceux qui vivent doivent s'accrocher. En fait les gens qui ont été témoins d'un accident ou d'une mort soudaine sont souvent affamés. C'est une saine réaction.

— C'est peut-être pour se prouver qu'on est encore bien vivant. Remarque, il ne me reste pas grand-chose pour dîner. De quoi faire une salade peut-être. On pourrait aussi préparer un plat de rigatoni et ouvrir une bouteille de sauce Ragu.

— Quel festin !

Joignant le geste à la parole, elle se rendit à la cuisine toujours avec le pistolet qu'elle posa devant le four à micro-ondes.

Elle avait baissé les stores. Complètement. D'habitude Ben appréciait la vue sur le jardin avec ses parterres d'azalées, ses grands lauriers-roses, et la frise de bougainvilliers qui garnissait tout le mur. Aussi tendit-il la main vers la manette afin de remonter les stores.

— Non, fit-elle instantanément. J'ai besoin de... d'intimité.

— Mais personne ne peut nous voir de ce côté. Il y a le mur et le portail.

— Je t'en prie.

Il obtempéra.

— De quoi as-tu peur, Rachael ?

— Peur, moi ? Mais non.

— Et cette arme ?

— Je te l'ai dit, cette journée m'a bouleversée.

— Mais maintenant, je suis là. Tu n'as pas besoin d'un pistolet. Il suffit de me promettre un ou deux baisers pour que je me tienne tranquille, tu sais !

Elle sourit.

— Je crois que je devrais effectivement le remettre dans la chambre. Ça te rend nerveux à ce point ?
— Non, mais c'est seulement que...
— Je le rangerai dès que nous aurons fini de dîner.

À son ton, il devina que c'était une vaine promesse, juste une manœuvre stratégique.

Perplexe et vaguement mal à l'aise, il décida d'opter pour la diplomatie et se tut.

Rachael s'affairait. Elle posa une grande casserole d'eau sur la cuisinière pendant qu'il s'occupait d'ouvrir la bouteille de sauce et de la verser dans un plat plus petit. Ensemble, ils coupèrent la salade, le céleri, les tomates, les oignons et les olives noires.

Rachael réaffirma son goût pour la cuisine italienne. Mais leurs propos n'étaient pas aussi naturels qu'à l'accoutumée.

Rachael se concentrait sur sa tâche, les yeux fixés sur les légumes, découpant chaque rondelle de céleri selon la même épaisseur, comme si la symétrie était un élément essentiel à la qualité d'une salade !

Quant à Ben, distrait par sa beauté, il n'accordait aucune attention à ces préparatifs culinaires.

Rachael allait avoir trente ans mais elle en paraissait vingt. Elle avait l'allure élégante d'une femme du monde, gracieuse dans la moindre de ses attitudes, de ses expressions. Jamais il ne se lassait de la regarder. Non seulement elle éveillait son désir mais, dans le même temps, elle avait sur lui un effet apaisant. Avec elle, il se sentait en harmonie avec le monde alentour, chose unique dans sa vie de solitaire.

D'un geste impulsif, il posa le couteau avec lequel il découpait une tomate, lui prit le sien, retint sa main, et la prenant dans ses bras, l'embrassa longuement. Sur ses lèvres, il sentit le goût du champagne. Il émanait d'elle une vague odeur de jasmin qui l'enivra, un parfum frais et attirant. Lentement, il lui caressa le dos, laissant ses mains glisser sur la soie du peignoir. Il reconnut le modelé de son corps et resserra son étreinte.

Les mains de Ben étaient brûlantes. Il percevait la chaleur de la peau à travers l'étoffe. Un instant, elle resta blottie contre lui, tremblant encore sous l'effet du choc, comme si elle venait d'échapper à un naufrage... Son corps était tendu contre celui de Ben. Ses mains crispées s'accrochaient à lui. Et puis, peu à peu elle se détendit, un brusque élan la jeta vers lui, elle entrouvrit les lèvres et il l'embrassa doucement. Le souffle de Rachael s'accéléra. Il sentait ses seins durs, la tiédeur de son corps, il perçut cette douce retraite dans le plaisir et se perdit dans son intimité.

C'est alors que le téléphone sonna. Il se souvint, trop tard, qu'ils avaient oublié de remettre le répondeur.

La sonnerie stridente retentit encore une fois.

Ben s'écarta de Rachael avec regret.

– C'est probablement un journaliste, avança-t-elle.

Il décrocha le téléphone mural, près du réfrigérateur. Ce n'était pas un journaliste mais Everett Kordell, le médecin légiste de la morgue municipale de Santa Ana. Il avait un sérieux problème et désirait parler d'urgence à Mrs Leben.

– Je suis un ami de la famille, dit Ben. Je prends les appels pour elle.

– Il faut que je lui parle personnellement. C'est important.

– Vous pouvez certainement comprendre que Mrs Leben a eu une journée difficile. Je crains que vous ne deviez me faire part de votre problème.

– Il faut qu'elle vienne, déclara Kordell d'un ton plaintif.

– Vous voulez dire à la morgue ? Maintenant ?

– Oui. Tout de suite.

– Pourquoi ?

Kordell hésita.

— Je sais que c'est très embarrassant, mais je peux vous assurer qu'on va régler cette affaire tôt ou tard, sans doute très vite, mais... Eh bien, pour tout vous dire, le cadavre d'Éric Leben a disparu.

— Disparu ? répéta Ben, certain de ne pas avoir bien entendu.

— Disons s'est égaré, ajouta Kordell, nerveusement.

— Égaré ?

— Il n'est pas impossible qu'on l'ait volé.

Ben l'écouta dans les moindres détails, raccrocha, et se tourna lentement vers Rachael.

Elle avait croisé les bras, comme sous l'effet d'un frisson soudain.

— La morgue ?

Il acquiesça.

— Oui. Apparemment, ces cons de fonctionnaires ont égaré le corps.

Elle était très pâle. Mais, curieusement, cette nouvelle stupéfiante ne semblait pas la surprendre outre mesure. Ben eut le sentiment bizarre qu'elle s'était attendue à cet appel durant tout l'après-midi.

4

La morgue

En pénétrant dans le bureau du médecin légiste, Rachael devina au premier regard qu'Everett Kordell était un maniaque obsessionnel. Sur son bureau, aucun papier, pas le moindre livre, même pas un classeur. Le registre était neuf, impeccable. Le porte-crayon, le coupe-papier, le bac à courrier et les portraits de famille dans leurs cadres d'argent étaient disposés avec une précision géométrique. Sur les rayons derrière le bureau, il devait y avoir quelque deux ou trois cents ouvrages, fraîchement imprimés, rangés si régulièrement qu'ils semblaient composer une espèce de décor peint. Les diplômes et les deux plans anatomiques aux murs étaient d'une horizontalité telle que Kordell devait les redresser tous les matins avec une règle et un fil à plomb.

L'obsession de Kordell était également très nette dans son apparence. Grand, mince, portant bien la cinquantaine, il avait un visage ascétique et des yeux noisette. Ses cheveux taillés au rasoir lui donnaient un air sévère et il n'y avait pas la moindre mèche qui ne fût à sa place. Ses doigts étaient très longs, presque décharnés, squelettiques. Sa chemise blanche semblait sortir du pressing et les plis de son pantalon brun sombre paraissaient trop impeccables.

Quand Rachael et Benny furent installés, chacun dans un fauteuil de pin au coussin de cuir, Kordell s'autorisa enfin à prendre place derrière son bureau.

– Madame Leben, dit-il, il m'est très désagréable d'avoir à ajouter à ce que vous avez pu endurer au cours de cette journée. C'est tout à fait impardonnable. Je vous présente encore une fois mes excuses et l'expression de toute ma sympathie, bien que je sache que tout ce que je peux vous dire ne saurait en rien tempérer ce désagrément. Comment vous sentez-vous ? Puis-je vous offrir quelque chose à boire ?

– Je vais très bien, merci, dit Rachael, bien qu'elle ne se fût jamais sentie aussi mal.

Benny lui serra l'épaule en un geste rassurant. Elle était tellement heureuse qu'il fût là. Toujours aussi doux, aussi prévenant. Il était d'un physique agréable sans toutefois en imposer. Ses cheveux bruns comme ses yeux s'harmonisaient avec sa peau mate. Il pouvait facilement se fondre dans la foule ou passer inaperçu dans une soirée. Pourtant, à entendre sa voix pleine de chaleur, à la manière dont il se déplaçait avec cette souplesse animale qui était la sienne, de même qu'à son regard intense, on devinait dans la seconde son intelligence et sa sensibilité. À sa manière discrète, paisible, il avait une singulière puissance. Et Rachael se sentait rassurée par sa présence bien qu'elle fût bouleversée par les événements.

– Je veux seulement savoir ce qui s'est passé, déclara-t-elle à Kordell.

Mais, dans le même temps, elle craignait de le savoir mieux que lui.

– Je vais être franc, dit Kordell. Toute autre attitude serait absurde.

Il soupira, secoua la tête comme s'il était impuissant à s'exprimer. Fronçant les sourcils, il se tourna brusquement vers Benny.

– Vous ne seriez pas l'avocat de Mrs Leben, par hasard ?

– Non, seulement un vieil ami.

— Vraiment ?

— Je suis venu pour soutenir moralement Mrs Leben.

— Eh bien, en ce cas, j'espère que nous pourrons éviter de faire appel aux avocats, commenta Kordell.

— Je n'ai absolument pas l'intention d'engager une procédure, dit Rachael afin de le rassurer.

Il acquiesça d'un air lugubre, visiblement peu convaincu de sa sincérité, et dit :

— À cette heure, voyez-vous, je ne suis d'ordinaire pas à mon bureau. Quand il y a un surcroît de travail inattendu et qu'il faut prévoir des autopsies à des heures tardives, je laisse ce travail à l'un ou l'autre de mes assistants. Nous ne faisons exception à cette règle que lorsque le défunt est un citoyen éminent ou qu'il s'agit d'un cas d'homicide particulièrement complexe. Dans ces cas, comprenez-vous, l'opinion publique est alertée, les médias et les hommes politiques sont dans la course et je préfère ne pas mêler mes assistants à une affaire qui risque de les dépasser. Votre époux, bien entendu, était un homme exceptionnel...

Il semblait attendre une réaction et Rachael hocha la tête avec lassitude. Elle ne se sentait pas vraiment en état de parler. Depuis qu'elle avait appris la nouvelle de la disparition du corps, la peur ne la quittait plus. En cette minute, son moral était au plus bas.

— Le corps a été présenté à la morgue et inscrit sur le registre des entrées à midi quatorze, reprit Kordell. Comme nous avions déjà du retard dans notre programme et que j'avais une conférence prévue dans la journée, j'ai ordonné à mes assistants de traiter les corps par ordre d'entrée. J'avais prévu de m'occuper personnellement du cadavre de votre époux à quatre heures et demie, ce soir.

Il porta la main à sa tempe et la massa brièvement tout en clignant des yeux, comme si l'évocation des heures passées lui donnait soudain un atroce mal de tête.

— L'heure venue, quand la salle d'autopsie fut prête, j'envoyai un assistant chercher le corps du Dr Leben à la morgue... mais il a été alors impossible de le retrouver.

— Il n'était peut-être pas là où il devait être ? suggéra Benny.

— C'est rarement arrivé depuis que je suis à ce poste, assura Kordell avec une trace de vanité dans la voix. Et, dans ce cas, que le corps ait été dirigé vers une table d'autopsie autre que celle qui était prévue, ou bien qu'il ait été admis avec une fiche d'identité inadéquate, nous le retrouvons toujours sur-le-champ.

— Mais ce soir, vous ne l'avez pas retrouvé ? demanda Benny.

— Nous avons cherché près d'une heure. Partout. (L'accent de désespoir de Kordell paraissait sincère.) Ça n'a pas de sens ! Pas de sens. Si l'on considère la procédure que nous appliquons, c'est impossible.

Rachael serrait son sac si fort que les jointures de ses doigts étaient blanches. Elle essaya de décrisper ses mains, les croisa. Soudain effrayée à l'idée que Kordell ou Benny pussent deviner un fragment de la vérité monstrueuse qui se faisait jour dans son esprit, elle ferma les yeux et baissa la tête. Ils penseraient peut-être que c'était, de sa part, une réaction normale devant les circonstances affreuses qui l'avaient conduite ici.

Les yeux toujours clos, elle entendit Benny déclarer :

— Docteur Kordell, est-il possible que le corps du Dr Leben ait été conduit par erreur dans une morgue privée ?

— Nous avons été informés au début de la journée que c'étaient les frères Attison qui avaient la responsabilité des funérailles, aussi les avons-nous appelés quand nous n'avons pas retrouvé le corps. Nous pensions qu'ils avaient pu se présenter ici. Un employé leur aurait alors remis le cadavre sans autorisation, avant que l'autopsie n'ait été pratiquée. Mais ils nous ont assuré du contraire. En fait ils attendaient notre appel pour venir prendre livraison du corps.

— Ce que je veux dire, insista Benny, c'est que le cadavre du Dr Leben aurait pu être remis à quelque autre entreprise par erreur.

— C'est également une éventualité et, croyez-moi, nous nous sommes dûment assurés que ce n'était pas le cas. Après l'admission du corps du Dr Leben, à midi quatorze ainsi que je vous l'ai dit, quatre autres corps ont été confiés à des dépôts mortuaires privés. Nous avons envoyé des employés afin de vérifier l'identité des cadavres. Mais aucun d'eux n'était celui du Dr Leben. Aucun.

Les yeux toujours clos, Rachael écoutait la macabre conversation des deux hommes. Elle avait l'impression de vivre un cauchemar.

— Si fou que cela puisse paraître, dit enfin Kordell, nous avons été amenés à conclure que le cadavre avait été volé.

Du fond de sa détresse, Rachael essayait en vain de repousser les images abominables qui s'imposaient à son esprit.

— Vous avez contacté la police ? demanda Benny.

— Oui, nous les avons fait venir dès que nous avons conclu que le vol était la seule explication. Ils sont à la morgue, en bas, et, bien sûr, souhaitent s'entretenir avec vous, madame Leben.

Un bruit lancinant et régulier provenait de l'endroit où était assis Everett Kordell. Rachael ouvrit les yeux et vit qu'il jouait nerveusement avec son coupe-papier qu'il sortait de son étui avant de l'y remettre. Elle referma les yeux.

— Dites-moi, fit Benny, est-ce que votre service de sécurité est à ce point inefficace que n'importe qui puisse entrer aussi facilement et dérober un cadavre ?

— Bien sûr que non. Il ne s'est jamais rien produit

de tel. Je vous le répète : c'est inexplicable. Certes, quelqu'un de résolu pourrait tromper la vigilance de nos services en se montrant particulièrement habile, mais je pense que ce n'est pas facile. Pas facile du tout.

– Mais pas impossible.

Le bruit saccadé du coupe-papier cessa. À en juger par les divers bruits qu'elle entendait, Rachael conclut que le médecin légiste redisposait nerveusement ses photos de famille.

Elle continuait de se concentrer pour chasser les scènes démentes qui s'imposaient à elle.

– Je vous suggère de m'accompagner tous deux en bas, déclara Kordell. Vous pourrez ainsi constater l'efficacité de notre sécurité. Madame, vous sentez-vous en état de faire le tour des lieux ?

Rachael rouvrit les yeux. Benny et Kordell la dévisageaient d'un air soucieux. Elle hocha la tête.

– Vous en êtes certaine ? insista Kordell en se levant. Ne croyez surtout pas que ce soit une obligation. Mais je me sentirai mieux après vous avoir montré toutes les précautions que nous prenons et à quel point chacun, ici, a le sens de son devoir.

– Allons-y, fit-elle.

Tout en tapotant sa manche sur laquelle il venait de repérer un grain de poussière, Kordell les précéda vers la porte.

Comme elle se levait pour le suivre, Rachael eut un étourdissement. Elle vacilla. Benny lui saisit le bras.

– Cette visite n'est pas absolument nécessaire, lui dit-il.

– Mais si. Il faut que je voie. Il faut que je comprenne.

Il la regarda avec une expression étrange mais elle détourna la tête. Il savait qu'il se passait quelque chose d'anormal, quelque chose de plus que la mort d'Éric et la disparition de son corps, mais il ignorait quoi. Et il brûlait de curiosité.

Rachael avait eu l'intention de lui cacher son angoisse et de le laisser hors de cette affreuse affaire. Mais la dissimulation n'était pas son fort et elle savait qu'il avait senti sa peur dès l'instant où elle lui avait ouvert la porte. Il était à la fois intrigué, inquiet et déterminé à ne pas la quitter. C'était exactement ce qu'elle voulait éviter mais, à présent, elle ne pouvait plus rien. Par la suite, elle trouverait bien un moyen de se débarrasser de Benny. Elle avait besoin de lui, mais c'était injuste de le mêler à ce gâchis, de mettre sa vie en danger comme l'était la sienne.

Pour l'heure, il fallait qu'elle voie l'endroit où l'on avait déposé le corps disloqué d'Éric. Elle espérait que le fait de comprendre mieux les circonstances qui entouraient la disparition du cadavre apaiserait ses pires craintes. Elle fit appel à toutes ses forces pour descendre jusqu'à la morgue et se décida à quitter le bureau de Kordell.

Le large couloir gris clair carrelé aboutissait à une lourde porte de métal. À droite, dans une alcôve, un employé en uniforme blanc était assis derrière un bureau. En voyant arriver Kordell en compagnie de Benny et de Rachael, il se leva et sortit un trousseau de clés de sa poche.

– C'est l'unique accès intérieur à la morgue, dit Kordell. La porte est verrouillée en permanence. Est-ce exact, Walt ?

– Absolument, dit l'employé. Vous désirez entrer, docteur Kordell ?

– Oui.

Lorsque Walt introduisit la clé dans la serrure, il y eut une petite étincelle d'électricité statique.

– Un employé veille constamment devant cette porte, commenta Kordell. Walt ou un autre, et cela sept jours sur sept. Personne ne peut entrer sans qu'on lui ait ouvert au préalable. Et nous tenons un registre des visiteurs.

Walt s'écarta tout en tenant ouverte l'énorme porte. Ils entrèrent. À l'intérieur, l'air était frais, chargé d'une odeur d'antiseptique et d'autres effluves moins plaisants. La porte se referma derrière eux avec un léger grincement dont l'écho parut se propager dans tout le corps de Rachael. Avec un bruit creux, la serrure s'enclencha automatiquement.

Deux doubles portes, l'une et l'autre ouvertes, permettaient d'accéder à deux grandes salles que divisait le couloir central de la morgue. L'autre extrémité du couloir était fermée par une porte de métal tout à fait identique à celle qu'ils venaient de franchir.

– Maintenant, dit Kordell, je voudrais vous montrer la seule issue extérieure, celle par laquelle les fourgons mortuaires accèdent à la morgue.

Rachael lui emboîta le pas. C'était en ce lieu que le corps d'Éric avait été amené, et à cette pensée, elle sentit ses genoux faiblir et la sueur ruisseler dans son dos.

– Attendez une seconde, déclara Benny tout à coup.

Il se retourna vers la porte qu'ils venaient de passer, abaissa la poignée et ouvrit, ce qui surprit Walt, qui venait à peine de se rasseoir derrière son bureau. Benny laissa le lourd battant se refermer, se tourna vers Kordell et demanda :

– Cette porte est fermée en permanence de l'extérieur, d'accord, mais elle peut être ouverte de l'intérieur, n'est-ce pas ?

– Bien sûr, fit Kordell. Vous imaginez ce que cela représenterait d'avoir à appeler l'employé de garde pour aller et venir. Et puis, nous ne pouvons courir le risque de voir quelqu'un se trouver bloqué ici en cas d'urgence. Incendie ou tremblement de terre, par exemple.

Ils s'enfoncèrent dans le couloir au carrelage luisant, éveillant sous leurs pas des échos sinistres. Il y avait deux salles à parcourir. Dans celle de gauche,

Rachael vit plusieurs personnes dans un alvéole. Elles parlaient à voix feutrée sous la clarté givrée d'un luminaire fluorescent. Il s'agissait à l'évidence d'employés de la morgue en tenue d'hôpital. Parmi eux un homme en pantalon beige et veste de sport semblait diriger les opérations. Deux autres personnes levèrent la tête au passage de Rachael. Elle aperçut également trois corps. Trois formes dissimulées par des draps, sur des chariots chromés.

Everett Kordell ouvrit les deux battants de la porte de métal, sortit et leur fit signe de le suivre. Ils débouchèrent sur l'un des niveaux du parking contigu, là où Rachael avait garé sa Mercedes, quelques étages plus bas. Avec ses parois nues, son sol de béton grisâtre et ses énormes piliers, l'endroit évoquait le tombeau moderne d'un pharaon occidental. Les rampes à sodium disposées de loin en loin diffusaient un éclairage jaune qui convenait parfaitement à cette antichambre du séjour des morts.

À proximité de la morgue, tout stationnement était interdit. Pourtant, de nombreux véhicules étaient dispersés sur l'immense surface, certains sous la lueur bilieuse des rampes, d'autres dans des replis d'ombre violette qui évoquaient la texture de velours des revêtements de cercueils.

Rachael promena les yeux autour d'elle, avec l'impression incongrue que quelqu'un se cachait quelque part et les observait.

Elle, tout particulièrement.

Benny la vit frissonner. Aussitôt, il passa un bras protecteur autour de ses épaules.

Everett Kordell referma alors la porte de la morgue, fit un essai pour la rouvrir, mais la poignée refusa de s'abaisser.

– Vous voyez ? Elle se verrouille automatiquement. Les ambulances, les fourgons mortuaires et les corbillards descendent par cette rampe. Ils s'arrêtent là. La seule façon d'accéder à l'intérieur c'est d'appuyer sur ce bouton, là. (D'un geste, il désigna l'endroit.) Ensuite, il faut s'annoncer dans l'intercom. (Kordell approcha le visage d'une grille sertie dans le béton.) Walt ? C'est le Dr Kordell, à la porte extérieure. Tu veux bien nous faire entrer ?

— Tout de suite, monsieur, fit la voix de Walt.

Le bourdonneur résonna et Kordell, aussitôt, ouvrit la porte.

— Je suppose que l'employé n'ouvre pas à n'importe qui, dit Benny.

— Certainement pas. S'il est bien certain de reconnaître la voix, s'il connaît la personne, il n'y a pas de problème. Mais, dans le cas contraire, si le moindre détail éveille ses soupçons, ou bien s'il s'agit d'une personne nouvelle, il quitte son bureau et vient ici pour l'identification du visiteur.

Rachael avait perdu tout intérêt pour ces détails. Elle ne s'intéressait qu'au parking partagé entre l'obscurité et la lueur glauque des rampes à sodium. Il y avait là des centaines d'endroits où il était possible de se cacher.

— Mais, dans cette situation, continuait Benny, l'employé, s'il ne s'y attend pas, peut être facilement débordé et un intrus peut entrer de force.

— C'est possible, admit Kordell en fronçant les sourcils. Mais, à ma connaissance, ça ne s'est jamais produit.

— Et les employés qui étaient de service aujourd'hui jurent qu'ils ont dûment enregistré tous ceux qui étaient entrés ou sortis et qu'ils n'ont laissé pénétrer que des personnes autorisées ?

— C'est ce qu'ils affirment, oui.

— Et vous leur faites confiance à tous ?

— Implicitement. Tous ceux qui travaillent ici savent que les corps qui nous sont confiés sont ceux de parents ou d'amis proches de nos clients, et que nous avons la responsabilité sacrée de protéger ces dépouilles aussi longtemps qu'elles nous sont confiées. Je pense que le dispositif de sécurité répond à cette exigence.

– En ce cas, fit Benny, quelqu'un d'autre a pu crocheter la serrure...

– C'est virtuellement impossible.

– Alors, quelqu'un a réussi à s'introduire dans la morgue pendant que la porte était ouverte pour des visiteurs autorisés à entrer. Il s'y est caché et il a attendu l'arrivée d'une autre personne pour emporter le cadavre du Dr Leben.

– Oui, peut-être. Mais c'est tellement improbable que...

– Est-ce que nous pourrions rentrer? demanda Rachael.

– Certainement, fit Kordell en s'écartant, trop heureux de lui être agréable.

Ils retrouvèrent le couloir de la morgue, l'air froid, le parfum de pin qui masquait mal des odeurs plus redoutables.

5

Questions sans réponses

Dans la salle d'attente, là où les cadavres étaient amenés avant l'autopsie, l'air était plus froid encore que dans le couloir de la morgue. La clarté crue des lampes fluorescentes lançait des reflets bizarres sur les surfaces de métal, donnant un éclat de givre aux chromes des chariots, ainsi qu'aux poignées des tiroirs. La laque blanche des placards, dont la couche était sans doute d'une épaisseur normale, semblait acquérir une profondeur mystérieuse évoquant un paysage de neige au clair de lune.

Rachael évita de poser le regard sur les corps enveloppés en même temps qu'elle s'interrogeait sur ce que pouvaient renfermer tous ces énormes tiroirs.

L'homme à la veste de sport qu'elle avait aperçu tout à l'heure se nommait Ronald Tescanet. C'était un avocat qui représentait les intérêts municipaux. On l'avait arraché à son dîner pour qu'il soit présent à l'entrevue de Rachael avec la police. Il s'exprimait d'un ton mielleux, et déversait ses condoléances comme de l'huile tiède. Pendant que la police interrogeait Rachael, il marcha de long en large en silence, passant fréquemment une petite main replète dans ses cheveux noirs. Deux bagues d'or et de diamants étincelaient à ses doigts.

Deux policiers présentèrent alors à Rachael leur carte et leur insigne. À la différence de Tescanet, ils ne l'étouffèrent pas sous leur sympathie et elle leur en sut gré.

Le plus jeune des deux, un homme robuste aux sourcils broussailleux, était l'inspecteur Hagerstrom. Il restait silencieux, laissant à son collègue le soin de poser les questions. Son attitude pleine de réserve s'opposait à la nervosité de l'avocat. Ses petits yeux bruns paraissaient assez stupides au premier abord; mais au bout d'un instant, Rachael changea d'avis : il était d'une intelligence supérieure à la moyenne mais s'efforçait de le dissimuler.

Elle en ressentit de l'inquiétude : Hagerstrom, par l'effet de quelque sixième sens propre aux flics, allait la percer à jour et deviner ce qu'elle cachait ? Sans le faire ostensiblement, elle évitait donc de croiser son regard.

Le plus âgé, l'inspecteur Julio Verdad, était un petit homme au teint de cannelle dont les yeux noirs étaient marqués de violet. Prune, plus exactement, pensa Rachael. Prune bien mûre. Il était très élégant : costume bleu impeccablement coupé, sombre mais dans un tissu léger, estival, avec une chemise blanche qui pouvait fort bien être en soie. Il portait des boutons de manchettes en or avec une perle. Une chaînette dorée ornait sa cravate grenat et elle identifia ses mocassins bordeaux comme venant d'une bonne maison.

Verdad s'exprimait brièvement, avec des mots presque secs, mais sur un ton calme et aimable. Le contraste entre ses manières et sa façon de parler était déconcertant.

— Vous avez vu leur dispositif de sécurité, madame Leben ?

— Oui.

— Et vous êtes satisfaite ?

— Je suppose que oui.

Verdad se tourna vers Benny et demanda :

— Vous êtes... ?

— Ben Shadway. Je suis un vieil ami de Mrs Leben.

– Un ami d'enfance ?
– Non.
– Une relation professionnelle, alors ?
– Non. Tout simplement un ami.
Ses yeux brillèrent d'un éclat sarcastique.
– Je vois.
Verdad revint à Rachael.
– J'ai quelques questions à vous poser, si vous n'y voyez pas d'inconvénient.
– À quel propos ?
– Voulez-vous vous asseoir, madame ? demanda Verdad.
– Oui, bien sûr, je vous en prie, fit Everett Kordell.
Il se précipita en même temps que Ronald Tescanet pour aller chercher une chaise dans un coin du bureau.
Constatant que personne n'était assis, Rachael refusa. Il lui répugnait de se trouver en position d'infériorité.
– Non, merci, déclara-t-elle. Je préfère rester debout. J'espère que ce ne sera pas long. Je ne me sens pas d'humeur à m'attarder ici. Qu'avez-vous à me demander ?
– C'est un crime inhabituel, déclara Verdad, d'un ton sentencieux.
– Un cadavre volé, dit-elle, affectant le doute puis le dégoût.
– Qui a bien pu commettre une action aussi indigne ? fit Verdad.
– Je n'en ai pas la moindre idée.
– Vous ne connaissez personne qui pourrait avoir un motif ?
– Qui aurait intérêt à voler le corps d'Éric ?
– Il avait des ennemis ?
– Il était un génie dans son domaine mais il avait également réussi en affaires. Cela peut expliquer une certaine jalousie de la part de ses collègues. De plus la richesse suscite inévitablement l'envie.

Nombreux sont ceux à qui il a porté tort en grimpant dans l'échelle sociale.

— Il avait vraiment porté tort à certaines personnes ?

— Oui, à quelques-unes. Il était dur avec les autres. Mais je doute sincèrement que ses ennemis soient du genre à tirer satisfaction d'une vengeance aussi absurde et macabre.

— Il n'était pas seulement dur, dit Verdad.

— Pardon ?

— Il était impitoyable.

— Pourquoi dites-vous cela ?

— Je l'ai lu. On disait qu'il était impitoyable.

— Peut-être. C'était un homme difficile à vivre. Je ne le nierai pas.

— De telles personnes se font des ennemis acharnés.

— Pas au point de voler un cadavre !

— Hélas, si ! Je vais avoir besoin d'une liste de noms. Tous ceux qui seraient susceptibles de lui garder rancune...

— Les gens avec lesquels il travaillait à la Geneplan pourraient vous le dire.

— Ses collaborateurs... Certes, je les interrogerai. Mais vous avez bien une idée, vous, madame ?

— Je ne savais pas grand-chose de son travail. Il me laissait dans l'ignorance. Il avait des idées bien précises sur le rôle qui me revenait. Et, depuis l'année dernière, je l'avais quitté.

Verdad afficha une expression de surprise, mais Rachael pensa qu'il avait déjà un peu enquêté et qu'il était donc au courant.

— Vous allez divorcer ?

— Oui.

— Et ça se passait mal ?

— En ce qui le concernait, oui.

— Ceci explique donc cela.

— Que voulez-vous dire ?

— Je veux parler de votre absence totale de chagrin.

Elle commençait à penser, depuis quelques instants, que Verdad était beaucoup plus dangereux que ne semblait l'être Hagerstrom. Elle en était certaine, maintenant.

— Le Dr Leben la traitait de façon abominable, intervint Benny.

— Je vois, dit Verdad.

— Elle n'avait aucune raison de pleurer sa mort.

— Je vois.

— Bon Dieu, vous vous comportez comme si vous enquêtiez sur un meurtre, dit Benny.

— Vraiment ?

— Vous la traitez comme une suspecte.

— Vous croyez vraiment cela ? demanda Verdad, calmement.

— Le Dr Leben a été tué dans un horrible accident. Ce n'était la faute de personne, sauf de Leben lui-même, sans doute.

— C'est ce que nous avons cru comprendre.

— Il y avait au moins une dizaine de témoins.

— Êtes-vous l'avocat de Mrs Leben ? demanda Verdad.

— Non, je vous ai dit que...

— Oui, rien qu'un vieil ami, coupa Verdad, marquant subtilement un point.

Ronald Tescanet fit un pas en avant, si vite que ses bajoues en tremblèrent :

— Monsieur Shadway, si vous étiez avocat, vous comprendriez que la police ne peut faire autrement que de poursuivre cet interrogatoire, si déplaisant soit-il. Car on doit admettre l'hypothèse que le corps du Dr Leben a été volé afin de le soustraire à l'autopsie. Pour cacher quelque chose à la justice.

— Très mélodramatique ! commenta Benny d'un ton méprisant.

— Certes, mais possible. Ce qui impliquerait que sa mort n'ait pas été aussi accidentelle et soudaine qu'il y paraît, rétorqua Tescanet.

— Exactement, ponctua Verdad.

— Absurde, fit Benny.

Rachael aimait la manière dont Benny défendait son honneur. Avec détermination, force et gentillesse. Mais dans l'immédiat peu lui importait que Verdad et Hagerstrom la considèrent comme une criminelle ou à tout le moins une complice. Elle était totalement incapable d'assassiner qui que ce fût, et la mort d'Éric avait été bien sûr accidentelle, ce qui serait bientôt clair pour n'importe quel inspecteur de la brigade criminelle. Mais, aussi longtemps qu'Hagerstrom et Verdad seraient occupés à conforter leurs opinions sur l'hypothèse du meurtre, ils ne pourraient pas se lancer sur les autres pistes. Celles qui conduisaient à l'épouvantable vérité ! Ils couraient sur des traces qui n'aboutiraient à rien et, pour l'heure, cela l'arrangeait.

— Inspecteur, dit-elle à Verdad, en dépit des déclarations du Dr Kordell, ne croyez-vous pas que l'explication la plus probable est que le corps ait été changé de place ?

Immédiatement, le médecin légiste protesta, en même temps que Ronald Tescanet. Mais elle les interrompit d'un ton ferme.

— Ou alors nous avons affaire à des gamins qui ont imaginé une farce de mauvais goût... Des collégiens, je ne sais... Peut-être pour un rite ou quelque chose dans ce style. On a vu pire !

— Je crois que je connais déjà la réponse à cette question, déclara Benny. Mais je vous la pose : est-il possible qu'Éric Leben n'ait pas été tué sur le coup ? Est-ce que l'on a pu se tromper sur son état après l'accident ? Peut-on imaginer qu'il soit sorti d'ici dans une sorte d'inconscience ?

— Non, non, non ! s'exclama Tescanet.

Il était blême et transpirait tout à coup en dépit de la température.

— Impossible, affirma Kordell, presque dans la même seconde. Je l'ai vu. Il avait des plaies énormes à la tête et ne présentait plus le moindre signe de vie.

Mais cette théorie nouvelle semblait intriguer Verdad qui demanda :

– Le Dr Leben a-t-il été soumis à un examen médical immédiatement après l'accident ?

– Oui, par les infirmiers de secours, dit Kordell.

– Des gens parfaitement formés et fiables, affirma Tescanet en épongeant son visage plâtreux avec un mouchoir.

Il devait se livrer à un calcul mental extrêmement rapide pour chiffrer la différence entre le dédommagement dû pour un incident à la morgue et celui pour incompétence de la municipalité dans une intervention d'assistance médicale.

– Jamais, quelles que soient les circonstances, jamais ils ne déclareraient à tort qu'il y a mort d'homme.

– D'une part, intervint Kordell, il n'y avait plus de rythme cardiaque. Les infirmiers ont obtenu un tracé plat sur leur unité cardiographique. D'autre part la respiration s'était arrêtée. Sans compter la température en chute continue.

– Mort, indéniablement, murmura Tescanet.

L'inspecteur Verdad, en cet instant, dévisageait l'avocat et le médecin légiste avec le même regard d'oiseau nocturne, la même expression neutre qu'il avait eus pour Rachael. Il ne pensait probablement pas que Tescanet ou Kordell – et encore moins les infirmiers municipaux – aient pu dissimuler un quelconque acte malfaisant ou une faute professionnelle, mais de par son expérience et son métier, il était prêt à soupçonner n'importe qui, à n'importe quel moment, à partir du moindre indice.

Everett Kordell reprit, non sans avoir sourcillé devant l'interruption de Tescanet :

– Il est vrai qu'il n'y avait plus la moindre trace d'activité cérébrale. Nous faisons un électro-encéphalogramme à la morgue, ici même. Nous procédons fréquemment à cet examen dans les cas d'accident. J'ai personnellement veillé à ce qu'un tel dispositif soit installé quand je suis arrivé. Dès son admission, le Dr Leben a été soumis aux tests et le tracé était plat. J'étais présent. Il y avait indéniablement mort cérébrale. C'est la condition universellement acceptée pour l'état de mort : arrêt cardiaque irréversible accompagné d'une mort cérébrale absolue. Nous n'avons pas constaté la moindre dilatation pupillaire chez le Dr Leben. Pas de respiration. Madame Leben, très respectueusement, je ne puis que vous confirmer ceci : votre époux était bien mort. Vous pouvez vous fier à moi.

Rachael n'avait pas le moindre doute qu'Éric fût mort. Elle avait vu ses yeux aveugles quand elle s'était penchée sur lui, sur la chaussée sanglante. Et elle avait vu, trop bien vu, le creux profond qu'il avait à la tempe. Les os brisés, fracassés. Mais elle était soulagée que Benny ait trouvé l'occasion d'embrouiller les choses et de donner aux inspecteurs une nouvelle fausse piste.

— Je suis certaine qu'il était mort, dit-elle. Je n'ai pas le moindre doute là-dessus. J'étais sur les lieux de l'accident et je ne pense pas qu'une erreur de diagnostic soit envisageable.

Kordell et Tescanet eurent l'air immensément soulagés en entendant cela.

— Donc, fit Verdad en haussant les épaules, nous écartons cette hypothèse.

Mais Rachael savait bien que l'idée d'un diagnostic erroné était bien implantée maintenant dans l'esprit des deux flics. Ils allaient dépenser du temps et de l'énergie à creuser cette hypothèse et c'était bien cela le plus important. Les retarder. C'était le jeu qu'il fallait jouer. Les retarder. Les faire piétiner. Brouiller les pistes. Elle avait avant tout besoin de temps pour confirmer ses pires soupçons. Temps et réflexion pour décider d'une ligne d'action afin de se protéger. Tant de dangers la menaçaient !

Le lieutenant Verdad précéda Rachael jusqu'à un chariot vide sur lequel il y avait un drap froissé ainsi qu'une étiquette en carton avec deux fils de plastique tressés. L'étiquette avait été pliée.

— Je crains, dit-il, que ce ne soit tout ce que nous ayons pour commencer. Le corps se trouvait sur ce chariot et le carton qui l'identifiait était attaché à un pied.

Verdad était à quelques centimètres seulement de Rachael. Il posait sur elle un regard intense, mais elle ne put rien déchiffrer dans ses yeux noirs à l'éclat dur, des yeux aussi neutres que son visage.

— À votre avis, dit-il, pour quelle raison un voleur de cadavre prendrait-il le temps d'enlever une étiquette attachée à un orteil ?

— Je n'en ai pas la moindre idée.

— Il ne devrait s'inquiéter que d'une chose : ne pas se faire surprendre. Il est pressé. Et il gaspille des secondes précieuses à ôter une pièce à première vue sans intérêt.

— C'est dément, fit-elle d'une voix tremblante.

— Oui, dément, répéta Verdad.

— Mais tout cela est dément.

— Oui.

Elle baissa les yeux sur le drap froissé et marqué de quelques taches à peine distinctes, qui avait enveloppé le corps nu et froid de son époux, et elle ne put réprimer un frisson.

— Ça suffit comme ça, dit Benny en posant un bras sur ses épaules. Il est temps de partir.

Everett Kordell et Ronald Tescanet accompagnèrent Rachael et Benny jusqu'à l'ascenseur du parking tout en continuant à défendre la cause de la morgue et de la municipalité dans l'affaire de la disparition du cadavre. Ils n'étaient visiblement pas convaincus que Rachael renonce à les poursuivre, bien qu'elle l'eût répété à plusieurs reprises. Mais elle était trop lasse. Il lui restait tant de problèmes à résoudre... Elle n'allait pas gâcher l'énergie qui lui restait à tenter de les convaincre. Elle n'en avait nulle envie.

Tout ce qu'elle voulait, c'était être débarrassée d'eux pour se consacrer aux tâches urgentes qui l'attendaient.

Quand les portes de l'ascenseur se refermèrent, les séparant enfin, elle et Benny, du médecin décharné et du corpulent avocat, Benny déclara :

– À ta place, je les poursuivrais.

– Plaintes, poursuites, contre-expertises, dépositions, tribunal... Non, pas ça, fit Rachael.

Comme l'ascenseur montait, elle ouvrit son sac.

– Verdad est un parfait salaud, hein ? dit Benny.

– Oh, je pense qu'il fait son travail, c'est tout.

Elle sortit le pistolet de .32 de son sac.

Benny regardait défiler les numéros des niveaux sur le panneau lumineux au-dessus de la porte, aussi ne vit-il pas tout de suite l'arme.

– Oui, c'est vrai, mais ce travail, il pourrait le faire avec un petit peu plus d'humanité et moins de froide efficacité.

Ils avaient franchi un niveau et demi et, sur l'indicateur, le chiffre 2 allait s'allumer. Rachael avait laissé la Mercedes au niveau 3.

Benny avait tout d'abord voulu prendre sa voiture, mais elle avait insisté pour qu'ils viennent avec la 560 SL. Au volant, elle avait les mains occupées et son attention était fixée sur la conduite, ce qui lui évitait les pensées morbides suscitées par la situation parfaitement effrayante où elle se trouvait plongée. Quand elle revenait sur les derniers développements de la mort d'Éric, elle perdait alors toute maîtrise d'elle-même et ce n'était pas le moment.

L'ascenseur passa le niveau 2.

– Benny, dit-elle soudain, écarte-toi de la porte.

– Comment ? (Il détourna les yeux et sursauta en voyant l'arme.) Bon sang, où est-ce que tu as trouvé ça ?

– Je l'ai emportée avec moi.

– Mais pourquoi ?

– Recule, je t'en prie. Vite, Benny, supplia-t-elle

d'une voix tremblante, l'arme braquée sur les portes.
 Déconcerté, il obéit.
 – Qu'est-ce qui se passe ? Tu ne vas pas tirer sur quelqu'un, non ?
 Le martèlement de son cœur était tel qu'il étouffait la voix de Benny. Elle avait l'impression qu'il lui parlait à une distance infinie.
 Ils arrivèrent au troisième niveau.
 Le panneau émit un ding ! sonore en même temps que le chiffre 3 s'allumait. L'ascenseur s'arrêta avec un léger tressautement.
 – Rachael, réponds-moi. Que se passe-t-il ?
 Elle se sentit incapable de donner la moindre explication. Elle avait acheté son arme après avoir quitté Éric. Une femme seule devait être armée... surtout après s'être séparée d'un homme aussi dangereux. Dès que les portes s'écartèrent, elle se rappela les consignes de l'instructeur. Ne pas appuyer nerveusement sur la détente, mais la presser en douceur pour que le canon ne se relève pas avec le risque de manquer la cible.
 Mais personne ne les attendait, du moins pas à proximité immédiate de l'ascenseur. Le sol de béton, les piliers et le plafond étaient tout à fait semblables à ceux du niveau d'où ils venaient. Le silence également, un silence sépulcral, presque menaçant. L'atmosphère bien que moins humide était tout aussi oppressante. Quelques luminaires éteints contribuaient à rendre l'endroit sinistre et les ombres plus denses. Ici un éventuel agresseur pouvait se cacher plus facilement. Mais Rachael n'était-elle pas victime de son imagination ?
 En lui emboîtant le pas, Benny revint à la charge.
 – Rachael, de quoi as-tu peur ?
 – Plus tard. Pour l'instant, il faut partir d'ici au plus vite.
 – Mais...
 – Plus tard, te dis-je.
 Leurs pas éveillaient des échos multiples et elle

avait l'impression qu'ils étaient non pas dans un vulgaire parking de Santa Ana mais dans les profondeurs d'un temple, surveillés par quelque puissance maléfique.

À cette heure tardive, il ne restait que trois voitures, dont la 560 SL rouge. Elle était à une trentaine de mètres de l'ascenseur, isolée. Rachael en fit le tour avec méfiance. Personne n'était embusqué de l'autre côté. Personne ne se cachait à l'intérieur. Soulagée, elle ouvrit la portière et s'installa rapidement au volant. Dès que Benny fut monté à son tour et qu'il eut refermé sa portière, elle mit le contact, démarra et lança la voiture vers la rampe de sortie. D'une main, elle avait remis le pistolet dans son sac.

Quand ils s'engagèrent dans la rue, Benny la questionna à nouveau.

– O.K. Maintenant, tu vas me dire quelle est la raison de tout ce suspense.

Elle hésita. Elle aurait tant voulu ne pas le mêler à tous ces événements. Elle aurait dû venir seule à la morgue. Elle avait été trop faible, elle s'était appuyée sur lui, mettant désormais la vie de Benny en danger. Et elle n'en avait pas le droit.

– Rachael ?

Elle s'arrêta au feu, au carrefour de Main Street et de la 4e Rue. Des lambeaux de papier tourbillonnaient au-dessus de la chaussée, dans un souffle de vent torride.

– Rachael ? insista Benny.

À l'angle de la rue, un clochard apparut, à quelques mètres de distance, sale, déguenillé, pas rasé et visiblement ivre. Il avait un nez à moitié dévoré par un mélanome. De la main gauche, il brandissait une bouteille dans un sac de papier. Dans sa main droite, il avait un vieux réveil cassé qu'il serrait comme un précieux trésor. Il s'avança, se baissa pour regarder Rachael avec des yeux fiévreux et fous.

Ignorant l'intrus, Benny insista, avide de connaître le pourquoi de tous ces mystères.

— Rachael, explique-toi. Qu'y a-t-il ? Dis-moi. Je peux certainement t'aider.

— Je ne veux pas te mêler à tout ça.

— Je suis déjà dans le bain, tu ne crois pas ?

— Non. Jusqu'à présent, tu ne sais rien. Et je pense que c'est mieux ainsi.

— Tu m'as promis...

Le feu passa au vert. Elle écrasa si brutalement l'accélérateur que Benny fut projeté en avant et que sa ceinture de sécurité lui coupa la respiration.

Derrière eux, le clochard hurla :

— Je suis le temps qui passe !

— Écoute, Benny, fit Rachael, je vais te reconduire chez moi pour que tu récupères ta voiture.

— Comme tu veux.

— Je t'en prie, laisse-moi. Moi seule peux intervenir.

— Mais de quoi s'agit-il au juste ? Que se passe-t-il ?

— Benny, ne me pose pas de questions. S'il te plaît. Il faut avant tout que je réfléchisse... Après quoi...

— Tu comptes aller quelque part ce soir ?

— Ça ne te regarde pas.

— Où ?

— Il faut que je... que je vérifie certaines choses. Mais ne t'en fais pas.

— Est-ce que par hasard tu t'apprêterais à tuer quelqu'un ? demanda-t-il sur la défensive.

— Bien sûr que non.

— Alors pourquoi cette arme ?

Devant son mutisme, il s'emporta.

— Tu as un permis de port d'arme dissimulé[1] ?

---

1. Aux États-Unis, la législation reste très libérale et diverse selon les États quant aux armes. Mais il existe un distinguo absolu entre le port d'arme évident et le port d'arme dissimulé. *(N.d.T.)*

Elle fit signe que non.

— J'ai juste une autorisation de détention. Pour la maison.

Il jeta un rapide coup d'œil par la vitre arrière, puis se pencha brusquement, saisit le volant et le tourna d'un mouvement violent. La voiture fila à droite dans un crissement de pneus. Rachael freina.

La Mercedes patina sur six ou huit mètres et lorsque Rachael tenta de reprendre le volant, Benny s'y agrippa et elle dut hurler pour qu'il le lâche. Le volant se mit à tourner follement sous les doigts de Rachael avant qu'elle ne reprenne totalement le contrôle de son véhicule. Elle prit le virage, s'arrêta près du trottoir et se tourna vers Benny.

— Qu'est-ce qui t'arrive ? Tu deviens cinglé ou quoi ?

— Non. Je suis seulement en colère. On le serait à moins.

Il la sentait aux aguets.

— Je veux t'aider, fit-il, obstiné.

— Tu ne le peux pas.

— Laisse-moi essayer. Où faut-il que tu ailles ?

— Chez Éric, c'est tout, dit-elle dans un soupir.

— Chez lui ? Tu veux dire à Villa Park ? Mais pourquoi ?

— Je ne peux pas te le dire.

— Et ensuite ?

— Ensuite... Tu ne devrais pas me poser de questions.

— Pourquoi ?

— Benny, c'est dangereux.

— Et alors, bon Dieu, tu me prends pour qui ? Merde, ma belle, est-ce que tu penses vraiment que je vais m'écrouler comme ça, au premier coup de poing, bordel ?

Elle se tourna vers lui et le dévisagea. Elle vit ses yeux brillant de colère.

— Mon Dieu, dans quel état es-tu, dit-elle. Je ne t'ai jamais entendu parler de cette façon.

– Rachael, si tu as encore la moindre amitié pour moi, parle.

Elle semblait sur le point de céder. Il se fit plus pressant.

– Tu ne peux pas me tenir à l'écart de ce qui se passe. Tu ne peux pas m'empêcher de t'aider. Surtout si nous devons continuer à nous voir.

Elle ne le quittait pas des yeux, éprouvant plus que jamais de la tendresse pour lui. En cet instant, elle aurait voulu se fier à sa parole, l'avoir près d'elle comme allié. Mais ce serait ignoble de sa part de le mêler à cette histoire. Certes, il devait envisager d'innombrables hypothèses, mais rien qui fût proche de la dangereuse vérité. S'en serait-il un tant soit peu approché qu'il aurait été moins excité à l'idée de l'affronter. Toutefois elle ne se sentait pas le droit de la lui dire.

– Tu sais, reprit-il, je suis plutôt vieux jeu. Pas vraiment dans le coup. Je t'en donne un exemple... la moitié des types qui travaillent dans l'immobilier en Californie portent en été des jeans en velours et des blazers légers. Moi, je garde mon costume trois-pièces et je mets des escarpins. Je suis probablement le seul dans l'immobilier à savoir encore ce qu'est un gilet, tu te rends compte ? Alors, quand un type dans mon genre voit que la femme qu'il adore a des ennuis, il se dit qu'il faut absolument l'aider. Et toi, tu refuserais ! Quel affront ! Tu en es consciente ? Rachael, je t'aime plus que tout. Accorde-moi une chance.

– C'est la première fois que tu me tiens ce genre de discours, fit Rachael.

– L'occasion ne s'est jamais présentée.

Elle était tout à la fois touchée et perturbée par cet ultimatum. Elle ferma les yeux, s'enfonça dans son siège, incapable de décider de la conduite à tenir. Elle avait gardé les mains sur le volant, qu'elle serrait convulsivement. Mais elle se refusait à le lâcher : Benny se serait aperçu qu'elle tremblait.

— De qui as-tu peur, Rachael ? redemanda-t-il.
Elle resta silencieuse.
— Tu sais ce qui est arrivé à son cadavre, n'est-ce pas ?
— Peut-être.
— Tu sais qui l'a volé.
Elle eut une moue dubitative.
— Et tu as peur. Tu as peur d'eux, Rachael. Qui sont-ils ? Pour l'amour de Dieu, qui pourrait bien faire une chose pareille ? Pourquoi ?
Elle rouvrit les yeux, lança le moteur et démarra.
— D'accord, tu peux venir avec moi.
— Chez Éric, et à son bureau ? Qu'est-ce qu'on cherche ?
— Ça, dit-elle, je ne suis pas sûre de vouloir te le dire.
Il resta un instant silencieux, puis acquiesça.
— O.K. J'accepte. On y va de ce pas, d'accord.
Elle roulait vers le nord, suivant Main Street, puis elle tourna dans Katella Avenue, en direction des collines et du luxueux ensemble résidentiel de Villa Park. Sur les hauteurs de Villa Park, les immenses demeures qui dépassaient souvent le million de dollars étaient à peine visibles parmi les frondaisons. La maison d'Éric se dressait derrière une longue haie de lauriers. Elle paraissait plus sombre encore que les autres, froide en cette tiède nuit de juin, et ses multiples fenêtres noires comme de l'obsidienne faisaient obstacle à la lumière.

6

Le coffre de la voiture

L'allée d'accès était en dalles mexicaines rouges. Elle contournait l'énorme bâtisse de style hispano-moderne jusqu'aux garages, de l'autre côté. Rachael s'arrêta devant l'entrée.

Ben Shadway appréciait le style espagnol, avec ses arcades, ses jeux d'angles et ses profondes fenêtres à vitraux, en revanche l'hispano-moderne lui plaisait moins. Ces lignes épurées, ces surfaces nues et lisses, ces grandes baies et cette absence totale d'ornementation pouvaient certes paraître très mode, très classe aux yeux de certains, mais chez lui, cette architecture n'éveillait qu'un ennui profond. Il la trouvait dépourvue de caractère et dangereusement proche des minables constructions en stuc que l'on trouvait partout en Californie du Sud.

Néanmoins, dès qu'il fut descendu de voiture pour suivre Rachael sous une véranda où poussaient en abondance des succulentes à grosses fleurs jaunes et des azalées, Ben ne put s'empêcher d'être impressionné. La maison était immense – trois mille mètres carrés habitables, estima-t-il – et le terrain paysager devait valoir de l'or. On avait un panorama très étendu sur le comté d'Orange, vers l'ouest, vaste tapis de lumières qui se déployait sur plus de vingt-cinq kilomètres jusqu'à la bande noire de l'océan. De jour, se dit Ben, et par temps clair, la vue s'étendait probablement jusqu'à Catalina. En dépit de son architecture, la demeure de Leben respirait la richesse. Même les criquets dans les buissons n'émettaient pas le même son que dans les quartiers plus modestes. Un chant moins aigu, plus mélodieux, comme si les insectes étaient conscients de l'endroit où ils se trouvaient.

Ben savait qu'Éric Leben était un homme très riche, désormais il en avait la preuve. Et il sentait soudain tout ce qu'impliquait le fait d'avoir des dizaines de millions de dollars. C'était comme un poids matériel.

Ben Shadway ne s'était jamais beaucoup préoccupé des questions d'argent avant l'âge de dix-neuf ans. Ses parents n'étaient pas suffisamment riches pour s'occuper d'investir ni assez pauvres pour ne pas faire face à leurs échéances mensuelles. Ils étaient par ailleurs dénués de toute ambition. Pourtant, lorsque Ben eut accompli ses deux années de service militaire, l'argent devint son principal sujet d'intérêt : il fallait en gagner, l'investir, le multiplier.

Il n'aimait pas l'argent en tant que tel. Ce n'était même pas pour lui le moyen d'acquérir des biens ou de mener un train de vie agréable avec voitures de sport étrangères, bateaux de plaisance, montres Rolex, costumes sur mesure à deux mille dollars... Non, tout cela ne le passionnait guère. Il était bien plus heureux avec sa Thunderbird 1956 amoureusement restaurée que Rachael avec sa Mercedes, et il s'habillait en prêt-à-porter chez Harris et Frank ! Il y avait des hommes qui aimaient l'argent pour le pouvoir qu'il leur donnait. Rien n'excitait moins Ben.

Pour lui, l'argent n'avait de valeur que dans la mesure où il lui permettait de s'adonner à son hobby c'est-à-dire de se replonger dans le passé. Les années vingt, trente ou quarante avaient tant de charme à ses yeux ! Pour atteindre ce but, il avait travaillé de longues heures chaque jour, ne s'accordant aucunes vacances. Il avait la ferme intention de faire de sa société l'une des plus solides affaires d'immobilier du comté d'Orange et ce, dans les cinq années à venir. Ensuite il revendrait et, avec le capital acquis, il pourrait envisager de vivre à l'aise le restant de ses jours, peut-être. Alors, il profiterait pleinement de la musique swing, des vieux films, des romans policiers et de ses trains modèles réduits.

Certes, la Crise avait marqué plus d'un tiers de la période qui fascinait Ben, mais elle lui semblait infiniment plus attirante que le présent. Durant ces années-là, il n'était pas question de terrorisme, de menace de guerre nucléaire, d'agressions, de viols. Et puis la vitesse n'était pas limitée sur les routes, il n'y avait pas de polyester dans les bars, pas de bière sans alcool. À la fin des années quarante, la télévision, cette invention déplorable, n'avait pas l'impact social qui était désormais le sien. Aux yeux de Ben, le monde actuel donnait lieu à une débauche de pornographie, de littérature de bas étage, de musique sans inspiration. Lorsqu'il se lançait dans des comparaisons entre la première moitié du siècle et les années quatre-vingts, la nostalgie de Ben tournait à la mélancolie et il regrettait alors de n'être pas né plus tôt dans le siècle.

En cet instant, le chant des criquets aidant, Ben se laissait aller à la douceur ambiante. L'ombre silencieuse de la demeure de Leben, le vent tiède, lourd du parfum du jasmin qui venait caresser les collines dressées devant la mer, avant de balayer la vaste véranda, arrivaient presque à l'apaiser. Ben en venait à croire qu'il avait été transporté dans le temps jusqu'en une époque plus douce, plus paisible. Hélas ! L'architecture était là pour dissiper cette brève illusion ainsi que le pistolet de Rachael, d'ailleurs. Oui, cela gâchait définitivement le sentiment de paix qu'il avait éprouvé.

Rachael était pourtant d'un tempérament primesautier. Elle riait de bon cœur et se mettait rarement en colère. Sûre d'elle-même, elle ne se laissait pas facilement effrayer. Aussi pour qu'elle ait décidé de porter une arme, c'est qu'elle devait affronter une menace réelle, pour ne pas dire redoutable.

Avant de descendre de voiture, elle avait sorti le revolver de son sac et relevé le cran de sûreté. Elle avait également demandé à Ben d'être prudent sans toutefois lui expliquer ses motifs. Sa peur était presque palpable, mais elle persistait dans son refus de faire partager ses angoisses, ce qui l'aurait pourtant soulagée. Elle gardait jalousement le secret depuis cet après-midi.

Ben s'était résigné. Non pas qu'il eût une patience à toute épreuve, mais il avait simplement admis qu'il n'avait pas le choix. Il attendrait qu'elle lui fasse progressivement des révélations.

Arrêtée devant la porte, elle cherchait ses clés. Puis elle s'efforça d'ouvrir à tâtons. Après sa rupture avec Éric, elle avait gardé un jeu de clés avec l'intention de revenir plus tard pour récupérer ce qui lui appartenait. Précaution inutile. Éric lui avait fait porter ses objets personnels avec une lettre pleine d'aigreur où il exprimait sa certitude qu'elle ne tarderait pas à reconnaître ses torts et à revenir.

Le bruit de la clé dans la serrure éveilla soudain dans l'esprit de Ben une image déplaisante, celle de deux couteaux que l'on affûte l'un contre l'autre.

Tout près de la porte, il repéra un boîtier d'alarme. Mais tous les voyants lumineux étaient éteints et le dispositif, à l'évidence, n'avait pas été activé.

– Il a peut-être fait changer les serrures après ton départ, suggéra Ben.

– J'en doute. Il était tellement certain que j'allais revenir tôt ou tard... Éric était un homme qui ne doutait pas souvent.

La clé joua enfin dans la serrure. Rachael ouvrit, franchit le seuil d'un pas nerveux et alluma très vite les lumières du hall. Elle tenait son arme d'une main ferme.

Ben la suivit, avec le sentiment que les rôles étaient inversés. C'est lui qui aurait dû la protéger et il se sentit un peu ridicule.

La maison était totalement silencieuse.

– Je crois que nous sommes seuls, dit Rachael.

– Tu espérais trouver quoi au juste ?

Sans même daigner répondre, elle s'avança, l'arme toujours braquée.

Lentement, ils allèrent de pièce en pièce, allumant au fur et à mesure qu'ils avançaient. L'intérieur de la maison parut encore plus imposant à Ben. Toutes les pièces étaient immenses, très hautes de plafond, habillées de murs blancs, de dalles mexicaines et de grandes baies. Çà et là quelques cheminées au manteau de pierre ou de céramique... De belles armoires de chêne également... Deux cents invités auraient pu tenir à l'aise dans le living et la bibliothèque adjacente.

Le mobilier était dans l'ensemble dépouillé, moderne, fonctionnel, à l'image de la maison. Dépouillés les sofas blancs immaculés ainsi que les chaises d'une grande sobriété de ligne. Les tables basses, les dessertes, pour la plupart laquées, en noir ou en blanc, renforçaient encore cette impression. Les seules touches de couleur et de fantaisie venaient des objets d'art : peintures éclectiques alternant avec des antiquités de toutes les époques. Le décor nu était en fait destiné à mettre en valeur ces œuvres admirables, révélées par un éclairage indirect ou quelques minispots judicieusement disposés. Au-dessus d'une cheminée, Ben remarqua une mosaïque représentant des oiseaux et signée William de Morgan. Rachael lui dit qu'elle avait été réalisée pour le tsar Nicolas Ier. Plus loin, il vit une toile extraordinaire de Jackson Pollock. Mais aussi un torse romain sculpté dans le marbre, datant du Ier siècle de l'ère chrétienne. L'ancien se mêlait au moderne dans une parfaite harmonie.

Ici, un panneau kirman du XIXe siècle décrivait

l'existence des grands shahs de Perse. Là, une toile de Mark Rothko, très sobre, n'exhibait que de simples bandes de couleurs. Deux biches en cristal de Lalique formaient consoles pour deux vases Ming d'une beauté exquise. Tout était fascinant, déconcertant. On avait davantage l'impression d'un musée que d'une vraie demeure.

Ben savait que Rachael avait épousé un homme fortuné et qu'elle était, depuis ce matin, une riche veuve, mais il n'avait pas pensé un seul instant à l'incidence que cela aurait sur leurs rapports. Insidieusement le nouveau statut de Rachael provoquait en lui un sentiment de malaise. Riche. Rachael était désormais immensément riche. Et, pour la première fois, cette idée acquérait une réalité pour lui.

Il allait devoir réfléchir à cette nouvelle situation, situation qui n'allait pas manquer de susciter beaucoup de changements entre eux. Pour le meilleur ou pour le pire. Mais ce n'était ni le moment ni le lieu pour soulever le sujet et il l'écarta de ses pensées, non sans difficulté. Une fortune qui se chiffrait en dizaines de millions de dollars était comme un aimant qui attirait sans cesse l'esprit...

— Tu as vécu ici six ans ? demanda-t-il, incrédule, tandis qu'ils traversaient une autre pièce pleine de chefs-d'œuvre.

— Oui, répondit-elle. Six longues années.

Ils progressaient à travers la maison et Rachael s'était peu à peu détendue. Ils n'avaient pas rencontré la moindre menace. Plus ils avançaient et plus la demeure semblait irréelle aux yeux de Ben. Comme un palais de glace, une sorte d'iceberg dans lequel d'innombrables œuvres admirables, produits d'une civilisation disparue, auraient été enfermées à la suite d'une catastrophe ancienne.

— C'est tellement... sinistre, dit Ben, sur un ton désabusé.

— Éric ne s'est jamais soucié d'avoir une vraie maison. Je veux dire un foyer, un endroit agréable où il ferait bon vivre. De toute façon, il ne faisait pas grand cas de ce qui l'entourait. Seul l'avenir comptait pour lui. En fait, cette maison, il la considérait comme une sorte de monument élevé à sa réussite. C'est ce que tu vois partout.

– Je m'étais attendu à trouver une trace de ta présence. Un peu de ton style sensuel. Mais... non, il n'y a rien de toi.

– Éric n'autorisait pas le moindre changement dans ce décor.

– Et tu as pu accepter de vivre ainsi ?

– Oui, j'ai accepté.

– Je ne t'imagine pas heureuse dans un endroit aussi glacé.

– Ce n'était pas désagréable. Il y a tant de choses si belles un peu partout. On peut passer des heures à les contempler. Et on en éprouve du plaisir, un réel plaisir intellectuel.

Il avait toujours admiré la façon dont Rachael trouvait un côté positif aux situations les plus difficiles. Elle avait l'art de profiter de chaque instant de la vie. Sa forte personnalité la mettait à l'abri de toutes les vicissitudes. Aussi son comportement actuel était-il d'autant plus surprenant.

Tout au fond, dans une des salles de jeu qui donnaient sur la piscine, Ben découvrit une table de billard somptueuse du XIXe siècle, entièrement sculptée, avec des pieds en forme de griffes. Le teck était incrusté de pierres rares.

– Éric n'a jamais joué au billard, commenta Rachael. Je crois même qu'il n'a jamais assisté à une seule partie. Ce qu'il voulait, c'était cette table. Elle est unique et je crois qu'elle vaut plus de trente mille dollars. Tu remarqueras d'ailleurs que l'éclairage permettrait difficilement de jouer. Il est uniquement destiné à mettre la table en valeur.

– Je comprends, dit Ben. Ce que je comprends moins c'est comment tu as pu épouser un homme comme lui.

— J'étais jeune, je n'étais pas sûre de moi et j'étais peut-être à la recherche du père dont j'ai manqué toute ma vie. Il était calme, tellement sûr de lui. Sa force, sa volonté me fascinaient. Et aussi le fait qu'il puisse m'apporter la stabilité, la sécurité.

Elle révélait implicitement que son enfance, son adolescence avaient été pénibles, ce que Ben avait deviné depuis plusieurs mois. Rares étaient les fois où elle lui avait parlé de sa jeunesse, de ses parents ou de ses années d'école. Il en avait déduit que cette période avait été négative au point de susciter en elle un dégoût absolu et définitif du passé, une méfiance à l'égard de l'avenir mais aussi une grande disponibilité.

Il aurait aimé poursuivre sur ce sujet mais, avant qu'il ait pu prononcer une parole de plus, l'atmosphère changea du tout au tout.

Dès leur arrivée dans la maison, il avait senti le danger. Puis cette impression avait diminué au fur et à mesure qu'ils allaient de pièce en pièce, peu à peu convaincus qu'il n'y avait pas d'intrus dans la demeure. Rachael venait de s'arrêter brusquement, les yeux fixés sur les empreintes d'une paume et de trois doigts sur un accoudoir du sofa. Une tache rouge sombre sur le cuir blanc. Elle s'approcha. C'était bien du sang. L'atmosphère de la maison devint lourde, comme chargée de menace.

Rachael demeurait accroupie à côté du sofa, le regard rivé sur les taches de sang. Ben la vit frissonner et, d'une voix tremblante, elle murmura :

— Il était là ! C'est bien ce que je craignais. Ô Seigneur, il s'est passé quelque chose ici !

Elle tendit un doigt vers l'empreinte, l'effleura et retira vivement sa main.

— Mon Dieu, c'est encore humide, fit-elle. Mon Dieu !

— Mais qui est venu ici ? demanda Ben. Et qu'est-ce qui s'est passé ?

Elle regardait son doigt, le visage déformé par

une expression d'horreur. Puis, lentement, elle leva les yeux vers Ben. Il était penché sur elle et, un instant, il crut que sa terreur avait atteint un degré tel qu'elle allait tout lui révéler et accepter son aide. Mais elle reprit le contrôle d'elle-même. Son regard s'apaisa et son visage redevint adorable.

– Viens, dit-elle enfin. Il faut poursuivre notre visite. Pour l'amour de Dieu, je t'en prie, sois prudent !

Elle se releva et il la suivit. Elle tenait à nouveau le pistolet braqué devant elle.

Dans l'immense cuisine, équipée comme celle d'un grand restaurant, ils découvrirent des fragments de verre sur le sol. Un panneau de la porte-fenêtre ouvrant sur le patio avait été fracassé.

– Les systèmes d'alarme ne servent à rien si on ne les branche pas, dit Ben. Comment Éric a-t-il pu s'absenter en laissant cette maison sans protection ?

Elle ne répondit pas.

– Un homme comme lui a du personnel ! insista-t-il.

– Oui. Un couple de serviteurs très gentils. Ils habitent dans l'appartement au-dessus du garage.

– Mais où sont-ils ? Ils auraient dû entendre du bruit.

– Non. Ils ont congé le lundi et le mardi. En général, ils vont voir leur fille à Santa Barbara.

– C'est une effraction à l'évidence, dit Ben en donnant un coup de pied dans un bout de verre. Bien. Est-ce que nous ne ferions pas mieux d'appeler la police, maintenant ?

– Allons voir en haut, dit-elle d'une voix anxieuse.

L'expression de Rachael était sinistre et Ben eut cette pensée affreuse : elle ne rirait plus jamais.

Ils montèrent à l'étage, s'engagèrent dans le couloir, puis inspectèrent les chambres une à une, comme s'ils s'attendaient à ce qu'un serpent venimeux en jaillisse à chaque seconde.

Tout d'abord, ils ne virent pas la moindre trace de désordre. Mais dans la chambre principale, ils découvrirent un véritable chaos. Le contenu des placards – chemises, pantalons, sweaters, chaussures, costumes –, tout avait été éparpillé un peu partout. De même, les draps, les oreillers et le couvre-lit formaient un amas informe près du lit. Le matelas avait été enlevé et certains ressorts du sommier arrachés. Deux lampes de céramique noire étaient brisées et les abat-jour déchirés et écrasés. Des tableaux de valeur avaient été décrochés des murs et les toiles lacérées. Deux superbes fauteuils de style Klismo avaient été projetés contre le mur et l'un d'eux était en miettes. Le choc avait laissé d'énormes trous dans la cloison.

Ben eut soudain la chair de poule et un frisson glacé monta jusqu'à sa nuque. Dans un premier temps, il avait pensé que ces ravages étaient l'œuvre de quelqu'un qui cherchait méthodiquement un objet précieux mais, à la réflexion, il se ravisa. Le responsable de ce massacre avait été animé d'une rage aveugle, il avait saccagé la chambre avec violence, mû par une haine frénétique. L'intrus, d'une grande force physique, avait probablement l'esprit dérangé. Quelqu'un d'étrange, d'infiniment dangereux aussi.

Avec une témérité qui résultait de la peur, Rachael se précipita dans la salle de bains, l'un des deux derniers endroits qu'ils n'avaient pas encore visités, mais les lieux étaient déserts. Elle revint dans la chambre, blême, tremblante, et parcourut des yeux les dégâts.

– D'abord effraction et maintenant vandalisme, commenta Ben. Tu veux que j'appelle moi-même les flics ou bien comptes-tu le faire ?

Sans répondre elle s'avança vers une alcôve et en ressortit les sourcils froncés.

– Le coffre mural a été ouvert et vidé, dit-elle.

– Cambriolage. Bon, Rachael, maintenant, il faut appeler les flics.

– Non.
Elle restait sans voix. Ses beaux yeux verts étaient recouverts d'un voile terne.

C'était infiniment plus inquiétant que la peur qu'elle avait manifestée tout d'abord. Ben devinait que l'espoir s'effaçait en elle. Rachael, sa Rachael, ne s'était jamais laissée aller au désespoir et il trouvait cette situation insupportable.

– Non, pas de flics, fit-elle encore.
– Pourquoi ?
– Si je les mêle à cela, on me tuera.
Il protesta.
– Quoi ? Te tuer, toi ? Et les flics ? Mais qu'est-ce que tu racontes ?
Elle se rongeait nerveusement l'ongle du pouce.
– Jamais je n'aurais dû t'amener ici.
– Rachael, je suis avec toi, un point c'est tout. Et maintenant, tu ne crois pas qu'il est temps de parler ?
Elle paraissait ne pas l'avoir entendu.
– Allons inspecter le garage. Je voudrais voir s'il manque une voiture, déclara-t-elle soudain.
Elle se précipita hors de la pièce et il n'eut d'autre choix que de la suivre non sans protester.

Il trouva au garage une belle collection de voitures. Une Rolls blanche. Une Jaguar du même vert que les yeux de Rachael. Puis deux boxes vides. Et, dans le cinquième, une Ford de dix ans, à la carrosserie poussiéreuse, à l'antenne radio cassée.
– Il devrait y avoir sa Mercedes 560 SL noire, dit Rachael, et sa voix résonna entre les parois du garage. Éric l'avait prise pour venir à notre rendez-vous de ce matin. Après l'accident... après sa mort... Herb Tuleman, son avocat, m'a proposé de la faire ramener ici. On devait la laisser au garage. Herb est un type de parole. Il fait toujours ce qu'il dit. Je suis certaine qu'on a ramené la voiture comme prévu. Or elle n'est plus là.

— Un vol de voiture en plus, dit Ben. Qu'est-ce qu'il te faut encore pour que tu te décides à prévenir la police ?

Sans répondre elle entra dans le box voisin, celui où se trouvait la vieille Ford, sous la lueur bleutée et dure d'une rampe fluorescente.

— Celle-là, dit-elle, je ne l'ai jamais vue. Elle n'appartient pas à Éric, en tout cas.

— C'est probablement celle qu'avait le cambrioleur en arrivant. Il l'a échangée pour la Mercedes.

Méfiante, pointant son arme, Rachael ouvrit la portière avant dans un grincement sonore. Puis elle se pencha pour jeter un coup d'œil à l'intérieur.

— Rien.

— Tu t'attendais à trouver quoi au juste ? demanda Ben.

Une fois de plus, elle l'ignora et ouvrit la portière arrière pour inspecter attentivement le siège. Puis elle repassa à l'avant, regarda le volant, vit que les clés de contact étaient là et les retira.

— Rachael !

Son expression bouleversée en disait long sur ses pensées. Comme un automate elle se dirigea vers le coffre arrière.

— Rachael, qu'est-ce que tu cherches ?

— Celui qui est venu ici n'aurait jamais laissé les clés. Ce serait trop facile de le repérer. Non, impossible. Donc, il s'agit peut-être d'une voiture qu'il a volée pour qu'on ne puisse pas retrouver sa trace.

— Tu as probablement raison. Mais ce n'est pas dans le coffre que tu trouveras les papiers du véhicule. Regarde plutôt dans la boîte à gants.

Elle avait engagé une clé dans la serrure du coffre, hésitant encore à l'ouvrir.

— Ce ne sont pas les papiers que je cherche.

— Quoi alors ?

Avec un cliquetis, le coffre s'ouvrit.

À l'intérieur, il y avait une flaque de sang.

Rachael émit une plainte sourde.

Ben se pencha. Dans un coin il y avait une chaussure de femme, bleue à talon haut, dans un autre, une paire de lunettes dont le verre unique était cassé.

– Mon Dieu, fit Rachael, il ne s'est pas contenté de voler cette voiture. Il a tué la femme qui la conduisait. Il l'a tuée et il a mis le corps dans le coffre en attendant de s'en débarrasser. Quand est-ce que ce cauchemar s'arrêtera ? Quand ?

Ben observa Rachael avec attention. Sa peur avait une origine très précise. Il en était certain maintenant. Qui redoutait-elle ?

7

De vilains petits jeux

Deux papillons de nuit blancs tourbillonnaient autour de l'éclairage fluorescent. Ils venaient frapper de leurs ailes les ampoules froides comme s'ils cherchaient sans cesse à se brûler à une flamme réelle. Et leurs ombres agrandies rebondissaient de mur en mur, au-dessus de la Ford. Rachael avait porté la main à son visage. Elle restait là, comme paralysée.

L'odeur métallique du sang montait du coffre. Ben, incommodé, fit un pas en arrière.

– Comment pouvais-tu savoir ? demanda-t-il.
– Savoir quoi ?

Elle gardait les yeux fermés, la tête penchée, ses cheveux auburn retombant en mèches folles sur son visage.

– Tu savais ce que tu allais trouver là-dedans : je ne m'explique pas comment.
– Mais non, je ne savais rien. J'avais seulement une intuition, un pressentiment... En fait je m'attendais à trouver quelque chose d'autre...
– Mais alors *quoi* exactement ?
– N'insiste pas, je t'en prie.
– Je t'ai posé une question, Rachael. Réponds !

Les papillons continuaient de tourbillonner au-dessus de leurs têtes.

Rachael rouvrit les yeux, secoua la tête et s'éloigna de la voiture.

– Sortons, dit-elle.
Il la prit par le bras.
– Il faut appeler les flics, maintenant. Et tu dois leur raconter ce que tu sais. Tu ferais sans doute aussi bien de me le dire à moi dès maintenant.
– Je ne veux pas voir la police, dit-elle en évitant de le regarder.
– J'étais prêt à te soutenir. Jusqu'à maintenant.
– Je ne veux pas mêler la police à cette histoire.
– Mais quelqu'un a été tué !
– Il n'y a pas de cadavre.
– Bon Dieu, et tout ce sang ?
Elle se retourna et, à regret, affronta son regard.
– Benny, je t'en prie. S'il te plaît, ne nous disputons pas. Je n'en ai pas le temps. Si le corps de cette pauvre femme avait été là, dans le coffre, les choses auraient été différentes et nous aurions pu appeler la police. C'eût été alors une preuve. Mais là, tu imagines, ils vont commencer par poser des tas de questions, et de toute façon ils ne me croiront pas. Nous perdrons encore du temps. Or, sache que bientôt j'aurai des gens lancés à mes trousses... des gens très dangereux.
Livide, elle s'adossa au mur.
– Tu ne peux absolument pas me dire de qui il s'agit ?
– Ils sont peut-être déjà sur mes traces. Je ne pense pas qu'ils soient au courant de la disparition du cadavre d'Éric, pas encore, mais s'ils en ont entendu parler, ils vont venir ici. Il faut que nous partions.
– Rachael, explique-toi, à la fin. C'est insupportable. Qu'est-ce qu'ils veulent ? Qu'est-ce qu'ils cherchent ? Pour l'amour de Dieu, Rachael, dis-le-moi.
Une fois encore, elle secoua la tête.
– Nous avions passé un accord. Si tu m'accompagnais, tu ne poserais pas de questions.
– Je n'ai rien promis de tel.
– Écoute, Benny, c'est ma vie qui en dépend !

Il prit conscience qu'elle parlait sérieusement. Elle était absolument sincère. Elle avait peur tout simplement. Et cela suffit à le faire revenir sur sa décision. Il devait l'aider avant tout.

— Mais la police pourrait t'aider, remarqua-t-il. Te protéger.

— Pas contre ceux qui sont à mes trousses.

— À t'entendre, on croirait que tu parles de démons.

— Tu ne penses pas si bien dire...

Elle se rapprocha et l'embrassa rapidement, furtivement, sur la bouche. Il était si heureux de la sentir là, tout contre lui, que la pensée d'un avenir dont elle serait absente le glaça.

— Tu es formidable, lui dit-elle. Tu veux rester avec moi malgré tout. Mais tu devrais rentrer chez toi, maintenant. Laisse-moi mener les choses comme je l'entends. Tiens-toi à l'écart de cette affaire.

— Ça, ça me paraît difficile.

— Alors, au moins, ne t'en mêle pas. Allez, viens.

Elle s'écarta de lui et marcha droit vers la porte qui accédait à la maison.

À l'instant où Ben s'apprêtait à la suivre, un papillon s'éloigna de la lumière pour venir tourner autour de lui et il le chassa avec des gestes nerveux. Puis il referma le coffre de la Ford. Du sang coagulé montait une abominable odeur...

Il courut derrière Rachael.

Elle s'arrêta brusquement, tout près de l'entrée de la lingerie par laquelle on accédait à l'intérieur de la maison. Elle avait les yeux fixés à terre. Lorsqu'il la rejoignit, il vit des vêtements que ni l'un ni l'autre n'avaient remarqués en pénétrant dans le garage. Une paire de chaussures souples en vinyle à semelles de caoutchouc, avec des lacets blancs. Un pantalon en coton vert pâle, bouffant. Et une chemise ample à manches courtes, de même couleur que le pantalon.

Le visage de Rachael, un instant plus tôt pâle et cireux, devint comme de la cendre. Gris. Éteint.

En regardant de nouveau les vêtements abandonnés, Ben comprit que c'était le genre de tenue que portaient généralement les chirurgiens en salle d'opération. Jadis, le blanc était de rigueur mais, depuis quelques années, il le savait, on avait adopté ce vert pâle. En fait il n'y avait pas que les chirurgiens à porter cette tenue. Dans les hôpitaux, les internes, les infirmiers, les assistants l'avaient également adoptée.

Et à la morgue, peu de temps auparavant, il avait vu plusieurs personnes habillées de la sorte.

Rachael inspira profondément, les dents serrées, se ressaisit et franchit le seuil.

Ben hésita un instant, incapable de détacher son regard des chaussures, des vêtements verts. Vert pâle. Il était comme hypnotisé par chaque pli du tissu. Son esprit tournait à toute allure. Son cœur cognait très fort dans sa poitrine. Le souffle court, il se laissait pénétrer par tout ce qu'impliquait ce spectacle.

Il réussit enfin à réagir et s'élança derrière Rachael. Il avait le visage baigné d'une sueur froide.

Rachael se dirigeait vers le siège de la Geneplan, à Newport Beach et elle conduisait beaucoup trop vite. Bien, cependant, se disait Ben, mais il n'était pas mécontent d'avoir bouclé sa ceinture de sécurité. Pour être déjà monté en voiture avec elle, il savait que la conduite était un de ses plaisirs favoris. La vitesse l'exaltait, surtout depuis qu'elle avait sa SL rouge tellement nerveuse. Mais ce soir, elle était trop pressée pour savourer les joies de la conduite sportive et, sans être vraiment imprudente, elle avait cependant tendance à couper certains virages et passait d'une file à l'autre un peu trop vite.

– Tes ennuis, dit Ben, sont de telle nature qu'il vaut mieux que la police n'intervienne pas. C'est ça, non ?

— Tu crains que les flics ne s'en prennent à moi ?
— Oui. Est-ce que ce pourrait être le cas ?
— Non, fit-elle sans la moindre hésitation et sur un ton totalement sincère.
— Tu sais, si jamais tu as été compromise avec certaines personnes, il n'est jamais trop tard pour faire marche arrière.
— Non, il ne s'agit pas de ça.
— Bon, je suis heureux de l'entendre.

La clarté du tableau de bord dessinait un léger halo autour de son visage sans toutefois souligner la teinte grisâtre de la peur qui semblait s'être inscrite dans sa chair. Elle était telle que Ben la voyait quand il était loin d'elle : d'une beauté stupéfiante.

En d'autres circonstances il aurait eu le sentiment de vivre un rêve parfait, ou une séquence d'un de ces vieux films qu'il adorait. Après tout, quoi de plus excitant, de plus exquisément érotique que de se trouver dans une voiture de sport racée avec une femme magnifique, fonçant dans la nuit vers quelque séjour romantique ? Bientôt, ils allaient passer de leurs sièges de cuir design à un lit aux draps doux et frais, et la griserie de la vitesse ne ferait qu'aviver leur passion.

— Benny, dit-elle brusquement, je n'ai rien fait de mal.
— Je n'ai jamais pensé cela.
— Mais tu laissais entendre que...
— Il fallait que je te pose la question.
— Est-ce que j'ai l'air d'une criminelle à tes yeux ?
— Non, d'un ange.
— Je ne risque pas de finir en prison, tu sais. Au pire, je serai la victime.
— Pas tant que je serai là.
— Tu es si gentil.

Elle détourna une seconde la tête et sourit.
— Si gentil, répéta-t-elle.

Elle souriait mais la peur était toujours présente

sur son visage et dans ses yeux. Elle était sincère, elle le trouvait gentil, très gentil, mais elle n'était nullement prête à lui faire partager ses secrets.

Ils arrivèrent à la Geneplan à 11 h 30. Situé au milieu d'un parc, près de Jamboree Road, à Newport Beach, le siège central de la société du Dr Éric Leben occupait un bâtiment en verre de quatre étages. Son architecture très mode était irrégulière, avec six façades d'inégales dimensions et une immense porte cochère en marbre poli et en verre. D'ordinaire Ben détestait ce style, mais là, il dut reconnaître que l'immeuble de la Geneplan n'était rien moins qu'audacieux et même séduisant. Le parking était divisé en emplacements harmonieusement délimités par des haies de géraniums grimpants, blancs et rouges. La verdure foisonnait autour de l'immeuble et Ben remarqua tout particulièrement des palmiers très artistiquement disposés. À cette heure tardive, les pelouses, les arbres et le bâtiment lui-même étaient mis en valeur par des projecteurs et l'ensemble donnait une impression de beauté et de solennité.

Rachael fit le tour du bâtiment et engagea la Mercedes sur une courte allée en pente qui conduisait à une porte coulissante. À l'évidence, cette entrée était destinée aux camions de livraison qui pouvaient effectuer le déchargement au sous-sol. Rachael se gara devant la porte, entre les hautes parois de béton.
— Si on pense que j'ai peut-être eu l'idée de venir à la Geneplan, la voiture sera moins repérable ici.

Dès qu'il eut quitté la voiture, Ben prit conscience de la fraîcheur de l'air. Il faisait infiniment meilleur ici, à Newport Beach, tout près de l'océan, qu'à Villa Park ou Santa Ana. Le Pacifique était encore à quelques kilomètres et si l'air marin ne portait pas la rumeur des lames ou le parfum du sel et des algues, il était néanmoins présent.

À côté de l'entrée principale réservée aux livraisons, il vit une porte plus petite, avec une double serrure, qui ouvrait également sur le sous-sol.

Quand elle vivait avec Éric, Rachael était souvent venue à la Geneplan, soit pour remplacer Éric quand il n'avait pas le temps, soit pour le seconder à l'occasion. C'est ainsi qu'elle avait un jeu de clés personnel. Le jour où elle avait quitté son mari, elle les avait posées sur une table basse, dans l'entrée de la maison de Villa Park. Et ce soir, elle les avait retrouvées exactement au même endroit, à côté du grand vase japonais du XIXe siècle. Elle avait même remarqué la poussière. Éric avait dû donner l'ordre à la femme de ménage de ne pas y toucher. Il avait dû penser que ce serait un moyen de l'humilier le jour où elle reviendrait. Elle était heureuse qu'il n'ait pas eu droit à cette morbide satisfaction.

Rachael ouvrit la porte d'acier, entra et appuya sur l'interrupteur qui éclaira le quai de déchargement. Un boîtier d'alarme était fixé au mur et Rachael tapota rapidement une série de chiffres sur le clavier. Deux lampes rouges s'éteignirent tandis qu'une lampe verte s'allumait : le système était désactivé.

Ben la suivit jusqu'à l'extrémité de la salle qui était séparée du reste du sous-sol pour des raisons évidentes de sécurité. Il y avait là une nouvelle porte avec un autre dispositif d'alarme indépendant du premier. Ben regarda Rachael qui tapait le code.

– Le premier, dit-elle, c'est la date de naissance d'Éric, et celui-là, c'est la mienne. Et il y en a encore d'autres plus loin.

Ils continuèrent à la seule clarté de la lampe-torche que Rachael avait prise à Villa Park car elle ne voulait pas courir le risque d'alerter quelqu'un.

– Tu as parfaitement le droit d'être ici, remarqua Ben. Tu es sa femme et tu as hérité de tout.

– Oui, mais si ceux qui me cherchent aperçoivent de la lumière à l'intérieur, ils sauront que c'est moi.

Il aurait donné cher pour savoir ce qu'elle entendait par « ceux qui me cherchent », mais il savait qu'il n'avait pas intérêt à poser la question pour l'instant. Rachael ne perdait pas une seconde. Quoi qu'elle fût venue chercher ici, elle n'avait pas l'intention de s'attarder. Et elle n'accueillerait sûrement pas bien d'éventuelles questions.

Ils traversèrent le reste du sous-sol, et se dirigèrent vers l'ascenseur qui permettait d'accéder au deuxième étage. Ben était de plus en plus intrigué par l'extraordinaire déploiement des dispositifs de sécurité, tous activés à cette heure avancée de la nuit. Avant d'appeler l'ascenseur, Rachael composa un autre code sur un troisième boîtier. Au deuxième étage, ils se retrouvèrent dans un salon de réception, protégé par les mêmes mécanismes de sécurité. Dans le faisceau de la torche, Ben vit un tapis beige, un impressionnant bureau de marbre, des fauteuils de cuir pour les visiteurs, des tables basses de verre et de cuivre, ainsi que trois grands tableaux éthérés, de Martin Green sans doute. De part et d'autre de trois lourdes portes de bronze, des lampes rouges étaient allumées.

— Et encore, dit Rachael, ce n'est rien comparé aux systèmes de sécurité des troisième et quatrième étages.

— Et pourquoi ?

— C'est là que se trouvent les ordinateurs et les banques de données des duplicatas. Tout est couvert par des détecteurs de son et de mouvement à infrarouge.

— Et tu comptes y aller ?

— Non, heureusement. Nous n'aurons pas non plus à aller jusqu'à Riverside County, Dieu merci.

— Qu'y a-t-il là-bas ?

— Les labos de recherche. Tout est en sous-sol, non pas à cause de l'isolation biologique mais par crainte de l'espionnage industriel.

Ben savait que la Geneplan occupait la première place dans cette industrie nouvelle qui était en plein développement à l'échelle mondiale et donnait lieu à une lutte acharnée. Il fallait être le premier dans le lancement de nouveaux produits et le moindre secret commercial était protégé de manière draconienne. Pourtant, il ne s'était pas réellement attendu à cette ambiance de forteresse en état de siège, à tout ce dispositif de détection électronique.

Le Dr Éric Leben était une sommité en manipulation génétique, un spécialiste de la recombinaison de l'A.D.N. Et la Geneplan se plaçait en tête de l'exploitation commerciale extrêmement profitable issue de la génétique depuis la fin des années soixante-dix.

Éric Leben et la Geneplan avaient déposé des brevets précieux sur des créations d'ingénierie génétique... micro-organismes et nouvelles espèces végétales, comme ce microbe qui produisait un vaccin tout à fait efficace contre l'hépatite. Ce dernier attendait encore le visa de la F.D.A[1] mais serait commercialisé avant un an. Une autre usine microbienne produisait un supervaccin contre toutes les formes d'herpès. Les laboratoires avaient également créé une variété nouvelle de maïs susceptible de pousser avec de l'eau saline, ce qui permettait aux cultivateurs d'obtenir des récoltes abondantes même dans les zones les plus arides en pompant l'eau de mer. Une nouvelle variété de citrons et d'oranges génétiquement modifiés pour résister aux moucherons, aux chancres et autres fléaux permettrait d'abandonner les pesticides dans la culture des agrumes. Chacun de ces brevets – et bien d'autres encore – représentait des centaines de millions de dollars et Ben devait admettre que la Geneplan se montrait simplement prudente en adoptant un système de défense aussi sophistiqué et en dépensant une véritable fortune pour protéger ses recherches qui valaient de l'or.

Rachael se dirigea droit vers la porte centrale,

---

1. La *Food and Drugs Administration*, aux U.S.A. *(N.d.T.)*

désactiva le système d'alarme et sortit une autre clé pour ouvrir.

Quand Ben franchit la porte à sa suite, il s'aperçut qu'elle était de métal massif et qu'on n'aurait pu la pousser sans ses gonds parfaitement équilibrés, montés sur roulements à billes.

Rachael le précédait le long des couloirs sombres et silencieux. Ils franchirent d'autres portes avec l'intention d'accéder à l'appartement privé d'Éric. Un dernier boîtier les arrêta et une fois encore, Rachael composa le code d'ouverture.

Ils étaient arrivés dans le saint des saints. Rachael foula un immense tapis chinois rose et beige et s'approcha de l'énorme bureau d'Éric. Taillé dans un marbre veiné d'or et de malachite, il était de style très moderne, comme celui de la réception, mais encore plus impressionnant.

De part et d'autre du mince faisceau de la lampe, Ben ne pouvait qu'entr'apercevoir le décor. Il lui parut encore plus moderniste que tout ce qu'il avait vu jusqu'alors, et même résolument futuriste.

En passant près du bureau, Rachael y posa son sac et son pistolet. Puis elle s'approcha de la paroi et Ben la rejoignit. Elle promena le faisceau de la lampe sur un tableau d'environ un mètre carré, composé de larges bandes jaune sombre, alternant avec des rayures grisâtres et de minces traits marron-rouge.

– Un autre Mark Rothko ? demanda Ben.

– Oui. Mais ce n'est pas une œuvre d'art ordinaire. Il sert à cacher le mur.

Elle glissa les doigts sous le cadre d'acier. Un déclic se fit alors entendre et le tableau s'écarta de la paroi. Derrière, il y avait un coffre mural avec une porte ronde d'environ cinquante centimètres de diamètre. Ben vit la poignée et le cadran numérique.

– Plutôt banal, dit-il.

– Pas vraiment. Ce coffre est un peu particulier. L'acier des parois est épais de dix centimètres, quinze pour la porte. Il n'est pas encastré simplement dans le mur mais soudé aux poutrelles d'acier du bâtiment. Pour ouvrir, il faut composer deux fois la combinaison, à l'endroit, puis à l'envers. Bien sûr, il est à l'épreuve du feu et des explosifs.

— Et qu'est-ce qu'il y a dedans ? Le secret de l'immortalité ?

— De l'argent, je pense, comme à la maison.

Elle tendit la torche à Ben, tourna le cadran et composa la première combinaison.

— Mais aussi des papiers importants, ajouta-t-elle.

— D'accord, et qu'est-ce qu'on cherche exactement ?

— Un registre. Peut-être même un simple carnet.

— Et qu'y a-t-il dedans ?

— Les éléments essentiels d'un projet important. Le résumé des progrès récents, y compris les copies des rapports que Morgan Lewis adressait régulièrement à Éric. Lewis est le responsable du projet. Avec un peu de chance, le carnet personnel d'Éric est là aussi. Il y notait ses appréciations ainsi que ses réflexions philosophiques sur la question.

Ben était surpris qu'elle lui ait répondu de cette façon détaillée. Était-elle enfin sur le point de lui révéler certains de ses secrets ?

— De quel projet parles-tu ?

Une fois de plus elle omit de lui répondre et essuya ses doigts humides sur son chemisier avant de se lancer dans la composition de la deuxième combinaison.

Ben insistait.

— Ce projet concerne quoi ?

— Benny, il faut que je me concentre. Si je me trompe d'un seul chiffre, il faudra que je recommence tout.

Il dut se contenter de ce qu'elle lui disait. Mais vu la gravité de la situation, il pensa qu'il était de son devoir d'en savoir plus. Aussi, n'y tenant plus, il revint à la charge.

— Il doit y avoir des centaines de projets en cours. Donc, si celui-ci en particulier est enfermé dans ce coffre, ce doit être le plus important pour la Geneplan.

Rachael plissait les yeux et pointait un petit bout de langue entre ses dents, toute son attention concentrée sur le cadran.

— Ce doit être quelque chose de la plus haute importance, ajouta-t-il. À moins que cela ne concerne directement le gouvernement, l'armée. Un truc ultrasecret.

Rachael forma le dernier chiffre, tourna la poignée et la porte pivota. Le coffre était vide.

— Ils sont arrivés avant nous, dit-elle, désespérée.

Impuissant, Ben attendait...

— Ils ont dû se douter que j'étais au courant, ajouta-t-elle. Sinon, ils n'auraient pas fait si vite pour se débarrasser du dossier.

— Quelle surprise, dit alors une voix d'homme derrière eux.

Rachael étouffa un cri. Ben se retourna. Dans le faisceau de la torche, il découvrit un homme grand et chauve, en costume léger avec une chemise à rayures vertes et blanches. Son crâne était absolument épilé, poli. Il avait un visage carré, un nez prononcé, une bouche large, des pommettes slaves et des yeux gris qui semblaient avoir été taillés dans un iceberg. Il se tenait de l'autre côté du bureau. Ben lui trouva une certaine ressemblance avec Otto Preminger. Distingué, en dépit de son costume. Intelligent, à l'évidence. Probablement très dangereux. Il avait annexé le pistolet que Rachael avait posé avec son sac en entrant.

Le plus grave, c'est que lui-même tenait un Smith & Wesson modèle Magnum de combat 19. Ben connaissait cette arme et la respectait. D'une construction parfaite, avec un barillet de quatre pouces, ce type de revolver employait du 357 tout en ne pesant qu'un peu plus d'un kilo. Il était si précis et puissant qu'on pouvait même l'utiliser pour la chasse au gros gibier. Avec des balles à charge creuse ou blindées, c'était peut-être le summum des armes de poing, en tout cas une des plus redoutables au monde.

Dans le faisceau de la torche, les yeux gris de l'intrus avaient un éclat étrange.

— On allume, dit-il tout à coup, en haussant le ton.

Aussitôt la pièce fut illuminée. Il y avait sans doute un interrupteur à voix quelque part, typique du goût d'Éric Leben pour le design ultra-moderne et les gadgets.

— Vincent, dit Rachael, posez cette arme.

— Je crains que ce ne soit pas possible, dit l'homme chauve.

Il avait des mains velues. Cela lui faisait comme une vraie toison, de la première phalange au poignet.

— Inutile d'user de violence, ajouta Rachael.

Le sourire de Vincent était aigre, froid, mauvais.

— Vraiment ? Je suppose, alors, que c'est pour cette raison que vous êtes venue avec une arme, dit-il en levant le .32.

Ben savait que le Smith & Wesson Magnum avait deux fois plus de recul qu'un .45, ce qui expliquait le dessin de la crosse. Dans les mains d'un tireur inexpérimenté, en dépit de ses qualités, l'arme pouvait se révéler très imprécise si on ne s'attendait pas au choc. Et si l'homme chauve n'avait pas l'habitude de ce type de Magnum, il était certain que les premiers projectiles passeraient bien au-dessus de leurs têtes, ce qui donnerait le temps à Ben de contre-attaquer.

— Nous n'avions pas pensé qu'Éric aurait eu l'imprudence de vous parler de Wildcard, dit Vincent. Mais il l'a fait apparemment, sinon vous ne seriez pas là, à fouiller dans son coffre. Rachael, même s'il vous a maltraitée, je pense qu'il s'est montré encore bien trop faible avec vous.

— Vous savez pourquoi ? Comme toujours. Il aimait se vanter de ses réussites.

— Quatre-vingt-quinze pour cent de l'état-major de la Geneplan ignorent tout ce qui concerne le Projet Wildcard. C'est ultra-secret... Croyez-moi, même si vous le haïssiez, lui, il vous considérait comme quelqu'un de tout à fait à part. Mais bien évidemment il n'aurait rien raconté à personne d'autre.

— Je ne le haïssais pas, Vincent. J'avais pitié de lui. Surtout maintenant. Est-ce que vous saviez qu'il avait violé la loi fondamentale ?

Vincent secoua sa tête chauve.

— Pas jusqu'à... ce soir. Non. Quelle folie !

Ben observait l'autre avec intensité. Il devait se faire à l'idée que Vincent avait une réelle expérience du Magnum Smith & Wesson et que l'effet de recul ne le surprendrait pas. Il serrait la crosse de ses doigts fermes, et il pointait l'arme, le bras droit bien tendu, l'épaule bloquée. Le canon était braqué juste entre Ben et Rachael. Il n'avait qu'à le déplacer de quelques fractions de centimètre pour leur faire sauter la tête.

Rachael n'avait aucune raison de deviner que Ben, en la circonstance, pouvait se révéler efficace, et elle dit à Vincent :

— Laissons tomber ces armes. Nous n'en avons pas besoin. Nous sommes tous dans le même camp, à présent.

— Non. Vous n'êtes pas avec nous, Rachael. On ne vous fait pas confiance. Quant à votre ami...

Les yeux gris se portèrent sur Ben. Le regard était intense, perçant, déconcertant. Et tellement glacé que Ben sentit un frisson dans sa nuque.

Baresco n'avait pas perçu qu'il affrontait quelqu'un de beaucoup moins innocent que ne l'indiquaient les apparences, et son regard revint sur Rachael.

— Il est totalement étranger à nos affaires. Et vous, Rachael, nous ne voulons pas que vous vous en mêliez. Alors, vous comprendrez que nous n'envisageons pas de l'admettre, lui...

Aux oreilles de Ben, cela sonnait comme une sentence de mort. Il entra alors en action, souple et rapide comme un serpent. Certain que l'interrupteur à voix réagirait aussi simplement que la première fois, il cria :

– On éteint !

La pièce fut instantanément plongée dans l'obscurité à la seconde où il lançait la lampe-torche vers le crâne de Vincent. Mais l'autre pivotait déjà pour tirer sur lui et Rachael hurla. Ben espéra qu'elle avait trouvé refuge derrière un meuble. La plus grande confusion régnait. Ben pensa que cela lui suffirait pour reprendre le contrôle de la situation. Il avait terriblement besoin de quelques fractions de seconde encore. Il s'élança vers le bureau, droit sur son adversaire. Tout défilait comme dans un film en accéléré, mais pourtant, sa perception des événements restait la même, objective et froide, et chaque seconde le rapprochait du but. Tous les sens en alerte, il se concentrait sur son objectif. Dans le court laps de temps qui suivit, la situation changea du tout au tout. Tandis que Rachael poussait des cris aigus, Ben glissa sur le bureau. Le canon du Magnum cracha alors une lueur blanc-bleu et Ben sentit siffler une balle si près de lui qu'il en eut les cheveux brûlés. Un instant, le bruit de la détonation le désarçonna mais la sensation de froid due à la malachite lui redonna toute son énergie. La torche avait heurté le crâne de Vincent. Sous le choc, celui-ci roula sur le sol. Ben le suivit. Les deux hommes s'empoignèrent.

Le Magnum tonna pour la deuxième fois. La balle se perdit au plafond. Dans l'obscurité, Ben ceinturait Vincent. Son instinct le guidait à coup sûr. Il replia brusquement la jambe et son genou s'enfonça entre les cuisses de son adversaire. Le hurlement de Vincent domina celui de Rachael.

À nouveau, Ben fit jouer sa jambe comme une bielle, Vincent se débattait. Loin de desserrer son étreinte, Ben lui abattit le tranchant de la main sur la gorge, coupant net le hurlement, puis frappa encore une fois, sur la tempe droite. L'autre tira une troisième fois mais Ben cogna encore, plus fort, toujours plus fort. La détonation fut assourdissante. L'arme tomba enfin de la main molle de Vincent et Ben, à bout de souffle, trouva la force de crier :

– On allume !

Instantanément, la pièce s'éclaira. Vincent était inerte. Un râle gargouillant, humide, sortait de sa bouche. Une odeur de poudre et de métal surchauffé flottait dans l'air.

Ben repoussa Vincent et tendit la main vers le Magnum de combat. Il éprouva une certaine satisfaction à refermer les doigts sur la crosse.

Rachael était sortie de derrière le bureau. Elle se pencha pour récupérer son pistolet .32, puis elle adressa à Ben un regard à la fois incrédule, choqué, stupéfait.

Ben se traîna jusqu'à Vincent et l'examina rapidement. Il lui releva les paupières mais ne constata pas de dilatation pupillaire anormale qui aurait pu indiquer un choc cérébral. Puis il s'assura que le souffle, quoique rauque, ne trahissait aucune obstruction. Enfin, il vérifia le pouls et soupira de soulagement.

– Dieu merci, il s'en tirera. Quand il se réveillera, il faudra simplement le mettre sous contrôle médical. D'ailleurs, il sera sans doute en mesure d'aller voir un médecin tout seul.

Rachael le fixait sans émettre un son.

Il prit un coussin qu'il glissa sous la nuque de Vincent afin de maintenir la trachée ouverte au cas où un caillot de sang se serait formé dans la gorge.

Il fouilla rapidement ses poches sans rien trouver.

– Il a dû venir ici avec d'autres. Ils ont ouvert le coffre, pris ce qu'il y avait dedans, et lui est resté pour nous attendre.

Rachael posa une main sur son épaule et il leva la tête pour rencontrer son regard.

— Benny, mon Dieu, si j'avais pu imaginer cela de toi... Tout a été tellement rapide... violent... tu étais tellement sûr de toi.

Il la fixait du regard avec un plaisir presque douloureux : elle venait de comprendre qu'elle n'était pas la seule à avoir des secrets. Pas plus qu'elle, cependant, il ne consentit à satisfaire sa curiosité.

— Viens, dit-il simplement. Fichons le camp d'ici avant que d'autres rappliquent ! Ce sont de vilains petits jeux que je pratique parfois, je le reconnais, mais je ne les apprécie guère.

8

La décharge

Le vieil ivrogne en pantalon sale et chemise hawaiienne déchirée se risqua dans l'allée, entassa quelques cageots et entreprit d'escalader l'amas de la décharge à la recherche de Dieu sait quel trésor. Deux rats détalèrent brusquement et, surpris, il dégringola de son échelle improvisée. Mais il avait eu le temps d'apercevoir le cadavre de la femme, au milieu des détritus. Elle portait une robe d'été couleur crème et une ceinture bleue.

Il s'appelait Percy. Mais il avait oublié son nom de famille.

– Je suis même pas sûr d'en avoir un, dit-il à Verdad et Hagerstrom qui l'interrogeaient. En fait, je me souviens pas m'en être servi un jour. Mais peut-être que j'en avais un. Ma mémoire, elle est plus ce qu'elle était. C'est à cause de ce putain de vin. C'est tout ce que je peux me payer.

– Tu crois que cette loque a pu tuer la femme ? demanda Hagerstrom à Verdad comme si le malheureux alcoolo ne pouvait pas l'entendre.

Verdad, qui examinait Percy avec une expression de dégoût, répondit sur le même ton :

– Peu probable.

– Mouais... Et même s'il avait vu quelque chose d'important, il ne pourrait pas s'en souvenir.

Le lieutenant Verdad ne fit aucun commentaire.

En tant que fils d'immigrant qui avait grandi dans un pays moins riche que celui où il travaillait désormais, il montrait peu de patience et de compréhension pour les épaves comme Percy. Quand on était né avec la citoyenneté américaine, comment pouvait-on ne pas saisir sa chance et lui préférer la dégradation et la misère ? Julio savait qu'il aurait dû montrer de la compassion pour tous ces gens tombés dans la déchéance. Il savait aussi que Percy avait dû souffrir, vivre quelque tragédie, avoir eu peut-être des parents cruels. Il avait en tout cas été frappé par le destin. Julio avait suivi des cours de psychologie dans le cadre de sa formation d'inspecteur, et il connaissait bien les motivations des clochards et des ivrognes. Néanmoins il ne ressentait que de l'aversion pour les débris humains tels que celui-ci. Avec un lourd soupir, il tira sur les boutons de manchettes en perles qui fermaient sa chemise de soie. Le droit, puis le gauche.

— Tu sais, dit Hagerstrom, quelquefois, j'ai l'impression que c'est une espèce de loi de la nature… dans cette ville, quand on tient un témoin potentiel dans une affaire de meurtre, il faut qu'il soit ivre mort et complètement crado.

— Mais si le travail était facile, ironisa Verdad, nous ne l'aimerions pas autant, n'est-ce pas ?

— Moi si. Bon Dieu, qu'est-ce qu'il pue !

Tandis qu'ils parlaient de lui, Percy, en fait, demeurait indifférent. Il cueillit une croûte de saleté sur ce qui restait d'une des manches de sa chemise, émit un rot et revint à son sujet favori :

— Ça c'est sûr, la gnôle trafiquée, ça vous grille le cerveau. Je crois qu'y m'en manque un petit bout tous les jours et que ça laisse des vides bourrés de vieux papiers ou je ne sais quoi. Et peut-être même que les chats viennent dégueuler leurs boules de poils dans mes oreilles quand je dors.

Il avait l'air très sérieux et effrayé en évoquant cette possible agression féline.

Même s'il avait oublié son nom de famille, Percy gardait encore suffisamment de matière grise – en dépit des poils de chat et des vieux papiers – pour savoir ce qu'il fallait faire quand on trouvait un cadavre. Il avait appelé la police. Il ne respectait pas particulièrement la loi, son sens commun était presque inexistant, pourtant, il s'était immédiatement mis en quête d'un représentant de la loi. Il pensait que le fait d'avoir découvert ce cadavre dans la décharge pourrait lui valoir une récompense.

Les techniciens de la Division Scientifique étaient arrivés sur les lieux une heure auparavant. Ils mettaient en place leurs câbles et leurs lumières. Verdad décida que l'interrogatoire de Percy ne pourrait rien leur apporter et se retourna pour voir un rat jaillir du tas d'ordures. Les hommes du coroner avaient suffisamment pris de photos du corps in situ et ils s'apprêtaient à le soulever de la décharge. Le poil luisant de saleté, le rongeur à la queue rose et humide disparut au bout de la ruelle. Julio avait fait un sérieux effort sur lui-même pour ne pas sortir son arme de service et abattre la bête répugnante.

Il avait les rats en horreur. La seule vue d'un de ces rongeurs balayait dix-neuf années d'éducation et l'officier de police, le citoyen américain, redevenait le petit Julio Verdad, né dans les taudis de Tijuana, dans une cabane d'une pièce, construite avec des bidons et du papier goudronné. Ils avaient vécu à sept dans cet endroit, mais les rats étaient terriblement plus nombreux.

Il avait suffi de ce seul rat chassé par les projecteurs et qui s'était enfui dans l'ombre de la rigole pour que Julio oublie son costume impeccable, sa chemise sur mesure, ses mocassins de marque et se retrouve en jean rapiécé, avec une chemise sale, trouée et de misérables sandales. Il ne put réprimer un frisson. Pour un instant, il était revenu à l'âge de cinq ans dans la chaleur écrasante d'août, à Tijuana, et regardait, figé par l'horreur, deux rats qui dévoraient la gorge du petit Ernesto, un bébé de quatre mois. Toute la famille était dehors, dans les oasis d'ombre de la rue poussiéreuse. Les gosses jouaient en silence, les adultes sirotaient la bière que deux jeunes *ladrones*, qui avaient cambriolé un entrepôt dans la nuit, leur avaient apportée. Le petit Julio aurait voulu crier, appeler à l'aide, mais aucun son ne sortait de sa gorge, comme si l'air moite de cet après-midi d'août écrasait et étouffait tout. Les rats s'aperçurent de sa présence et se tournèrent vers lui en sifflant avec agressivité. Quand il s'avança avec des gestes furieux, ils battirent difficilement en retraite. Au dernier instant, l'un des rats fit un bond et vint lui mordre la paume gauche. Il hurla et cogna, ivre de rage. Finalement, les rats s'enfuirent et il hurlait encore lorsque sa mère et sa sœur aînée Evalina se précipitèrent dans la cabane et le virent là, la main ensanglantée, ruisselant de larmes, près du bébé mort.

Reese Hagerstrom faisait depuis trop longtemps équipe avec Julio pour ne pas connaître son aversion pour les rats, mais il évitait soigneusement d'y faire allusion. Il posa une de ses énormes mains sur l'épaule de son collègue et dit, pour le distraire :

– Je crois que je vais filer cinq dollars à Percy et lui dire d'aller se faire voir ailleurs. Il n'a rien à voir dans cette histoire, on ne peut rien en tirer et il pue vraiment trop pour moi.

– D'accord, dit Julio. On partage. J'y vais de deux dollars cinquante.

Pendant qu'Hagerstrom s'occupait du clodo, Julio observa la manœuvre de dégagement du cadavre. Il essayait de voir cette scène avec détachement. Cette femme n'était pas réelle, c'était plutôt une poupée, un mannequin ! Oui, un mannequin jeté à la décharge. Mais hélas, on ne pouvait s'y tromper ! Elle était trop réelle. On la déposa avec précaution sur la bâche déroulée à cet effet.

À la clarté des projecteurs, le photographe du

coroner prit encore quelques clichés et Julio s'approcha. La morte était jeune, sans doute la vingtaine, de type latin, les yeux bruns, les cheveux noirs. Malgré le traitement que lui avait fait subir l'assassin, la saleté et les morsures des rats, on pouvait penser qu'elle avait été plutôt séduisante, peut-être même très belle. Sa robe crème, gansée de bleu au col et aux manches, était déchirée. Elle portait une unique chaussure bleue à talon haut, assortie à sa ceinture. L'autre était sans doute restée là-bas, dans la décharge.

Cette tenue qui avait dû être ravissante et ce petit pied nu aux ongles soigneusement faits créaient une impression d'abominable tristesse.

Julio donna des instructions et deux hommes en uniforme, chaussés de bottes et avec des masques chirurgicaux sur le visage, entreprirent de fouiller les détritus. Ils cherchaient la chaussure manquante, mais aussi, éventuellement, l'arme du crime ou tout ce qui pouvait se rapporter à la morte.

Tout d'abord ils trouvèrent son sac. On ne l'avait pas tuée pour la voler car il y avait quarante-trois dollars dans son porte-monnaie. Son permis de conduire leur apprit qu'elle s'appelait Ernestina Hernandez, qu'elle avait vingt-quatre ans, et habitait Santa Ana.

Ernestina !

À nouveau, Julio frissonna. La ressemblance de ce prénom avec celui de son petit frère mort depuis si longtemps, Ernesto, le glaçait. La fille, comme l'enfant, avait été abandonnée aux rats. Julio ne connaissait pas Ernestina mais, à la seconde où il avait appris son prénom, il s'était senti une obligation profonde et absolue envers elle.

Je retrouverai ton assassin, lui promit-il en silence. Tu étais adorable, et tu es morte si jeune. Si jamais il existe une justice en ce monde, quelque espoir que la vie ait un sens, alors, celui qui t'a tuée sera puni. Je te le jure. Pour cela, j'irai aux quatre coins du monde, mais je le trouverai. Je le trouverai.

Deux minutes plus tard, ils découvrirent une blouse de laboratoire souillée de sang telle qu'en portent les médecins. Il y avait une étiquette cousue sur la poche de poitrine : MORGUE MUNICIPALE DE SANTA ANA.

– Bon sang, qu'est-ce que ça veut dire ? s'exclama Hagerstrom. Tu crois que c'est quelqu'un de la morgue qui lui a tranché la gorge ?

Les sourcils froncés, Julio Verdad ne disait rien.

L'un des hommes du labo plia soigneusement la blouse afin de retenir les cheveux qui auraient pu y adhérer. Il la glissa dans un sac de plastique qu'il scella.

Dix minutes plus tard, les policiers qui fouillaient la décharge découvrirent un scalpel avec des traces de sang. Un outil chirurgical coûteux destiné à l'usage professionnel. Du même modèle que l'on trouvait dans les salles d'autopsie.

Le scalpel fut lui aussi mis dans un sachet de plastique et rejoignit la blouse près du cadavre.

Minuit approchait et ils n'avaient toujours pas mis la main sur la chaussure manquante. Mais il y avait encore cinquante centimètres de détritus à explorer et ils allaient certainement l'y retrouver.

9

Mort soudaine

Ils fonçaient dans la nuit chaude de juin. Quittant la Riverside Freeway, ils empruntèrent l'interfédérale 15, puis la 10, en direction de l'est. Ils passèrent Beaumont, puis Banning, traversèrent la Réserve indienne de Morongo, atteignirent Cabazon et continuèrent leur route. Rachael avait tout le temps de réfléchir. Au fil des kilomètres, ils laissaient derrière eux les vastes étendues urbaines du Sud californien. Les lumières se faisaient plus rares, plus espacées, plus faibles. Ils pénétraient dans le vrai désert. De part et d'autre de la route, dans ce nouveau territoire d'ombre, il n'y avait plus que des collines et des entassements de rocs. La pâle clarté de la lune filtrée par les minces filaments de nuages révélait les silhouettes lisses, comme gelées, des arbres de Judée. Ce paysage dénudé était l'image même de la solitude et incitait à l'introspection. Le ronronnement régulier du moteur de la Mercedes et le chuintement des pneus ne faisaient que renforcer cette sensation.

Ben, rencogné dans le siège du passager, observait un silence têtu, le regard fixé sur le ruban noir d'asphalte. Ils échangèrent quelques paroles, mais sur des sujets tellement superficiels, inconsistants, qu'ils en acquéraient une sorte de teinte surréaliste. Ils parlèrent de cuisine chinoise, retombèrent dans le silence, puis évoquèrent quelques films de Clint Eastwood. Le silence retomba.

Rachael avait conscience que Benny lui faisait payer le prix de son refus de partager ses secrets avec lui. Elle avait été tellement stupéfaite de la façon dont il avait neutralisé Vincent Baresco dans le bureau d'Éric qu'elle mourait d'envie de savoir où il avait appris cet art du combat. Mais il ne disait rien et laissait le silence s'installer entre eux comme pour lui signifier qu'elle devrait lui révéler certaines petites choses avant qu'il parle en retour.

Malheureusement elle ne le pouvait pas. Pas encore. Elle craignait de l'avoir d'ores et déjà entraîné trop loin dans cette affaire dangereuse et elle s'en voulait. Elle était bien décidée à ne pas le plonger plus avant dans ce cauchemar à moins que la survie de Ben ne dépende de la totale compréhension des événements et de l'enjeu.

Elle quitta l'interfédérale 10 pour l'autoroute 111. Ils n'étaient plus maintenant qu'à vingt kilomètres de Palm Springs. Qu'aurait-elle pu faire de plus pour dissuader Ben de la suivre dans le désert ? Mais, depuis qu'ils avaient quitté le bâtiment de la Geneplan, il s'était montré inflexible. Elle avait autant de chances de lui faire changer d'idée que de faire refluer la marée du Pacifique par des incantations sur la plage.

Rachael regrettait amèrement ce malaise qui s'était établi entre eux. Depuis cinq mois qu'ils se connaissaient, c'était la première fois qu'ils se comportaient ainsi, la première fois que leurs relations se dégradaient.

Ils avaient quitté Newport Beach aux alentours de minuit et il était 1 h 15 du matin quand ils pénétrèrent dans le centre de la ville par Palm Canyon Drive. L'aube du mardi se lèverait bientôt. Ils avaient tenu une moyenne de près de cent trente et pourtant Rachael avait le sentiment qu'ils s'étaient traînés, qu'elle prenait de plus en plus de retard sur les événements. Oui, elle perdait du terrain.

En été, avec la chaleur terrible du désert, Palm Springs était moins fréquentée par les touristes qu'à d'autres périodes de l'année et, à cette heure-là, la rue principale était pratiquement déserte. Dans la nuit torride de juin, les palmiers ressemblaient à des images peintes sur un décor de toile. Les nombreuses boutiques étaient obscures et il n'y avait pas la moindre silhouette en vue sur les trottoirs. Les feux des carrefours fonctionnaient en vain. La Mercedes de Rachael était le seul véhicule à rouler.

Elle avait l'impression de circuler dans un monde détruit par un cataclysme ou encore ravagé par une terrible épidémie. Un instant, elle se dit que si elle allumait la radio, elle n'entendrait rien, rien qu'un sifflement statique à la place des radios F.M locales.

Depuis qu'elle avait appris la disparition du cadavre d'Éric, elle savait que quelque chose de terrible avait eu lieu et le désespoir n'avait fait que monter en elle. Cette rue vide, qui aurait semblé parfaitement paisible aux yeux de n'importe qui, éveillait en elle des pensées menaçantes. Cependant elle savait ce que ses réactions avaient d'excessif. Quoi qu'il advienne dans les jours à venir, cela ne signifierait pas la fin du monde... mais peut-être la fin de son monde à elle.

Ils quittèrent le quartier commerçant pour une zone résidentielle plus cossue et les signes de vie se firent encore plus rares. Rachael engagea la Mercedes dans une allée pour se garer enfin devant une maison de stuc basse, longue, au toit de tuiles plat, véritable archétype de l'architecture du désert. Mais, alentour, la végétation abondait : ficus, impatientes, bégonias, tapis d'œillets d'Inde, de gerberas dont les tons éclatants scintillaient sous la clarté douce des lampadaires de style Malibu, l'unique source de lumière.

Rachael avait simplement dit à Benny qu'il s'agissait d'une autre propriété d'Éric, mais elle ne lui avait rien expliqué quant au motif de leur visite.

Tandis qu'elle éteignait les phares de la voiture, il remarqua :

— Jolie petite résidence secondaire.

— Non. C'est ici qu'il avait installé sa maîtresse.

À la faible clarté des luminaires Malibu reflétée par la pelouse, elle discerna l'expression de surprise sur le visage de Benny.

— Comment l'as-tu appris ?

— C'était il y a plus d'un an, juste une semaine avant de le quitter. Elle... Elle s'appelle Cindy Wasloff... elle a appelé à Villa Park. Éric lui avait dit de ne jamais téléphoner, sous aucun prétexte. En cas d'extrême urgence, elle devait dire qu'elle était la secrétaire d'un de ses associés. Mais elle était furieuse parce que, la veille, il l'avait battue. Elle voulait le quitter mais, bien sûr, elle souhaitait que je le sache.

— Et tu t'étais doutée de quelque chose auparavant ?

— Qu'il avait une maîtresse ? Non. Mais c'était sans importance pour moi. J'avais déjà décidé de le quitter. J'ai écouté la fille, je lui ai dit que je la comprenais, à tout hasard j'ai pris l'adresse de la maison. Je pensais éventuellement me servir de cette histoire d'adultère au cas où Éric ne voudrait pas accepter le divorce. Heureusement j'ai pu m'en dispenser. Tu imagines, la fille n'avait que seize ans.

— Sa maîtresse ?

— Oui. Seize ans. Une fugueuse. Une de ces filles paumées, déjà blessées par la vie. Tu vois le genre... Ça se met aux drogues dures au collège et ça se grille joyeusement les neurones... enfin, pas tout à fait... Les drogues bousillent surtout l'âme. Plus que la matière grise, je crois. Elles laissent des êtres vides, perdus. Pathétiques.

— Certains, oui, dit Ben. D'autres sont apathiques, indifférents. Parfois, la drogue les rend dangereux. Les filles deviennent généralement des proies faciles. D'après ce que tu viens de me dire, c'était le cas de Cindy Wasloff. Éric a dû la ramasser dans le ruisseau pour s'amuser un peu avec...

– Apparemment, ce n'était pas la première.

– Ainsi il courait les Lolitas !

– Il avait terriblement peur de vieillir. Quand je l'ai quitté, il n'avait que quarante et un ans, c'était un homme encore jeune, mais chaque année, à l'approche de son anniversaire, il devenait comme fou. À croire qu'il allait se retrouver bientôt dans un asile de vieillards. Cette peur de la vieillesse, de la fin, était totalement malsaine et elle se manifestait sous diverses formes. Il avait un besoin constant de nouveauté. Il lui fallait toujours de nouvelles voitures. Au bout d'un an, pour lui, une Mercedes était bonne pour la casse. Et il changeait constamment sa garde-robe.

– Ceci explique tout ce mobilier ultra-moderne, ce goût pour la peinture et l'architecture contemporaines...

– Oui. Et aussi pour les derniers gadgets électroniques. Les filles très jeunes faisaient partie de son obsession. Je crois que, dans son esprit, le fait de posséder des filles aussi jeunes lui donnait l'illusion de conserver sa jeunesse. Quand j'ai appris l'existence de cette Cindy Wasloff et de cette maison de Palm Springs, j'ai su qu'une des raisons pour lesquelles il m'avait épousée était que j'avais douze ans de moins que lui : il avait trente-cinq ans et j'en avais vingt-trois. Encore un moyen à ses yeux de ralentir le cours du temps. Quand j'ai approché de la trentaine, quand j'ai commencé à vieillir, insensiblement il a changé à mon égard. Il lui fallait de la chair fraîche. Comme Cindy.

Elle ouvrit la portière et descendit. Benny l'imita.

– Qu'est-ce que nous venons chercher exactement ici ? demanda-t-il. Pas sa maîtresse, je suppose. Tu n'aurais pas foncé comme une fusée jusqu'ici rien que pour voir sa dernière petite mignonne.

Rachael prit le .32 dans son sac, referma la portière

et se dirigea vers la maison. Elle ne voulait, ou ne pouvait pas répondre.

La nuit était chaude et sèche, le ciel du désert empli d'étoiles. L'air était pesant. On n'entendait que le chant des criquets dans les buissons.

Pour Rachael, ces buissons étaient trop denses. Elle s'arrêta et scruta nerveusement les poches d'obscurité, les silhouettes noires des arbustes. Il y avait là tant d'endroits où se cacher ! Elle eut un frisson.

La porte était entrebâillée, ce qui était inquiétant. Rachael sonna, attendit un instant, sonna une deuxième fois, mais sans résultat.

– Cette maison est sans doute légalement à toi, maintenant, dit Ben. Tu n'as pas besoin qu'on t'invite à entrer. Elle fait partie de ton héritage.

Cette porte à moitié ouverte était en fait une invitation implicite à entrer. Mais Rachael y vit comme un piège. Si elle entrait, elle déclencherait peut-être quelque ressort caché et la porte se refermerait sur elle.

Elle fit un pas en arrière et donna un coup de pied dans le battant. La porte alla claquer contre le mur de l'entrée dans un bruit fracassant.

– On dirait que tu ne t'attends pas à être la bienvenue, dit Ben, quelque peu ironique.

Le luminaire au-dessus du seuil n'éclairait l'intérieur que sur deux ou trois mètres, pas aussi loin qu'elle l'aurait souhaité. Au-delà, dans les ténèbres, quelqu'un pouvait les guetter.

Toujours dans l'ignorance de ce qui pouvait arriver, Ben se montrait plus décontracté. Il ne mesurait pas vraiment le danger. Aussi montra-t-il plus d'audace que Rachael. Il s'élança le premier à l'intérieur, trouva l'interrupteur et alluma.

Rachael le suivit.

– Bon sang, Benny, ne va pas si vite. Sois prudent.

– Crois-moi ou non, mais je suis encore capable de m'occuper de n'importe quelle petite nana qui voudrait me cogner dessus.

— Ce n'est pas son éventuelle maîtresse qui m'inquiète, dit-elle.
— Qui alors ?
Les lèvres serrées, braquant le .32 droit devant elle, Rachael s'avança dans la maison.
Le décor dépouillé, encore plus futuriste que tout ce qu'ils avaient visité jusqu'alors, frôlait le dénuement, le vide. Le sol dallé semblait un revêtement de glace et il n'y avait pas le moindre tapis. Des stores à lamelles métalliques tenaient lieu de rideaux. Les chaises étaient strictes, raides. Les sofas évoquaient d'énormes champignons blêmes ramenés de la jungle. L'ensemble était dominé par le gris pâle, le beige, le noir et le blanc. Les seules touches de couleur venaient de quelques rares éléments d'un orange banal.
Quelqu'un s'était déchaîné dans la cuisine. La table blanche et les deux chaises étaient renversées, deux autres sièges fracassés. Le réfrigérateur était couvert de bosses et d'éraflures. On avait enfoncé la porte de verre du four, éventré les placards et les buffets, cassé les assiettes et les verres, jeté sur le sol toute la faïence. Le contenu du réfrigérateur avait été répandu alentour, formant une mare répugnante dans laquelle Ben identifia des pickles, du lait, une salade de macaronis, de la moutarde, un pudding au chocolat, des cerises au marasquin, un bout de jambon et quelques autres reliefs. Près de l'évier, au-dessus du plan de découpe, les six couteaux avaient été ôtés du râtelier et enfoncés dans la paroi, deux d'entre eux jusqu'à la garde.
— Tu crois qu'ils cherchaient quelque chose ? demanda Benny.
— Peut-être.
— Non, moi je ne le pense pas. C'est comme la chambre de Villa Park. Bizarre. Sinistre. Fou. Il s'agit d'une crise de folie. De haine, de fureur. Quelqu'un qui a trouvé son plaisir dans la destruction.

Rachael ne parvenait pas à détacher son regard des couteaux enfoncés dans le mur. Une nausée montait de son estomac. Dans le même temps, sa gorge et sa poitrine étaient serrées par une peur affreuse.

Il lui semblait tout à coup que l'arme qu'elle tenait dans sa main était beaucoup trop petite, trop légère. Un jouet, presque. Si elle avait à s'en servir, serait-elle efficace contre pareil adversaire ?

Ils progressaient avec une prudence extrême. Benny était sous l'effet du choc qu'il avait éprouvé devant la cuisine dévastée, sans nul doute le fait d'un psychopathe déchaîné. Il avait décidé de ne plus courir de risques et demeurait tout contre Rachael, plus vigilant qu'auparavant.

Dans la chambre principale, ils découvrirent des dégâts importants, mais moins graves, moins marqués par la folie.

Près du lit de bois laqué noir et d'acier poli, un oreiller éventré avait répandu son duvet. Les draps étaient dispersés dans la pièce et le fauteuil renversé. Les lampes en céramique noire avaient subi le même sort. L'une était fracassée, l'autre exhibait son abat-jour piétiné. Les tableaux, sur les murs, pendaient, tous de travers.

Ben se baissa et prit avec précaution un drap pour l'examiner de près. Une grande tache sombre et d'autres plus petites, rouges, semblaient briller d'un éclat surnaturel sur le tissu blanc.

– Du sang, dit-il.

Rachael sentit une sueur glacée ruisseler de sa nuque. Elle découvrit alors une empreinte sanglante sur le mur, près de la porte de la salle de bains. Une main d'homme, indéniablement, très large, la main d'un boucher qui, épuisé par les horreurs qu'il commettait, s'était sans doute appuyé là un instant.

La salle de bains était éclairée. Dans le miroir Rachael vit se refléter l'ensemble de la pièce : le carrelage gris et jaune, la baignoire, la cabine de douche, les toilettes, une partie du lavabo et les porte-serviettes en laiton. La pièce paraissait déserte. Pourtant, quand elle se décida enfin à entrer, elle entendit un souffle rapide, terrifié, et son cœur s'accéléra instantanément.

– Qu'y a-t-il ? demanda Ben, derrière elle.

Elle pointa un doigt vers la cabine de douche. À travers le verre dépoli, on ne pouvait rien discerner.

– Il y a quelqu'un là-dedans, dit-elle.

Benny s'avança et écouta.

Rachael s'était appuyée au mur, le canon de son .32 pointé sur la douche.

– Sortez de là, ça vaudra mieux pour vous, dit Benny.

– Sortez ! cria Rachael dont la voix avait pris un timbre métallique.

Ils entendirent un gémissement sourd. On aurait dit le cri d'un enfant.

Déconcertée, mais son arme toujours braquée, Rachael approcha. Benny la précéda, saisit la poignée de cuivre et ouvrit la porte à toute volée.

– Mon Dieu !

Une fille nue se tenait pathétiquement recroquevillée dans un coin, le dos contre le carrelage. Elle ne devait pas avoir plus de seize ans. C'était sans doute la dernière des pitoyables conquêtes d'Éric Leben. Ses bras menus étaient croisés sur ses seins, plus par un réflexe de peur et de défense que par pudeur. Elle tremblait, les yeux dilatés par la terreur, le visage cireux.

Elle devait être plutôt jolie, mais on ne pouvait en être sûr, à cause de la pénombre qui régnait dans la cabine mais aussi en raison des coups qu'elle avait reçus. Son œil droit, noirci, commençait à gonfler. Elle avait une vilaine trace sur la joue qui allait du coin de l'œil au maxillaire. Sa lèvre supérieure était fendue et le sang coulait sur son menton. Elle avait également des bleus sur les bras et une grosse ecchymose sur la cuisse gauche.

Benny détourna les yeux, tout à la fois embarrassé et bouleversé.

Rachael baissa son pistolet et demanda en se penchant :

– Qui t'a fait ça, ma chérie ? Qui ?

Elle connaissait déjà la réponse, elle redoutait de l'entendre et, pourtant, comme par un besoin morbide, il fallait qu'elle pose la question. La fille fut incapable de répondre. Ses lèvres ensanglantées bougèrent, elle essaya de formuler des mots, mais ce qui sortit de sa bouche n'était qu'une longue plainte qui se brisa au milieu de violents frissons. Sous l'effet du choc, elle avait perdu toute conscience de la réalité et ses yeux dilatés contemplaient en fait une scène horrible qu'elle était seule à voir.

Rachael tendit la main.

– Viens, ma chérie, tout ira bien. Personne ne peut plus te faire de mal. Viens. Tu peux sortir. On est là pour te protéger.

Le regard de la jeune fille se porta sur Rachael et elle émit un murmure, à peine audible. Elle était comme secouée par un vent de peur, enfermée dans un paysage intérieur terrifiant dont elle ne pouvait s'échapper.

Rachael tendit son arme à Benny puis, pénétrant dans la cabine, s'agenouilla près de la jeune fille et lui parla doucement à l'oreille. En même temps elle lui caressait les bras, le visage, passait les doigts dans ses cheveux blonds emmêlés. Au premier contact, l'adolescente sursauta comme si elle venait d'être frappée. Pourtant, un bref instant, elle fut arrachée à sa transe. Ses yeux se posèrent vraiment sur Rachael, et elle se laissa porter hors de la douche. Mais, déjà, elle retombait dans son état semi-catatonique, toujours incapable de répondre aux questions, ne serait-ce que par un hochement de tête.

– Il faut la conduire à l'hôpital, dit Rachael en

examinant d'un peu plus près les plaies de la malheureuse.

Elle avait deux ongles arrachés qui saignaient à la main droite et peut-être aussi un doigt cassé.

Rachael s'assit sur le lit pendant que Benny ouvrait les armoires et les tiroirs en quête de vêtements.

Rachael guettait d'éventuels bruits suspects dans la maison.

Rien.

Mais elle continuait d'écouter.

Benny mit la main sur une culotte, un jean délavé, un chemisier à carreaux, une paire de chaussures de jogging, mais il y avait aussi des drogues illégales. Le tiroir d'une des tables de chevet contenait une soixantaine de joints, un sac en plastique rempli de pilules aux couleurs vives et un autre contenant une dizaine de grammes de poudre.

– Cocaïne, probablement, dit Benny.

Éric n'avait jamais pris de drogue et méprisait les drogués. Il se plaisait à répéter que c'était bon pour les faibles, les vaincus, ceux qui étaient incapables d'affronter la réalité. Mais, apparemment, il n'avait pas été contre le fait d'en procurer aux jeunes filles qu'il hébergeait, afin de s'assurer leur docilité et de pouvoir les corrompre un peu plus. Rachael n'avait jamais éprouvé à son égard un tel dégoût.

Elle entreprit d'habiller la jeune fille comme elle l'aurait fait avec un enfant en bas âge. Celle-ci était agitée de frissons violents et poussait par moments des petits gémissements, mais Rachael savait que les drogues n'étaient pas en cause. Elle était sous le coup d'une terreur atroce.

Pendant ce temps, Benny inspectait le contenu de son sac.

– Elle s'appelle Sarah Kiel et a eu seize ans il y a deux mois. Elle vient de l'Ouest, semble-t-il... Coffeyville, Kansas.

Encore une fugueuse, songea Rachael. Elle avait peut-être quitté une vie intolérable. Une rebelle qui vivait avec l'illusion de trouver une vie indépendante, sans restrictions, sans interdits, une existence de plaisir. Elle était partie vers L.A., la Grosse Orange, avec l'espoir de devenir une star. Ou simplement de découvrir une vie plus excitante que celle qu'elle avait menée dans les mornes plaines du Kansas.

Mais, loin du luxe, de la mode et des plaisirs, Sarah Kiel avait trouvé ce que toutes les autres avaient découvert au bout de l'arc-en-ciel de Californie : une existence précaire et dure dans les rues, les rencontres avec les maquereaux. Il était possible qu'Éric l'ait connue par l'intermédiaire de quelqu'un d'autre. Mais il savait aussi se débrouiller seul pour trouver sa provision de chair fraîche qui lui permettait d'entretenir son illusion d'éternelle jeunesse.

Installée dans une somptueuse résidence de Palm Springs, avec toutes les drogues qu'elle voulait, devenue le jouet d'un homme riche, Sarah avait fini par se convaincre qu'elle avait une chance de connaître une vie de conte de fées. La pauvre enfant était bien loin de se douter du danger qui la menaçait et de l'horreur qu'elle connaîtrait un jour.

– Aide-moi à la porter jusqu'à la voiture, dit Rachael lorsqu'elle eut fini d'habiller Sarah Kiel.

Ils la prirent chacun sous un bras. Sarah se laissa porter mais, par instants, elle traînait les pieds et tentait de se redresser sur ses genoux.

La brise du soir qui agitait les buissons leur apporta des bouffées de jasmin. Nerveusement, Rachael épiait les recoins d'ombre dense.

Ils installèrent Sarah, bouclèrent sa ceinture de sécurité. Aussitôt, elle se laissa aller en arrière et sa tête retomba contre sa poitrine. Il était possible à un troisième passager de monter dans la 560 SL, à condition de se coincer derrière les deux sièges-baquets. Benny était trop volumineux pour cela, aussi Rachael le laissa-t-elle conduire après qu'elle se fut glissée dans l'espace réduit.

À l'instant où ils quittaient l'allée, une voiture

apparut au tournant, pleins phares, et fonça droit sur eux dès qu'ils s'engagèrent dans la rue.

Le cœur de Rachael ne fit qu'un bond.

– Ô mon Dieu, c'est eux ! cria-t-elle.

La voiture se rabattait pour leur couper la route. Benny ne perdit pas de temps à poser des questions. Il changea immédiatement de direction en braquant à toute allure et écrasa l'accélérateur. Les autres étaient déjà derrière eux. La Mercedes fonça dans un crissement de pneus entre les silhouettes basses des maisons. Ils allaient droit sur une intersection. Il y avait un choix à faire et Benny dut ralentir. Rachael baissa la tête et se retourna pour jeter un coup d'œil par la glace arrière. L'autre voiture – une Cadillac, peut-être une Seville – les suivait toujours de très près.

Benny prit un virage sec, et Rachael aurait été projetée sur le côté si elle avait eu suffisamment de place. Elle crispa les mains sur le dossier du siège où Sarah Kiel était prostrée. Une prière lui monta aux lèvres. Seigneur, je vous en prie ! Faites que la voiture ne se renverse pas !

Mais la Mercedes ne broncha pas. Elle était collée à la route qui s'enfonçait dans un quartier résidentiel. Benny accéléra. Derrière eux, la Cadillac virait en oscillant et elle frôla une Corvette garée près du virage, arrachant une pluie d'étincelles qui retombèrent sur le trottoir. Sous l'effet du choc, la Cadillac dérapa. L'espace d'une seconde, elle fonça droit sur le trottoir opposé, mais le conducteur redressa in extremis et la poursuite continua. La Mercedes n'avait gagné que quelques mètres.

Benny lança la petite 560 SL dans une nouvelle courbe qu'il aborda de façon plus serrée, cette fois, avant de la relancer à fond. Ils filèrent sur plus de deux blocs d'immeubles comme une fusée, à tel point que Rachael se sentit écrasée par l'accélération, comme si elle quittait la terre. À l'instant où ils allaient se placer en orbite, Benny joua de la pédale de frein avec la virtuosité d'un grand pianiste lancé dans la *Sonate au clair de lune*. Il ne tint aucun compte du feu de carrefour et, braquant le volant aussi violemment que possible, partit sur la gauche. Ce fut exactement comme si la Mercedes avait sauté d'une rue à l'autre.

Oui, se dit Rachael, il est aussi expert dans l'art de la poursuite automobile que dans celui du combat à mains nues. Et en cette seconde, elle aurait voulu pouvoir lui demander : « Qui es-tu vraiment ? Un simple petit agent immobilier qui adore les trains modèles réduits, le vieux swing ? Mon œil ! » Mais ce n'était pas le moment de le distraire, pas à cette vitesse. Au moindre mot, elle le déconcentrerait et ce serait l'accident. Ils mourraient et tout serait fini.

Ben ne doutait pas que la Mercedes fût capable de distancer la Cadillac sur n'importe quel circuit routier, mais dans cette zone résidentielle au milieu de toutes ces rues plus ou moins étroites, c'était une autre histoire. De plus, il y avait des ralentisseurs avant les carrefours et il était obligé de lever le pied pour que la 560 n'éclate pas sous l'effet des vibrations. Enfin, plus ils approchaient du centre de Palm Springs, plus les feux se multipliaient. Même à cette heure, dans le petit matin désert, il devait ralentir pour ne pas risquer la collision avec un éventuel lève-tôt. Heureusement, la Mercedes braquait mille fois mieux que la Cadillac et, à chaque croisement, il gagnait quelques mètres de plus sur ses poursuivants. Quand ils ne furent plus qu'à deux intersections de Palm Canyon Drive, l'artère principale, la Cadillac, à deux blocs de distance derrière eux, perdait du terrain. Benny se dit qu'il avait enfin réussi à semer ceux qui s'acharnaient à les poursuivre.

C'est alors qu'il vit la voiture de police.

Elle était garée en tête d'une file de véhicules, juste à l'angle de Palm Canyon. Le flic avait dû

voir la Mercedes approcher dans son rétroviseur car le gyrophare s'alluma instantanément.
– Alléluia ! s'exclama Benny.
Rachael se redressa brusquement et cria :
– Non ! Pas les flics ! Si tu leur parles de ça, on est morts !
Pourtant, en approchant de la voiture de patrouille, Ben commença à ralentir. Rachael ne lui avait toujours pas dit pour quelle raison ils ne pouvaient pas compter sur la protection de la police. Et, après tout, il n'était pas le genre de type à faire justice lui-même. De plus, il était certain que ses poursuivants arrêteraient les frais s'ils le voyaient parler aux flics.
Mais Rachael insistait :
– Benny, non ! Pour l'amour de Dieu, fais-moi confiance, veux-tu ? Si tu t'arrêtes, nous sommes condamnés ! Ils vont nous faire sauter la cervelle, je te le jure !
Intérieurement, il ragea. Elle insinuait une fois de plus qu'il ne lui faisait pas confiance. Ne voyait-elle pas qu'il l'aimait ! Quelle preuve devait-il encore lui donner ? Bien sûr, il ne comprenait rien à rien, encore moins cette nuit, mais il avait confiance en elle plus que jamais, et cette note de déception qu'il avait perçue dans sa voix était comme un coup de poignard.
Dans un sursaut, il releva le pied de la pédale de frein et accéléra, frôlant la voiture de police dont le phare illumina une brève seconde l'intérieur de la Mercedes. Déjà, ils étaient loin. Jetant un coup d'œil dans le rétroviseur, Benny aperçut les deux visages étonnés des flics. Il se dit qu'ils allaient attendre le passage de la Cadillac pour se lancer à la poursuite des deux voitures. Il l'espéra tout au moins. Les types de la Cadillac n'oseraient pas leur tirer dessus avec les flics derrière eux.
Mais il s'aperçut avec dépit que la voiture de police démarrait instantanément dans un ululement

de sirène. Les flics avaient été sans doute tellement surpris de voir passer la Mercedes comme une torpille rouge qu'ils n'avaient même pas remarqué la Cadillac. Quand bien même l'auraient-ils vue, ils n'avaient pas estimé que sa vitesse était aussi élevée que celle de la voiture de sport. Ils quittèrent le virage en trombe et suivirent la Mercedes quand Benny emprunta Palm Canyon Drive sur la droite.

Il exécuta sa manœuvre avec le calme insouciant d'un cascadeur qui sait qu'il dispose de barres de roulement, d'amortisseurs hydrauliques, de suspensions spéciales et autres équipements hautement sophistiqués pour prendre des risques hors de la moyenne. Dans le cas présent, il n'avait rien de tout cela. Il comprit son erreur et se dit qu'il allait tous les transformer, Rachael, Sarah et lui, en bouillie. La voiture glissa sur deux roues dans une odeur de caoutchouc brûlé et elle parut rester ainsi, en équilibre précaire, pendant de longues minutes. Puis, par la grâce de Dieu et le talent des designers de chez Benz, elle retomba sur ses quatre roues dans une secousse énorme. Rachael se cogna la tête contre le plafond et ils en eurent tous le souffle coupé.

La voiture oscillait encore quand il vit le vieil homme à la chemise jaune et le cocker spaniel traverser la route. Il arrivait sur eux à pleine vitesse. L'homme et le chien tournèrent la tête dans la même fraction de seconde. Le vieux devait frôler les quatre-vingt-dix ans et son chien semblait aussi décrépit que lui. Qu'est-ce qu'ils fichaient là à deux heures du matin, bon sang ? Ils auraient dû dormir tranquillement tous les deux.

– Benny ! s'écria Rachael.
– Vu !

Il n'avait aucune chance de pouvoir s'arrêter à temps, aussi, en même temps qu'il freinait, il braqua pour couper Palm Canyon, ce qui lança la Mercedes dans un tête à queue doublé d'un dérapage. Dans la fumée des pneus, Benny manœuvra frénétiquement et reprit la direction du nord. Le vieil homme et le cocker avaient atteint le trottoir sans encombre. Et la voiture de patrouille n'était plus qu'à une dizaine de mètres derrière...

Il vit que la Cadillac venait de tourner et qu'elle était toujours à leur poursuite, sans que la présence de la police parût avoir la moindre importance. Elle accéléra même et tenta de doubler la voiture de patrouille.

– Des dingues ! dit Benny.
– Pire, fit Rachael. Ils sont pires que ça.

Sur son siège, Sarah Kiel poussait de petits gémissements, mais elle ne réagissait pas au danger imminent. En fait, la violence de la situation semblait avoir réveillé sa mémoire et elle revivait les moments plus violents encore qu'elle avait connus plus tôt dans la nuit.

Ben prit de la vitesse, fonçant toujours vers le nord. Dans le rétroviseur, il vit la Cadillac à la hauteur de la voiture de police. On aurait dit que les deux véhicules se livraient à une course amicale. Des copains, qui voulaient s'amuser un peu, qui auraient fait un pari stupide... Et puis soudain, tout bascula. L'intention des hommes de la Cadillac devint atrocement évidente. Il y eut une série d'éclairs et le tac-a-tac-a-tac des armes automatiques. Bon Dieu ! se dit Benny. Ils avaient arrosé les flics à la mitraillette. Ce n'était plus Palm Springs mais le Chicago des années vingt.

– Ils ont tué les flics ! répétait Ben, abasourdi.

Sarah se mit à gémir, comme si elle recevait des coups, et elle se recroquevilla encore un peu plus sur son siège. Elle n'avait toujours pas conscience du réel mais de l'atroce moment qu'elle avait connu.

– Benny, ne ralentis pas ! lança Rachael.

Sous l'effet du choc, il avait relevé un peu le pied et la Cadillac arrivait sur eux comme un requin sur sa proie. Ben enfonça la pédale d'accélération comme s'il voulait lui faire traverser le plancher et la Mercedes réagit à la manière d'un chat qui reçoit un coup. Projetée en avant, la voiture fila dans Palm Canyon Drive, heureusement en ligne droite sur une assez longue distance, ce qui permit à Ben de mettre de l'écart entre eux et la Cadillac avant d'aborder une nouvelle série de virages. Ils se retrouvèrent à l'ouest de l'agglomération, grimpèrent dans les collines, puis redescendirent en direction du sud. Après avoir traversé de nouveaux quartiers résidentiels sous des tunnels de palmiers, ils atteignirent un secteur où la végétation, buissons et épineux, se faisait rare, ne cachant plus la réalité du désert sur lequel Palm Springs avait été édifiée. Virage après virage, la Mercedes semait peu à peu la Cadillac.

Encore ahuri, Ben ne cessait de répéter :

— Ils ont assassiné deux flics rien que parce que ces pauvres types étaient sur leur route !

— C'est nous qu'ils veulent, dit Rachael. C'est ce que j'essaie de te faire comprendre. Ils feront tout pour nous avoir.

La Cadillac était maintenant à deux blocs de distance. En cinq ou six virages, Ben pensait pouvoir la semer définitivement car les types ne sauraient pas quelle direction il avait prise.

— Mais bon Dieu, ils n'avaient pas une chance ! fit-il, avec un tremblement dans la voix qui le surprit et lui déplut tout à la fois. Tu penses, avec leur tank ! Ils devaient le savoir, non ? Ils avaient une chance sur cent de nous rattraper. Au mieux. Une chance sur cent ! Et ils ont tué les flics !

Il braqua et s'enfila dans une autre rue. Sarah s'agitait frénétiquement sous sa ceinture de sécurité. Elle croisait les bras sur sa poitrine comme elle l'avait fait dans la cabine de douche.

Rachael reprit d'une voix tremblante :

— Ils se sont probablement dit que la police avait relevé notre immatriculation, et peut-être aussi la leur. Dans ces conditions les flics pouvaient lancer un appel d'identification...

Loin derrière, Ben vit les phares de la Cadillac qui perdait de plus en plus de terrain. Il aborda un autre virage, puis une rue sombre et endormie. Ici, les maisons étaient plus vieilles, certaines vétustes même, démentant la séduisante image de Palm Springs vue par les promoteurs.

— Je croyais que les types de la Cadillac nous tomberaient dessus encore plus vite si on appelait la police. Ce n'est pas ce que tu m'as dit ?
— Si.
— Alors pourquoi n'ont-ils pas laissé les flics nous arrêter ?
— Dans une certaine mesure ils ont tout intérêt à me voir retenue par la police. Je serais coincée. Je n'aurais alors pas la moindre chance. Le problème, c'est qu'il deviendrait aussi plus difficile de me tuer... Or ces gens-là préfèrent être discrets. Même s'il leur faut plus de temps pour mettre la main sur moi !

La Cadillac n'avait pas réapparu dans le rétroviseur, mais Ben tourna encore une fois. Dans une minute, ils auraient échappé à leurs poursuivants.

— Mais qu'est-ce qu'ils veulent, bon sang ?
— Deux choses. Avant tout... un secret que je suis censée détenir.
— Et ce n'est pas le cas ?
— Non.
— Et puis ?
— Ils ont peur. Il y a certains faits que je connais bien, cette fois. Tout comme eux. Ils le savent et ils veulent me réduire au silence.
— De quoi s'agit-il au juste ?
— Si je te le disais, ils auraient un motif pour te supprimer toi aussi.
— Je pense qu'ils veulent d'ores et déjà ma peau. Je suis déjà trop impliqué dans cette histoire. Alors dis-moi ce qu'il en est.
— Concentre-toi sur ta conduite...
— Rachael, parle. Je t'en conjure.

– Pas maintenant. Ce qui compte pour l'instant, c'est de leur échapper.
– Pour cela, ne t'en fais pas ! On est sortis d'affaire. Encore un tournant et on sera débarrassés de cette racaille.

C'est alors que le pneu avant droit éclata...

10

Clous

Pour Julio et Reese, ce fut une longue nuit.

À 0 h 32 exactement, la fouille systématique de la décharge était finie et l'on n'avait pas retrouvé la chaussure bleue d'Ernestina Hernandez.

Une fois les détritus retournés, le corps parti pour la morgue, les inspecteurs décidèrent qu'ils pouvaient rentrer chez eux. Ils avaient bien gagné un peu de repos ! En revanche le lieutenant Julio Verdad réfléchissait. Il savait qu'une piste est toujours plus fraîche dans les vingt-quatre heures qui suivent la découverte du corps. Et puis, généralement, au début d'une nouvelle enquête, il avait du mal à trouver le sommeil, troublé par l'horreur que lui inspirait le meurtre.

De plus, cette fois, il se sentait une obligation particulière envers la victime. Pour des raisons qui auraient semblé anormales à d'autres mais auxquelles il devait obéir, il s'estimait plus concerné que quiconque par la mort d'Ernestina. Trouver son assassin et le traîner devant la justice, pour Julio, désormais, ce n'était plus son devoir mais un point d'honneur absolu.

Son collègue, Reese Hagerstrom, l'accompagna sans émettre la moindre remarque sur l'heure tardive. Pour Julio, et pour lui seulement, Reese aurait travaillé vingt-quatre heures sur vingt-quatre, sautant les repas, se passant de sommeil, prêt à tous les sacrifices. Julio savait que Reese serait capable de lui faire un rempart de son corps si on tirait sur lui. Il était prêt à mourir pour Julio, sans la moindre hésitation. Cela, ils le savaient l'un et l'autre, au plus profond de leur chair, de leur âme, et n'en parlaient jamais.

Il était 0 h 41 quand ils allèrent apprendre la mort d'Ernestina à ses parents, chez qui elle vivait, à un bloc de Main Street, dans une maison modeste encadrée de magnolias. Tirés de leur sommeil, ils se montrèrent d'abord incrédules, persuadés qu'Ernestina était rentrée et dormait dans sa chambre. Ils n'admirent la vérité qu'en découvrant le lit vide.

Juan et Maria Hernandez avaient six enfants, mais le choc n'en fut pas moins énorme pour eux. La mère se laissa tomber sur le sofa de tissu rose du living. Les deux plus jeunes fils – des adolescents – s'assirent près d'elle, les yeux rouges, luttant pour ne pas verser une seule larme et conserver le masque du vrai macho latino qui était de règle à cet âge. Maria avait pris un portrait d'Ernestina et entre deux sanglots, elle parlait de sa fille, des bons moments qu'ils avaient vécus avec elle. À l'écart, la jeune Laurita, âgée de dix-neuf ans, se tenait immobile, muette, les doigts crispés sur un rosaire. Le père allait de long en large, les mâchoires serrées, battant furieusement des paupières pour tenter de contenir ses larmes. Il était le patriarche et il devait donner l'exemple de la force morale, il ne devait pas se laisser vaincre par cette visitation de la *muerta*. Mais c'était un combat trop difficile et, par deux fois, il alla s'isoler dans la cuisine, ferma la porte et Julio et Reese ne perçurent que de lointains sanglots étouffés.

Julio ne pouvait rien faire pour apaiser leur chagrin, mais il représentait l'espoir en la justice et il réussit peut-être à les en convaincre à cause de cette obligation spéciale qu'il avait envers Ernestina. Il s'exprimait d'un ton calme et ferme, on sentait son entêtement de chien de chasse lancé sur la piste, qui n'était pas près de laisser échapper le gibier. Et puis la rage qu'il éprouvait devant cette fin tragique, devant la mort, était lisible dans son regard, dans sa voix. Ce sentiment, il datait de cet abominable après-midi où il avait surpris les rats dévorant son frère et depuis, le feu n'avait fait que croître en lui.

Juan Hernandez apprit aux deux inspecteurs qu'Ernestina était sortie pour la soirée avec sa meilleure amie, Becky Klienstad, avec laquelle elle travaillait dans un restaurant mexicain du quartier. Elles avaient pris la voiture d'Ernestina : une vieille Ford Fairlane de dix ans, bleu poudre.

– Si c'est ce qui est arrivé à mon Ernestina, dit Mr Hernandez, alors, la pauvre Becky, qu'est-ce qu'elle est devenue, elle ? Il a dû lui arriver quelque chose. Quelque chose d'affreux.

Julio alla téléphoner dans la cuisine. La famille Klienstad résidait dans le comté d'Orange. Becky – Rebecca, en fait – n'était pas encore rentrée. Ses parents ne s'inquiétaient pas pour autant. Après tout, c'était une femme et les clubs de danse qu'elle fréquentait avec Ernestina étaient en général ouverts jusqu'à 2 heures du matin. Maintenant, en revanche, ils avaient des raisons de s'inquiéter...

1 h 20 du matin.

Dans la voiture, devant la maison Hernandez, Julio s'installa au volant, le regard perdu dans la nuit lourde du parfum des magnolias.

Le bruissement des feuilles, agitées par la brise de juin, avait des échos de solitude, de froid.

Reese alluma la console de l'ordinateur et lança un avis de recherche pour la Ford bleue d'Ernestina. Ses parents lui en avaient donné l'immatriculation.

– Regarde s'il y a des messages qui nous concernent, demanda Julio.

Pour l'instant, il ne se sentait pas d'humeur à se

servir du clavier. Il était toujours sous l'effet de la colère et il se sentait l'envie de tuer. Il savait que s'il commettait une erreur de frappe avec l'ordinateur, il était capable de le casser rien que pour passer ses nerfs.

Reese entra en contact avec les banques de données du quartier général. Lentement, les lignes commencèrent à défiler sur le moniteur. Un rapport des policiers qui s'étaient rendus à la morgue, sur les ordres de Julio, pour vérifier si le scalpel et le sarrau tachés de sang trouvés dans la décharge appartenaient à un employé du service du coroner. On leur avait confirmé que ces différents objets manquaient bien ainsi qu'une paire de chaussures antistatiques destinées au laboratoire de la morgue. Mais rien ne désignait tel ou tel employé.

Julio quitta l'écran des yeux et contempla la nuit.

— Ce meurtre est lié à la disparition du cadavre d'Éric Leben, dit-il.

— Ce pourrait n'être qu'une coïncidence.

— Tu crois aux coïncidences, toi ?

— Non, fit Reese dans un soupir.

Un papillon de nuit vint tambouriner des ailes sur le pare-brise.

— Peut-être que celui qui a volé le corps a tué Ernestina, dit Julio.

— Mais pourquoi ?

— C'est ce que nous devons découvrir.

Julio lança le moteur et ils laissèrent la maison Hernandez derrière eux.

Le papillon de nuit disparut et la senteur des magnolias s'estompa.

Julio roulait vers le nord, s'éloignant du centre de Santa Ana.

Main Street était brillamment illuminée par les lampadaires mais, tout en accélérant, Julio sentait que l'obscurité, en lui, ne se dissipait pas.

1 h 38 du matin.

Ils atteignirent rapidement la demeure hispano-moderne d'Éric Leben. À cette heure les voitures étaient rares. La nuit avait une qualité de silence que Julio jugea exceptionnelle, à l'image du quartier. Leurs pas éveillèrent des échos secs sur les dalles et, quand ils sonnèrent à la porte, le son leur revint comme du fond d'un puits.

Julio et Reese ne disposaient d'aucune autorité dans le secteur de Villa Park. En fait, ils étaient à deux villes de distance de leur circonscription. Néanmoins, dans l'immense secteur du comté d'Orange, qui constituait en fait une sorte de grande ville divisée en diverses communautés, de nombreux crimes ne relevaient pas d'une juridiction unique, cela afin d'éviter que les criminels ne gagnent du temps en franchissant les frontières artificielles qui séparaient les secteurs du comté. Quand il était nécessaire de changer de juridiction, on demandait simplement l'appui ou l'accord des autorités locales ou bien on leur déléguait le pouvoir d'enquête. C'était une pratique de pure routine qui se déroulait sans heurts.

Mais, bien sûr, il en découlait une perte de temps considérable et, très souvent, Julio et Reese contournaient le protocole. Ils allaient là où ils devaient et n'informaient les autorités locales que lorsqu'ils trouvaient un élément important pour l'enquête ou lorsque les choses menaçaient de tourner à la violence.

Peu nombreux étaient les inspecteurs à prendre ce genre de risque. Si l'on ne suivait pas la procédure prévue, on devait à coup sûr craindre un blâme. Et, en cas de violation répétée du règlement, on considérait qu'il y avait manque de respect notoire pour les structures hiérarchiques, ce qui aboutissait immanquablement à des mesures disciplinaires plus ou moins graves. Des infractions répétées pouvaient aboutir à une totale impasse dans les promotions et à la diminution, voire à la suppression de la pension de retraite.

Ce genre de menace ne préoccupait pas particulièrement Julio et Reese. Bien sûr, ils souhaitaient de l'avancement de temps à autre et ils ne dédaignaient pas leur pension. Mais ce qu'ils voulaient avant tout, c'était mener à bien leurs enquêtes et faire en sorte que les meurtriers finissent en prison. À leurs yeux, c'était plus important que la sécurité financière. Pour eux, être flic ne signifiait plus rien si l'on ne vouait pas son existence à un idéal de justice, si l'on n'était pas prêt à risquer sa vie pour celui-ci. Les problèmes de salaire venaient après.

Quand il fut évident que personne ne répondrait, Julio essaya d'ouvrir, mais la porte était verrouillée. Il ne tenta pas de forcer la serrure. Ils ne disposaient pas d'un ordre écrit ni de la moindre autorisation. Ce qu'ils cherchaient dans la maison d'Éric Leben était toutefois un élément de poids. Des actes criminels avaient été commis sur les lieux, l'existence de personnes innocentes était menacée et puis... c'était un cas d'urgence.

Ils firent le tour de la maison et découvrirent une issue. Un panneau d'une des portes-fenêtres qui permettaient d'accéder du patio dans la cuisine avait été brisé. Ils auraient pu négliger cet élément s'ils n'avaient soupçonné le pire : un intrus, sans doute armé, avait pénétré illégalement dans la demeure avec l'intention de commettre un cambriolage ou d'agresser une personne qui y résidait légalement.

Ils sortirent leur arme et entrèrent, écrasant des fragments de verre sous leurs pas.

Tout en progressant d'une pièce à l'autre, ils ne manquèrent pas de trouver de nouveaux éléments justifiant leur intrusion... Une empreinte sanglante sur le sofa du living. Des ravages évidents dans la chambre principale. Et... dans le garage... la Ford bleu poudre d'Ernestina Hernandez.

Après l'examen de la voiture, Reese découvrit des taches de sang sur la banquette arrière et sur la moquette.

– C'est à peine coagulé, dit-il à Julio.

Julio ouvrit le coffre et trouva d'autres taches de sang ainsi que les lunettes brisées. Et la chaussure bleue...

La chaussure manquante d'Ernestina.

Quelque chose se serra dans sa poitrine.

Pour ce qu'il en savait, la fille des Hernandez ne portait pas de lunettes. Par contre, sur les photos qu'il avait vues chez les Hernandez, Becky Klienstad, son amie et collègue, oui. Il était évident que les deux femmes avaient été tuées puis jetées dans le coffre de la Ford. On avait retrouvé le cadavre d'Ernestina dans la décharge. Qu'était donc devenu celui de Becky Klienstad ?

– Appelle les flics du secteur, dit soudain Julio. Il est temps d'opérer dans les règles.

1 h 52 du matin.

À son retour, Reese Hagerstrom s'arrêta, le temps de soulever les portes du garage afin de chasser l'odeur de sang qui montait du coffre de la Ford. À cet instant, il remarqua une tenue d'infirmier et une paire de chaussures souples antistatiques dans un coin.

– Julio ! Viens jeter un coup d'œil.

Julio était demeuré penché sur le coffre, ne touchant à rien, avec cependant l'espoir de découvrir un détail, un indice, aussi infime soit-il. Il rejoignit Reese.

– Bon Dieu, qu'est-ce que ça veut dire ? demanda celui-ci.

Julio se tut.

– On commence la soirée avec un corps qui a disparu. Maintenant, nous en sommes à deux : Leben et la petite Klienstad. Quant au troisième, on aurait préféré ne pas le retrouver. Si quelqu'un collectionne les cadavres, pourquoi est-ce qu'il n'a pas gardé celui d'Ernestina Hernandez ?

Julio tira nerveusement sur sa cravate, sur ses

manchettes. Le rapport évident entre la disparition du corps de Leben et le meurtre d'Ernestina le rendait perplexe. Au plus chaud de l'été, contrairement à ses collègues, il n'abandonnait jamais son costume, ni sa cravate ou ses boutons de manchettes. Il se comportait parfois comme un prêtre au service de la double déité Justice et Loi. Et un tee-shirt et un jean lui auraient paru une profanation.

– Les gars du coin rappliquent ? demanda-t-il à Reese.

– Oui. Et une fois qu'on aura réussi à leur expliquer la situation, il faudra qu'on aille à Placentia.

– Placentia ? Pourquoi donc ?

– J'ai vérifié les messages pendant que j'y étais. Il y en avait un du QG. La police de Placentia a retrouvé Becky Klienstad.

– Où ? Vivante ?

– Non, morte. Dans la maison de Rachael Leben.

Surpris, Julio ne put que répéter la question que Reese avait posée l'instant d'avant :

– Bon Dieu, qu'est-ce que ça veut dire ?

1 h 58 du matin.

Ils quittèrent Villa Park et traversèrent en partie le comté d'Orange, Anaheim, puis franchirent le pont de Tustin Avenue au-dessus de la rivière de Santa Ana qui, en cette saison, n'était qu'un trou poussiéreux. Au-delà, ils abordèrent les gisements pétroliers et roulèrent entre les pompes, hautes silhouettes noires, semblables à des mantes religieuses menaçantes.

Placentia était généralement l'un des secteurs les plus paisibles de la région. Ni riche, ni pauvre. Confortable, sans trop d'inconvénients ni d'avantages si l'on exceptait les splendides et gigantesques palmiers dattiers qui bordaient certaines rues. C'était le cas de la rue où habitait Rachael Leben. Les immenses palmes semblaient en feu au-dessus des phares des voitures de police.

Un officier de Placentia, un type de haute taille du nom d'Orin Mulveck, vint au-devant de Julio et de Reese. Il était pâle et son regard laissait supposer qu'il venait de voir quelque chose d'abominable, quelque chose qu'il aurait préféré ne jamais voir.

– C'est une voisine qui nous a prévenus... elle avait vu un type qui quittait la maison en courant et elle a trouvé cela suspect. Quand on est arrivés, la porte de devant était grande ouverte et tout était éclairé.

– Mrs Leben n'était pas là ?
– Non.
– On a une idée de l'endroit où elle peut se trouver ?
– Non.

Mulveck avait enlevé sa casquette et se passait nerveusement la main dans les cheveux.

– Seigneur, fit-il, plus pour lui-même que pour Julio et Reese. Non, Mrs Leben n'est pas là. Mais c'est dans sa chambre qu'on a trouvé la morte.

Tout en suivant Mulveck à l'intérieur de la confortable demeure de Rachael, Julio demanda :

– Rebecca Klienstad ?
– Oui.

Mulveck précéda Julio et Reese dans un charmant living décoré dans des tons pêche et blanc avec quelques touches bleu sombre. Les lampes étaient en cuivre.

– Comment avez-vous pu l'identifier ? demanda Julio.

– Elle portait une médaille médicale, dit Mulveck. Apparemment, elle était allergique à un certain nombre de choses, et en particulier à la pénicilline. C'est un bon moyen pour retrouver quelqu'un. Il y a le nom, l'adresse et certaines particularités. Si on vous a joints aussi vite, c'est qu'on a interrogé notre ordinateur à propos de Becky Klienstad et que Data Net nous a appris que vous la cherchiez du côté de

Santa Ana. Il y aurait, paraît-il, un rapport direct avec l'assassinat de la fille Hernandez...

Le Law Enforcement Data Net, grâce auquel les multiples polices du secteur échangeaient leurs informations, avait mis en œuvre un nouveau programme informatisé qui regroupait l'ensemble des données recueillies par le shérif et la police locale. Des heures précieuses, des journées de travail pouvaient ainsi être gagnées et, une fois encore, Julio se félicita d'être un flic de l'âge de la puce.

Ils passèrent près d'un des hommes du labo qui pulvérisait de la poudre sur un meuble, en quête d'empreintes éventuelles.

– Est-ce que la femme a été tuée ici ? demanda Julio.

– Non. Il n'y a pas assez de sang.

Il se passa encore une fois la main dans les cheveux.

– On l'a tuée quelque part ailleurs avant... avant de l'amener ici.

– Pourquoi ?

– Vous allez le savoir. Mais je ne suis pas sûr que vous compreniez ce qui a motivé l'assassin.

Intrigué, Julio ne fit aucun commentaire et se contenta de suivre Mulveck dans la chambre.

C'est alors qu'il étouffa une sorte de plainte et resta quelques secondes sans respirer.

– Oh, bordel ! fit Reese derrière lui.

Les lampes de chevet étaient allumées et il subsistait des recoins d'ombre dans les angles de la chambre, mais le corps de Rebecca Klienstad était bien en vue. Elle avait la bouche béante, les yeux ouverts. Elle était complètement nue et on l'avait clouée au mur, juste au-dessus du lit. Un clou dans chaque main. Un clou dans chaque bras, à hauteur du coude. Un clou dans chaque pied. De surcroît on avait enfoncé une énorme pointe dans sa gorge. Elle n'avait pas la posture traditionnelle de la crucifixion car ses jambes étaient impudiquement écartées, mais on n'en était pas loin.

Un photographe de la police opérait, prenant des clichés sous tous les angles. À chaque éclair de flash, le corps semblait bouger, comme si la morte luttait pour arracher les clous.

Julio n'avait encore jamais vu de femme crucifiée, l'idée d'un acte aussi sauvage ne lui était même jamais venue à l'esprit. Il déduisit rapidement que cet acte avait été accompli non pas dans un état de folie furieuse mais sous l'impulsion d'un froid calcul. Il était clair que la malheureuse était déjà morte quand on l'avait amenée ici car les plaies des clous n'avaient pas saigné. Elle portait une entaille au cou et c'était sans doute la blessure dont elle était morte. Le tueur – ou les tueurs – avait dû passer quelque temps à trouver les clous et le marteau (ces derniers traînaient dans un coin de la chambre). Dresser le corps contre le mur et le maintenir tout en enfonçant chacun des clous dans la chair froide n'avait pas dû être une mince opération. Apparemment, la tête avait basculé et le tueur avait voulu que la morte garde les yeux fixés droit devant elle (pour que l'ignoble surprise soit complète), aussi lui avait-il passé un fil sous le menton qu'il avait noué à un clou planté juste au-dessus de sa tête. Il avait également collé les paupières pour qu'elle paraisse vraiment regarder celui ou celle qui la découvrirait en premier.

– Je comprends, dit Julio.

– Oui, fit Reese Hagerstrom d'une voix blanche.

Mulveck tressaillit. Des gouttes de sueur brillaient sur son front blême mais ce n'était pas à cause de la chaleur de cette nuit de juin.

– Eh, vous plaisantez ou quoi ? Vous comprenez ce... ce truc de dingue ? Vous pensez qu'il y a une intention derrière cette macabre mise en scène ?

– Ernestina et cette fille, dit Julio, ont été tuées avant tout parce que l'assassin avait besoin d'une voiture. Mais quand il a vu la fille Klienstad, il a jeté l'autre corps et il l'a gardée, elle, pour laisser son message.

Une fois encore, Mulveck se passa la main dans les cheveux.

— Mais si ce cinglé avait l'intention de tuer Mrs Leben, si elle était la victime désignée... pourquoi ne s'est-il pas contenté de venir directement ici ? Pourquoi ?

— L'assassin devait savoir qu'elle ne serait pas chez elle. Il lui a peut-être téléphoné d'abord.

Julio se souvenait de l'extrême nervosité que Rachael Leben avait montrée à la morgue lorsqu'il l'avait interrogée. Il avait senti qu'elle cachait quelque chose et qu'elle était sous l'effet d'une peur intense. Maintenant, il comprenait. Elle savait déjà que sa vie était menacée. Mais par qui ? Et pour quelle raison ne demandait-elle pas la protection de la police ? Que cachait-elle vraiment ?

Une fois encore, le flash éclaira le corps crucifié.

— L'assassin, reprit Julio, savait qu'il ne la retrouverait pas tout de suite. Ce qu'il voulait, c'est lui faire savoir qu'elle devait s'attendre à sa visite tôt ou tard. Il – ou ils – voulait la terroriser. Quand il a vu à qui ressemblait la fille qu'il venait de tuer, il lui est venu une idée...

— C'est-à-dire ? fit Mulveck. Je ne vous suis pas.

— Rebecca Klienstad était d'une beauté voluptueuse, poursuivit Julio en montrant le corps. Comme Rachael Leben. Deux types de femmes très semblables.

— Oui, les cheveux de Mrs Leben sont un peu de la couleur de ceux de cette fille, remarqua Reese. Le même reflet cuivré.

— Châtain clair, précisa Julio. Même si cette fille n'est pas aussi séduisante que Rachael Leben, elle lui ressemble vaguement.

Le photographe était occupé à recharger son appareil.

Mulveck secoua la tête.

— Bon, je résume. Mrs Leben rentre chez elle et, dans sa chambre, elle voit cette fille crucifiée. Elle comprend alors, à cause de la ressemblance, que c'est elle que le cinglé voulait clouer au mur...

— Oui, dit Julio. C'est ce que je pense.

— Oui, fit Reese en écho.

— Nom de Dieu, c'est totalement fou. Ce type est détraqué. Quel qu'il soit, je me demande ce que Mrs Leben a pu faire pour qu'il la haïsse à ce point. Quel genre d'ennemis peut-elle avoir ?

— Des ennemis particulièrement dangereux, dit Julio. C'est tout ce que je sais. Et... si on ne la retrouve pas très rapidement, on ne la reverra plus vivante.

Le flash partit encore une fois.

Et le cadavre, encore une fois, parut bouger.

11

Histoire de fantôme

Quand le pneu éclata, Benny ralentit à peine. Il tint ferme le volant et la Mercedes continua sur sa lancée. Après quelques sursauts elle zigzagua mais se comporta plutôt bien.

Pas de phares derrière eux. La Cadillac n'avait pas encore passé le virage, à deux blocs de là. Mais elle n'était plus loin. À coup sûr.

Benny regardait désespérément, à gauche, à droite.

Rachael se demanda quel refuge il pouvait chercher.

Il le trouva bientôt : une maison d'un étage avec un panneau À VENDRE sur le devant, au milieu de deux cents mètres carrés de pelouse en friche. La propriété était délimitée par un mur de deux mètres de haut. Elle disparaissait derrière des arbres en grand nombre et des buissons qui avaient poussé un peu partout dans l'attente d'un jardinier.

– Eurêka, fit Benny.

Il s'engagea dans l'allée d'accès, traversa la pelouse et alla se garer derrière la maison, sur une terrasse de ciment couverte d'une toiture de cèdre rouge. Il éteignit les phares et coupa le moteur.

L'obscurité se referma sur eux.

Au fur et à mesure qu'il refroidissait, le métal brûlant laissait échapper de petits claquements aigus.

La maison était déserte, bien sûr, et personne ne se montra. Les arbres, les buissons et le haut mur les dissimulaient au regard du voisinage immédiat.

– Passe-moi ton arme, dit Benny.

Sans commentaire, Rachael lui obéit.

Sarah Kiel était sortie de sa transe et les épiait, toujours tremblante, effrayée. La poursuite semblait avoir réussi à l'arracher à ses affreux souvenirs.

Benny ouvrit sa portière.

– Où vas-tu ? lui demanda Rachael.

– Je veux m'assurer qu'ils ne reviennent pas en arrière. Ensuite, il va falloir que je trouve une autre voiture.

– Mais nous pouvons changer la roue...

– Non. Ce bolide est trop repérable. Il nous faut quelque chose de plus banal.

– Mais où comptes-tu trouver une autre voiture ?

– Je vais en voler une, dit-il calmement. Reste assise bien tranquille. Je reviens aussi vite que possible.

Il referma la portière en douceur et s'élança en courant. Après avoir contourné l'angle de la maison, il disparut.

Tout en progressant à demi courbé, Ben entendit un concert lointain de sirènes. Ambulances et voitures de police devaient probablement converger sur Palm Canyon Drive, à deux ou trois kilomètres de distance, là où se trouvait le véhicule de patrouille avec les policiers criblés de balles.

En atteignant le devant de la maison, il vit la Cadillac qui approchait. Il plongea aussitôt dans un buisson fleuri et risqua un regard prudent entre les branches d'un laurier-rose. La Cadillac passa lentement et il eut le temps de voir trois hommes à son bord. Il ne put en distinguer nettement qu'un seul – celui qui occupait le siège du passager, à l'avant. Il avait les cheveux en arrière, une moustache, des traits durs et des lèvres minces.

Ils cherchaient la Mercedes rouge, bien sûr, et ils étaient assez malins pour se douter que Ben avait dû se planquer dans l'ombre pour les attendre. Il pria le Ciel pour qu'il n'ait pas laissé de traces de pneus sur le bout de la pelouse, entre l'allée et la maison. C'était de l'herbe des Bermudes, très élastique. Elle n'avait pas été arrosée depuis longtemps et les plaques brunes, desséchées, formaient une espèce de camouflage naturel. Mais les types de la Cadillac devaient être des chasseurs d'hommes entraînés, capables de repérer les traces les plus discrètes.

Tapi dans le buisson de laurier, avec sa chemise blanche, sa cravate de travers, son pantalon et sa veste si peu appropriés à la situation, Ben se sentait ridicule. Pire, il n'était pas loin de penser qu'il était dépassé par l'épreuve qu'il devait affronter. Il y avait trop longtemps qu'il n'était plus qu'un agent immobilier, bien rangé. À trente-sept ans, il avait cessé de mener une vie aventureuse. Certes, il avait essayé de se maintenir en forme, mais il n'avait plus l'entraînement d'autrefois. Aux yeux de Rachael, il s'était sans doute comporté de façon éblouissante en neutralisant le dénommé Vincent Baresco dans le bureau d'Éric Leben, à Newport Beach, et sa manière de conduire l'avait certainement impressionnée, mais il savait bien que ses réflexes n'étaient plus ce qu'ils avaient été. Et il savait aussi que ces gens, là-bas, dans la Cadillac, étaient des clients dangereux.

Il avait peur.

Ils avaient descendu ces deux flics comme ils auraient écrasé des moustiques gênants. Grands dieux !

Quel secret avaient-ils en commun avec Rachael ? Qu'est-ce qui pouvait justifier qu'ils soient prêts à tuer ? Il se dit que s'il avait la chance d'être encore en vie dans une heure, il trouverait bien un moyen de faire parler Rachael. Elle n'allait pas lui tenir tête plus longtemps !

La Cadillac passa à petite vitesse, dans le ronronnement de son moteur, et le type à la moustache parut, un instant, regarder Ben, les yeux fixés sur le buisson de laurier. Ben faillit rabattre les branches qu'il tenait légèrement écartées, mais il se dit que l'autre surprendrait ce mouvement. Aussi resta-t-il immobile, s'attendant à chaque seconde à ce que la Cadillac s'arrête, que les portières s'ouvrent et que la mitraillette crépite et le crible de balles. Mais non, la voiture continuait lentement le long de la rue. Ben regarda s'éloigner les feux arrière et vida l'air de ses poumons avec un frisson.

Il quitta le buisson, gagna la rue et s'immobilisa dans l'ombre d'un grand jacaranda, près du virage. Il surveillait la Cadillac. À trois blocs de là, elle franchit une crête et disparut à sa vue.

Dans le lointain, les sirènes s'étaient faites plus rares. Elles avaient comme une résonance lugubre, à présent.

Serrant le .32 contre sa hanche, Ben s'élança dans la rue, en quête d'une voiture.

Dans la 560 SL, Rachael avait quitté sa position inconfortable pour s'installer derrière le volant. Ainsi, elle pourrait parler plus facilement à Sarah Kiel. Elle alluma la petite lampe du lecteur de cartes, certaine que cette faible lueur ne pouvait être visible à travers la végétation environnante. Un pâle rayon de lune éclairait le tableau de bord, le visage de Rachael, et la silhouette de Sarah.

La fille était enfin sortie de sa prostration et elle semblait en mesure de répondre aux questions. Elle gardait la main droite contre sa poitrine, tel un malheureux oiseau blessé. Ses ongles cassés ne saignaient plus mais son doigt avait enflé. De la main gauche, elle toucha son œil meurtri, sa joue, sa lèvre fendue. Elle poussait de petites plaintes et regardait Rachael sans mot dire.

— Chérie, nous allons te conduire à l'hôpital dans quelques minutes, O.K. ? dit Rachael.

La jeune fille hocha la tête.

— Sarah, est-ce que tu sais qui je suis ?

Elle lui fit signe que non.

— Je m'appelle Rachael Leben. Je suis la femme d'Éric.

La peur, soudain, parut assombrir le regard bleu de Sarah.

— Non, chérie, tout va bien. Je suis avec toi. Je te le jure. J'étais en instance de divorce. Je n'ignorais pas qu'il fréquentait des filles très jeunes, mais ma décision était prise depuis longtemps. Éric était un malade, comprends-tu, chérie ? Un fou pervers et arrogant. J'en étais venue à avoir peur de lui et à le mépriser. Alors, tu peux me parler librement. Tu as une amie en moi. Tu me crois ?

Sarah acquiesça.

Rachael s'interrompit pour scruter l'ombre qui cernait la voiture. Elle observa un instant les fenêtres obscures et les portes du patio de la maison abandonnée, puis les arbres et les buissons en friche et finalement verrouilla les quatre portières. Il commençait à faire chaud mais elle se refusait à baisser les glaces.

— Dis-moi ce qui t'est arrivé, chérie. Raconte-moi tout.

Sarah voulut parler mais sa voix se brisa et elle fut agitée de frissons violents.

— Calme-toi. Tu es en sécurité, maintenant, dit Rachael, moins sûre d'elle qu'il n'y paraissait. Tu ne risques rien. Dis-moi qui t'a ainsi maltraitée.

Dans la clarté lunaire, la peau de Sarah était affreusement pâle. Elle se racla la gorge et chuchota :

— Éric. Éric... Il m'a... battue.

Rachael connaissait d'avance la réponse, mais elle n'en fut pas moins glacée et, durant un instant, demeura incapable de parler.

— Mais quand ? Quand t'a-t-il fait ça ?

— Il... il est venu à minuit et demi.
— Seigneur, à peine une heure avant que nous arrivions ! Il doit être reparti quelques minutes avant nous.

Ainsi ses craintes étaient confirmées. Son cœur battait à toute allure et elle eut un sursaut de désespoir quand elle comprit que quelque part dans la nuit chaude du désert, l'ombre de son mari errait, malfaisante et pitoyable...

— Il a sonné à la porte... (Sarah porta la main à son œil gonflé.) Je suis allée... ouvrir, et il... il m'a cogné dessus. Quand je suis tombée, il m'a donné deux grands coups de pied dans les jambes...

Rachael se souvint des bleus qu'elle avait remarqués sur les cuisses de Sarah.

— Ensuite, il... il m'a attrapée par les cheveux... il m'a traînée jusque dans la chambre...

Rachael lui prit doucement la main et la serra.

— Continue, dit-elle.

— Il a déchiré mon pyjama. Il me tenait toujours par les cheveux et il cognait... il cognait sans s'arrêter...

— Est-ce qu'il t'avait déjà frappée auparavant ?

— N-non. Pas vraiment. Quelques claques. Il me secouait un peu... C'est tout. Mais cette nuit... cette nuit, il était déchaîné... Plein de haine.

— Est-ce qu'il t'a dit quelque chose ?

— Non. Il me traitait de toutes sortes de noms. Des noms horribles. Et... et sa voix était bizarre. Il bredouillait des mots.

— Et... quel aspect avait-il ?

— Ô Seigneur...

— Dis-le-moi.

— Il lui manquait deux dents. Et il était couvert de plaies. De bleus. Affreux.

— Affreux ? C'est-à-dire ?

— Il était... tout gris.

— Et sa tête, Sarah ? Comment était sa tête ?

Sarah serra très fort la main de Rachael.

— Tout son visage... était gris... gris comme de la cendre, vous voyez ce que je veux dire ?

— Mais sa tête ? insista Rachael.

— Il... il portait une casquette en tricot quand il est entré. Il l'avait rabattue... Comme un passe-montagne, vous voyez ? Mais quand il... quand je me suis débattue... la casquette est tombée.

Rachael attendait la suite non sans appréhension.

Il faisait de plus en plus chaud dans la Mercedes et la sueur de la fille était aigre.

— Sa tête... elle était toute défoncée, dit enfin Sarah, avec dégoût, puis avec terreur. Avec horreur.

— Tu veux dire : son crâne ? Le côté de son crâne ? Tu l'as vu ?

— Oui... C'était tout brisé, enfoncé... Affreux, affreux...

— Et ses yeux ? Comment étaient ses yeux ?

Sarah voulut répondre, mais elle fut secouée par un spasme. Elle inclina la tête, luttant pour se maîtriser.

Rachael avait tout à coup l'impression épouvantable que quelqu'un ou quelque chose rampait en direction de la voiture et, à nouveau, elle épia la nuit. L'obscurité était comme poisseuse, menaçante.

Lorsque Sarah releva la tête, Rachael répéta sa question :

— Je t'en prie, chérie. Dis-moi comment étaient ses yeux.

— Étranges. Comme... obscurcis. Il avait le... le regard perdu. Vous comprenez ?

— Glauque ?

— Oui. C'est ça, oui.

— Et ses mouvements ? Est-ce qu'il se déplaçait normalement ?

— Non... Parfois, il... il avait comme des spasmes. Mais il bougeait tellement vite, aussi. Trop vite pour moi.

— Et tu m'as dit qu'il ne parlait pas normalement ? Qu'il bredouillait même ?

— Oui. Il disait des choses incompréhensibles. Plusieurs fois, il a cessé de me frapper et il est resté là, chancelant, comme s'il allait tomber. Je veux dire qu'il basculait d'avant en arrière... Il... il avait l'air complètement paumé, comme s'il ne savait plus qui il était, ni où il se trouvait. Comme s'il avait oublié complètement qui j'étais.

Rachael prit conscience qu'elle tremblait aussi violemment que Sarah. Le contact de leurs mains les rassurait l'une et l'autre.

— Et quand tu l'as touché ? demanda Rachael. Je veux parler de sa peau. Qu'est-ce que tu as senti ?

— Vous me le demandez mais vous le savez déjà, n'est-ce pas ? Vous savez comment était sa peau, hein ? C'est bien ça ?

— Dis-le-moi quand même.

— Il avait la peau froide. Beaucoup trop froide.

— Et humide ?

— Oui... Mais ce n'était pas comme de la sueur.

— Graisseuse ? dit Rachael.

Cela éveilla un souvenir si net chez Sarah qu'elle eut un nouveau spasme en inclinant la tête.

« La peau légèrement grasse. Le premier stade... le tout premier stade de... la putréfaction », se dit Rachael.

Son estomac se souleva et son cœur fut broyé.

— Ce soir, reprit Sarah, j'avais regardé les infos de onze heures et c'est comme ça que j'ai appris qu'il avait été tué, qu'il avait été renversé par un camion, hier matin en fait. Je me suis demandé combien de temps j'allais pouvoir rester dans la maison avant que quelqu'un arrive. Je ne savais pas où aller. Et puis, tout d'un coup, à peine plus d'une heure après que j'ai appris ça, je le trouve là, devant la porte. D'abord, je me suis dit que ce que j'avais entendu était faux mais... Ô Dieu... j'ai vite compris que non. Il... il avait vraiment été tué. Il était...

— Oui, fit Rachael.

Doucement, Sarah passa la langue sur sa lèvre blessée.

– Et pourtant...

– Oui...

– Pourtant, il est revenu...

– Oui, fit Rachael. Il est revenu. En fait pas vraiment. Il n'y est pas encore parvenu et il n'y arrivera sans doute pas.

– Mais comment...

– Ne te demande pas comment. Il vaut mieux que tu ne le saches pas.

– Et qui...

– Ça non plus, tu n'as pas à le savoir. Crois-moi. Maintenant, ma chérie, tu vas m'écouter très attentivement et ne pas oublier. Tu ne dois dire à personne ce que tu as vu. À personne. Tu comprends ? Si jamais tu le faisais... tu courrais un danger terrible. Il y a des gens qui te tueraient en un rien de temps pour t'empêcher de parler de la résurrection d'Éric et ils sont prêts à trucider autant de gens qu'il le faudra pour que le secret ne soit pas divulgué.

Sarah eut un rire sinistre, ironique et vaguement teinté de folie.

– Qui me croirait, de toute façon ?

– C'est exact, dit Rachael.

– On penserait que je suis dingue. D'ailleurs, tout ça c'est dingue, complètement impossible.

La voix de Sarah était creuse, comme hallucinée. Il était évident que ce qu'elle avait vécu cette nuit l'avait transformée à tout jamais. Jamais plus elle ne serait la même. Et, pendant longtemps, pour le reste de son existence peut-être, elle aurait du mal à s'endormir, hantée par ce cauchemar.

– Bon, dit Rachael. Tu vas aller à l'hôpital et je paierai tous les frais. Je te donnerai aussi un chèque de dix mille dollars, mais, mon Dieu, j'espère que tu n'en profiteras pas pour te droguer. Si tu le veux, je peux aussi appeler tes parents au Kansas et leur demander de venir te chercher.

– Je... je crois que j'aimerais mieux ça.
– Parfait. Ma chérie, je pense que ce sera effectivement le mieux. Ils ont dû se faire du mauvais sang pour toi.
– Vous savez... Éric m'aurait tuée. Je suis sûre que c'est ce qu'il voulait. Me tuer. Peut-être pas vraiment moi en particulier. Il voulait juste tuer quelqu'un. C'était comme un besoin qu'il avait. Et j'étais là. C'est ça... J'étais là à portée de main.
– Comment as-tu fait pour lui échapper ?
– Il... eh bien, c'est comme s'il s'était déconnecté pendant quelques minutes. Je vous l'ai dit : à certains moments, il avait l'air complètement perdu. Ses yeux sont devenus encore plus ternes, et il s'est mis à pousser un drôle de petit sifflement. Il s'est écarté de moi, il a tourné la tête comme si tout se brouillait dans son esprit... Et puis, on aurait dit qu'il devenait de plus en plus faible. Il s'est appuyé contre le mur de la salle de bains et sa tête est retombée en avant...

Rachael se souvenait de l'empreinte sanglante sur le mur.

– Moi, poursuivit Sarah, j'étais sur le carrelage. J'avais mal partout, je ne pouvais pas me lever. Quand je l'ai vu dans cet état, le mieux que j'ai pu faire, ç'a été de ramper jusqu'à la douche. J'étais sûre qu'il allait venir m'y chercher quand il irait mieux... Mais non. On aurait dit qu'il m'avait complètement oubliée. Il ne savait plus où j'étais, ou alors, il a cru que j'étais partie ailleurs. Au bout d'un moment, je l'ai entendu, tout au fond de la maison. Il cassait des choses, il donnait des coups dans les meubles.

– Il a complètement dévasté la cuisine, dit Rachael, se souvenant des couteaux plantés dans le mur.

Des larmes coulèrent sur la joue de Sarah.

– Ce que je n'arrive pas à comprendre... fit-elle, très lasse...

– C'est quoi ?

— C'est pourquoi il s'en est pris à moi.
— Probablement que ce n'est pas précisément à toi qu'il en voulait. S'il y avait un coffre mural dans la maison, il voulait peut-être l'argent qui s'y trouvait... Mais ce que je crois surtout, c'est qu'il cherche un endroit pour se terrer un temps, jusqu'à ce que le processus... soit achevé. Après ce moment d'absence, il a sans doute erré dans la maison et, ne te voyant pas, il a supposé que tu étais partie chercher du secours. Alors, il est reparti aussi vite que possible. Il est allé ailleurs.
— À la cabane, je parie.
— Quelle cabane ?
— Vous ne connaissez pas sa cabane du lac Arrowhead ?
— Non.
— Elle n'est pas vraiment au bord du lac. Un peu au-dessus, dans la montagne. Il m'y a emmenée une fois. Il a quelques hectares de bois et cette jolie cabane...

On frappa contre la vitre.

Rachael et Sarah poussèrent la même exclamation apeurée.

C'était Benny. Il ouvrit la portière de Rachael et s'exclama d'un air presque joyeux :

— Venez. J'ai déniché un autre véhicule. Une Subaru grise. Drôlement moins voyante que ce monstre.

Rachael hésita, reprenant son souffle, attendant que les battements fous de son cœur ralentissent. Comme si elle et Sarah avaient été des enfants qui se racontaient des histoires de fantômes près d'un feu de camp, pour se faire peur. Un instant, lorsque Benny avait frappé à la vitre, elle avait cru entendre le bruit sec d'un doigt de squelette.

12

Sharp

Dès l'instant où il rencontra Anson Sharp, Julio le détesta. Et ce sentiment ne fit que s'accroître d'instant en instant.

Sharp entra dans la maison de Rachael Leben, à Placentia, d'un air important, brandissant sa carte de la Defense Security Agency comme si les simples flics qu'ils étaient ne faisaient pas le poids devant lui, l'agent fédéral. Il regarda le corps crucifié de Becky Klienstad, secoua la tête et déclara :

– Quel dommage ! C'était une jolie petite minette, hein ?

Puis, d'un ton sec et autoritaire qui visait à offenser ses interlocuteurs, il leur annonça que les meurtres des filles Hernandez et Klienstad relevaient désormais de l'échelon fédéral, qui ne dépendait pas de la juridiction des polices locales, et ce pour des raisons qu'il ne pouvait ou ne voulait pas divulguer. Il posait des questions, exigeait des réponses mais ne comptait apparemment rien dire. C'était un grand type, plus grand que Reese, corpulent, et comme taillé dans une armoire à glace. Son cou était presque aussi large que sa tête. À la différence de Reese, il jouait avec son apparence et se plaisait à intimider ses interlocuteurs en leur parlant de trop près, une façon de violer leur espace. En fait, quand il parlait, il se dressait et baissait légèrement les yeux. Son visage, par ailleurs, était assez beau et il en avait nettement conscience. Ses cheveux blonds et drus étaient coupés au rasoir et ses yeux verts semblaient dire en permanence : « Je suis tellement mieux que toi, tellement plus beau, plus malin. C'est comme ça et ça sera toujours ainsi. »

Sharp apprit donc à Orin Mulveck et aux autres officiers de la police de Placentia qu'ils n'avaient plus qu'à évacuer les lieux et à cesser leur enquête.

— Toutes les preuves que vous avez rassemblées, toutes les photos et tous les rapports doivent être remis immédiatement à mon équipe. Vous laisserez une voiture de patrouille avec deux agents au virage en leur ordonnant de nous prêter assistance si besoin est.

Orin Mulveck, c'était visible, n'était pas plus heureux que Julio et Reese. D'un seul coup, ils étaient réduits, lui et ses hommes, au rôle de simples coursiers dévoués au tout-puissant agent fédéral. Ce n'était pas pour leur plaire, d'autant que Sharp avait pris l'affaire en main avec un parfait manque de tact.

— Il faut que je communique ces ordres à mon chef, dit Mulveck.

— Bien sûr, dit Sharp. Entre-temps, voulez-vous faire sortir vos hommes de cette maison ? Et je vous ordonne de ne parler de cette affaire à personne. Compris ?

— Je vais en faire part à mon chef, répéta Mulveck.

Le visage cramoisi et les tempes battantes, il sortit de la pièce.

Deux hommes accompagnaient Sharp. Ils n'étaient pas aussi massifs ni imposants que lui, mais tout aussi glacés et sûrs d'eux. En costume sombre, ils se tenaient de part et d'autre de la porte de la chambre, comme des gardiens de temple, dévisageant Julio et Reese d'un air soupçonneux.

Julio n'avait encore jamais rencontré de représentants de la Defense Security Agency. Ils étaient différents des hommes du FBI avec lesquels il avait eu l'occasion de collaborer. Ils se voulaient moins proches des simples flics. L'élitisme était pour eux comme une sorte d'eau de toilette trop forte.

Sharp s'adressa à Julio et Reese :

— Je sais qui vous êtes et je connais assez bien votre réputation — deux vrais chiens de chasse. Quand vous êtes sur une affaire, vous ne la lâchez plus. D'ordinaire, c'est une qualité appréciée. Cette fois, pourtant, je vais vous demander de laisser courir... Je ne saurais être plus clair. Vous me comprenez ?

— C'est légalement notre affaire, dit Julio d'un ton raide. Elle a commencé dans notre juridiction et c'est nous qui avons reçu le premier appel.

Sharp fronça les sourcils.

— Je viens de vous dire que c'est fini, vous n'êtes plus sur le coup. En ce qui concerne votre département, il n'y a plus d'affaire. Les dossiers Hernandez, Klienstad et Leben ont été retirés de vos archives, comme s'ils n'avaient jamais existé. À présent, c'est nous qui contrôlons tout. Ma propre équipe d'experts arrive de L.A. Nous ne voulons pas de votre collaboration, nous n'en avons pas besoin. *Comprende, amigo ?* Écoutez-moi bien, lieutenant Verdad, en ce qui vous concerne, c'est fini. Vérifiez auprès de vos supérieurs, si vous ne me croyez pas.

— Je n'aime pas ça du tout, dit Julio.

— On ne vous demande pas vos impressions, fit Sharp.

À deux blocs de distance de la maison de Rachael Leben, Julio tourna et s'arrêta. Il manœuvra le levier de vitesse d'un geste sec et dit :

— Bon Dieu ! Ce Sharp est tellement content de lui qu'on a l'impression qu'il va pisser dans une bouteille et te demander de vendre ça comme parfum !

Depuis dix ans qu'il travaillait avec Julio, jamais encore Reese ne l'avait vu se mettre en colère. Là, il semblait furieux. Son regard était dur et brûlant à la fois. Un tic plissait sa joue droite. Il serrait et desserrait ses maxillaires et les tendons de son cou se nouaient. Il était prêt à tout casser. Reese sourit intérieurement. Julio lui faisait penser à un personnage de dessin animé. En cet instant, normalement, de la fumée aurait dû sortir de ses oreilles.

— D'accord, c'est un sale con, fit Reese, mais avec des relations et une sacrée autorité.
— Oui, et on croirait un para-commando.
— Je suppose qu'il a un boulot à faire, c'est tout.
— Ouais, le nôtre.
— Laisse tomber, dit Reese.
— Je ne peux pas.
— Mais si : laisse tomber.
Julio secoua la tête.
— Non. Cette affaire est particulière. J'ai une obligation envers la fille Hernandez. Ne me demande pas de t'expliquer pourquoi. Tu te dirais que je deviens sentimental avec l'âge. Si c'était une affaire ordinaire, un cas de meurtre, je laisserais courir, oui. Vraiment. Mais là, c'est spécial.

Reese soupira.

Pour Julio, toutes les affaires étaient spéciales. Physiquement, c'était un petit homme, surtout pour un inspecteur de police, mais il était acharné comme personne. Il trouvait toujours des raisons pour poursuivre ses enquêtes là où n'importe quel autre flic aurait renoncé. En dépit du bon sens, avec toutes les chances contre lui. Quelquefois, il disait :

« Reese, j'ai un devoir spécial envers cette victime, parce qu'elle est tellement jeune. Elle n'a même pas eu le temps de connaître la vie et ça, c'est trop pour moi. (Ou bien :) Reese, je considère ça comme une affaire personnelle. La victime était si âgée, sans défense... Si nous ne faisons pas tout ce qu'il faut pour protéger nos anciens, c'est vraiment que nous sommes dans une société malade. Et ça, c'est trop pour moi. »

Il y avait aussi les cas où la victime était jolie. Pour Julio, cela constituait encore une tragédie et il en faisait une affaire personnelle, parce que, pour lui, c'était vraiment trop de quitter le monde quand on avait la beauté pour soi. Il avait la même réaction dans les cas où la victime était particulièrement laide, considérant que c'était vraiment trop que la malédiction de la mort s'ajoute à l'affliction de la laideur. Mais, dans ce cas précis, Reese soupçonnait Julio de s'attacher à cette enquête parce que le prénom de la fille Hernandez, Ernestina, devait lui rappeler son petit frère mort. Il n'en fallait pas plus pour que Julio Verdad se sente désigné par le destin. Le problème, c'est qu'il avait en lui de telles réserves de compassion et de tendresse qu'il pouvait s'y perdre.

Rigide, Julio frappait en mesure son poing serré sur sa cuisse.

– Il est évident que la disparition du cadavre d'Éric Leben et les meurtres de ces deux filles ont un rapport direct. Mais pourquoi ceux qui ont volé le corps auraient-ils également tué Ernestina et Becky ? Pour quelle raison ? Et pourquoi clouer cette fille dans la chambre de Rachael Leben ? C'est grotesque !

– Laisse tomber, insista Reese.

– Et Mrs Leben, où est-elle ? Qu'est-ce qu'elle sait de tout ça ? Elle n'est pas aussi innocente qu'elle en a l'air. Quand je l'ai interrogée, j'ai senti qu'elle ne me disait pas tout.

– Laisse tomber.

– Et pourquoi tout ça concernerait la sécurité nationale, Anson Sharp et cette connerie de Defense Security Agency ?

– Allons, n'insiste pas, laisse tomber, répéta Reese.

Il avait l'impression d'être un vieux disque rayé. Cela ne servait à rien d'essayer de convaincre Julio, mais il faisait quand même l'effort. Comme toujours. Leur rituel l'exigeait.

Julio, à présent, semblait moins sous l'emprise de la fureur. Il réfléchissait, intensément.

— Cela doit avoir un rapport direct avec la société de Leben. Elle travaille pour le gouvernement. Pour la Défense, je crois.

— Et tu comptes aller renifler là-bas ?

— Reese, je te l'ai dit : j'ai une obligation particulière envers la fille Hernandez.

— Ne t'inquiète pas. Ton tueur, ils vont le trouver.

— Sharp ? Tu penses vraiment qu'on peut se fier à ce clown ? Tu as vu comment il est sapé ? Les manches de sa veste sont trop courtes de cinq centimètres et il ne cire même pas ses chaussures. Comment un type qui se balade avec des godasses aussi crades pourrait-il retrouver l'assassin d'Ernestina ? Je te le demande.

— Julio, j'ai mon idée là-dessus : si on ne laisse pas tomber, ils auront notre tête.

— Je ne peux pas abandonner. Je reste sur le coup. J'irai jusqu'au bout. Mais tu peux te tirer si ça te dit.

— Non, je reste avec toi.

— Je ne t'y force pas.

— Je reste, répéta Reese.

— Tu n'es pas obligé de faire ce que tu n'as pas envie.

— Je viens de te dire que je reste sur le coup.

Cinq ans auparavant, Julio Verdad, au péril de sa vie, en un acte de courage surhumain, avait sauvé la vie d'Esther Suzanne, la fille unique de Reese. Elle avait alors quatre ans, elle était maladive, vulnérable. Pour Reese Hagerstrom, sa fille était ce qu'il avait de plus cher au monde. C'était par elle que les saisons changeaient, que le soleil se levait et se couchait. C'était elle qui commandait les marées. Elle était l'alpha et l'oméga, l'essence de son existence. Et il avait failli la perdre, l'espace de quelques heures. Julio s'était trouvé là et il avait sauvé Esther Suzanne. Pour cela, il avait tué un homme et en avait blessé gravement deux autres. Reese, même pour un million de dollars, n'aurait pas abandonné son collègue.

– Tu sais, dit Julio, je peux me débrouiller tout seul. J'en suis certain.

– Est-ce que tu ne m'as pas entendu ou quoi ? Je marche avec toi.

– On risque d'être passibles de sanctions disciplinaires, d'être suspendus.

– Je marche.

– Ça peut vouloir dire adieu à toutes les promotions.

– Je marche.

– Tu marches vraiment ?

– Oui, je te dis.

– Tu en es bien certain ?

– Sûr et certain.

Julio lança le moteur, prit le virage et s'éloigna de Placentia.

– Bon, on est un peu crevés tous les deux et je pense qu'on a besoin de se reposer. Je te laisse chez toi. Tu te mets dans les toiles pendant quelques heures et je reviens te chercher à dix heures.

– Et où est-ce que tu comptes aller pendant que je dors ?

– Peut-être que je vais faire pareil.

Reese vivait avec sa sœur Agnes et sa fille East Adams Avenue, à Orange, dans une charmante petite maison qu'il avait refaite tout seul pendant ses congés. Julio, lui, habitait un appartement dans une résidence élégante de style espagnol, tout près de là 4ᵉ Rue, aux confins est de Santa Ana.

L'un et l'autre allaient se retrouver dans un lit vide. La femme de Julio était morte d'un cancer sept ans auparavant. Quant à l'épouse de Reese, la mère d'Esther, elle avait été abattue durant l'incident qui avait failli coûter la vie à sa fille. Depuis cinq ans, lui aussi était veuf.

Sur la Freeway 57, tout en roulant à toute allure vers Orange et Santa Ana, Reese demanda :
— Et si tu n'arrives pas à dormir ?
— J'irai au bureau, je mettrai mon nez un peu partout, j'essaierai de savoir si quelqu'un a eu vent de quelque chose à propos de ce Sharp et pourquoi il a l'air si pressé de prendre l'affaire en main. Je poserai peut-être aussi quelques questions à propos du Dr Leben.
— Et quand tu viendras me chercher, à 10 heures, qu'est-ce qu'on est censés faire ?
— Je ne sais pas encore, dit Julio. Mais, à ce moment-là, je le saurai.

13

Révélations

Ils conduisirent Sarah Kiel à l'hôpital dans la Subaru grise que Ben avait volée. Rachael régla d'avance les frais d'hospitalisation, laissa un chèque de dix mille dollars à Sarah, puis appela ses parents au Kansas. Ben la pressait de partir. Il leur fallait trouver un endroit où se terrer jusqu'à la fin de la nuit.

Il était 3 h 35 du matin quand ils atteignirent, épuisés, un grand motel sur Palm Canyon Drive. Les yeux brûlants de fatigue, ils se retrouvèrent dans une chambre aux rideaux orange et blancs qui leur parut sordide. Rachael déclara que le dessin du couvre-lit évoquait de la bouse de vache bien fraîche. En revanche la douche et le climatiseur fonctionnaient parfaitement et les deux lits très larges avaient de bons matelas. L'ensemble du motel était situé très en retrait de l'avenue et le matin venu, ils pouvaient espérer un calme relatif.

Ben s'absenta une dizaine de minutes pour aller abandonner la Subaru dans le parking d'un supermarché, à quelques blocs de distance. Il revint à pied.

À l'aller comme au retour, il fit un détour pour ne pas passer devant le bureau et risquer ainsi d'éveiller la curiosité de l'employé de la réception. Dans la journée, ils disposeraient de plus de temps et pourraient louer une voiture.

En l'absence de Ben, Rachael s'était approvisionnée au distributeur de glaçons et de sodas. Dans un seau en plastique, des boîtes de Coca, avec et sans caféine, attendaient Ben, ainsi que de la Root Beer et du jus d'orange.

— J'ai pensé que tu devais avoir soif, dit-elle.

C'est alors seulement qu'il prit conscience de l'heure. Depuis combien de temps tournait-il dans le désert ? Sans même s'asseoir, il but une boîte de jus d'orange et la moitié d'une Root Beer.

— Même avec leur bosse, je me demande comment font les chameaux ? dit-il dans un bâillement.

De son côté, Rachael s'était laissée tomber de l'autre côté de la table.

— Alors ?... fit-elle sur la défensive.

— Alors quoi ?

— Tu ne me demandes rien ?

Il bâilla une fois de plus. Il se sentait très las et n'avait d'autre envie que de dormir. Il lui jeta un retard interrogateur. Serait-elle décidée à parler ?

— Tu m'as fait clairement comprendre que je devais rester dans l'ignorance, dit-il enfin.

— Oui, mais maintenant il n'y a plus de raison pour que je te tienne en dehors de cette affaire.

Elle semblait si triste tout à coup que Ben éprouva un pressentiment fatal jusqu'au tréfonds de lui-même. Il se demanda s'il ne s'était pas comporté comme un imbécile en aidant la femme qu'il aimait. En cet instant, en effet, elle le dévisageait comme s'il était déjà mort, comme s'ils étaient morts tous les deux...

— Eh bien, je t'écoute, fit-il, résigné.

— Ce que je vais te dire va te sembler incroyable... en tout cas bien étrange, commença Rachael.

Il but du Coca et déclara calmement :

— Tu veux parler de la mort et de la résurrection d'Éric ?

Elle sursauta sous l'effet de la surprise. Elle n'arrivait pas à formuler la moindre parole.

Conscient de sa supériorité, Ben semblait s'amuser soudain.

Rachael balbutia enfin :

– Mais… mais comment… quand… Et qu'est-ce qui ?…

– Quand ai-je compris ? Et qu'est-ce qui m'a mis sur la voie ?

Elle ne put que hocher la tête.

– Mais nom de Dieu, fit-il, si quelqu'un était venu dérober le cadavre d'Éric, il serait arrivé avec une voiture. Inutile d'assassiner une femme pour cela. Et puis il y avait cette tenue d'hôpital à Villa Park… Enfin depuis hier soir, tu as l'air terrorisée, et je sais que tu n'es pas une femme craintive. Tu es courageuse, décidée, efficace, tu ne te démontes pas facilement. En fait, je ne t'ai jamais vue avoir peur de quelque chose ou de quelqu'un… sauf d'Éric justement.

– Mais ce camion l'a vraiment tué, tu sais. Ils ne se sont pas trompés dans leur diagnostic.

Ben sentit le besoin de sommeil refluer. Il se fit plus loquace.

– Son travail et le domaine dans lequel il déployait son génie portaient sur l'ingénierie génétique. Il était par ailleurs obsédé par le désir de rester jeune. J'ai donc tout naturellement pensé qu'il avait trouvé le moyen de manipuler les gènes afin de jouer avec la vie et la mort. À moins qu'il n'ait réussi à fabriquer un gène artificiel qui assurerait le renouvellement cellulaire, la stase des tissus… l'immortalité.

– Tu me stupéfies, dit Rachael.

– Tu sais que je suis un type formidable.

Devant cette nouvelle situation, la fatigue de Rachael se mua soudain en énergie. Incapable de demeurer assise, elle se mit à marcher de long en large.

Ben, lui, sirotait tranquillement son Coca. Toute la nuit, elle l'avait fait courir. Maintenant, c'était son tour.

D'une voix blanche, elle expliqua :

– Quand la Geneplan a déposé le brevet de ses premiers micro-organismes artificiels, Éric aurait pu introduire la société en Bourse et vendre un tiers de ses parts, ce qui lui aurait rapporté une centaine de millions en un rien de temps.

– Une centaine de millions ? Seigneur !

– Ses deux partenaires et trois de ses associés dans la recherche, ceux qui possédaient des parts, auraient voulu qu'il en soit ainsi. Financièrement, ils y avaient tout intérêt. À l'exception de Vincent Baresco, tout le monde s'est déclaré pour cette solution. Mais Éric a refusé.

– Baresco, fit Ben. Le type qui avait le Magnum, celui que j'ai démoli dans le bureau d'Éric cette nuit... C'était un de ses partenaires ?

– Oui. Le docteur Vincent Baresco. Il fait partie de l'équipe de recherche de pointe d'Éric. C'est un des rares à connaître le Projet Wildcard. En fait, ils ne sont que six à tout savoir. Avec moi, bien sûr. Éric adorait se vanter de ses réussites auprès de moi. En tout cas, Baresco a fait front commun avec Éric. Il a refusé que la Geneplan soit cotée et il a fini par convaincre les autres. En gardant le statut d'une société privée, ils n'étaient pas obligés de se plier aux exigences des actionnaires. Ils pouvaient dépenser de l'argent dans des projets risqués sans avoir à défendre leur position ni à s'expliquer.

– Par exemple les recherches sur l'immortalité...

– Ils n'envisageaient pas de trouver la recette de l'immortalité absolue, mais celle de la longévité, de la régénération. Pour cela, il fallait des fonds, de l'argent et les actionnaires auraient exigé des dividendes en échange. Éric et les autres s'enrichissaient même avec le pourcentage limité de bénéfices qu'ils se redistribuaient. En fait ils n'avaient nullement besoin des capitaux que pouvait leur apporter le marché boursier.

– La régénération... fit Ben d'un air pensif.

Rachael s'était immobilisée devant la fenêtre. Elle écarta les tentures avec une infinie prudence et son regard plongea dans l'obscurité du parking du motel.

— Dieu sait que je n'ai rien d'une spécialiste en matière de manipulation d'ADN mais... j'ai compris quel était leur projet. Ils espéraient développer un virus porteur d'un matériel génétique qui pourrait s'incorporer à l'ADN d'une cellule et en modifier le programme. De plus, on pouvait le constituer de telle façon qu'il puisse chercher un segment particulier d'une chaîne chromosomique et s'y attacher, pour détruire le gène en place ou en insérer un autre.

— Et ils y sont vraiment parvenus ?

— Oui. Ensuite, il a été nécessaire d'identifier les gènes en relation avec le vieillissement pour les isoler et de développer d'autres gènes, artificiels, que le virus était chargé d'acheminer jusqu'aux cellules. Ces nouveaux gènes devaient être conçus pour stopper le processus de vieillissement et multiplier considérablement la force du système d'immuno-défense en augmentant la production d'interféron par l'organisme, ainsi que d'autres substances. Tu me suis jusque-là ?

— En gros, oui.

— Ils croyaient même qu'ils pourraient donner au corps humain la possibilité de régénérer les tissus détruits, les os, les organes vitaux.

Elle se mit à frissonner, mesurant soudain ce qu'elle était en train de révéler progressivement à Ben.

— Les brevets leur rapportaient de l'argent, reprit-elle, beaucoup d'argent. Une vraie mine. Alors ils ont dépensé Dieu sait combien de dizaines de millions de dollars, éparpillant les recherches en un véritable puzzle. Ils se sont adressés à des généticiens qui n'appartenaient pas à la société. Chacun ne connaissait qu'une parcelle du projet. C'était, avec des capitaux privés, l'équivalent du Projet Manhattan et c'est sans doute encore plus secret que la mise au point de la première bombe atomique.

– Oui. Le secret... Il est clair que s'ils réussissaient, ils avaient l'intention de garder pour eux le fruit de leurs efforts...

– En partie, oui. En gardant le secret, en ne dispensant les bienfaits de la longévité qu'à un petit nombre, tu imagines le pouvoir qu'ils allaient détenir. Ils pourraient à terme créer une race d'élite dont ils seraient en quelque sorte les géniteurs. Quand j'écoutais Éric parler de ce projet, ça me semblait absurde, comme une espèce de rêve fou, même si je savais qu'il était un génie dans ce domaine.

– Et les types qui étaient dans la Cadillac, ceux qui nous ont poursuivis et qui ont flingué les flics...

– Ils sont de la Geneplan. Je connais la voiture. C'est celle de Rupert Knowls. Ils avaient apporté le capital de départ qui a permis à Éric de démarrer. C'est le second d'Éric.

– Un homme très riche... qui risque sa réputation et sa liberté en abattant deux policiers...

– Pour protéger le secret, oui, je pense. De toute façon, il n'a jamais été quelqu'un de très scrupuleux. Dans la situation présente, il est prêt à tout.

– O.K. Donc, ils ont développé cette technique destinée à prolonger la durée de vie... et ensuite...

Une ombre passa sur le beau visage de Rachael.

– Ensuite ils ont commencé des expériences avec des animaux, en laboratoire. D'abord avec des souris blanches.

Ben se redressa dans son fauteuil et repoussa la boîte de Coca. À l'expression de Rachael, il devinait qu'elle allait en arriver au cœur de l'histoire.

Elle alla vérifier le verrou de la porte qui ouvrait sur un passage couvert, jouxtant le parking. Elle hésita, prit une chaise, et s'en servit pour bloquer la poignée.

Ben se dit qu'elle exagérait les précautions, qu'elle

était au bord de la paranoïa. Mais il ne fit aucune remarque.

Elle revint près du lit.

– Ils ont fait les premières injections, en travaillant, bien sûr, avec des gènes de souris. Ils appliquaient les mêmes théories, les mêmes techniques qu'ils auraient utilisées pour accroître la longévité chez l'être humain. Ils réussirent en effet à rallonger considérablement la durée de vie des souris, sans altération de l'énergie. Ils expérimentèrent alors le sérum sur diverses blessures et lésions : contusions, fractures et brûlures. Et toutes les souris guérirent à une vitesse record. Après une quasi-destruction des reins, elles se rétablissaient et se remettaient à courir, en parfaite santé. Les poumons rongés par l'acide se reconstituaient. Même chose pour les yeux. Et puis...

Sa voix traîna, s'éteignit. Rachael regarda la porte, puis la fenêtre, ferma les yeux de lassitude.

Ben attendait.

– Toujours selon la procédure standard, dit-elle, ils ont tué certaines souris et les ont disséquées pour des tests minutieux sur les tissus. Les souris étaient exécutées par injection d'air dans les veines, c'est-à-dire par embolie. Ou bien avec du formaldéhyde. En tout cas, elles étaient on ne peut plus mortes. Mais toutes celles qui n'étaient pas disséquées... revenaient à la vie. En quelques heures. Elles étaient là, sur les plateaux du labo, et elles... elles se mettaient à bouger, à remuer les pattes.

Rachael avait quelque difficulté à parler.

– Au début, reprit-elle d'une voix atone, leurs mouvements étaient très faibles mais... on ne peut nier qu'elles revenaient à la vie. Quelques heures plus tard, elles trottaient comme avant, elles mangeaient et faisaient le tour de leur cage. Personne ne s'était vraiment attendu à ce résultat. Qu'ils aient réussi à multiplier d'une manière sans précédent la durée de vie de ces petites bêtes, qu'ils aient augmenté leurs défenses immunitaires, qu'ils aient régénéré leurs tissus, à la limite, je trouve cela remarquable. Mais comment imaginer que l'on puisse... franchir la frontière entre la vie et la mort ?

Ben s'aperçut que ses mains tremblaient. Un frisson glacé courut sur son échine. Et la portée véritable des révélations de Rachael lui apparut soudain. Il était envahi par un étrange mélange de terreur, d'émerveillement, et de joie. L'idée qu'on puisse revenir d'entre les morts le réjouissait. Mais il était tout autant émerveillé à la pensée que le génie humain avait peut-être réussi à briser l'enchaînement du destin, à vaincre la mort inéluctable. Et c'était avec joie qu'il imaginait une humanité qui n'aurait plus à pleurer les êtres chers disparus, qui serait libérée à jamais de la menace affreuse de la maladie et de la fin.

Tout comme si elle lisait dans ses pensées, Rachael lui dit :

– Un jour, peut-être... nous ne vivrons plus sous la menace d'une mort certaine. Mais ce n'est pas encore pour aujourd'hui. Pas vraiment. Parce que le Projet Wildcard n'a pas totalement abouti. Les souris qui sont revenues à la vie se sont montrées... disons... très bizarres.

– Que veux-tu dire par là ?

Fébrile, Rachael raconta :

– D'abord, les chercheurs ont pensé que le comportement étrange des souris ressuscitées était dû à une lésion du tissu cérébral ou plutôt à une anomalie au niveau chimique, et que les capacités d'autoguérison viendraient à bout de ce phénomène. Ils l'ont cru à tort. Les souris étaient certes toujours capables de suivre un parcours dans un labyrinthe et de répéter certains tours difficiles qu'on leur avait appris précédemment...

– C'est donc que leurs souvenirs, leurs connaissances, et probablement leur personnalité avaient survécu à ce bref passage hors de la vie...

Rachael acquiesça.

— Oui, ce qui indiquerait qu'un faible flux électrique subsiste dans le cerveau après la mort, suffisant pour conserver la mémoire intacte jusqu'à... jusqu'à la résurrection. Comme dans un ordinateur en cas de coupure de courant... Sa mémoire est maintenue par les piles de secours.

Ben commençait à se sentir prodigieusement intéressé.

— D'accord, donc les souris étaient capables de retrouver leur chemin dans les labyrinthes, mais elles étaient bizarres. Mais en quoi ?

— Quelquefois elles avaient des troubles du comportement, généralement peu après leur retour à la vie, et elles se cognaient au grillage de leurs cages ou se mettaient à tourner en rond pour se mordre la queue. Ces troubles diminuaient lentement. Mais une autre anomalie se manifestait. Plus effrayante. Et elle persistait avec le temps.

Dehors, une voiture entra dans le parking du motel et s'arrêta. Rachael jeta un coup d'œil inquiet vers la porte. Dans le silence de la nuit, une portière claqua.

Ben s'était redressé, tendu, à l'écoute de ce bruit de pas... Fausse alerte ! On se dirigeait vers un autre secteur du motel. Une porte s'ouvrit quelque part.

Avec un soulagement visible, Rachael soupira.

— Bien sûr, reprit-elle, les souris sont craintives par nature. Jamais elles n'affrontent leurs ennemis. Elles ne survivent qu'en se cachant, en fuyant. Et elles ne se battent même pas entre elles pour leur territoire ou pour la suprématie. Elles sont vulnérables, timides, douces. Mais ce n'était plus le cas pour les souris revenues à la vie. Elles se battaient et agressaient les autres souris, celles qui avaient poursuivi leur cycle normal. Certaines essayaient même de mordre les chercheurs. Pourtant une souris n'a guère de chances de faire mal à un homme et elle le sait. Elles avaient de véritables crises de rage, elles griffaient le plancher de leurs cages, bondissaient comme si elles affrontaient des ennemis imaginaires quand elles ne tentaient pas de se griffer ! Très souvent, après, les souris s'évanouissaient sous l'effet de l'épuisement.

Durant un long moment, ni l'un ni l'autre ne parlèrent.

Le silence, dans le motel, était absolu, sépulcral.

— Malgré ces effets bizarres, dit enfin Ben, Éric et son équipe ont dû être complètement excités. Tu imagines, ils avaient voulu rallonger la durée de vie et ils étaient arrivés à vaincre la mort ! Donc, obligatoirement, ils ont voulu appliquer les mêmes techniques d'altération génétique aux êtres humains.

— Exact !

— En dépit des crises de rage et de cette violence chez les souris...

— Oui.

— Ils se sont probablement dit que les effets ne seraient pas les mêmes chez l'être humain... ou qu'ils trouveraient une solution entre-temps.

— Probablement...

— Les recherches ont avancé, mais trop lentement au goût d'Éric. Avec son obsession de la jeunesse, sa crainte morbide de la mort, il a décidé de ne pas attendre que le processus soit parfaitement au point et sûr.

— On ne peut rien te cacher.

— C'est ce que tu voulais dire, cette nuit, quand tu as laissé entendre à Baresco qu'Éric avait violé la loi fondamentale. La loi fondamentale pour un généticien ou un chercheur en biologie... c'est quoi au juste ? Ne jamais tenter d'expérience sur un être humain aussi longtemps que subsistent des inconnues au niveau des tests réalisés sur les animaux ?

— Exactement, dit Rachael.

Elle se sentait de plus en plus nerveuse.

— Vincent ignorait qu'Éric avait violé cette loi. Mais moi je le savais, et ils ont dû éprouver un drôle de choc quand ils ont appris que le cadavre d'Éric avait disparu. Ils ont compris à cet instant-là qu'il avait fait la chose la plus insensée, la plus téméraire qu'on ait jamais tentée !

– Et maintenant ? Ils veulent l'aider ?
– Non. Ils veulent le tuer. Une deuxième fois.
– Pourquoi ?
– Parce qu'ils ne savent pas ce qu'il va devenir. Ce traitement n'était pas encore au point.
– Et il va se comporter comme les souris de laboratoire ?
– Probablement. Avec la même violence inexplicable. Il est dangereux.

Ben songea au sang dans le coffre de la voiture, aux dégâts dans la maison de Villa Park.

– N'oublie pas une chose, reprit Rachael. Toute sa vie, il s'est montré impitoyable et brutal. Il n'arrivait pas toujours à contrôler ses accès de fureur. Les souris, elles, étaient craintives et douces dans leur première existence. Pas Éric. Alors, à présent, que va-t-il advenir ? Regarde ce qu'il a fait à Sarah Kiel.

Ben avait en tête la vision de la malheureuse fille mais aussi de la cuisine ravagée de la maison de Palm Springs. Des couteaux plantés dans le mur.

– Si Éric assassine quelqu'un dans une de ses crises, poursuivit Rachael, la police finira par comprendre qu'il est vivant et le Projet Wildcard éclatera au grand jour. Ses associés veulent le tuer et de façon définitive cette fois, pour éviter qu'il ne revienne à la vie une nouvelle fois. Je ne serais pas surprise s'ils lui coupaient les membres et les brûlaient avant de disperser les cendres un peu partout.

Grand Dieu, se dit Ben. Est-ce bien réel ou sommes-nous au Théâtre des Horreurs ?

– Et toi, dit-il enfin, ils veulent te supprimer parce que tu connais le Projet Wildcard, c'est ça ?

– Oui, mais ce n'est pas l'unique raison. Ils voudraient aussi mettre la main sur moi à deux titres.

D'abord parce qu'ils pensent que je dois savoir où Éric peut se terrer...

— Mais ce n'est pas le cas ?

— J'ai quelques idées là-dessus. Et Sarah Kiel m'a donné une autre piste. Mais je ne suis sûre de rien.

— Et puis ?

Elle hocha la tête.

— Je suis la principale héritière de la Geneplan, et ils ne me font pas confiance. Ils pensent que je ne continuerai pas à financer le Projet Wildcard. S'ils me suppriment, ils auront toutes les chances de garder le contrôle des opérations et Wildcard restera secret. Si j'avais réussi à atteindre le coffre d'Éric avant eux et à m'emparer de son carnet, j'aurais eu une preuve solide, irréfutable de l'existence de Wildcard, et ils n'auraient pas pris le risque de s'attaquer à moi. Sans cette preuve, je suis totalement vulnérable.

Ben se leva et se mit à faire le tour de la chambre, l'esprit bouillonnant.

Quelque part au fond de la nuit, non loin du motel, un miaulement de chat s'éleva. Plainte de colère ou d'amour. Il persista quelque temps avant de se terminer par un ululement sinistre.

— Rachael, demanda Ben, et toi... Pourquoi est-ce que tu poursuis Éric ? Pourquoi veux-tu le rejoindre avant les autres ? Qu'est-ce que tu feras quand tu y seras parvenue ?

— Je le tuerai, dit-elle sans l'ombre d'une hésitation.

Ses yeux, remarqua-t-il, n'étaient plus vides, désespérés, mais emplis d'une froide détermination.

— Je le tuerai et pour de bon cette fois-ci. Car si je ne le fais pas, il va se cacher jusqu'à être en meilleure condition, jusqu'à ce qu'il parvienne plus ou moins à se maîtriser. Et ensuite, il me cherchera pour me tuer. À l'instant de sa mort, il était plein de rage à mon égard, tellement aveuglé par la haine qu'il s'est rué dans la rue sans rien voir. Je suis certaine que cette haine, il l'a retrouvée au moment même où il est revenu à la vie, dans la morgue. Dans son esprit tordu, obscurci, je suis devenue son obsession principale, et je crois qu'il n'aura pas de répit avant de m'avoir assassinée. À moins qu'il ne meure une deuxième fois. Vraiment. Définitivement.

Ben savait qu'elle avait raison. Et il était plein de crainte pour elle.

Les événements le renforçaient dans son amour du passé. Il songea avec nostalgie à des temps plus simples. Jusqu'où irait la folie du monde moderne ? Chaque nuit, des criminels hantaient les rues des villes. À chaque heure, la planète tout entière pouvait être détruite rien qu'en appuyant sur quelques boutons. Et voilà que les morts pouvaient se relever ! Ben souhaitait avec ferveur que quelqu'un invente la machine à voyager dans le temps. Il pourrait ainsi retrouver un âge meilleur. Le début des années vingt, par exemple, où l'on était encore capable d'émerveillement, où l'esprit humain avait la primauté.

Pourtant... pourtant il se souvenait du sentiment de joie qu'il avait ressenti quand Rachael lui avait dit que la mort était vaincue, avant qu'elle ne lui explique l'affreux changement qui se produisait dans les êtres vivants revenus de la tombe. Il avait été tout excité à cette idée. Étrange réaction pour un vieux réactionnaire comme lui ! Oui, il pouvait être sentimental, il n'en était pas moins, au fond de son cœur, comme tous les hommes de cette époque, fasciné par la science et la possibilité qu'elle apportait de créer un avenir plus brillant, plus heureux. Il n'était sans doute pas aussi inadapté qu'il le croyait...

– Tu pourrais vraiment tuer Éric ? demanda-t-il.
– Oui.
– Moi, je n'en suis pas si sûr. Je pense que tu serais paralysée à la seule idée des implications morales de ton acte.

— Mais il ne s'agirait pas d'un meurtre. Éric n'est plus un être humain. Il est déjà mort. C'est en quelque sorte un mort-vivant. Ce n'est plus un homme. Il est différent. Il a été transformé comme les souris. Ce n'est plus qu'un zombie. Je ne connaîtrai pas de répit avant de lui avoir fait sauter la tête. Et si la justice venait à le savoir, je pense qu'on ne me condamnerait même pas. Et je ne vois pas ce que la morale aurait à redire.

— Il est évident que tu as réfléchi sérieusement à la question. Mais pourquoi ne pas te cacher plutôt ? Laisse les associés d'Éric le retrouver et en finir avec lui.

Elle secoua énergiquement la tête.

— Je ne peux pas tout parier sur leur succès. Il se pourrait bien qu'ils échouent. Qu'ils n'arrivent pas à le coincer avant que lui ne me tue. Nous parlons de ma vie, Benny, et je ne me fie à personne pour ce qui est de me protéger.

— À moi non plus ?

— À toi si, bien sûr.

Il vint s'asseoir auprès d'elle.

— Donc nous sommes à la poursuite d'un mort.

— Si bizarre que cela paraisse, oui.

— Mais il faut quand même nous reposer un peu, tu ne crois pas ?

— Je suis épuisée.

— Et demain, où irons-nous ?

— Sarah a parlé de cette cabane qu'Éric aurait dans la montagne, près du lac Arrowhead. C'est un endroit retiré qui pourrait favoriser, dans les jours qui viennent, la première phase de guérison.

Ben soupira.

— Tu n'es pas obligé de m'accompagner.

— Mais si.

— Non.

— Je sais, je sais, mais je vais aller là-bas avec toi.

Elle lui posa un baiser léger sur la joue.

Elle était lasse, rompue, le visage luisant de sueur,

les cheveux emmêlés, mais elle était toujours aussi belle.

Jamais encore il ne s'était senti aussi proche d'elle. Affronter la mort ensemble rapproche les êtres. Il le savait, car il avait fait la guerre dans l'Enfer Vert.

Tendrement, elle lui dit :
– Benny, reposons-nous un peu.
– D'accord.

Avant d'éteindre, il ouvrit le Magnum Smith et Wesson qu'il avait pris à Vincent Baresco et compta les munitions. Il ne restait que trois balles. Ce n'était pas lourd. Baresco avait gaspillé le reste en tirant au hasard dans l'obscurité. En tout cas, ce n'était pas assez pour que Ben puisse se sentir en sécurité, même s'il comptait avec le .32 de Rachael. Combien fallait-il de balles pour arrêter un mort-vivant ? Il posa le Magnum de combat sur sa table de chevet, à portée de la main, et se dit que, dès le matin, il achèterait une boîte de munitions ou deux...

14

Comme un oiseau de nuit

Dans la nuit du désert, l'hélicoptère était lancé à pleine vitesse et à basse altitude. Anson Sharp, accompagné de deux autres agents de la Defense Security Agency, se dirigeait vers le nid d'amour à la fois mode et sordide d'Éric Leben, à Palm Springs.

Il avait laissé deux hommes de garde dans la maison de Rachael Leben, à Placentia où le corps crucifié de Rebecca Klienstad avait enfin été ôté du mur. Il y en avait deux autres chez Éric Leben, à Villa Park, et d'autres encore avaient investi les bureaux de la Geneplan.

Le pilote posa l'hélicoptère sur le parking d'une banque, à moins d'un bloc de distance de Palm Canyon Drive. Une voiture gouvernementale banalisée les attendait. Sharp quitta l'hélico en courant. Les pales fouettaient l'air torride au-dessus de lui et soulevaient des lambeaux de papier qui tourbillonnaient.

Cinq minutes après, ils atteignirent la maison où le Dr Leben avait coutume d'installer ses jeunes conquêtes. Sharp ne fut nullement surpris de voir la porte entrouverte. Il sonna plusieurs fois, avec insistance, puis sortit son arme de service, un Chief Special Smith et Wesson, et entra. Il savait qu'une certaine Sarah Kiel devait se trouver là. Selon le dernier rapport sur Leben, c'était sa toute dernière proie.

La DSA était parfaitement au courant du goût prononcé de Leben pour les très jeunes filles. Elle savait tout sur les gens dont les activités étaient en rapport avec les travaux ultra-secrets du Pentagone. C'était une chose que les civils comme Leben s'entêtaient à ne pas comprendre. Dès lors qu'ils acceptaient l'argent du Pentagone et que leurs recherches touchaient à des domaines très préservés, il n'était plus question pour eux de vie privée. Sharp connaissait tout sur Leben : sa fascination pour l'art, le design et l'architecture modernes. Ses problèmes conjugaux. Ses goûts culinaires, musicaux. Le genre de sous-vêtements qu'il préférait. Et, bien entendu, il n'ignorait rien des adolescentes que Leben chassait, ne serait-ce que pour le risque de chantage qu'elles représentaient et qui concernait directement la Défense nationale.

Lorsque Sharp pénétra dans la cuisine et vit les couteaux plantés dans le mur, il se dit qu'il n'avait plus aucune chance de retrouver Sarah Kiel en vie.

Elle était probablement clouée dans une autre pièce, ou bien attachée au plafond, à moins qu'elle n'ait été découpée en morceaux pour former une espèce de mobile moderne et sanglant. Ou pis encore. Impossible de deviner ce qui pouvait se passer dans une pareille affaire. En fait, il pouvait arriver n'importe quoi.

Tout y était anormal.

Gosser et Peake, les deux jeunes agents qui accompagnaient Sharp, restèrent surpris et mal à l'aise devant le spectacle de destruction de la cuisine et la crise de folie furieuse qu'un tel saccage impliquait. Sharp les avait informés qu'ils étaient lancés aux trousses d'un mort-vivant. Ils savaient qu'Éric Leben s'était échappé de la morgue en tenue d'infirmier, ils savaient aussi qu'avec son esprit dérangé, il n'avait pas hésité à tuer les filles Hernandez et Klienstad pour prendre leur voiture. Et ils gardaient les doigts serrés sur la crosse de leur arme, tout comme Sharp.

Bien entendu, la DSA était parfaitement au courant des travaux que la Geneplan poursuivait pour le compte du gouvernement : la mise au point d'armes bactériologiques, de virus mutants et mortels. Mais l'agence avait aussi connaissance, et en détail, des autres projets en cours, y compris le Projet Wildcard. Leben et ses associés ne s'en doutaient pas le moins du monde et ils avaient continué leurs travaux avec l'illusion que Wildcard restait leur secret exclusif.

Ils ne s'étaient jamais doutés que des agents fédéraux les avaient noyautés. Et ils n'avaient pas eu conscience de la rapidité avec laquelle les ordinateurs gouvernementaux avaient déterminé le but de leurs recherches en regroupant les travaux d'autres sociétés, extérieures à la Geneplan. Une simple extrapolation.

C'était bien là le défaut de ces civils : ils étaient incapables de comprendre que, pour avoir passé un marché avec l'Oncle Sam, ils n'avaient pas seulement vendu un petit bout de leur âme mais celle-ci tout entière.

D'ordinaire, Anson Sharp éprouvait un certain plaisir à assener la vérité à des gens comme Éric Leben. Ils se croyaient tous tellement forts ! Mais il y avait toujours de plus gros poissons pour manger les plus petits. Et, au milieu de l'océan, il y avait une gigantesque baleine appelée Washington. Oui, Sharp aimait lire la stupéfaction sur le visage de ces gens si importants. Il se délectait de les voir se mettre à trembler. Généralement, ils essayaient de l'acheter ou de discuter. Il leur arrivait aussi de supplier mais, bien entendu, pour Sharp, il n'était pas question de les lâcher. Même s'il l'avait pu, il ne l'aurait pas fait. C'était une trop grande jouissance de les voir se débattre comme de beaux diables.

On avait laissé le Dr Leben et ses six comparses

continuer leurs recherches sur la longévité sans les gêner le moins du monde. Dès qu'ils auraient résolu tous leurs problèmes et que leur découverte serait près d'aboutir, le gouvernement interviendrait et mettrait la main sur l'ensemble du projet par un moyen ou un autre, déclarant qu'il intéressait la Défense nationale.

Mais Éric Leben avait tout saboté. Il avait fallu qu'il se soumette lui-même à ce traitement qui n'était pas encore au point et qu'il le teste accidentellement en se jetant sous les roues de cette foutue benne à ordures. Personne, bien entendu, ne s'était attendu à ce que les événements prennent un tel tour ! Qui aurait songé que ce type mettrait en péril son équilibre génétique !

En contemplant la vaisselle brisée et les aliments répandus sur le sol, Gosser eut une grimace sur son visage d'enfant de chœur et laissa tomber :

– Ce type est complètement ravagé.
– On dirait qu'une bête est passée par ici, ajouta Peake, les sourcils froncés.

Sharp les précéda. Ils atteignirent finalement la chambre et la salle de bains où ils trouvèrent de nouvelles traces de destruction mais aussi des taches de sang, y compris une empreinte sanglante sur la paroi. C'était sans doute celle de la main de Leben, la preuve que le mort était revenu à la vie.

Ils ne trouvèrent pas de cadavres. Pas plus celui de Sarah Kiel que d'une autre fille et Sharp en éprouva une vive déception. La mignonne blonde crucifiée dans la maison de Placentia avait été une surprise plutôt agréable après tous les cadavres que Sharp avait l'habitude de trouver. Tous ceux qui avaient été tués à coups de revolver, de couteau, étranglés, égorgés... Tout cela, c'était la routine. Il en avait trop vu au fil des années pour que cela l'excite encore. Mais cette petite ravissante clouée au mur... Il était curieux de savoir ce que l'esprit malade de Leben pourrait imaginer la prochaine fois.

Il vérifia que le coffre dissimulé dans la chambre était vide puis sortit avec Peake, laissant Gosser de garde dans la maison en cas de retour inopiné de Leben. Ils allèrent fouiller le garage, avec l'espoir d'y trouver le corps de Sarah Kiel. Mais non : rien. Peake explora ensuite la pelouse et les parterres de fleurs avec une lampe-torche, cherchant un endroit où la terre aurait été fraîchement retournée, quoiqu'il parût improbable que Leben, dans son état, ait le moindre souci d'enterrer ses victimes ou d'effacer ses traces.

— Si tu ne trouves rien, dit Sharp, fais le tour des hôpitaux. Le sang ne signifie pas forcément qu'elle a été tuée. Peut-être qu'elle a réussi à s'échapper.

— Et si je la retrouve dans un hôpital ?

— Il faudra me le faire savoir immédiatement, dit Sharp.

Il fallait absolument éviter que Sarah Kiel parle du retour d'Éric Leben à quiconque. Il faudrait la raisonner, la menacer, lui faire peur pour s'assurer de son silence. Et si rien de tout cela ne marchait, alors il faudrait l'éliminer. En douceur.

Tout comme Rachael Leben et Ben Shadway.

Peake s'éloigna. Gosser était toujours dans la maison, sur le qui-vive. Sharp retourna à la voiture et se fit reconduire jusqu'au parking de la banque, tout près de Palm Canyon Drive, là où l'hélicoptère l'attendait.

Tout en volant vers les labos de la Geneplan, à Riverside, Anson Sharp explorait le paysage nocturne qui défilait sous eux, les yeux étrécis, pareil à quelque oiseau de nuit cherchant sa proie.

15

Aimer

Les rêves de Ben étaient sombres, emplis de tonnerre, traversés d'éclairs étranges qui illuminaient un paysage sans forme, habité par une créature invisible mais redoutable qui le traquait dans les recoins d'ombre. Tout était vaste, froid, désolé. C'était presque l'Enfer Vert où il avait passé plus de trois années de sa jeunesse. Un lieu familier et étranger à la fois, qu'il reconnaissait sans toutefois le situer, comme c'est souvent le cas dans les rêves.

Peu après l'aube, il s'éveilla en gémissant, transi de peur. Rachael était auprès de lui. Elle avait quitté son lit et s'était glissée dans le sien pour le rassurer. Le contact doux de sa main chassa le rêve glacé, effaça le paysage de solitude. Le battement régulier de son cœur était comme un phare rassurant, clignotant sur un littoral enveloppé de brumes.

Il se dit qu'elle n'avait pensé qu'à le consoler, en amie, mais peut-être, inconsciemment, lui apportait-elle aussi un cadeau plus précieux : l'amour. Peut-être appelait-elle le sien en réponse.

Dans l'état de semi-éveil où il était, au seuil du sommeil, sa vision lui semblait filtrée par un écran de tissu translucide, une trame légère de soie qui le séparait de tout ce que ses doigts pouvaient toucher. De même, les sons étaient étouffés, assourdis par le rêve. Il n'avait pas une conscience encore suffisamment aiguë du réel pour déterminer quand et à quel instant précis Rachael s'offrit à lui, mais il ne savait qu'une chose, c'était arrivé. Lorsqu'il attira son corps nu contre le sien, il en éprouva un sentiment de plénitude qu'il n'avait pas connu en trente-sept ans.

Enfin, il était en elle, elle s'emplissait de lui. C'était merveilleux et frais et, pourtant ils n'avaient pas à chercher les gestes et les rythmes qu'ils désiraient car ils les connaissaient déjà parfaitement comme s'ils étaient amants depuis dix ans.

En dépit de l'air frais que soufflait le climatiseur, Ben avait conscience de la pression de l'air torride du désert contre les vitres. La chambre était une bulle de fraîcheur qui flottait au-dessus des étendues arides du Sud californien. Et lui et Rachael avaient créé leur propre bulle d'amour et de tendresse, qui dérivait selon son temps propre, hors du flux inexorable des secondes et des minutes.

Tout en haut de la kitchenette, il y avait une vitre unique, en verre dépoli, sans rideau. Peu à peu, l'éclat du soleil pénétra, comme un incendie. Au-dehors, les palmes se balançaient lentement dans la brise encore tiède du matin, occultant les rayons du soleil, créant un jeu d'ombres tropicales et de clarté blanche sur leurs corps nus et apaisés.

Dans cette lumière inconsistante, Ben voyait clairement le visage de Rachael. Elle fermait les yeux, sa bouche entrouverte exhalait quelques soupirs. Sa respiration profonde s'accélérait. Chaque trait de son visage respirait la sensualité. Pour lui, c'était plus important encore que l'image bouleversante qu'elle présentait. Après tous ces mois où ils avaient été si proches, mais aussi si lointains, l'émotion l'étreignait. Il avait conscience de s'abandonner à un acte d'amour plus qu'à ses sens.

Sous son regard, elle ouvrit les yeux et de nouveau, ce fut un choc pour lui.

La lumière du matin devenait plus intense tout

en changeant de tonalité, passant d'un reflet de gel bleuté à un jaune d'or éclatant. Des jeux de pastel passaient sur le doux visage de Rachael, sa gorge fine, sur ses seins ronds et pleins. Et, comme la lumière qui montait, leur plaisir se faisait plus intense. Rachael émit une plainte. La brise qui, au-dehors, agitait les palmes, devint une bourrasque violente et des ombres frénétiques dansèrent sur le lit. À cet instant précis, Ben resserra son étreinte et, dans un long frisson, se donna à elle. À la même seconde, le vent retombait. La bourrasque s'était éteinte, à moins qu'elle ne soufflât sur un autre coin du monde.

Un long moment ils restèrent l'un et l'autre allongés, mêlant leur souffle avant de dériver vers le sommeil. Jamais encore Ben n'avait éprouvé un tel bonheur. Même aux jours heureux de sa jeunesse, avant l'Enfer Vert, avant le Vietnam.

Rachael s'endormit avant lui, il put ainsi l'observer tout à loisir. Puis il sentit ses paupières s'alourdir, et la dernière chose qu'il discerna fut l'infime cicatrice sur sa joue, dernier vestige de la blessure infligée autrefois par Éric.

Tout en glissant dans la nuit apaisante du sommeil, Ben ressentit comme du chagrin pour Éric Leben. Le savant n'avait jamais compris que l'amour était la chose la plus proche de l'immortalité que les hommes pouvaient connaître et que la seule et la meilleure réponse à la mort, c'était d'aimer. Aimer.

16

Dans la zone zombie

Une partie de la nuit, il demeura étendu tout habillé sur le lit, dans la cabane au-dessus du lac Arrowhead. Il était au-delà du sommeil, au-delà du coma. La température de son corps diminuait régulièrement, son cœur ne battait que vingt fois par minute, le sang circulait à peine dans ses artères et il ne respirait que par intermittence. Parfois même, son cœur s'arrêtait de battre. Combien de temps ? Il n'aurait su le dire. La vie, alors, n'existait plus qu'au niveau cellulaire. C'était plus une stase que la manifestation de la vie, une étrange existence crépusculaire que nul autre homme sur terre n'avait jamais connue. Durant ces périodes d'animation suspendue, les cellules se renouvelaient lentement et ne remplissaient plus leurs fonctions qu'à vitesse réduite, mais son corps emmagasinait de l'énergie pour la prochaine période d'éveil et de guérison accélérée.

Car il était en train de guérir, et à une vitesse stupéfiante. D'heure en heure, de façon presque visible, les plaies, les trous, les déchirures se refermaient. Sous la chair tuméfiée des œdèmes, une suffusion jaune apparaissait, au fur et à mesure que les capillaires broyés étaient expulsés des tissus. À l'état d'éveil, il sentait la pression des fragments d'os brisés de son crâne. Pourtant, le corps médical avait toujours dit que le tissu cérébral n'avait pas de terminaisons nerveuses et était par conséquent insensible. En fait, il ne ressentait aucune douleur, plutôt une pression, une poussée. Comme la dent engourdie par l'injection de novocaïne perçoit la pénétration de la fraise. Il avait aussi conscience que son corps génétiquement amélioré traitait méthodiquement ses plaies crâniennes exactement comme pour les autres blessures. Il devrait rester au repos pour une semaine mais, durant ce laps de temps, les périodes de stase se feraient plus brèves, moins fréquentes, moins effrayantes. Il voulait y croire. Dans deux ou trois semaines, sa condition physique serait celle d'un homme qui quitte l'hôpital après une intervention chirurgicale majeure. Avant un mois, il serait pleinement rétabli. Il ne garderait sans doute qu'un creux discret ou prononcé sur le côté droit du crâne.

Mais il n'en était pas de même de la guérison mentale, qui ne suivait pas la régénération physique rapide des tissus. Même à l'état d'éveil, quand son pouls et sa respiration étaient presque normaux, son cerveau était rarement en activité. Dans les brèves périodes où sa capacité intellectuelle approchait celle qu'il avait eue avant sa mort, il constatait avec acuité et tristesse qu'il était à un stade robotique, avec des moments de trouble, d'absence, quand il ne retombait pas virtuellement au niveau animal.

Des pensées étranges le traversaient.

Quelquefois, il croyait être de nouveau au temps de sa jeunesse. Il venait de réussir ses diplômes au collège mais, à d'autres moments, il savait qu'il avait la quarantaine. Quelquefois aussi, il ne situait pas exactement où il se trouvait, et ce particulièrement sur la route. Quand il conduisait, sans aucun point de repère familier par rapport à sa vie passée. Submergé par la confusion, avec la certitude d'être perdu, il se rangeait alors sur l'accotement jusqu'à ce que la panique reflue. Il savait qu'il avait un but important, une mission essentielle, mais il n'était jamais vraiment en mesure de les définir, pas plus que sa destination.

Parfois, il se voyait cheminant dans les cercles de *l'Enfer* de Dante. Ou bien il lui venait l'idée qu'il avait tué des gens, sans qu'il sache vraiment qui. Puis le souvenir revenait, fugace, avant de se retirer de sa mémoire. Il avait alors la conviction que c'était une fantaisie de son imagination car, bien sûr, il se savait incapable de commettre un meurtre de sang-froid. En était-il si sûr ? À certains moments, l'idée de tuer lui semblait tout à fait excitante. À moins qu'il ne soit tué lui-même... C'était le risque. Car il savait qu'ils étaient tous lancés à ses trousses. Ils voulaient tous le retrouver, ces fumiers, ces pourris ! Ils étaient plus décidés que jamais. Quelquefois, une pensée oppressante surgissait : « Rappelle-toi les souris, les souris, les souris folles qui se jetaient contre le grillage de leurs cages. Rappelle-toi. » Plus d'une fois, il s'entendit dire à haute voix : « Rappelle-toi les souris. » Mais il ignorait quel pouvait être le sens de cette phrase. Des souris ? Où ? Quand ?

Et il voyait aussi d'étranges choses.

Parfois, il voyait des gens qui n'auraient pas dû être là : sa mère, morte depuis longtemps, un oncle cent fois haï, qui avait abusé de lui, enfant, une grosse brute qui l'avait terrorisé au collège. De temps en temps, comme un alcoolique atteint de delirium tremens, il voyait sortir des murs des cafards, des serpents et d'autres bêtes innommables.

Plusieurs fois, il eut la certitude de voir une allée de dalles parfaitement noires qui menait vers l'atroce obscurité de la terre. Obligé de la suivre, il découvrit que l'allée était illusoire. Elle n'était qu'un produit de son imagination enfiévrée et morbide.

Mais de toutes les illusions et les apparitions qui surgissaient derrière ses yeux pour envahir son esprit dérangé, les plus inquiétantes et les plus bizarres étaient les feux d'ombre. Ils jaillissaient brusquement avec un craquement qu'il entendait mais qu'il sentait aussi dans tous ses os. Il allait d'une démarche presque assurée, se déplaçant assez naturellement au milieu des vivants et mieux encore qu'il n'aurait pu oser l'imaginer quand soudain un feu d'ombre se levait.

Dans le recoin sombre d'une pièce, derrière un arbre, dans n'importe quelle zone sombre ! Les flammes avaient la couleur du sang frais, avec un liséré d'argent éblouissant. S'il regardait plus attentivement, il constatait que rien ne brûlait. Il n'y avait pas de combustible. Les flammes s'étaient formées dans l'air et rien ne les alimentait. C'était exactement comme si l'ombre se nourrissait d'elle-même. Étrange combustion dont il ne restait pour finir aucune trace. Ni cendres, ni brandons, pas la moindre fumée.

Avant sa mort, il n'avait jamais eu particulièrement peur du feu, jamais il n'avait été obsédé par l'idée de périr dans les flammes. Pourtant, il était terrifié par ces feux fantomatiques et dévorants. Quand il les observait, il devinait qu'il y avait, derrière, un mystère à résoudre, si effrayante que pût être la solution.

Dans ses rares moments de lucidité, lui venait à l'esprit que ces flammes illusoires étaient peut-être générées par son cerveau affaibli. Certaines synapses devaient être détériorées. Et s'il avait toutes les raisons de redouter ces signes de délabrement cérébral, il croyait aussi que ces tissus finiraient par se régénérer. Les feux d'ombre disparaîtraient alors pour toujours. Mais, dans les moments d'égarement, quand tout devenait lugubre, ténébreux, sinistre, quand son cerveau troublé le ramenait à la bête, il regardait les feux d'ombre avec une horreur sans mesure. Il lui arrivait d'être paralysé, sûr d'avoir vu quelque chose dans les flammes dansantes. Ou au-delà.

Mais l'aube se levait, montant à l'assaut des montagnes : Éric Leben sortait doucement de stase. Il gémit et se réveilla enfin. Il s'assit sur le bord du lit. Il avait un goût de cendre dans la bouche. Sa tête était douloureuse. Il porta la main à son crâne fêlé. Non, cela n'avait pas empiré. Sa tête ne se fendait pas.

La timide clarté du matin filtrait par les deux fenêtres et une petite lampe était allumée près du lit. Mais ce n'était pas suffisant pour disperser toutes les ombres de la chambre. Pourtant, ses yeux hypersensibles étaient agressés. Depuis qu'il s'était réveillé, là-bas, sur la table d'acier glacé de la morgue, ses yeux ne s'accoutumaient plus à la lumière. Ils étaient constamment brûlants, emplis de larmes, comme si les ténèbres étaient désormais son habitat naturel, comme si le monde du soleil ou de la lumière artificielle produite par les humains n'était plus le sien.

Pendant quelques minutes, il se concentra sur sa respiration, souvent irrégulière, parfois lente ou trop haletante, en cet instant faible. Il prit le stéthoscope dans la table de chevet et écouta son cœur. Il battait suffisamment vite pour qu'il ait la certitude de ne pas retourner immédiatement à son habituel état d'animation suspendue. Néanmoins, le rythme était loin d'être régulier.

Outre le stéthoscope, il avait apporté d'autres instruments pour suivre l'évolution du processus de guérison. Un tensiomètre et un ophtalmoscope qui lui permettait, avec l'apport d'un miroir, d'examiner l'état de ses rétines et, plus particulièrement, ses réactions pupillaires. Il avait aussi un carnet sur lequel il comptait porter ses observations sur sa condition, car il était conscient – parfois plus ou moins obscurément – d'être le premier homme à être revenu d'entre les morts. C'était un événement historique, et ce journal, lorsqu'il serait parfaitement remis, serait d'une incalculable valeur.

« Rappelle-toi les souris, les souris... »

Il secoua la tête avec irritation, comme pour chasser cette pensée énigmatique. « Rappelle-toi les souris, les souris... » Il n'avait pas la moindre idée de ce que cela pouvait signifier. Pourtant, la nuit précédente, cette phrase était revenue comme un leitmotiv. Il devait en connaître le sens mais il effaçait la réponse, il l'occultait, parce qu'il avait peur de savoir. Néanmoins c'était en vain qu'il tentait de se concentrer sur ce sujet particulier et de comprendre. Il devenait alors plus agité, troublé, et ses pensées prenaient un tour confus.

Il rangea le stéthoscope dans la table de chevet, incapable de prendre le tensiomètre. Il n'avait ni la patience ni la dextérité requises pour relever sa manche de chemise, boucler la sangle sur son bras, appuyer sur la poire et consulter le cadran en même temps. Il avait essayé la nuit d'avant et sa maladresse l'avait plongé dans un accès de rage. Il renonça aussi à examiner ses yeux, dans l'impossibilité d'aller dans la salle de bains et se servir du miroir. De plus il ne pouvait supporter son image actuelle, son visage grisâtre, ses yeux troubles, la placidité de ses muscles qui lui donnaient l'air d'être... à demi mort.

Les pages de son carnet étaient blanches, en grande partie, et il ne se risquait plus à y noter d'autres observations sur son état. Avant tout, il s'était aperçu qu'il n'était plus capable de se concentrer suffisamment longtemps pour écrire de façon intelligible, ou même lisible. La seule vue des gribouillis qu'il parvenait à grand-peine à inscrire, lui qui avait eu une écriture si nette, si précise, suscitait en lui d'autres crises de fureur destructrice.

« Rappelle-toi les souris, les souris qui se jetaient sur le grillage de leurs cages, qui couraient après leur queue, les souris, les souris... »

Portant les mains à sa tête comme pour effacer cette pensée lancinante, Éric Leben se dressa et quitta son lit. Il avait envie d'uriner et il avait faim également. Deux bons signes qui indiquaient qu'il était vivant, en tout cas plus vivant que mort. Deux besoins biologiques élémentaires qui le rassuraient.

Il allait se diriger vers la salle de bains quand il s'arrêta soudain. Un feu d'ombre venait de jaillir dans un coin de la chambre. Les flammes dansaient, sanglantes, frangées d'argent. Elles craquaient et consumaient avec avidité l'obscurité d'où elles montaient sans la repousser pour autant. Éric cligna des yeux. Comme toujours, fasciné, il scrutait le cœur des flammes, et il lui sembla distinguer des formes étranges qui se tordaient... Elles paraissaient lui faire signe, l'attirer...

En dépit de la terreur absolue qui l'avait gagné, il subsistait en lui une part de perversion qui lui était étrangère et qui le poussait à s'avancer, à traverser les flammes du feu d'ombre comme on franchit une porte. Pour savoir ce qu'il y avait au-delà.

Non !

Cette pulsion se muait rapidement en un désir aigu et il se détourna désespérément, partagé entre la peur et la perplexité. Et ces deux sentiments, dans l'état d'équilibre précaire où il se trouvait, se métamorphosèrent très vite en colère. Une colère qui devint aussitôt de la rage. Tout semblait le conduire à la rage, aboutissement de toutes ses émotions.

Près d'un fauteuil, à portée de main, il y avait une lampe de cuivre et d'étain avec un abat-jour de cristal dépoli. Il s'en empara, la leva au-dessus de sa tête et la jeta à travers la chambre. L'abat-jour de cristal se brisa contre le mur et des échardes scintillantes se répandirent comme une pluie de glace. La base de métal alla cogner contre la commode laquée de blanc et rebondit sur le sol avec un claquement sonore.

La soif de destruction qui montait en lui avait une sombre intensité, comme un besoin sexuel sadique. Elle avait la force de l'orgasme. Avant sa mort, il avait été obsédé par la conquête, il avait été un bâtisseur d'empires, de richesses. Et voilà qu'il y avait maintenant en lui une force destructrice qui le poussait à casser ce qu'il avait acquis avec tant d'opiniâtreté.

La cabane était décorée en style ultra-moderne avec des touches Art déco. La lampe brisée en était un exemple, objet guère adapté à ce refuge construit en pleine montagne. Mais Éric avait encore une fois satisfait son goût pour la nouveauté et la modernité. Dans sa frénésie, il entreprit de réduire le tout en un amas de débris. Il souleva le fauteuil avec une facilité déconcertante et l'abattit sur le miroir, derrière le lit. Le miroir explosa, le fauteuil retomba sur le lit dans une averse de glace.

Le souffle court, Éric ramassa la lampe brisée et, la tenant par le pied, il s'en servit comme d'un marteau pour frapper la sculpture en bronze posée sur la commode avant de fracasser le miroir de la commode. Il pivota, frappa encore, une fois, deux fois, arracha un tableau du mur et creva la toile d'un coup de pied. Il était ivre de bonheur. Jamais il ne s'était senti aussi heureux. Il était vivant. Tout en se déchaînant, il sentait une grimace bestiale se dessiner sur son visage. Il gémit. Puis un mot, d'abord informe, vint à ses lèvres.

– Rachael ! hurla-t-il, avec une haine ardente. Rachael ! Rachael !

Il leva encore une fois la lampe et cassa une chaise laquée, la réduisit en miettes, tout en répétant :

– Rachael ! Rachael !

Il fracassa la table de chevet. Ses artères battaient furieusement contre ses tempes, le sang sifflait dans ses oreilles.

Il continua de cogner sur la table de chevet, arracha les tiroirs, cogna contre le mur.

– Rachael ! Rachael ! Rachael !

Il titubait, maintenant. Il se mit à tourner sur

lui-même, lançant ses grands bras dans les airs, pareil à un taureau furieux dans l'arène. Puis soudain il eut du mal à respirer. La rage démente s'éteignait. Il ne pouvait plus frapper, ni casser. Il se laissa tomber à genoux, puis à plat ventre, le visage dans l'épais tapis, haletant. Ses pensées, en cet instant, étaient plus troubles encore que ses yeux étranges et ternes dont il ne pouvait plus supporter la vision dans le miroir. L'énergie démoniaque avait reflué. Allongé là, dans la chambre ravagée, il trouva encore la force de répéter ce nom :

– Rachael ! Rachael ! Rachael...

DEUXIÈME PARTIE

FEUX D'OMBRE

> Les morts, plus encore que les vivants
> savent déchiffrer les formes de la nuit.
> *Le Livre des chagrins comptés.*

17

Mouvements divers

L'hélicoptère qui ramenait Anson Sharp de Palm Springs était arrivé avant l'aube aux laboratoires de recherche bactériologique de la Geneplan, non loin de Riverside. Sharp avait été accueilli par un contingent composé de six agents de la DSA, quatre shérifs, huit shérifs adjoints, tous arrivés quelques minutes avant lui. Invoquant la clause de sécurité de la Défense nationale, munis de mandats et d'ordres très officiels, ils se présentèrent aux gardes de nuit de la Geneplan, pénétrèrent dans les locaux, mirent les scellés sur tous les dossiers de recherche et les ordinateurs et installèrent leur quartier général dans les somptueux bureaux du Dr Vincent Baresco, directeur de la recherche.

L'aube pointait et il ne tarderait pas à faire jour. Dans les laboratoires souterrains où il se trouvait, Sharp ne verrait pas se lever la lumière triomphante.

Il se laissa tomber dans l'énorme fauteuil de cuir de Baresco. Tout en buvant du café, il écouta les rapports téléphoniques de ses divers subordonnés, dispersés aux quatre coins du Sud californien.

Les associés d'Éric Leben dans le Projet Wildcard étaient tous assignés à résidence. Dans le comté d'Orange, le Dr Morgan Eugene Lewis, coordinateur des recherches, avait été cueilli dans sa maison de North Tustin avec sa femme. Le Dr Felix Geffels, de même, ne devait pas quitter Riverside. Quant au Dr Vincent Baresco, qui dirigeait l'ensemble des recherches de la Geneplan, les agents de la DSA l'avaient retrouvé au quartier général de Newport Beach, inconscient, dans le bureau d'Éric Leben où l'on avait relevé des traces de lutte violente et des impacts de projectiles.

Plutôt que de le conduire dans un hôpital public où il serait difficile à surveiller, on l'avait fait admettre à la base du corps des Marines, à El Toro. Un médecin militaire l'avait aussitôt examiné. Les deux coups extrêmement violents qu'il avait reçus à la gorge l'empêchaient de parler et il avait demandé un bloc-notes et un stylo pour rédiger le récit de sa lutte avec Ben Shadway, l'amant de Rachael Leben. Il avait surpris le couple en train de piller le coffre du bureau du Dr Leben. Quelle ne fut pas alors sa surprise de s'entendre dire que ce n'était pas la version exacte des faits, en tout cas pas dans son intégralité ! Quand il découvrit que les hommes de la DSA connaissaient le Projet Wildcard et n'ignoraient rien des expériences d'Éric Leben, il fut complètement abasourdi.

Il reprit le bloc pour demander à être transféré dans un hôpital civil. Il voulait savoir quelles étaient les charges retenues contre lui et s'il lui était possible de voir son avocat. Bien entendu, on ne répondit à aucune de ses questions.

Trois agents de la DSA s'étaient présentés à la luxueuse résidence de cinq hectares de Rupert

Knowls, Havenhurst, à Palm Springs. Ils étaient munis d'un ordre de perquisition et de deux mandats d'arrêt pour Rupert Knowls et Perry Seitz, les deux hommes qui avaient fourni le capital de départ permettant à la Geneplan de démarrer, près de dix ans auparavant. Les agents avaient découvert une mitraillette Uzi modifiée qui était sans doute l'arme avec laquelle les deux policiers de Palm Springs avaient été abattus quelques heures plus tôt.

Maintenus en détention à Havenhurst, Knowls et Seitz n'émirent pas la moindre protestation. Ils savaient exactement ce qu'ils risquaient. On allait leur demander de remettre au gouvernement tous les dossiers, tous les droits, les états de recherche en cours concernant Wildcard, et cela sans la moindre compensation. On exigerait aussi leur silence absolu sur tous leurs travaux et la résurrection d'Éric Leben. On leur demanderait aussi d'avouer le meurtre des policiers et de signer une confession, ce qui permettrait de les tenir en laisse toute leur vie. Toutes ces exigences ne reposaient sur aucune base légale, la DSA violait impunément toutes les règles de la démocratie et d'innombrables lois, mais Knowls et Seitz devraient accepter ses conditions. Ils étaient lucides et ils savaient très bien que s'ils ne coopéraient pas – et surtout s'ils tentaient de faire valoir leurs droits constitutionnels – ce serait leur arrêt de mort.

Les cinq associés de Leben avaient détenu un secret étonnant, peut-être le plus extraordinaire dans l'histoire de l'humanité. Certes, le processus d'immortalité était loin d'être encore au point, mais les problèmes qui se posaient finiraient bien par être résolus un jour. Et ceux qui auraient le contrôle de Wildcard auraient la maîtrise du monde. Compte tenu de l'enjeu, le gouvernement ne se préoccupait guère de respecter la ligne ténue entre la morale et l'immoralité. Le noble respect de la légalité, dans ce cas précis, allait à l'encontre des intérêts gouvernementaux, de toute façon.

Après avoir reçu le dernier rapport concernant Knowls et Seitz, Sharp reposa le téléphone, quitta le fauteuil de Baresco et se mit à arpenter le grand bureau sans fenêtre. Il roula ses larges épaules, s'étira et massa son cou musculeux.

Au départ, il avait eu huit suspects sur les bras, huit fuites possibles, et il en avait neutralisé cinq, déjà. Rapidement, en douceur. Il était satisfait de la façon dont avançaient les choses, et très content de lui surtout. Il se dit qu'il était sacrément bon dans son boulot.

Dans des moments comme celui-ci, il aurait aimé que quelqu'un partageât son exaltation. Un adjoint qui l'admirerait et le porterait aux nues, mais il ne pouvait permettre à quiconque d'être trop proche de lui. Il était le directeur adjoint de la DSA, le numéro deux d'une organisation d'importance mondiale, et il comptait bien, vers la quarantaine, devenir le numéro un. Il briguait ce poste et il avait accumulé suffisamment de pièces à conviction pour couler le directeur en place, Jarrod McClain. Par le chantage, non seulement il l'amènerait à démissionner mais aussi à écrire une lettre de recommandation pour que lui, Anson Sharp, soit son successeur. McClain traitait Sharp comme un fils, il le mettait au courant de tous les secrets de l'agence et Sharp avait déjà la haute main sur toute l'organisation.

Mais Sharp était un homme prudent, et il ne bougerait pas avant d'être absolument sûr de son coup. Quand il occuperait le fauteuil de directeur de l'agence, il ne commettrait pas la faute de prendre un subordonné, comme l'avait fait McClain. Il resterait seul, seul en place. C'était la condition absolue s'il voulait survivre longtemps. C'est pourquoi il avait appris à s'habituer à la solitude. Il avait des protégés, mais pas d'amis.

Quand il sentit sa fatigue diminuer, Sharp retourna s'installer derrière le bureau. Il ferma les yeux et réfléchit sur le sort de ces trois personnes qui étaient encore en liberté et qu'il fallait appréhender aussi vite que possible. Éric Leben, sa femme, et Ben Shadway. Avec eux, il n'y avait pas de précautions à prendre. Si l'on arrivait à attraper Leben vivant, on l'enfermerait et on étudierait ses réactions comme pour un animal de laboratoire. Quant à Rachael Leben et à Shadway, ils seraient purement et simplement éliminés dans un accident.

Sharp avait plusieurs raisons de vouloir les supprimer. Tout d'abord, ils faisaient preuve de trop d'indépendance d'esprit, d'opiniâtreté, et d'honnêteté, un mélange particulièrement dangereux à ses yeux. Ils pouvaient très bien faire éclater le Projet Wildcard au grand jour, par pur idéalisme, ce qui équivaudrait à un sérieux coup d'arrêt à la carrière de Sharp. À la différence des cinq autres – Lewis, Geffels, Baresco, Knowls et Seitz – Rachael Leben et son amant ne joueraient pas la carte de leurs intérêts. De plus, ni l'un ni l'autre n'avait commis d'acte criminel, ils n'avaient pas non plus vendu leur âme au gouvernement comme les gens de la Geneplan. Il n'y avait aucune épée de Damoclès au-dessus de leurs têtes et on ne disposait d'aucun moyen pour les manipuler.

Plus important encore, Sharp voulait la mort de Rachael Leben simplement parce qu'elle était la maîtresse de Ben Shadway. Ensuite, ce serait au tour de Shadway de mourir. Il le haïssait depuis dix-sept ans !

Seul dans le bureau aveugle, les yeux clos, Sharp souriait. Il se demandait ce que Ben Shadway ferait s'il apprenait que la vieille Némésis, Anson Sharp, était à sa poursuite. Sharp attendait avec une impatience douloureuse l'instant de l'inévitable confrontation, celui où il lirait la stupéfaction sur le visage de Shadway, où il en finirait avec ce fils de pute.

Jerry Peake, le jeune agent de la DSA que Sharp avait chargé de retrouver Sarah Kiel, chercha longtemps une tombe fraîchement creusée dans la propriété d'Éric Leben, à Palm Springs. Armé d'une lampe-torche halogène, il explora les parterres de fleurs, se débattit avec les buissons et les haies. Il revint trempé, les chaussures couvertes de boue, mais il ne trouva rien de suspect.

Il alluma ensuite la piscine, s'attendant plus ou moins à découvrir la fille les pieds lestés, le fixant de son regard de morte à travers l'eau bleue chlorée. En pure perte. Peake se dit alors qu'il forçait un peu trop sur les thrillers. Les piscines y étaient toujours encombrées de cadavres, ce qui advenait rarement dans la vie réelle...

Jerry Peake avait commencé à lire des romans policiers à l'âge de douze ans et il avait toujours rêvé d'être détective. Pas un simple policier, non, mais plutôt un enquêteur particulier, du genre CIA, FBI ou DSA... Une sorte de génie tout droit sorti d'un best-seller de John Le Carré, William F. Buckley ou Frederick Forsythe. Peake avait l'ambition de devenir une célébrité. À vrai dire, depuis qu'il travaillait dans la DSA, il ne s'était pas taillé la moindre réputation, mais cela ne le préoccupait guère pour l'instant. Il était patient. On ne devient pas célèbre en cinq ans. Il faut d'abord commencer par les corvées, par exemple creuser les parterres de fleurs, piétiner les buissons d'épineux. Ou plonger vainement son regard dans les eaux bleues de piscines désertes, au creux de la nuit.

S'étant ainsi assuré que le corps de Sarah Kiel ne se trouvait pas dans la maison de Palm Springs, Peake entreprit de faire la tournée des hôpitaux, avec l'espoir de trouver celle qu'il cherchait sur une liste d'admissions ou même d'interventions. Ses deux premières étapes furent un échec. En dépit de sa carte de la DSA, les médecins et les infirmières qu'il interrogeait semblaient le considérer avec un certain scepticisme. Certes, ils se montraient coopératifs, mais distants, comme s'ils le soupçonnaient plus ou moins d'être un imposteur, avec des intentions plus ou moins douteuses.

Il se savait trop jeune pour appartenir à la DSA. Son visage avenant était son gros handicap. Et puis, lorsqu'il interrogeait les gens, il était moins agressif qu'il n'aurait dû l'être. Cette fois, cependant, certain que le problème n'était pas tant ses manières hésitantes que ses chaussures boueuses, il avait essayé de les nettoyer avec du papier toilette. Ainsi que son pantalon... Avec l'humidité, le tissu s'était froissé. Peake avait un aspect lamentable. Impossible dans ces conditions d'être pris au sérieux !

Le jour s'était levé depuis une heure quand, au troisième hôpital, le Desert General, il toucha le gros lot. Sarah Kiel y avait été admise pendant la nuit et elle y était encore en traitement.

L'infirmière en chef, Alma Dunn, une robuste femme aux cheveux blancs d'environ cinquante-cinq ans, n'était pas femme à se laisser intimider et elle ne fut absolument pas impressionnée par la carte de Peake. Elle le fit attendre au poste de garde des infirmières et revint bientôt après s'être enquise de l'état de Sarah Kiel.

— La pauvre fille dort encore, dit-elle. Elle... Nous l'avons mise sous sédatif il y a plusieurs heures et je ne crois pas qu'elle se réveillera dans l'immédiat.

— Mais il faut la réveiller. Cela concerne la Défense nationale.

— Impossible. Elle était blessée. Elle a besoin de repos. Il va falloir que vous attendiez.

— Alors, je vais attendre dans sa chambre.

Les yeux bleus pétillants de l'infirmière Dunn se durcirent et elle prit un ton autoritaire pour déclarer :

— Certainement pas. Vous allez attendre dans le salon réservé aux visiteurs.

Peake savait qu'il n'avait pas la moindre chance avec Alma Dunn parce qu'elle ressemblait à Jane

Marple, l'impitoyable détective d'Agatha Christie. Miss Marple n'aurait été intimidée sous aucun prétexte.

— Écoutez, dit-il pourtant, si vous ne coopérez pas, je vais devoir appeler votre supérieur.

— Je n'y vois aucun inconvénient, fit-elle en décochant un regard de réprobation sur ses chaussures douteuses. Je vais donc chercher le Dr Werfell, en ce cas.

À Riverside, Anson Sharp prit une heure de sommeil sur le sofa en peau de Vincent Baresco. À son réveil, il se doucha rapidement dans la salle de bains adjacente au bureau, puis enfila de nouveaux vêtements qu'il prit dans la petite valise qui ne le quittait jamais. Il avait le don de pouvoir dormir quand il le voulait et de se réveiller toujours parfaitement reposé, même après quelques minutes seulement. Et cela, quel que soit le lieu, sans être le moins du monde dérangé par le bruit ambiant. Il considérait cette particularité comme une preuve supplémentaire de sa supériorité sur les autres. Il était destiné à atteindre les plus hautes dignités.

Frais et dispos, il appela les agents chargés de surveiller les gens de la Geneplan et les chercheurs éparpillés dans trois comtés différents. Ensuite, il reçut les rapports des hommes qui se trouvaient en place dans les bureaux de la Geneplan, à Newport Beach, dans la maison d'Éric Leben, à Villa Park, et dans celle de sa femme, à Placentia.

Les agents qui surveillaient Baresco à la base des Marines d'El Toro lui apprirent que Ben Shadway avait pris le Magnum .357 Smith et Wesson du chercheur, à l'issue de leur lutte, la nuit dernière. Apparemment, Shadway ne s'était pas débarrassé du revolver et on avait la certitude qu'il l'avait toujours sur lui. De plus, les agents postés à Placentia rapportèrent à Sharp que l'automatique .32 pour lequel Rachael Leben avait un permis de détention n'avait pas été retrouvé et qu'elle l'avait certainement emporté, bien qu'elle n'eût pas de permis de port d'arme.

Sharp était ravi de ces nouvelles car elles justifiaient largement un mandat d'amener. Et quand il les aurait coincés, se dit-il, il pourrait facilement les abattre en déclarant qu'ils avaient ouvert le feu sur lui.

Jerry Peake attendait le retour de l'infirmière Alma Dunn qui était partie chercher le Dr Werfell. L'hôpital s'éveillait. Dans les couloirs jusqu'alors déserts, des infirmières avaient fait leur apparition, avec les chariots de soins ou de petit déjeuner. Des patients défilaient sur des civières ou en chaise roulante, et quelques docteurs faisaient leur première ronde matinale. À la senteur de pin pénétrante du désinfectant se mêlaient des relents d'alcool, d'huile de girofle, d'urine ou de vomissure. Comme si l'agitation ambiante avait suffi à réveiller des odeurs jusque-là stagnantes.

Au bout de dix minutes, l'infirmière Dunn revint en compagnie d'un homme de haute taille en tenue blanche de laboratoire. Il était assez beau en dépit de ses traits acérés. Ses cheveux poivre et sel, sa moustache impeccablement taillée ajoutaient à son air autoritaire. Peake eut la vague impression de le connaître, sans toutefois en être certain. Alma Dunn le présenta comme étant le Dr Hans Werfell, chef de l'équipe médicale du matin.

Les yeux irrésistiblement attirés par les chaussures boueuses et le pantalon froissé de Peake, il déclara :

– La condition physique de Miss Kiel n'est nullement alarmante, je pense même qu'elle sera tirée d'affaire aujourd'hui ou demain au plus tard. Mais elle souffre d'un grave trauma émotionnel et il est nécessaire qu'elle se repose aussi longtemps que possible. Pour l'instant, elle dort profondément.

Tout en parlant, il ne cessait de regarder les

chaussures de Peake, ce qui agaçait prodigieusement celui-ci.

— Docteur, je comprends que vous preniez soin de cette patiente, mais c'est une question qui intéresse la sécurité nationale.

Werfell releva finalement les yeux et fronça les sourcils d'un air sceptique pour dire :

— Expliquez-moi ce qu'une jeune fille de seize ans peut avoir à faire avec la sécurité nationale ?

— Je dois garder le secret, rétorqua Peake.

C'est en vain qu'il essayait de se donner une expression sérieuse susceptible de convaincre Werfell dont il voulait obtenir la coopération.

— En tout cas, cela ne servirait à rien de la réveiller, dit Werfell. Elle est encore sous l'effet du sédatif et elle ne serait certainement pas en état de répondre à vos questions.

— Vous ne pouvez rien lui donner pour annuler l'effet de la drogue ?

Le regard de Werfell exprima une franche désapprobation.

— Monsieur Peake, nous sommes ici dans un hôpital. Notre rôle est d'aider les gens à se rétablir. Il serait tout à fait néfaste d'administrer à Miss Kiel des drogues destinées à combattre celle que nous lui avons déjà injectée, et ce uniquement pour vous rendre service.

Peake comprit sa maladresse.

— Je ne vous demandais pas de violer les principes de la médecine, dit-il.

— En ce cas, vous attendrez qu'elle se réveille normalement.

Vexé, Peake insista :

— Pour être franc avec vous, je pense qu'elle sait où se trouve une personne que nous recherchons.

— Eh bien, je suis convaincu qu'elle se montrera très coopérative dès qu'elle aura repris conscience.

— Et dans combien de temps, docteur ?

— Oh... quatre heures, plus peut-être, j'imagine.

– Aussi longtemps ? Mais pourquoi ?
– Le médecin de nuit lui a administré un sédatif très doux, ce qui ne semblait pas convenir à Miss Kiel. Alors, elle en a absorbé un autre elle-même.
– Un autre ?
– Oui, nous ne nous sommes aperçus que plus tard qu'elle avait différentes drogues sur elle, dont quelques tablettes de benzédrine dans un petit paquet de papier alu.
– Des speeds ?
– Oui. Mais aussi quelques tranquillisants et des sédatifs plus forts que celui que nous lui avions donné. Elle est donc dans un état de sommeil très profond. Bien entendu, nous avons confisqué toutes ces drogues.
– Je vais aller attendre dans sa chambre, dit Peake.
– Il n'en est pas question.
– Alors, devant la porte.
– Je crains que ce ne soit pas possible.
– Et ici ?
– Allez donc là-bas, fit Werfell en pointant le doigt. Dans la salle des visiteurs. Nous vous appellerons dès que Miss Kiel sera réveillée.
– Je vais attendre ici, insista Peake, faisant tout son possible pour prendre une expression dure.
– Non, je vous prie de regagner la salle des visiteurs, répéta Werfell sur un ton menaçant. Sinon je fais demander aux hommes de la sécurité de vous escorter.

Peake hésita. Il aurait tant aimé se montrer plus ferme, redoutable.

– D'accord, mais vous avez intérêt à me prévenir à la seconde même où elle se réveillera.

Furieux, il se détourna et partit en quête de la salle des visiteurs, trop vexé pour demander où elle se trouvait. De loin, il vit que Werfell était à présent en grande conversation avec un autre médecin. Il trouva alors pourquoi il lui semblait si familier : il ressemblait tout à fait à Dashiell Hammett, le grand romancier. Pas étonnant qu'il fût aussi autoritaire, se dit Peake. Grand Dieu ! Dashiell Hammett ! Peake se sentait soulagé.

Ils dormirent deux heures, se réveillèrent et se reprirent dans un même élan. Ben ne cessait de lui prodiguer ses caresses. Rachael s'abandonnait au bonheur d'être à lui. Le rythme de leur étreinte était à la fois intense et doux. La jeune femme se sentait dans une condition physique parfaite, et chaque élan de son corps lui apportait un plaisir qu'elle n'avait jamais connu jusqu'alors.

C'était un moment privilégié et une sorte d'avidité l'avait saisie. Ben la subjuguait. Elle laissait ses mains courir et se perdre dans ses cheveux. Elle le voyait maintenant tel qu'il était : essentiellement masculin, farouche. Vigoureux, il avait une harmonieuse souplesse, inattendue chez lui. En même temps, il se dégageait de sa personne une impression de force qui la rassurait. Longuement, âprement, ils s'embrassaient tandis que leurs jambes se nouaient dans une étreinte passionnée.

Rachael se laissait prendre à ce jeu terrible et piquant. Tandis qu'il lui dispensait toute sa science, elle s'enivrait des plus douces voluptés. C'est à peine si elle gémit lorsque, saisie par le flux du plaisir qui l'inondait, elle renversa la tête, éperdue et languissante.

Emmêlés l'un à l'autre, ils plongèrent dans une douce somnolence mais soudain cette griserie se mua bizarrement en une sorte d'inquiétude. Rachael éprouvait une émotion un peu morbide, un malaise indéfinissable. Un premier frisson courut sur sa peau nue puis tout au long de son dos. Elle observa le sourire de Benny, ce visage qu'elle aimait tant, elle plongea son regard dans le sien et eut le sentiment terrible qu'elle allait le perdre.

Elle eut beau se dire que cette appréhension soudaine était une réaction bien compréhensible après tant d'épreuves, elle ne fut pas rassurée pour autant. Pire, elle eut soudain l'impression qu'elle ne méritait pas ce bonheur. Typique de l'être humain ! Quand la vie lui offre un grand bouquet de fleurs, il regarde entre les pétales pour voir si l'une d'elles n'est pas empoisonnée. La superstition, surtout lorsqu'on ne croit pas réellement au bonheur vrai, est un des fondements de la nature humaine. Il était naturel, en cet instant, que Rachael ressente cette peur de perdre Benny...

Elle se leva bientôt, nue et frissonnante.

– Rachael ?

– Il faut partir, dit-elle d'un ton anxieux.

Elle se dirigeait déjà vers la salle de bains dans la clarté dorée du matin et les grands jeux d'ombres des palmes.

– Que se passe-t-il ?

– Nous sommes des cibles trop faciles, ici. Il faut passer à l'offensive. Nous devons le retrouver avant qu'il ne nous trouve, lui. Ou que les autres ne nous rattrapent...

Benny quitta à son tour le lit. Il s'interposa entre elle et la porte de la salle de bains, mit les mains sur ses épaules.

– Tout ira bien, dit-il.

– Ne dis pas cela.

– Mais si.

– Ne tente pas le destin.

– Ensemble, nous sommes forts. Personne n'est plus fort que nous.

– Non. (Elle posa un doigt sur ses lèvres.) Je t'en prie... Je... je ne pourrai pas supporter de te perdre.

– Mais tu ne vas pas me perdre.

Pourtant, en le regardant, elle eut le sentiment atroce qu'il était déjà perdu, que la mort était tout près, qu'ils ne pourraient pas lui échapper. Une abominable prémonition...

Les recherches pour retrouver le Dr Leben n'avaient abouti à rien.

Anson Sharp rageait. L'idée d'un échec lui était insupportable. C'était un gagneur. Il avait toujours gagné parce qu'il était le meilleur et cette image qu'il avait de lui-même justifiait tout ce qu'il entreprenait. De toute façon il était incapable de vivre comme le commun des mortels.

De toutes parts les agents lui adressaient des rapports négatifs. Le mort-vivant n'était nulle part, en tout cas dans aucun des endroits où on aurait pu penser le retrouver, et, au fil des heures, Sharp devenait de plus en plus nerveux. Peut-être qu'ils ne connaissaient pas suffisamment bien Éric Leben. Prévoyant ces événements, le généticien avait pu préparer un refuge où se terrer, déjouant même la vigilance de la DSA. Si tel était bien le cas, s'ils échouaient, ce serait pour Sharp un échec personnel. Il s'était trop impliqué dans cette opération avec la certitude qu'il ne pouvait que réussir.

Et puis, l'espoir revint. Jerry Peake l'appela pour lui dire que Sarah Kiel, la mineure qui avait été la dernière maîtresse de Leben, se trouvait dans un hôpital de Palm Springs.

— Mais ces cons de médecins, ajouta Peake, geignard et sincère comme d'habitude, ne se montrent pas du tout coopératifs.

Il arrivait à Anson Sharp de se demander s'il avait bien fait de s'entourer d'agents jeunes et par le fait influençables. L'avantage, c'est qu'aucun d'eux ne représentait une menace pour lui mais, d'un autre côté, ils étaient complètement incapables d'opérer de leur propre chef.

— Je serai sur place avant que l'effet du sédatif ait cessé, dit Sharp.

La fouille des labos de la Geneplan pouvait très bien se poursuivre sans lui. Les chercheurs et les techniciens qui s'étaient présentés en début de journée avaient reçu l'ordre de retourner chez eux et de ne pas revenir avant nouvel avis. Les spécialistes en informatique de la DSA exploraient les banques de données du Projet Wildcard mais c'était là un travail que Sharp ne pouvait comprendre et encore moins superviser.

Il donna plusieurs coups de téléphone à diverses agences fédérales à Washington pour obtenir des informations sur le Desert General Hospital et plus particulièrement sur le Dr Hans Werfell dans l'espoir d'obtenir quelque moyen de pression, puis il partit en hélicoptère pour Palm Springs, satisfait d'être à nouveau plongé dans l'action.

Rachael et Benny prirent un taxi jusqu'à l'aéroport de Palm Springs où ils louèrent une Ford toute neuve chez Hertz avant de regagner le centre ville. Il était 9 h 30 lorsqu'ils entrèrent dans un magasin de vêtements. Rachael s'acheta un jean, un chemisier jaune pâle, des chaussettes blanches et des chaussures de jogging. Benny, lui, prit également un jean, une chemise blanche et des chaussures de marche. Ils se changèrent dans les toilettes d'une station-service, au nord de Palm Canyon Drive. Ils jugèrent imprudent de s'arrêter pour prendre un breakfast et dévorèrent en route des œufs et du café achetés à un McDonald's.

Les pressentiments de Rachael, sa peur de voir leur bonheur menacé, avaient fini par déteindre sur Benny. Il avait dans un premier temps essayé de la rassurer, de la calmer, mais c'était lui qui était maintenant de plus en plus mal à l'aise. Ils étaient désormais comme deux animaux en liberté qui sentaient l'approche d'une effroyable tempête.

Tandis que Benny roulait vers le nord par la fédérale 11, puis l'interfédérale 10, Rachael grignotait ses œufs tout en se disant qu'ils seraient allés plus vite dans sa Mercedes. Benny conduisait la

Ford aussi vite que possible, avec une sûreté et une audace qui n'étaient pas la caractéristique d'un agent immobilier. Cependant ils n'atteindraient jamais la cabane du lac Arrowhead avant 1 heure de l'après-midi.

Elle ne pouvait que prier pour que ce soit à temps tout en essayant de ne pas penser à ce que serait Éric quand ils le retrouveraient.

18

Zombie blues

Éric Leben retrouva ses sens peu après que la crise de rage noire eut cessé. Il s'éveilla au milieu des débris. Il avait brisé, fracassé, écrasé tout ce qui lui était tombé sous la main ou presque. Une douleur intense lui vrillait la tête, une autre, plus sourde, se diffusait dans chacun de ses muscles. Ses jointures étaient rigides, gonflées et ses yeux brûlants et emplis de larmes. Il avait mal aux dents et un goût horrible dans la bouche.

Après chacune de ses crises, Éric se retrouvait dans le même état d'esprit : il évoluait alors dans un monde grisâtre, sans couleurs, où les sons étaient étouffés, les contours des objets flous et où chaque source de lumière semblait assombrie, trop ténue pour éclairer vraiment. La fureur l'avait quitté et c'était comme s'il avait été forcé de déverser un trop-plein d'énergie avant de reconstituer de nouvelles réserves.

Ses mouvements étaient lents, maladroits et il avait beaucoup de difficulté à penser clairement.

Quand le processus de guérison serait achevé, ses périodes de coma et de grisaille cesseraient probablement. Mais cela n'améliorait pas pour autant son moral. Son cheminement mental était lent, trouble, et il n'envisageait qu'avec peine un avenir meilleur. Il était dans une condition sinistre, déplaisante, effrayante même. Il sentait qu'il ne contrôlait plus son destin et qu'il était pris à son propre piège, enchaîné à son organisme imparfait, à demi mort.

En titubant, il entra dans la salle de bains, prit lentement une douche, se brossa les dents. Il disposait d'une garde-robe complète dans la cabane, exactement comme dans sa maison de Palm Springs, de façon à ne pas avoir à s'encombrer d'une valise à chaque séjour. Il mit un pantalon kaki, une chemise écossaise rouge, des chaussettes de laine et chaussa des bottes de bûcheron. Dans l'étrange état d'incertitude où était plongé son esprit, cette routine matinale lui prit plus de temps que la normale. Il lui fut impossible de régler la température de la douche. Il laissa plusieurs fois tomber sa brosse à dents dans le lavabo. Boutonner sa chemise fut une réelle épreuve à cause de ses doigts raides et maladroits. Lorsqu'il voulut remonter ses manches, le tissu parut lui résister comme s'il était vivant et il déploya des efforts insensés pour lacer ses bottes.

C'est alors que les feux d'ombre revinrent.

Plusieurs fois, à la périphérie de son champ de vision, des ombres vomirent des flammes. De simples court-circuits électriques dans son cerveau qui avait été gravement endommagé, mais qui guérissait peu à peu. Des illusions engendrées par les synapses, de mauvaises liaisons entre les neurones. Rien de plus. Pourtant, quand il se retournait pour regarder les feux, ils ne s'estompaient pas, ne clignotaient pas comme des mirages. Au contraire, ils se faisaient plus intenses encore.

Les feux d'ombre ne produisaient ni fumée ni chaleur, ils n'étaient alimentés par aucun combustible, ils n'avaient aucune existence, mais Éric les observait avec crainte à chacune de leur apparition. Au centre des feux ou peut-être au-delà, il distinguait quelque chose de mystérieux, d'effrayant. Des formes drapées de noir, monstrueuses, qui lui faisaient signe à travers les flammes frénétiques. Bien sûr, ces fantômes n'étaient que le pur produit de son imagination torturée, mais il n'avait pas la moindre idée de ce qu'ils représentaient, pas plus qu'il ne comprenait pourquoi il les redoutait tant. Il lui arrivait même parfois de gémir comme un enfant terrorisé.

Il eut soudain envie de manger. Même si son organisme génétiquement modifié était capable d'une régénération aussi rapide que miraculeuse, il avait besoin de principes nutritifs essentiels – vitamines, minéraux, protéines – et cela afin que les tissus lésés se réparent. Or pour la première fois depuis qu'il avait quitté la morgue, il avait faim. Il se traîna jusqu'à la cuisine et se pencha vers le réfrigérateur.

C'est alors qu'il vit quelque chose sortir d'une prise, dans le mur, à la limite de son champ de vision. Une créature filandreuse, longue et mince. Une espèce d'insecte. Menaçant. Mais il savait que seul son cerveau malade avait engendré cet animalcule. Celui-ci n'avait pas d'existence véritable. Il lui restait à l'ignorer. Cela n'avait rien d'effrayant, même s'il entendait nettement le cliquetis des pattes chitineuses de la chose. Clic-clic-clic. Il refusait de la regarder. « Va-t'en », pensa-t-il.

Il restait cramponné au réfrigérateur. Il grinçait des dents. Le son diminua. Et, quand il porta à nouveau son regard sur la prise, il n'y avait plus rien, plus d'insecte bizarre. Au lieu de cela, il y avait son oncle Barry, mort depuis longtemps. Il était assis devant la table de la cuisine, et lui souriait. Enfant, Éric s'était souvent retrouvé tout seul avec l'oncle Barry Hampstead. Celui-ci l'avait violé une fois et Éric avait eu trop peur pour raconter cela à quiconque. Hampstead lui avait dit qu'il lui ferait mal, qu'il lui couperait le pénis si jamais il mentionnait ce qui s'était passé.

La menace avait été proférée si durement qu'Éric n'avait pas douté une seconde que l'oncle Barry fût capable de la mettre à exécution. Et voilà qu'il était dans la cuisine et qu'il lui disait, une main posée sur la cuisse :

– Viens. Viens, mon petit trésor. On va s'amuser un peu tous les deux.

Éric entendait sa voix aussi nettement que trente-cinq ans auparavant. Mais il savait que son oncle n'était pas vraiment là, qu'il n'entendait pas réellement sa voix. Toutefois, il avait peur de Barry Hampstead comme autrefois, même s'il était convaincu qu'il ne pouvait plus lui faire le moindre mal.

Il ferma les yeux, ordonnant à l'illusion de disparaître. Il se força à rester ainsi, immobile, pendant plus d'une minute, refusant d'ouvrir les yeux avant d'être convaincu que l'apparition avait disparu. Puis la pensée lui vint que l'oncle Barry était toujours là et se rapprochait furtivement de lui, profitant de ce qu'il fermait les paupières. D'une seconde à l'autre, il allait lui empoigner les parties et serrer. Serrer...

Il ouvrit brusquement les yeux.

Le fantôme de Barry Hampstead avait disparu.

Éric se mit à respirer plus aisément. Il prit dans le réfrigérateur un paquet de sandwichs aux saucisses qu'il fit réchauffer dans le four en prenant grand soin de ne pas se brûler. Patiemment, avec des doigts maladroits, il se fit du café. Il mangea lentement, les épaules voûtées, la tête basse. À intervalles réguliers, il buvait une gorgée de café brûlant.

Il mangea d'abord avec avidité, comme si son appétit était insatiable. C'était la première fois qu'il se sentait aussi bien depuis son retour dans ce monde. Il mordait dans les sandwichs, mâchait, avalait, buvait. Des actes simples qui le ramenaient un peu plus dans le champ des vivants. Aussi, pendant un instant, eut-il meilleur moral.

Et puis, il prit conscience que le goût des saucisses n'était plus aussi agréable qu'auparavant. Il n'arrivait plus à en percevoir l'arôme épicé. Il regarda ses mains froides, cendreuses, visqueuses et la viande de porc du sandwich lui parut plus vivante que sa propre chair.

Et tout à coup la situation lui parut extraordinairement drôle : un homme mort était là, qui prenait son breakfast. Bien tranquillement, il engloutissait ses sandwichs aux saucisses et se versait un bon café Maxwell. Tout cela descendait dans son gosier froid. Il faisait semblant d'être vivant, comme les autres ! Comme si on pouvait s'évader du royaume des morts ! Comme si l'on pouvait retrouver la vie avec ses gestes de tous les jours, se doucher, se brosser les dents, boire, manger et faire n'importe quoi... Pourtant il devait bien être vivant, car on ne trouvait ni sandwich ni café au paradis ou en enfer, non ? Il était vivant parce qu'il venait de se servir de sa cafetière électrique Mr Coffee, de son four General Electric, et que là-bas, dans son coin, son réfrigérateur Westinghouse bourdonnait doucement. Même si ces marques étaient très répandues, on ne les trouvait quand même pas au bord du Styx ! Donc, il était bien vivant. Vivant !

Voilà ce qu'on appelait de l'humour noir ! Soudain, il se mit à rire aux éclats ! Jusqu'à ce qu'il entende vraiment son rire. C'était un rire dur, rauque, froid. Une malheureuse imitation de rire, pénible, râpeuse, proche de l'étranglement. C'était comme s'il avalait des cailloux. Déconcerté, il frissonna et, soudain, fondit en larmes. Il lâcha le sandwich qu'il avait entamé, jeta le reste ainsi que les assiettes, et se laissa tomber en avant, la tête entre les bras. De grands sanglots montaient de sa gorge et, durant un long moment, il s'abîma dans le chagrin. « Les souris, les souris, rappelle-toi les souris qui se jetaient contre le grillage... »

Il ne savait toujours pas quel pouvait être le sens de cette phrase, il ne se rappelait rien concernant ces souris. Pourtant, il sentait qu'il était plus près que jamais de la vérité. Un souvenir le hantait. Un vague souvenir. Çà et là il voyait des souris blanches... mais qu'avaient-elles de particulier ?

Son humeur s'assombrit encore. Ses sens engourdis le trahirent.

Au bout d'un moment, il comprit qu'il basculait dans un autre coma, une de ces périodes d'animation suspendue pendant lesquelles les battements de son cœur ralentissaient, ainsi que sa respiration, ce qui permettait à son organisme de se reconstituer et d'accumuler de nouvelles réserves d'énergie. Il glissa de sa chaise et tomba sur le sol de la cuisine, près du réfrigérateur, en position fœtale.

Benny quitta l'interfédérale 10 à Redlands pour prendre la fédérale 30, puis la 330. Le lac Arrowhead n'était plus qu'à cinquante kilomètres.

Ils s'étaient engagés dans les montagnes de San Bernardino et la route à deux voies tournait en virages serrés. Le revêtement était détérioré, avec de nombreux trous et l'accotement non stabilisé. Le garde-fou, de part et d'autre, était mince et fragile et, au-delà, la pente particulièrement abrupte n'autorisait aucune faute de conduite. Ils se virent forcés de ralentir considérablement, quoique Benny conduisît la Ford beaucoup plus vite que Rachael ne l'aurait osé.

Dans la nuit, elle avait enfin révélé à Benny tous les détails du Projet Wildcard. Elle avait espéré qu'il se livrerait en retour, mais il n'avait absolument rien dit qui pût expliquer la façon dont il avait neutralisé Vincent Baresco, sa manière de conduire, ou sa connaissance des armes. La curiosité de Rachael était intense mais elle ne posait pas de questions. Elle devinait que les secrets de Ben étaient de nature plus personnelle que les siens et que ses défenses n'étaient pas encore tombées. Mais elle savait qu'il lui dirait tout le moment venu.

Ils étaient encore à une trentaine de kilomètres de Running Springs, toujours sur la 330, quand Ben se mit soudain à parler. Ils prenaient de l'altitude et les arbres se faisaient plus denses... chênes tordus, bouleaux, puis des pins, des tamaracks et même quelques rares épicéas. Ils roulaient dans l'ombre des bois. Même avec l'air conditionné, on sentait que le désert s'éloignait et Rachael se réjouit secrètement de quitter ces régions torrides pour la fraîcheur des montagnes. Ils venaient de s'engager dans un tunnel de conifères plus sombre encore que les autres quand il commença, d'une voix calme :

– À dix-huit ans, je me suis engagé dans les Marines et je me suis porté volontaire pour le Vietnam. Je n'avais rien contre la guerre, à la différence de la plupart des autres, mais je n'étais pas vraiment pour non plus. Je voulais simplement défendre la cause de mon pays. Le fait est que j'avais certaines aptitudes, certaines qualités naturelles qui faisaient de moi un candidat possible pour le corps d'élite : le groupe de Reconnaissance des Marines. C'est l'équivalent des Rangers de l'Armée ou des Marsouins de la Marine. On m'avait très vite repéré. On m'a proposé l'entraînement de reconnaissance et on a fait de moi un des plus dangereux soldats qu'il y ait au monde. On me mettait n'importe quelle arme dans les mains et je savais m'en servir. À mains nues, je pouvais tuer n'importe qui avant même qu'on me sente approcher. Quand je suis arrivé au Vietnam, j'ai été affecté à une unité de reconnaissance. Pendant les premiers mois, j'ai été ravi, complètement dingue, enthousiaste et tout...

Benny conduisait toujours avec autant de virtuosité mais Rachael constata que leur vitesse diminuait au fur et à mesure que Benny évoquait ses souvenirs. Il plissait les yeux, insensible à tout ce qui n'était pas la jungle et le Sud-Est asiatique...

– Quand on passe des mois, reprit-il, à baigner dans le sang, à voir mourir les copains, à échapper sans cesse à la mort, quand on voit des civils mitraillés, des villages incendiés, des enfants blessés, brutalisés... eh bien, on commence à douter. Et j'ai, moi aussi, commencé à douter...

— Mon Dieu, Benny, je suis désolée. Je n'aurais jamais soupçonné que tu avais vécu de telles horreurs...

— Mais il n'y a pas à être désolée. Je m'en suis tiré et je vis. C'est mieux que ce qui est arrivé à d'autres, à beaucoup d'autres.

Rachael songea alors qu'il aurait pu ne pas revenir. Jamais alors elle ne l'aurait rencontré, aimé... Elle serait passée à côté d'un grand bonheur.

— Le doute s'était bel et bien installé en moi, confia Ben, et, pendant tout le reste de l'année, j'ai été en crise. Je me battais pour défendre le gouvernement légitime du Sud-Vietnam, mais il était désespérément corrompu. Je me battais pour que la culture vietnamienne ne soit pas détruite par le communisme, mais des dizaines de milliers de soldats U.S. étaient en train de l'américaniser de force.

— Nous voulions que les Vietnamiens connaissent la paix et la liberté, dit Rachael. Du moins c'est ce que j'ai cru comprendre.

Elle avait sept ans de moins que Benny. Un laps de temps suffisant pour que le Vietnam ne fût pas sa guerre, à elle.

Ben expliqua non sans une certaine ironie :

— Apparemment nous comptions établir cette paix en tuant tout le monde, en nettoyant tout ce pauvre pays. Et qui resterait-il pour profiter de la liberté ? Parfois je me demandais... Est-ce que mon pays ne se serait pas trompé ? Est-ce qu'il était possible qu'il ait absolument tort ? Qu'il n'apporte que... le mal ? Souvent j'incriminais mon âge. J'étais trop jeune, trop naïf. En dépit de ma formation de Marine, j'étais incapable de comprendre...

Un instant, il demeura silencieux, comme il abordait un tournant particulièrement difficile, puis il reprit son monologue.

— Il fallait que je sache. Absolument. J'avais tué

des gens, des tas de gens pour ce que je croyais être une juste cause, et je devais savoir si je m'étais trompé. Impossible d'oublier, impossible de ne pas se sentir concerné. Bon Dieu, non ! Il fallait que je sache si j'avais été un homme qui faisait son devoir ou un tueur, un assassin méprisable. Il fallait que je me mette en accord avec ma propre vie, avec ma conscience. Et le meilleur moyen de comprendre, d'analyser le problème, c'était de se trouver en plein dedans. Alors j'ai remis ça... Il faut me comprendre, il faut savoir le jeune homme que j'étais, avec ses idéaux, avec le patriotisme rivé en lui. J'aimais mon pays, je croyais en lui, totalement, et je ne pouvais rien y changer... je ne pouvais pas faire comme les serpents qui changent de peau.

Un panneau annonçait qu'ils étaient à trente kilomètres de Running Springs et à quarante du lac Arrowhead.

– Alors, tu es resté une année de plus au Vietnam ? demanda Rachael.

Il eut un soupir las.

– En fait... deux ans de plus.

Pendant une longue période, impossible à mesurer pour lui, Éric Leben dériva dans un état semi-comateux. Il n'était ni endormi ni éveillé, ni vivant ni mort. Ses cellules génétiquement modifiées accroissaient leur production d'enzymes, de protéines, et autres substances qui allaient contribuer à sa régénération, à sa guérison. Des rêves brefs et sombres, des images de cauchemar dépourvues de sens traversaient son esprit, comme des ombres affreuses dansant dans la clarté sanglante de chandelles de suif.

Quand enfin il sortit de sa transe, à nouveau plein d'énergie, ce fut avec la certitude qu'il devait s'armer et se préparer à l'action. Son esprit n'était pas encore entièrement clair, sa mémoire incomplète, aussi ne savait-il pas exactement qui le cherchait, mais son instinct lui disait qu'on était à sa poursuite. « Ça ne fait pas l'ombre d'un doute, pensa-t-il. Quelqu'un va trouver cet endroit grâce à Sarah Kiel. »

Cette pensée l'étonna car il ne se rappelait pas qui pouvait être Sarah Kiel. Il était maintenant debout dans la cuisine, appuyé à un plan de travail, oscillant légèrement, luttant pour se souvenir d'un visage qui correspondait à ce nom.

Sarah Kiel...

Et soudain, il se souvint, et il se maudit d'avoir amené cette fille ici. Cette cabane était censée être son refuge le plus secret. Jamais il n'aurait dû en parler à quiconque. C'était là un de ses problèmes : il avait besoin de filles très jeunes pour rester jeune lui-même et il essayait toujours de les impressionner. Et Sarah, bien sûr, avait été très impressionnée par cette maison de cinq pièces, au milieu de tous ces hectares de forêt. La vue magnifique sur le lac, tout en bas, l'avait subjuguée. Elle n'avait su que penser de tout ce luxe, elle avait regardé, émerveillée... Quant à lui, après l'avoir aimée au milieu des pins, il avait eu le sentiment d'être merveilleusement jeune. Mais Sarah, désormais, connaissait cette retraite et, les autres – ceux sur lesquels il ne parvenait pas à mettre un nom – pouvaient finir par deviner qu'il était là.

Ils viendraient. Mû par une urgence nouvelle, Éric se dirigea vers la porte qui ouvrait sur le garage. Il se déplaçait avec moins de raideur qu'auparavant, avec plus d'énergie, et la lumière vive blessait un peu moins son regard. Il n'y avait plus d'insectes ou d'oncle fantôme et cette dernière période de coma lui avait apparemment fait du bien. Mais, à la seconde où il posa la main sur la poignée, une autre pensée l'arrêta brusquement : « Sarah ne pourra parler de cet endroit à personne parce qu'elle est morte. Je l'ai tuée il y a quelques heures... »

Une vague d'horreur déferla en lui et ses doigts serrèrent convulsivement la poignée, comme s'il voulait s'ancrer à la porte afin de ne pas être balayé à tout jamais dans les ténèbres, dans la folie. Soudain, il se rappela être allé à la maison de Palm Springs. Il avait battu la fille, elle était nue et il l'avait frappée à coups de poing. Il revoyait son visage en sang, déformé par la terreur. Les images se mêlaient comme dans un kaléidoscope. L'avait-il réellement tuée ? Non, non, certainement pas. Oui, bien sûr, il avait toujours été violent avec les femmes, cela lui plaisait, il devait l'admettre. Quand il les frappait, il éprouvait du plaisir. Il aimait quand elles levaient les mains pour essayer de se protéger, quand elles gémissaient. Mais il aurait été incapable de tuer qui que ce soit. Jamais, au grand jamais. Il était respectueux de la loi, c'était un gagneur, un économiste, un chef, il n'avait rien d'un criminel, d'un psychopathe. Pourtant, un autre souvenir effleurait son esprit, effrayant, bien que tout aussi imprécis. Une sueur froide perla sur tout son corps. Il clouait Sarah au mur, dans la maison de Rachael, à Placentia. Elle était nue et il la clouait au-dessus du lit de Rachael. Elle saurait que c'était un avertissement. Il fut secoué par un frisson violent, puis réalisa que ce n'était pas Sarah qui avait été clouée là-bas, mais une autre fille dont il ne connaissait même pas le nom, une étrangère qui ressemblait un peu à Rachael. Mais c'était ridicule. Il avait tué deux femmes en vérité. Et il lui revenait aussi des images d'une décharge dans une allée crasseuse. Et il y avait là une troisième femme, une jolie fille au type latin. Avec la gorge ouverte par un scalpel. Oui, il avait jeté son corps dans la décharge...

Non ! « Mon Dieu, qu'est-ce que j'ai fait de moi-même ? » La nausée lui tordit le ventre. « J'ai été le chercheur et le cobaye, le créateur et sa créature. Et j'ai fait une erreur, une monstrueuse erreur. Est-ce que je serais devenu... un autre Frankenstein ? »

Durant un moment d'effroi absolu, son processus

mental fut clair, et la vérité perça en lui, éblouissante, comme le soleil du matin.

Il secoua la tête avec violence, pour chasser les dernières traces de brumes de son esprit. En fait, il voulait évacuer cette nouvelle réalité, cette révélation insupportable. Son cerveau endommagé et sa condition physique précaire rendirent la chose aisée. Il lui avait suffi de secouer un peu trop fort la tête pour que sa vision se trouble et que le brouillard afflue à nouveau dans ses pensées, dans sa mémoire. Le cheminement mental se ralentit, le laissant dans la confusion, désorienté, déconcerté.

Il s'agissait de faux souvenirs. Oui, bien sûr, rien de tout cela n'était réel, car il était incapable de tuer de sang-froid. Ces filles étaient aussi inexistantes que l'oncle Barry et que ces insectes bizarres qui sortaient parfois des murs.

« Rappelle-toi les souris, les souris, les souris enragées qui mordaient. Les souris féroces... »

Quelles souris ? Qu'est-ce que des souris féroces avaient à voir là-dedans ?

« Oublie les souris. »

Ce qui comptait, c'est qu'il n'était pas impossible qu'il ait tué quelqu'un. Trois personnes, peut-être... Pourtant il ne pouvait se résoudre à le croire. Dans la pénombre de sa mémoire tumultueuse, ces images de cauchemar n'étaient certainement rien d'autre que des illusions, tout comme les feux d'ombre qui jaillissaient de nulle part. Elles étaient simplement le produit de son cerveau endommagé et ne disparaîtraient tout à fait que lorsque les lésions seraient entièrement guéries. En attendant, il devait s'efforcer de ne pas y croire, sous peine de sombrer dans le plus profond désespoir.

Tremblant, couvert de sueur, il ouvrit la porte, entra dans le garage, et alluma. Sa Mercedes 560 SL était bien garée là où il l'avait laissée, la nuit précédente.

En la voyant, il fut tout à coup frappé par le

souvenir d'une autre voiture, plus vieille, moins élégante. Il avait jeté une femme morte dans le coffre...

Non. Illusions. Fantasmes.

Prudemment, il prit appui de sa main contre le mur, rassemblant ses forces, essayant de clarifier ses pensées. Quand, enfin, il releva les yeux, il fut incapable de se souvenir pourquoi il était là, dans le garage.

Graduellement, cependant, son instinct lui souffla qu'il était poursuivi, que quelqu'un était sur ses traces, et qu'il devait se défendre, s'armer. Il n'arrivait pas à extraire une image suffisamment nette de son esprit, mais il savait qu'il était en danger. Il s'écarta du mur et longea la voiture pour se rendre jusqu'à l'établi et au râtelier à outils, sur le devant.

Il regrettait de n'avoir pas eu l'idée d'apporter une arme dans la cabane. Il choisit une hache, qu'il décrocha du mur en arrachant une toile d'araignée du manche. Il s'en servait d'ordinaire pour tailler des bûches ou faire du petit bois. Le fer était affûté et cela ferait une arme excellente.

Il était certes incapable de tuer de sang-froid, mais il saurait le faire en cas de légitime défense. Il en avait le droit. C'était justifié. Il leva la hache, la mania un instant. Oui, c'était justifié.

Il fit un grand moulinet et le fer siffla dans l'air. Justifié.

Ils étaient encore à peu près à quinze kilomètres de Running Springs et à vingt-cinq du lac Arrowhead lorsque Benny quitta la route pour s'arrêter sur une terrasse d'observation, un emplacement aménagé avec deux tables de pique-nique, à l'ombre des grands pins. Il coupa le moteur et baissa la glace. L'air de la montagne était plus frais d'au moins 10ºC par rapport au désert d'où ils venaient. Il faisait doux et Rachael apprécia la caresse de la brise qui leur apportait des bouffées de senteurs de pin et de fleurs sauvages.

Elle ne demanda pas les raisons de ce brusque arrêt à Benny : elles étaient évidentes. Il était d'une importance vitale qu'elle comprenne pourquoi il était resté au Vietnam. Partant de là, elle n'entretiendrait plus d'illusions sur le type d'homme que la guerre avait fait de lui. Pour lui faire partager ses émotions, il ne pouvait continuer à négocier les virages.

Il se mit à lui parler de la deuxième année de guerre. Pour lui, elle avait débuté dans le désespoir et le trouble, avec la conscience terrible qu'il ne participait pas à une guerre propre, comme le deuxième conflit mondial, avec des clans moraux bien délimités. Mois après mois, les missions de reconnaissance l'avaient conduit de plus en plus loin dans la zone de combat. Il arrivait fréquemment qu'ils franchissent la ligne de feu pour pénétrer en territoire ennemi. Le rôle de la section Reconnaissance n'était pas d'affronter l'ennemi mais de tenter de convaincre les civils dans l'espoir de gagner leurs cœurs et leurs esprits. Lors de ces contacts, il avait pu constater la sauvagerie toute particulière de l'ennemi et c'est ainsi qu'il en était venu à conclure que cette guerre malsaine obligeait les adversaires à choisir ces moyens de riposte. Ben s'interrogeait. D'un côté, il était immoral de rester et de se battre, de faire œuvre de mort, de destruction, et, de l'autre, il était encore plus immoral de partir, car les exécutions politiques massives qui suivraient la chute du Sud-Vietnam et du Cambodge seraient à coup sûr mille fois plus graves et plus meurtrières que les pertes en vies humaines dues au conflit.

Il continua et sa voix rappelait à Rachael les sombres confessionnaux où elle s'était agenouillée dans sa jeunesse.

— En un sens, j'en suis venu à me dire que, si néfaste que soit notre intervention au Vietnam, après nous, ce ne pourrait être que pire. Ce serait le bain de sang. Il y aurait des exécutions par millions ou alors, les populations finiraient dans des camps de travail. Après nous... le déluge.

Pas une seconde, il ne détourna la tête pour la regarder. Il avait les yeux fixés sur les vastes forêts des montagnes de San Bernardino.

Rachael attendait.

– Pour le reste... je n'avais pas encore vingt et un ans, et, quand j'ai compris que je n'étais pas un héros, ça m'a fichu un coup. Je n'étais qu'un peu moins mauvais que les autres. À cet âge, on est censé être idéaliste, optimiste, et j'ai bien dû accepter cette idée qu'une bonne partie de notre vie était déterminée par ce genre de choix, je veux dire entre le mauvais et le moins mauvais.

Il inspira profondément l'air doux des forêts, comme s'il espérait balayer de son esprit de vieux et mauvais relents.

Rachael se taisait, avant tout parce qu'elle ne voulait pas l'interrompre avant qu'il ait terminé, mais aussi parce qu'elle découvrait qu'elle avait devant elle un soldat professionnel et cela la laissait sans voix. Elle devait complètement réévaluer l'image qu'elle avait de Benny.

Elle l'avait vu jusqu'alors comme un homme merveilleusement simple, un agent immobilier... Et c'étaient justement cette simplicité, cet équilibre qui l'avaient attirée. Dieu sait qu'elle avait connu assez de violence et d'éclats avec Éric! Benny avait un effet calmant sur elle. Il l'apaisait. Il était solide, stable, fiable. Sa passion pour les trains modèles réduits, les vieux romans et la musique des années quarante étaient pour elle la confirmation qu'il n'avait souffert d'aucun traumatisme grave dans son existence, car il semblait impossible qu'un homme secoué par la vie pût tirer quelque plaisir de choses aussi simples. Il semblait tellement innocent! Quand il se plongeait dans ses hobbies, il était difficile de croire qu'il ait pu connaître la déception, l'amertume et l'angoisse.

— Mes copains sont morts, reprit-il. Oh, pas tous, mais beaucoup. Trop. Abattus par des canardeurs ou dans des combats au corps à corps. Ou alors, ils ont sauté sur des mines ! Quelques-uns s'en sont sortis, infirmes à vie, défigurés, détruits autant sur le plan physique que moral... Si notre cause n'était pas noble, alors le prix était bien élevé ! Pourtant, l'autre solution, qui était de se retirer, ne me semblait possible que si l'on fermait les yeux sur le fait qu'il y a divers degrés dans le mal.

— Et tu t'es porté volontaire une troisième fois, dit enfin Rachael.

— Oui. Et je m'en suis tiré, j'ai survécu. Je n'étais ni heureux ni fier. Je faisais le strict nécessaire... Et puis... il y a eu l'année où nos troupes se sont retirées. Je n'oublierai jamais cela. J'avais l'impression que non seulement nous abandonnions les Vietnamiens mais que moi aussi, on m'abandonnait. J'avais compris les enjeux et j'avais été prêt à faire le sacrifice de ma vie. Et voilà que mon pays, dans lequel je croyais profondément, me forçait à partir, pour laisser gagner les autres ! Ceux qui étaient encore plus mauvais que nous. Comme si tout ça n'avait été qu'un jeu de cons !

Jamais encore elle n'avait senti une telle colère dans sa voix, une colère glacée et dure comme l'acier. Jamais elle ne l'en aurait cru capable. Il y avait en lui une rage tranquille, parfaitement maîtrisée mais profonde et effrayante.

— Quand on est encore un gamin de vingt et un ans, c'est vraiment abominable d'apprendre qu'on ne sera pas un héros... jamais. C'est encore plus triste de voir que votre pays a décidé de vous faire abandonner la cause pour laquelle vous avez lutté. Après notre retrait, les Congs et les Khmers rouges ont massacré trois ou quatre millions de personnes au Cambodge et au Vietnam, sans compter le demi-million de boat-people qui ont tenté de fuir dans leurs petites embarcations ridicules, pathétiques. Et, d'une façon que je ne peux pas vraiment expliquer, je... j'ai le sentiment que tout ce sang colle à mes mains, que tous ces morts pèsent sur moi, que j'en suis plus ou moins responsable. Et parfois, c'est insupportable...

– Tu es trop dur pour toi-même.

– Non. Pas assez peut-être.

– Un homme n'a pas à porter le poids du monde sur ses épaules.

Mais Benny ne voulait pas qu'on lui retire ce fardeau. Même une partie.

– Je crois que c'est la raison pour laquelle je suis attiré par le passé. J'ai appris que les mondes dans lesquels je devais vivre – le monde présent et surtout le monde à venir – n'étaient pas propres, qu'ils ne le seraient jamais et que nous n'avions pas la moindre chance de choisir. On peut toujours entretenir l'illusion que les choses étaient différentes dans le passé.

Rachael avait toujours reconnu son sens des responsabilités et son honnêteté de fer, mais elle se rendait compte maintenant que ces qualités allaient plus loin encore qu'elle ne l'avait cru. Trop loin peut-être. Jusqu'à l'obsession. Mais comparativement à ce qu'elle observait chez les autres hommes, c'était tellement admirable...

Ben se décida enfin à la regarder. Il y avait de la tristesse dans ses yeux, une mélancolie qu'elle n'y avait encore jamais lue. Mais aussi d'autres sentiments, de la tendresse, de l'amour.

– Cette nuit et ce matin, dit-il encore, après que nous avons fait l'amour... Eh bien, pour la première fois depuis la guerre, j'ai vu un choix possible... comme une chance de salut.

– À savoir ?

– Je suis sûr de vouloir rester avec toi. C'est sans ambiguïté. Te laisser partir, il ne le faut pas. Je n'ai plus le moindre doute là-dessus.

Depuis des semaines et des mois, Rachael savait qu'elle aimait Benny. Mais elle avait dompté ses émotions, elle s'était interdit d'envisager une liaison à long terme, et jamais elle n'avait fait la moindre allusion aux sentiments qu'elle éprouvait. Son enfance et son adolescence avaient été colorées par la solitude et façonnées par une terrible certitude : on ne l'aimait pas. Et depuis ces années désolées, elle avait soif d'affection. C'était ce besoin d'être désirée, aimée, qui avait fait d'elle une proie si facile pour Éric Leben. L'obsession d'Éric pour la jeunesse lui avait paru de l'amour, car elle avait désespérément besoin d'amour. Dans les sept années qui avaient suivi, elle avait compris la douloureuse et sinistre vérité. L'amour n'avait rien à voir dans leur union. C'est pourquoi, désormais, elle était sur la défensive.

— Je t'aime, Rachael.

Le cœur battant, elle lutta pour détourner le regard. Elle ne devait pas perdre cette maîtrise qui avait fait sa force jusqu'à présent. Quel dilemme ! Elle voulait croire qu'un homme aussi droit et gentil pouvait l'aimer, mais, en même temps, cela l'effrayait. Elle se sentait vulnérable. C'est avec un curieux mélange de ravissement, de crainte et de plaisir qu'elle demanda toutefois :

— Si je comprends bien, c'est une déclaration ?

— Ce n'est pas vraiment le lieu ni le moment idéals, n'est-ce pas ?

— Pas vraiment.

— Il est sûr que j'aurais souhaité des circonstances plus romantiques... Champagne, violons, chandelles.

Elle sourit.

— Mais, quand Baresco braquait son revolver sur nous, ou quand nous avons été poursuivis dans Palm Canyon Drive la nuit dernière, ce que je craignais le plus, ce n'était pas d'être tué... mais d'être tué avant de t'avoir dit ce que j'éprouve pour toi. Je veux rester pour toujours avec toi, Rachael.

C'est tout aussi spontanément qu'elle avoua :

— Moi aussi, je veux passer ma vie avec toi, Benny.

Il tendit la main, effleura son visage.
Elle se pencha pour l'embrasser doucement.
— Je t'aime, dit-il.
— Mon Dieu, moi aussi.
— Si on s'en sort, est-ce que tu m'épouseras ?
— Oui, fit-elle, tandis qu'un frisson soudain la parcourait. Crois-tu qu'il va nous arriver quelque chose ?
— Mettons que je n'aie rien dit.
Elle se rappela alors le pressentiment de mort qu'elle avait eu dans la chambre du motel, à Palm Springs, après qu'ils eurent fait l'amour. Elle avait aussitôt décidé qu'ils devaient partir, bouger. Comme si un poids risquait de les écraser s'ils restaient sur place.

Et ce pressentiment lugubre revenait. Le paysage magnifique des montagnes, jusque-là si séduisant, acquérait une dimension nouvelle, menaçante. Bien qu'elle sût que c'était totalement subjectif, elle se sentit glacée jusqu'aux os. Les arbres eux-mêmes se transformaient, leurs branches se faisaient plus noueuses et leurs ombres plus noires.
— Partons, dit-elle.
Il acquiesça. Il devinait ses pensées et sans doute le changement qui s'opérait en elle.
Il lança le moteur et regagna la route. Au premier virage, ils virent un panneau : LAC ARROWHEAD : 25 KM.

Éric était toujours dans le garage. Il cherchait une autre arme possible parmi les outils.
Mais il n'y avait rien qui pût lui convenir.
Il retourna à l'intérieur, posa la hache sur la table de la cuisine et entreprit d'explorer les tiroirs. Il trouva enfin un jeu de couteaux. Il en choisit deux – un grand couteau de boucher et un autre, plus petit, très pointu.
Avec la hache et les deux couteaux, il se dit qu'il était prêt pour le combat, que ce soit à bras tendus

ou au corps à corps. Bien sûr, cela ne valait pas une arme à feu, mais au moins, il n'était pas absolument sans défense. Si quelqu'un arrivait, il aurait quelque chose à lui opposer. Il ne se rendrait pas sans avoir fait de sérieux dégâts, et, à cette idée, il ressentit une satisfaction nouvelle. À sa surprise, il sourit.

« Les souris, les souris. Les souris qui mordent, les souris folles... »

Voilà que cette phrase revenait encore. Il secoua la tête de dépit.

« Les souris, les souris. Déchaînées, enragées, qui crachent, qui griffent... »

Cette idée folle tournait dans son esprit, sans cesse, comme une chanson enfantine stupide. Il avait peur et, quand il tentait de se concentrer sur un sens possible, de comprendre, ses pensées redevenaient troubles et les souris ne signifiaient plus rien.

« Les souris, les souris, avec leurs yeux rouges de sang, qui se jettent contre le grillage... »

Dès qu'il essayait de retrouver le souvenir fugace, la douleur vrillait son crâne, d'une tempe à l'autre, elle fusait, brûlante, dans l'arête de son nez. Mais quand il cessait d'essayer de se rappeler, quand il chassait les souris de son esprit, la douleur était encore plus intense, comme un marteau-piqueur derrière ses yeux. Il grinçait des dents et la sueur ruisselait sur son visage.

Et avec elle, la colère, d'abord faible, puis de plus en plus forte, croissant avec la souffrance. Une colère qui trouva bientôt sa cible.

– Rachael. Rachael, dit-il en saisissant le couteau de boucher. Rachael, Rachael...

19

Sharp et La Pierre

Dès son arrivée à l'hôpital de Palm Springs, Anson Sharp obtint en quelques minutes ce qu'on avait refusé à Jerry Peake en dépit de tous ses efforts. Le visage de pierre de l'infirmière Alma Dunn avait très vite pris un teint de plâtre et il avait réduit à néant le calme autoritaire du Dr Werfell. L'un et l'autre se montraient maintenant respectueux. Deux citoyens coopératifs. C'était certes plus ou moins à contrecœur mais ils s'exécutaient et Peake était très impressionné. Sarah Kiel dormait toujours, sous l'effet des sédatifs qu'elle avait absorbés au milieu de la nuit, mais Werfell accepta cette fois de la réveiller par tous les moyens nécessaires.

Comme toujours, Peake observait Sharp avec attention, essayant d'apprendre les façons de faire du directeur adjoint, exactement comme un apprenti prestidigitateur observe son maître et professeur en scène.

Avant tout, Sharp se servait de sa taille imposante pour intimider l'adversaire : il se tenait très près, trop près, baissant les yeux avec une trace de menace dans le regard, les épaules bien carrées, image parfaitement redoutable de la violence contenue. Néanmoins, Sharp souriait. Et ce sourire était aussi une arme, car il était démesuré et les dents de Sharp trop blanches !

Et puis il y avait la façon dont Sharp usait de toutes les ficelles dont pouvait disposer un agent gouvernemental haut placé. Avant de quitter les laboratoires de la Geneplan à Riverside, il s'était servi de son autorité pour appeler diverses agences fédérales à Washington. Leurs banques de données lui avaient fourni des indications utiles sur la gestion du Desert General Hospital et sur le Dr Hans Werfell. Il pourrait éventuellement s'en servir.

Le dossier de l'hôpital était quasi irréprochable. On y trouvait les meilleurs médecins, les meilleurs infirmières et assistants. Neuf ans auparavant, il y avait eu un procès pour erreur médicale, mais sans suite. Et depuis, rien. Le taux de guérison après intervention chirurgicale était plus élevé que la moyenne nationale. En vingt années, en fait, la seule erreur résidait dans ce que Peake aurait appelé « l'Affaire des Pilules Perdues[1] ». Sharp ne pouvait comprendre l'origine de ce nom car il ne lisait pas comme Peake et n'avait aucun sens de l'aventure et du mystère. Cela étant, l'année précédente, trois infirmières avaient été surprises en train de falsifier les dossiers de la pharmacie. Après enquête, il avait été établi qu'elles volaient des drogues depuis des années. Sous le coup de l'accusation, elles avaient impliqué dans cette affaire six de leurs supérieurs, dont l'infirmière Dunn. Mais la police l'avait finalement mise hors de cause ainsi que ses collègues. Le Desert General, depuis, était sur la liste des surveillances particulières de la DEA[2], et Alma Dunn, quoique blanchie, était encore marquée par cette accusation et sa réputation avait quelque peu décliné.

Sharp, évidemment, se servit de ce défaut dans la cuirasse. Il eut un entretien discret avec elle, Peake étant le seul témoin. Avec beaucoup de sub-

---

1. Allusion à *La Lettre perdue*, d'Edgar Poe. (*N.d.T.*)
2. La *Drug Enforcement Agency*, « la brigade des stups ». (*N.d.T.*)

tilité, il brandit la menace d'une réouverture du dossier, et cette fois, devant la Cour fédérale.

Non seulement il exigea sa coopération mais il l'amena au bord des larmes, exploit que Peake – qui comparait toujours Alma Dunn à l'impitoyable Miss Marple d'Agatha Christie – aurait juré inimaginable une heure auparavant.

Au début, le Dr Werfell donna l'impression d'être plus coriace. Il n'y avait rien à lui reprocher dans son dossier professionnel. Il était très respecté de la communauté médicale, il avait été nommé Meilleur Médecin de l'Année, consacrait six heures par semaine à une clinique privée qui accueillait les pauvres, et Sharp trouva néanmoins une faille. Cinq ans auparavant, il avait été poursuivi pour dissimulation fiscale et la cour l'avait condamné pour erreur technique. Il n'avait pas tenu avec suffisamment de précision ses registres, selon les normes des impôts, et bien que cette faute ne fût que technique et due à l'ignorance des lois exactes, elle n'avait pas empêché les sanctions.

Sharp coinça Werfell dans une chambre à deux lits inoccupée et, en cinq minutes, il eut le docteur à ses pieds en invoquant la menace d'une nouvelle enquête fiscale. Werfell était apparemment certain que ses registres étaient parfaits et qu'on ne pourrait plus rien retenir contre lui, mais il savait aussi que se défendre contre le fisc coûtait du temps et de l'argent. Sa réputation professionnelle risquait d'en être ternie, même s'il gagnait. Il lança plusieurs fois un regard pathétique en direction de Peake, sachant bien qu'il ne pouvait attendre aucune pitié de Sharp, mais Peake fit de son mieux pour imiter l'expression d'indifférence de son supérieur. Werfell était un homme intelligent, il comprit très vite que la prudence lui commandait de faire ce que lui demandait Sharp.

– Inutile de culpabiliser ou de perdre le sommeil pour ce petit accroc à votre éthique, docteur, fit

Sharp. L'intérêt du pays passe avant tout. Personne ne vous reprochera rien, personne ne dira que vous avez commis une faute.

Le Dr Werfell s'exécuta. Il proposa à Sharp de le conduire dans la chambre de Sarah Kiel. Peake admira ce revirement.

Comme Werfell les précédait le long des couloirs, ils passèrent devant le poste de garde des infirmières. Alma Dunn les observa avec méfiance avant de détourner les yeux. Peake remarqua alors que le Dr Werfell, auparavant très imposant, était à présent comme ratatiné, diminué. Il avait le visage grisâtre et semblait plus vieux.

Peake admirait le don du commandement propre à Anson Sharp, la façon dont il pliait les gens et les choses à sa volonté, mais il ne pensait pas qu'il pourrait lui-même adopter ces méthodes. En ce qui le concernait, il voulait non seulement être un agent de valeur mais il rêvait aussi de devenir célèbre. Se montrer odieux n'était pas le meilleur moyen pour devenir une célébrité. En fait, les deux n'étaient pas compatibles. Peake avait au moins appris cela dans les cinq mille romans policiers qu'il avait dévorés.

Dans la chambre silencieuse, la respiration sifflante de Sarah Kiel était seule perceptible. Il faisait sombre mais on avait laissé une petite lampe allumée près de son lit et quelques rais de soleil filtraient entre les lourdes tentures de l'unique fenêtre.

Les trois hommes s'arrêtèrent près du lit, Werfell et Sharp d'un côté, Peake de l'autre.

– Sarah, dit Werfell d'un ton calme. Sarah ?

Elle ne répondit pas et le médecin se pencha pour la secouer doucement par l'épaule.

Elle renifla, murmura vaguement, mais ne se réveilla pas.

Werfell lui souleva une paupière, examina la pupille, puis lui prit le pouls.

– Elle ne se réveillera pas naturellement... disons avant une heure.

— Alors, faites ce qu'il faut pour qu'elle se réveille immédiatement, dit Sharp d'un ton sec. Nous en avons déjà discuté, n'est-ce pas ?

— Je vais lui faire une injection, dit Werfell en se dirigeant vers la porte.

— Restez ici, fit Sharp. (Il désigna un bouton d'appel.) Dites à une infirmière de vous apporter ce qu'il faut.

— C'est un traitement particulier, protesta Werfell. Je ne veux pas qu'une infirmière soit au courant.

Il sortit et la porte chuinta doucement en se refermant.

Le regard de Sharp revint sur la fille endormie.

— Délicieuse, fit-il.

Peake eut un geste de surprise.

— Joli morceau, ajouta Sharp.

Peake examina la fille avec plus d'attention en essayant de voir ce que Sharp pouvait lui trouver de bien. Ses cheveux blonds étaient emmêlés et poisseux à cause de la sueur, ses longues tresses collées sur son front, sur ses joues, dans son cou. Son œil droit se révélait noir et gonflé. La peau, tout autour, restait marquée de traces de sang séché. Elle avait été griffée, écorchée. Un bleu couvrait sa joue droite, du coin de l'œil au maxillaire, et sa lèvre supérieure était fendue et gonflée. Le drap remontait jusqu'à son cou mais son bras droit reposait dessus, à cause du plâtre que l'on avait posé sur son doigt cassé. Deux ongles avaient été arrachés et sa main ressemblait à une patte d'oiseau blessée.

— Elle avait quinze ans quand elle a connu Leben, dit Sharp, doucement. Elle n'en a pas plus de seize maintenant.

Reportant son attention sur son patron, Jerry Peake s'étonna de son comportement. Sharp ne quittait pas Sarah Kiel des yeux. Il prenait un plaisir évident à la voir ainsi abîmée. Peake tressaillit. La vérité venait de lui sauter aux yeux. Anson Sharp, directeur adjoint de la DSA, était à la fois un pédophile et un sadique !

L'appétit pervers de Sharp était visible dans l'éclat dur de ses yeux verts, dans son expression de rapace. S'il trouvait Sarah Kiel à son goût, ce n'était pas pour sa réelle beauté, mais parce qu'elle n'avait que seize ans et qu'elle avait été cruellement battue. Son regard avide allait avec amour de ses cicatrices à son œil tuméfié, ce qui avait visiblement sur lui un impact érotique aussi grand que la vision des seins ou des fesses sur un homme normal. Oui, Sharp était un sadique qui se dominait, et un pédophile qui contrôlait sa libido malade. Pervers, il avait canalisé ses appétits anormaux vers des issues acceptables, vers l'agressivité et l'ambition, ce qui lui avait permis d'accéder très vite aux sommets de la hiérarchie de l'agence. Mais ce n'était qu'un sadique...

Peake en resta stupéfait. Ce qui l'étonnait le plus, d'ailleurs, c'était sa perspicacité. Que lui, Peake, d'habitude naïf, porté à ne voir que la surface des êtres et des événements, ait pu déceler un vice aussi profond ! Lui qui se sentait encore l'âme d'un enfant...

Sharp examinait la main lacérée de la fille, son doigt cassé, avec des yeux brûlants, un vague sourire au coin des lèvres.

Dans un bruit sourd qui fit sursauter Peake, la porte s'ouvrit. Le Dr Werfell était de retour. Sharp se secoua comme s'il sortait d'un état de transe, il s'écarta et observa Werfell. Celui-ci se penchait sur Sarah Kiel, lui prenait le bras gauche et lui administrait une solution antisédative.

En deux ou trois minutes, la fille s'éveilla, apparemment consciente quoique encore dans les brumes. Elle ne se rappelait pas où elle était, comment elle était arrivée ici, ni pourquoi on l'avait battue. Elle demanda plusieurs fois à Werfell, Sharp et Peake qui ils étaient et le médecin répondit patiemment à ses questions. Mais il était surtout préoccupé par son pouls, écoutant fréquemment son cœur et observant ses pupilles avec une lampe.

Anson Sharp manifesta alors son impatience.

– La dose que vous lui avez donnée était-elle suffisamment importante, docteur ? demanda-t-il.

– De toute façon, il faut vous attendre à ce que cela prenne un peu de temps, dit Werfell avec froideur.

– Le temps, c'est ce qui nous manque, répondit Sharp.

Quelques instants après, Sarah Kiel cessa de poser des questions. La mémoire lui revenait brutalement et elle cria, dans un halètement :

– Éric !

Peake n'aurait jamais osé imaginer que son visage pût devenir encore plus pâle. Elle fut agitée de frissons violents.

Sharp se rapprocha très vite du lit.

– Ce sera tout, docteur.

– Que voulez-vous dire ? demanda Werfell, fronçant les sourcils.

– Je veux dire qu'elle est éveillée, maintenant, et que nous pouvons l'interroger, c'est-à-dire que vous allez vous retirer et nous laisser. Est-ce bien clair ?

Werfell insista pour rester auprès de sa patiente en cas de réaction tardive à l'injection qu'il avait pratiquée. Sharp se fit plus insistant, invoquant son autorité d'agent fédéral. Werfell perdit pied mais se dirigea vers la fenêtre dans l'intention d'ouvrir les rideaux. Sharp lui dit de n'en rien faire. Alors, Werfell tendit la main vers l'interrupteur, mais Sharp lui ordonna de laisser la pièce dans l'ombre.

– Une lumière trop vive risque de lui faire mal aux yeux, dit-il avec une hypocrisie transparente.

Peake eut le sentiment pénible que Sharp avait l'intention d'être dur. Il allait terroriser la fille, que cela fût ou non nécessaire. Même si elle leur disait tout de suite ce qu'ils voulaient savoir, le directeur adjoint de l'agence comptait l'effrayer uniquement par plaisir. Violer ses émotions et son esprit était pour lui presque aussi satisfaisant que de la battre avant de la posséder. Ce salopard voulait laisser la chambre aussi sombre que possible pour que l'ombre amplifie l'ambiance de menace qu'il voulait créer.

Dès que Werfell fut sorti, Sharp s'approcha du lit. Il ôta la barre d'appui d'un côté et s'assit avec désinvolture sur le lit. Il prit la main valide de la fille entre les siennes, la serra doucement avec un sourire. Il lui dit qui il était et pourquoi il voulait lui parler. En même temps, il promenait ses grosses mains sur son bras gracile. Ses doigts se glissèrent sous la manche courte de sa chemise de nuit d'hôpital. Ses gestes étaient provocateurs et n'avaient rien de rassurant.

Peake recula dans un coin de la chambre, se réfugiant dans la pénombre, en partie parce qu'il savait qu'il n'aurait pas à interroger la fille, mais surtout parce qu'il ne voulait pas que Sharp voie son visage. Il venait d'avoir l'intuition la plus fulgurante de sa vie et il avait maintenant la certitude qu'il ne serait plus vraiment le même désormais, mais il savait aussi qu'il n'avait pas changé au point de maîtriser ses expressions, de dissimuler son dégoût.

– Je ne peux pas parler, dit Sarah Kiel, en le dévisageant avec méfiance. Mrs Leben m'a dit de ne rien raconter à personne.

Sans desserrer sa main gauche, il leva la main droite et, doucement, promena ses doigts sur sa joue lisse, intacte. Ç'aurait pu être un geste de sympathie, d'affection, mais il en allait autrement.

– Mrs Leben, dit Sharp, est une criminelle en fuite. Il y a un mandat d'arrêt contre elle. Je l'ai lancé moi-même. On la recherche pour de graves violations intéressant la Défense nationale. Elle a peut-être volé des documents secrets pour les transmettre aux Soviétiques. Tu ne veux certainement pas protéger une personne comme ça, hein ?

— Elle a été gentille avec moi, dit Sarah Kiel d'une voix tremblotante.

Peake vit qu'elle voulait éviter le contact de la main de Sharp mais à l'évidence, elle avait peur. Elle ne savait pas encore s'il la menaçait vraiment. Elle ne tarderait pas à le comprendre.

— Mrs Leben paie ma note d'hôpital, reprit-elle. Elle m'a donné de l'argent, elle a appelé mes parents. Elle... elle a été tellement gentille ! Et elle m'a dit d'être discrète. Je veux tenir ma promesse.

— Comme c'est intéressant, fit Sharp.

Il mit la main sous son menton et lui redressa la tête. Il ajouta :

— Très intéressant qu'une petite pute comme toi ait des principes.

Choquée, elle protesta :

— Je ne suis pas une pute. Je n'ai jamais...

— Mais si, insista Sharp tout en lui maintenant le menton pour l'obliger à le regarder de son œil valide. Tu es peut-être trop idiote pour voir la vérité ou trop camée, mais tu es une petite putain, une traînée...

— Vous n'avez pas le droit de me parler comme ça.

— Ma chérie, je parle comme je le veux aux putes.

— Vous êtes un flic... Vous ne pouvez pas me traiter...

— Ferme-la, chérie, dit Sharp.

La clarté de la lampe dessinait des ombres bizarres sur son visage qui prenait ainsi un aspect distordu, presque démoniaque. Il sourit et l'effet fut encore plus inquiétant.

— Tu fermes ta sale petite gueule et tu ne l'ouvriras que quand tu seras prête à me raconter ce que je veux savoir.

Elle poussa un petit cri aigu, pathétique, et des larmes jaillirent de ses yeux. Peake vit que Sharp serrait sa main gauche très fort, qu'il lui broyait les doigts dans sa grosse pogne.

Elle se mit à parler pour se soustraire à la torture. Elle lui raconta la visite d'Éric Leben la nuit d'avant, elle lui dit qu'il avait la tête défoncée, la peau toute grise et visqueuse.

Mais quand Sharp voulut savoir si elle avait une idée de l'endroit où Éric Leben avait pu aller après avoir quitté la maison, elle se renferma dans un silence têtu.

– Ah, c'est donc que tu le sais ! déclara-t-il, sardonique.

Et il se remit à lui serrer la main.

Peake était au bord du malaise. Il aurait voulu faire quelque chose, mais il se sentait comme paralysé.

Sharp ne lâchait pas la main de Sarah. Elle se décida enfin à parler :

– Je vous en prie, c'est... c'est la chose que Mrs Leben ne voulait pas que je dise.

– Allons, chérie, c'est stupide pour une petite pute comme toi de faire semblant d'avoir des scrupules. Moi, je ne pense pas que tu en aies, et toi, tu le sais bien que tu n'en as aucun. Alors arrête ta comédie. Ça nous fera gagner du temps et ça t'évitera des ennuis.

Il se remit à lui broyer la main tout en lui caressant la gorge, puis ses petits seins qui pointaient sous le fin tissu de sa chemise de nuit.

Dans son recoin, Peake, sous l'effet du choc, cessa presque de respirer. Il aurait tant voulu ne pas être là. La dernière chose au monde qu'il souhaitait voir, c'était cette petite Sarah Kiel trompée, humiliée. Mais il ne parvenait pas à détourner les yeux : le comportement de Sharp, tellement inattendu, exerçait sur lui une fascination morbide.

Petit à petit une autre révélation capitale se faisait jour en lui. Il avait toujours considéré les policiers – y compris les agents de la DSA – comme les

Bons, avec un très grand B. Des chevaliers à la blanche armure qui guerroyaient pour la Loi. Mais cette image de pureté perdait tout crédit dès lors qu'un être tel que Sharp était un homme influent au sein de cette noble fraternité.

D'accord, Peake savait qu'il existait aussi de mauvais flics, de mauvais agents, mais il avait toujours vécu avec l'idée que les mauvais étaient très vite écartés, dès le début de leur carrière. Ils n'avaient jamais l'occasion de se hisser dans la hiérarchie, ils étaient voués à l'autodestruction. Peake considérait qu'en fin de compte, seule la vertu était récompensée.

Et puis, il s'était toujours estimé capable de déceler la corruption chez les autres flics. Jamais il n'aurait imaginé qu'un pervers pût cacher sa hideuse maladie et connaître une brillante carrière au service de la loi. La plupart des autres, sans doute, perdaient toute illusion à ce propos bien avant d'avoir atteint leur vingt-septième année, mais, pour lui, il avait fallu cette image du directeur adjoint se comportant comme un barbare, un monstre, pour que l'image du monde change. Plus question de noir et de blanc bien tranchés. Il ne distinguait plus que compromissions et c'était là une révélation si forte qu'il ne pouvait s'empêcher de regarder fixement Sharp.

La fille poussa un gémissement et pleura plus fort encore parce que Sharp continuait de lui broyer la main, tout en appuyant sur ses seins pour la clouer au fond de son lit. Il lui disait de se calmer, de se montrer gentille avec lui... Peake était sur le point d'intervenir. Au diable sa carrière, au diable l'avenir de la DSA. Il ne pouvait plus rester là à être témoin de cette violence. Il fit un pas en direction du lit...

C'est alors que la porte s'ouvrit en grand et que La Pierre pénétra dans la chambre, comme porté par le rai de lumière qui venait du couloir. À la seconde où Jerry Peake vit cet homme, il lui décerna ce nom : La Pierre...

– Qu'est-ce qui se passe ici ? demanda La Pierre d'une voix calme, aimable mais impérative.

Le type ne devait pas mesurer plus d'un mètre quatre-vingt-cinq ou plutôt quatre-vingts, disons même soixante-dix-huit, c'est-à-dire plusieurs centimètres de moins qu'Anson Sharp, et il devait peser dans les soixante-dix-huit, quatre-vingts kilos. Là encore Sharp le battait. Pourtant, dès qu'il franchit la porte, il en imposa.

Lâchant la fille, Sharp se leva et demanda :
– Bon Dieu, qui êtes-vous ?

La Pierre appuya sur l'interrupteur et les tubes fluorescents s'allumèrent au plafond. Il s'avança en laissant la porte se refermer. Peake estima qu'il avait la quarantaine, mais son visage plein de sagesse le faisait paraître un peu plus âgé. Ses cheveux bruns étaient coupés court, il avait la peau tannée et ses traits semblaient avoir été taillés dans le granite. Ses yeux étaient du même bleu que ceux de la fille, mais son regard était clair, direct, perçant. Quand il se posa sur Peake, brièvement, celui-ci eut envie de ramper sous le lit. La Pierre était compact, solide, et il donnait l'impression d'être infiniment plus fort, plus redoutable que Sharp. En dépit de la différence de taille et de poids. Comme si le tissu de son corps était anormalement dense.

– Je vous prie de bien vouloir quitter cette chambre et de m'attendre dans le couloir, dit-il d'un ton paisible.

Étonné, Sharp franchit les quelques mètres qui le séparaient de lui, se dressa de toute sa hauteur et dit :
– Je vous ai demandé qui vous étiez.

Les mains et les poignets de La Pierre étaient beaucoup trop grands par rapport au reste de son corps. Ses doigts étaient longs et épais, ses phalanges énormes. Chaque tendon, chaque veine saillait exagérément. Il semblait avoir été ciselé dans le marbre par un sculpteur soucieux du détail. Peake devina que ses mains avaient acquis de la force avec le travail de chaque jour. La Pierre devait travailler dans une fonderie, ou une carrière, ou plutôt, si l'on considérait le hâle de sa peau, dans une ferme. Pas une de ces fermes modernes, fonctionnant avec des machines et des ouvriers... Non, s'il avait vraiment une ferme, il avait dû commencer avec très peu d'argent, et ses terres étaient pauvres, rocailleuses. Il s'était battu contre le mauvais temps et les catastrophes de la nature pour faire pousser des fruits. Il avait réussi avec sa sueur et son sang, avec le temps, avec ses rêves et ses espoirs. Tout cela, on le lisait sur son visage autant que sur ses mains.

– Je suis Felsen Kiel, son père, dit-il.

Il y avait de la surprise et plus la moindre trace de peur dans la voix de Sarah lorsqu'elle s'écria :
– Papa...

La Pierre contourna Sharp et se dirigea vers sa fille qui venait de s'asseoir dans son lit et lui tendait les bras.

Sharp s'interposa, se dressa au-dessus de La Pierre et dit :
– Vous pourrez la voir quand nous aurons fini de l'interroger.

La Pierre le dévisagea avec une expression qui était l'essence de la sérénité et de l'indifférence et Peake constata avec joie et excitation que Sharp ne réussirait pas à intimider cet homme.

– L'interroger ? De quel droit ?

Sharp sortit son portefeuille et présenta sa carte de la DSA.

– Je suis agent fédéral et je poursuis une enquête d'importance vitale concernant la sécurité du territoire. Votre fille détient des informations que je dois obtenir aussi vite que possible et le moins qu'on puisse dire, c'est qu'elle ne se montre pas très coopérative.

– Si vous voulez bien passer dans le couloir, dit La Pierre, imperturbable, je vais lui parler. Je suis persuadé qu'elle n'a pas l'intention de faire preuve de mauvaise volonté. Bien sûr, elle a des ennuis et elle a eu de mauvaises fréquentations, mais ça n'a jamais été une méchante fille, au fond. Je vais lui parler, elle va me dire ce que vous désirez savoir, et je vous en ferai part.

— Non, dit Sharp. C'est vous qui allez regagner le couloir et attendre.

— S'il vous plaît, écartez-vous.

— Écoutez, mon vieux, dit Sharp avec un regard furibond, si vous tenez à avoir des ennuis, vous allez être servi, et plus que vous ne croyez. Vous faites obstruction à un agent fédéral, ce qui lui donne le droit absolu de prendre toute mesure qui s'impose.

La Pierre avait lu le nom sur la carte et il dit :

— Monsieur Sharp, cette nuit, j'ai été réveillé par une certaine Mrs Leben qui m'a dit que ma fille avait besoin de moi. Il y avait longtemps que j'attendais un tel message. C'est la pleine saison pour la culture, nous avons énormément de travail...

C'est bien cela, se dit Peake. Il est fermier. Cela lui donna encore un peu plus confiance dans ses dons d'observation. Avec ses chaussures bien cirées, son pantalon en nylon et sa chemise amidonnée, La Pierre avait le style d'un homme de la campagne qui avait été obligé par les circonstances d'abandonner brusquement ses vêtements de travail pour une tenue de ville qui ne lui était guère familière.

— Je me suis habillé dès que j'ai eu reposé le téléphone, voyez-vous, reprit La Pierre. J'ai pris la camionnette en pleine nuit pour aller jusqu'à Kansas City et j'ai attrapé le premier vol pour Los Angeles. Ensuite, j'ai pris un autre avion pour venir ici, à Palm Springs, et ensuite un taxi...

— Votre journal de voyage ne m'intéresse absolument pas, dit Sharp sans s'écarter.

— Monsieur Sharp, je suis très fatigué. J'essaie de vous le faire comprendre. Et j'ai très envie de retrouver ma fille, or, à son air, je vois qu'elle a dû pleurer, ce qui me contrarie beaucoup. Je ne suis pas coléreux de nature, je ne cherche pas les histoires en général, mais je ne sais pas ce que je serais capable de faire si vous continuez à le prendre sur ce ton et à m'empêcher de savoir pour quelle raison ma fille a pleuré.

Le visage de Sharp se durcit un peu plus sous l'effet de la colère. Il recula suffisamment pour tendre le bras et poser sa grosse patte sur le torse de La Pierre.

Peake ne sut jamais si Sharp avait eu l'intention de repousser La Pierre vers le couloir ou de le projeter contre le mur. Et ce pour une raison bien simple. La Pierre avait levé lui aussi la main, agrippé le poignet de Sharp et l'avait forcé à baisser le bras, apparemment sans le moindre effort. En fait, il avait dû serrer le poignet de Sharp aussi fort que celui-ci avait serré les doigts de Sarah Kiel, car le directeur adjoint devint pâle tandis qu'une lueur étrange passait dans son regard.

La Pierre lui lâcha la main.

– Je sais que vous êtes un agent fédéral et j'ai le plus grand respect pour la loi. Je sais aussi que vous pouvez considérer ça comme de l'obstruction, ce qui peut vous donner une excuse pour me passer les menottes. Mais j'ai dans l'idée que ça vous ferait peut-être du tort, si vous me brutalisiez, surtout quand je vous dis que je vais encourager ma fille à coopérer avec vous. Qu'est-ce que vous en pensez ?

Peake aurait bien voulu applaudir.

Durant un moment, Sharp demeura immobile, le souffle lourd, frémissant, puis, peu à peu, ses yeux troubles s'éclaircirent et il se secoua, un peu comme un taureau qui vient de charger sans succès un matador.

– D'accord. Tout ce que je veux, c'est cette information, et vite. Peu m'importe comment. Et vous y parviendrez peut-être plus rapidement que moi.

— Je vous remercie, monsieur Sharp. Donnez-moi une demi-heure.

— Cinq minutes ! aboya Sharp.

Le ton de La Pierre resta paisible.

— Écoutez, monsieur, il faut bien que j'aie le temps de dire bonjour à ma fille, de la serrer dans mes bras. Je ne l'ai pas vue depuis un an et demi. Et puis, je ne vais pas lui tirer toute l'histoire de la bouche comme ça. Il faut que je sache dans quel genre d'histoire elle a trempé. Ça, ça passe en premier, voyez-vous. Ensuite, je lui poserai les questions qu'il faut.

— Une demi-heure, c'est salement trop long, dit Sharp. Nous sommes à la poursuite d'un homme dangereux, et nous...

— Si je devais appeler un avocat pour ma fille, auquel elle a droit comme toute citoyenne, il lui faudrait des heures pour arriver ici et...

— D'accord, une demi-heure, fit Sharp et, pas une minute de plus. Je serai dans le couloir.

Dans un premier temps, Peake avait découvert que son supérieur était un pédophile doublé d'un sadique, ce qui était déjà important. Et maintenant, il faisait une autre découverte : au fond de lui, ce fils de pute était un lâche. Il pouvait parfaitement vous flinguer de sang-froid, sur place, ou ramper pour venir vous trancher la gorge, voilà qui cadrait très bien avec son personnage ! Mais, face à plus fort que lui, il craquait. Et cela, c'était encore plus important à savoir !

Sharp se dirigeait vers la porte, mais Peake se sentait incapable de bouger. Ni de détacher son regard de La Pierre.

— Peake ! lança Sharp en ouvrant la porte.

Peake se décida enfin à le suivre, non sans se retourner pour regarder encore une fois Felsen Kiel. La Pierre. Nom de Dieu, cet homme n'était pas célèbre : c'était une légende vivante !

20

Deux flics en congé de maladie

L'inspecteur Reese Hagerstrom s'était couché à quatre heures du matin, ce mardi-là, en revenant de chez Mrs Leben, à Placentia. Il se réveilla à dix heures et demie, mal reposé car son sommeil avait été rempli de cauchemars. Cadavres aux yeux vitreux dans des dépotoirs... femmes mortes clouées au mur. Dans plusieurs de ces cauchemars, il y avait Janet, son épouse morte. Elle s'accrochait à la porte de l'ignoble van Chevrolet bleu, et elle criait : « Ils ont Esther ! Ils ont Esther ! » Et, dans chaque cauchemar, l'un des types du van la tuait comme il l'avait fait dans la réalité, à bout portant, et fracassait son adorable visage, le pulvérisait...

Reese se leva rapidement et alla prendre une douche très chaude. Il aurait aimé pouvoir soulever le haut de son crâne comme un couvercle et en extraire les derniers miasmes de ses cauchemars.

Agnes, sa sœur, lui avait collé une petite note sur le réfrigérateur. Elle avait accompagné Esther chez le dentiste.

Debout près de l'évier, Reese regardait le grand flamboyant, dans la cour, tout en buvant du café très fort et en grignotant un vieux beignet douteux. Si Agnes avait été là, elle n'aurait pas été contente, se dit-il. Mais les cauchemars lui avaient laissé un malaise et il n'avait pas vraiment d'appétit. Même le beignet passait difficilement.

« Du café et des beignets pleins de graisse, disait Agnes. Le café pour attraper un bon ulcère et le beignet pour te remplir les artères de cholestérol. Deux méthodes de suicide lent. Tu veux te suicider ? Je connais une bonne centaine de moyens plus rapides et moins douloureux. »

Chaque jour, il remerciait le ciel d'avoir Agnes auprès de lui, même si, étant sa sœur aînée, elle n'arrêtait pas de le rabrouer. Sans elle, il n'aurait sans doute pas tenu le coup après la mort de Janet.

Malheureusement, Agnes était massive, avec un visage ingrat et une déformation de la main gauche. Elle était vouée à rester vieille fille, mais elle avait un cœur d'or et un instinct maternel inépuisable. Après la mort de Janet, elle avait débarqué avec une valise et son livre de cuisine préféré. Elle lui avait annoncé qu'elle allait s'occuper de Reese et de la petite Esther pendant l'été, jusqu'à ce qu'ils puissent se débrouiller seuls. Elle enseignait à Anaheim, mais en ce début de ses vacances, elle était prête à consacrer de longues heures à redonner à l'appartement un aspect normal. Cinq ans avaient passé. Et il se disait souvent que, sans elle, il serait perdu.

Il en était même venu à apprécier ses remontrances. Quand elle lui disait de manger de façon plus saine, plus équilibrée, il avait le sentiment qu'on se préoccupait de lui, qu'on l'aimait.

Il se versa une autre tasse de café et décida qu'il ramènerait une boîte de chocolats et une douzaine de roses pour Agnes quand il rentrerait. Par nature, il ne savait pas exprimer ses sentiments, aussi tentait-il de compenser ce qui aurait pu passer pour de l'indifférence en faisant de petits cadeaux à ceux qu'il aimait. À chaque fois, Agnes était ravie de la surprise, même venant de son frère. Les femmes délaissées, au visage ingrat, n'ont pas l'habitude de recevoir des cadeaux...

Non seulement la vie était injuste mais parfois aussi cruelle. Pour Reese, cette pensée n'était pas nouvelle. Elle n'était même pas suscitée par la mort brutale de Janet, ou par le fait qu'Agnes, avec son apparence, n'attirerait jamais les regards amoureux des hommes. En tant que flic, fréquemment confronté aux rebuts de l'humanité, il avait appris depuis longtemps que la cruauté était inhérente au monde et que la seule défense que l'on pouvait avoir, c'était l'amour des siens et de quelques amis.

Son meilleur ami, Julio Verdad, arriva à l'instant où Reese se versait sa troisième tasse. Il lui proposa aussitôt du café et ils s'assirent ensemble à la table de la cuisine.

Julio avait l'air d'avoir passé une nuit normale et, en fait, Reese était sans doute la seule personne capable de déceler les subtiles traces de fatigue sur son visage. Comme d'habitude, Julio était impeccablement habillé : complet bleu sombre, chemise blanche, cravate marron au nœud parfait avec une chaîne en or, pochette assortie et mocassins grenat. Il était aussi impeccable et vif qu'à l'accoutumée, mais Reese distinguait des cernes sous ses yeux, et sa voix habituellement douce l'était un peu trop, ce matin.

– Tu es resté debout toute la nuit ? demanda-t-il.
– J'ai dormi.
– Combien ? Une heure ou deux ? J'en étais sûr. Ça me navre. Un jour, tu vas y laisser ta santé.
– Cette affaire est spéciale.
– Toutes les affaires sont spéciales pour toi.
– Mais j'ai une obligation envers Ernestina.
– C'est la millième victime envers laquelle tu as une obligation.

Julio haussa les épaules et but quelques gorgées de café.

– Sharp ne bluffait pas.
– À propos de quoi ?
– À propos de l'enquête. Quand il disait qu'on nous la retirait. Les noms des victimes – Ernestina

Hernandez et Rebecca Klienstad – sont encore dans les dossiers, mais rien que les noms. Avec juste un mémo demandant que les autorités fédérales qui ont pris l'affaire en charge soient démises pour « raison de Sécurité nationale ». Ce matin, quand j'ai demandé à Folbeck de nous laisser aider les fédéraux, toi et moi, il l'a pris très sec. Il m'a dit : « Bordel de Dieu, Julio, ne te mêle pas de ça ! C'est un ordre. » Voilà ce qu'il m'a dit.

Folbeck était le chef de la brigade des inspecteurs, un vrai Mormon qui certes pouvait jurer aussi souvent que la plupart de ses hommes mais qui n'invoquait jamais le Seigneur de cette façon. C'était cela qui faisait la différence. Nicholas Folbeck pouvait être aussi grossier que les autres, mais il était capable de tancer n'importe quel inspecteur surpris en train de blasphémer. Il avait dit une fois à Reese : « Hagerstrom, je t'en prie, arrête de dire "Nom de Dieu" ou ce genre de chose en ma présence. Ça me fait vraiment chier d'entendre ce genre de connerie toute la journée. » Conclusion : s'il s'était laissé aller au blasphème pour admonester Julio, cela signifiait que les ordres venaient de beaucoup plus haut qu'Anson Sharp.

– Et qu'est-ce qu'il y a concernant le vol du cadavre d'Éric Leben ? demanda Reese.

– La même chose. L'affaire ne dépend plus de notre juridiction.

Le fait de parler boulot avait fait oublier à Reese ses rêves sanglants de la nuit et il retrouvait peu à peu l'appétit. Du coup, il prit un autre beignet. Il en offrit un à Julio qui refusa.

– Et qu'est-ce que tu as fait d'autre ? demanda Reese.

– D'abord... je suis allé à la bibliothèque à l'heure d'ouverture et j'ai lu tout ce que j'ai pu trouver concernant le Dr Leben.

– Tu as lu que c'était un homme riche, un génie scientifique, un génie en affaires, qu'il était impitoyable, froid, et trop stupide pour comprendre qu'il avait une merveilleuse épouse. Tout ce qu'on sait déjà, en somme.

– Il était aussi obsédé, fit Julio.

– Je pense que c'est le cas pour la plupart des génies.

– Il était obsédé par l'immortalité.

Reese fronça les sourcils.

– À l'université, et dans les années qui ont immédiatement suivi son doctorat, alors qu'il était l'un des jeunes généticiens les plus brillants de la nouvelle génération qui travaillait sur l'ADN, il a écrit de nombreux papiers dans les journaux et publié des articles sur ses travaux. À propos de l'extension de la durée de la vie humaine. En fait, un flot d'articles. C'est vraiment ce qui le motive.

– Ce qui le motivait, tu veux dire. Rappelle-toi. La benne à ordures.

– Dans ces articles, ces papiers, même dans les plus secs, les plus techniques, continua Julio, il y a une sorte de passion qui vous tient en haleine. (Il sortit un feuillet plié d'une de ses poches.) Tiens, voilà un extrait d'un article publié dans un magazine de vulgarisation scientifique : « Il sera peut-être possible à l'homme, un jour, de transformer sa structure génétique et ainsi de repousser la menace de la mort, de vivre plus longtemps que Mathusalem, d'être à la fois Jésus et Lazare. Il pourra ressortir lui-même du tombeau après que la mort l'y aura couché. »

Reese tiqua.

– Ça c'est bizarre. On a volé son cadavre à la morgue, et, d'une certaine façon, il est sorti du tombeau, mais pas exactement de la façon dont il l'entendait.

Julio avait une lueur étrange dans le regard.

– Ce n'est peut-être pas aussi étrange que ça. Peut-être qu'on n'a pas volé son cadavre.

Reese se sentit gagné par l'émotion de Julio.

– Eh... tu ne veux pas dire que... Non, bien sûr que non.

— C'était un génie qui n'avait pas de limites, probablement le type le plus brillant dans la recherche sur l'ADN, et il était obsédé par deux idées : rester jeune et échapper à la mort. Alors, quand on constate qu'il semble apparemment avoir disparu de la morgue, il n'est pas interdit de penser qu'il s'est relevé et qu'il en est sorti tout seul, non ?

Reese éprouva une crispation dans la poitrine et il fut surpris par le frisson de peur qui courut sur sa peau.

— Mais… avec toutes ses lésions… c'est impossible.

— Il y a quelques années, je n'y aurais pas cru. Mais nous vivons à l'époque des miracles, ou disons simplement dans un âge où tout devient possible. À l'infini.

— Mais comment ?

— Ça, c'est en partie ce que nous devons découvrir. J'ai appelé l'université de Californie et j'ai eu le Dr Easton Solberg, dont les travaux sont mentionnés dans beaucoup d'articles de Leben. Il semble que celui-ci ait considéré Solberg plus ou moins comme son mentor. En tout cas, ils ont été très proches l'un de l'autre pendant un certain temps. Solberg a beaucoup de respect pour Leben. Il m'a dit qu'il n'avait pas été le moins du monde surpris de le voir faire fortune avec les recherches sur l'ADN. Mais il m'a dit aussi qu'il y avait un côté plus étrange chez lui. Il souhaitait m'en parler de vive voix.

— De quoi s'agit-il à ton avis ?

— Ça, il a refusé de me le dire au téléphone. Mais nous avons rendez-vous avec lui à l'Université en fin de matinée.

Julio repoussa sa chaise et se leva.

— Comment est-ce qu'on peut continuer sans avoir des ennuis avec Nick Folbeck ? demanda Reese.

— Congé de maladie. Si je suis en congé de maladie, je ne suis pas censé poursuivre une enquête. Disons que c'est une simple question de curiosité personnelle.

— Ça ne marchera pas si on nous surprend. Tu sais

que les flics n'ont pas à faire preuve de curiosité personnelle.

– Non, mais si je me mets en congé de maladie, Folbeck ne s'occupera pas de mes faits et gestes. Il est peu probable qu'on garde un œil sur moi. En réalité, j'ai laissé entendre que je ne voulais pas toucher à une affaire aussi explosive. J'ai dit à Folbeck que, vu la situation, il était peut-être préférable que je me mette au vert pendant quelques jours, au cas où la presse voudrait me poser des questions. Et il a été d'accord.

– Alors, je ferais peut-être bien de me faire porter malade, moi aussi.

– Je l'ai déjà fait à ta place.

– Oh... Parfait. Alors, on y va.

– J'ai pensé que ce serait mieux comme ça. Mais si tu ne veux pas tremper là-dedans...

– Julio, je marche avec toi. On en a déjà discuté.

– Tu en es certain ?

– On marche ensemble, fit Reese d'un air exaspéré.

Et il ajouta en pensée : « C'est toi qui as sauvé mon Esther, c'est toi qui as pourchassé ces types dans le van qui l'avaient enlevée. Tu étais un vrai démon. Je crois que c'est ce qu'ils ont dû penser. Tu as risqué ta vie pour sauver Esther. Avant, je t'aimais bien parce que tu étais mon collègue, mais ensuite, je t'ai réellement aimé, espèce de con, et je serai toujours là quand tu auras besoin de moi, quoi qu'il arrive. »

En dépit de la difficulté qu'il avait toujours eue à communiquer ses sentiments profonds, Reese aurait voulu dire tout cela à Julio, mais il garda le silence, car Julio Verdad avait la gratitude en horreur et il aurait été atrocement embarrassé si son collègue avait prononcé la moindre parole. Tout ce qu'il souhaitait, c'était l'assistance de son copain, de son partenaire. Exprimer une gratitude éternelle, c'eût été mettre une barrière entre eux. Julio se serait retrouvé en position de supériorité et, ensuite, le malaise se serait installé.

Dans leurs rapports quotidiens, c'est Julio qui prenaît la direction des opérations. Il décidait de la suite à donner à leurs enquêtes, mais il n'exerçait jamais son pouvoir de façon ostentatoire ou pesante. Toute la différence était là. Pour Reese, en fait, cela n'aurait rien changé. Il faisait confiance à Julio car il savait bien qu'il était le plus astucieux, le plus malin des deux.

Mais Julio était né au Mexique et il y avait passé son enfance, il était ensuite venu aux États-Unis et il y avait été accepté, et par le fait il avait un respect immense pour la démocratie. Non seulement au niveau politique mais sous tous ses aspects, et jusque dans les rapports personnels. Il ne pouvait assumer le rôle de chef que si on l'acceptait. Si son rôle et son rang avaient été officialisés, évidents, il serait devenu incapable d'agir et l'association des deux hommes en aurait souffert.

— Oui, je marche avec toi, dit encore une fois Reese en passant les tasses sous le robinet. On est deux flics en congé de maladie. Alors, on va se refaire une petite santé.

21

Arrowhead

Le magasin d'articles de sport était tout près du lac. Il avait été conçu comme une très grande cabane en rondins, et l'enseigne de bois, façon rustique, annonçait : LOCATION DE BATEAUX, MATÉRIEL DE PÊCHE, APPÂTS, ARTICLES DIVERS. Des autocollants pour la bière Coors et la Miller Extra-Légère décoraient les vitrines. Dans la partie ensoleillée du parking, il y avait trois voitures, deux pick-up et une jeep. Le soleil de ce début d'après-midi faisait rutiler les chromes.

– Des armes, dit Ben. Ils doivent vendre des armes ici.

– Mais nous en avons, dit Rachael.

Ben engagea la voiture sur le parking, quitta la zone goudronnée pour passer sur une longue allée de gravier qui crissait sous les pneus avant de se garer à l'ombre des pins, sur un épais tapis d'aiguilles. Entre les arbres, il discerna un bout de lac, quelques bateaux sur l'eau miroitante et, plus loin, une berge abrupte et boisée.

– D'accord, dit-il, ton .32 n'est pas un pistolet à eau, mais ce n'est pas génial non plus, tu sais. (Il coupa le moteur.) Quant au .357 que j'ai pris à Baresco, c'est mieux, c'est presque un canon, mais je pense que ce qu'il nous faut, c'est un fusil à pompe.

— Un fusil à pompe ? Tu ne vois pas un peu trop grand ?

— Je préfère voir trop grand quand je suis aux trousses d'un mort-vivant, dit Ben.

Il avait cru plaisanter mais il s'aperçut aussitôt qu'il avait échoué. Les yeux de Rachael prirent une lueur triste et elle frissonna.

— Allez, dit-il, ça va se passer bien.

Ils descendirent de voiture et restèrent un instant sur place, à respirer simplement l'air doux et pur de la montagne. La journée était superbe et il n'y avait pas la plus petite brise. Les arbres immobiles semblaient de pierre. Il n'y avait personne en vue, pas la moindre voiture sur la route. Les oiseaux restaient muets. Le silence était profond, absolu, presque surnaturel.

Ben y perçut quelque chose de menaçant. Comme un avertissement, un présage. Ils devaient fuir ces immensités montagneuses et retourner vers des lieux plus civilisés, là où il y avait du bruit, du mouvement et des gens qui pourraient les aider en cas d'urgence.

Apparemment sous l'influence du même sentiment de malaise, Rachael déclara :

— Peut-être que tout ça est absurde. Peut-être que nous devrions fuir pour aller n'importe où.

— Et attendre qu'Éric soit guéri de ses blessures ?

— Peut-être qu'il ne se remettra pas suffisamment pour se déplacer normalement.

— Mais, dans le cas contraire, il se lancera à ta poursuite.

Elle acquiesça avec un soupir.

Ils traversèrent le parking et entrèrent dans le magasin.

Ce qui se produisait en Éric était étrange, plus étrange encore que sa résurrection d'entre les morts. Cela commença par une migraine aiguë, des maux de tête intenses, tels qu'il en connaissait depuis ces derniers jours, et il ne fit pas tout de suite la différence. Il se contentait de plisser les yeux pour se défendre contre la lumière qui les irritait, se refusant à succomber à cette souffrance qui lui vrillait le crâne sans répit.

Il installa un fauteuil devant l'une des fenêtres du living et s'y installa, montant la garde sur les pentes boisées, observant la route de terre qui accédait au secteur plus peuplé, sur les berges du lac. Si ses ennemis devaient arriver, ils suivraient cette route, au moins en partie, avant d'entrer dans la forêt.

Dès qu'il les verrait quitter la route, il se glisserait hors de la cabane par l'arrière, ferait un détour dans la forêt, et il les attaquerait par surprise.

Il avait espéré que la douleur diminuerait quand il serait assis et il se laissa aller contre le dossier du fauteuil. Mais c'était pire que tout ce qu'il avait enduré auparavant. C'était comme si son crâne, mou comme de l'argile, se remodelait, comme si des forces étaient au travail pour lui donner une forme nouvelle. Il serra les mâchoires encore plus fort, bien décidé à supporter cette nouvelle adversité.

Il se dit que la douleur empirait peut-être parce qu'il se concentrait depuis un instant pour essayer d'apercevoir l'ennemi éventuel entre les ombres de la route. Si cela s'aggravait encore, il serait forcé de s'étendre, et il ne voulait pas quitter son poste. Il avait la sensation aiguë de l'approche du danger.

La hache et les deux couteaux étaient sur le plancher, tout près de son fauteuil. Chaque fois que son regard se posait sur les deux lames luisantes, bien aiguisées, il se sentait plus rassuré : il exultait. Mais quand il effleurait des doigts le manche de la hache, une émotion violente, sombre, érotique, s'emparait de lui.

« Qu'ils viennent, se dit-il. Je vais leur montrer qu'Éric Leben est encore un homme qu'on ne peut pas avoir comme ça. Qu'ils viennent... »

Bien qu'il éprouvât encore une certaine difficulté à situer qui pouvait bien être à sa recherche, il savait que sa peur n'avait rien d'irrationnel. Et puis, peu à peu, des noms surgirent dans son esprit : Baresco, Seitz, Geffels, Knowls, Lewis. Oui, bien sûr. Ses partenaires de la Geneplan. Ils avaient compris ce qu'il avait fait. Ils avaient décidé de le retrouver rapidement et de le liquider afin de protéger le secret de Wildcard. Mais ils n'étaient pas les seuls qu'il ait à redouter. Il y avait d'autres gens... des silhouettes d'ombre dont il ne parvenait pas à se souvenir avec précision, des hommes bien plus puissants que ses partenaires de la Geneplan.

Un moment, il eut l'impression qu'il allait sortir du brouillard et retrouver des idées claires. Il était sur le point de retrouver l'intégrité de sa mémoire et de son esprit pour la première fois depuis qu'il s'était réveillé à la morgue. Il retint son souffle et se pencha en avant, gagné par l'excitation. Il y était presque, il était sur le point de tout posséder : l'identité de ses poursuivants, ce que signifiait cette histoire de souris, la hideuse image de cette femme crucifiée... qui lui revenait sans cesse...

Et puis, la souffrance incessante eut le dessus. Il bascula du seuil de clarté où il s'était péniblement hissé et retomba dans la brume. Des courants boueux envahirent le flux translucide de ses pensées et, en peu de temps, tout fut opaque. Il laissa échapper une faible plainte.

Au-dehors, dans la forêt, il surprit un mouvement. Plissant les paupières sous ses yeux brûlants, emplis de larmes, Éric se pencha en avant, épiant à travers la fenêtre la pente couverte d'arbres et la route maculée d'ombres. Personne. Le mouvement n'était que le fait d'une brise soudaine qui venait de rompre l'immobilité estivale. Les buissons furent agités et les grands pins s'inclinèrent, se redressèrent, s'inclinèrent de nouveau, comme s'ils s'éventaient.

Il était sur le point de se laisser aller dans son fauteuil quand la douleur explosa dans sa tête, jaillit, avec une violence stridulante derrière son front, le jetant littéralement en arrière. Un instant, la souffrance fut telle qu'il resta sans bouger ni crier, ni respirer. Il crut que son crâne venait de se fissurer. Puis un hurlement s'échappa de sa gorge, un hurlement où il y avait plus de rage que de douleur, car la douleur venait de disparaître aussi soudainement qu'elle était apparue.

Terrifié à l'idée que cet éclat de souffrance pût signifier une brusque dégradation, Éric leva une main tremblante jusqu'à sa tête. D'abord, il toucha son oreille droite qui, la veille, avait été presque arrachée mais qui était maintenant à nouveau bien en place, anormalement grosse et cartilagineuse. Comment pouvait-il guérir aussi vite ? Le processus était censé prendre quelques semaines, et non pas quelques heures. Lentement, il promena ses doigts vers le haut et explora prudemment le creux profond qu'il avait à droite du crâne, à l'endroit précis où il avait été touché par le camion. Il y avait encore une dépression, mais elle n'était plus aussi marquée. Et les parois en étaient solides et non pas légèrement molles comme auparavant. Il se souvint des premières heures où il avait eu l'impression de toucher un fruit pourri. Mais plus maintenant. La chair ne cédait plus sous ses doigts. Plus hardiment, il explora le creux, massa les tissus d'une extrémité à l'autre. Oui, la chair était redevenue saine et l'ossature solide. Son crâne fracassé, émietté, s'était déjà ressoudé. En moins d'une journée. C'était impossible, totalement impossible. Pourtant, il ne pouvait que constater cette nouvelle réalité. La blessure était guérie et les tissus vulnérables de son cerveau étaient à nouveau protégés par les os du crâne, parfaitement reconstitués.

Il restait assis, immobile, stupéfait, incapable de

comprendre. Il se souvenait que l'on avait modifié ses gènes afin d'accélérer la reconstitution cellulaire, mais jamais, jamais il n'avait pensé que cela pourrait aller aussi vite. Des lésions graves qui se cicatrisaient et s'effaçaient en quelques heures ? Des tissus, des artères et des veines qui se reformaient presque sous ses yeux ? De nouvelles couches osseuses en moins d'une journée ? Même les cellules folles d'un cancer foudroyant, au sommet de leur prolifération, n'auraient pu atteindre une telle vitesse !

Un long moment, il en éprouva de la joie, persuadé que l'expérience avait réussi bien au-delà de ce qu'il avait espéré. Puis il réalisa que ses pensées restaient encore troubles, sa mémoire fragmentaire, même si ses tissus cérébraux avaient suivi le processus de guérison de ses os crâniens. Est-ce que cela pouvait signifier qu'il ne retrouverait jamais l'intégrité de son intellect et toute sa clarté d'esprit ? Même après une réparation totale des tissus ? Cette perspective l'épouvanta encore un peu plus quand il vit que l'oncle Barry Hampstead, mort depuis longtemps, était à nouveau là, dans un coin, tout près d'un feu d'ombre crépitant.

Il était revenu du royaume des morts, mais peut-être resterait-il à jamais un mort, en dépit de sa miraculeuse restructuration génétique.

Non. Il ne pouvait y croire. Cela signifierait que tout son travail, tous ses plans, tous les risques qu'il avait pris étaient réduits à néant.

Dans son coin, l'oncle Barry sourit et dit :
– Viens, Éric. Viens me donner un petit baiser. Montre-moi que tu m'aimes.

La mort était peut-être plus que le terme de l'activité physique. Peut-être signifiait-elle la perte définitive de l'esprit qui n'était pas réanimé avec autant de succès que la chair ou le sang ?

Presque de sa propre volonté, sa main tremblante, hésitante, palpa son front, à l'endroit où la souffrance avait fusé l'instant d'avant. Il sentit quelque chose de bizarre. D'anormal. Son front n'était plus une plaque osseuse lisse. Il était couvert de nodosités, d'excroissances qui semblaient s'être formées au hasard.

Il entendit un piaulement affreux de terreur pure et il lui fallut une seconde pour comprendre que c'était lui qui l'avait poussé.

L'os, au-dessus de chaque œil, était bien plus épais qu'avant. Et une bosse, lisse au contact, de plus de trois centimètres de haut, occupait le centre de sa tempe droite.

« Mon Dieu ! se dit-il. Comment est-ce possible ? »

Lentement, il explora des doigts la partie supérieure de son visage, pareil à un aveugle essayant d'avoir une image d'un inconnu, et la peur forma en lui comme des cristaux de glace.

Une sorte d'arête osseuse, noueuse, s'était formée au centre de son front, descendant jusqu'à la naissance de son nez.

À la lisière de ses cheveux, il sentait des artères épaisses, la pulsion puissante du sang là où il n'y aurait pas dû avoir de vaisseaux.

Sa plainte ne cessait pas et des larmes brûlantes jaillirent de ses yeux.

Même dans l'opacité de son esprit, la terrible vérité s'imposait à l'évidence. Que s'était-il passé ? Dans l'absolu, son organisme génétiquement modifié était mort lors de la rencontre brutale avec le camion de voirie, mais une certaine forme de vie avait continué au niveau cellulaire, et ses gènes altérés ne fonctionnant plus que par un flux ténu de force vitale, avaient lancé des ordres pressants à travers les tissus qui se mortifiaient pour déclencher avec une rapidité stupéfiante la production de toutes les substances nécessaires à la régénération. Mais, alors que la cicatrisation avait eu lieu, ses gènes modifiés n'avaient pas commandé l'interruption du processus de croissance. C'était l'anarchie. Tous les signaux de production cellulaire fonctionnaient encore. Son corps continuait d'ajouter frénétiquement des tissus, des os, du sang. Même s'ils étaient parfaitement sains dans leur structure, ce processus commençait à ressembler à un cancer, avec cette différence que son taux de développement était infiniment plus rapide.

Son corps se recréait.

Mais pour donner quoi ?

Son cœur martelait sa poitrine et sa peau était couverte d'une sueur poisseuse et glacée.

Il se leva. Il fallait qu'il se voie dans un miroir. Il devait maintenant affronter son visage.

Cette perspective lui répugnait pourtant. Il redoutait de découvrir le reflet abominable de la chose étrangère qu'il était devenu. Mais, dans le même temps, il fallait absolument qu'il sache ce qu'il était.

Ben avait choisi un fusil Remington semi-automatique calibre .12 avec un chargeur de cinq cartouches. Bien manié, c'était une arme dévastatrice. Et il savait très bien s'en servir. Il prit deux boîtes de cartouches, plus des balles pour le Smith et Wesson .357 Magnum récupéré sur Baresco, ainsi qu'une boîte de projectiles de .32 pour le pistolet de Rachael.

Ils se préparaient pour une vraie guerre.

Aucun permis spécial, aucun délai n'était requis pour l'achat d'un fusil à pompe, contrairement aux armes de poing, mais Ben dut cependant remplir un formulaire, donner son nom et son adresse et son numéro de sécurité sociale. Ensuite, le vendeur lui demanda une pièce d'identité, de préférence son permis de conduire de l'État de Californie avec sa photo plastifiée. Pendant que Ben attendait, installé au comptoir de formica jaune avec Rachael, le vendeur, un certain Sam, s'excusa un instant pour aller à l'autre bout de la pièce s'occuper d'un groupe de pêcheurs qui voulaient voir différents modèles de canne à lancer pour pêcher à la mouche.

Le deuxième vendeur était au comptoir sud, occupé à faire la démonstration de divers sacs de couchage.

Sur un rayon, à côté des piles de potage sous cellophane, il y avait une radio réglée sur une station FM de Los Angeles. Jusqu'à présent, elle n'avait diffusé que de la musique pop et des pubs. Mais voilà que, tout à coup, Ben entendit son nom, et celui de Rachael :

« ...*Shadway et Rachael Leben qui ont fait l'objet d'un mandat d'arrêt fédéral. Mrs Leben est la femme du riche entrepreneur Éric Leben, qui a été tué hier dans un accident. Selon un porte-parole du Département de la Justice, Shadway et Mrs Leben sont recherchés dans le cadre d'une affaire de vol intéressant les recherches ultra-secrètes conduites par la société Geneplan sous le contrôle du Département de la Défense. Ils seraient également soupçonnés du meurtre des deux agents de police de Palm Springs abattus sauvagement la nuit dernière d'une rafale de mitraillette.* »

– Mais c'est complètement fou ! s'exclama Rachael.

Ben mit la main sur son épaule pour la calmer et jeta un regard nerveux aux deux vendeurs qui étaient toujours occupés avec leurs clients respectifs. Il ne voulait surtout pas que leur attention soit attirée par le bulletin radio. Le nommé Sam avait déjà examiné le permis de conduire de Ben avant de lui donner le formulaire. Il connaissait son nom et il risquait de réagir instantanément.

Et il serait inutile de protester et de clamer son innocence. Sam appellerait les flics à coup sûr. Il se pouvait même qu'il ait une arme derrière le comptoir, près de la caisse, et il les tiendrait en respect jusqu'à l'arrivée de la police. Et Ben ne se voyait pas en train d'essayer de le désarmer au risque de le blesser.

« *Jarrod McClain, directeur de la Defense Security Agency, chargé de la coordination de l'enquête et du dispositif de poursuite concernant Mrs Leben et Shadway, a donné une conférence de presse à Washington, il y a moins d'une heure. Il a déclaré que cette affaire était "très grave et préoccupante et qu'on pouvait raisonnablement déclarer que la sécurité nationale était en cause".* »

Sam, toujours occupé avec ses cannes à lancer, était en train de rire d'une plaisanterie que venait de faire un de ses clients. Il était sur le point de gagner la caisse, accompagné d'un des pêcheurs. Ils parlaient sur un ton animé et, s'ils entendaient le bulletin, ils ne le percevaient qu'au niveau du subconscient. Mais s'ils se taisaient avant la fin...

« *Bien qu'ayant affirmé que Shadway et Mrs Leben constituaient une menace contre la sécurité nationale, McClain, pas plus que le porte-parole du Département de la Justice, n'a voulu préciser la nature des recherches que la Geneplan mène pour le compte du Pentagone.* »

Sam et le pêcheur n'étaient plus qu'à cinq mètres, discutant toujours des mérites comparés des moulinets et des cannes.

Rachael les regardait approcher avec appréhension et Ben lui tapota la hanche pour qu'elle change d'expression. Elle n'entendait plus que des bribes, tant elle était angoissée...

« *...que la restructuration de l'ADN serait la seule fonction de la Geneplan...* »

Sam passa derrière le comptoir, le client resta à l'extérieur et continua à parler tandis qu'ils approchaient de Rachael et Ben.

« *Le signalement et la photo de Benjamin Shadway et Rachael Leben ont été transmis à tous les districts de police de Californie et du Sud-Ouest, ainsi qu'un avertissement fédéral, car les fugitifs sont armés et dangereux. »*

Sam et le pêcheur s'arrêtèrent devant la caisse. Ben se repencha sur le formulaire. Le bulletin radio venait de passer à une autre information.

Ben, surpris et ravi, entendit alors Rachael se lancer dans un bavardage futile à seule fin d'attirer l'attention du pêcheur. Le personnage était grand et costaud. Il devait avoir la cinquantaine et portait un tee-shirt noir qui mettait en valeur ses biceps décorés de tatouages compliqués dans les tons bleu et rouge. Rachael lui disait qu'elle était absolument fascinée par les tatouages et le pêcheur, comme tous les hommes, était flatté et séduit d'avoir attiré l'attention d'une aussi jolie femme. En écoutant les phrases charmeuses et un peu creuses de Rachael – qui jouait à la Californienne évaporée – on était à cent lieues de soupçonner que la radio venait d'annoncer qu'elle était recherchée pour meurtre.

La station de Los Angeles évoquait maintenant un attentat terroriste à la bombe au Moyen-Orient. Sam, le vendeur, éteignit la radio au beau milieu du flash.

– J'en ai vraiment marre de ces histoires d'Arabes, dit-il à Ben.

– Vous n'êtes pas le seul, fit celui-ci en achevant de remplir le formulaire.

– Pour ma part, dit Sam, s'ils continuent de nous emmerder, je pense qu'on ferait bien de leur envoyer une bombe H sur la gueule.

– C'est ça, répliqua Ben, une bombe H et hop! Ils se retrouvent à l'âge de pierre.

Sam prit une cassette et la mit en place.

– Faudrait faire mieux que ça, dit-il. Ils sont déjà à l'âge de pierre !

– Alors, balançons-les dans l'âge des dinosaures,

proposa Ben à l'instant où les Oak Ridge Boys se mettaient à chanter.

Rachael poussait de petits cris ravis tandis que le pêcheur lui expliquait que les aiguilles de tatouage injectaient l'encre sous trois couches de peau.

– Comme ça, ils pourront foutre leurs putains de bombes sous des tyrannosaures, O.K. ?

Ben lui tendit le formulaire, en riant. Il avait déjà donné sa carte Visa et Sam n'eut plus qu'à agrafer la facture au document officiel sur la réglementation des armes à feu. Il mit le tout dans le sac des munitions.

– Voilà. Revenez nous voir quand vous voudrez.
– J'y compte bien, fit Ben.

Rachael dit au revoir au pêcheur tatoué, Ben salua tout le monde, et tous deux serrèrent la main de Sam. Rachael prit le sac de munitions et Ben la boîte qui contenait le fusil. Ils se dirigèrent nonchalamment vers la sortie entre les bacs de cuillers, de filets, de flotteurs multicolores, les bouteilles Thermos, les chapeaux de soleil et les bottes de caoutchouc.

Derrière eux, le grand pêcheur tatoué, qui croyait sans doute s'exprimer de sa voix la plus douce, déclara :

– Ça, c'est une sacrée fille !

Elle est encore mieux que tu ne crois, songea Ben en poussant la porte.

À moins de quatre mètres d'eux, il y avait une voiture de police et le shérif adjoint du comté de Riverside venait d'en descendre.

Les carreaux de céramique reflétaient la clarté de la barre fluorescente, révélant chaque détail hideux.

Le miroir de la salle de bains, dans son cadre de cuivre, était impeccable, et le reflet qu'il renvoyait à Éric Leben était particulièrement net, trop net, jusque dans le moindre petit détail.

Ce qu'il voyait ne le surprenait pas car, dans le fauteuil, quelques instants auparavant, il avait déjà exploré, d'une main hésitante, le nouveau relief du haut de son visage. Mais sans croire totalement à ce que lui apprenaient ses doigts. Ce qu'il avait à présent devant lui était choquant, effrayant, déprimant mais aussi plus fascinant que tout ce qu'il avait pu imaginer durant son existence.

Un an auparavant, il avait décidé lui-même d'être un sujet d'expérience du programme de manipulation et d'amélioration génétiques baptisé Wildcard. Depuis, il n'avait plus connu le rhume, la grippe, la migraine, les aigreurs d'estomac. Comme les mois passaient, il avait acquis la conviction que le traitement avait opéré en lui une modification permanente et souhaitable sans effets secondaires négatifs.

Des effets secondaires !

Il faillit rire. Hélas ! Le miroir dans lequel il se contemplait était comme une fenêtre ouverte sur l'enfer.

Il leva une main tremblante jusqu'à son front et toucha, une fois encore, l'arête osseuse qui montait de son nez à ses cheveux.

Les lésions catastrophiques de l'accident avaient stimulé ses capacités de guérison bien au-delà de ce qu'il avait connu avec différents virus. Les cellules, lancées en pleine accélération, avaient produit de l'interféron, des anticorps sur un spectre très large, et plus particulièrement des hormones de croissance et des protéines. Le tout à un rythme stupéfiant. Pour une raison qui demeurait inconnue, ces substances continuaient à se déverser dans son système bien après la guérison effective des lésions, alors qu'elles n'étaient plus utiles. Son organisme ne remplaçait plus les tissus endommagés, mais il en ajoutait d'autres, sans arrêt, à une vitesse inquiétante. Et ces tissus nouveaux n'avaient pas de fonction évidente.

– Non, fit-il doucement, non.

Il essayait de nier ce qu'il voyait. Mais c'était vrai, réel, et ses doigts le lui confirmaient. L'étrange arête osseuse était plus particulièrement proéminente sur son front, mais elle se poursuivait sur son crâne, au milieu de ses cheveux, et il avait l'impression qu'il la sentait progresser vers sa nuque.

Son corps se transformait, au hasard, ou dans un but qui lui échappait, et il n'avait aucun moyen de savoir où il s'arrêterait finalement. Peut-être jamais. Il pouvait continuer à croître, à se modifier, à se reconstituer sans fin, selon une myriade de modèles. Il se métamorphoserait en un monstre... il deviendrait à terme quelque chose d'absolument étranger qu'on ne pourrait plus qualifier d'humain.

L'arête osseuse disparaissait dans sa nuque. Il ramena sa main en avant, lentement, jusqu'à la naissance de son nez. Comme ça, il évoquait vaguement un homme de Néanderthal, mais les Néanderthaliens n'avaient jamais eu de crête osseuse sur la tête. Pas plus que ce nœud d'os sur la tempe. Et jamais – pas plus les Néanderthaliens qu'aucun autre ancêtre de l'homme – ils n'avaient eu ces énormes vaisseaux sanguins, gonflés et luisants, qui pulsaient de façon répugnante sur son front.

Même dans l'état mental déficient qui était le sien, avec ses pensées troubles et sa mémoire obscurcie, Éric Leben parvenait à comprendre pleinement le sens abominable de cette croissance. Jamais il ne pourrait être accepté à nouveau dans la société des humains. Sans l'ombre d'un doute, il avait fait de lui-même un monstre à l'égal de Frankenstein. L'évolution continuait : il devenait un banni éternel et sans espoir.

Son avenir était morne au point de donner un sens nouveau à ce terme. Il était possible qu'on le capture et qu'il survive quelque part au fond d'un laboratoire, confié à des scientifiques qui se livreraient sur lui à des tests innombrables, à des épreuves parfaitement justifiées et légales qui seraient autant de tortures pour lui. À moins qu'il ne se perde dans la nature pour y mener une existence pitoyable, donnant naissance à de nouvelles légendes, jusqu'au jour où un chasseur tomberait sur lui accidentellement et l'abattrait à jamais. Mais, quel que fût le destin qui l'attendait, deux menaces persistaient : la peur, une peur de tous les instants, non pas seulement de ce que les autres pourraient lui faire, mais de ce que son propre corps préparait. Et la solitude. Une solitude profonde et très singulière qu'auparavant aucun homme n'avait jamais connue, puisqu'il serait le seul de son espèce sur la face de la terre.

En dépit de son désespoir et de sa terreur, une certaine curiosité subsistait en lui, cette même curiosité forte et insatiable qui avait fait de lui un scientifique admiré. En étudiant sa propre image dans le miroir, cette catastrophe génétique, il était hypnotisé, habité par la certitude bouleversante qu'il voyait ce qu'aucun autre homme n'avait même imaginé. Mieux encore : il était le témoin de choses que l'homme n'aurait pas dû voir. Et il en éprouvait un sentiment d'exaltation. Cela justifiait son existence. Chaque scientifique, chaque chercheur, à un degré ou à un autre, voulait entrevoir les sombres mystères de la vie et espérait comprendre leur sens. Mais là, en cet instant, il faisait plus qu'entrevoir. Il contemplait, il observait l'énigme de la croissance humaine, du développement de l'organisme. Et il pourrait continuer de l'observer aussi longtemps que son courage l'y autoriserait.

L'idée du suicide traversa son esprit et disparut : cette occasion qui lui était donnée demeurait plus importante que l'angoisse mentale, émotionnelle et physique qu'il allait connaître désormais. Son avenir était un paysage étrange, assombri par la crainte, illuminé seulement par les éclairs de la souffrance.

Pourtant, il devait avancer, aller vers cet horizon inconnu. Il fallait qu'il sache ce qu'il allait devenir !

Et puis, sa peur de la mort n'avait en rien diminué devant ces incroyables développements. À dire vrai, il se sentait plus proche que jamais de la tombe et jamais sa nécrophobie n'avait été aussi forte. Peu importaient la forme et la qualité de son existence, désormais : il devait continuer. Si douloureuse que fût sa métamorphose, elle recelait, hélas, des terreurs encore plus grandes ! Mais il ne pouvait se résigner à y mettre fin.

Il se regardait toujours devant le miroir quand le mal de tête revint. Il crut déceler quelque chose de nouveau dans ses yeux. Il se pencha pour mieux voir.

Oui, il y avait un éclat différent, bizarre, dans son regard. Un changement. Mais il n'aurait su dire lequel.

Très vite, la douleur s'amplifia. La lumière fluorescente l'agressait et il plissa les paupières.

Détournant le regard de ses propres yeux, il examina les autres parties de son visage. Il lui sembla soudain qu'il détectait certaines modifications sur sa tempe droite, ainsi que sur le zygomatique et sous son œil droit.

La peur fusa en lui, plus vive, plus intense que ce qu'il avait éprouvé jusque-là, et son cœur battit plus violemment dans sa poitrine.

La douleur éclatait maintenant dans son crâne et même sur une grande partie de son visage.

Brusquement, il s'écarta du miroir. Il était difficile de supporter la vision des changements monstrueux qui s'étaient opérés en lui. Mais suivre directement les modifications rapides de sa chair et de ses os était à proprement parler insupportable.

Une pensée folle lui vint. Il revit Lon Chaney Jr. dans ce vieux film, *Le loup-garou*. Chaney, submergé par la terreur en découvrant sa métamorphose, envahi par un sentiment de pitié pour lui-même.

Éric contempla ses larges mains, s'attendant à voir se hérisser des poils. Et cette idée le fit rire, du même rire brisé, dur et froid qu'auparavant. Un rire dépourvu d'humour qui se changea rapidement en sanglots déchirants.

La douleur avait maintenant envahi toute sa tête, tout son visage et même ses lèvres. Il se heurta au chambranle de la porte et émit un son perçant, une note unique qui sonnait pourtant comme une symphonie de peur et de souffrance.

Le shérif adjoint du comté de Riverside portait des lunettes à verres miroirs qui cachaient ses yeux, et par conséquent ses intentions. Cependant, Ben ne remarqua aucune tension particulière dans ses gestes, tandis qu'il descendait de voiture. Il ne paraissait pas avoir reconnu en eux les ignobles violateurs de la Loi, de la Justice et de l'esprit américains que la radio venait juste d'évoquer.

Ben prit le bras de Rachael et ils se remirent en marche.

Durant ces dernières heures, leur signalement et leur photo avaient été communiqués à tous les districts, mais cela ne signifiait pas pour autant qu'ils faisaient figure d'ennemis publics n°1 pour tous les représentants de l'ordre.

Le shérif adjoint semblait les fixer du regard. Mais tous les flics n'étaient pas consciencieux au point d'étudier tous les derniers bulletins avant de partir en patrouille, et ceux qui avaient commencé tôt ce matin, ce qui était probablement le cas pour le shérif adjoint de Riverside, n'avaient peut-être pas eu le temps d'avoir les fiches concernant Ben et Rachael.

– Excusez-moi, dit-il.

Ben s'arrêta net. Il sentit Rachael se raidir mais s'efforça de prendre une attitude détendue et sourit.

– Oui ?

– Ce pick-up Chevrolet, il est à vous ?
Ben cilla.
– Non... Non, absolument pas.
– Il a un feu arrière cassé.

Le shérif adjoint ôta ses lunettes et Ben ne lut pas la moindre trace de soupçon dans ses yeux.

– Notre voiture, c'est la Ford là-bas, ajouta Ben.
– Vous savez à qui est le pick-up ?
– Non. Probablement à un des clients qui sont là.
– Bien. Passez une belle journée et profitez de nos belles montagnes.

Le policier passa à côté d'eux pour entrer dans le magasin.

Ben se contrôla pour ne pas courir jusqu'à la voiture et il sentit la tension de Rachael. Ils continuèrent de marcher, presque trop nonchalamment.

Le calme absolu qui les avait accueillis à leur arrivée avait cessé et la campagne s'animait alentour. Sur le lac, un hors-bord bourdonnait comme un essaim de frelons. La brise s'était levée sur l'eau, agitant les arbres, couchant l'herbe haute et les grandes fleurs sauvages. Quelques voitures défilaient sur la route. Une radio diffusait un rock and roll furieux.

Ils rejoignirent leur voiture dans l'ombre fraîche des pins.

Rachael tiqua en refermant sa portière, comme si le claquement pouvait alerter le shérif adjoint. Il y avait de l'appréhension dans ses yeux verts.

– Fichons le camp, dit-elle.
– On y va, fit Ben en lançant le moteur.
– Il vaut mieux déballer ton fusil et le charger plus loin, dans un endroit désert.

Ils prirent la route à deux voies qui faisait le tour du lac et se dirigèrent vers le nord. Ben, pendant un moment, ne cessa de regarder dans son rétroviseur. Personne ne les suivait, apparemment. Il se dit que sa peur était insensée et relevait de la paranoïa. Mais il continua de jeter de fréquents coups d'œil derrière eux.

Le lac scintillait sur leur gauche, en contrebas, et les hautes montagnes se dressaient sur leur droite. Ils passaient devant des lotissements aménagés en pleine forêt. Tous les styles se mêlaient, des demeures somptueuses alternaient avec des baraques de chasse et de modestes villas. Mais le terrain généralement trop abrupt appartenait au gouvernement et les arbres étaient denses. Parfois, une étendue de broussaille desséchée rappelait le danger des incendies en été et en automne, le fléau annuel de la Californie du Sud. Des panneaux de mise en garde apparaissaient de loin en loin. La route sinuait, montant et descendant tour à tour, passant de l'ombre au soleil.

– Ils ne peuvent quand même pas réellement croire que nous avons volé des secrets de la Défense nationale, dit Rachael après un long moment.

– Non.

– D'ailleurs, j'ignorais que la Geneplan avait des contrats avec la Défense.

– Ce n'est pas ça qui les inquiète. C'est une histoire qu'ils ont forgée.

– Mais pourquoi veulent-ils tellement nous rattraper ?

– Parce que nous savons qu'Éric... est vivant.

– Et tu penses que le gouvernement est au courant également ?

– Tu m'as dit que le Projet Wildcard était un secret absolu, que les seules personnes au courant étaient Éric, ses partenaires de la Geneplan, et toi.

– C'est exact.

– Mais si la Geneplan dépendait du Pentagone pour d'autres projets, tu peux être certaine que le Pentagone sait tout sur les responsables de la Geneplan et leurs activités. Impossible d'accepter des recherches ultra-secrètes et lucratives en espérant

pouvoir garder secrètes certaines informations.
— Oui, ça se tient. Il est possible qu'Éric ne se soit pas méfié. Il pensait toujours que tout lui réussissait, tout le temps...

Ils passèrent le long d'un panneau qui annonçait une chaussée défoncée. Aussitôt Ben freina. La Ford grinça et fit un écart, sautant sur deux nids-de-poule.

Une fois la route redevenue normale, Ben poursuivit son raisonnement.

— Par conséquent, le Pentagone en savait suffisamment sur le Projet Wildcard pour comprendre ce qu'il était advenu d'Éric quand son corps a disparu de la morgue. Et maintenant, ils veulent que l'histoire ne s'ébruite pas. Ils veulent absolument garder le secret car ils considèrent Wildcard comme une arme possible ou, du moins, une source de pouvoir terrifiante.

— Une source de pouvoir ?

— Si le processus était définitivement au point, cela équivaudrait à donner l'immortalité à ceux qui subiraient le traitement. Et ceux qui contrôleraient Wildcard décideraient qui aurait droit à l'immortalité. Est-ce que tu peux imaginer une arme aussi efficace, un instrument aussi parfait pour établir le contrôle politique total de cette foutue planète ?

Rachael demeura silencieuse un instant. Puis elle dit très doucement :

— Seigneur... J'étais tellement obnubilée par les aspects personnels, je veux dire par tout ce que cette histoire représentait pour moi, que j'ai été incapable d'avoir une perspective d'ensemble.

— C'est pour ça qu'ils veulent nous mettre la main dessus, dit Ben.

Rachael soupira.

— Ils ne veulent pas que nous révélions le secret avant que Wildcard n'aboutisse. Tu penses... Si l'opinion était au courant, ils ne pourraient plus poursuivre leurs recherches.

– Exactement. Et puisque tu es l'héritière de la majorité des parts de la Geneplan, le gouvernement est en mesure de se dire qu'il a les moyens de te convaincre de coopérer pour le bien de ton pays et dans ton propre intérêt.

Rachael secoua la tête.

– Impossible. Je ne me laisserai pas convaincre. D'abord, s'il existe une chance de rallonger la durée de l'existence et de favoriser la guérison des maladies par le génie génétique, alors, je considère que cela doit faire l'objet de recherches publiques et que tout le monde doit bénéficier des résultats. Toute autre approche serait immorale.

– Je savais que tu réagirais ainsi, dit Ben en négociant un double virage particulièrement serré.

– Ensuite, reprit Rachael, personne ne pourra me persuader de continuer les recherches dans la même direction que le groupe Wildcard, car je suis certaine qu'ils font fausse route.

– Ça aussi, je savais que tu le dirais, fit Ben en approuvant de la tête.

– Je dois reconnaître que je connais très peu de choses en génétique, mais je sens que leur approche pose de trop grands dangers. Rappelle-toi les souris dont je t'ai parlé. Et aussi... le coffre de la voiture, à Villa Park...

Il se rappelait. L'achat du fusil ne se justifiait pas autrement.

– Si je prenais le contrôle de la Geneplan, j'aimerais peut-être poursuivre les recherches sur la longévité, mais je demanderais à ce qu'on abandonne Wildcard pour poursuivre dans une direction nouvelle.

– C'est dans la droite ligne de ce que tu viens de dire. Et je pense que le gouvernement a les mêmes présomptions. En fait, ils ne doivent pas avoir grand espoir de te convaincre. S'ils savent quoi que ce soit sur ton compte – et, en tant qu'épouse d'Éric, tu figures dans leurs dossiers – alors ils savent qu'ils ne t'auront pas avec de l'argent ou par la menace. Que tu ne te laisseras pas corrompre. Il est probable qu'ils n'essaieront même pas.

– C'est à cause de mon éducation catholique, fit-elle avec un sourire ironique. Tu sais que ma famille était très stricte, très religieuse.

Il l'avait ignoré jusque-là. En fait, se dit-il, c'était la première fois qu'elle lui en parlait.

Elle ajouta, très doucement :

– J'étais encore toute gosse quand on m'a envoyée dans une école religieuse pour filles. C'étaient des bonnes sœurs qui s'occupaient de nous. J'avais cela en horreur... Les messes qui n'en finissaient pas... l'humiliation des confessions, d'être obligée de révéler tous mes petits péchés. Mais d'un autre côté, cette éducation m'a préparée au meilleur, non ?

Ben devinait que ces premières confidences ne représentaient qu'une paille parmi d'autres expériences pénibles.

Il détourna les yeux une seconde pour surprendre l'expression de Rachael. Mais, dans la mosaïque changeante d'ombres et de lumière qui venait du pare-brise, il ne put rien voir. C'est à peine s'il devina le profil, nimbé de feu, strié de flammes fantomatiques.

– Bien, fit-elle enfin dans un soupir. Donc, si le gouvernement sait qu'il ne pourra pas m'avoir à l'intimidation, pourquoi lancer tous ces mandats et tous ces gens à mes trousses ?

– Ils veulent te tuer, dit Ben, sans ambages.

– Quoi ?

– Ils préfèrent t'effacer du paysage et traiter avec les partenaires d'Éric, Knowls, Seitz et les autres, parce qu'ils savent que ces types sont d'ores et déjà corrompus.

Elle fut choquée de ses paroles et cela ne surprit pas Ben. Ce n'était pas qu'elle fût naïve, mais elle était sensible aux réalités immédiates et ne s'inquiétait guère des complexités de ce monde, sauf quand celui-ci, justement, faisait obstacle à son désir du moment. Rachael était stupéfaite. Il est tellement facile de croire que ceux qui prétendent si ardemment servir le bien du peuple ont des intentions sincères.

Elle le dévisagea avec étonnement. Il savait exactement quelle était son expression à cette seconde. Il n'avait pas besoin d'essayer de percer l'écran mouvant des ombres et des lumières, car il avait senti son souffle changer. Et, sous l'effet de la tension, elle venait de se redresser sur son siège.

– Me tuer ? Moi ? Non, non Benny. Le gouvernement américain ne liquide pas les civils comme c'est le cas dans toutes ces républiques de pacotille. Non, certainement pas.

– Ce n'est pas nécessairement l'ensemble du gouvernement qui est en cause, Rachael. La Maison-Blanche, le Sénat, le Président et ses secrétaires ne se sont pas réunis pour discuter de l'obstacle que tu posais, ils n'ont pas été des centaines à conspirer afin de décider ta liquidation. Mais il est possible que quelqu'un, au Pentagone, à la DSA ou à la CIA, en soit venu à penser que tu constituais une menace pour des millions de bons citoyens. Si tu mets dans la balance l'intérêt national et la vie de deux personnes, le choix est évident, comme toujours pour ceux qui raisonnent en termes de collectivité. Quand le bien-être des masses est en jeu, un meurtre ou même plusieurs sont parfaitement justifiés. Du moins, c'est ainsi qu'ils voient les choses, même s'ils prétendent que l'individu est sacré. Ils peuvent donc décider de notre exécution avec la conviction d'être dans leur bon droit.

– Dieu tout-puissant, fit Rachael. Dans quelle histoire je t'ai fourré, Benny ?

– Tu n'y es pour rien. C'est moi qui ai tenu à

me mettre là-dedans. Jamais tu ne m'aurais empêché de le faire. Et je ne le regrette pas.

Elle se tut, apparemment incapable de dire un mot.

Devant eux, sur la gauche, il y avait une bifurcation. La route de gauche allait vers le lac. Un panneau annonçait : LE BORD DU LAC – LOCATION DE BATEAUX.

Ben tourna, la route était plus étroite, recouverte de graviers. Elle tournait entre des arbres immenses. Cinq cents mètres plus loin, ils arrivèrent près de la berge. Dans chaque vaguelette du lac, des lentilles d'or dansaient, éblouissantes, entre des serpentins de métal en fusion.

Il y avait là une dizaine de véhicules, voitures et caravanes, certains avec des bateaux en attelage. Un énorme pick-up noir était garé tout près de l'eau, et trois hommes débarquaient un Water King à deux moteurs long de huit mètres.

Les quelques tables de pique-nique étaient occupées, un setter irlandais courait en tous sens, en quête de nourriture, et deux gamins tapaient dans un ballon de football tandis qu'une dizaine de pêcheurs surveillaient leurs cannes installées sur le rivage.

Ils avaient tous l'air d'apprécier la vie.

Benny engagea la Ford sur la surface de parking mais alla se garer tout près de la forêt, aussi loin que possible des autres véhicules. Il coupa le moteur et baissa sa glace. Reculant son siège au maximum, il prit la boîte qui contenait le fusil, la posa sur ses genoux, l'ouvrit et en sortit l'arme. Il se retourna pour jeter la boîte vide sur le siège arrière.

– Surveille bien, dit-il à Rachael. Si quelqu'un s'approche, dis-le-moi. Je descendrai. Je ne tiens pas à ce qu'on voie le fusil. On n'est pas vraiment à la saison de la chasse.

– Benny, qu'est-ce que nous allons faire ?

— Exactement ce que nous avons prévu, dit-il, en se servant d'une des clés de la voiture pour déchirer l'enveloppe de plastique du fusil. On va suivre les indications de Sarah Kiel, on va trouver la cabane d'Éric, et voir s'il est là.

— Mais ces mandats d'arrêt... ces gens qui veulent nous tuer... est-ce que ça ne change pas tout ?

— Pas vraiment.

Il rejeta l'enveloppe de plastique et examina le fusil. Il le prit et l'essaya. Il l'avait bien en main. Beau joujou, pensa-t-il.

— Au départ, dit-il, nous voulions retrouver Éric pour le supprimer avant qu'il ne guérisse complètement et ne se lance à ta poursuite. À présent... peut-être que nous devrions le capturer plutôt que de le tuer...

— Le prendre vivant ? s'exclama Rachael, effrayée par cette suggestion.

— Si l'on peut dire ! En tout cas, il va falloir le prendre tel qu'il est, le neutraliser et l'emmener quelque part... disons jusqu'au *Los Angeles Times*. Nous aurons alors de quoi donner une sacrée conférence de presse !

— Oh, non, non, Benny ! Nous ne pouvons pas ! (Elle secoua la tête avec violence.) C'est une idée folle ! Il va être violent, très violent. Je t'ai parlé des souris. Tu as vu tout ce sang dans le coffre de la voiture. Pour l'amour de Dieu ! Il sème la destruction partout où il va. Et les couteaux dans le mur, à Palm Springs ? La façon dont il a battu Sarah ? Nous ne pouvons pas prendre le risque de nous approcher de lui. Si tu t'approches pour tenter de le capturer, il te fera sauter la tête. Il est d'ailleurs possible qu'il ait une arme, lui aussi. Non, non. Dès que nous le verrons, il faudra l'abattre sans hésiter et de telle façon qu'il ne puisse revenir une fois encore !

Une note de panique perçait dans sa voix et elle

avait parlé de plus en plus vite pour essayer de le convaincre. Elle était blême, ses lèvres avaient pris une teinte bleutée. Elle fut bientôt secouée de frissons.

Même en tenant compte de leur situation précaire et de la nature particulière du gibier humain qu'ils affrontaient, la peur de Rachael parut exagérée à Ben, et il se demanda si cette réaction n'était pas due à l'éducation qu'elle venait d'évoquer. Peut-être redoutait-elle Éric non pas tant à cause de la violence qu'il portait, ou de sa condition de mort-vivant, mais surtout parce qu'il avait défié Dieu en reniant la mort ? Il n'était pas un simple zombie mais une espèce de créature infernale surgie du royaume des damnés !

Ben abandonna le fusil et prit la main de Rachael...

– Rachael, ma chérie, dit-il, je peux m'en tirer. J'ai connu pires situations...

– Ne sois pas aussi confiant. C'est comme ça que tu risques d'être tué.

– J'ai été formé pour la guerre, pour sauver ma peau...

– Je t'en prie.

– Rachael, durant toutes ces années, je me suis maintenu au mieux de ma forme, parce que j'ai appris au Vietnam que le monde peut devenir noir en l'espace d'une nuit et qu'on ne peut compter que sur soi-même et sur quelques rares amis. C'est une leçon plutôt dure que le monde moderne a fini par m'imposer. Au début, je la refusais, ce qui explique mon attirance pour le passé. Mais néanmoins j'en ai tiré profit et ai réussi à conserver intacts mes dons de combattant. Rachael, physiquement, je ne crains rien. Et je suis armé. Sérieusement armé. (Il porta l'index à ses lèvres quand elle fit mine de protester.) Rachael, nous n'avons pas le choix. Si on le tue, si je lui balance vingt ou trente chargeurs, nous n'aurons plus la preuve de ce qu'il a tenté sur lui-même. Nous n'aurons plus qu'un cadavre. Comment prouver que ce cadavre s'est levé et s'est remis à marcher ? On dira que nous l'avons volé à la morgue, que nous l'avons criblé de plombs et monté cette histoire de toutes pièces. Peut-être pour couvrir tous ces crimes dont le gouvernement nous accuse...

– Mais il suffira de faire des examens cellulaires en labo pour avoir une preuve, insista Rachael. Un simple examen génétique...

– Cela demandera des semaines. Et le gouvernement aura eu largement le temps de réclamer le corps, de nous éliminer. Peut-être que les tests ne révéleront d'ailleurs rien d'extraordinaire...

Elle voulut à nouveau protester, hésita, puis se tut, commençant à comprendre que Ben avait raison. Elle prit une expression de détresse absolue au point qu'il n'eut qu'une idée, la rassurer.

– Notre unique espoir d'échapper au gouvernement, c'est de donner la preuve de l'existence du Projet Wildcard, de raconter toute l'histoire à la presse. La seule raison pour laquelle ils veulent nous tuer, c'est de garder le secret. Si tout est dévoilé, nous sommes sauvés. Puisque nous sommes arrivés trop tard pour prendre le carnet dans le coffre d'Éric, il reste notre unique chance de salut. Et il nous le faut vivant. Il faut qu'ils le voient tous respirer bien qu'il ait eu la tête broyée. Il faut aussi qu'ils constatent les changements que tu soupçonnes, ces crises de rage démente, à elles seules bien plus dangereuses que le reste...

Rachael demeura silencieuse encore un instant. Puis elle hocha la tête :

– D'accord. Mais, tu sais, j'ai tellement peur.
– Tu peux te montrer forte quand tu le veux.
– Je sais. Je sais, mais...

Il se pencha pour l'embrasser.
Ses lèvres étaient glacées.

Avec un grognement, Éric ouvrit les yeux.

Il était évident qu'il avait sombré une fois de plus dans une brève période d'animation suspendue, un coma mineur mais profond. Il reprenait lentement conscience sur le sol du living-room, étendu au milieu d'une centaine de feuilles de papier machine. Le mal de tête foudroyant avait disparu, mais il éprouvait encore une sensation de brûlure très particulière sur le visage, du haut de son crâne au menton, ainsi que dans tous ses muscles et ses jointures, dans les épaules, les jambes et les bras. Ce n'était pas vraiment une douleur, d'ailleurs, mais une sensation neutre, telle qu'il n'en avait jamais éprouvé auparavant.

« Je suis le petit bonhomme de pain d'épice et de chocolat, se dit-il. Je suis sur une table en plein soleil et je suis en train de fondre de l'intérieur. »

Un moment, il demeura immobile, se demandant d'où avait bien pu surgir cette idée incongrue. Il avait l'esprit trouble, désorienté. Il était comme dans un marais d'où montaient des bulles nauséabondes. Ses pensées, une à une, venaient éclater en surface. Peu à peu, l'eau s'éclaircit et le fond boueux du marais se fit plus ferme.

Il se mit en position assise, regarda les feuillets dispersés autour de lui sans parvenir à se rappeler ce qu'ils étaient. Il en ramassa quelques-uns et essaya de les lire. Tout d'abord, les lettres lui apparurent comme floues et il ne réussit pas à déchiffrer les mots... Puis ce furent les phrases qui lui échappèrent. Et quand, enfin, il réussit à reconstituer une ligne, il ne comprit rien à ce qu'il lisait. Pourtant, il savait que ce qu'il tenait entre ses mains était le troisième exemplaire du dossier Wildcard.

À partir des données stockées dans les ordinateurs

de la Geneplan, on avait tiré une copie imprimée à Riverside. Une deuxième épreuve était conservée dans son coffre, au Q.G. de Newport Beach, et il possédait la troisième. Cette cabane au-dessus du lac était son refuge secret, connu de lui seul, et il lui avait paru prudent de conserver ce document dans le coffre du sous-sol. Il constituait une assurance pour le cas où des hommes comme Seitz et Knowls – ceux qui avaient initialement apporté le capital – essaieraient de s'emparer de la société par quelque manœuvre financière. Toutefois, cette trahison était peu probable parce qu'ils avaient besoin de lui, de son génie, et son concours serait indispensable quand Wildcard aurait abouti. Mais il n'était pas homme à prendre des risques... Sauf bien sûr lorsqu'il s'était injecté cette drogue du diable qui avait changé son corps en argile malléable. Il ne voulait pas se voir rejeté de la Geneplan et coupé des informations cruciales dont dépendait la production du sérum d'immortalité.

Il était évident qu'après être sorti tant bien que mal de la salle de bains, il était descendu au sous-sol, il avait ouvert le coffre et ramené le dossier. Qu'est-ce qu'il y cherchait ? L'explication de ce qui lui arrivait ? Un moyen d'arrêter les changements qui se produisaient encore en lui ?

C'était absurde. Cette évolution monstrueuse n'avait pas été prévue. Il n'y avait rien dans le dossier sur la possibilité d'une croissance sauvage, encore moins l'esquisse d'un antidote. Il avait déliré, car comment aurait-il pu espérer trouver un remède magique dans ces liasses de photocopies ?

Il s'agenouilla pendant une ou deux minutes au milieu des papiers épars, préoccupé par cette sensation de brûlure étrange, sans douleur, qui avait investi son corps. Il essayait d'en deviner la source et le sens. En certains points – le long de sa colonne vertébrale, au sommet de son crâne, au creux de sa gorge, dans ses testicules – la brûlure s'accompagnait d'un picotement mystérieux. Comme si des millions de fourmis avaient envahi son corps et se déplaçaient en colonnes dans ses veines et ses artères, s'infiltrant dans un labyrinthe de tunnels creusés dans ses os et sa chair.

Finalement, il se remit sur pied. Sans raison particulière, une colère violente, sans objet précis, montait en lui. Il donna des coups de pied au hasard, soulevant un tourbillon de papier.

La rage bouillonnait, effrayante, sous la surface de son esprit boueux et il lui restait à peine assez de lucidité pour comprendre que cette crise était très différente de celles qu'il avait eues auparavant. Elle était... plus primaire, moins dirigée. Moins humaine. C'était comme si un animal se déchaînait en lui. Une force incontrôlable qui montait de la mémoire ancestrale, depuis les âges où l'homme n'était encore qu'un singe. De plus loin, peut-être... De ces époques perdues où les ancêtres de l'homme n'étaient que des amphibiens qui venaient de s'aventurer sur le littoral volcanique et respiraient pour la première fois hors de l'eau. Cette rage était là, froide, aussi froide que le cœur de l'Arctique, comme un milliard d'années de glaciation... reptilienne. Oui, c'était cela. Une rage reptilienne et glacée. Il était sur le point d'en appréhender la nature exacte quand son esprit s'obscurcit à nouveau. Désespérément, il pensa qu'il ne pouvait laisser échapper une telle occasion de contrôler son corps tant qu'il le pouvait encore.

Le miroir...

Il était certain que de nouveaux changements étaient intervenus pendant qu'il gisait, inconscient, dans le living. Il voulut aller à la salle de bains pour se voir dans le miroir, mais il se sentit soudain paralysé par la peur et n'eut pas le courage de faire un pas.

Il décida alors de procéder comme la première fois et de palper ses chairs cicatrisées. Sentir des différences sous ses doigts le préparerait peut-être au choc de la vision. Il leva les mains et, avec des gestes hésitants, explora son visage. Mais il n'alla pas loin car le premier changement qu'il perçut fut au niveau des mains, justement. Aussitôt il se figea.

Elles n'étaient pas radicalement différentes de ce qu'elles avaient été, mais ce n'étaient plus ses mains, celles qu'il avait eues durant toute sa vie. Les doigts étaient plus fins et plus longs, d'au moins trois centimètres, avec des extrémités charnues. Les ongles aussi avaient changé. Ils étaient plus épais, plus durs, jaunâtres, et plus pointus que des ongles normaux. C'étaient des griffes à l'état rudimentaire, oui, des griffes, et si la métamorphose se poursuivait, elles deviendraient plus pointues encore, recourbées, effilées comme des rasoirs. Ses articulations s'étaient également transformées. Elles étaient plus larges, plus osseuses, comme s'il avait eu une crise d'arthrite.

Il s'était attendu à ce que ces nouvelles mains soient raides et moins habiles qu'avant mais, à sa grande surprise, ses articulations noueuses jouaient avec souplesse, avec fluidité, bien mieux que celles qui avaient été les siennes toutes ces années. Il fit ployer ses doigts et s'aperçut qu'ils étaient doués d'une incroyable dextérité. Non seulement ils étaient plus longs et plus fins, mais beaucoup plus agiles et flexibles.

Il sentait que les changements se poursuivaient, pas assez rapidement peut-être pour qu'il pût suivre la transformation de son ossature et de ses tissus. Mais, il en avait la certitude, ses mains seraient bientôt radicalement différentes de ce qu'elles étaient.

Ce phénomène était différent du développement anarchique qu'il percevait sur son front. Ces mains nouvelles n'étaient pas seulement le résultat d'une sécrétion excessive d'hormones et de protéines. Cette croissance avait un but, elle obéissait à un schéma précis. En fait, il le remarqua soudain, sur chacune de ses mains, une membrane translucide s'était formée entre le pouce et l'index, juste sous la première phalange. Il devenait reptilien.

Reptilien ! Comme cette rage glacée qui, s'il la libérait, se changerait en appétit frénétique de destruction.

Reptilien.

Il baissa les mains. Il avait peur de les regarder plus longtemps.

Et il n'avait plus assez de courage pour palper son visage. À la seule idée d'aller se contempler dans le miroir, il était paralysé d'effroi.

Son cœur battait à tout rompre, comme un lourd marteau qui plantait en lui des clous de solitude et de crainte.

Durant un long moment, il resta totalement perdu. Il tourna à gauche, puis à droite, fit un pas dans une direction, puis dans une autre. Les feuillets du dossier Wildcard craquaient sous ses pieds comme des feuilles mortes en automne. Il s'arrêta, les épaules voûtées, baissant la tête sous le poids du désespoir.

Et puis, tout à coup, à l'étrange sensation de brûlure qui courait toujours dans sa chair avec le picotement mystérieux, s'en ajouta une autre : la faim. Son estomac gronda, ses genoux affaiblis ployèrent sous lui, et la faim le secoua. Sa bouche se mit à mastiquer dans le vide en même temps qu'il déglutissait violemment, de manière douloureuse. C'était comme si son corps tout entier exigeait d'être nourri. Il se dirigea vers la cuisine, ses frissons de faim devenant plus forts à chaque pas, tandis que ses jambes refusaient de le porter. La sueur ruisselait sur son corps. Jamais encore, de toute sa vie, il n'avait éprouvé pareille faim. Vorace. Déchirante. Sa vision s'obscurcit et il n'eut plus qu'une idée : manger.

Les changements macabres qui s'opéraient dans son organisme demandaient probablement plus de carburant qu'à l'ordinaire. Il fallait de l'énergie pour arracher les anciens tissus, en construire d'autres. Oui, bien sûr, il avait trouvé. Tout son métabolisme était en accélération, comme une chaudière qu'il ne contrôlait plus, comme un incendie qui brûlait de plus en plus fort. Les saucisses qu'il avait englouties avaient été digérées depuis longtemps et son organisme demandait toujours davantage. Quand il se mit à ouvrir les placards et à en sortir des boîtes de conserve, il haletait et gémissait, grognant comme une bête. En même temps, il se sentait dégoûté, horrifié, mais il avait trop faim pour s'arrêter, beaucoup trop faim, désespérément faim...

Suivant les indications que Sarah Kiel avait données à Rachael, Ben quitta la route pour engager la voiture sur un chemin étroit de macadam mal entretenu qui montait vers les hauteurs selon une pente raide. Comme ils avançaient plus profondément dans les bois, ils pénétrèrent dans une zone de conifères aux troncs énormes. Ils continuèrent ainsi sur un kilomètre environ, croisant de temps à autre des allées qui menaient à des cabanes ou à des villas de vacances qu'ils ne faisaient qu'entrevoir entre les branches et les ombres.

Plus ils s'avançaient, plus le soleil se faisait rare, ses rayons n'arrivant plus à percer le plafond végétal, et l'humeur de Rachael parut s'assombrir en même temps. Elle avait posé le .32 entre ses cuisses et fixait la route, devant eux, d'un regard anxieux.

Ils passèrent de l'asphalte au gravier et continuèrent encore sur cinq cents mètres. Ils coupèrent deux autres allées et croisèrent deux Jeeps Dodge et un petit camping-car avant d'atteindre un portail fermé. Formé de tubes d'acier, peint en bleu ciel, il était verrouillé par un lourd cadenas. Mais, de part et d'autre, il n'y avait pas de clôture et le portail, en fait, ne servait que de barrière aux véhicules arrivant par le chemin qui, plus loin, se poursuivait avec de la terre battue.

Au centre du portail, un écriteau annonçait, en caractères noirs et rouges :

ENTRÉE INTERDITE
PROPRIÉTÉ PRIVÉE

— C'est bien ce que Sarah t'a dit, fit Ben.

Il s'agissait à coup sûr de la retraite d'Éric Leben, son refuge secret. La cabane n'était pas visible car elle devait se trouver cinq cents mètres plus loin encore, au flanc de la montagne, entièrement dissimulée par les arbres.

— Il n'est pas trop tard pour faire demi-tour, dit Rachael.

— Mais si, fit Ben.

Elle se mordit la lèvre et hocha la tête, nerveusement. Elle vérifia la double sécurité de son pistolet.

Éric se servit de l'ouvre-boîte électrique pour ôter le couvercle d'un minestrone. Pour bien faire, il aurait dû le réchauffer, mais la faim le torturait trop pour qu'il puisse attendre et il but le minestrone à même la boîte. Puis il la jeta et s'essuya le menton d'un geste absent. Il ne gardait que rarement des aliments frais dans la cabane. Quelques surgelés et, surtout, des conserves. Il ouvrit une boîte grand modèle de ragoût de bœuf et l'engloutit si vite qu'il s'étouffa plusieurs fois.

Il mâchait la viande avec une sorte de joie démente,

prenant un plaisir intense au contact des fibres que ses dents déchiraient et broyaient. C'était un plaisir primitif, sauvage, tel qu'il n'en avait jamais connu. Il en était à la fois effrayé et ravi.

Le ragoût était cuit, prêt à être réchauffé, il était cuisiné avec des épices et des agents conservateurs, pourtant, Éric percevait très bien la saveur des traces de sang dans le bœuf. Bien que diluées, elles avaient pour lui non pas un goût subtil mais un arôme puissant, sublime, une sorte de parfum organique délicieux qui le faisait frissonner d'excitation. Son souffle s'accéléra et il se sentit étourdi de pur plaisir. Le sang, le parfum du sang, était sur sa langue comme l'élixir des dieux.

Quand il eut englouti le ragoût froid, il ouvrit une boîte de chili con carne qu'il dévora à toute allure avant de passer à un potage de poulet aux vermicelles chinois qui commença à calmer quelque peu sa faim. Dévissant alors le couvercle d'un bocal de beurre de cacahuètes, il en goûta un peu avec les doigts et avala le tout. Ce n'était pas aussi savoureux que la viande, mais il savait que c'était bon pour lui, particulièrement riche en agents nutritifs dont son organisme avait un besoin urgent. Reposant le bocal, il resta un instant, le souffle court, épuisé par son festin.

Le feu bizarre et indolore courait toujours dans tout son corps mais sa faim s'était nettement apaisée.

Du coin de l'œil, il aperçut alors l'oncle Barry Hampstead assis devant la table de la cuisine, qui lui souriait. Cette fois, au lieu d'ignorer le fantôme, Éric fit quelques pas dans sa direction.

– Qu'est-ce que tu veux, fils de pute ? dit-il de sa voix rocailleuse qu'il ne reconnaissait pas. Pourquoi tu te marres, vieux salaud pervers ? Fous le camp !

De fait, l'oncle Barry commença à s'effacer, ce qui n'avait rien de surprenant puisqu'il n'était qu'une illusion suscitée par ses cellules cérébrales dégénérées.

Mais des flammes irréelles jaillirent aussi, nourries par l'ombre. Elles dansaient au-delà de la porte de la cave qu'Éric avait laissée ouverte en remontant avec le dossier Wildcard. Il se tourna et regarda le feu d'ombre bien en face. Comme chaque fois, il sentait une attirance, un appel, et il en éprouvait de la peur. Néanmoins, enhardi par le succès qu'il venait de remporter avec l'oncle Barry, il s'avança vers les flammes rouges et argent, dans l'espoir qu'elles s'éteignent...

C'est alors qu'il se souvint... Le fauteuil dans le living-room, la fenêtre... Il était censé monter la garde. Il avait été distrait de cette tâche importante par un enchaînement d'événements : ce terrible mal de tête, les changements qu'il avait sentis sur son visage, cette macabre image de lui-même dans le miroir, le dossier Wildcard, et puis cette faim dévorante et enfin l'apparition d'oncle Barry. Les feux d'ombre avaient ensuite capté son attention... Il n'arrivait pas à se concentrer et il poussa un cri de frustration devant cette nouvelle preuve de déficience de son esprit.

Il retraversa la cuisine en donnant des coups de pied dans les boîtes de conserve vides, puis se dirigea vers le living-room et son poste de guet.

Ksss, ksss, ksss, ksss... Les échos des stridulations des cigales se répondaient entre les hauts arbres, monotones pour l'oreille humaine, mais probablement riches de significations pour les autres insectes.

Sans quitter la forêt des yeux, Ben mit dans les poches de son jean quatre cartouches supplémentaires pour le fusil à pompe et huit autres chargeurs pour le Magnum de combat.

Rachael vida son sac et en remplaça le contenu

par trois boîtes de munitions. C'était beaucoup, mais Ben renonça à lui en faire la réflexion.

Il prit le fusil sous le bras. À la moindre alerte, il pouvait le lever et faire feu en une fraction de seconde.

Rachael tenait son .32 d'une main et le Magnum de l'autre. Elle aurait voulu que Ben prenne ces deux armes, mais il ne voulait que le fusil.

Ils s'avancèrent alors dans les taillis, le temps de contourner le portail, puis reprirent le chemin de terre, au-delà.

Il s'élevait suivant la pente, sous un dais d'épineux. De part et d'autre, le fossé d'écoulement des eaux, encadré de rochers, était encombré d'herbes hautes qui avaient poussé durant la saison des pluies avant de se dessécher avec l'été. Deux cents mètres plus loin, le chemin tournait brusquement sur la droite. Si l'on en croyait Sarah Kiel, il allait ensuite tout droit jusqu'à la cabane, à environ deux cents mètres de là.

– Crois-tu qu'il soit prudent de continuer sur ce chemin ? chuchota Rachael.

– Pas de risque jusqu'à ce que nous ayons atteint le tournant. Tant que nous ne pouvons le voir, il ne nous voit pas non plus.

Elle semblait inquiète et il ajouta :

– En supposant qu'il soit là.

– Il y est, dit-elle, tu peux en être sûr.

– Possible.

– Mais si, il est là, insista-t-elle, en désignant des traces de pneus à peine distinctes dans la poussière.

Ben hocha la tête. Il avait déjà remarqué les traces mais s'était abstenu d'en parler.

– Il attend, ajouta Rachael.

– Pas nécessairement.

– Il attend, te dis-je.

– Il est peut-être en train de récupérer.

– Je ne crois pas.

— Il ne peut probablement pas bouger.
— Mais si. Je suis sûre qu'il nous guette.

Oui, elle avait probablement encore raison sur ce point-là, se dit Ben. Il sentait lui aussi que le danger était proche.

Curieusement, alors qu'ils se tenaient là, tapis dans l'ombre des arbres, la cicatrice de la mâchoire de Rachael, presque invisible d'ordinaire, prenait un relief particulier, inhabituel. Ben avait en fait l'impression qu'elle luisait doucement, comme si la chair blessée réagissait à la proximité de celui qui en était responsable, tout comme les articulations arthritiques d'un homme réagissent à l'approche de l'orage. Mais c'était là un effet de son imagination, bien sûr. La cicatrice n'était pas plus visible qu'une heure auparavant. Et l'illusion s'expliquait par la peur qu'il avait de perdre Rachael.

En route, tandis qu'ils s'éloignaient du lac, il avait essayé de son mieux de la persuader de rester en arrière. N'était-il pas préférable qu'il s'occupe seul d'Éric ? Elle avait immédiatement refusé. Il s'était rendu à ses raisons.

Ils s'engagèrent sur le chemin.

À chaque pas, Ben regardait nerveusement à gauche et à droite. Il avait conscience que la forêt profonde, où les ombres restaient denses alors même que le soleil était au zénith, comportait d'innombrables cachettes, et autant de points d'embuscade possibles, et cela ne faisait qu'accroître son malaise.

La senteur des pins, le parfum lourd et épicé des aiguilles, de l'humus et des branches mortes ne faisaient que renforcer cette impression.

Ils s'avançaient, un pas après l'autre, dans le concert des cigales. Ksss, ksss, ksss...

Éric s'était installé à nouveau dans le fauteuil avec les jumelles qui, il s'en était brusquement souvenu, se trouvaient en permanence dans le placard de la chambre.

Après quelques minutes de guet, alors qu'il avait encore toute sa lucidité, il surprit un mouvement à deux cents mètres de distance, en contrebas, au tournant du chemin. Il régla la vision et la scène fut soudain très nette. En dépit des ombres denses, il reconnut instantanément Rachael et ce salopard avec qui elle couchait : Shadway.

Jusque-là, il n'avait pas su qui il attendait exactement – Seitz, Knowls, ou n'importe quel type de la Geneplan – mais l'apparition de Rachael et de Shadway le surprenait.

Il n'arrivait pas à imaginer comment ils avaient pu entendre parler de cet endroit, mais il savait que la réponse lui semblerait évidente lorsque son esprit fonctionnerait normalement.

Ils étaient accroupis contre le talus, bien dissimulés. Mais, pour pouvoir observer la cabane, il avait bien fallu qu'ils se découvrent. Et le peu qu'Éric voyait avec ses jumelles lui suffisait pour les identifier sans le moindre doute.

À la seule vue de Rachael, il bouillait de rage. Elle l'avait repoussé. Elle était la seule femme qui se fût dressée contre lui. Le repousser, lui ! Quelle sale petite garce ! Elle n'avait même pas voulu accepter de l'argent. Pire encore : son esprit bourbeux et dérangé lui disait qu'elle était responsable de sa mort. En provoquant sa colère, elle l'avait distrait. Après quoi, fou furieux, il s'était pour ainsi dire jeté sous ce camion, dans Main Street. De là à penser qu'elle avait comploté sa mort pour hériter de sa fortune alors même qu'elle prétendait être absolument désintéressée, il n'y avait qu'un pas ! Et maintenant, elle arrivait avec son amant, avec le type qui la sautait en son absence. Il était clair qu'elle était venue avec lui terminer ce que le camion à ordures avait commencé.

Ils disparurent derrière le tournant mais, quelques secondes après, il surprit un mouvement dans les fourrés, à gauche, et il les entrevit brièvement. Ils se glissaient entre les arbres pour contourner la cabane.

Éric lâcha ses jumelles et se leva, oscillant un instant sur ses pieds, saisi d'une fureur qui semblait l'écraser. Des liens d'acier enserraient sa poitrine et, pour quelques secondes, il fut incapable de reprendre son souffle. Puis les liens se dénouèrent et il inspira de grandes bouffées d'air.

– Ô Rachael ! Rachael ! dit-il en une mélopée rauque qui paraissait venir de l'enfer.

Ce son lui plaisait et il répéta son nom, encore une fois :

– Rachael, Rachael...

Il saisit la hache posée près du fauteuil.

Il prit alors conscience qu'il ne pouvait tenir à la fois la hache et les deux couteaux. Il choisit donc le couteau de boucher.

Il allait sortir par-derrière. Faire le tour de la cabane. Il allait les surprendre dans les bois. Il s'en sentait capable. Il avait tout à coup le sentiment d'être né pour traquer et tuer.

Il traversa en hâte le living, se dirigeant vers la cuisine. C'est alors qu'il lui vint à l'esprit une image. Il plongeait le couteau dans le joli ventre plat et jeune de Rachael, il le déchirait et répandait ses viscères. Il poussa un petit cri d'exaltation et faillit tomber en trébuchant sur les boîtes vides qui jonchaient la cuisine. Oui, il allait la découper, l'étriper. Et quand elle s'effondrerait avec le couteau dans le ventre, il la finirait à la hache. Tout d'abord, avec la cognée, il lui écraserait les os, les bras, les jambes, et ensuite, avec la dextérité nouvelle de ses mains, il ferait tourner le manche en une fraction de seconde, et il se servirait du tranchant du fer.

Quand il parvint à la porte et sortit de la cabane,

il était possédé par cette rage reptilienne qu'il avait tant redoutée, une rage froide et calculée, venue du tréfonds de la mémoire de ses ancêtres inhumains. Il eut la surprise de découvrir qu'il aimait s'y abandonner.

22

En attendant La Pierre

Jerry Peake aurait dû dormir debout, à cette heure, car il avait passé une nuit blanche. Mais d'assister à l'humiliation d'Anson Sharp avait été comme huit heures de bon sommeil entre les draps. Il se sentait dans une forme fantastique.

Il attendait avec Sharp, dans le couloir, que Felsen Kiel réapparaisse et leur dise ce qu'ils voulaient savoir. Peake avait beaucoup de peine à se retenir de rire en entendant grommeler son supérieur.

– Si ce n'était pas un pauvre con de bouseux, je lui mettrais mon poing sur la gueule et il aurait encore mal aux dents à Noël. Mais à quoi ça servirait, hein ? Il a de la paille dans ses sabots et il sort de sa crotte. Non, Peake, on ne parle pas à un mur. Pas de raison de se mettre en colère contre un plouc.

– Vous avez raison, dit Peake.

Sharp s'était mis à faire les cent pas devant la porte de la chambre, lançant des regards noirs aux infirmières qui passaient.

– Vous savez, ces familles de culs-terreux des grandes plaines... Il y en a toujours qui ont un grain. Vous savez qu'ils couchent entre eux, cousin, cousine, et que ça ne donne jamais rien de bon. Ils deviennent de plus en plus idiots à chaque génération. Pas seulement ça, Peake. Ça les rend têtus comme des mules.

– Ça, je dois dire que Mr Kiel a l'air têtu, appuya Peake.

– Ce n'est qu'un pauvre abruti de bouseux, alors pourquoi perdre son temps à le démolir ? De toute façon, il ne comprendrait rien.

Peake ne se risqua à aucun commentaire. Il faisait un violent effort pour s'empêcher de sourire.

Dans la demi-heure qui suivit, Sharp répéta bien six ou huit fois :

– Et puis, on va plus vite en le laissant interroger sa fille. Elle est aussi conne que lui. Une sale petite pute qui doit trimballer la syphilis au point d'avoir le cerveau en fromage blanc. Il faudrait des heures pour tirer quelque chose d'elle. C'est pour ça... quand j'ai vu l'autre plouc se ramener et qu'elle a dit « papa » de sa petite voix tremblante... j'ai compris tout de suite qu'il lui tirerait les vers du nez drôlement plus vite que nous. Je me suis dit : « Laisse-le faire le boulot à ta place. »

Jerry Peake était émerveillé de la façon dont son patron recréait les événements. Il ne manquait pas de culot. Ou alors, il pensait vraiment qu'il avait été le plus fort et le plus malin et qu'il avait manipulé La Pierre ! Oui, c'était bien possible. Il était capable d'avaler ses propres mensonges.

À un moment, Sharp posa la main sur l'épaule de Peake. Ce n'était pas un geste de camaraderie; il voulait simplement s'assurer de l'attention de son subalterne.

– Écoutez-moi, Peake, il ne faut pas vous méprendre sur la façon dont je m'y suis pris avec cette petite traînée. Je lui ai parlé durement, je l'ai menacée... et je lui ai même fait un peu mal en lui serrant sa petite main... Ça n'est que de la technique, rien que de la technique, voyez-vous. Une bonne méthode pour obtenir rapidement des réponses.

Croyez-moi, s'il n'y avait pas urgence à l'échelle nationale, je n'aurais pas employé de tels moyens. Mais parfois, dans des circonstances exceptionnelles, nous sommes amenés à faire des choses que nous-mêmes ou notre pays n'apprécions guère. Est-ce que je me fais bien comprendre ?

– Certainement, monsieur. Bien sûr, dit Peake.

Il se surprenait lui-même en jouant aussi bien la naïveté et l'admiration. Il ajouta :

– Je suis navré que vous ayez pu penser un instant que je ne vous comprenais pas. Bien sûr, je ne m'y suis jamais pris de cette façon, mais dès que vous avez commencé avec la fille... eh bien, j'ai admiré votre talent. Cette affaire, voyez-vous, est très importante pour moi. Je veux dire : elle me donne la chance de travailler avec vous, et je pense que c'est une expérience enrichissante, en fait... plus enrichissante encore que je ne l'espérais.

Un instant, les yeux de marbre vert de Sharp s'appesantirent sur Peake avec une trace de soupçon évidente. Et puis, le sous-directeur décida d'accepter mot pour mot la déclaration de son subordonné. Il se détendit et déclara :

– Très bien. Je suis heureux que vous preniez la chose comme ça, Peake. Parfois, nous faisons du sale travail. On se sent sale, d'ailleurs, ça arrive, mais il faut le faire, pour notre pays. Il ne faut jamais perdre ça de vue.

– Oui, monsieur. Je ne le perdrai pas de vue.

Sharp acquiesça et se remit à faire les cent pas en marmonnant.

Mais Peake savait que Sharp avait pris plaisir à intimider et à faire souffrir Sarah Kiel, et qu'il avait joui en la touchant. Il savait désormais que c'était un sadique. Cet aspect sombre et repoussant de son patron lui était apparu là, dans cette chambre d'hôpital. Sharp pouvait toujours mentir, jamais Peake n'oublierait ce qu'il avait vu. Ce qu'il avait appris sur le sous-directeur lui conférait un avantage précieux – quoiqu'il n'eût pas la moindre idée de la façon dont il pourrait en tirer bénéfice.

Il avait constaté un deuxième point : au fond de lui, Sharp était un lâche. En dépit de ses attitudes de matamore et de son physique impressionnant, le sous-directeur pouvait s'effondrer en un rien de temps, même face à quelqu'un de plus petit que lui, comme La Pierre, dès lors qu'il affrontait un adversaire résolu. L'usage de la violence, bien sûr, ne répugnait pas à Sharp et il était d'autant plus enclin à y avoir recours qu'il se savait protégé par sa position. Mais, s'il courait le moindre risque, il battait en retraite sans hésiter. Sachant cela, Peake possédait un deuxième atout. Mais, là non plus, il ne voyait pas comment en tirer profit. Néanmoins il était confiant. L'occasion se présenterait.

À mille lieues de se douter qu'il venait de donner deux armes redoutables à Peake, Sharp continuait d'arpenter le couloir avec l'impatience d'un César.

La Pierre avait demandé à rester une demi-heure auprès de sa fille. La demi-heure écoulée, Sharp se mit à consulter sa montre de plus en plus fréquemment.

Au bout de trente-cinq minutes, il marcha d'un pas lourd jusqu'à la porte, leva la main, hésita, puis s'écarta.

– Oh, et puis merde, donnons-lui encore cinq minutes. Ça ne doit pas être facile de tirer quelque chose de cohérent de cette petite conne.

Peake murmura qu'il était entièrement d'accord.

Les regards que Sharp décochait en direction de la porte se faisaient de plus en plus meurtriers. Finalement, après quarante minutes, il essaya de dissimuler sa peur d'affronter le fermier en annonçant :

– J'ai quelques coups de fil importants à donner. Je serai dans l'une des cabines du hall.

– Bien, monsieur.

— Ça lui fera du bien d'attendre un peu, ajouta Sharp avant de s'éloigner en roulant des épaules, la tête bien droite, l'air important, convaincu à l'évidence que sa dignité était intacte.

Jerry Peake s'appuya contre le mur et regarda passer les infirmières. Il souriait aux plus jolies et engageait parfois la conversation avec certaines quand elles n'étaient pas trop occupées.

Sharp resta absent une vingtaine de minutes. La Pierre avait déjà passé une bonne heure avec Sarah quand il revint, après avoir donné ses coups de fil, probablement imaginaires. La Pierre n'était toujours pas sorti de la chambre. Même un lâche ne peut se contenir si on le pousse dans ses derniers retranchements, et Sharp se montra furieux.

— Ce con de péquenot ! Il pue la merde de cochon, il sort de son trou et le voilà qui vient me faire chier dans mon enquête !

Il se rua sur la porte.

Mais, avant qu'il ait fait deux pas, La Pierre surgit.

Peake s'était posé la question : Felsen Kiel serait-il plus imposant lors de cette deuxième rencontre que lorsqu'il avait fait son entrée spectaculaire et interrompu Anson Sharp dans son divertissement sadique ? À sa grande satisfaction, il constata que La Pierre était encore plus impressionnant. Il admira ce visage puissant, buriné, tanné. Ces mains immenses, aux jointures usées, noueuses. Cette attitude de sérénité et de maîtrise absolue. C'est avec admiration qu'il observa Felsen Kiel tandis qu'il s'avançait, pareil à un bloc de granite.

— Messieurs, je suis désolé de vous avoir fait attendre. Mais je suis sûr que vous me comprenez. C'est ma fille et nous avions des tas de choses à nous dire.

— Et moi, je suis certain que vous comprenez qu'il s'agit d'une affaire d'importance nationale, dit Sharp, mais d'un ton plus urbain qu'auparavant.

Imperturbable, La Pierre poursuivit :

– Ma fille me dit que vous désirez savoir où on peut trouver un type du nom d'Éric Leben.

– C'est exact, fit Sharp d'un air crispé.

– Elle m'a raconté qu'il était une espèce de mort-vivant, mais je n'ai pas compris très clairement. Peut-être que c'est juste l'effet des drogues. Vous ne pensez pas ?

– Oui, c'est l'effet des drogues, dit Sharp.

– En tout cas, elle croit qu'il peut se cacher dans un endroit précis. Ce type, apparemment, a une maison au-dessus du lac Arrowhead, à ce qu'elle m'a dit. Une espèce de refuge secret. (Il sortit un bout de papier plié de sa poche de chemise.) J'ai écrit là-dessus les indications de route.

Il tendit le papier à Peake. À Peake, pas à Sharp.

Peake le déplia et le regarda avant de le passer à Sharp. L'écriture de La Pierre était nette et déliée.

– Vous savez, reprit La Pierre, ma Sarah a été une gentille fille jusqu'à il y a trois ans. Très gentille. Et puis, il a fallu qu'elle se laisse entraîner par quelqu'un qui lui a fait toucher à la drogue, quelqu'un de malade dans sa tête. Elle n'avait que treize ans et elle était sans protection, influençable.

– Monsieur Kiel, nous n'avons pas le temps de…

La Pierre regardait Sharp bien en face, mais affecta de ne pas l'avoir entendu.

– Ma femme et moi, nous avons fait de notre mieux pour savoir sous l'influence de qui elle était. On pensait que c'était un garçon plus âgé, dans la même école, mais on n'est pas parvenus à l'identifier. Et puis, un jour, après un an d'enfer, Sarah s'est enfuie de notre maison, elle est partie pour la Californie « vivre la vraie vie », comme elle disait. Elle nous l'a écrit aussi. Elle voulait vivre la vraie vie. Nous étions, d'après elle, des gens sans éducation, des paysans qui ne connaissaient rien à rien sur le monde, nous avions des idées idiotes. On pensait en termes d'honnêteté, de sobriété, de respect de soi-même. Je suppose que c'est en gros ce qu'elle voulait dire. Par les temps qui courent, il y a des tas de gens qui pensent que ce sont des idées idiotes.

– Monsieur Kiel...
– En tout cas, poursuivit La Pierre, imperturbable, peu de temps après, j'ai fini par apprendre qui l'avait pourrie. Un prof. Vous avalez ça ? Un prof, un homme qu'on doit respecter, non ? Un jeune prof d'histoire. J'ai demandé une enquête de la direction. Les autres profs ont fait front commun pour s'y opposer. Parce qu'ils considèrent pour la plupart qu'on n'a qu'à la fermer et qu'ils doivent toucher leur salaire même s'ils essaient de faire entrer de la merde dans la tête de nos gosses. Ils étaient les deux tiers des profs...

– Monsieur Kiel, répéta Sharp, un ton au-dessus, rien de tout cela ne présente le moindre intérêt pour nous, et nous...

– Oh, mais si, ça vous intéressera quand vous aurez entendu toute l'histoire, dit La Pierre. J'en suis persuadé.

Peake savait que La Pierre n'était pas du genre tortueux, qu'il avait certainement une intention précise et il tenait à savoir vers quoi allait déboucher ce discours.

– Comme je le disais, reprit La Pierre, deux tiers des profs, plus la moitié de la ville étaient contre moi, comme si c'était moi qui avais créé tous ces ennuis. Mais, finalement, on a trouvé des trucs encore plus graves sur ce prof d'histoire, je veux dire plus que la vente de drogue à ses étudiants, et ils ont été bien contents de se débarrasser de lui. Et le lendemain du jour où il a été balancé, il s'est pointé à la ferme. Il voulait qu'on discute d'homme à homme. Je dois dire que c'était plutôt un grand gabarit, mais il était sous l'influence d'une saleté, du shit ou de la marijuana, peut-être plus fort, et j'ai pas eu trop de mal à en venir à bout. Je dois confesser que j'ai dû lui casser les deux bras et que je ne voulais pas aller aussi loin.

Seigneur ! pensa Peake.

– Mais j'en avais pas fini avec lui, parce que je me suis aperçu que son oncle était le président de la plus grosse banque de notre comté, celle-là même qui m'avait accordé mes prêts. On dit toujours qu'un homme qui mélange sa profession avec des ressentiments personnels est un idiot, mais ce gars-là, ce banquier, était sûrement un triple idiot parce qu'il a voulu me punir en réinterprétant à sa façon les clauses du prêt le plus important. Il voulait m'arracher un remboursement immédiat et me menaçait de saisir mes terres. Ma femme et moi, on s'est battus un an, on a pris un avocat, on est allés devant le juge et tout, et c'est seulement la semaine dernière que la banque a dû faire marche arrière et la Cour a dit que le remboursement de la moitié des prêts était un maximum.

La Pierre avait terminé son récit, et Peake comprenait maintenant pourquoi il avait donné tous ces détails.

– Et alors ? dit Sharp, arrogant. Je ne vois toujours pas en quoi je suis concerné.

– Mais si, j'en suis convaincu, fit La Pierre, très calmement, avec un regard si froid que le sous-directeur cilla.

Il porta les yeux sur le morceau de papier, lut les indications qui y étaient portées, s'éclaircit la gorge et regarda de nouveau La Pierre.

– C'est ce que nous voulions, fit-il. Je ne crois pas qu'il soit utile que nous poursuivions cette conversation ni que nous revoyions votre fille.

– Croyez bien que ça me soulage, dit La Pierre. On retourne dans le Kansas demain, et je ne tiens pas à entendre parler de cette histoire là-bas.

C'est alors qu'il sourit. À Peake, pas à Sharp.

Le directeur adjoint se détourna brusquement et s'éloigna. Peake suivit son patron. Non sans avoir rendu son sourire à La Pierre.

23

L'ombre des bois

Ksss, ksss, ksss, ksss... Tout d'abord, le chant des cigales plut à Rachael parce qu'il lui rappelait ses promenades dans les parcs, à l'époque du collège, ainsi que les pique-niques du week-end, et les grandes balades. Mais, très vite, les stridulations aiguës l'irritèrent. C'était un bruit qui couvrait tout, le crissement des aiguilles de pin sous leurs pas, le bruissement des fourrés. Chaque molécule d'air desséché semblait renvoyer ce chant qui irritait ses nerfs. Très vite, l'écho pénétra dans ses dents et résonna dans tout son corps.

Si elle réagissait ainsi, c'était en partie parce que Benny avait la conviction d'avoir entendu quelque chose à proximité, dans le sous-bois, un bruit insolite. Elle maudissait en silence les insectes. Si seulement ces fichues cigales se taisaient une seconde, ils pourraient surprendre d'autres bruits anormaux ! Des craquements de branches sous un pas lourd, par exemple.

Elle avait mis le Magnum dans son sac et serrait son .32 entre ses doigts. Elle s'était très vite aperçue qu'il lui fallait garder une main libre pour écarter les buissons et les branches. Elle se demanda une seconde si elle ne devait pas reprendre le Magnum, mais le bruit du zip de son sac, si léger fût-il, pouvait la faire repérer.

Quelqu'un les cherchait. Ce pouvait être n'importe qui. Mais non, c'était une hypothèse fondée sur la lâcheté. Une seule personne au monde pouvait les traquer en cet instant. Éric.

Avec Benny, ils avaient escaladé le flanc de la montagne en se dirigeant droit vers le sud, entrevoyant parfois la cabane, à moins de deux cents mètres de là. Ils prenaient grand soin de cheminer derrière l'écran des rochers ou des buissons : les vastes baies, là-haut, évoquaient deux orbites creuses dans un crâne. À une trentaine de mètres de la cabane, ils s'étaient portés vers l'est, et à partir de là, la pente particulièrement raide avait ralenti leur progression. Le plan de Benny était de contourner la cabane.

Ils n'avaient parcouru que cent mètres environ lorsque Benny, qui venait d'entendre quelque chose, s'arrêta soudain avant de s'agenouiller près du tronc énorme d'un pin. La tête penchée, il avait levé lentement son fusil.

Ksss, ksss, ksss...

Outre le concert incessant des cigales, le vent s'était levé. Un vent brûlant qui avait commencé à brasser les arbres dès leur départ du magasin du lac, trois quarts d'heure auparavant. À l'évidence, il avait forci. Là, dans le sous-bois, ce n'était encore qu'un souffle chaud mais les cimes des immenses conifères se balançaient follement, tandis qu'une plainte lugubre s'insinuait entre les plus hautes branches.

Rachael se rapprocha de Benny, se collant littéralement contre le tronc du pin géant. Même à travers son chemisier, elle sentit le contact rêche de l'écorce.

Elle eut l'impression qu'un temps fou s'écoulait avant que Benny se remette en marche. Immobile, elle écoutait intensément et épiait l'ombre des bois.

Ben gravit alors la pente en se portant légèrement sur la droite pour suivre un fossé à sec où ne poussait presque aucune broussaille. Elle resta derrière lui, tout près. Ils cheminaient entre des touffes d'herbe brune, crissantes comme du papier, qui leur fouettaient les jambes. Ils évitaient avec soin les cailloux charriés par la fonte des neiges et ils avançaient maintenant plus rapidement.

Il n'y avait que la muraille des fourrés, de part et d'autre, pour les ralentir. La végétation était maintenant plus dense, souvent desséchée, roussie ou d'un vert très sombre, presque noir. À chaque seconde, Rachael s'attendait à ce qu'Éric surgisse pour les attaquer. Elle n'avait qu'un espoir : l'entrelacs des branches et les buissons d'épineux retarderaient peut-être de quelques fractions de seconde leur agresseur.

Mais Éric pouvait-il encore redouter ce genre d'obstacle ? Craindre les épines ?

Ils n'avaient pas parcouru plus de quinze mètres quand Benny s'arrêta net à nouveau en levant son fusil.

Mais, cette fois, Rachael avait entendu, elle aussi : des cailloux roulaient à quelques mètres de là.

Ksss, ksss, ksss...

Un bruit de friction. Des semelles de cuir sur la pierre ?...

Elle regarda à droite, à gauche, vers le haut de la pente, puis vers le bas. Mais elle ne surprit aucun mouvement.

Une fois encore, elle perçut un bruit anormal, plus accusé que celui du vent dans la forêt. Rien de plus.

Dix secondes passèrent.

Vingt.

Benny explorait du regard les taillis. Il ne restait plus rien en lui de l'agent immobilier tranquille que Rachael avait connu. Son visage séduisant quoique banal était à présent figé dans une expression résolue. Sa concentration était telle que le dessin de ses sourcils était différent et ses pommettes plus accentuées, de même que la ligne de ses maxillaires. Il plissait les yeux, tel un animal sentant le danger et déterminé à se battre pour sa survie. Les narines dilatées, les lèvres plissées en un rictus féroce dépourvu d'humour montraient sa détermination. Tous ses muscles étaient tendus comme des ressorts et son cerveau enregistrait les moindres aspects du sous-bois. Rachael devina que tous ses sens étaient en alerte et qu'il suffirait d'un rien pour déclencher un réflexe de défense. Il avait été formé dans ce but : pour chasser ou survivre.

Les cigales ! Elles étaient lancinantes !

Rachael n'entendait plus qu'elles. Et le vent dans le grenier vert de la forêt. Le pépiement lointain d'un oiseau. Rien d'autre. Pendant trente secondes.

Dans ces bois, où ils étaient censés être des chasseurs, ils étaient soudain devenus des proies. Ce renversement des rôles frustrait Rachael autant qu'il l'effrayait. Cette obligation de silence absolu lui vrillait les nerfs. Elle aurait voulu jurer à haute voix, crier, défier Éric.

En vérité, elle voulait hurler.

Quarante secondes s'étaient écoulées.

Avec une prudence infinie, ils reprirent leur progression.

Ils firent le tour de la cabane et s'arrêtèrent à l'orée de la forêt, sur l'arrière, avec l'impression qu'à chaque pas on les suivait. Par six fois, après avoir quitté le fossé à sec pour rentrer dans le sous-bois, ils s'arrêtèrent, alertés par des bruits anormaux. Parfois, les craquements de brindilles et les bruissements étaient si proches que leur ennemi invisible semblait n'être plus qu'à quelques mètres. Pourtant, jusqu'à présent, ils n'avaient rien vu.

À une quinzaine de mètres de la cabane, dans

l'ombre violette des bois, ils s'accroupirent derrière des blocs de granite qui saillaient hors de la terre comme des crocs usés. Benny murmura :

— Il doit y avoir tout un tas d'animaux dans ces bois. C'est sûrement ce qu'on a entendu...

— Quelle sorte d'animaux ?

La voix de Benny se réduisit à un chuchotement :

— Des écureuils, des renards... Et à cette altitude, peut-être même des loups. Ne t'inquiète pas pour Éric. Ce n'est pas lui que nous avons entendu. Il n'a pas l'entraînement qui lui permettrait de rester caché, aussi silencieusement, pendant tout ce temps. Si c'était lui, on l'aurait repéré. Et puis, s'il a l'esprit dérangé comme tu le penses, il aurait essayé de nous sauter dessus à un moment ou à un autre.

Elle s'appuya contre la dent de granite et contempla les bois, s'attardant sur chaque poche d'ombre, sur chaque forme insolite.

Des animaux ! pensa-t-elle. Des animaux, alarmés par leur passage. Ne serait-ce pas plutôt un chasseur qui s'apprêtait à les attaquer ? Sinon pourquoi aurait-elle ce sentiment d'être observée ? Quelqu'un les guettait, féroce, avide, elle en avait la certitude. Quelqu'un était caché, là, dans les bois, prêt à fondre sur elle.

Dans l'intervalle, Benny s'était redressé, pour observer plus attentivement la cabane d'Éric. Rachael n'était nullement convaincue que ce fût l'unique source de danger, aussi changea-t-elle de position et prit appui contre le bloc de granite moussu pour observer alternativement le refuge rustique d'Éric et les bois.

La cabane avait été construite sur un large terre-plein, à mi-pente, et l'on avait dégagé un espace d'environ quinze mètres sur l'arrière. Cette cour improvisée était écrasée de soleil. De loin en loin, de maigres touffes avaient poussé entre les pierres. Il était évident qu'Éric n'avait pas installé de système d'arrosage et qu'entre les neiges de l'hiver et les journées torrides de l'été, rien ne pouvait vraiment pousser. L'herbe s'était transformée en paille dès les premières chaleurs mais, de part et d'autre de la terrasse, les plates-bandes étaient en pleine floraison, sans doute irriguées par un système d'écoulement. Zinnias, marguerites, géraniums et autres fleurs se balançaient en bouquets multicolores sous la brise.

La cabane avait été construite en poutres et en ciment, mais elle était loin d'être modeste et l'architecture était plutôt sophistiquée. C'était une construction qui avait de la classe et qui avait dû être relativement onéreuse. Les fondations reposaient sur de gros blocs de pierre, les fenêtres à la française étaient larges et hautes. Deux d'entre elles étaient entrouvertes. La toiture, en lauses d'ardoise, décourageait sans doute les chenilles et les écureuils qui préféraient les toits en bardeaux. Éric avait même prévu une antenne de télévision parabolique.

La porte de derrière était plus largement ouverte que les deux fenêtres et, avec les plates-bandes fleuries, on aurait pu trouver à l'ensemble un aspect séduisant. Mais, pour Rachael, cette porte était comme un piège ouvert sur un trou sombre où quelqu'un attendait, celui qui viendrait renifler sa proie de trop près.

Bien sûr, il fallait qu'ils entrent. C'était même dans cette intention qu'ils étaient venus, pour essayer de retrouver Éric. Mais la chose n'était pas plus plaisante pour autant.

— Impossible d'avancer en rampant, dit Benny dans un souffle. Nous serons à découvert. Il va falloir foncer directement et s'abriter sous la terrasse.

— O.K.

— Le mieux, ce serait que tu attendes ici, que tu me laisses aller en premier. Au cas où il aurait un flingue qui se mettrait à canarder. Si rien ne se passe, tu me suivras.

— Tu veux que je reste ici toute seule ?
— Mais je ne serai pas loin.
— Même trois mètres, c'est trop.
— Et ce ne sera que pour une minute...
— C'est encore trop, fit-elle en jetant un regard apeuré vers les bois. On reste ensemble.

Un tourbillon d'air chaud passa sur la cour, soulevant la poussière, fouettant les fleurs, avant d'atteindre Rachael, au seuil de la forêt. Elle reçut une gifle torride en plein visage.

Benny sortit de derrière le rocher, tenant son fusil des deux mains. Il risqua un dernier coup d'œil vers les fenêtres. Les cigales venaient de se taire. Que signifiait ce silence ?

Avant qu'elle ait réussi à attirer l'attention de Benny, il s'était élancé à travers la cour.

Saisie de panique à l'idée que peut-être quelqu'un arrivait à travers la forêt derrière elle pour l'agripper par les cheveux et l'entraîner dans l'ombre, elle sauta en avant, sur les traces de Benny. Traversant en un éclair la cour ensoleillée, elle atteignit la terrasse à la seconde où Benny s'accroupissait près des marches.

Hors d'haleine, elle se blottit près de lui et se retourna. Personne ne la poursuivait et elle ne parvenait pas à le croire.

Benny se redressa et, en quelques pas rapides, il gravit l'escalier et se plaqua contre le mur, tout près de la porte. Il prêta l'oreille, guettant d'éventuels mouvements à l'intérieur. N'entendant rien, il poussa la porte-moustiquaire et entra à demi courbé, le fusil braqué droit devant lui.

Rachael le suivit. Ils se trouvaient dans une cuisine plus vaste et mieux équipée qu'elle ne l'aurait pensé. Sur la table, dans un plat, elle vit les restes d'un repas : saucisses et biscuits. Sur le sol, il y avait des boîtes de conserve vides et un bocal de beurre de cacahuètes.

La porte d'accès à la cave était ouverte. Avec des gestes prudents, Benny s'avança pour la fermer.

Sans qu'il fût besoin de le lui dire, Rachael prit une chaise de cuisine, l'inclina et bloqua le dossier sous la poignée de la porte. Ils n'iraient pas explorer la cave avant d'avoir visité les autres pièces. Si Éric était encore dans la maison, il pouvait à n'importe quel instant les enfermer dans l'obscurité de la cave. D'un autre côté, s'il se trouvait en bas, il pouvait tout aussi bien remonter pour les attaquer par-derrière.

Elle vit que Benny appréciait sa réaction et la vitesse avec laquelle elle avait jaugé la situation. Ils formaient une bonne équipe.

Elle repéra une seconde porte qui devait ouvrir sur le garage et appliqua la même tactique. Si Éric s'y trouvait, il pouvait s'enfuir en soulevant la porte à rideau, mais ils l'entendraient à coup sûr.

Ils restèrent ainsi un moment dans la cuisine à guetter le moindre bruit. On n'entendait que la brise qui sifflait doucement dans l'ardoise du toit.

À demi baissé, avec des gestes vifs, Benny franchit la porte du living. Son regard alla de droite à gauche dès qu'il fut sur le seuil. Puis il fit signe à Rachael qu'elle pouvait le suivre.

La pièce était ultra-moderne. La porte de devant était ouverte, ou du moins entrebâillée. Sur le sol, elle vit des centaines de feuillets de papier, deux carnets de vinyle noir à reliure spirale et plusieurs classeurs plus ou moins déformés ou déchirés.

Et aussi, près d'un fauteuil, un couteau à dents, pointu. La lame brillait dans un rai de lumière qui filtrait par la fenêtre.

Benny regarda le couteau avec inquiétude avant de se tourner vers l'une des trois autres portes.

Rachael était sur le point de ramasser un des feuillets pour voir ce dont il s'agissait mais, comme Benny s'avançait, elle lui emboîta le pas.

Deux des portes étaient vraiment fermées, mais celle que Benny avait choisi d'ouvrir était entrebâillée d'un centimètre. Il la poussa avec le canon de son fusil et franchit le seuil avec sa prudence habituelle.

Rachael resta en arrière, surveillant la porte du devant, les deux autres portes closes, et la cuisine. La pièce où Benny venait d'entrer était une chambre qui présentait les mêmes signes de ravages que celle de Villa Park ou que la cuisine de Palm Springs. C'était la preuve évidente qu'Éric avait séjourné ici et qu'il avait eu une nouvelle crise de démence.

Benny fit glisser avec prudence les portes à miroir d'une armoire, jeta un coup d'œil à l'intérieur, sans rien trouver de particulier. Il passa dans la salle de bains contiguë et disparut ainsi à la vue de Rachael.

Nerveusement, elle regarda en direction de la porte du devant, vers la terrasse, avant de se tourner vers la cuisine et vers chacune des deux portes fermées.

Au-dehors, la brise murmurait toujours sous l'ardoise, éveillant parfois des plaintes sifflantes. Le bruissement des grands pins montait de la forêt.

À l'intérieur, le silence se faisait plus dense encore. Il allait crescendo comme dans une symphonie, Rachael était tendue, de plus en plus convaincue, au fil des minutes, qu'ils allaient vers un dénouement explosif.

« Éric, pensa-t-elle. Où es-tu ? Maudit sois-tu ! »

Benny ne revenait pas. Elle était sur le point de céder à la panique quand il réapparut enfin, indemne. Il secoua la tête pour lui indiquer qu'il n'avait rien trouvé d'intéressant.

Ils découvrirent que les deux portes ouvraient sur deux autres chambres qui avaient une salle de bains en commun. Benny les explora l'une après l'autre, ouvrant chaque placard, chaque armoire, puis la salle de bains, tandis que Rachael gardait le living.

Dans la première chambre, elle pouvait voir un bureau, un ordinateur, et quelques rayonnages chargés de livres. La seconde était vide, apparemment inutilisée.

Quand il fut clair qu'ils ne trouveraient pas Éric dans cette partie de la cabane, Rachael se baissa et ramassa quelques feuillets – des photocopies, remarqua-t-elle – pour les parcourir rapidement. Elle en reconnut aussitôt le contenu et son cœur se mit à battre plus fort.

– Le dossier Wildcard, dit-elle dans un souffle. Il devait en garder une copie ici.

Elle s'apprêtait à ramasser d'autres feuillets épars, mais Benny l'arrêta.

– Il faut d'abord trouver Éric, murmura-t-il.

Elle acquiesça à regret.

Benny alla jusqu'à la porte du devant, fit pivoter l'écran-moustiquaire dans un grincement léger et vérifia qu'il n'y avait rien de suspect sur la terrasse. À sa suite, Rachael regagna la cuisine. Elle ôta la chaise qui bloquait l'accès de la porte et recula rapidement tandis que Benny levait son fusil. Mais Éric ne se manifesta pas. De fines perles de sueur brillant sur son front, Benny franchit le seuil, trouva l'interrupteur et alluma.

Rachael, elle aussi, sentit ruisseler la sueur dans le creux de sa gorge. Une sueur qui ne devait rien à la chaleur de l'été... La raison commandait qu'elle n'accompagne pas Benny au sous-sol. Si Éric était à l'extérieur, ils seraient bien trop vulnérables. Celui-ci pourrait choisir le moment opportun pour regagner la maison et les prendre au piège quand ils remonteraient de la cave. Aussi resta-t-elle sur le seuil, surveillant à la fois la pénombre de l'escalier et la cuisine, y compris l'accès au living et la porte ouverte sur la terrasse à l'arrière.

Benny descendit les marches de bois plus silencieusement encore que cela ne semblait humainement possible, mais il ne put éviter quelques frottements de semelle. Arrivé en bas, il hésita, puis se perdit sur la gauche. Un instant, Rachael discerna encore l'ombre qu'il projetait sur le mur mais, comme il s'avançait plus avant, l'obscurité se referma.

Elle risqua un regard vers le living. Elle ne pouvait en voir qu'une partie, mais la pièce semblait toujours déserte et silencieuse.

Un grand papillon jaune venait de heurter la porte-moustiquaire et battait frénétiquement des ailes.

Il y eut un bruit sec en bas, mais qui n'avait rien d'inquiétant : Benny avait probablement buté contre un obstacle. Elle regarda le long des marches mais sans rien discerner.

Prisonnier de la terrasse, le papillon voletait toujours, affolé.

Un autre bruit, plus discret cette fois, se fit entendre.

— Benny ? lança-t-elle doucement.

Elle ne reçut aucune réponse. Il ne l'avait sans doute pas entendue. Mécaniquement, son regard allait d'un endroit à l'autre. Toujours aucun signe de Benny.

— Benny ? répéta-t-elle doucement.

Elle surprit alors une ombre en mouvement. Un instant, son cœur se serra car elle lui trouva une forme étrange. Mais, finalement, Benny apparut et remonta. Elle soupira de soulagement.

— Il n'y a rien en bas, annonça-t-il. Sauf un coffre ouvert derrière le cumulus. Il est vide. C'est sans doute là-dedans qu'il gardait les dossiers qui sont dans le living.

Rachael résista à l'impulsion de poser son arme pour l'entourer de ses bras, le serrer contre elle et l'embrasser. Il était vivant. Elle aurait voulu qu'il sache, là, tout de suite, à quel point elle était heureuse de le voir, mais ils avaient encore le garage à fouiller.

Sans qu'ils échangent un mot, elle débloqua la porte, ouvrit, et Benny s'avança, le fusil pointé. Mais Éric n'était pas là non plus.

Benny chercha à tâtons l'interrupteur, appuya, mais il n'y avait que peu de lumière à l'intérieur du garage. En dépit de la fenêtre, haut dans le mur, l'ombre était omniprésente. Il appuya sur un autre contact, qui commandait la porte. Le rideau métallique s'enroula avec un bourdonnement. Le soleil entra à flots.

– Là, c'est mieux, fit Benny en s'avançant.

Elle le suivit. La Mercedes noire était bien là, preuve qu'Éric s'était réfugié dans la cabane.

La porte, en s'enroulant, avait soulevé des nuages de poussière qui dérivaient maintenant dans le soleil. Plus haut, entre les poutres, des toiles d'araignées s'étiraient.

Rachael et Benny firent le tour de la Mercedes avec circonspection et se penchèrent pour observer l'intérieur. Les clés étaient sur le contact. Benny regarda même sous la voiture. Rien. Le fond du garage était occupé par un établi complet avec un râtelier à outils bien en ordre. Rachael remarqua que l'emplacement réservé à la hache était vide mais elle ne s'attarda pas sur cette idée, pressée qu'elle était de retrouver Éric. Mais le garage ne présentait aucun recoin.

– Il était probablement ici mais il est parti, déclara Benny à voix haute.

– Pourtant, c'est sa Mercedes.

– Ce garage est prévu pour deux voitures, et il avait peut-être un autre véhicule qu'il gardait en permanence ici, une jeep ou un pick-up 4X4 plus adaptés à ces routes de montagne. Il s'est peut-être dit aussi qu'il y avait un risque que les types du FBI aient eu vent de son équipée et se lancent à ses trousses avec un avis de recherche pour la Mercedes. Alors, il est parti avec l'autre véhicule.

Le regard de Rachael était fixé sur la voiture noire, qui évoquait pour elle une bête fauve endormie. Puis elle regarda les toiles d'araignées entre les poutres, la route baignée de soleil. Le silence des montagnes lui semblait moins menaçant qu'au moment de leur arrivée. L'ambiance n'était pas vraiment paisible et sereine, mais le danger avait reflué.

– Et où serait-il allé ?

Benny haussa les épaules.

– Ça, je l'ignore. Mais je pense que si je fouille soigneusement cette cabane, je trouverai quelque chose qui me mettra sur la voie.

– Mais est-ce que nous en avons le temps ? Je veux dire, quand nous avons laissé Sarah Kiel à l'hôpital, la nuit dernière, j'ignorais que les fédéraux pouvaient être sur la même piste que nous. Je lui ai dit de se taire au cas où elle serait interrogée et de ne surtout pas parler de cet endroit. Au pire, je pensais que les associés d'Éric tenteraient de mettre la main sur elle. Mais avec les types du gouvernement, ce n'est pas pareil. Et si on lui raconte que nous sommes des traîtres, elle se dira qu'elle agit bien en donnant les coordonnées de la cabane. Ils seront donc là avant peu.

– Je suis d'accord avec toi, dit Benny qui contemplait la Mercedes d'un air songeur.

– Donc, nous n'avons pas le temps de réfléchir à l'endroit où Éric a pu aller. Et puis, il y a cette copie du dossier Wildcard, dans le living. Il faut la récupérer et fiche le camp. C'est la preuve dont nous avions besoin.

Il secoua la tête.

– Le dossier, c'est important, peut-être même crucial, mais je ne suis pas convaincu que ce soit suffisant.

Rachael se mit à faire nerveusement les cent pas, braquant son .32 vers le plafond, en se disant que si elle pressait la détente par inadvertance, la balle ne ricocherait pas sur le sol de ciment.

— Écoute, nous tenons toute l'histoire noir sur blanc. Si nous la donnons à la presse...

— D'abord, je suppose que ce dossier est hautement technique, truffé de tests en laboratoire, de formules... Il est donc probable qu'un simple journaliste n'y comprendra rien. Il faudrait confier ce rapport à un généticien de première force pour le traduire.

— Et alors ?

— Alors, ce généticien sera peut-être incompétent ou tout simplement très conservateur. Dans ce domaine, il est difficile de dire quelles peuvent être les réactions. Dans un cas comme dans l'autre, il peut interpréter cela comme il l'entend et même expliquer aux journalistes que c'est un coup monté, un faux.

— Nous pouvons courir ce risque. Nous chercherons un généticien jusqu'à ce que...

Benny l'interrompit :

— Il y a plus grave encore. Peut-être que les journalistes s'empresseront d'interroger un généticien qui travaille pour le Pentagone. Est-ce qu'il n'est pas logique de penser que les fédéraux ont pris contact avec toutes sortes de scientifiques spécialisés dans la recombinaison de l'ADN ? Que se passera-t-il s'ils savent que des gens des médias sont susceptibles de leur apporter des dossiers volés ultra-secrets pour qu'ils en analysent le contenu ?

— Mais les agents du gouvernement ne peuvent pas savoir que c'est mon intention.

— S'ils ont une fiche sur toi – et c'est certainement le cas – ils te connaissent suffisamment pour savoir que tu risques de réagir dans ce sens.

— Bon, oui, admettons, fit-elle d'un air sombre.

— N'importe quel savant travaillant pour le Pentagone sera prêt à aider le gouvernement pour garder ses subventions et tu peux être certaine qu'il préviendra les autorités dès qu'il aura le dossier entre les mains. Il s'agit d'une affaire grave. La sanction pourrait être lourde. On peut être poursuivi pour avoir compromis le secret d'un dossier qui intéresse directement la Défense nationale. Tout ce que nous pouvons espérer au mieux, c'est une bienveillante neutralité mais je n'y crois guère. Il est plus probable que le dossier sera détruit. Quant à nous, je ne donne pas cher de notre peau.

Rachael se refusait à croire ce qu'elle entendait, mais elle dut admettre qu'il y avait du vrai dans ce qu'avançait Benny.

Dans les bois, les cigales s'étaient remises à chanter.

– Que faisons-nous à présent ? demanda-t-elle.

Benny, à l'évidence, avait mûrement réfléchi à cela pendant qu'ils exploraient les lieux, et sa réponse était toute prête :

– Si nous avions le dossier, et si nous avions trouvé la retraite d'Éric, notre position serait autrement plus forte. Nous n'aurions pas seulement une liasse de documents hermétiques que seuls quelques rares experts peuvent comprendre, mais aussi un mort-vivant, un témoin, un homme qui marche avec le crâne défoncé. Nom de Dieu, c'est assez spectaculaire pour que n'importe quel journal, n'importe quelle chaîne de télé nous donne immédiatement la une de l'actualité, sans attendre que des experts se prononcent. Et, à partir de là, le gouvernement et les autres ne pourront plus nous toucher. Quand Éric sera passé à la télé, quand il sera en couverture de *Time* et de *Newsweek,* quand le *National Enquirer* aura de la matière pour dix ans, quand David Letterman, dans son show, n'arrêtera pas de faire des gags sur les zombies, alors... il ne servira plus à rien de nous réduire au silence.

Il s'interrompit et prit une profonde inspiration.

Rachael se dit alors qu'il allait faire une suggestion qui n'allait pas lui plaire. Ce fut le cas.

— Bien. Comme je te l'ai dit, il faut que je fouille cet endroit à fond pour trouver un indice qui me mette sur la piste d'Éric. Mais les fédéraux ne vont pas tarder à se montrer. Nous avons le dossier Wildcard et nous ne pouvons pas courir le risque qu'ils nous le prennent. Donc, il faut que tu partes avec ce dossier pendant que je...

— Tu veux dire que nous devons nous séparer ? Oh, non !...

— Rachael, c'est la seule façon... Nous...

— Non.

Elle était glacée à l'idée de le laisser seul ici. À l'idée de se retrouver seule, elle-même. Elle prit soudain conscience des liens qui les unissaient depuis ces dernières vingt-quatre heures.

Elle l'aimait. Oh, oui, Dieu qu'elle l'aimait !

Ses yeux bruns, doux, rassurants étaient fixés sur elle. D'une voix qui n'était ni dure ni dominatrice, mais qui était marquée des accents de la raison et de l'autorité, une voix qui n'appelait aucune réplique, celle, sans doute, qu'il avait au Vietnam, dans les moments durs, il poursuivit :

— Tu vas prendre le dossier Wildcard, tu vas en tirer des copies. Envoie-les à des amis, dans des lieux très séparés. Caches-en d'autres là où tu pourras les retrouver rapidement. Ainsi, nous aurons des garanties. Ce sera la meilleure des sécurités. Moi, pendant ce temps, je vais tout passer au peigne fin. Voir ce que je peux trouver comme indices. Si je trouve quoi que ce soit qui me donne la moindre indication sur l'endroit où il a pu aller, alors, nous nous retrouverons à un endroit convenu d'avance et nous repartirons ensemble à sa poursuite. Si je ne découvre rien, de toute façon on se retrouvera. On décidera alors de la suite des événements.

Elle n'avait pas la moindre envie qu'ils se séparent.

Elle ne voulait pas le laisser seul ici. Éric pouvait très bien rôder quelque part à proximité de la cabane. Quant aux agents du gouvernement, ils risquaient d'arriver à tout moment. Benny était en danger de mort. Mais ses arguments portaient juste. En fait, il avait raison sur toute la ligne. La seule conduite à tenir était celle qu'il préconisait.

— Si je pars seule avec la voiture, dit-elle cependant, comment vas-tu faire ?

Il jeta un coup d'œil à sa montre, non pas parce qu'il voulait savoir l'heure, mais pour bien lui faire sentir que le temps fuyait trop vite.

— Tu vas laisser la Ford qu'on a louée, dit-il. Elle ne tardera pas à être repérée, de toute manière, parce que les flics vont obtenir son immatriculation. Tu prends la Mercedes. Moi, je partirai avec la Ford, le temps de l'échanger contre n'importe quel autre véhicule.

— Mais la Mercedes doit aussi faire l'objet d'un avis de recherche.

— C'est probable. Mais il doit être question d'une 560 SL conduite par un homme répondant au signalement d'Éric. C'est toi qui seras au volant. Pour plus de prudence, nous allons échanger les plaques avec celles d'une des voitures que nous avons vues en grimpant jusqu'ici. Comme ça, tu devrais échapper aux poursuites.

— Je n'en suis pas convaincue.

— Moi si.

Elle croisa frileusement les bras sur sa poitrine.

— Et ensuite, où nous retrouverons-nous ?

— À Las Vegas.

Étonnée, elle s'exclama :

— Pourquoi là-bas ?

— L'atmosphère est trop malsaine pour nous en Californie du Sud. Je ne crois pas que nous puissions trouver un refuge sûr. Mais je connais un endroit à Las Vegas.

— Lequel ?
— Je possède un motel sur Tropicana Boulevard, à l'ouest du Strip.
— Alors, comme ça, monsieur magouille à Las Vegas ? Ce bon vieux père tranquille de Benny Shadway a des intérêts à Las Vegas ?...
— Ma société a souvent travaillé sur Las Vegas, oui, mais je n'ai rien d'un magouilleur. Par rapport aux normes de Vegas, nous sommes tout petits. Je te parle d'un vieux motel avec vingt-huit chambres et une petite piscine. Et il n'est pas vraiment neuf, si tu veux savoir. En fait, il est fermé, actuellement. L'achat a été conclu il y a seulement deux semaines et on envisage de l'aménager. On prévoit soixante bungalows, plus un restaurant. L'électricité n'est pas coupée. L'appartement du directeur est plutôt abîmé, mais la salle de bains fonctionne et le téléphone aussi. Donc, on peut y rester quelque temps pour dresser des plans. Ou pour attendre qu'Éric se montre et crée un tel scandale que les fédéraux ne pourront plus rien. De toute façon, si on n'arrive pas à mettre la main sur lui, il ne nous reste plus qu'à nous planquer.
— Il faut que j'aille à Vegas ?
— C'est la meilleure solution, si les fédéraux sont derrière nous. L'enjeu est de taille. Je crois qu'ils chercheront à nous rattraper. Ils ont probablement mis des hommes dans tous les aéroports. Tu suivras la route fédérale après Silverwood Lake, puis tu prendras l'interfédérale 15 et tu seras à Vegas ce soir. Je t'y rejoindrai deux ou trois heures après.
— Mais si les flics arrivent...
— Seul, sans avoir à me soucier de toi, je peux leur échapper.
— Tu crois qu'ils sont vraiment incompétents ? demanda-t-elle, amère.
— Non, mais moi je sais que je suis plus compétent qu'eux.

— Parce que tu as été entraîné. Mais c'était il y a plus de quinze ans !

Il eut un sourire tendu.

— Cette guerre, c'est comme si c'était hier.

Il avait gardé la forme, c'était indéniable. Mais Rachael n'était qu'à moitié rassurée.

— Rachael ? fit-il en jetant un coup d'œil à sa montre.

Elle comprit que leur meilleure chance de survie, d'avenir, était de lui faire confiance.

— D'accord. Nous nous séparons. Mais j'ai peur, Benny. Je crois que je n'ai pas assez de cran. Je suis désolée, tu sais, mais j'ai réellement peur.

Il s'approcha et l'embrassa.

— Il n'y a pas de honte à avoir peur. Il n'y a que les fous pour n'avoir jamais peur.

24

Une certaine peur de l'Enfer

Le Dr Easton Solberg était arrivé avec plus d'un quart d'heure de retard à son rendez-vous avec Julio Verdad et Reese Hagerstrom. Ils l'avaient attendu devant la porte de son bureau et, enfin, ils l'avaient vu accourir, chargé de bouquins et de dossiers, harassé. Il avait davantage l'air d'un étudiant que d'un professeur de soixante ans.

Il portait un costume brun et froissé qui faisait bien une taille de trop, une chemise bleue ainsi qu'une cravate extravagante, qu'il avait dû trouver Dieu sait où. Avec toute l'indulgence du monde, on ne pouvait pas dire que Solberg était un homme séduisant, ni même agréable. Il était petit et trapu, avec un visage lunaire auquel un nez plat et minuscule conférait une apparence porcine. Ses yeux gris, très rapprochés, étaient humides et son regard, derrière ses lunettes sales, était celui d'un myope. Quant à sa bouche, elle était trop large au-dessus d'un menton affreusement fuyant.

Tout en s'excusant, il avait tenu à serrer la main des deux policiers et ce malgré son fardeau. Le résultat ne s'était pas fait attendre... Julio et Reese avaient passé quelques minutes à récupérer les bouquins qu'il lâchait.

Son bureau était un véritable chaos. Il y avait

des revues et des livres un peu partout : en vrac sur les rayons, entassés sur le plancher, en piles chancelantes dans les quatre coins de la pièce, en amoncellements informes sur le haut de chaque meuble. Son bureau disparaissait sous les dossiers, les index et les bloc-notes. Il dut déplacer des montagnes de paperasses pour libérer deux chaises.

– Quelle vue superbe ! s'exclama Solberg.

Il venait soudain de s'immobiliser, les yeux fixés sur un point par-delà les fenêtres, comme s'il découvrait pour la première fois le paysage.

Le campus de l'université d'Irvine occupait quelques hectares du comté d'Orange et les pelouses y étaient opulentes, les arbres nombreux et immenses et les parterres de fleurs luxuriants. Le bureau du Dr Solberg était au deuxième étage et, de l'endroit où ils se trouvaient, Reese et Verdad pouvaient découvrir l'allée qui sinuait entre les pelouses et les plates-bandes d'impatientes roses, rouges ou mauves, avant de se perdre entre les eucalyptus et les jacarandas.

– Messieurs, nous sommes parmi les heureux de la Terre. Quel plaisir raffiné d'être ici, dans cette merveilleuse contrée, sous ce climat si tempéré, au cœur d'une nation prospère et tolérante.

Solberg marcha jusqu'à une fenêtre et ouvrit ses petits bras comme s'il voulait embrasser la Californie tout entière.

– Regardez les arbres, dit-il encore. Surtout les arbres. Il y a tant d'essences admirables sur ce campus. Car j'adore les arbres, oh, oui... En fait, c'est ma passion. Je les étudie, je fais des greffes, je cultive des spécimens rares. Ça me change agréablement de la biologie et de la génétique humaines. Un arbre, c'est tellement majestueux, tellement noble. Et, savez-vous, un arbre nous donne tout – ses fruits ou ses baies, son ombrage, sa beauté, son oxygène – sans rien prendre en retour. Je crois à la réincarnation et je prie pour renaître sous la forme d'un arbre.

Il regarda Julio et Reese, comme s'il cherchait leur approbation.

— Et vous, vous ne pensez pas que ce serait formidable d'être un arbre ? De vivre comme un chêne ou un sapin géant, de donner ainsi que le font les orangers et les pommiers, de faire pousser des branches bien solides sur lesquelles les enfants pourraient grimper ?

Il s'interrompit et cligna des yeux, surpris par son monologue.

— Mais, bien sûr, reprit-il, vous n'êtes pas venus pour que nous parlions d'arbres et de réincarnation, n'est-ce pas ? Il faut m'excuser mais... avec cette vue, vous comprenez... Je me laisse toujours captiver.

En dépit de son visage porcin, de son aspect négligé et du désordre qui l'entourait, ainsi que de sa tendance évidente à toujours être en retard, le Dr Solberg, se dit Julio, avait au moins trois qualités : une intelligence aiguë, un goût enthousiaste pour la vie, et un optimisme éclatant. En un monde où de lugubres prophètes ne cessaient d'annoncer le Jugement Dernier, Solberg était un personnage rafraîchissant et Julio l'apprécia, dès les premières minutes.

Tandis que Solberg se laissait tomber dans un vaste fauteuil de cuir, disparaissant presque à leur vue derrière les piles de paperasses, Julio dit :

— Au téléphone, hier, vous m'avez laissé entendre qu'Éric Leben était parfois bizarre. Vous vouliez que nous en parlions en privé...

— Et dans le plus grand secret, ajouta Solberg. Car cette information, si elle amène un élément nouveau à votre dossier, sera classée quelque part, bien sûr. Mais, autrement, je compte sur votre discrétion.

— Je peux vous la promettre, dit Julio. Cependant, comme je vous l'ai déjà précisé, cette enquête est d'une importance extrême et concerne au moins deux crimes. Elle pourrait être en rapport avec un dossier ultra-secret intéressant la Défense nationale.

— Entendez-vous par là que la mort d'Éric Leben pourrait ne pas être accidentelle ?

— Non. C'était réellement un accident. Mais il y a eu d'autres morts... dont je ne puis parler librement. Et il pourrait y en avoir encore d'autres avant que cette affaire ne soit résolue. C'est pour cela que le lieutenant Hagerstrom et moi-même comptons sur votre coopération immédiate et totale.

— Oh, bien sûr, bien sûr, fit Solberg en agitant une de ses petites mains. Et bien que je ne sois pas certain que les problèmes émotionnels d'Éric soient absolument liés à votre enquête, je crains malheureusement qu'ils n'aient eu des répercussions... Ainsi que je vous l'ai dit, il y avait chez Éric un côté sombre...

Mais, avant qu'il en vienne à s'expliquer sur cet aspect du caractère d'Éric Leben, Solberg passa un quart d'heure à faire l'éloge du généticien, apparemment incapable de dire du mal d'un homme sans l'avoir auparavant couvert de fleurs. Éric, pour lui, était un génie. Un travailleur de première classe. Éric avait toujours soutenu généreusement ses collègues. Éric avait un sens de l'humour certain, il aimait l'art, il avait bon goût dans la plupart des domaines, et il adorait les chiens.

Julio commençait à se dire qu'ils devraient constituer un comité pour rassembler des dons afin d'édifier une statue à Éric Leben. Il jeta un coup d'œil à Reese et constata que son collègue était franchement amusé par le discours de Solberg.

Finalement, Solberg déclara :

— Mais cet homme avait le cerveau dérangé, je suis navré d'avoir à le dire. Il était profondément tourmenté. Il a été mon étudiant quelque temps, mais j'ai très vite compris que l'élève allait surpasser le maître. Ultérieurement, nos relations sont devenues amicales mais sans plus car Éric se refusait à entretenir des rapports étroits avec les autres. En fait, il n'y avait que notre profession qui nous rapprochait, et il m'a fallu des années avant que j'entende parler de... comment dirais-je, de son obsession à l'égard des jeunes filles.

— Des très jeunes filles ? demanda Reese.

Solberg hésita.

— Je... j'ai l'impression de le... trahir.

— Nous n'ignorons pas ce que vous allez nous dire, fit Julio. Vous ne ferez que confirmer nos soupçons.

— Vraiment ? Eh bien... je sais qu'une de ces filles n'avait que quatorze ans. Éric, à cette époque, en avait trente et un.

— C'était avant la Geneplan ?

— Oui. Éric était à l'UCLA. Il n'était pas encore riche mais tout le monde savait qu'il allait quitter l'Académie pour se distinguer dans le monde des affaires.

— Un professeur respecté ne se balade pas en se vantant de débaucher des filles de quatorze ans, dit Julio. Comment l'avez-vous appris ?

— Ça s'est passé un week-end. Son avocat était absent et il avait besoin que quelqu'un se porte caution. Il avait confiance en moi et ne souhaitait pas ébruiter les détails sordides de son arrestation. Cette histoire ne me plaisait guère. Il savait que je le désapprouverais... il n'était pas question de faire preuve de complaisance... en même temps je ne pouvais le laisser en difficulté. Enfin il était clair que je serais discret. Et il ne se trompait pas, j'ai honte à le dire.

Tout en parlant, Easton Solberg s'était, peu à peu, enfoncé dans son fauteuil, comme si, gêné par ce récit sordide, il essayait de se cacher derrière les monceaux de papiers qui encombraient son bureau. Onze mois auparavant, ce fameux samedi, après que le Dr Leben l'eut appelé, le Dr Solberg s'était rendu dans un district de police de Hollywood. Et là, il avait retrouvé un Éric Leben bien différent de celui qu'il avait connu jusqu'alors. Un homme nerveux, en plein désarroi, honteux. Dans la nuit, Éric avait été arrêté par la brigade des mœurs dans un motel chaud d'Hollywood que fréquentaient surtout les jeunes droguées, surpris en compagnie d'une adolescente de quatorze ans, accusé de viol, charge recevable même lorsqu'une mineure avouait avoir fait commerce de son corps.

Au début, Éric Leben avait raconté à Solberg que la fille lui avait paru nettement plus âgée, qu'il n'avait aucun moyen de savoir si elle était mineure. Plus tard, cependant, sans doute désarmé par la compréhension et l'indulgence de Solberg, il avait craqué et lui avait longuement parlé de son obsession. Solberg n'avait pas la moindre envie d'entendre ce genre de confidence, mais il n'avait pu refuser d'écouter Éric d'une oreille attentive. Il sentait qu'Éric, avant tout un égoïste solitaire peu enclin à se livrer, avait soudain désespérément besoin de confier à quelqu'un ses émotions profondes et ses hantises, dans ce moment difficile de son existence. Alors Solberg avait écouté, avec dégoût, avec pitié.

– Ce n'était pas seulement un attrait sexuel pour les très jeunes filles, mais une obsession, une compulsion, un besoin qui le rongeait.

Leben n'avait que trente et un ans et il ne supportait pas l'idée de vieillir ou de mourir un jour. Déjà, les recherches sur la longévité étaient au centre de sa carrière. Mais il n'abordait pas le problème du vieillissement uniquement dans un esprit scientifique. Dans sa vie personnelle, en privé, il se montrait irrationnel, dominé entièrement par ses émotions.

Par exemple, il semblait croire que d'une certaine manière, il absorbait l'énergie vitale des filles avec qui il couchait. Il savait que cette idée était ridicule, relevant du fantasme, mais c'est elle qui le poussait, sans cesse, à trouver de nouvelles adolescentes. Ce n'était pas un violeur d'enfants, et d'ailleurs il ne s'attaquait pas vraiment à des enfants. Il ne séduisait en fait que des filles qui le voulaient bien, en général des adolescentes en fugue qui en étaient réduites à la prostitution.

— Et parfois, poursuivit Solberg avec une expression consternée, il... il prenait plaisir à les frapper. Il ne les battait pas vraiment, remarquez, mais il les violentait. Quand il m'a dit cela, j'ai eu le sentiment qu'il l'avouait pour la première fois. Toutes ces filles étaient tellement jeunes qu'elles avaient encore cette arrogance propre à la jeunesse, cette assurance nourrie de la certitude que l'on va vivre toujours. Éric se disait qu'à les molester, il leur ferait perdre cette insolence qu'il jugeait insupportable. Il leur volait en quelque sorte leur innocence, il se nourrissait de leur jeune sève et croyait ainsi se sentir plus jeune.

— Une sorte de vampire, dit Julio, mal à l'aise.

— Oui, exactement ! Un vampire qui voyait là le moyen de rester éternellement jeune. Bien sûr, il savait qu'il fantasmait, que c'était impossible. Mais cela ne suffisait pas pour autant à le libérer de cette obsession. Il était conscient de ses troubles. Quelquefois, il se moquait de lui-même, se traitait de dégénéré sans être en mesure de relâcher l'emprise de ses fantasmes.

— Quelle suite a été donnée à cette accusation de viol ? demanda Reese. Je ne crois pas qu'elle ait été maintenue ni qu'il ait été jugé. Il n'avait pas de casier judiciaire.

— La fille, dit Solberg, a été confiée au tribunal pour enfants et conduite dans un pensionnat. Elle s'en est enfuie. Elle n'avait pas de papiers d'identité sur elle, elle avait donné un faux nom, et personne n'a pu retrouver sa trace. Sans elle, il n'y avait plus de charge contre Éric.

– Est-ce que vous lui avez conseillé de consulter un psychiatre ? demanda Julio.

– Oui. Mais il a refusé. C'était un homme intelligent, qui avait le sens de l'introspection et il savait très bien s'analyser. Il connaissait – ou croyait connaître – l'origine de son état mental.

Julio se pencha brusquement en avant.

– Et quelle était-elle selon lui ?

Solberg s'éclaircit la gorge. Une seconde, il parut sur le point de parler, puis il secoua la tête comme s'il avait besoin d'un répit avant de continuer. Cette conversation le troublait énormément. Éric Leben était mort, après tout, et il était en train de le trahir. Les piles de papiers ne le protégeaient plus suffisamment, aussi se leva-t-il pour aller jusqu'à la fenêtre, tournant ainsi le dos à Julio et Reese, cachant son visage et l'expression de sa honte.

Ce souci de discrétion à l'égard d'un homme qui n'avait été après tout qu'un collègue aurait pu sembler excessif à certains, mais Julio ne ressentait que de l'admiration pour cet homme plein de délicatesse. À une époque où bien peu de gens avaient encore des principes moraux, il était facile de trahir un ami, et les réticences de Solberg auraient dépassé l'entendement de la plupart de ses contemporains, laxistes et décadents.

Immobile, face à la fenêtre, Solberg reprit :

– Enfant, Éric, il me l'a expliqué, aurait été violenté par un de ses oncles. Un certain Hampstead. Il avait quatre ans et cette situation a continué jusqu'à ce qu'il ait neuf ans. Il était terrifié par cet oncle mais il avait trop honte pour en parler. Sa famille était très religieuse, ce qui est important, vous allez comprendre pourquoi. Les Leben étaient de vrais dévots. Des Nazaréens. Des gens résolument stricts. Jamais de musique. Jamais de danse. Une de ces religions qui font de la vie un enfer. Bien entendu, en raison des pratiques de son oncle, Éric avait le sentiment d'être un pécheur, même si cela s'était passé contre son gré.

— C'est un scénario courant, dit Julio. Même dans les familles les moins religieuses. Les enfants se culpabilisent pour les crimes commis par les adultes.

— Cet oncle, Barry Hampstead... Oui, maintenant, le prénom me revient... Éric en avait de plus en plus peur. Et, à neuf ans, finalement, il a poignardé Hampstead.

— À neuf ans ? Grands dieux ! s'exclama Reese.

— Hampstead était endormi sur le sofa et Éric l'a tué avec un couteau de boucher.

Julio réfléchit un instant au trauma qu'impliquait un tel acte chez un enfant de neuf ans déjà émotionnellement perturbé par ce viol à long terme. Il imagina le grand couteau dans la petite main, le sang qui jaillissait, les yeux horrifiés de l'enfant Éric Leben.

Il eut un frisson.

— Tout le monde finit par apprendre ce qui s'était réellement passé, reprit Solberg. Mais, les parents d'Éric, avec leur esprit tordu, ont considéré que l'enfant était à la fois un meurtrier et un fornicateur. Ils se lancèrent alors dans une sorte de croisade religieuse particulièrement dommageable sur le plan psychique, et ce, afin de sauver l'âme de leur fils. Ils le forcèrent à prier jour et nuit, ils le punirent, l'obligèrent à lire et à relire des passages de la Bible à haute voix, pendant des heures, jusqu'à ce que le moindre son ne puisse plus sortir de sa gorge. Ces pratiques devaient lui éviter l'Enfer. Même après qu'il eut quitté sa famille pour aller au collège, même après avoir réussi dans ses études, même après ses succès les plus brillants à l'Université, alors qu'il était devenu un scientifique respecté, Éric a continué à croire un peu à l'Enfer et à sa propre damnation. En vérité, il y croyait sans doute tout à fait.

Julio devina alors ce qui allait suivre et un frisson courut le long de son échine. Il regarda son collègue et lut, sur le visage de Reese, une expression d'horreur égale à la sienne.

Sans détacher son regard du campus verdoyant et fleuri sous le soleil, Solberg reprit :

– Vous savez déjà que la passion d'Éric pour les recherches sur la longévité et le rêve d'immortalité qu'il entretenait l'ont conduit à l'ingénierie génétique. Vous comprenez donc peut-être à présent pourquoi il s'était entièrement voué à cette quête que d'aucuns qualifieraient d'impossible, d'irrationnelle. En dépit de son éducation, de son intelligence, de sa capacité à se raisonner, Éric entretenait cette aberration tout au fond de lui-même : il croyait qu'il irait en Enfer après sa mort. Non pas seulement parce qu'il avait péché avec cet oncle, mais parce qu'il l'avait assassiné. Il était à la fois un assassin et un fornicateur. Il m'a dit une fois, d'ailleurs, qu'il avait peur d'une chose : retrouver son oncle en Enfer et être condamné pour l'éternité à être soumis à ses appétits.

– Doux Seigneur ! laissa échapper Julio.

Inconsciemment, il fit le signe de croix, ce qui ne lui était pas arrivé depuis des lustres.

Solberg se détourna enfin de la fenêtre et leur fit face.

– L'immortalité sur Terre, pour Éric Leben, n'était pas l'expression de son amour de la vie, mais de sa peur de l'Enfer. Une certaine peur. Et je pense que vous comprenez à présent pourquoi c'était un homme à ce point tourmenté, obsédé.

– Oui, c'était inévitable, dit Julio.

– Il ne pensait qu'aux jeunes filles, qu'aux moyens

d'accroître la durée de l'existence humaine, pour vaincre le Diable. Au fil des ans, cela a empiré. Après ce week-end au cours duquel il s'était confessé à moi, nous ne nous sommes guère revus, sans doute parce qu'il regrettait de s'être confié à moi. Je doute même qu'il ait fait la moindre confidence à sa femme quand il l'a épousée, quelques années plus tard. Je suis probablement le seul à savoir. Mais en dépit de notre éloignement, j'ai suivi son itinéraire. Je crains que la peur de la mort et de la damnation n'ait fait que grandir chez lui, avec les années. Je suis peiné de sa mort. C'était un homme tellement brillant ! Il aurait pu tant apporter à l'humanité. Mais, d'un autre côté, il n'a pas eu une vie très heureuse et...

– Oui, l'encouragea Julio.

Avec un soupir, Solberg passa la main sur son visage lunaire. Ses traits, sous l'effet de la lassitude, s'étaient affaissés.

– Eh bien, il m'arrive parfois de me demander ce qu'aurait fait Éric s'il avait débouché dans ses recherches. S'il pensait réellement pouvoir modifier sa structure génétique pour allonger sa durée de vie, il aurait pu être assez fou pour tenter l'expérience sur lui-même à partir d'un processus non abouti. Même en sachant les risques qu'il prenait, il n'aurait pas résisté à l'envie de combattre la mort, l'Au-delà. Et Dieu sait quelles auraient pu être les conséquences, s'il avait fait de lui son propre cobaye !

Julio ne voulut pas ajouter à son accablement en lui disant que le corps avait disparu de la morgue l'autre nuit...

25

Seule

Ils ne prirent pas le temps de remettre en ordre les photocopies du dossier Wildcard et jetèrent le tout dans un sac poubelle que Benny avait trouvé dans la cuisine. Celui-ci le ferma soigneusement avec une attache plastique avant de le poser dans la Mercedes, derrière le siège du conducteur.

Ils prirent ensuite le chemin de terre jusqu'au portail devant lequel ils avaient laissé la Ford. Comme ils l'avaient espéré, une des clés du trousseau de la Mercedes ouvrait le cadenas. Benny monta dans la Ford, et l'introduisit à l'intérieur de la propriété tandis que Rachael, elle, avançait la Mercedes jusque sous les arbres.

Elle s'arrêta et attendit, nerveuse, serrant convulsivement le .32 tout en épiant les sous-bois proches.

Benny descendit la route à pied en direction des trois véhicules qu'ils avaient croisés en arrivant. Il avait pris les plaques d'immatriculation de la Mercedes, ainsi que des pinces et un tournevis.

Quand il revint, il avait les plaques d'une Jeep Dodge. Il entreprit de les mettre sur la Mercedes.

Puis il monta à côté de Rachael.

— Quand tu arriveras à Las Vegas, téléphone dans une cabine. Cherche le numéro d'un type appelé Whitney Gavis.

— Qui est-ce ?
— Un vieil ami. Il travaille pour moi. Il est chargé de ce vieux motel dont je t'ai parlé – le Golden Sand Inn. En fait, c'est lui qui a mis le nez dessus. Il a les clés. Il pourra t'y faire entrer. Dis-lui que tu veux la chambre du directeur. Je t'y rejoindrai cette nuit. Raconte-lui ce que tu voudras. Il sait se taire, et si jamais il doit être mêlé à cette histoire, il vaut peut-être mieux qu'il sache que c'est du sérieux.
— Et s'il a entendu les bulletins d'information ?
— Avec lui, pas de problème. Il ne risque pas de croire que nous sommes des assassins et encore moins des agents russes. Il a la tête solide, du nez, et un sens de la loyauté absolu. Tu peux te fier à lui.
— Puisque tu me le dis...
— Derrière le motel, tu trouveras un garage pour deux voitures. Mets-y la Mercedes dès ton arrivée.
— Tout cela ne me plaît guère.
— À moi non plus. Mais c'est le seul plan qui convienne actuellement. Nous en avons déjà discuté.

Il se pencha, posa la main sur son visage, puis l'embrassa tendrement.

— Tu promets de quitter cet endroit dès que tu auras fini tes recherches ? demanda-t-elle. Même si tu n'as pas trouvé d'indices ?
— Oui. Je ne tiens pas à être là quand les fédéraux arriveront.
— Et si tu trouves un indice sur l'endroit où Éric a pu aller, tu n'iras pas seul, n'est-ce pas ?
— Est-ce que je ne te l'ai pas promis ?
— Je veux te l'entendre dire une fois encore.
— J'irai d'abord te rejoindre, répliqua Benny. Je ne veux pas me lancer seul à ses trousses. Il faut que nous soyons ensemble.

Elle le regarda droit dans les yeux sans être vraiment certaine qu'il lui disait la vérité. Mais, même s'il mentait, elle n'avait d'autre solution que de fuir. Ils ne pouvaient plus s'attarder ici.

— Je t'aime, dit Benny.

— Moi aussi, je t'aime. S'il t'arrive quelque chose, je ne me le pardonnerai jamais.

Il lui sourit.

— Quelle femme !... Je crois que tu ferais battre le cœur d'un vieux rocher. Ne t'en fais pas. Et maintenant, verrouille tes portières et va-t'en, O.K. ?

Une fois encore, il l'embrassa, plus tendrement. Puis il sortit, claqua la portière et attendit qu'elle démarre avant d'agiter la main.

Lentement, Rachael suivit le chemin de gravier. Son regard resta rivé sur le rétroviseur aussi longtemps qu'elle vit Benny, puis elle aborda un tournant et il disparut.

Ben gara la Ford devant la cabane. Quelques gros nuages blancs avaient fait leur apparition dans le ciel et des ombres passaient lentement sur le toit.

Dans une main, il avait le fusil, dans l'autre le Magnum. Rachael avait emporté son .32. Il grimpa les marches jusqu'à la terrasse en se demandant si Éric ne l'épiait pas en cet instant, caché quelque part.

Il avait dit à Rachael qu'Éric avait fui pour essayer de trouver un autre refuge. C'était peut-être vrai. En tout cas, très probable. Mais il restait un risque infime que le mort-vivant soit encore là, peut-être dans les bois, à quelques mètres.

Ksss, ksss, ksss, ksss...

Il glissa le revolver sous sa ceinture, derrière la hanche, et entra avec méfiance, le fusil braqué, le doigt sur la détente. Il refit le tour des pièces, cherchant un indice, même infime, qui pourrait le remettre sur la piste d'Éric.

Il n'avait pas menti à Rachael. Il était convaincu qu'une fouille systématique s'imposait. Mais il ne lui faudrait pas une heure, comme il l'avait prétendu. S'il ne trouvait rien d'utile avant un quart d'heure, il repartirait pour aller explorer les alentours immédiats en quête de traces de pas. S'il en trouvait, alors, il poursuivrait le mort-vivant jusqu'au fond des bois.

Il n'avait pas parlé de cette partie de son plan à Rachael car elle aurait alors certainement refusé de partir pour Las Vegas. Mais il ne pouvait se lancer dans les bois avec elle. Il l'avait compris quand ils s'étaient approchés ensemble de la cabane. Elle n'était pas, comme lui, habituée à traquer des proies humaines dans la nature sauvage. Pour lui, elle aurait été un souci constant, et elle l'aurait distrait, donnant ainsi l'avantage à Éric.

Il avait dit à Rachael que les bruits insolites qu'ils avaient surpris étaient dus à des animaux. Possible. Mais, quand ils avaient découvert que la cabane était déserte, il s'était dit qu'il avait trop vite écarté l'hypothèse qu'Éric pouvait être caché dans l'ombre des taillis, épiant leurs moindres gestes.

Rachael atteignit la route viabilisée et descendit jusqu'au lac, craignant à chaque instant de voir Éric surgir des bois pour s'accrocher à la portière. Avec sa force démoniaque, il n'aurait aucune peine à casser la vitre. Le long du lac, elle relégua ses craintes pour se préoccuper à nouveau de la police et des agents du gouvernement. On commençait à voir des voitures de patrouille un peu partout.

Las Vegas lui semblait à des milliers de kilomètres. De plus elle avait la sensation déprimante d'avoir abandonné Benny.

En arrivant à l'aéroport de Palm Springs après avoir quitté La Pierre, Peake et Sharp apprirent que l'hélicoptère, un Bell Jet Ranger, avait une avarie. Le directeur adjoint de la DSA, encore sous l'effet de la colère qu'il n'avait pu libérer sur La Pierre, passa sa hargne sur le malheureux pilote, le rendant responsable de leurs ennuis.

Peake lui fit un clin d'œil derrière le dos de Sharp.

Il n'y avait pas d'autre hélicoptère disponible en location et les deux appareils du shérif étaient en mission. Sharp décida à regret qu'ils n'avaient plus qu'à prendre une voiture pour aller jusqu'au lac Arrowhead. Le véhicule de la DSA, vert sombre, était pourvu d'un gyrophare et d'une sirène et ils firent usage des deux pour se frayer un chemin dans le flot de la circulation. Ils foncèrent vers le nord sur l'autoroute 111. C'est à une vitesse folle qu'ils obliquèrent vers l'ouest sur l'interfédérale 10, se dirigeant vers la sortie de Redlands. Ils se maintenaient presque constamment à cent quarante et Jerry Peake, au volant de la Chevrolet, n'en menait pas large. Ce qui ne semblait guère inquiéter Sharp.

Celui-ci ne se plaignait que d'une chose : l'absence d'air conditionné. Un souffle torride leur fouettait le visage. Sharp, assuré de son destin, ne pouvait s'imaginer mourant dans l'instant suivant, écrasé dans la carcasse d'une Chevrolet. Il considérait qu'il avait un droit absolu au confort quelles que soient les circonstances. C'était un prince, un monarque.

Ils roulaient à présent sur la fédérale 330 et ils traversaient les montagnes de San Bernardino, à quelques kilomètres de Running Springs. Les virages nombreux les avaient obligés à ralentir. Sharp ruminait depuis la sortie de Redlands. Mais sa rage s'estompant il se livrait maintenant à des calculs et échafaudait des plans. Il avait le crâne en ébullition et, tel Machiavel, supputait ses chances de réussir.

Ils roulaient entre les arbres et des stries d'ombre et de lumière jouaient à travers le pare-brise. Sharp se décida enfin à parler :

– Peake, vous vous demandez peut-être pourquoi nous ne sommes que deux sur cette affaire, pourquoi je n'ai pas prévenu la police ni prévu de renforts de notre côté...

— Oui, monsieur, dit Peake, cette question m'est venue à l'esprit.

Sharp le dévisagea un instant.

— Jerry, est-ce que vous êtes ambitieux ?

« Jerry, fais gaffe à ton cul ! » pensa Peake en entendant son supérieur l'appeler par son prénom. Car Sharp n'était pas du genre à se montrer amical.

— Oui, monsieur. J'aime mon travail et je fais de mon mieux pour servir mon pays, si c'est ce que vous voulez dire.

Sharp hocha la tête.

— C'est bien, Peake, mais vous pourriez espérer une promotion. Aimeriez-vous être responsable du service des enquêtes ?

Peake se dit que Sharp manifesterait des soupçons à l'égard d'un jeune agent trop ambitieux, aussi décida-t-il de lui cacher son rêve de devenir célèbre au sein de la DSA.

— Eh bien, j'ai quelquefois imaginé que je pourrais devenir chef adjoint du bureau de Californie, où j'aurais des responsabilités plus importantes dans les opérations. Mais j'ai encore beaucoup à apprendre.

— Vous me semblez au contraire tout à fait capable et brillant. Je m'attendais à ce que vous visiez plus haut.

— Eh bien, c'est très gentil de votre part, mais il y a d'autres types de mon âge plutôt brillants, eux aussi, à l'agence, et avec une telle concurrence, je me contenterais du poste de chef adjoint...

Sharp resta silencieux durant une longue minute. Mais Peake savait que leur conversation n'en resterait pas là. Il ralentit en abordant un virage particulièrement serré et dut freiner pour éviter d'écraser un raton laveur qui traversait le route.

— Jerry, reprit Sharp, je vous ai observé attentivement. Et avec satisfaction, je dois dire. Vous avez ce qu'il faut pour aller très loin. Si vous souhaitez aller à Washington, je suis persuadé que plusieurs postes sont envisageables pour vous au quartier général.

Jerry Peake avait peur, tout à coup. Sharp se montrait trop flatteur, trop protecteur. Il attendait d'être payé en retour, il voulait que Peake fasse quelque chose pour lui, quelque chose d'important. Et s'il refusait le marché, il risquait de se faire un ennemi mortel.

— Jerry, dit Sharp, ce que je vais vous dire est confidentiel et je vous demanderai de le garder secret. Avant deux ans, le directeur de l'agence va se retirer et me recommander pour le remplacer à son poste.

Là, se dit Peake, Sharp devait être sincère. Mais, en même temps, il eut le sentiment alarmant et bizarre que Jarrod McClain, l'actuel directeur, aurait été surpris d'entendre parler de sa démission prochaine.

— Une fois à ce poste, poursuivit Sharp, je devrai me débarrasser d'un certain nombre de gens que Jarrod a installés ici et là. Ce n'est pas que je veuille lui manquer de respect, mais il est vraiment de la vieille école ! Et ces types qu'il a promus sont plus des bureaucrates que de véritables agents. Je vais les remplacer par des hommes plus jeunes, plus dynamiques. Comme vous, Jerry.

— Monsieur, je ne sais que dire.

Il ne quittait pas la route des yeux. Sharp, de son côté, guettait chacune de ses réactions.

— Mais ces hommes que je vais mettre en place devront être fiables à cent pour cent, absolument acquis à mes idées. Il faudra aussi qu'ils soient prêts à prendre des risques, à faire des sacrifices, tout cela pour l'agence et, bien entendu, le bien du pays. Ils se trouveront parfois dans des situations où ils seront plus ou moins obligés de transgresser la loi. Toujours pour l'agence et au nom du pays. Quand on affronte la racaille, les terroristes, les agents de l'Est, vous le savez comme moi, on ne peut pas toujours coller aux règles, du moins si l'on veut gagner. Et c'est pour cela que le gouvernement a créé l'agence, Jerry, pour gagner ! Vous êtes jeune, d'accord, mais je suis certain que vous avez suffisamment d'expérience pour savoir ce dont je parle. Je suis même convaincu que vous avez violé la loi une ou deux fois vous-même.

– Oui, monsieur, sans doute, je dois le reconnaître, dit Peake avec prudence.

Il sentait la sueur perler sous sa chemise.

Un panneau indiquait : LAC ARROWHEAD – 15 KM.

– Très bien, Jerry, je vais jouer franc jeu avec vous. J'espère que vous êtes un type sur qui je peux compter, et je le pense. Je n'ai pas amené de renforts parce que Washington nous a fait savoir que Mrs Leben et Benjamin Shadway doivent être liquidés. C'est une sale besogne et je veux que ce soit fait discrètement.

– Liquidés ?

– Oui, c'est cela même, Jerry. Éliminés. Si on leur tombe dessus et qu'ils sont avec Éric Leben, nous ferons tout notre possible pour capturer Leben afin de l'étudier en laboratoire, mais Shadway et la femme de Leben doivent être supprimés. Humainement, j'entends, sans souffrances inutiles. Ce qui serait difficile voire impossible si nous avions la police sur place. En ce cas, il faudrait attendre que Shadway et Mrs Leben soient entre nos mains et simuler un accident ou quelque chose de ce genre. Mettons qu'ils tenteraient de fuir. Et si nous avions trop de types de l'agence avec nous, on augmenterait les risques de fuite. Il est hors de question que la presse soit au courant. D'une certaine façon, je dirais même que c'est une chance que nous soyons seuls, vous et moi, sur ce coup. Nous allons pouvoir nous arranger pour tout régler avant que les flics et les journalistes déboulent.

« Les liquider ? » se dit Peake. Mais l'agence n'avait absolument pas le droit d'assassiner des civils. On nageait en pleine folie.

— Pourquoi devons-nous les liquider ? s'entendit-il demander.

— Jerry, ça, je crains que ce ne soit top secret.

— Le mandat les cite à comparaître pour espionnage et pour le meurtre des policiers de Palm Springs... C'est un coup monté, non ? Pour que les flics du coin nous donnent un coup de main.

— Oui, fit Sharp. Mais dans cette affaire, Jerry, il y a des tas de choses que vous ignorez, et que je ne peux vous révéler, malheureusement, même si je vous demande de m'assister dans des circonstances qui peuvent vous paraître à la limite de l'illégalité et de la morale. Mais, en tant que directeur adjoint de l'agence, je peux vous assurer que Ben Shadway et Mrs Leben constituent un grave danger pour l'ensemble du pays. Au point que nous ne pouvons en parler aux autorités locales.

« Tu parles, se dit Peake. De la merde, oui... »

Il ne quittait pas la route des yeux. La Chevrolet filait sous l'arcade bleue et verte des arbres.

— Cette décision de les liquider n'est pas de mon seul fait, reprit Sharp. En fait, Jerry, cela vient de Washington. Je ne parle pas de Jarrod McClain mais de personnes plus haut placées. De l'autorité suprême, il faut le dire.

« Rien que des conneries, songea Peake, est-ce que tu crois que je vais avaler cette histoire, vieux ? Le Président aurait décidé de tuer de sang-froid deux malheureux citoyens qui sont pris dans un imbroglio qui n'est même pas de leur faute ? »

À cet instant il prit conscience que, s'il n'avait pas vu Sharp à l'œuvre à l'hôpital de Palm Springs, quelques minutes auparavant, il aurait pu être assez naïf pour croire ce qu'il lui racontait. La façon dont le sous-directeur avait agi avec Sarah Kiel et dont il avait affronté La Pierre avait fait naître un nouveau Jerry Peake, plus perspicace, plus roué. Mais Sharp l'ignorait.

— Oui, la plus Haute Autorité, insista Sharp.

Peake devinait que Sharp avait des raisons bien personnelles de vouloir la mort de Shadway et de Mrs Leben, et il était convaincu que Washington ne savait rien des intentions de son supérieur. Il n'aurait su dire d'où lui venait cette idée, mais, en tout cas, il n'avait plus le moindre doute. Intuition, se dit-il. Oui... Les gens destinés à être des célébrités avaient ce genre d'intuitions. C'était normal.

— Jerry, ils sont armés. Et dangereux, ça, je peux vous l'assurer. Bien qu'ils ne soient pas coupables des crimes stipulés sur le mandat, ils sont responsables d'autres méfaits dont je ne peux vous parler aussi longtemps que cela demeure dans le cadre de la Défense nationale. Mais soyez persuadé que nous n'allons pas assassiner deux innocents citoyens.

Peake s'émerveillait de sa faculté à détecter les mensonges de Sharp. Un jour auparavant, il aurait été émerveillé par les confidences de son chef, par l'ampleur et la rectitude de ses vues, alors que maintenant, il devait se retenir de vomir à chacune de ses paroles.

— Mais, dit-il, s'ils se rendent, s'ils lâchent leurs armes ?... Est-ce que nous devrons quand même les... liquider ? Sans souffrances inutiles ?

— Oui.

— Alors, nous sommes les juges, les jurés et les bourreaux ?

Une note d'impatience perça dans le ton de Sharp.

— Bon Dieu, Jerry, pas d'état d'âme ! Au Vietnam, j'ai dû tuer, parce que mon pays jugeait que c'était nécessaire, et ça ne me plaisait guère. Même si j'avais en face de moi un ennemi authentique. Alors, croyez-moi, l'idée de tuer Mrs Leben et Shadway me répugne. Même si ce sont de dangereux criminels. Mais les informations que j'ai reçues m'ont convaincu qu'ils représentent une menace réelle et terrible pour ce pays et l'ordre de les éliminer, comme je vous l'ai dit, provient de la plus Haute Autorité. Je sais où est mon devoir. Si vous voulez que je vous dise la vérité, ça me rend malade. Personne n'admet avec plaisir que son devoir conduise à un acte immoral. Jerry ? Vous aussi, vous savez où est votre devoir ? Est-ce que je peux compter sur vous ?

Dans le living de la cabane, Ben découvrit une chose qui leur avait échappé, à lui et à Rachael : une paire de jumelles, au pied du fauteuil, tout près de la fenêtre. Il les prit, les porta à ses yeux et s'aperçut qu'il pouvait distinctement observer le chemin qu'ils avaient emprunté. Éric les avait-il observés seconde par seconde ?

Il fallut moins d'un quart d'heure à Ben pour fouiller tout le living et les trois chambres. C'est près d'une fenêtre à nouveau, dans la dernière chambre, qu'il remarqua les traces sur la pelouse, très loin de l'endroit où ils étaient sortis de la forêt pour s'approcher de la cabane.

C'était certainement par là, se dit-il, qu'Éric s'était enfui après les avoir repérés à la jumelle. Donc, les bruits qu'il avait entendus dans le sous-bois étaient probablement de son fait. Éric les avait constamment épiés !

Il devait donc être encore à proximité. Il était grand temps de se lancer à sa poursuite.

Benny quitta la chambre. Dans la cuisine, en ouvrant la porte, il vit la hache. Elle était posée contre le côté du réfrigérateur.

La hache ?

Il se retourna, les sourcils froncés, perplexe, et se pencha sur le fer parfaitement affûté. Il était certain que la hache n'était pas là quand il était entré avec Rachael par cette même porte.

Un frisson glacé courut le long de sa colonne vertébrale.

Après avoir fait le tour des lieux, ils s'étaient retrouvés dans le garage. C'est là qu'ils avaient discuté de la conduite à tenir. Puis ils étaient rentrés et ils avaient traversé la cuisine jusqu'au living pour rassembler les photocopies du dossier Wildcard. Cela fait, ils avaient regagné le garage, pris la Mercedes, et avaient roulé jusqu'au portail. À aucun moment, ils n'étaient passés à proximité de ce côté-ci du réfrigérateur. La hache était-elle déjà là ?

Ben réfléchissait, repassant tous les instants dans son esprit. L'étau se resserrait.

Il y avait deux explications. Deux seulement. La première, c'était qu'Éric avait rallié la cuisine pendant qu'ils se trouvaient, eux, dans le garage. Il avait alors très bien pu garder cette arme en attendant leur retour, avec l'intention de les attaquer par surprise. Ils n'avaient été qu'à quelques mètres de lui. Et puis, il avait surpris leur discussion sur la stratégie à adopter, avait renoncé à les attaquer et opté pour un autre plan. Il avait alors reposé la hache.

Ou bien...

Ou bien Éric n'était pas présent à ce moment-là et il n'était revenu que plus tard, après les avoir vus partir dans la Mercedes. Il avait abandonné la hache, croyant qu'ils étaient partis pour de bon. Surpris par le retour intempestif de Benny avec la Ford, il s'était enfui en hâte.

Il n'y avait que ces deux hypothèses.

Laquelle était la bonne ?

Si Éric s'était trouvé sur les lieux lorsqu'ils étaient encore dans le garage, pourquoi n'avait-il pas attaqué ? Avait-il changé d'idée au dernier instant ?

Un lourd silence régnait dans la cabane. Ben se

demanda si quelqu'un, tout près, le guettait, attendait...

Non, se dit-il. Il était vraiment seul. Il connaissait ce silence-là. Il savait d'instinct qu'il n'y avait pas âme qui vive à des kilomètres. Éric avait quitté la maison.

À travers l'écran-moustiquaire, il observa les bois. Ils semblaient absolument déserts et paisibles. Éric, très certainement, n'était pas à l'affût dans l'ombre.

— Éric, appela-t-il à haute voix. Bon Dieu, où est-ce que tu es ?

Il abaissa son fusil. Il était inutile de le braquer dans le vide, se dit-il. Éric n'était plus dans la montagne.

Le silence persistait. Oppressant, pénible.

Ben sentit qu'il approchait de la vérité. Une vérité atroce... Il était maintenant conscient d'avoir commis une faute. Une faute terrible. Impardonnable. Mais laquelle ? Et quand ? Il fixait la hache, avec le vague espoir de comprendre.

C'est alors que sa gorge se serra convulsivement.

— Mon Dieu ! souffla-t-il. Rachael !

LAC ARROWHEAD – 5 KM.

Peake traînait derrière une caravane dans une portion de route où tout dépassement était interdit, mais Sharp ne semblait pas contrarié, préoccupé qu'il était d'avoir l'accord de son subalterne pour le double meurtre qu'il envisageait.

— Bien sûr, Jerry, si vous avez le moindre scrupule, laissez-moi agir seul. Naturellement, je préférerais que vous m'aidiez... après tout, ça fait partie de votre travail... mais si nous parvenons à désarmer la femme et Shadway sans ennuis, je me chargerai moi-même du reste.

Oui, songea Peake. Et je serai quand même complice d'un double meurtre.

– Monsieur, répliqua-t-il, je n'ai pas l'intention de vous abandonner.
– Je suis très heureux de vous l'entendre dire, Jerry. J'avoue que j'aurais été déçu si vous aviez agi autrement. J'entends par là que je suis persuadé de votre courage et de votre fidélité. Et je peux vous assurer que l'agence et la nation tout entière seront fières de votre coopération.

« C'est ça, espèce de pauvre dingue, se dit Peake. Ignoble connard. »

– Monsieur, je n'ai pas l'intention de faire quoi que ce soit contre les intérêts de mon pays...

Sharp sourit, enfin persuadé qu'il avait obtenu la capitulation totale de son subalterne.

Ben avançait lentement dans la cuisine, explorant attentivement le sol, les boîtes de conserve dispersées sur le carrelage. Avec Rachael, la première fois, ils les avaient évitées et Ben n'avait pas remarqué de traces de pas dans une flaque de soupe. Il était certain qu'elles n'auraient pas pu lui échapper. Le fait est pourtant qu'il y avait là la trace d'une semelle complète, plus un talon dans du beurre de cacahuètes. Une botte, pensa-t-il, de grande pointure.

Deux autres empreintes brillaient tout près du réfrigérateur, là où Éric avait reposé la hache avant de se dissimuler. Il s'était caché là, se dit Ben. Bon Dieu ! Quand Rachael et lui étaient revenus du garage pour regagner le living et rassembler les pages du dossier Wildcard, Éric était là, accroupi derrière le réfrigérateur.

Le cœur battant, Ben se redressa et se précipita vers la porte qui accédait au garage.

LAC ARROWHEAD.
Ils étaient arrivés.
La caravane qui se traînait devant eux obliqua

enfin pour se ranger sur l'aire de stationnement d'un magasin de sport et Peake accéléra.

Après avoir consulté le papier sur lequel il avait noté les indications données par La Pierre, Sharp manifesta sa satisfaction.

– On est dans la bonne direction, dit-il. Il n'y a qu'à suivre la fédérale vers le nord en faisant le tour du lac. Dans cinq ou six kilomètres, vous devriez avoir une route qui part sur la droite, avec une dizaine de boîtes aux lettres dont une avec un grand coq rouge et blanc.

Peake vit que son chef ouvrait un attaché-case. À l'intérieur, il y avait deux automatiques de calibre .38. Il en posa un entre les deux sièges.

– C'est quoi ? demanda Peake.
– Votre arme, pour cette opération.
– Mais j'ai mon revolver de service.
– Ce n'est pas la saison de la chasse. On ne peut pas se permettre de faire trop de bruit, Jerry. Ça pourrait attirer les voisins ou même le shérif s'il est dans le coin.

Tout en parlant, Sharp avait pris un silencieux dans l'attaché-case et il le vissait maintenant sur son arme.

– Vous savez qu'on ne peut pas fixer de silencieux sur un revolver. Et on ne peut pas se permettre d'avoir quelqu'un sur le dos. Il nous faudra du temps pour disposer les corps afin que ça colle dans le scénario.

« Qu'est-ce que je vais faire, nom de Dieu ? » se dit Peake tandis qu'ils se dirigeaient vers l'embranchement.

Sur une autre route, la fédérale 138, Rachael avait laissé enfin le lac derrière elle. Elle approchait de Silverwood Lake, dans le cadre majestueux des montagnes de San Bernardino qu'elle n'avait guère le cœur à apprécier.

À partir de Silverwood, la 138 quittait les montagnes et obliquait presque franchement à l'ouest pour rejoindre l'interfédérale 15. Là, Rachael avait l'intention de faire le plein et de continuer ensuite sur la 15, d'abord vers le nord, puis vers l'est, pour traverser le désert jusqu'à Las Vegas. Cela représentait près de quatre cents kilomètres à travers l'un des paysages les plus désolés et les plus beaux du continent. Même dans des circonstances plus agréables, c'était un voyage éprouvant.

« Benny, j'aimerais tant que tu sois là », songea-t-elle.

Elle passa devant un arbre foudroyé qui tendait vers le ciel ses branches tordues et noircies.

Les nuages blancs se faisaient plus denses et certains se chargeaient de gris.

Dans le garage vide, Ben découvrit une empreinte de botte très nette, encore humide, qui brillait dans un rai de soleil. Il s'agenouilla et renifla. Il crut reconnaître une odeur de jus de viande.

L'empreinte devait exister quand ils étaient revenus à la voiture avec le dossier Wildcard, mais Benny ne l'avait pas remarquée.

Il se redressa et s'avança en examinant attentivement le sol. Au bout de quelques secondes, il tomba sur une tache brune, guère plus grosse qu'un petit pois. Il la toucha du bout du doigt, huma le beurre de cacahuètes. Sans le moindre doute, Éric était là pendant qu'ils se trouvaient, eux, dans le living-room, en train d'empiler les photocopies dans le sac poubelle.

Quand ils étaient revenus dans le garage, Ben était pressé. Il lui semblait plus important que Rachael quitte sans tarder la cabane avant qu'Éric ou les flics ne se manifestent. Et puis, bien sûr, il n'avait aucune raison de chercher des traces de la présence d'Éric dans des endroits qu'ils venaient d'explorer l'instant d'avant. On ne pouvait s'attendre à une telle ruse de la part d'un homme dont le cerveau souffrait de lésions graves, un mort-vivant qui, s'il réagissait comme les souris du laboratoire, devait être désorienté, mentalement perturbé. C'est pourquoi Ben n'avait pas eu la moindre hésitation à convaincre Rachael de partir avec la Mercedes. Pas une seconde, il ne lui était venu à l'esprit qu'elle pouvait ne pas être seule dans la voiture. Comment aurait-il pu deviner ? Il se mit à jurer avec véhémence.

Caché dans la cuisine avec sa hache, Éric les avait écoutés et il avait compris qu'il tenait une chance de mettre la main sur Rachael, seule. Et cette possibilité était tellement séduisante qu'il avait renoncé à attaquer Ben. Il était resté derrière le réfrigérateur jusqu'à ce qu'ils repassent dans le living. Il s'était alors glissé dans le garage, il avait pris les clés de la voiture, ouvert le coffre, remis les clés sur le contact avant de s'installer dans le coffre et de rabattre le capot sur lui.

Si jamais Rachael avait une crevaison et devait ouvrir le coffre... À moins que ce ne soit dans le désert... Éric pourrait décider de démonter les fixations du siège arrière pour sortir du coffre...

Le cœur battant à tout rompre, Ben se précipita vers la Ford.

Jerry Peake repéra le coq rouge et blanc qui surmontait une des boîtes aux lettres et s'engagea sur la route plus étroite qui montait en pente raide entre les allées et les cottages nichés dans la forêt.

Sharp avait fini de visser le deuxième silencieux sur son .38. Il prit deux chargeurs dans son attaché-case et en posa un à côté de l'arme destinée à Peake.

– Jerry, dit-il, je suis heureux que vous marchiez avec moi.

Peake n'avait pas vraiment dit qu'il marchait avec

Sharp et, en vérité, il ne voyait pas comment il pourrait participer à un meurtre commis de sang-froid et se regarder ensuite dans un miroir. À l'évidence, ses chances de devenir célèbre dans la profession étaient gravement compromises. D'un autre côté, s'il indisposait Sharp, sa carrière dans l'agence serait brutalement interrompue.

– Bientôt, annonça Sharp en consultant ses notes, nous allons trouver du gravier.

Malgré ses récentes déductions, en ce moment particulier de sa vie, Jerry ne savait vraiment que décider. Il ne voyait aucun moyen de sauvegarder à la fois sa dignité et son avenir. La pente s'accentua encore tandis qu'ils s'enfonçaient plus avant dans les bois, et il sentit la panique le gagner. Pour la première fois depuis de longues heures, il avait le sentiment terrible d'être impuissant.

– Voilà le gravier, dit Sharp.

À cette même seconde, Peake se dit que le sort qui l'attendait était bien pire encore car il lui vint soudain à l'esprit que Sharp allait probablement le tuer, lui aussi. S'il tentait d'empêcher son supérieur d'abattre Shadway et la femme de Leben, Sharp le descendrait en premier et s'arrangerait ensuite pour mettre le meurtre à l'actif des deux fugitifs. Cela lui fournirait une raison supplémentaire pour avoir exécuté Shadway et Rachael Leben. Sharp ferait figure de héros. D'un autre côté, Peake ne pouvait pas s'éclipser et laisser le sous-directeur de la DSA accomplir tout le travail à sa place... Mais il y avait une autre hypothèse. Constatant que Peake ne s'était pas rallié à lui avec enthousiasme, Sharp ne lui ferait plus confiance et il était probable qu'il l'abattrait après avoir réglé leur compte à Shadway et Rachael Leben. Il lui suffirait ensuite de dire que Peake s'était chargé de l'affaire, tout seul. Grand Dieu ! L'esprit de Peake fonctionnait à pleine vitesse. Il n'avait en fait que deux choix possibles : participer à un double meurtre et gagner ainsi la totale confiance de Sharp... Ou bien tuer Sharp avant qu'il puisse faire quoi que ce soit. Aucune des deux solutions n'était acceptable... Mais...

– On n'est plus très loin, dit Sharp en se penchant en avant, la tête contre le pare-brise. Ralentissez au maximum.

... Non, il n'y avait pas de solution possible. S'il abattait Sharp, personne ne croirait jamais que celui-ci avait eu l'intention de liquider Shadway et Mrs Leben. Après tout, quels auraient pu être ses motifs ? Peake se retrouverait devant un tribunal et il serait accusé de meurtre avec préméditation contre un supérieur. Les juges étaient rarement indulgents pour les tueurs de flics, même si le coupable était un autre flic, et il se retrouverait certainement en prison.

Par ailleurs, participer au double meurtre, au massacre, c'était se rabaisser au niveau de Sharp, oublier ses rêves pour n'être plus qu'un assassin. Peake était coincé dans une situation où il n'avait plus que des réponses fausses, des issues injustes, démentes. Il avait l'impression que son crâne allait exploser.

– Voilà le portail qu'il nous a décrit, fit Sharp. Et il est ouvert ! Garez-vous devant !

Jerry obtempéra, arrêta la voiture et coupa le moteur.

C'est alors que, dans le silence des bois, tandis qu'ils baissaient leurs glaces, un nouveau son leur parvint : celui d'une voiture de sport.

– Quelqu'un vient ! lança Sharp en saisissant son .38 à silencieux.

Il ouvrit sa portière à l'instant où une Ford bleue surgissait sur le chemin, devant eux, à pleine vitesse.

Pendant que l'employé de la station-service faisait le plein de super, Rachael mit des pièces dans la machine distributrice et prit une boîte de Coke et des barres de chocolat. Elle se sentait le besoin de reprendre des forces avant le long trajet à travers le désert qui l'attendait.

– Vous allez à Vegas ? lui demanda l'employé.

– Oui.

– C'est ce que je pensais. Vous savez, je devine toujours où vont les gens. Vous, je me suis dit, c'est Vegas. Écoutez : en arrivant, allez tout droit à la roulette. Et jouez le vingt-quatre. J'ai eu une intuition, comme ça. Rien qu'en vous voyant. O.K. ?

– O.K. Le vingt-quatre.

Il lui prit sa boîte de Coke pendant qu'elle cherchait de l'argent dans son portefeuille.

– Vous allez voir, vous allez gagner une fortune. Bien sûr, vous m'en donnerez la moitié. En tout cas, si vous perdez, ça sera à cause du diable, pas de moi.

Elle s'installa au volant et il se pencha pour ajouter :

– Faites gaffe dans le désert. Ça peut être dangereux.

– Je sais.

Elle reprit la 15, en direction du nord-est, vers Barstow. Elle se sentait très seule.

26

L'homme qui avait mal tourné

En prenant le virage, Ben, alors qu'il accélérait, découvrit la voiture verte arrêtée devant le portail ouvert. Il freina et la Ford dérapa sur le chemin de terre. Le volant tressauta sous ses mains. Mais il ne perdit pas le contrôle de la voiture, évita les fossés et s'arrêta dans un nuage de poussière à quatre-vingts mètres du portail.

Il vit les deux hommes sortir de la voiture verte. Le premier se précipitait dans sa direction comme un coureur de marathon tandis que l'autre restait en arrière. Dans le soleil, la poussière prenait une teinte jaune, donnant aux deux silhouettes une patine de marbre. Mais l'arme, dans la main de l'homme qui courait, était nettement visible. De même que le silencieux fixé sur le canon. Et cela c'était surprenant. Parce que les flics pas plus que les agents fédéraux n'utilisaient de silencieux, des réducteurs de son. Quant aux partenaires d'Éric, ils avaient ouvert le feu sur eux avec une mitraillette en plein centre de Palm Springs et ils n'avaient certainement pas décidé de se montrer discrets entre-temps.

Et puis, une fraction de seconde après avoir vu le silencieux, il découvrit le visage de l'homme qui s'approchait avec un rictus et il fut à la fois étonné, troublé et effrayé. Anson Sharp ! Il n'avait pas revu

Anson Sharp depuis soixante-douze, depuis le Vietnam. Mais il le reconnaissait sans l'ombre d'un doute. Sharp n'avait pas trop changé après toutes ces années. Durant le printemps et l'été soixante-douze, Ben s'était constamment attendu à ce que ce salopard lui tire dans le dos ou engage un tueur de Saigon pour le faire à sa place. Sharp était capable de tout. Mais Ben s'était montré particulièrement prudent et n'avait pas fourni la moindre occasion à l'autre. Et voilà que maintenant Sharp fonçait sur lui, comme s'il venait de surgir d'une faille temporelle. Qu'est-ce qu'il faisait ici, quinze ans après ? Une idée folle traversa l'esprit de Ben : Sharp l'avait constamment traqué pour lui régler son compte et il n'avait rien à voir avec ses ennuis actuels. Mais non. C'était impossible. Sharp était certainement mêlé à l'affaire Wildcard.

À moins de vingt mètres, Sharp écarta les jambes en position de tir et ouvrit le feu. Avec un bruit mat et dans une pluie de verre Securit, le projectile traversa le pare-brise, juste à droite de la tête de Ben.

Il passa en marche arrière et se retourna sur son siège. D'une main, il manœuvra le volant pour remonter la route à toute allure. Une deuxième balle ricocha sur la carrosserie, le manquant de peu, encore une fois. Il franchit alors le virage et Sharp disparut.

Il s'arrêta devant la cabane, mit le levier de vitesse au point mort sans couper le moteur et enclencha le frein à main. Puis il descendit et, très vite, posa le Magnum et le fusil sur le sol. Se penchant alors par la portière, il desserra légèrement le frein à main et regarda vers le bas de la pente.

À deux cents mètres de là, la Chevrolet apparut dans le virage. Elle roulait vite, fonçant droit sur la cabane. Ils ralentirent en le voyant, mais ne s'arrêtèrent pas pour autant. Il attendit encore quelques secondes, puis lâcha complètement le frein et s'écarta.

La Ford se mit à rouler sur la pente. Le chemin était si étroit que la Chevrolet n'avait pas la possibilité de s'écarter. La Ford franchit une petite bosse, rebondit et dévia en direction du fossé d'écoulement. Un instant, Ben craignit que la voiture ne parte sur le côté, mais elle fut à nouveau déviée par d'autres bosses et revint au centre.

Plus bas, la Chevrolet s'était arrêtée. Le conducteur cherchait à passer rapidement en marche arrière, mais la Ford prenait de la vitesse et elle était déjà trop près. Une autre bosse, et elle partit légèrement sur la gauche. À l'ultime seconde, la Chevrolet tenta une manœuvre d'esquive sur la droite, au risque de tomber dans le fossé. Mais il était trop tard. Les deux voitures entrèrent en collision avec un fracas métallique, bien que le choc ne fût pas aussi fort que Ben l'avait souhaité. Le pare-chocs de la Ford percuta celui de la Chevrolet, puis la Ford pivota en glissant sur la gauche. Elle fit un quart de tour et ses roues arrière dérapèrent dans le fossé. Elle s'arrêta enfin dans un dernier tressautement, en position perpendiculaire par rapport à la route.

La Chevrolet, elle, roula en arrière sur trente mètres, manquant de peu le fossé, puis s'arrêta. Les deux portières s'ouvrirent en même temps. Les deux hommes en jaillirent, apparemment indemnes, comme Ben l'avait craint.

Ben saisit le Magnum et le fusil et courut vers le côté de la cabane. Il traversa la cour inondée de soleil et se précipita vers les blocs de granite derrière lesquels lui et Rachael s'étaient abrités. Il s'arrêta un bref instant pour observer les bois, cherchant un couvert possible, et se rua entre les arbres.

Derrière lui, il entendit Sharp crier son nom.

Toujours prisonnier de son dilemme moral, Jerry

Peake, à quelque distance derrière Sharp, observait son supérieur avec méfiance.

Dès qu'il avait vu Shadway dans la Ford bleue, le sous-directeur de la DSA avait complètement perdu la tête. Il s'était rué sur la route, avait ouvert le feu dans une position qui le désavantageait, avec peu de chances d'atteindre sa cible. De plus, Peake avait immédiatement vu que la femme n'était pas avec Shadway et, s'ils le tuaient avant de l'avoir interrogé, ils risquaient de ne plus la retrouver. La tactique de Sharp était donc lamentable et Peake en restait atterré.

Et voilà que Sharp courait vers l'arrière de la maison, soufflant comme un taureau en colère, dans un tel état d'excitation et de rage qu'il ne tenait plus aucun compte du danger qu'il courait en se montrant à découvert. Plusieurs fois, il plongea dans les fourrés et les hautes herbes pour explorer le bois du regard.

À partir des trois côtés de la cour, la forêt devenait un chaos de rochers, de pentes et de ravines qui offraient autant de cachettes possibles. Pour le moment, ils avaient bel et bien perdu la trace de Shadway. Pour Peake, c'était évident. Ils feraient mieux d'appeler du renfort, sinon, dans ce lieu sauvage, ce type allait leur échapper définitivement.

Mais Sharp était déterminé à tuer Shadway. Il n'écouterait pas la voix de la raison.

Peake observait son supérieur sans rien dire.

Plongeant encore une fois dans les bois, Sharp hurla :

– Gouvernement des États-Unis, Shadway ! DSA ! Nous voulons te parler, Shadway !

Cette injonction ne servirait à rien, maintenant, pas après que Sharp eut délibérément tiré à la seconde où il avait aperçu Shadway.

Peake se demanda si son supérieur n'était pas en état de dépression nerveuse. Cela expliquerait son comportement avec Sarah Kiel et sa détermination à tuer Shadway, de même que cet assaut ridicule, dangereux et irrationnel auquel il s'était livré l'instant d'avant, l'arme au poing...

Sharp entra encore dans les broussailles pour crier :
– Shadway ! Hé, Shadway, c'est moi, Anson Sharp ! Tu te souviens de moi, Shadway ? Dis, tu te souviens ?

Jerry Peake fit un pas en arrière comme si on venait de le gifler. Sharp et Shadway se connaissaient. Nom de Dieu ! Ils se connaissaient vraiment, et non pas de manière abstraite, comme le chasseur et sa proie, mais personnellement. Et il était clair également – à en juger par le visage cramoisi de Sharp, sa nervosité, ses yeux exorbités et ses cris de stentor – qu'ils étaient des ennemis mortels. En fait, il assistait à un affrontement, un règlement de comptes, ce qui balayait les derniers doutes qu'il pouvait avoir. Personne, au sein de la DSA, n'avait ordonné à Sharp de tuer Shadway et Mrs Leben. Il avait décidé de son propre chef d'éliminer les fugitifs. Lui, et nul autre. L'instinct de Peake lui avait soufflé qu'il avait pu être motivé par l'argent. Malheureusement le fait de savoir maintenant qu'il ne s'était pas trompé en trouvant les explications de Sharp suspectes ne résolvait rien. Qu'il ait ou non raison, il se retrouvait devant le même choix : coopérer avec le sous-directeur de l'agence ou le neutraliser en se servant de son arme. D'une manière ou d'une autre, il perdrait sa dignité ou son avenir.

Sharp s'avança plus avant dans le sous-bois, sur une pente qui plongeait dans une pénombre verte où s'enchevêtraient pins, épineux et sapins. Il se retourna et aboya à Peake de le suivre. Voyant que celui-ci n'avait pas bougé, il se retourna une seconde fois au milieu des fourrés et aboya de façon plus insistante.

Peake se décida enfin à regret à le suivre. L'herbe

haute était sèche et dure et dès qu'il eut fait deux pas, il sentit les premières piqûres à travers ses chaussettes. Des épines de ronces et des flocons cotonneux s'accrochaient à son pantalon. Il s'arrêta pour s'appuyer de la main contre un pin et vit que ses doigts étaient enduits de résine. De tous côtés, des herbes et des lacis de plantes rampantes tentaient de le prendre au piège. Il vit que son complet était déjà taché par des baies. Et les semelles de cuir de ses chaussures glissaient traîtreusement sur les pierres, le tapis d'aiguilles, les plaques de mousse... Escaladant péniblement un arbre abattu, il posa le pied dans une fourmilière. Il redémarra aussitôt et tapota sa chaussure, mais quelques insectes avaient déjà atteint sa jambe et il fut forcé de s'arrêter pour remonter son pantalon et balayer les maudites bestioles qui lui avaient déjà mordu cruellement le mollet.

– On n'a pas la tenue qu'il faut, dit-il à Sharp quand il le rejoignit, haletant.

– Silence, fit Sharp qui s'était accroupi sous les basses branches d'un pin, lourdement chargé de pommes aux épines redoutables.

Peake sentit un de ses pieds qui se dérobait sous lui et il s'agrippa désespérément à une branche. Il parvint par miracle à se maintenir debout.

– On va se briser le cou là-dedans, dit-il en jurant.

– Silence ! chuchota Sharp d'un ton furieux.

Par-dessus son épaule, il décocha un regard noir à Peake. Il avait l'air surexcité : les yeux exorbités, le regard féroce, le teint écarlate, les narines dilatées. Ses maxillaires frémissaient et, parfois, il montrait les dents. Cette expression d'absolue sauvagerie fut une nouvelle confirmation des soupçons de Peake. Depuis qu'il avait vu Shadway, le sous-directeur de la DSA avait perdu toute maîtrise de lui-même et n'obéissait plus qu'à une haine presque démente et à sa soif de sang.

Ils s'engagèrent dans une faille végétale étroite, au cœur d'un buisson énorme et dense où brillaient des baies orange à l'aspect vénéneux.

En débouchant dans le lit d'un ruisseau à sec, ils aperçurent Shadway. Il était à une quinzaine de mètres et descendait le lit du ruisseau. Il progressait rapidement, courbé en deux, un fusil à la main.

Peake s'accroupit tout en s'appuyant contre la paroi des buissons pour faire une cible aussi réduite que possible.

Mais Sharp resta bien en vue, comme s'il se prenait pour Superman. Il cria en direction de Shadway et tira plusieurs fois sur lui. Avec un silencieux, on perd en précision et en vitesse ce que l'on gagne en discrétion. Aussi, vu la distance qui séparait les deux hommes, Sharp gaspillait ses munitions. Ou bien il ne connaissait pas la portée efficace de son arme – ce qui semblait peu probable – ou bien il obéissait uniquement à sa haine et n'était plus capable d'actes raisonnables.

Le premier projectile arracha un fragment d'écorce à deux bons mètres sur la gauche de Shadway et, avec un miaulement aigu, le deuxième ricocha sur un bloc de rocher. Le ruisseau tournait sur la droite et Shadway, dans les deux secondes qui suivirent, disparut à leur vue. Ce qui n'empêcha pas Sharp de faire feu par trois fois encore, même en l'absence de cible.

À l'usage, même un silencieux de qualité se détériore et le claquement sourd du pistolet de Sharp se faisait plus sonore à chaque nouveau tir. La cinquième détonation eut le bruit d'un maillet cognant violemment une surface de caoutchouc. C'était loin d'être assourdissant mais l'écho persista un instant dans les bois.

Quand il s'éteignit enfin, Sharp écouta attentivement pendant quelques secondes avant de bondir dans le lit à sec du ruisseau pour emprunter la même trouée dans les broussailles que précédemment.

— Venez, Peake. On va le coincer, ce salopard, maintenant.

— Mais on ne peut pas le suivre, dans ces bois, fit Peake. Il est mieux équipé que nous.

— Mais bordel, on va sortir de ces bois! lança Sharp.

Et, en fait, il remontait la pente à toutes jambes, droit vers la cabane.

— Tout ce que je voulais, c'est qu'il décarre, qu'il ne reste pas là à nous guetter. Il court et je sais qu'il va aller tout droit jusqu'à la route du lac. Il va essayer de piquer une voiture et avec un peu de chance, on épinglera ce fils de pute au moment où il essaiera d'embarquer la voiture d'un pêcheur. Allez, venez.

Il avait encore cette expression sauvage, à demi folle, mais Peake vit alors que le sous-directeur de la DSA n'était pas, en fait, totalement dominé par sa haine comme il l'avait cru. Il était déchaîné, certes, mais il n'avait pas perdu sa ruse et il restait un homme dangereux.

Ben courait éperdument, tant il était paniqué en pensant à Rachael. Elle se dirigeait vers le Nevada et Éric se tenait, tapi derrière elle, dans le coffre de la Mercedes. Or elle n'en savait rien. Il fallait qu'il la rattrape. Au fil des minutes, elle prenait sur lui une avance de plus en plus grande et son espoir de la rejoindre diminuait. Il fallait au moins qu'il trouve une cabine téléphonique pour appeler Whitney Gavis, à Las Vegas. Quand Rachael arriverait et lui demanderait les clés du motel, il pourrait la prévenir. Bien sûr, Éric pouvait sortir du coffre à tout moment, bien longtemps avant que Rachael n'atteigne Las Vegas, mais son esprit se refusait à admettre cette hideuse possibilité.

Il imaginait Rachael seule sur l'autoroute, dans le désert sur lequel venait la nuit... et puis soudain ce bruit étrange dans le coffre... son mari mort, froid, faisait basculer le siège... se glissait dans l'habitacle... Cette image monstrueuse était insupportable. Ben se dit qu'il ne devait pas y penser, sinon ce scénario lui apparaîtrait comme inévitable et il serait incapable de continuer.

Il se refusa dès lors à envisager l'impensable. Il quitta le lit du ruisseau pour emprunter une piste de daim qui lui facilita la progression sur une trentaine de mètres avant de tourner brusquement entre deux sapins. À partir de là, il n'avança que très lentement et avec difficulté sur un terrain devenu traître : un roncier aux épines redoutables le força à faire un détour de cinquante mètres. Il glissa sur une plaque de schiste pourri et fut presque obligé de se coucher pour éviter de basculer en avant quand le sol se déroba sous lui. Les arbres abattus et les fourrés impénétrables l'obligeaient à des escalades ou à des détours de plus en plus nombreux, au risque de se casser une jambe. Des bottes de bûcheron auraient été plus adaptées que ses Adidas de jogging, mais son jean et sa chemise à manches longues le protégeaient assez bien des branches et des épines. Il continuait, sachant bien qu'il ne tarderait plus à atteindre une contrée moins sauvage, à la hauteur des propriétés qu'ils avaient vues en arrivant. Il pourrait alors avancer plus vite. De toute façon, il n'avait pas d'autre choix, dans l'impossibilité où il était de savoir si Anson Sharp était encore à ses trousses.

Anson Sharp ! Difficile à croire.

Pendant sa deuxième année au Vietnam, Ben avait eu le grade de lieutenant. Il commandait son propre groupe de reconnaissance, sous les ordres directs de son chef de section, le capitaine Olin Ashford. Ils avaient mis au point et réussi quelques incursions en territoire ennemi. Son sergent, George Mendoza, avait alors été tué par une rafale de mitraillette au cours d'une mission destinée à libérer quatre prisonniers de guerre américains qui étaient temporairement détenus dans un camp avant d'être transférés à Hanoi pour y être jugés. Et c'est Anson Sharp qui avait été désigné pour remplacer Mendoza.

Sharp avait déplu à Ben dès le premier instant. C'était une réaction purement instinctive car il n'avait rien de spécial à lui reprocher. Ce n'était pas un sergent du gabarit de Mendoza, mais il était compétent, il ne buvait pas et ne s'adonnait pas à la drogue, ce qui le plaçait un cran au-dessus de la moyenne des soldats de cette guerre lamentable. Il profitait peut-être un peu trop de son autorité et se montrait particulièrement dur avec ses hommes. Sa façon de parler des femmes était empreinte de misogynie mais en cela il n'était pas très différent de certains hommes qui sont volontiers grossiers dès qu'ils sont en groupe.

Ben n'avait rien vu de réellement blâmable dans son comportement même si très vite Sharp avait conseillé de ne pas chercher le contact avec l'ennemi, trop heureux lui-même de décrocher quand l'engagement avait commencé. Mais cette attitude ne faisait pas vraiment de lui un lâche. Pourtant, Ben en était venu à se méfier de lui, tout en éprouvant un vague sentiment de culpabilité car il n'avait aucune raison sérieuse de ne pas avoir confiance en son nouveau sergent.

L'une des choses qui lui avaient déplu de prime abord chez Sharp, c'était son manque absolu d'enthousiasme pour tout. Sharp semblait n'avoir aucune opinion en politique, en religion, ou vis-à-vis de l'avortement, de la peine de mort, ou de tout autre sujet qui intéressait ses contemporains. Il avait la même attitude envers la guerre, il n'était ni pour ni contre. Peu lui importait qui allait gagner et il considérait du même œil le Sud quasi démocratique et le Nord totalitaire et communiste. C'était à se demander s'il avait des valeurs morales à appliquer. Il s'était engagé dans les Marines pour éviter l'Armée mais ne manifestait pas la même fidélité, le même esprit de corps que la plupart des autres. Il avait eu l'intention de faire une carrière militaire, cependant il ne paraissait motivé ni par l'orgueil ou le devoir mais plutôt par le désir de promotion, de pouvoir. Il envisageait sa retraite dans vingt ans avec une pension confortable. C'était là un des rares sujets dont il pouvait discuter des heures durant.

Il n'avait pas d'intérêt pour la musique, les arts, la littérature, les sports, la chasse, la pêche ou quoi que ce fût. Il n'avait qu'une seule passion : lui-même. Il n'était pas véritablement hypocondriaque, mais il se montrait obsédé par son état de santé et parlait souvent de sa digestion, de sa constipation ou de l'aspect de ses urines. N'importe quel autre type aurait dit simplement : « J'ai un sacré mal de tête », alors qu'Anson Sharp faisait un roman sur la nature de son mal, n'hésitant pas à tracer du doigt le parcours de sa migraine sur son front. Il passait également un temps fou à se coiffer et à se raser. Il était toujours impeccable, même en plein combat. Il adorait les miroirs et menait une croisade permanente pour obtenir tout le confort dont un soldat pouvait bénéficier dans la zone de combat.

Difficile d'aimer un homme qui n'aime que lui-même !

À son arrivée au Vietnam, Anson Sharp n'était ni bon ni mauvais, seulement égoïste. Mais la guerre avait modelé l'argile de sa personnalité pour faire de lui un monstre. Quand Ben avait eu la preuve que les rumeurs qui circulaient sur les activités de Sharp dans le marché noir étaient fondées, il avait ouvert une enquête. On avait alors mis au jour une étonnante carrière criminelle. Sharp avait participé activement au détournement de marchandises, vivres et matériels expédiés vers les postes avancés et les cantines. De plus, il avait revendu le produit de ces vols dans les bas-fonds de Saigon. D'autres informations indiquaient que Sharp, s'il n'avait pas fait usage de drogue et s'il n'était pas vraiment un dealer, avait trempé dans le commerce des substances illégales entre la Mafia vietnamienne et les soldats américains. Mais la découverte la plus choquante était que Sharp avait utilisé les revenus de ses activités criminelles pour entretenir un pied-à-terre dans un coin du quartier chaud de Saigon. Là, il avait à son service un homme de main particulièrement cruel qui lui servait de domestique et de geôlier. Car Sharp gardait une fillette de douze ans – Mai Van Trang – comme esclave permanente, assouvissant sur elle ses besoins sexuels quand il en avait l'occasion, la laissant le reste du temps à la merci de l'autre brute.

Le procès en cour martiale ne s'était pas déroulé comme Ben l'avait souhaité. Il voulait que Sharp se retrouve pour vingt ans en prison militaire. Mais, bien avant le jugement, les témoins potentiels avaient commencé à disparaître à une allure inquiétante. Deux sous-officiers – des camés qui avaient accepté de témoigner contre Sharp en échange de mesures d'indulgence – avaient été retrouvés morts, la gorge tranchée, dans une allée de Saigon. Un lieutenant fut trucidé dans sa chambre et laissé dans un triste état. Le Vietnamien à face de rat et la pauvre Mai Van Trang avaient disparu à leur tour. Ben était convaincu que le premier était sain et sauf quelque part et que la malheureuse, elle, reposait sous une pierre tombale anonyme, ce qui ne posait aucun problème dans ce pays déchiré par la guerre et où les pierres tombales sans nom étaient légion. Dans l'attente de son jugement, Sharp avait été mis aux arrêts et il avait pu plaider son innocence dans cette série de disparitions et de meurtres qui l'arrangeaient tellement. Bien entendu, il était indéniable qu'il avait télécommandé ces opérations grâce à son influence dans la Mafia vietnamienne.

Vint le jour de la cour martiale. Tous les témoins à charge avaient disparu et Ben resta seul en face d'un Sharp qui clamait sa totale innocence. Les preuves se révélèrent largement insuffisantes pour lui valoir l'emprisonnement requis mais, néanmoins, le doute subsista. En conséquence, Sharp avait été rétrogradé au rang de simple soldat et relaxé.

Cette sentence incroyablement douce, Sharp l'avait reçue comme une gifle. Son égotisme absolu ne l'autorisait même pas à imaginer un châtiment sur sa personne. Son confort personnel, son bien-être physique restaient toujours sa principale préoccupation. Il paraissait vivre avec la certitude que la chance serait toujours de son côté. Avant d'être honteusement expulsé du Vietnam, Sharp avait joué de toutes ses influences pour pouvoir rencontrer Ben. Sa visite avait été trop brève pour constituer une agression, mais il l'avait menacé :

– Écoute, sale con, quand tu reviendras aux States, rappelle-toi bien que je serai là, que je t'attendrai. Je saurai à quel moment tu seras de retour et j'aurai un petit cadeau pour toi.

Ben n'avait pas pris cette menace tout à fait au sérieux. D'abord, bien avant qu'il soit traduit en cour martiale, Sharp s'était montré de plus en plus hésitant au feu. À plusieurs reprises, il avait été sur le point de désobéir aux ordres pour sauver sa peau. S'il n'avait pas été jugé pour vol, trafic de drogue et viol, il est très probable qu'il aurait été arrêté pour désertion ou autre délit en rapport direct avec sa lâcheté de plus en plus affirmée. Il parlait de vengeance, mais Ben ne croyait pas qu'il ait suffisamment de tripes pour entreprendre quoi que ce soit. Et puis, surtout, Ben ne s'inquiétait guère de ce qui pourrait lui arriver à son retour au pays car il venait de se rengager jusqu'au terme de la guerre, ce qui lui donnait toutes raisons de croire qu'il reviendrait dans une boîte et qu'Anson Sharp, s'il l'avait attendu, serait frustré.

Ben quitta enfin la forêt dense pour pénétrer dans les terrains qui entouraient les propriétés nichées dans la verdure. Il se demanda comment Anson Sharp, dégradé et déshonoré, avait pu être accepté par la DSA. Un homme qui avait aussi mal tourné, comme lui, ne pouvait prétendre à aucun avancement. Aujourd'hui, Sharp aurait dû se retrouver plusieurs fois en prison pour des crimes civils. Au mieux, on aurait pu s'attendre à le retrouver en escroc minable, vivant de petits coups, incapable en tout cas d'attirer l'attention de la police. Même s'il s'en était tiré devant la cour martiale, il n'avait pas pu faire blanchir son dossier. Normalement, il aurait dû être refusé par n'importe quelle agence dépendant de la justice ou du gouvernement, et surtout par une organisation aussi importante que la Defense Security Agency.

Alors comment s'y était-il pris ?

Ben rumina cette question tout en escaladant une clôture. Il progressait avec prudence à proximité d'un chalet de deux étages, en brique et en pin, sautant d'un arbre à l'autre, se faufilant entre les buissons, se tenant constamment hors de vue. Si jamais quelqu'un l'apercevait avec son fusil, son gros revolver à la ceinture, il ne manquerait pas d'appeler aussitôt le shérif du comté.

En supposant que Sharp n'ait pas menti en se réclamant de la DSA – ce qui semblait absurde –, il restait une question essentielle : jusqu'où était-il parvenu dans la hiérarchie de la DSA ? Après tout, le fait qu'on lui ait confié une mission concernant Ben ne pouvait être une coïncidence. Il était plus que probable que Sharp s'était arrangé pour être mis sur l'affaire quand il avait eu connaissance du dossier Leben et découvert que Ben, son ancien ennemi qu'il avait presque oublié, avait une liaison avec Rachael. Il tenait tout à coup l'occasion de se venger et n'allait pas la laisser passer. Mais un agent ordinaire ne pouvait choisir lui-même ses affectations, ce qui signifiait que Sharp devait occuper un poste suffisamment important pour s'attribuer une mission. Pire encore : il était si haut dans l'échelle qu'il pouvait ouvrir le feu sans sommation et même commettre un meurtre de sang-froid devant l'un de ses collègues.

Cette nouvelle menace que représentait Anson Sharp, venant après tous les dangers qu'ils avaient courus, Rachael et lui, parut à Ben comme un coup du destin. Il eut le sentiment de se retrouver soudain plongé dans la guerre. À la guerre, les balles arrivaient quand on ne les attendait pas... et en général d'un endroit très improbable. Et Anson Sharp, c'était cela : un projectile qui arrivait de nulle part.

En passant près de la troisième maison à flanc de montagne, Ben faillit tomber sur quatre jeunes garçons qui, justement, jouaient à la guerre. Il s'aperçut de leur présence à la dernière seconde, quand l'un d'eux ouvrit le feu sur l'« ennemi » avec une mitraillette en plastique. Pour la première fois, Ben eut une vision flash de la guerre, un de ces retours de trauma dont sont victimes tous les vétérans, à en croire les médias. Il se laissa rouler au sol en rampant sous d'énormes lauriers, le cœur battant. Près d'une minute passa avant que le flash ne se dissipe.

Aucun des gamins ne l'avait vu. Il se remit à ramper, quittant le bouquet de lauriers pour un buisson d'azalées sauvages. De là, il traversa une petite étendue crayeuse où le cadavre d'un écureuil achevait de se dessécher, comme un avertissement sinistre. Il franchit ensuite une petite éminence à travers de hautes herbes rêches qui lui fouettaient le visage. Il dut passer une nouvelle clôture.

Cinq minutes plus tard, c'est-à-dire cinquante minutes après avoir quitté la cabane, il dévala une pente broussailleuse et se retrouva dans le fossé à sec, au bord de la route fédérale qui faisait le tour du lac.

Cinquante minutes, pensa-t-il. Bon Dieu !

En cinquante minutes, combien de kilomètres Rachael avait-elle pu parcourir dans le désert ? Mais il ne lui fallait pas penser à cela.

Un instant il resta dans l'herbe haute, reprenant son souffle, puis il se redressa et regarda autour de lui. Personne en vue. Il n'y avait pas la moindre voiture sur la route.

Considérant qu'il n'avait pas l'intention de se débarrasser du fusil et du Magnum avec lesquels il ne risquait pas de passer inaperçu, il estima avoir de la chance de se retrouver là, un jour de semaine, à une heure de la journée où la circulation était réduite à son minimum. Le matin, la route devait être encombrée par les pêcheurs, les amateurs de bateau et les campeurs qui rentreraient avec le soir. Mais au milieu de l'après-midi – il était 14 h 55 – tout était calme.

Il se dit qu'il entendrait approcher les voitures de loin et qu'il aurait le temps de se cacher. Il se hissa alors hors du fossé et se mit en marche vers le nord, avec le ferme espoir de trouver une voiture.

27

Sur la route

À 14 h 55, Rachael avait franchi El Cajon Pass et se trouvait encore à une quinzaine de kilomètres de Victorville et à près de quatre-vingts de Barstow.

Les dernières traces de civilisation s'espaçaient. Si l'on exceptait l'agglomération de Victorville et les quelques maisons ou usines isolées entre Hesperia et Apple Valley, l'interfédérale traversait une étendue de sable blanc, de rocs striés, de buissons secs, arbres de Judée et autres cactus. Dans les derniers deux cent cinquante kilomètres, entre Barstow et Las Vegas, elle ne rencontrerait que deux avant-postes perdus – Calico, la ville fantôme (qui ne comptait que quelques stations-service, restaurants et un ou deux motels) et Baker, l'ultime bourgade avant la Vallée de la Mort, un petit trou que l'on traversait en quelques secondes et qui disparaissait comme un mirage. Plus loin, il y avait Halloran Springs, Cal Neva et Stateline, mais on ne pouvait pas vraiment parler de villes quand la moyenne des habitants était de cinquante âmes. Ici, où commençait le grand désert Mojave, l'humanité avait encore des dominions sur le désert. Mais, après Barstow, seul le désert existait.

Si Rachael ne s'était pas fait autant de souci pour Benny, elle aurait apprécié ces étendues sans limites, la puissance et la souplesse de la grosse Mercedes et le sentiment d'évasion et de liberté qu'elle éprouvait toujours en traversant le Mojave. Mais la pensée de Benny occupait son esprit en permanence. Elle se disait qu'elle aurait dû refuser de le quitter, même si ses arguments étaient irréfutables. Elle se demanda même si elle n'allait pas faire demi-tour. Mais elle se dit qu'il risquait d'être déjà reparti de la cabane. Et si elle se jetait entre les mains de la police, ce ne serait pas une réussite. Elle continua donc en direction de Barstow, se maintenant régulièrement à cent.

Elle était à moins de dix kilomètres de Victorville quand elle entendit un bruit bizarre qui semblait provenir de quelque part sous la voiture. Il y eut quatre coups, puis le silence revint. Elle jura à mi-voix en pensant à une panne possible. Elle ralentit jusqu'à soixante et prêta attentivement l'oreille au moindre bruit anormal pendant un kilomètre.

Les pneus sifflaient doucement sur l'asphalte. Le moteur ronronnait régulièrement. L'air conditionné soufflait dans un faible chuintement. Les coups ne se répétèrent pas.

Elle accéléra et reprit sa vitesse de croisière, sans cesser de guetter d'autres bruits. Peut-être le phénomène se produisait-il uniquement à vitesse élevée. Mais, pendant deux kilomètres, elle n'entendit rien d'insolite et décida qu'elle avait dû rouler dans une série de nids-de-poule, bien qu'elle n'en eût pas vu jusqu'alors. Et puis, se souvint-elle, la voiture n'avait pas tressauté. Elle ne voyait pourtant aucune autre explication. Le système de suspension de la Mercedes et ses amortisseurs étaient parfaits et ils auraient certainement absorbé quelques chocs mineurs.

Pendant quelques kilomètres encore, elle resta nerveuse. Elle ne craignait pas vraiment de voir le moteur exploser ou de perdre ses roues, mais redoutait un éventuel ennui qui l'immobiliserait en plein désert. Mais la voiture continuait à un régime régulier et elle se détendit, laissant ses pensées revenir à Benny.

À la suite de la collision avec la Ford, la Chevrolet de l'agence avait son avant enfoncé, le capot froissé et un phare cassé, mais elle pouvait rouler. Peake avait rejoint la route du lac. Sharp était à côté de lui, explorant sans cesse les bois du regard, le pistolet posé entre ses cuisses. Sharp était certain (à ce qu'il disait) que Shadway était parti dans une autre direction, évitant la route qui descendait de la montagne. Mais il n'en avait pas moins épié constamment le sous-bois. Peake, quant à lui, s'était attendu à tomber sous le tir du fusil de Shadway à chaque seconde, mais, quand ils atteignirent la fédérale, ils étaient encore en vie.

Ils patrouillèrent dans les deux directions jusqu'à ce qu'ils découvrent une rangée de véhicules : six voitures et deux pick-up, garés sur le bas-côté. Ils appartenaient probablement à des pêcheurs qui avaient traversé les bois jusqu'au bord du lac pour gagner leur coin de pêche favori. Sharp avait décidé que Shadway quitterait la montagne au sud en tenant compte des véhicules qu'il avait croisés en venant, et qu'il se dirigerait ensuite probablement vers le nord. Il supposait qu'il marcherait dans le fossé ou suivrait la route à l'abri des arbres. Peake s'était rangé, en se serrant bien, derrière le dernier véhicule de la file, un break Dodge sale et cabossé. Shadway ne pourrait ainsi apercevoir la Chevrolet en arrivant.

Peake et Sharp attendaient, bien tassés dans leurs sièges, de façon à ne voir qu'au ras du pare-brise. Ils étaient prêts à bondir au-dehors au moindre mouvement suspect. Sharp, tout au moins. Peake, lui, était plus réservé.

Les arbres bruissaient et la brise s'était levée.

Une libellule à l'aspect méchant vint battre le pare-brise de ses ailes irisées.

La pendule du tableau de bord cliquetait discrètement et Peake avait l'impression bizarre mais peut-être explicable d'être assis sur une bombe à retardement.

– Il va se pointer dans les cinq minutes qui viennent, dit Sharp.

« J'espère que non », pensa Peake.

– On va liquider ce salaud, ajouta Sharp.

« Pas moi, en tout cas », pensa Peake.

– Il va penser qu'on va patrouiller sur la route pour essayer de le retrouver. Il ne devinera pas qu'on est ici à l'attendre. Il va se jeter dans nos bras.

« Seigneur, j'espère que non, pria Peake. J'espère qu'il ira vers le sud et pas vers le nord. Ou qu'il escaladera la montagne et ne s'approchera jamais de la route. Dieu, je vous en supplie, pourquoi ne feriez-vous pas qu'il traverse cette route, qu'il descende jusqu'au lac et qu'il marche sur l'eau jusqu'à l'autre rive ? »

Tournant la tête vers Sharp, il hasarda :

– J'ai comme l'idée qu'il dispose de plus de puissance de feu que nous. Je veux dire : il a un fusil. Il faut tenir compte de cela.

– Il ne s'en servira pas contre nous.

– Pourquoi pas ?

– Parce que c'est un pauvre petit moraliste très sensible. Il pense au salut de son âme. Voilà pourquoi ! Ce type ne peut justifier le meurtre que dans une guerre – et encore, dans une guerre à laquelle il croit. Ou bien dans une situation où il n'a absolument pas d'autre choix : tuer ou être tué.

– Oui, d'accord, alors si on commence à tirer, il n'aura pas le choix et il ripostera. C'est ça ?

– Vous ne me comprenez pas. Dans une situation comme celle-ci – on n'est pas en guerre, merde ! – s'il a encore une issue, s'il n'est pas complètement acculé, il préférera toujours courir plutôt que de se battre. Vous comprenez, il se considère comme un type moralement supérieur. Or il y a des tas d'endroits où se planquer, dans ces bois. Donc, si on l'a du premier coup, c'est bon. Mais si on le manque, il ne tirera pas. Ce salaud d'hypocrite détalera à toute allure. Vous me direz, dans ces conditions, on aura une autre chance de le coincer quelque part ailleurs ! Et cela peut continuer jusqu'à ce qu'il nous file entre les pattes ou qu'on lui fasse sauter la cervelle. Mais surtout ne le coincez jamais dans un recoin. Laissez-lui toujours un chemin possible. S'il se met à courir, on a encore la possibilité de l'abattre par-derrière. Et c'est la meilleure chose à faire, parce que ce type était dans les commandos de Reconnaissance des Marines, et il était bon, très bon ! C'était sans doute le meilleur, je dois le reconnaître. Oui, le meilleur. Et il m'a semblé qu'il avait encore la forme. N'oubliez pas ceci : s'il est obligé de le faire, il peut vous arracher la tête à mains nues.

Peake se trouvait devant plusieurs cas de figure et il ne savait lequel était le plus éprouvant : pour être agréable à Sharp, ils allaient tuer un homme qui était non seulement innocent mais fidèle à un code moral très strict. De plus ils devaient lui tirer dans le dos s'ils en avaient l'occasion. Leur cible par ailleurs préférerait mettre son existence en danger plutôt que de les liquider, s'ils étaient prêts à le supprimer, lui, de sang-froid ! Mieux encore, si le gars n'avait pas le choix, il était capable de les tuer sans effort... Peake n'avait pas dormi depuis la veille, c'est-à-dire depuis près de vingt-deux heures, et il avait terriblement sommeil. Mais il ouvrit tout grands ses yeux irrités et son esprit passa en revue à vive allure cette série de mauvaises nouvelles.

Sharp, tout à coup, se pencha en avant, comme s'il venait de repérer Shadway, mais c'était sans doute une fausse alerte car il se renfonça dans son siège et relâcha son souffle.

Il est en colère et en même temps il a peur, se dit Peake.

Il risqua pourtant une question qui avait toutes chances d'irriter Sharp ou même de le rendre furieux.

– Vous le connaissez, monsieur ?
– Ouais, fit Sharp, d'un ton aigre.
– Et d'où ?
– D'ailleurs.
– De quand ?
– D'il y a longtemps, fit Sharp, et sa voix, cette fois, indiquait clairement qu'il n'accepterait pas d'autres questions.

Depuis le début de cette enquête, Peake s'était étonné du fait qu'un personnage aussi haut placé que le sous-directeur de l'agence se lance sur le terrain avec des jeunes agents débutants plutôt que de coordonner les opérations de son bureau. Cette affaire était importante. Mais Peake avait déjà participé à des opérations de ce style et jamais aucun des grands chefs de l'agence n'avait payé de sa personne. Il comprenait, à présent : Sharp avait décidé de plonger dans toute cette boue parce qu'il avait appris que son vieil adversaire, Shadway, était mêlé à cette histoire et qu'il tenait là une chance inespérée de le tuer sur le terrain et de simuler un acte légitime.

– Il y a longtemps, répéta Sharp, plutôt pour lui-même. Longtemps.

Il faisait chaud à l'intérieur du vaste coffre de la Mercedes, sous le soleil du désert, mais Éric Leben, recroquevillé dans l'ombre, éprouvait une chaleur plus intense encore. Celle d'un feu bizarre et presque agréable qui brûlait dans sa chair, son sang, ses os, un feu qui le consumait petit à petit.

L'obscurité, la chaleur de son corps, celle venue

de dehors, le bruit du moteur, le chuintement des pneus avaient fini par le plonger dans un état de semi-transe. Pendant un temps, il avait oublié qui il était, où il était, et pourquoi il se trouvait ici. Ses pensées s'étiraient paresseusement dans son esprit, comme de fines pellicules d'huile à la surface d'un lac. Parfois, elles se faisaient claires et séduisantes. Il imaginait les courbes douces du corps de Rachael, la douceur de sa peau. Il revoyait Sarah, et toutes les autres avec lesquelles il avait fait l'amour. Il y avait aussi son ours en peluche avec lequel il dormait dans son enfance et puis les séquences de films qu'il avait aimés, des fragments de chansons. Mais, à d'autres moments, les images issues de son imagination se révélaient sombres et effrayantes, tel l'oncle Barry qui lui souriait en lui faisant signe d'approcher. Le cadavre d'une femme morte, inconnue, dans une décharge, hantait son esprit. Une autre femme clouée à un mur, nue, les yeux grands ouverts, lui causait un malaise étrange. Enfin il y avait la Mort sortant d'entre les ombres. Et puis un visage déformé dans un miroir. Des mains bizarres, monstrueuses, au bout de ses bras...

La voiture s'était arrêtée une fois et il avait été arraché à sa transe. Il s'était très vite réorienté et la rage glacée du reptile avait de nouveau reflué en lui. Il avait ployé ses doigts longs et puissants, fait jouer ses ongles acérés, savourant par avance l'idée de vider Rachael de sa vie. Rachael, qui l'avait rejeté, humilié, qui l'avait envoyé au-devant de la mort ! Il avait failli faire sauter le coffre, et puis, entendant une voix d'homme, il avait hésité. À en juger par les quelques bribes de phrases qu'il pouvait entendre et le bruit de la buse qu'on enfonçait dans le réservoir, il comprit que Rachael venait de s'arrêter à une station-service. Et là, il le savait, il devait y avoir des gens. Il devrait attendre une meilleure occasion.

Quelle riche idée il avait eue de se glisser dans ce coffre ! Il avait remarqué que le fond était constitué d'un solide panneau de métal, ce qui lui interdirait de faire sauter le siège arrière pour se glisser dans l'habitacle. De plus, le mécanisme d'ouverture était indémontable de l'intérieur, protégé par une plaque maintenue par plusieurs écrous. Par bonheur, Rachael et Shadway avaient été tellement occupés à ramasser les photocopies du dossier Wildcard qu'Éric avait eu tout le temps de trouver une clé. Il avait ôté la plaque de protection avant de grimper dans le coffre et de rabattre le capot. Même dans le noir, il pourrait libérer le mécanisme d'ouverture et sortir sans difficulté.

S'il n'entendait pas de voix étrangères au prochain arrêt, il pourrait s'extraire du coffre en quelques secondes, assez vite pour tomber sur Rachael avant qu'elle ne prenne conscience de ce qui lui arrivait.

Dans la station-service, parfaitement silencieux à l'intérieur du coffre, il avait porté les mains à son visage. Il lui sembla déceler des modifications supplémentaires qui étaient intervenues depuis qu'il avait quitté la cabane. En fait, en explorant lentement son cou, ses épaules, et diverses parties de son corps, il en vint à la conclusion qu'il n'était plus conformé comme avant.

Il avait l'impression de sentir... des écailles, sous ses doigts.

Dans un sursaut de dégoût, il sentit ses dents claquer.

Il cessa aussitôt de palper son corps.

Il voulait savoir ce qu'il devenait et en même temps cette idée lui était insupportable.

Pourtant il fallait qu'il sache !

Il soupçonnait vaguement qu'en modifiant une petite fraction de sa structure génétique, il avait provoqué un déséquilibre dans le jeu des forces vitales et chimiques – peut-être inconnues – qui étaient à la base de la vie. Cette tendance ne s'était pas manifestée jusqu'à sa mort. Mais depuis, ses cellules modifiées avaient commencé à réagir comme jamais elles ne l'avaient fait auparavant, accélérant la guérison au-delà du seuil naturel. Cette activité – cette prolifération d'hormones de croissance et de protéines – avait en quelque sorte déstabilisé son organisme, créant l'anarchie là où autrefois il y avait évolution lente et constante. Désormais, son corps se transformait à une allure alarmante ou plutôt il cherchait à recréer des formes anciennes encore inscrites dans ses gènes depuis l'origine des temps. Il savait que, mentalement, s'il avait encore quelque intelligence, elle évoluait vers une conscience plus primitive, et il eut peur soudain d'être inféodé à une structure tellement éloignée de l'être humain qu'il cesserait alors d'être Éric Leben pour se fondre dans le règne animal.

C'était Rachael, la cause de tout cela ! Elle qui l'avait tué, déclenchant le processus fou ! Il lui fallait se venger. C'était comme un désir douloureux en lui. Il voulait éventrer cette pute et lui sortir les entrailles. Lui fendre la tête, lui arracher les yeux, planter ses griffes dans son joli visage, son si joli visage méprisant, qu'il détestait. Il lui mangerait la langue avant de boire à même ses artères éclatées…

Un nouveau frisson le parcourut, mais, cette fois, c'était un frisson de désir primitif, d'excitation et de plaisir inhumain.

Une fois le plein fait, Rachael avait repris l'autoroute et Éric, dans le coffre, était retombé dans son état de semi-transe. Cette fois ses pensées étaient plus étranges, plus lointaines. Il se retrouva, à demi dressé, courant à petits bonds dans un paysage enveloppé de brume. Au loin, à l'horizon, il y avait des montagnes fumantes et le ciel était d'un bleu pur, très sombre, tel que jamais il n'en avait vu. Si cette contrée lui était familière, tout comme la végétation au feuillage vernissé, elle était différente de ce qu'Éric Leben avait l'habitude de voir, toutefois elle était connue de l'être qui était là, très profondément enfoui en lui.

Puis vinrent d'autres songes.

Il n'était plus à demi dressé, il n'était plus la même créature. Il rampait sur le ventre dans la terre chaude et humide. Il se dirigeait vers un bout de bois spongieux et pourrissant, et arrachait l'écorce et la pulpe avec les longues griffes de ses pieds. À l'intérieur, des asticots frétillaient et il les gobait avec avidité...

Saisi d'une excitation sauvage et sombre, il se mit à tambouriner des pieds contre la paroi du coffre, et cela suffit à le rappeler à l'ordre. Il prit conscience que le bruit pouvait inquiéter Rachael et il cessa aussitôt.

Il sentit la voiture ralentir et se tint prêt à faire sauter la serrure du coffre. Mais elle accéléra de nouveau – Rachael n'avait pas compris l'origine du bruit. Il se laissa retomber dans le bourbier des désirs et des souvenirs ancestraux.

Il dériva mentalement vers un lieu encore plus lointain, tout en continuant à se transformer physiquement. Le coffre noir et chaud était comme une matrice dans laquelle un enfant – mutant inimaginable – se formait et se reformait sans cesse. Son temps était passé mais pourtant, son temps allait venir.

Ben avait fait le pari que ses poursuivants l'attendraient en embuscade derrière la file de véhicules stationnés sur l'épaulement ouest de la fédérale. De plus, ils comptaient probablement qu'il se dirigerait vers le nord, en se mettant à couvert sous le remblai est dès qu'il entendrait une voiture approcher. Néanmoins, il était peu probable qu'ils s'attendent à ce que Ben traverse la route et qu'il entre dans les bois sur la rive ouest du lac avant de gagner le nord sous le couvert des arbres, pour surgir derrière la file de véhicules.

Il ne s'était pas trompé. Quand il eut marché un certain temps dans le sous-bois, avec la route à sa droite et le lac à gauche, il coupa par la pente pour rejoindre la fédérale, rampa avec prudence le long du remblai et jeta un coup d'œil par-dessus. La file de véhicules était bien là, au sud. La première chose qu'il vit, ce fut une Chevrolet verte. Deux hommes étaient enfoncés sur les sièges avant. La Chevrolet était garée derrière un break Dodge. S'il était arrivé par le sud, se dit-il, il n'aurait pas pu voir la Chevrolet. Les deux hommes regardaient dans l'autre direction, à travers les glaces et le pare-brise des autres véhicules.

Ben baissa la tête et s'étendit un instant à plat sur le dos. Il avait sous lui un épais tapis d'aiguilles de pin et de plantes bizarres assez semblables aux caladiums qui s'écrasaient sous son poids et mouillaient de leur suc sa chemise et son jean. Mais il était tellement sale après sa descente frénétique de la montagne qu'il ne s'en souciait guère.

Son Magnum de combat, glissé sous sa ceinture, lui entrait dans les reins et il se pencha un peu sur le côté. La présence de l'arme était rassurante.

En pensant aux deux hommes qui l'attendaient là, juste au-dessus de lui, il songea à continuer plus loin vers le nord jusqu'à trouver une voiture. Il pouvait en voler une n'importe où ailleurs et quitter la région avant que les deux autres ne décident qu'il avait dû leur échapper.

D'un autre côté, il risquait d'avoir à faire quatre ou cinq kilomètres sans rien trouver.

Et il était peu probable que Sharp et son adjoint attendraient aussi longtemps. Si Ben ne se montrait pas dans les minutes qui venaient, ils en viendraient à se dire qu'ils s'étaient trompés sur ses intentions.

Ils se remettraient à patrouiller, à s'arrêter de temps en temps pour jeter un coup d'œil dans les bois, et, même s'il était meilleur qu'eux à ce petit jeu, il risquait quand même d'être surpris.

Tandis que maintenant, il avait l'avantage de la surprise. Il savait qu'ils étaient là, alors que les fédéraux continuaient de s'interroger à son propos. Il décida donc d'utiliser au mieux son avantage.

Il regarda d'abord autour de lui, en quête d'un caillou bien rond, de la grosseur de son poing. Il en trouva un et le soupesa. Il semblait convenir, il avait de la... substance. Il déboutonna le haut de sa chemise et glissa le caillou contre son ventre avant de la reboutonner.

Avec son Remington .12 dans la main droite, il progressa le long du remblai jusqu'à se trouver derrière la Chevrolet. Se redressant une fois encore, il vit qu'il avait parfaitement estimé la distance : le pare-chocs n'était qu'à quelques centimètres de son visage.

Sharp avait abaissé la glace de son côté – les voitures du gouvernement avaient rarement l'air conditionné – et Ben se dit qu'il devait approcher dans un silence absolu. Si Sharp venait à surprendre le moindre bruit insolite et regardait au-dehors, ou jetait seulement un coup d'œil dans son rétroviseur, il le surprendrait.

Il fallait un bruit assez fort pour couvrir son approche. Ben souhaita que le vent forcisse un peu. Une bonne rafale qui secouerait les arbres de la forêt. Mieux. Le bruit d'une voiture qui approchait du nord.

Ben guetta, tous ses muscles tendus, et vit une Pontiac Firebird grise. Quand elle fut toute proche, il aperçut des gamins à l'intérieur. Ils avaient baissé toutes les glaces et mis la stéréo à fond. Bruce Springsteen se déchaînait. Il parlait d'amour, de voitures et d'ouvriers fondeurs. Parfait.

À l'instant où la Firebird bourrée de passagers doublait la Chevrolet, alors que le bruit du moteur et la voix de Springsteen étaient à leur maximum, attirant l'attention de Sharp, Ben franchit vivement le haut du talus et se glissa en rampant vers la voiture. Il ne se risqua même pas à redresser la tête afin que Sharp ne puisse le surprendre dans le rétroviseur.

La Firebird s'éloignait, avec Springsteen. Ben se porta vers l'arrière gauche de la Chevrolet. Il prit une profonde inspiration, se dressa brusquement et tira une cartouche dans le pneu. La détonation, dans le silence de la montagne, fut fracassante, à tel point que Ben lui-même sursauta. À l'intérieur de la Chevrolet, les deux hommes crièrent. L'un d'eux lança : « Restez baissé ! » La voiture s'inclina nettement du côté du conducteur. Les mains encore brûlantes de l'effet de recul, Ben fit feu une deuxième fois, uniquement pour les effrayer, visant à ras du toit, assez bas pour que le bruit des chevrotines frôlant la tôle évoque des projectiles sifflant dans l'habitacle. Les deux hommes s'étaient écrasés sur leurs sièges, essayant de s'écarter de la ligne de tir, ce qui les rendait totalement incapables de riposter, et même d'apercevoir Ben.

Il se mit à courir, tira une troisième cartouche sur le bas-côté, s'arrêta pour en tirer une quatrième dans le pneu avant gauche, ce qui fit que la Chevrolet s'affaissa un peu plus de ce côté. Il doubla son tir dans le même pneu, rien que pour augmenter l'effet dramatique. Les détonations énormes du fusil l'avaient surpris lui-même et Sharp et son collègue devaient être paralysés. Il jeta un coup d'œil sur le pare-brise pour s'assurer qu'aucun des deux n'était dans la ligne de tir. Ils étaient invisibles et il tira sa sixième et dernière cartouche en plein centre, certain qu'il ne risquait pas de les blesser mais de les effrayer suffisamment pour qu'ils restent cramponnés à leur siège pendant trente secondes au moins.

Les chevrotines vinrent cribler le siège arrière de la Chevrolet tandis que le verre Securit retombait en pluie. Ben fit trois bonds, se jeta sur le sol et rampa sous le break Dodge. Quand les deux autres retrouveraient assez de courage pour redresser la tête, ils penseraient qu'il s'était réfugié dans les bois, sur une berge ou l'autre, qu'il avait rechargé son fusil et qu'il attendait d'attaquer une deuxième fois dès qu'ils se montreraient. Pas un instant, ils ne soupçonneraient qu'il pouvait être là, tout près d'eux, sous le break.

Il sentit le besoin de reprendre son souffle mais se contraignit au silence, maîtrisant sa respiration, lentement, calmement.

Il aurait voulu frotter ses mains brûlantes après ces six coups rapprochés, tirés dans des positions inusitées. Mais il resta immobile, se disant que les picotements de l'effet d'engourdissement disparaîtraient à la longue.

Au bout d'un moment, il entendit les voix des deux hommes, puis le bruit d'une portière qu'on ouvrait.

– Bon Dieu, Peake, venez ! dit Sharp.

Ben tourna la tête à droite. Les chaussures noires de Sharp apparurent dans son champ de vision. Il les connaissait bien : il avait les mêmes. Elles étaient éraflées et des épines s'étaient accrochées aux lacets.

– Peake, venez immédiatement !

Le chuchotement guttural de Sharp valait un hurlement.

Une autre portière s'ouvrit. Il y eut un nouveau bruit de pas. Les chaussures de Peake apparurent enfin à gauche du break. Moins coûteuses et en plus mauvais état que celles de Sharp, elles étaient souillées de boue, de la semelle au cou-de-pied, littéralement recouvertes d'épines et de bourre végétale.

Les deux hommes étaient à présent immobiles de chaque côté du break, silencieux, prêtant l'oreille, sur le qui-vive.

Il vint à Ben l'idée absurde qu'ils allaient entendre les battements de son cœur qui, pour lui, résonnaient comme un solo de batterie.

– Il doit être là-bas, un peu en avant, caché entre deux voitures. Il attend de nous tomber dessus, murmura Peake.

– Mais non, il est reparti dans les bois, fit Sharp avec un accent de dédain. Il nous observe sûrement en ce moment, et il essaie de ne pas se marrer.

Le gros caillou lisse que Ben avait glissé sous sa chemise lui comprimait le ventre, mais il ne pouvait prendre le risque de bouger d'une fraction de centimètre.

Finalement, Sharp et Peake se décidèrent à s'avancer en parallèle et disparurent à sa vue. Ils allaient probablement inspecter avec prudence chacun des véhicules.

Mais ils ne se coucheraient pas pour regarder dessous, parce que c'était là une idée folle qui lui était venue. Ainsi étendu à plat ventre, sans issue possible, on pouvait l'abattre comme un pigeon dans sa cage. Mais si le risque qu'il avait pris s'avérait payant, il avait une chance de se débarrasser d'eux. Ils partiraient ailleurs et il pourrait peut-être piquer une des voitures. En revanche, s'ils le croyaient suffisamment stupide – ou rusé – pour s'être caché sous le break, il était cuit.

Il pria pour que le propriétaire du break ne revienne pas au moment inopportun pour démarrer.

Ayant atteint le bout de la file sans avoir repéré leur ennemi, Sharp et Peake revenaient, marchant toujours de part et d'autre des véhicules. À présent, ils parlaient d'une voix plus forte.

— Vous m'aviez dit qu'il ne risquait pas de nous tirer dessus, remarqua Peake d'un ton aigre.

— Et il ne l'a pas fait.

— Pour moi, si. Il nous a tiré dessus, insista Peake, un ton plus haut.

— C'est sur la voiture qu'il a tiré.

— Quelle différence ça fait ? On était à l'intérieur, non ?

Ils s'arrêtèrent à nouveau près du break.

Et, à nouveau, Ben tourna la tête à droite, puis à gauche. Il se dit que ce n'était pas le moment idéal pour tousser ou éternuer.

— Il a tiré dans les pneus. Vous voyez ? Il n'avait aucune raison de nous immobiliser s'il voulait nous tuer.

— Il a fait sauter le pare-brise.

— Oui, d'accord, mais on était à l'abri, et il savait qu'il ne risquait pas de nous atteindre. Je vous l'ai dit : c'est de la guimauve, du moraliste cul béni cent pour cent. Il s'est mis dans la tête qu'il était un saint. Il ne nous flinguera que s'il n'a vraiment pas le choix, mais il ne tirera pas le premier. C'est à nous de le faire. Écoutez, Peake, s'il avait vraiment voulu notre peau, il lui aurait suffi de larguer deux cartouches dans les glaces des portières et on aurait été liquidés en deux secondes. Réfléchissez.

Ils restèrent silencieux un long moment.

Peake réfléchissait sans doute, comme le lui avait ordonné son chef.

Ben se demanda ce à quoi pensait Sharp. Il espérait que ce n'était pas à *La lettre volée* d'Edgar Poe. Mais il n'y avait guère de risques : Sharp n'avait sans doute jamais lu autre chose dans sa vie que des magazines de cul.

— Oui, il est dans ces bois, dit enfin Sharp, en tournant le dos au break, montrant ainsi ses talons à Ben. Il est retourné vers le lac. Il nous voit en ce moment même. J'en suis sûr. Il attend.

— Il va nous falloir une autre voiture, dit Peake.

— D'abord, vous allez jeter un coup d'œil dans les bois, pour voir si vous ne pouvez pas le débusquer.

— Moi ?

— Oui, vous.

— Mais, monsieur, je ne suis pas habillé pour courir les bois. Mes chaussures...

— Il y a moins de taillis dans ce coin qu'il n'y en avait près de la cabane de Leben, dit Sharp. Vous y arriverez.

Peake hésita un bref instant.

— Et vous, demanda-t-il, qu'allez-vous faire pendant ce temps ?

— D'où je suis, dit Sharp, je peux voir à travers les arbres. Si vous vous approchez de lui à son niveau, il pourra vous échapper en se mettant à couvert sous les fourrés et les rochers sans que vous vous en rendiez compte. Mais d'ici, en position surélevée, je suis certain que je le repérerai. Et alors, je foncerai droit dessus.

Ben entendit un bruit singulier. C'était un peu comme si on ouvrait un bocal. Il comprit alors que Sharp dévissait le silencieux monté sur son arme.

Ce que Sharp confirma aussitôt en disant :

— Il a peut-être encore l'avantage avec son fusil...

— Peut-être ? s'étonna Peake.

— ... mais on est deux, avec deux pistolets, et sans les silencieux, on tirera mieux. Allez-y, Peake. Faites-le sortir, que je me le paie.

Peake semblait au seuil de la rébellion, mais il obtempéra.

Ben attendit.

Quelques voitures passèrent sur la route.

Ben restait aussi silencieux que possible, les yeux rivés sur les chaussures d'Anson Sharp. Après un instant Sharp s'éloigna et s'arrêta devant le remblai, face à la pente boisée.

Ben attendit le passage d'une autre voiture pour s'extraire de dessous le break. Il s'accroupit contre la carrosserie, du côté du conducteur. Sharp et lui étaient maintenant séparés par le break.

De la main gauche, il déboutonna sa chemise et prit le gros caillou.

De l'autre côté du break, Sharp s'était remis en mouvement.

Ben s'immobilisa instantanément et écouta.

Sharp ne s'était déplacé que pour ne pas perdre de vue Peake.

Ben savait qu'il devait agir très vite. Si une autre voiture passait, on risquait de le remarquer à coup sûr. Un type plutôt sale, qui tenait un fusil dans une main et un caillou dans l'autre, avec en plus un revolver de gros calibre sous la ceinture, attirerait l'attention. Un coup de klaxon et Sharp serait alerté.

Il se redressa lentement et observa Sharp qui lui tournait le dos. Si l'autre bougeait, se dit-il, il faudrait tirer.

Il attendit encore quelques secondes, tous ses muscles tendus. Jusqu'à ce qu'il ait la certitude que toute l'attention de Sharp était concentrée sur le quart nord-ouest du bois. Alors, il lança le gros caillou aussi haut, aussi loin que possible, pour que le souffle du projectile ne donne pas l'alerte à son adversaire. Il ne pouvait souhaiter qu'une chose : que Sharp n'aperçoive pas le caillou dans sa trajectoire et que le caillou retombe entre les feuillages sans heurter un tronc.

Il songea alors que depuis quelques heures il n'arrêtait pas de prier ou d'émettre des souhaits. Sans attendre, il s'accroupit une fois encore. Il entendit le caillou retomber sur le lit d'aiguilles et de broussaille avant d'achever sa course dans un choc sonore.

– Peake ! cria Sharp. Derrière vous ! Derrière

vous ! Là-bas. Ça bouge dans les buissons, tout près du fossé de drainage.

Ben entendit un crissement de semelles, puis des craquements de brindilles. Anson Sharp avait dû franchir le remblai pour foncer vers les bois. Il se dit que c'était trop beau pour être vrai, mais en se redressant avec précaution, il constata que Sharp avait bel et bien disparu.

La fédérale était à lui, à lui tout seul ! Rapidement, il essaya chaque portière des véhicules en stationnement. Il trouva une Chevette vieille de quatre ans. Elle était hideuse, avec une carrosserie vert bile et des sièges vert fluo mais, telle quelle, elle lui convenait merveilleusement bien.

Il s'installa derrière le volant et referma lentement la portière. Puis il sortit le Magnum de sa ceinture et le posa sur le siège, à portée de main. À coups de crosse, il martela le contact jusqu'à en arracher la plaque.

Il se demandait si le bruit risquait d'être entendu au-dehors.

Posant le fusil, il dégagea rapidement les fils de contact, les rapprocha et appuya sur la pédale d'accélérateur. Le moteur crachota, toussa, et vrombit.

Sharp, même s'il n'avait pas entendu le premier toussotement, avait dû comprendre ce que le démarrage soudain du moteur signifiait. Et il devait remonter la pente à toutes jambes.

Ben dégagea le frein à main et démarra vers le sud, puisque la Chevette avait été orientée dans cette direction et qu'il n'avait vraiment pas le temps de faire demi-tour.

Il entendit une détonation sourde derrière lui.

Il rentra la tête dans les épaules, jeta un coup d'œil dans le rétroviseur et vit Sharp qui surgissait entre le break Dodge et la Chevrolet pour se mettre en meilleure position de tir.

– Trop tard, connard, grommela Ben en écrasant l'accélérateur.

La Chevette gronda et renâcla comme une vieille jument de trait à un steeple-chase.

Une balle ricocha sur le pare-chocs arrière, ou sur une aile, et l'écho sifflant répondit à la plainte de la Chevette qui prenait de la vitesse.

Dans un dernier nuage de fumée, une ultime secousse, la voiture se mit à dévorer la route.

Et, dans le rétroviseur, Anson Sharp devint une silhouette floue et frénétique, un démon qui s'agitait dans les fumées de l'Enfer. Il dut tirer une troisième fois mais Ben ne perçut pas la détonation dans le ronronnement furieux de la voiture.

Il atteignit le haut d'une côte, redescendit, tourna à droite, passa deux ou trois autres bosses, et ralentit quelque peu. Il se souvenait tout à coup du shérif adjoint qu'ils avaient rencontré à la boutique de sport. Il pouvait se trouver encore dans les parages. Et Ben se disait qu'il avait eu suffisamment de chance jusque-là avec Sharp pour ne pas trop tenter le destin en faisant de l'excès de vitesse. Avec sa dégaine, tout son armement, si on l'arrêtait à bord d'une voiture volée, il ne s'en tirerait certainement pas avec une simple amende.

Mais il avait repris la route. C'était là l'essentiel. Il ne la quitterait plus jusqu'à ce qu'il rattrape Rachael qui roulait toujours vers Las Vegas.

Tout se passerait bien.

Rachael était saine et sauve.

Les gros nuages blancs s'étaient faits plus denses dans le ciel d'été. Certains, à présent, étaient ourlés de gris métallique.

De part et d'autre de la route, l'ombre gagnait les bois.

28

Dans la chaleur du désert

À 15 h 40, Rachael atteignit Barstow. Elle songea un instant à quitter l'interfédérale pour grignoter un sandwich quelque part. Elle n'avait absorbé qu'un œuf et deux barres chocolatées depuis le matin et elle ressentait les effets du café et du Coca qu'elle avait pris à la station-service. Elle serait allée aux toilettes avec soulagement. Mais elle se dit qu'il valait mieux poursuivre sa route. Barstow était une bourgade assez importante pour avoir un bureau de police et sans doute aussi une station de CHiPs[1]. Bien sûr, il y avait peu de chances pour que le premier policier venu reconnaisse en elle l'ignoble agent ennemi décrit à la radio, mais ses besoins n'étaient pas assez pressants pour justifier le moindre risque.

Entre Barstow et Vegas, se dit-elle, elle serait relativement en sécurité, car les patrouilles allaient rarement aussi loin dans le désert. En fait, les risques d'être arrêté pour excès de vitesse dans ces étendues désolées étaient si faibles que la moyenne montait généralement à cent cinquante. Elle accéléra jusqu'à cent vingt et se fit doubler plusieurs fois. Ce qui la conforta dans son idée.

---

1. *California Highway Patrols.* (N.d.T.)

Elle se souvint d'une aire de repos qui devait se trouver à une cinquantaine de kilomètres plus loin. Pour ce qui était de manger, elle ne risquait pas de mourir de faim et pouvait très bien attendre de dîner confortablement à Vegas.

Depuis qu'elle avait franchi El Cajon Pass, elle avait remarqué que les nuages n'avaient pas cessé de s'accumuler, de plus en plus menaçants. Plus elle pénétrait dans le Mojave, plus ils devenaient sombres. De grandes strates d'ardoise se dressaient sur la mousse blanche des cumulus. Il ne pleuvait que rarement dans le désert mais, en été, quand le ciel ouvrait ses écluses, cela tenait du déluge et le sol desséché avait grand mal à absorber ces cataractes qui se déversaient soudain. Dans sa plus grande partie, bien sûr, l'interfédérale avait été construite en terrain surélevé mais, par endroits, on voyait toutefois des panneaux : RISQUE D'INONDATION.

Cela n'inquiétait pas trop Rachael. Mais une pluie trop violente la ralentirait considérablement, elle le savait, et elle tenait à atteindre Las Vegas aux environs de 18 h 30. Elle ne se sentirait en sécurité que lorsqu'elle serait installée dans le motel de Benny. Et, à dire vrai, lorsqu'il l'aurait rejointe et qu'ils auraient tiré les rideaux pour se couper du monde.

Quelques minutes après avoir quitté Barstow, elle passa la bifurcation de Calico. Les stations-service, les motels et les restaurants disparurent très vite. Devant elle, il y avait plus de cent kilomètres de désert avant qu'elle atteigne la minuscule bourgade de Baker. Les quelques voitures qu'elle croisait sur l'interfédérale étaient la seule preuve qu'elle ne se trouvait pas sur une planète totalement inhabitée, dans l'océan glacé du vide, à des milliers d'années-lumière.

On était mardi et les véhicules étaient peu nombreux. Il y avait surtout des camions. Entre le jeudi et le lundi, des milliers de gens circulaient entre la côte et Las Vegas. Il arrivait souvent, en particulier le vendredi et le samedi, que la circulation soit dense en plein désert. Anachronisme absolu, comme si toutes les voitures d'une grande métropole avaient été projetées en même temps à travers les âges, quelque part dans une époque désolée comme le Mésozoïque. Mais ce jour-là, Rachael n'apercevait aucun véhicule, devant ou derrière elle. Juste un paysage squelettique de collines scalpées, de plaines rongées où les rochers gris et blancs évoquaient des côtes mises à nu. Mais aussi des clavicules, des fémurs, des métatarses... C'était comme un immense cimetière dont les tombes auraient été peu à peu dégagées par le vent. Dans cette contrée plus chaude, plus basse en altitude, même les cactus et les arbres de Judée – ces simulacres de Siva – avaient disparu. La végétation se limitait à quelques touffes desséchées, quelques buissons bruns. Le désert Mojave était fait de sable, de rocs, de plaines alcalines et de coulées de lave solidifiées. Là-bas, au nord, il y avait les Calico Mountains et, plus loin encore au nord, les Granite Mountains dressaient leurs éperons roses et mauves à l'horizon. Au sud-est, au ras de l'horizon, les Cady Mountains étaient des monolithes dénudés, aux angles durs. Hostiles.

Il était 15 h 10 lorsqu'elle atteignit l'aire de repos dont elle se souvenait. Elle ralentit, quitta l'autoroute et alla se garer sur le vaste parking, devant un bâtiment bas en béton qui abritait les toilettes. Sur la droite, un treillis métallique soutenu par quatre poteaux délimitait un abri pour trois tables de pique-nique. On avait arraché l'herbe grasse aux alentours pour ne laisser que le sable nu. Des poubelles peintes en bleu se trouvaient là pour les détritus.

Elle descendit de la Mercedes, ne gardant que les clés de contact et son sac, laissant son arme et les munitions sous son siège, là où elle les avait mises quand elle s'était arrêtée pour faire le plein. Elle referma et verrouilla plus par habitude que par nécessité.

Un moment, elle leva les yeux vers le ciel qui était maintenant presque totalement envahi par les nuages gris ardoise. Il faisait encore chaud mais le ciel s'était couvert.

Deux énormes dix-huit roues passèrent en grondant sur l'autoroute, en direction de l'est, laissant retomber un sillage de silence derrière eux.

En se dirigeant vers la porte des toilettes, elle vit un panneau qui mettait les touristes en garde contre les serpents à sonnettes. Elle se dit qu'il devait leur arriver de quitter le désert pour venir se prélasser sur les trottoirs de béton.

Les toilettes n'étaient aérées que par des fenêtres à jalousie, haut dans les murs, mais, du moins, l'endroit paraissait propre. Il y flottait une odeur de désinfectant au pin. Rachael sentit aussi l'odeur particulière qui monte du béton quand il a été trop longtemps exposé aux ardeurs du soleil.

Lentement, Éric se dégageait d'un songe intense et mouvementé – peut-être un souvenir ancestral – dans lequel il était autre chose qu'un homme. Il rampait à l'intérieur d'un terrier. Ce n'était pas le sien mais celui d'une autre créature; il descendait, suivant une odeur musquée, avec la certitude qu'il allait trouver des œufs succulents quelque part dans l'obscurité et s'en régaler. Deux yeux d'ambre qui luisaient dans le noir lui indiquèrent que ses plans allaient rencontrer une certaine résistance. Il y avait là une créature à fourrure et à sang chaud, avec des griffes et des crocs. Elle se précipita sur lui pour protéger son nid souterrain et ils s'affrontèrent furieusement, en un combat qui était à la fois terrifiant et excitant. La fureur froide du reptile était montée en lui, lui faisant oublier sa faim, et son envie des œufs. Dans la nuit d'encre du boyau, ils se mordaient, se lacéraient, se déchiraient. Éric sifflait. Son adversaire glapissait et crachait. Il le blessa plusieurs fois cruellement, et l'antre de la bête à fourrure s'emplit d'une odeur de sang, d'urine et de matières fécales...

En retrouvant sa conscience humaine, Éric comprit que la voiture ne roulait plus. Depuis combien de temps ? Il n'en avait pas la moindre idée. Peut-être quelques minutes, ou bien quelques heures. Luttant contre l'attraction hypnotique du monde du rêve qu'il venait à peine de quitter, attiré par la violence et l'assouvissement de besoins primitifs, il se mordit la lèvre pour s'éclaircir les idées et s'aperçut alors, avec une surprise mitigée, que ses dents étaient nettement plus pointues qu'avant. Il prêta un instant l'oreille mais n'entendit aucune voix, pas le moindre bruit venu du dehors. Il se demanda s'ils avaient atteint Las Vegas et si la voiture n'était pas maintenant dans le garage du motel où Shadway avait demandé à Rachael de la laisser à son arrivée.

La rage froide, inhumaine, qu'il avait éprouvée dans le rêve était encore présente en lui. Toutefois elle n'était plus dirigée contre le mammifère aux yeux d'ambre mais contre Rachael. La haine qu'il ressentait menaçait de le submerger. Il voulait lui déchirer la gorge, lui ouvrir le ventre et répandre ses viscères. Son désir tournait à la frénésie.

Dans l'obscurité du coffre, il chercha la clé qui lui permettrait de faire jouer la serrure. Ses yeux lui semblaient plus efficaces dans le noir. Il ne voyait pas réellement sa cellule, mais il la percevait avec une sorte de sixième sens nouveau. En tout cas, il sentait la position et la forme des parois de métal qui l'entouraient. Il sentait aussi la présence de la clé, près de ses genoux et, quand il tendit la main, il en eut la confirmation.

Il ouvrit le coffre.

La lumière filtra. Une seconde, il fut ébloui, les yeux douloureux.

Il souleva le capot et fut surpris de découvrir le désert. Il sortit du coffre.

Rachael se lavait les mains au lavabo. L'eau était chaude mais il n'y avait pas de savon. Elle les sécha sous le souffleur.

En ressortant, elle explora du regard le trottoir mais aucun serpent n'y avait élu domicile. Elle fit trois pas et vit alors le coffre ouvert de la Mercedes.

Elle s'arrêta et fronça les sourcils. Même si le coffre n'avait pas été verrouillé, il n'aurait pu se lever de lui-même.

Elle comprit soudain : Éric !

À la seconde même où elle pensait à lui, il apparut à l'angle du bâtiment, à cinq mètres d'elle. Il s'arrêta net et la fixa, comme s'il était aussi paralysé par son apparition qu'elle l'était par la sienne.

C'était Éric mais, en même temps, ce n'était pas lui.

Elle le regardait, incrédule, horrifiée, sans comprendre encore cette métamorphose bizarre qu'il avait subie mais devinant que c'était sans doute la manipulation de sa structure génétique qui était à l'origine de ces changements monstrueux. Son corps semblait déformé, mais à cause de ses vêtements, il était difficile de dire avec précision ce qui s'était passé. Ses hanches et les articulations de ses genoux étaient différentes. Et il était bossu. Sa chemise à carreaux rouges était sur le point de céder aux coutures sous la pression de la proéminence qui s'était formée entre ses épaules. Ses bras étaient plus longs de quatre ou cinq centimètres et ses poignets, qui saillaient hors des manches, étaient noueux et étrangement articulés.

Ses mains avaient un aspect effrayant. Elles ne

correspondaient plus aux normes humaines, mais ses doigts suggéraient la souplesse et la dextérité. Ils étaient tachetés de jaune, de brun et de gris. Ils se prolongeaient par de longues griffes et, par endroits, des écailles dures avaient remplacé la peau.

Mais c'était son visage qui était le plus épouvantable. Ses traits, qui avaient été nets et assez harmonieux, avaient changé bien qu'il fût reconnaissable. Des os s'étaient reformés, ils étaient devenus plus plats et plus larges à certains endroits. Plus étroits et plus ronds à d'autres. Plus lourds sous ses yeux profondément enfoncés. Ses maxillaires étaient maintenant prognathes. Une affreuse crête osseuse était apparue au centre de son front et semblait se prolonger jusqu'à l'arrière de son crâne.

– Rachael, dit-il.

Sa voix était rauque, basse, vibrante. Elle crut y déceler une note triste, de la mélancolie.

Sur son front plus épais, il y avait deux protubérances à demi formées mais qui semblaient appelées à devenir deux cornes de la taille du pouce de Rachael. L'idée de cornes lui aurait semblé absurde s'il n'y avait eu ces écailles sur ses mains, ces taches sur son visage et ces plaques de peau sombre, à l'apparence de cuir, sous ses mâchoires et sur son cou. Comme chez certains reptiles.

Quelques lézards étaient pourvus de cornes et, au commencement lointain de l'humanité, il avait sans doute existé des amphibiens avec de tels attributs, quoique cela parût improbable. Quant aux autres éléments de son visage, ils étaient humains, marqués cependant par un aspect simiesque par endroits. Peu à peu, l'idée se fit jour en elle : tous les stades de l'évolution avaient été libérés dans l'organisme d'Éric, tous luttaient en même temps pour prendre le contrôle. Des formes depuis longtemps abandonnées, oubliées, se disputaient la structure malléable des tissus.

– Rachael, répéta Éric sans bouger, je veux... je veux...

Il semblait ne pas trouver la suite de ses mots, ou bien il ignorait ce qu'il voulait.

Rachael était incapable du moindre mouvement, d'abord parce qu'elle était paralysée par la terreur, mais aussi parce qu'elle tentait désespérément de comprendre ce qui avait pu arriver à Éric. S'il était réellement écartelé par des mémoires ancestrales multiples qui agissaient sur ses gènes, il évoluait donc vers un stade inférieur alors même que son intellect et son physique actuels luttaient pour garder la prédominance sur ses tissus cellulaires. En ce cas, chaque changement qui s'opérait en lui devait être fonctionnel, orienté vers un but directement en rapport avec telle ou telle forme préhominienne. Mais ce ne semblait pas être le cas. Sur son visage, elle découvrait des artères pulsantes, des veines noueuses et des excroissances cartilagineuses qui n'avaient pas de raison d'être et qui ne correspondaient à aucune créature ayant existé sur l'échelle de l'évolution. Même chose pour sa bosse. Elle se dit que des gènes mutants devaient être à la base de ces modifications inutiles. À moins qu'ils ne poussent Éric vers une forme d'existence totalement différente de l'humain.

– Rachael...

Elle vit que ses dents étaient incroyablement pointues.

– Rachael...

Ses iris gris-bleu n'étaient plus ronds mais légèrement ovales, évoquant les yeux des ophidiens. La métamorphose, apparemment, était en cours. Mais il n'avait plus vraiment les yeux d'un homme.

– Rachael...

Son nez semblait plus long et ses narines plus larges.

– Rachael... Je t'en prie... je t'en prie...

Il tendit une main énorme en un geste de supplique pathétique et, dans sa voix rauque, elle perçut la souffrance et l'apitoiement. Mais aussi une note d'amour et de regret qui semblait le surprendre autant qu'elle.

– Je t'en prie... je veux... je veux...

– Éric, dit-elle alors, et sa voix, déformée par la peur et le chagrin, lui semblait aussi bizarre que la sienne. Que veux-tu ?

– Je veux... Je... Je veux... N'aie pas...

– Oui ?

– ... peur.

Elle ne sut que dire.

Il fit un pas vers elle.

Aussitôt, elle recula.

Un deuxième pas, et elle s'aperçut qu'il avait de la peine à déplacer les pieds, comme si leur forme avait changé à l'intérieur de ses bottes.

Elle recula encore.

Expulsant les mots comme s'il souffrait à chacun d'eux, Éric dit alors :

– Je... te... veux...

– Éric, fit-elle avec un accent de pitié.

– Toi... toi...

Il fit trois pas vacillants et elle battit en retraite.

D'une voix qui semblait provenir de l'enfer, il dit :

– Ne... me... rejette pas... Rachael... Ne...

– Éric, je ne peux pas t'aider.

– Ne me rejette pas.

– Éric, personne ne peut plus t'aider.

– Ne me... rejette pas... une fois encore.

Elle n'avait pas d'arme, rien que ses clés de contact et son sac, et elle se maudit de ne pas avoir pris le pistolet. Elle recula encore de plusieurs pas.

Éric, avec un cri de rage qui la glaça, fondit alors droit sur elle.

Elle lui lança son sac au visage, se retourna et courut vers le désert. Le sable mou cédait sous ses foulées et, plusieurs fois, elle faillit se tordre la cheville. Elle trébucha, et les herbes rêches lui fouettèrent les jambes. Mais elle ne tomba pas. Elle continua de courir, aussi vite que le vent, la tête baissée, les coudes au corps...

Lorsqu'il s'était retrouvé en face de Rachael, sur le trottoir, Éric avait été surpris lui-même de sa réaction. En revoyant son joli visage, ses cheveux châtains et ce corps superbe auprès duquel il avait passé tant de nuits, il fut gagné par une vague soudaine de remords pour la manière dont il l'avait traitée et par un sentiment de perte insupportable.

La fureur primitive qui le dévorait avait brutalement diminué pour céder la place à des émotions humaines, hésitantes et ténues. Des larmes brûlantes lui étaient montées aux yeux. Il avait du mal à s'exprimer, non seulement à cause des modifications subies par sa gorge, mais parce que le chagrin, le regret et la solitude l'étouffaient brusquement.

Mais elle l'avait rejeté une fois encore, confirmant ses soupçons, et du coup, la tristesse et l'angoisse refluèrent. Et la rage revint, comme une eau sombre chargée de cristaux de glace, une rage issue d'une conscience perdue dans les âges. L'envie de lui caresser les cheveux, de passer les doigts sur sa peau douce, de la prendre dans ses bras disparut aussitôt, remplacée par une émotion plus forte que le désir : le besoin profond et pressant de la tuer. De l'éventrer, de plonger goulûment sa bouche dans sa chair encore tiède, et de couronner enfin son triomphe en urinant sur ses restes sanglants. Alors il se rua sur elle : il la voulait encore, mais dans un but bien différent.

Elle se mit à courir, et il se lança à sa poursuite.

Son instinct, ajouté à la mémoire ancestrale d'innombrables poursuites – mémoire inscrite non pas au tréfonds de son esprit mais dans son flux sanguin –

lui donnait l'avantage. Il la rattraperait bientôt. Ce n'était qu'une question de minutes.

Elle courait vite, comme tous les animaux arrogants lorsqu'ils étaient mus par la peur et par l'instinct de survie. Mais elle ne courrait pas très longtemps. Sous l'effet de la peur, la proie était toujours moins rusée que le chasseur. Il avait appris cela avec l'expérience.

Il aurait dû enlever ses bottes, car elles le ralentissaient. Mais son taux d'adrénaline était si élevé qu'il avait stoppé la douleur dans ses chevilles et ses orteils comprimés.

La proie allait vers le sud, bien que, dans cette direction, aucun refuge ne fût visible. Jusqu'aux montagnes lointaines, ce territoire inhospitalier n'abritait que des choses rampantes, grouillantes, qui piquaient, mordaient, ou dévoraient leur progéniture pour demeurer en vie.

Après une centaine de mètres, Rachael se retrouva le souffle court, les jambes comme du plomb.

Elle n'avait pas perdu sa forme, mais la chaleur du désert était telle qu'elle avait par instants le sentiment de courir dans une eau saline. La chaleur ne venait pas tant du ciel, presque entièrement couvert maintenant, que du sol. Exposé au soleil depuis l'aube, le sable était brûlant. Si la température s'élevait bien à trente-trois degrés, l'air qui montait du sable devait atteindre quarante-cinq à cinquante degrés. Rachael avait l'impression de courir sur un gril.

Elle jeta un coup d'œil derrière elle.

Éric était à moins de vingt mètres.

Elle regarda droit devant elle, faisant appel à toutes ses forces pour fendre l'air. Sa bouche était sèche, elle avait la langue collée au palais, la poitrine haletante, la gorge douloureuse. Devant elle, elle aperçut une barrière naturelle de buissons, qui se déployait à trente mètres de part et d'autre. Elle n'aurait pas le courage d'en faire le tour, et elle risquait de perdre encore du terrain. Ils ne lui arrivaient en fait qu'à la hauteur des genoux et ils ne représentaient pas un obstacle aussi dense qu'elle l'avait craint. Mais lorsqu'elle eut pénétré à l'intérieur elle s'aperçut que les buissons s'étendaient plus loin qu'elle ne l'avait cru et que leurs branches étaient drues et enchevêtrées. Les plantes au feuillage gras et épineux collaient à son jean et la retardaient. Son cœur s'était mis à battre de plus en plus fort, trop fort, cognant violemment contre ses côtes. Après bien des efforts, elle réussit à franchir le barrage et se retrouva avec quantité de feuilles et de fragments d'écorce sur ses chaussettes et son jean. Elle continua sa course néanmoins, ruisselante de sueur, essuyant quand elle le pouvait ses yeux aveuglés, léchant l'eau salée aux commissures de ses lèvres. Le risque était maintenant pour elle de se déshydrater. Déjà, elle voyait des tourbillons colorés à la limite de son champ de vision et une nausée montait au creux de son estomac. Un malaise n'allait pas tarder à la terrasser. Mais portée par la peur, elle courait toujours sur le sol aride.

Une deuxième fois, elle regarda derrière elle.

Éric s'était rapproché. Il n'était plus qu'à quinze mètres.

Rachael trouva encore un peu de force en elle, un reste d'énergie.

Au sable succéda une large plaque rocheuse, abrasée par le vent qui avait laissé des milliers de sillons à sa surface. Sur ce terrain qui ne cédait plus sous ses pas, elle réussit à courir plus vite. Mais avant peu, elle le savait, elle aurait épuisé ses dernières réserves et succomberait à la chaleur et à la fatigue. Mais elle ne voulait pas y penser. Il fallait rester positive. Elle y parvint, l'instant de quelques foulées, certaine d'accroître la distance qui la séparait d'Éric.

Pour la troisième fois, elle regarda derrière elle et laissa échapper une plainte désespérée.

Éric s'était rapproché. Il n'était plus qu'à une dizaine de mètres.

C'est à ce moment précis qu'elle trébucha et tomba.

Le rocher cessait brusquement, remplacé par le sable. Elle ne regardait pas le sol et se tordit la cheville gauche. Elle essaya de se redresser mais en vain. Dès qu'elle se remit sur pied, elle sentit une douleur fulgurante dans sa cheville. Elle se lança alors sur la gauche et roula parmi les herbes sèches, les éboulis, les touffes de plantes grasses.

Elle s'arrêta au bord d'un grand arroyo creusé par une rivière qui n'existait que lors des fortes pluies et dont le lit était à sec. L'arroyo était large de quinze mètres et on voyait le fond à une dizaine de mètres en contrebas. Les parois étaient à peine inclinées. Elle rampa par-dessus bord entre les rocailles, essayant désespérément de contrôler sa chute et d'éviter les rochers pointus et les nids de serpents à sonnettes.

Ce fut néanmoins une descente brutale et elle atterrit au fond avec violence, le souffle coupé. Elle parvenait à se redresser quand, levant la tête, elle vit Éric qui l'observait, du haut de la pente. Il était à moins de dix mètres d'elle, mais à dix mètres d'un rocher presque vertical, c'était différent. C'était comme si elle se trouvait dans une rue et lui sur le toit d'un immeuble de trois étages. Il avait hésité alors qu'elle n'avait pas perdu une seconde, ce qui lui avait fait gagner du temps. S'il avait sauté immédiatement derrière elle, il l'aurait déjà assaillie.

Le répit serait de courte durée et elle devait en tirer le meilleur parti. Elle se tourna vers la droite et se mit à courir sur le fond plat de l'arroyo, essayant de ménager sa cheville gauche. Elle ne savait pas où elle se dirigeait. Mais elle ne ralentissait pas, guettant ce qui pourrait lui permettre de se protéger. Quelque chose, n'importe quoi...

Elle avait besoin d'un miracle.

Elle s'était attendue à ce qu'Éric plonge vers le bas, mais il n'en fit rien. Il restait là-bas, au bord de la pente, il courait sans la quitter des yeux, essayant de rester à sa hauteur.

Elle se dit qu'il attendait lui aussi de trouver un moment favorable...

29

Des hommes reconstruits

Avec l'assistance du shérif du comté de Riverside, qui leur avait fourni une voiture de patrouille et un agent pour la conduire, Sharp et Peake furent de retour à Palm Springs à 16 h 30, ce même mardi. Ils s'installèrent dans deux chambres de motel, sur Palm Canyon Drive.

Sharp appela Nelson Gosser, l'agent qu'il avait laissé sur place, dans la maison d'Éric Leben, à Palm Springs. Celui-ci leur acheta deux peignoirs, fit laver leur linge à la laverie proche et revint avec deux cartons de *Kentucky Fried Chicken* accompagné de salade de *coleslaw*[1], de frites et de croquettes.

Pendant que Sharp et Peake se trouvaient au lac Arrowhead, on avait retrouvé la Mercedes rouge 560 SL de Rachael Leben avec un pneu crevé, derrière une maison abandonnée, à quelques blocs de là, à l'ouest de Palm Canyon Drive. On avait ensuite appris que la Ford que Shadway conduisait au lac venait d'une agence de location d'un aéroport. Évidemment, l'une et l'autre voiture n'avait pas fourni le moindre indice.

Sharp appela l'aéroport et s'entretint avec le pilote

---

1. Salade de chou blanc râpé, généralement assaisonnée d'une sauce au roquefort. (*N.d.T.*)

de leur hélicoptère. Les réparations allaient être finies. Une fois le plein fait, le Bell Jet Ranger serait de nouveau à la disposition du sous-directeur. Dans moins d'une heure.

Sharp laissa de côté les frites par trop caloriques, il repoussa le *coleslaw* qui avait dû tourner à l'aigre depuis trois mois, et pela soigneusement la croûte de chapelure graisseuse pour ne manger que la chair maigre du poulet. Ce faisant, il donna d'autres coups de fil à divers membres des laboratoires de la Geneplan et à plusieurs personnes, dans le comté d'Orange. Il y avait à présent plus de soixante agents sur l'affaire. Il n'en contacta que six qui lui apprirent les derniers détails de l'enquête.

En fait, elle n'aboutissait à rien.

Quantité de questions restaient en suspens, qui n'avaient reçu aucune réponse. Où était passé Éric Leben ? Où se trouvait Ben Shadway ? Pour quelle raison Rachael Leben n'était-elle pas avec lui à la cabane du lac Arrowhead ? Où était-elle ? Y avait-il un risque qu'ils aient mis la main sur une preuve qui leur permettrait de faire éclater au grand jour l'affaire du dossier Wildcard ?

N'importe qui, avec le poids de ces questions et la récente humiliation du lac Arrowhead, aurait eu l'appétit coupé. Mais Anson Sharp dévora en un rien de temps les bouts de poulet qu'il s'était triés ainsi que les croquettes. Il avait mis en jeu tout son avenir pour les besoins de sa vengeance contre Ben Shadway et, normalement, il aurait dû avoir quelque mal à trouver le sommeil. Mais en ouvrant les couvertures du grand lit, Sharp se dit qu'il allait dormir comme un enfant dès qu'il aurait posé la tête sur l'oreiller.

Après tout, il n'éprouvait de passion que pour lui-même, il était son unique souci et les seules choses qui l'intéressaient restaient celles qui avaient un rapport direct avec sa personne. Donc le plus important était de bien manger, de dormir, de se maintenir en forme et de conserver une bonne apparence. De plus, il croyait sincèrement être supérieur à la moyenne des humains. Favorisé par le destin, il ne pouvait se laisser démonter par quelques contrariétés. Il avait l'absolue certitude que la malchance et les déceptions n'auraient qu'un temps, qu'elles n'étaient que des anomalies passagères sur le chemin bien droit et bien lisse qui le menait vers le sommet, vers la gloire et le pouvoir.

Avant de se glisser sous les draps, cependant, Sharp appela Nelson Gosser pour qu'il transmette quelques ordres à Peake. Puis il demanda au standard du motel de noter tous les appels, ôta son peignoir, tapota l'oreiller et s'allongea.

Il regarda le plafond, eut une pensée pour Shadway et rit doucement.

Pauvre Shadway ! Il devait se demander comment diable un homme qui avait été traduit en cour martiale et renvoyé du corps des Marines dans le déshonneur avait pu devenir un agent de la DSA. C'était bien le problème avec ce brave cœur pur de Ben : il ne se départait pas de cette idée erronée qu'il y avait des comportements moraux et d'autres non, que les bons étaient récompensés et que les mauvaises actions retombaient toujours sur la tête de ceux qui les avaient commises.

Mais Anson Sharp, lui, savait bien qu'il n'y avait pas de justice dans l'abstrait. Les représailles n'étaient à craindre que dans la mesure où on permettait à d'autres de les exercer. L'altruisme et la loyauté n'étaient pas automatiquement récompensés. Sharp savait que la moralité et l'immoralité étaient des concepts qui n'avaient pas de sens, que dans l'existence, les choix se faisaient en fonction de l'intérêt de chacun. Seul un imbécile pouvait agir autrement, agir contre son bénéfice ou pour celui de quelqu'un d'autre. Il fallait viser la première place, c'était tout ce qui comptait. Et toute décision ou action qui allait dans ce sens était bonne, quel que fût son effet par ailleurs.

Guidé par cette philosophie très souple, il lui avait été très facile de faire disparaître la mention de « déshonneur » de son dossier. Il avait beaucoup de respect pour les ordinateurs et connaissait très bien leurs capacités.

Au Vietnam, si Sharp avait pu détourner et voler de telles quantités de fournitures et de vivres, c'était parce que l'un de ses complices, le caporal Eugene Dalmet, était un des opérateurs de l'ordinateur de l'intendance de la division. Dès lors Sharp et Dalmet avaient pu repérer avec précision l'acheminement des marchandises et choisir le meilleur moment et le meilleur endroit pour les intercepter. Ultérieurement, Dalmet avait très souvent réussi à effacer toute trace des disparitions de l'ordinateur. Il avait même pu transmettre l'ordre à certains employés de détruire les archives d'imprimante correspondant à telle ou telle expédition. Et ainsi, nul ne pouvait plus prouver qu'il y avait eu vol puisqu'il n'y avait apparemment rien eu à voler. Dans le monde des bureaucrates, les choses ne semblaient exister que lorsque des ordinateurs hors de prix étaient là pour en donner la preuve avec leurs listings. Et toute l'affaire avait merveilleusement bien marché. Jusqu'à ce que Ben Shadway vienne y fourrer son nez.

De retour aux États-Unis avec une charge de déshonneur, Sharp n'était nullement désespéré car il rapportait avec lui un talent précieux pour modifier les archives et réécrire l'histoire. En fait, il revenait avec la certitude de pouvoir blanchir sa réputation.

Durant six mois, il avait suivi un stage de formation de programmateur. Il avait travaillé jour et nuit, jusqu'à devenir de première force dans ce domaine. À l'issue de cette période il était même capable de pirater un ordinateur.

Il avait postulé un emploi à l'Oxelbine Placement, une agence assez importante pour avoir besoin d'un programmateur mais encore trop petite et discrète pour se préoccuper de son dossier judiciaire. Pour l'Oxelbine, ce qui importait avant tout c'est qu'il n'ait pas été jugé pour crime civil et qu'il soit suffisamment compétent dans son domaine. Sharp arrivait sur le marché de l'emploi à une période où le public n'avait pas encore été gagné par la folie de l'informatique et où les places étaient encore ouvertes aux gens de talent.

Oxelbine avait une liaison directe avec l'ordinateur principal de la TRW, la plus grande société d'investissement du pays. Les dossiers de la TRW étaient la source principale d'informations pour les agences de crédit. L'Oxelbine payait la TRW afin qu'elle lui fournisse des renseignements sur les demandeurs d'emploi et, à l'occasion, réduisait le coût de cette transaction en passant à la TRW des éléments que celle-ci ne possédait pas. Tout en travaillant pour l'Oxelbine, Sharp, en secret, avait eu accès aux banques de données de l'ordinateur de la TRW. Il avait procédé par tâtonnements, une approche désormais classique. Mais, à cette période héroïque, le processus prenait du temps, les ordinateurs étant encore lents. Avec de la patience, pourtant, il apprit à accéder à tous les dossiers de crédit de la TRW et, ce qui était infiniment plus important, à ajouter ou à effacer des données. Là, le processus était plus facile qu'il ne le serait plus tard puisque personne n'avait encore compris qu'il était urgent d'installer des systèmes de protection sur les ordinateurs.

Ayant eu accès à son dossier personnel, Sharp avait effacé les mentions qui le dégradaient pour les remplacer par des mentions d'honneur, ajoutant même quelques citations. Il s'était promu du grade de sergent à celui de lieutenant, et avait supprimé un certain nombre de mauvaises notes mineures.

Puis il avait programmé la destruction du précédent dossier, pour l'échanger avec celui qu'il venait d'inscrire dans la banque de données.

Débarrassé de ce boulet, il avait pu alors postuler un nouvel emploi auprès d'une société travaillant pour la Défense, la General Dynamics. C'était un poste civil qui ne nécessitait pas d'enquête de sécurité, ce qui lui permit d'échapper aux investigations du FBI et de la GAO qui, eux, directement en liaison avec les ordinateurs du Département de la Défense, auraient immédiatement sorti son véritable dossier militaire. En se servant ensuite des liaisons Hugues de l'ordinateur avec le Département de la Défense, il avait fini par avoir accès à son dossier de service au sein du MCOP, le Marine Corps Office of Personnel. Il avait alors procédé comme pour la TRW. Après quoi, il avait pu facilement obtenir de l'ordinateur du MCOP un ordre de destruction du dossier de service du nommé Sharp dans le Corps des Marines ainsi que son remplacement par un autre, mis à jour, modifié et corrigé.

Le FBI avait ses propres archives concernant les hommes qui avaient été accusés d'actes criminels pendant la période de leur service militaire. Elles se révélaient utiles pour circonscrire les suspects dans certaines affaires civiles mais aussi pour les enquêtes de sécurité portant sur toute personne qui postulait un emploi d'agent fédéral. Sharp se servit de l'ordinateur du MCOP pour adresser une copie de son nouveau dossier au FBI en ajoutant une note qui précisait que le précédent « contenait des imprécisions de nature infamante qui avaient exigé sa destruction immédiate ». À cette époque où nul n'avait encore conscience de la vulnérabilité des informations électroniques, les gens prenaient pour argent comptant ce que les ordinateurs sortaient. Même les agents du FBI, spécialement entraînés, leur faisaient foi. Aussi Sharp était-il presque certain que son stratagème aboutirait.

Quelques mois plus tard, il demanda à suivre le programme de formation et d'entraînement de la Defense Security Agency et attendit de pied ferme de voir si sa campagne de réhabilitation avait porté ses fruits. Il fut aussitôt accepté dans la DSA après enquête du FBI sur sa personnalité et son passé. Ensuite, avec la ruse d'un Machiavel-né, il avait entamé son irrésistible ascension au sein de l'agence. Il utilisa même l'ordinateur de celle-ci pour améliorer son dossier en y insérant des citations et recommandations pour service exceptionnel émanant d'officiers qui avaient bien entendu été tués au combat ou qui étaient décédés de mort naturelle.

Sharp avait décidé que le seul risque pouvait provenir d'hommes qui avaient servi avec lui au Vietnam et qui avaient assisté à sa traduction en cour martiale. Donc, immédiatement après être entré à la DSA, il s'était lancé sur la piste de tous ceux qui pouvaient représenter une menace. Trois d'entre eux avaient été tués après son retour aux États-Unis. Un autre était mort au cours de la ridicule opération commando montée par Jimmy Carter pour tenter de libérer les otages américains en Iran. Un cinquième était mort de maladie. Un sixième avait été abattu d'une balle dans la tête à Teaneck, New Jersey, où il avait ouvert un drugstore. Il avait eu la malchance de se trouver lui-même au comptoir quand un adolescent ayant absorbé de la benzédrine avait tenté d'attaquer la boutique. Trois autres hommes susceptibles de dévoiler le véritable passé de Sharp étaient revenus à Washington après la guerre et ils s'étaient retrouvés au Département d'État, au FBI, et à la Justice. Avec d'infinies précautions – mais très rapidement, de crainte qu'ils ne découvrent son existence dans la DSA – Sharp les avait fait exécuter tous les trois sans bavure.

Restaient quatre hommes encore en vie qui connaissaient la vérité – Shadway étant l'un d'eux – mais ils n'occupaient aucune fonction gouvernementale et avaient peu de chances de découvrir que Sharp appartenait à la DSA. Bien sûr, dès qu'il se retouverait au poste de directeur, son nom apparaîtrait plus fréquemment dans les informations et ses ennemis, Shadway entre autres, auraient toutes chances de le débusquer et de tenter d'avoir sa tête. Il s'était toujours dit que ces quatre derniers devraient mourir tôt ou tard. Et quand il avait découvert que Shadway était impliqué dans l'affaire Leben, Sharp avait considéré cela non seulement comme un cadeau du destin mais aussi comme une preuve supplémentaire que rien ne pouvait mettre obstacle à sa volonté de pouvoir.

En considérant sa propre existence, Sharp n'avait nullement été surpris d'apprendre qu'Éric Leben avait choisi d'être son propre cobaye. Tout autour de lui, on était stupéfait ou choqué par l'arrogance dont Leben avait fait preuve en tentant de violer les lois de Dieu et de la nature pour triompher de la mort. Mais Sharp, lui, avait depuis longtemps compris que ce qu'on appelait la vérité, le bien, le mal, la justice n'avait plus une valeur aussi absolue en cette époque où la technologie régnait en maître. Lui-même s'était refait une réputation en manipulant les électrons, et Éric Leben avait tenté de rallonger sa vie en manipulant ses propres gènes. Aux yeux de Sharp, tout cela faisait partie de la panoplie merveilleuse du sorcier du XXe siècle.

Douillettement blotti dans le lit de sa chambre de motel, Anson Sharp sombrait maintenant dans un sommeil profond, qui était beaucoup plus reposant que celui du juste et de l'innocent.

Longtemps, Jerry Peake chercha le sommeil. Il ne s'était pas mis au lit depuis vingt-quatre heures, il avait couru à travers les montagnes, il avait essuyé deux ou trois révélations bouleversantes et, en regagnant Palm Springs, il n'avait même pas eu la force de grignoter le *Kentucky Fried Chicken* que Nelson Gosser lui avait apporté. Il était toujours épuisé mais le sommeil ne venait pas.

D'abord, Gosser lui avait transmis un message de Sharp : Peake n'avait droit qu'à deux heures de sommeil et il devrait être prêt à rentrer en action à 7 h 30 du matin, ce qui lui laissait une généreuse demi-heure pour prendre sa douche et s'habiller. Deux heures de sommeil ! Alors qu'il lui en aurait fallu dix. Cela ne valait même pas la peine de s'étendre.

Et puis, il y avait ce sacré dilemme moral dans lequel il avait été plongé toute la journée. Se faire complice d'un meurtre en se pliant à la volonté de Sharp et poursuivre ainsi sa carrière en vendant son âme, ou bien abattre Sharp si cela s'avérait nécessaire et perdre ainsi à la fois sa carrière et son âme. Cette deuxième option semblait évidente, sauf que, s'il sortait son arme, Sharp risquait de le descendre avant qu'il ait pu faire feu. Sharp était plus adroit et plus rapide que lui, Peake ne l'ignorait pas. Il avait espéré qu'en ne parvenant pas à tirer sur Shadway, il se serait mis le directeur adjoint à dos et qu'on l'aurait relevé de ses fonctions. Cela n'aurait certainement pas été salutaire à sa carrière dans l'agence mais, au moins, son dilemme aurait été résolu. Mais Sharp avait désormais planté ses serres dans Jerry Peake, et celui-ci devait reconnaître à regret qu'il ne trouverait pas facilement d'échappatoire.

Ce qui le tracassait le plus, c'est qu'il était persuadé qu'un type plus malin que lui aurait déjà trouvé le moyen de tourner la situation à son avantage. Jerry Peake n'avait jamais connu sa mère, son père s'était ensuite renfermé dans son chagrin de veuf. À l'école, on ne l'aimait pas, parce qu'il était timide et introverti. Depuis lors, il n'avait cessé de rêver de ne pas être un perdant mais un gagnant, de devenir célèbre. Et voilà que maintenant qu'il tenait sa chance, il ne savait que faire.

Il se tournait et se retournait dans son lit.

Il se mit à échafauder des plans, des stratagèmes, des ruses contre Sharp, mais tout s'écroulait sous le poids de ses conceptions erronées et de son indéracinable naïveté. Il voulait désespérément être George Smiley, Sherlock Holmes ou James Bond, mais il devait bien s'avouer qu'il ressemblait plus à Sylvestre le Chat essayant sans fin de capturer le petit Tweetie.

Quand il sombra enfin dans le sommeil, il fit des cauchemars dans lesquels il tombait des arbres ou des toits, lancé dans la poursuite macabre d'un canari qui avait la tête d'Anson Sharp.

Ben avait perdu du temps en abandonnant et en dissimulant la Chevette près de Silverwood Lake avant de voler une autre voiture. Il aurait été suicidaire de continuer avec la Chevette alors que Sharp en avait le signalement. Il avait fini par repérer une Mercury noire, visiblement neuve, en haut d'un sentier qui descendait vers le lac. Son propriétaire, sans doute un pêcheur, n'était pas visible alentour. Les portières étaient verrouillées mais les glaces étaient légèrement baissées pour la ventilation. Dans le coffre de la Chevette, au milieu d'un fatras indescriptible, il avait trouvé un cintre en fil de fer. Il s'en était muni pour de pareils cas d'urgence. Il avait fait un crochet et avait ouvert la porte de l'intérieur en levant le loquet. Dès lors il ne lui restait plus qu'à faire démarrer la Mercury et il avait rejoint l'interfédérale 15.

Il n'atteignit Barstow qu'à 16 h 45. Il en était venu à la conclusion accablante qu'il ne parviendrait pas à rejoindre Rachael. Sharp lui avait fait perdre trop de temps. Lorsque les premières gouttes tombèrent, il comprit que l'orage allait ralentir la Mercury beaucoup plus que la souple Mercedes et que l'écart entre lui et Rachael allait encore se creuser. Il quitta donc l'interfédérale et rentra dans Barstow. Il trouva une cabine téléphonique et appela Whitney Gavis à Las Vegas.

Il allait lui dire qu'Éric Leben était dans le coffre de la voiture. Avec un peu de chance, Rachael ne s'arrêterait pas en route, et Éric ne pourrait pas l'attaquer. Donc, le mort-vivant serait bel et bien pris à son propre piège jusqu'à l'arrivée à Las Vegas. Et là, Whit Gavis, prévenu à temps, n'aurait qu'à tirer six cartouches de gros calibre sur Éric dès qu'il tenterait de sortir du coffre. Après quoi, Rachael serait hors de danger sans même savoir qu'elle avait été en péril.

Tout se passerait pour le mieux. Whit allait se charger de régler cette affaire.

Ben finit de composer le numéro de Whit et entendit la sonnerie, à plus de deux cent cinquante kilomètres de là.

L'orage couvait. Quelques grosses gouttes s'écrasèrent sur les vitres de la cabine.

Là-bas, le téléphone sonnait.

Les nuages auparavant laiteux s'étaient transformés en grands archipels ourlés de noir qui, à leur tour, avaient accouché de masses noirâtres à l'aspect sinistre fonçant vers le sud-est.

Le téléphone sonnait toujours. Mais Whit n'était pas là et il ne servait à rien de s'impatienter. Quand le téléphone eut sonné pour la vingtième fois, Ben raccrocha.

Il demeura encore un instant dans la cabine à réfléchir. Il ne savait plus que faire.

Il avait été un homme d'action, il n'avait jamais le moindre doute quand survenait une crise. Mais, par réaction envers ce monde hostile dans lequel il vivait, il avait essayé de devenir un homme différent. Il était bien évident qu'il avait échoué. Les récents événements le lui avaient fait comprendre clairement. Il ne pouvait décider du jour au lendemain de n'être plus l'homme qu'il avait été. Maintenant, il lui fallait bien l'admettre. De plus, il avait cru qu'il n'avait rien perdu de sa forme, mais il devait reconnaître qu'il s'était trompé. Il n'avait pas pensé à regarder dans le coffre de Rachael avant son départ, commettant ainsi une faute impardonnable.

Un éclair zébra les nuages gonflés d'encre, mais l'orage n'éclata pas pour autant.

Ben décida qu'il n'y avait rien d'autre à faire que reprendre la route et de foncer vers Las Vegas en espérant qu'il lui restait une infime chance. Il pourrait s'arrêter encore à Baker, à cent kilomètres de là, pour essayer de rappeler Whit.

La chance allait peut-être tourner. Il le fallait.

Il ouvrit la porte de la cabine téléphonique et courut en direction de la Mercury.

Un autre éclair déchira le ciel. Le tonnerre roula comme une salve d'artillerie entre les nuages de carbone et la terre chargée d'électricité.

Une odeur d'ozone flottait dans le vent tiède.

Ben s'installa de nouveau au volant, claqua la portière et lança le moteur. L'orage éclata alors et le déluge s'abattit sur le désert.

30

Serpents à sonnettes

Rachael avait suivi le fond de l'arroyo pendant des kilomètres lui semblait-il. Mais en vérité, elle n'avait dû parcourir que quelques centaines de mètres. La chaleur torride et sa cheville douloureuse multipliaient les distances.

Elle avait l'impression d'être prise au piège d'un labyrinthe, cherchant éternellement une issue qui n'existait pas. Sur la berge droite, de loin en loin, elle croisait d'autres lits d'arroyos, plus petits. Elle songea un instant à en remonter un, mais ils arrivaient tous en diagonale et elle ignorait totalement où cela la conduirait. Elle avait peur de dévier de sa route pour se retrouver dans une impasse après une centaine de mètres.

À sa gauche, trois étages plus haut, Éric suivait toujours le bord, guettant sa progression boitillante comme s'il était le maître mutant de quelque comédie. Dès qu'il se risquerait à descendre vers le fond, elle devrait immédiatement escalader l'autre paroi car elle savait bien qu'elle n'arriverait pas à le distancer à la course. Son unique chance était de se retrouver au-dessus de lui et de faire rouler des rochers. Mais elle espérait qu'il ne se déciderait pas avant plusieurs minutes car elle avait besoin de laisser reposer sa cheville pour se lancer dans une escalade.

À l'ouest, vers Barstow, le tonnerre gronda. Le ciel, bas, lourd comme un couvercle posé au ras de l'arroyo, était noir de suie. On aurait dit que la voûte des cieux brûlait et qu'elle n'était plus faite que de cendres et de nuées charbonneuses. Le vent tiède émettait une plainte lugubre en courant au-dessus du désert Mojave. Des tourbillons de sable traversaient parfois le fond de l'arroyo et Rachael était cruellement giflée. Pourtant, l'orage qui s'était développé à l'ouest n'était pas encore arrivé et elle sentait dans l'air cette charge électrique intense qui précède une pluie torrentielle.

En abordant une courbe de l'arroyo, elle se heurta à un enchevêtrement d'herbes sèches et de buissons de mesquite, repoussés par le vent jusque dans la gorge de l'arroyo. Chassés par une nouvelle bourrasque, les buissons roulèrent vers elle avec une sorte de crissement aigu, pareils à des créatures vivantes. Elle essaya désespérément d'éviter ces boules épineuses, trébucha et tomba de tout son long dans la poussière. Au même instant elle entendit un bruit derrière elle. Une seconde elle crut que ce n'était que le froissement des herbes et des mesquites qui continuaient à rouler dans le fond de l'arroyo, mais un son plus sec, plus net, lui fit prendre conscience de l'origine du bruit.

Elle se retourna et vit qu'Éric avait entrepris de descendre la pente. Il avait dû attendre qu'elle rencontre un obstacle ou qu'elle tombe. Maintenant qu'elle était au sol, il cherchait à prendre l'avantage. Il était au tiers de la pente et toujours debout car le terrain n'était pas aussi abrupt qu'à l'endroit où elle avait choisi de se laisser tomber. À chaque pas il déclenchait une petite avalanche de cailloux et de poussière, mais le terrain ne cédait pas pour autant sous lui. Dans une minute, il serait dans le lit de l'arroyo et, en quelques pas, il l'aurait rattrapée.

Elle réussit à s'arracher au sol, courut vers l'autre paroi avec l'intention de l'escalader sans tarder. Au même instant la pensée lui vint qu'elle avait perdu ses clés de contact. La précarité de son sort la remplit alors d'angoisse. Selon toute probabilité elle serait assassinée par Éric ou se retrouverait perdue dans le désert... De toute façon elle n'avait aucune chance de salut.

Éric progressait maintenant à mi-pente, dans un nuage de poussière. Rachael se précipita vers l'endroit où elle était descendue et chercha frénétiquement par terre. Elle vit briller les clés au milieu de la poussière brune et les récupéra d'un geste vif.

Éric était sur le point d'atteindre le fond de l'arroyo. Il émettait un son étrange, une espèce de plainte aiguë, modulée.

Le tonnerre gronda une fois encore dans le ciel. Il se rapprochait. Ruisselante de sueur, le souffle haletant, la bouche desséchée par l'air brûlant, les poumons douloureux, Rachael courut à nouveau vers l'autre pente tout en glissant les clés au fond de sa poche. Elle s'aperçut très vite qu'il était plus difficile de grimper que de se laisser descendre. Après trois ou quatre mètres, elle dut s'aider des mains et des genoux pour se maintenir avant de se relancer à l'assaut.

Le souffle aigu d'Éric s'éleva derrière elle. Elle n'osait pas se retourner. Il lui restait encore quatre mètres à gravir jusqu'au sommet. Mais la terre tendre cédait sous ses pieds. Quelquefois, quand elle croyait avoir une prise, la fragile croûte de sable s'effritait entre ses doigts. Elle se démenait pour rattraper à chaque fois les centimètres perdus, avec la pensée terrifiante qu'elle pouvait brutalement glisser et se retrouver au fond. Le rebord n'était plus qu'à trois mètres quand elle entendit la voix rauque d'Éric.

— *Rachael !*

Résistant à l'envie de se retourner, elle fit un effort pour aller de l'avant.

De longues entailles dues à l'érosion creusaient la paroi. Certaines étaient larges de plusieurs centimètres, d'autres très profondes. Elle s'en écartait prudemment car la terre était friable, pourrie, et susceptible de céder à tout instant.

Par chance, elle trouva un point d'appui dans les veines du quartz, mises à nu par l'érosion de la couche rocheuse. Elles constituaient autant de prises naturelles, presque des marches d'escalier.

— Rachael...

Affolée, elle agrippa une saillie de roc de trente centimètres dans l'espoir de pouvoir se hisser jusqu'à sa hauteur, puis d'y prendre appui avec ses pieds. Mais elle sentit alors quelque chose happer sa cheville droite et frémit. Cette fois il n'y avait aucun doute, il s'agissait bien d'Éric. Il s'était lancé à sa poursuite et, tout en se maintenant d'une main, il tentait de l'arrêter avec l'autre.

Avec une agilité déconcertante, semblable à un animal, il rampa un peu plus haut. Ses mains, ses genoux et ses pieds s'accrochaient à la paroi sableuse avec une efficacité effrayante.

Une fois encore, il tenta de l'attraper. Il allait refermer ses doigts sur son mollet quand, dans un effort surhumain, elle se détacha de la paroi et se cramponna à la saillie rocheuse, à une longueur de bras au-dessus de sa tête. Elle resta là à se balancer dans le vide, tout son poids portant sur ce bout de quartz.

Lorsque Éric tendit la main vers sa jambe, elle replia les genoux et lança ses deux pieds en même temps vers le bas, de toute la force dont elle était capable. Elle cogna désespérément sur sa main, essayant d'écraser ses longs doigts osseux.

Il poussa une plainte inhumaine.

Elle frappa encore.

Mais, au lieu de se laisser tomber vers le bas, ainsi qu'elle l'avait espéré, Éric adhéra à la pente et lança encore une fois la main pour la happer avec un cri de triomphe.

À cette même seconde, elle lança une troisième fois ses pieds, rencontra un bras, puis écrasa son visage.

Elle entendit son jean se déchirer, puis ressentit un élancement douloureux et comprit qu'il avait planté ses griffes dans sa jambe.

Il criait toujours sous l'effet de la douleur et, finalement, il perdit prise, après être resté toutefois une fraction de seconde agrippé au jean de Rachael. Le tissu acheva de se déchirer et Éric tomba à la renverse dans le fond de l'arroyo.

Profitant de ce répit, elle se hissa jusqu'à l'étroite corniche qui lui avait servi de point d'accroche. La douleur irradiait dans ses bras, de l'épaule au poignet, mais ses muscles lui obéissaient. Les dents serrées, respirant par le nez avec tant de force qu'elle semblait hennir comme un cheval, elle montait, creusant littéralement la paroi du bout des pieds pour trouver de nouveaux points d'appui, si fragiles fussent-ils. À force de persévérance, elle réussit à se rétablir enfin sur la saillie.

Épuisée, endolorie, elle refusa de s'arrêter. Elle se hissa sur les deux derniers mètres, trouva de nouvelles prises, des rochers, des racines de mesquite mises à nu par l'érosion. Elle atteignit enfin le rebord, se glissa entre deux buissons et se laissa rouler sur le sable du désert.

Un éclair traversa le ciel, formant un bref sillon lumineux. Épineux et cactus projetèrent leurs ombres géantes...

Puis le tonnerre roula longuement et Rachael ressentit l'écho dans son dos. Elle se traîna jusqu'au bord de l'arroyo, priant pour découvrir Éric mort, écrasé par un rocher ou bien la colonne brisée.

Hélas ! Il était là, à mi-pente.

Un nouvel éclair illumina son visage déformé, se reflétant dans ses yeux inhumains, faisant briller ses dents aiguës d'animal.

D'un bond, Rachael fut debout. Elle se mit à donner de violents coups de pied dans le sable, les cailloux et les broussailles qui s'abattirent en pluie sur Éric. Il s'était accroché à la saillie de quartz et baissait la tête. Voyant que l'éboulement ruisselait sur lui sans qu'il bronche, elle s'arrêta, chercha des pierres, en trouva plusieurs grosses comme des œufs et visa ses mains. Quand il reçut une pierre sur ses doigts grotesques, il lâcha le rocher et s'abrita complètement dessous, se collant à la terre.

Elle aurait très bien pu attendre qu'il se montre et recommencer à nouveau à le bombarder. Elle aurait pu le tenir ainsi cloué sur place durant des heures mais elle n'avait rien à y gagner. Ce serait une tactique futile et fatigante. Et puis, elle finirait par épuiser sa provision de cailloux et, quand elle n'aurait plus que de la terre à lui jeter, il reprendrait son ascension, agile et rapide, et il serait sur elle en quelques secondes. Il la tuerait alors en toute tranquillité.

Le ciel était maintenant comme un chaudron chauffé à blanc d'où jaillit un troisième éclair éblouissant. Il frappa le désert à moins de cinq cents mètres peut-être, suivi d'un craquement de tonnerre qui semblait annoncer la fin des temps. La mort s'exprimait dans un langage crépitant et fracassant...

Se souciant peu de l'orage, Éric venait de poser une main monstrueuse sur la saillie de quartz. Rachael aussitôt redonna des coups de pied, soulevant de grosses mottes de terre, et des giclées de sable. Il relâcha sa prise, se remit à l'abri mais elle n'arrêta pas, s'attaquant furieusement à la berge friable. Un bloc énorme céda alors sous elle et elle faillit tomber à sa suite. Mais, à la seconde où elle sentit le terrain glisser, elle se rejeta en arrière et tomba violemment sur le dos.

Sous l'avalanche, Éric allait sans doute essuyer quelques coups. Il hésiterait alors à continuer son escalade. Rachael espérait profiter de ces quelques minutes de répit pour prendre un peu d'avance. Elle se redressa et se mit à courir à toute allure dans le désert.

Les muscles de ses jambes étaient traversés d'élancements douloureux. Sa cheville gauche était encore sensible, en outre elle éprouvait une brûlure dans le mollet droit, là où les griffes d'Éric avaient lacéré son jean. Sa bouche était plus sèche que jamais et sa gorge râpeuse. À chaque inspiration, elle avait la sensation que l'air torride du désert lui calcinait les poumons. Mais elle devait résister, elle devait courir, toujours courir, aussi vite qu'elle le pouvait.

Devant elle, le désert n'était plus absolument plat : le vent y avait creusé des reliefs. Elle escaladait les sentes avec ardeur, comme autant de barrières qu'elle mettait entre elle et Éric. Celui-ci ne tarderait plus à sortir de l'arroyo, elle le savait. En redescendant dans un creux, elle décida de le suivre et s'engagea dans une direction qu'elle pensait être le nord. Son sens de l'orientation avait été sérieusement perturbé pendant la poursuite, mais son instinct lui disait qu'il lui fallait rallier le nord-est si elle voulait retourner vers la Mercedes. Elle devait en être éloignée d'un bon kilomètre, environ.

Il y eut un éclair, puis un autre. Entre deux roulements de tonnerre, un sillon marbra le ciel du sud au nord, comme une aiguille de feu plantée dans la terre. Cette fois, la déchirure et le fracas qui suivit furent assez forts pour ouvrir les vannes du ciel. La pluie se mit à tomber à grosses gouttes et, très vite, Rachael eut les cheveux collés sur le visage. Mais l'eau était fraîche, délicieusement fraîche. Elle passa la langue sur ses lèvres, tout en regardant derrière elle, effrayée par avance à l'idée de découvrir la silhouette difforme d'Éric.

Mais il semblait qu'elle l'eût semé. Et si elle avait laissé des traces dans le sable, la pluie, maintenant, les effacerait. Avec ses sens aiguisés, il pourrait peut-être renifler sa piste, mais, là aussi, la pluie était la bienvenue. Et même avec ses yeux bizarres, qui devaient voir plus loin que ceux d'un être humain, il ne parviendrait pas à percer l'obscurité et le rideau dense de la pluie.

« Tu lui as échappé, se dit-elle, courant toujours vers le nord. Tu vas être sauvée. »

C'était sans doute vrai. Mais elle n'osait y croire encore.

Ben Shadway était à quelques kilomètres à l'est de Barstow quand la pluie se mit à tomber et, en quelques instants, recouvrit le monde. Seul le battement des essuie-glaces était perceptible dans le ruissellement torrentiel qui noyait tout. Les gouttes tambourinaient sur le toit de la Mercury et crépitaient sur le pare-brise. Les pneus sifflaient sur l'asphalte. Toute lueur avait disparu du ciel tourmenté et, dans la clarté des phares, Ben ne distinguait plus que les fouets obliques de la pluie. Parfois, le vent soulevait de véritables voiles d'eau qui flottaient comme des rideaux devant une fenêtre brusquement ouverte avant d'aller déferler dans le désert en ondes grises. À chaque éclair des millions de gouttes se changeaient en stries d'argent. L'espace d'une seconde, on pouvait avoir l'illusion qu'il neigeait sur le Mojave.

La pluie redoubla d'intensité, les essuie-glaces fonctionnaient en vain. Penché sur le volant, Ben plissait les yeux. Il avait de la peine à distinguer l'autoroute, même avec les phares. Les quelques rares voitures qu'il croisa l'obligèrent à détourner brièvement la tête de crainte d'être ébloui.

Il ralentit jusqu'à soixante, puis cinquante. Finalement, voyant que la prochaine aire de repos était encore à plus de trente kilomètres, il se rangea sur la bande d'arrêt d'urgence, laissa tourner le moteur et mit ses feux de détresse. Il n'avait pas réussi à joindre Whitney Gavis et il était plus inquiet que jamais au sujet de Rachael, mais, pour l'heure, il n'y avait rien d'autre à faire qu'attendre la fin de l'orage. Continuer eût été une folie. Il risquait de déraper à tout instant sur la chaussée détrempée et d'aller percuter un des énormes semi-remorques qu'il croisait depuis quelques kilomètres.

Il attendit dix minutes. La pluie ne diminuait pas. Il en vint à se demander si l'orage cesserait un jour. C'est alors qu'il s'aperçut que le fossé d'écoulement avait été envahi par un flot d'eau boueuse. L'autoroute était surélevée de près de deux mètres par rapport à la contrée environnante et l'eau, en débordant, se déversait dans le désert. Ben vit alors une forme lisse et sinueuse qui se laissait glisser doucement à la surface du torrent jaunâtre. Une autre suivit et une autre encore. Un instant, il demeura sans comprendre, puis il prit conscience que les serpents à sonnettes avaient dû être chassés de leurs nids par l'inondation. Les nids devaient être nombreux alentour car, en quelques secondes, ce furent des dizaines de crotales qui se montrèrent. Ils rampaient vers le haut du talus, en terrain émergé, et leurs corps luisants s'enchevêtraient en une masse palpitante, comme s'ils formaient une sorte d'entité créée par le déluge, une créature monstrueuse qui cherchait à trouver sa forme définitive.

Un nouvel éclair fendit le ciel.

La Méduse sembla se débattre avec une fureur plus intense encore dans la lumière.

Un frisson parcourut Ben, jusqu'à la moelle des os. Il détourna la tête. Au fil des minutes, le peu d'optimisme qui subsistait en lui s'estompait. Le désespoir l'envahit. Il avait tellement peur pour Rachael qu'il se mit à trembler, seul sous la pluie assourdissante, perdu dans le désert obscur.

L'orage avait effacé la piste de Rachael, mais elle n'était pas pour autant tirée d'affaire. La pluie avait abaissé la température de quelques degrés seulement et l'air était encore moite. Même si elle n'avait pas froid, Rachael était trempée jusqu'aux os. Enfin, sous les trombes d'eau, dans la pénombre glauque des nuages, elle avait de la difficulté à s'orienter. Elle prit le risque de quitter le creux où elle pataugeait pour gagner le sommet d'une éminence et tenter de se repérer. L'horizon était bouché et il lui était impossible de savoir si elle se rapprochait de l'aire où elle avait abandonné la Mercedes.

Pis encore : les éclairs redoublaient à un rythme tel qu'elle redoutait d'être foudroyée d'une seconde à l'autre.

Mais le plus grave, c'était le bruit de la pluie, ces sifflements, gargouillis ou autres clapotis qui étouffaient tout autre son, lui interdisant de savoir si Éric était sur ses traces, prêt à se jeter sur elle par surprise. Elle ne cessait de se retourner, épiant les pentes douces des dunes. À chaque fois qu'elle abordait une courbe, elle ralentissait, redoutant de voir surgir Éric sous le rideau de pluie, les yeux brillants, tendant vers elle ses mains hideuses.

Aussi quand elle arriva sur lui, de façon inattendue, elle n'eut même pas le temps de reculer. Elle venait de passer une nouvelle courbe entre deux dunes et elle le vit. Il était à moins de dix mètres d'elle, agenouillé au milieu d'un creux, plongé dans une tâche qu'elle ne comprit pas tout d'abord. Au-dessus d'elle, une sorte d'auvent rocheux creusé de trous innombrables par des siècles de vent faisait saillie sur la pente. Elle se blottit aussitôt dessous. Elle faillit se retourner pour repartir en sens inverse en rampant, mais la posture et les gestes d'Éric l'intriguaient. Tout à coup, le besoin de savoir s'avéra plus important que la frayeur qu'il éveillait en elle. En l'épiant en secret, elle pourrait apprendre quelque chose d'important, qui la protégerait dans sa fuite ou lui conférerait un avantage sur lui quand ils s'affronteraient une prochaine fois. Elle se colla contre le rocher et promena le visage de trou en trou jusqu'à découvrir une ouverture de cinq centimètres de large par laquelle elle pouvait observer Éric.

Il était toujours agenouillé sur le sol détrempé, son dos bossu incliné sous les rafales de pluie. Il semblait s'être encore modifié. Il n'avait plus la même forme que lorsqu'elle l'avait rencontré pour la première fois en sortant des toilettes. S'il était toujours monstrueusement difforme, c'était de façon différente. Une subtile métamorphose s'opérait en lui. Rachael recula une seconde, l'œil irrité par l'air qui s'engouffrait dans le trou percé dans la roche, avant de regarder à nouveau. Elle se dit que sa silhouette était maintenant plus proche de celle du singe. Ses bras étaient un peu plus longs, ses épaules plus voûtées, et il semblait plus massif. Sans doute était-il un peu moins reptilien d'apparence, mais ses mains demeuraient hideuses, osseuses, avec des griffes redoutables.

Les changements qu'elle constatait ne pouvaient être dus qu'à son imagination car il n'était pas possible que le corps d'Éric se modifie à ce point en un quart d'heure. Mais si tel était le cas, si son visage et son corps avaient aussi radicalement changé en douze heures, il était évident qu'il y avait une accélération du processus et que de nouvelles différences pouvaient vraisemblablement intervenir de quart d'heure en quart d'heure. À cette idée, Rachael se sentit affolée.

C'est alors qu'elle découvrit autre chose. Éric

tenait entre ses mains griffues un serpent qui ondulait frénétiquement, et il le dévorait ! Une main serrant la queue, l'autre la tête, il assouvissait sa faim en un désir frénétique. Rachael voyait nettement les mâchoires du reptile s'ouvrir convulsivement, révélant ses crocs d'ivoire sous la clarté des éclairs tandis qu'il luttait pour échapper à la morsure du monstre qui le tenait. Les longues dents d'Éric arrachaient des lambeaux de chair sanglante qu'il mâchait avec avidité. Rachael constata à quel point ses maxillaires étaient différents de ceux du commun des mortels : plus lourds, plus longs, animés d'un mouvement broyant obscène.

Au bord de la nausée et de l'épouvante, Rachael lutta contre un réflexe de fuite. Elle essaya de ne pas vomir et se réfugia dans la perplexité qu'elle éprouvait devant le comportement d'Éric. Il fallait qu'elle sache avant tout.

Il voulait absolument la rattraper, alors pourquoi avait-il abandonné la poursuite ? L'avait-il oubliée ? Le serpent à sonnettes l'avait-il mordu et exerçait-il des représailles sauvages ? Non. En réalité il mangeait tout simplement. Il mangeait le serpent, à grandes bouchées voraces. Il leva une fois les yeux vers les nuages gonflés et obscurs, et Rachael surprit son expression : il semblait plongé dans une extase inhumaine. Il arracha encore un lambeau de chair et fut parcouru d'un long frisson de plaisir. Son appétit semblait aussi intense et insatiable qu'innommable.

La pluie lacérait l'ombre, le vent gémissait, le tonnerre grondait et les éclairs se succédaient en longs filaments ardents. Rachael eut le sentiment d'observer un singe monstrueux quelque part en enfer, un démon qui se repaissait de l'âme des damnés.

Son cœur tambourinait dans sa poitrine aussi fort que l'orage sur le sable. Elle savait qu'elle aurait pu se mettre à courir sans attirer son attention, mais elle demeurait là, fascinée par cette vision de pur cauchemar qui se dessinait sur l'écran rond de la roche.

Autour des genoux d'Éric, elle vit alors un deuxième, puis un troisième et un quatrième serpent qui déployaient tous leurs anneaux, hors de la mare boueuse. Éric était agenouillé devant leur nid qui, apparemment, venait d'être inondé. Les crotales se débattaient et, en rencontrant cette créature inattendue sur leur passage, ils frappaient instantanément, plantant leurs crocs mortels dans ses cuisses et ses bras. Mais Éric ne proférait pas un cri, ne semblait même pas s'en apercevoir. Rachael se dit avec espoir qu'il ne tarderait pas à s'effondrer sous l'effet de cette fantastique charge de venin. Il n'en fut rien.

Il rejeta le premier serpent à demi dévoré et en saisit un autre. Goulûment, il y planta ses dents semblables à des rasoirs et arracha une bouchée de chair encore frémissante. Son organisme mutant était peut-être capable de transformer le venin des reptiles en corps chimiques inoffensifs, ou bien de reformer à toute allure les tissus au fur et à mesure qu'ils étaient détériorés par les molécules létales.

Les éclairs se succédaient en une chaîne crépitante au milieu des cieux hostiles et, dans leur clarté, les crocs d'Éric brillaient comme des éclats aigus de miroir. Dans ses yeux étranges jouait le froid reflet du feu céleste.

Ses cheveux mouillés, emmêlés, jetaient de rapides reflets argentés et la pluie formait un masque de métal collé à son visage. Tout autour de lui, la terre gorgée d'eau gargouillait et crépitait comme de la graisse dans une poêle.

Rachael s'arracha enfin à la fascination atroce de cette scène. Elle détourna les yeux et repartit en courant en sens inverse. Elle cherchait une autre courbe entre les collines, une autre route susceptible de la ramener vers l'aire de repos, l'autoroute et la Mercedes.

Quand elle quitta les collines et les dunes, se retrouvant en terrain plat, elle prit conscience d'être parfaitement en vue, très repérable au milieu des touffes basses d'épineux. Autre danger, elle risquait d'être foudroyée. Sous l'effet stroboscopique des éclairs qui se succédaient toujours, le paysage désolé semblait sauter vers elle puis disparaître, comme si elle avait la vision fugace de siècles et de siècles d'évolution géologique.

Elle essaya de s'engager dans le lit d'un arroyo dans l'espoir d'y être plus à l'abri des éclairs. Peine perdue. Dans le fond, elle fut arrêtée par un flot boueux et violent qui emportait avec lui des archipels d'herbe sèche, de branches et de mesquites enchevêtrés. Péniblement elle se fraya un chemin entre les arroyos inondés et finit par retrouver son chemin. Une fois arrivée sur l'aire de repos, là où elle avait revu Éric pour la première fois, elle aperçut son sac là où elle l'avait laissé tomber. La Mercedes n'avait pas bougé mais le coffre, demeuré ouvert, était à présent fermé. Il lui vint la pensée affreuse que cette chose immonde qui avait pour nom Éric était revenue, qu'elle était là, tapie à l'intérieur.

Effrayée, indécise et tremblante, elle demeurait immobile sous la pluie, paralysée. L'aire de parking, qui n'avait aucun système de drainage, était transformée en un petit lac et l'eau lui arrivait aux chevilles.

Elle savait que le .32 était sous le siège du conducteur. Si elle parvenait à le récupérer avant qu'Éric ne sorte du coffre, elle avait peut-être ses chances...

Derrière elle, la pluie mitraillait la table de pique-nique. On aurait dit le bruit de la course effrénée de centaines de rats. Une véritable cataracte s'abattait du toit des toilettes. Rachael était cernée par la pluie, assourdie par le crissement de cellophane qu'elle faisait sur le macadam.

Elle fit un pas vers la voiture, un autre, puis s'arrêta.

Il était possible qu'Éric ne soit pas dans le coffre mais à l'intérieur. Il était étendu, invisible, silencieux, attendant qu'elle ouvre la portière pour se jeter sur elle. Pour planter ses dents aiguës dans sa gorge ainsi qu'elle l'avait vu faire avec les serpents à sonnettes... Mais la pluie qui ruisselait sur les glaces et le pare-brise lui interdisait d'essayer de voir à l'intérieur. Elle avait peur de s'approcher mais tout autant de battre en retraite. Elle se résigna à avancer.

Un autre éclair zigzagua dans le ciel. Tout soudain, la grosse Mercedes noire évoquait pour Rachael un corbillard.

Un énorme camion passa alors sur l'autoroute dans le sifflement de ses pneus. Rachael se précipita vers la Mercedes, ouvrit violemment la portière. Il n'y avait personne à l'intérieur. Elle trouva le pistolet sous le siège. Profitant de cet élan, elle contourna la voiture, hésita une seconde, puis ouvrit le coffre, prête à vider son chargeur sur Éric.

Mais le coffre était vide, le tapis détrempé et une flaque de pluie s'était formée au centre. Rachael pensa qu'une bourrasque plus forte que les autres avait dû le rabattre.

Elle le referma à clé et alla s'installer au volant. Elle posa le .32 sur le siège, à portée de main.

Le moteur ronfla sans une hésitation et les essuie-glaces se mirent à fonctionner.

À l'extérieur, le désert ne lui apparaissait plus que dans un camaïeu de bruns, de gris et de rouille. Rien ne bougeait, hormis les mesquites.

Éric ne l'avait pas suivie.

Peut-être les serpents avaient-ils finalement eu raison de lui. Il était impossible qu'il survive à toutes ces morsures. Même transformé, son organisme ne pouvait indéfiniment lutter contre l'effet de puissantes toxines.

Elle démarra, entra sur l'autoroute et accéléra en direction de Las Vegas, follement heureuse d'être encore en vie. La pluie était encore trop forte pour lui permettre de dépasser le soixante-quinze à l'heure, aussi demeura-t-elle sur la file de droite, se laissant doubler par des conducteurs plus audacieux. Au fil des kilomètres, elle essayait de se convaincre que le pire était passé mais elle avait du mal à le croire.

De son côté, Ben redémarrait et engageait à nouveau la Mercury sur l'autoroute. L'orage s'en allait vers l'est, en direction de Las Vegas. Le tonnerre se faisait plus lointain. C'était maintenant un roulement sourd et profond. Les éclairs crépitaient au ras de l'horizon et, si la pluie n'avait pas cessé, elle avait perdu de sa violence. Il allait pouvoir rouler normalement.

L'horloge du tableau de bord lui confirma ce qu'indiquait sa montre. 17 h 15. Mais il faisait sombre à cause de l'orage et une sorte de faux crépuscule s'était installé sur le paysage.

Ben se dit qu'à la vitesse à laquelle il roulait, il ne serait pas à Las Vegas avant 20 h 30. Il lui faudrait s'arrêter à Baker, l'unique avant-poste dans le désert Mojave. Là il tenterait d'appeler à nouveau Whitney Gavis. Mais il avait le sentiment qu'il n'arriverait pas à le joindre. Peut-être que la chance les avait abandonnés, Rachael et lui.

31

Une faim frénétique

Éric n'avait qu'un vague souvenir des serpents. Leurs crocs avaient laissé des cicatrices profondes dans ses bras, ses mains, ses cuisses, mais elles guérissaient déjà et la pluie avait lavé le sang dont ses vêtements étaient souillés. Ses tissus mutants brûlaient de ce feu particulier et indolore qui correspondait à son évolution permanente et le picotement du venin s'estompait. Parfois, ses genoux se dérobaient sous lui, ou bien une nausée montait dans son estomac, quand ce n'était pas sa vision qui devenait floue. À certains moments, il titubait, étourdi. Mais tous ces symptômes d'intoxication diminuaient très vite.

Tandis qu'il s'avançait dans le désert sombre, sous l'orage, des images des serpents lui revinrent en mémoire. Ils se tordaient autour de lui comme des lambeaux de fumée et semblaient chuchoter un langage qu'il comprenait presque. Mais il avait de la difficulté à croire qu'ils avaient été réels. Quelquefois, très rarement, il se souvenait d'avoir mordu, arraché, mâché leur chair, possédé par une faim frénétique, délicieuse. Et une part de lui-même réagissait avec excitation et satisfaction à ces images sanglantes. Une autre part pourtant, celle qui appartenait encore à Éric Leben, exprimait dégoût et répulsion, et il luttait pour repousser ces sinistres évocations, avec le sentiment qu'il risquait de perdre le peu de santé mentale qui subsistait en lui.

Il se dirigeait rapidement vers un but inconnu, n'obéissant qu'à son instinct. La plupart du temps, il marchait droit, comme un homme, mais il lui arrivait aussi d'être voûté, les épaules rejetées en avant, pareil à un singe. À intervalles réguliers, il résistait à un besoin pressant de se jeter à quatre pattes pour courir sur le sable. Cette étrange compulsion l'effrayait.

Çà et là, dans le désert, il y avait des feux d'ombre, mais ils ne l'attiraient plus comme auparavant. Ils n'étaient plus aussi mystérieux, et il les soupçonnait maintenant d'être autant de portes sur l'Enfer. Quand il avait commencé à voir ces flammes fantomatiques, il avait vu aussi son oncle Barry, ce qui signifiait probablement que l'oncle Barry était sorti de l'Enfer. Éric avait toujours eu la certitude que Barry Hampstead était parti pour l'Enfer et il se disait que ces feux étaient des portes ouvrant sur la damnation éternelle. Quand il avait été tué par la benne à ordures, la veille, à Santa Ana, il était devenu la propriété de Satan, condamné à partager l'éternité avec Barry Hampstead. Mais, au dernier moment, il avait échappé à la tombe et avait sauvé son âme du puits ardent. Et maintenant, Satan ouvrait toutes ces portes autour de lui dans l'espoir de le voir franchir l'une ou l'autre. Poussé par la curiosité, il se retrouverait peut-être dans la cellule de soufre qui l'attendait. Ses parents l'avaient prévenu : il risquait de finir en Enfer pour s'être soumis aux désirs de son oncle et, plus tard, pour avoir tué celui-ci. Son âme était damnée. Il comprenait à présent qu'ils avaient eu raison. L'Enfer était proche. Aussi n'osait-il pas regarder les feux en face...

Il courait à travers les broussailles. L'orage continuait de déferler comme une armée, ravageant le ciel par le feu et les canonnades du tonnerre.

Le but inconnu se révéla être l'aire de stationnement où il avait revu Rachael. Interprétant l'orage comme la venue de la nuit, le système d'éclairage s'était déclenché et des tubes fluorescents brillaient sur le toit du bâtiment et au-dessus des portes. Dans le parking, des lampes à vapeur de mercure projetaient une clarté bleuâtre sur le sol inondé.

En voyant l'aire illuminée sous la pluie, Éric sentit ses pensées s'éclaircir. Soudain, il se rappela tout ce que lui avait fait Rachael. C'était elle la cause de son accident dans Main Street. C'était le choc de la mort qui avait déclenché ce processus incessant de croissance maligne. Cette monstrueuse mutation était aussi de la faute de Rachael. Il avait bien failli la tenir, la déchirer en lambeaux, mais elle lui avait échappé à cause de sa faim dévorante, de ce besoin urgent qu'il avait d'alimenter son métabolisme déréglé. À présent, il sentait revenir la rage froide du reptile et il émit une faible plainte de rage que le tonnerre couvrit.

En contournant le bâtiment, il sentit une présence proche. Un frisson courut dans son dos. Il se laissa tomber à quatre pattes et se blottit contre le mur dans une flaque d'ombre dense, à l'écart de la zone éclairée.

Il écouta, la tête penchée, en retenant son souffle. Une fenêtre à jalousie s'ouvrit juste au-dessus de sa tête, du côté des toilettes pour hommes. On bougeait à l'intérieur. Il entendit une toux d'homme. Puis on siffla. Il reconnut l'air : *All Alone in the Moonlight,* de la comédie musicale *Cats.* Des chaussures foulèrent le béton. La porte s'ouvrit, à moins de trois mètres d'Éric, et l'homme apparut.

Il avait une trentaine d'années, l'air rude. Il portait des bottes, un jean et une chemise de style cow-boy. Il était coiffé d'un Stetson roux. Il s'arrêta un instant sur le seuil, à l'abri de l'auvent, et regarda la pluie tomber. Tout à coup, il découvrit Éric, s'arrêta net de siffloter, avec une expression d'horreur et d'incrédulité.

À la même seconde, Éric frappa. Il bondit si rapidement qu'il fut comme un reflet sombre de l'éclair qui venait de vriller le ciel à l'horizon. Face à un homme ordinaire, le grand cow-boy musclé aurait été un adversaire redoutable. Mais Éric n'était plus un homme ordinaire, ni même un homme tout court. Et le cow-boy était encore sous le choc, paralysé et désavantagé. Éric s'abattit sur sa proie et planta les cinq griffes de sa main droite dans son ventre, très profondément. Dans le même mouvement, il referma sa main gauche sur sa gorge, arracha la carotide et les cordes vocales, faisant taire l'autre à jamais. Le sang jaillit à flots des artères. Le regard du cow-boy était devenu vitreux avant même qu'Éric lui ait ouvert le ventre. Ses entrailles tombèrent en cascade sur le béton mouillé et il s'effondra dans ses boyaux.

Éric, sauvage, libre, puissant, s'installa sur le corps tiède. De façon étrange, il n'éprouvait pas la moindre répulsion, ne redoutait rien. Il était devenu un animal sauvage qui tuait avec délice. Et cette autre part de lui-même qui demeurait civilisée était ravie de cette violence, de la souplesse et de la force de ce corps de mutant, vif comme un félin. Il savait qu'il aurait dû être bouleversé, écœuré, mais ce n'était pas le cas. Toute sa vie, il avait eu besoin de dominer les autres, d'écraser ses adversaires, et voilà qu'il pouvait s'exprimer sous la forme la plus pure : le meurtre cruel, impitoyable.

Et pour la première fois, il se souvenait avec clarté du meurtre des deux jeunes femmes dont il avait volé la voiture, à Santa Ana, le lundi soir. Il n'éprouvait aucune culpabilité à cette pensée, rien qu'une sorte d'exaltation, de satisfaction noire. En fait, comme il revoyait le sang jaillir, la fille nue clouée au mur, il se sentait transporté de plaisir. Et voilà qu'il avait tué le cow-boy et que son cœur battait d'une joie glacée.

Pour un temps, penché sur le corps, près du seuil des toilettes pour hommes, il perdit toute conscience de lui-même en tant que créature douée d'intellect, avec un passé et un avenir. Il plongea dans une sorte de rêve, fait de sensations : l'odeur, le goût du sang. Il entendait toujours le bruit de la pluie mais celui-ci résonnait maintenant de l'intérieur. Au même moment il sentit que des changements intervenaient encore dans le tissu de ses artères, dans ses veines et ses os.

Un cri l'arracha à sa transe. Il releva la tête au-dessus de la gorge ouverte de sa proie. Une femme était là, à l'angle du bâtiment, les yeux dilatés par la frayeur, les mains croisées sur sa poitrine en un geste défensif. À en juger par ses bottes, son jean et sa chemise, elle était avec l'homme qu'Éric venait d'assassiner.

Il prit conscience qu'il s'était nourri du sang de l'homme, mais cette réalité ne le surprit pas, ne le bouleversa pas. Pas plus qu'un lion n'est surpris ou effrayé par une tuerie sauvage. Son métabolisme en pleine accélération suscitait une faim telle qu'il n'en avait jamais connu. Il avait besoin d'alimenter ces changements, ces modifications. Tout comme le lion se repaît d'une gazelle, il se nourrissait de la chair tiède de l'homme.

La femme voulut crier encore une fois mais pas un son ne franchit ses lèvres.

Éric se redressa en passant la langue sur ses lèvres sanglantes.

La femme se mit à courir dans la nuit. Son Stetson s'envola et ses longs cheveux blonds flottèrent derrière elle, seule forme claire dans l'ombre dense de l'orage.

Éric se lança à sa poursuite. Ses pieds qui martelaient le sol éveillaient en lui du plaisir. Il entra dans le sable gorgé d'eau, continua sur le parking, gagnant du terrain à chaque seconde.

Elle se dirigeait vers un vieux pick-up rouge. En se retournant, elle vit qu'il s'était rapproché. Elle comprit qu'elle n'aurait pas le temps d'atteindre la camionnette et de démarrer, aussi obliqua-t-elle vers l'autoroute, sans doute dans l'espoir d'arrêter une voiture ou un camion.

La poursuite prit fin rapidement. Il fondit sur la fille avant même qu'elle ait atteint l'extrémité du parking. Ils roulèrent dans l'eau boueuse. Elle se débattait, essayant de le griffer. Il planta ses griffes pareilles à des rasoirs dans ses bras, la clouant au sol, et elle poussa une longue plainte de douleur. Ils roulèrent encore une fois avant qu'il ne l'immobilise complètement.

Il fut surpris de sentir sa soif de sang refluer, remplacée par un désir charnel violent. Il lui obéit tout comme il avait obéi à sa soif de sang. La fille, devinant ses intentions, essaya désespérément de le repousser en poussant des cris suraigus de terreur pure. Arrachant ses griffes de ses bras, il déchira sa chemise et abattit sa main déformée, sombre, inhumaine, sur ses seins nus.

Ses cris cessèrent. Elle fixait sur lui un regard vide, elle était paralysée, muette de peur.

L'instant d'après, ayant arraché son jean, il sortit son sexe. Même dans son besoin frénétique de la prendre, il s'aperçut que l'organe en érection qu'il tenait n'avait plus rien d'humain. Il était énorme, hideusement bizarre. Quand la fille vit ce gourdin difforme, elle fondit en larmes et hurla. Elle devait croire que les portes de l'Enfer s'étaient ouvertes pour libérer tous les démons. Sa terreur ne fit qu'exciter le désir d'Éric.

L'orage, qui avait diminué d'intensité, parut

revenir en force, comme pour souligner l'acte brutal qu'il s'apprêtait à commettre.

Il la monta.

La pluie s'abattit sur eux avec plus de violence encore.

L'eau ruisselait autour d'eux.

Quelques minutes plus tard, il la tua.

Dans la lueur des éclairs, le sang qui s'écoulait prenait des reflets opalescents, comme de l'huile sur l'eau.

Quand il eut tué la fille, il se nourrit.

Dès qu'il fut rassasié, ses pulsions primitives se firent moins pressantes, et cette part de lui-même qui conservait une lueur d'intelligence domina la bête sauvage. Lentement, il devint conscient du danger d'être surpris là. La circulation était très faible sur l'autoroute, mais si une voiture ou un camion s'engageait sur le parking, il serait aussitôt repéré. En hâte, il traîna le corps de la fille sur le macadam, de l'autre côté des toilettes, et le jeta entre les mesquites. Il fit de même pour l'homme.

Il trouva les clés de contact du pick-up et, au deuxième essai, le moteur ronfla.

Il avait pris le chapeau du cow-boy. Il l'enfonça sur son crâne, espérant dissimuler un peu son visage bizarre. La jauge indiquait que le réservoir était plein, il n'aurait donc pas à s'arrêter avant Las Vegas. Il devrait demeurer sur ses gardes, conduire prudemment, ne pas attirer l'attention, se rappeler constamment de détourner la tête quand il croiserait d'autres véhicules. S'il prenait toutes ces précautions, en tenant compte du crépuscule prématuré, il pourrait s'en sortir.

Il regarda dans le rétroviseur et vit ses yeux. L'un d'eux était vert pâle et lumineux avec un iris orange semblable à un charbon ardent. La pupille était verticale. L'autre œil était plus grand, sombre et... à facettes.

Pour la première fois, il fut secoué et détourna le regard. Un œil à facettes ? C'était inacceptable. Rien de tel n'était intervenu à un stade quelconque de l'évolution de l'homme, même dans les ères antédiluviennes au cours desquelles les premiers amphibiens s'étaient risqués sur un rivage. C'était la preuve que s'il régressait, en même temps son corps luttait pour exprimer tout le potentiel de l'héritage génétique de l'humanité. Sa structure génétique était devenue folle et il se dirigeait vers une forme et un état de conscience qui n'avaient plus rien d'humain. Il devenait quelque chose d'autre, au-delà du reptile, du singe, du Néanderthal, du Cro-Magnon et de l'homme moderne. Quelque chose de tellement étrange qu'il ne se sentait ni le courage ni la curiosité d'affronter ce concept.

Lorsqu'il regarda dans le rétroviseur, il s'arrangea pour ne voir que la route et non pas son visage déformé.

Il alluma les phares et engagea le pick-up sur l'autoroute. Le volant, entre ses mains monstrueuses, lui paraissait bizarre. Conduire avait toujours été pour lui aussi aisé et normal que marcher. Maintenant, cela lui apparaissait comme un acte déconcertant, exotique. Et difficile, à la limite de ses capacités. Il serra le volant et se concentra sur la route.

Le chuintement des pneus et le battement régulier des essuie-glaces semblaient l'accompagner vers un destin spécial à travers l'ombre. À un moment, il retrouva presque toute son intégrité et se souvint de deux vers de William Butler Yeats :

Et quelle bête immonde, son heure enfin venue,
Se traîne vers Bethléem pour y naître ?

32

Flamant rose

Le mercredi après-midi, après leur entretien avec le Dr Easton Solberg à l'UCI, les lieutenants Julio Verdad et Reese Hagerstrom, toujours en congé de maladie, s'étaient rendus à Tustin, là où se trouvaient les bureaux de l'agence immobilière Shadway, au rez-de-chaussée d'un immeuble de trois étages de style espagnol, avec un toit de tuiles bleues. Dès leur premier passage, Julio avait repéré la voiture en surveillance. C'était une Ford verdâtre, sans marque extérieure, garée dans le virage, à un demi-bloc de distance de l'agence Shadway. Ses occupants avaient une vue directe sur les bureaux et sur l'allée qui accédait au parking, près du bâtiment. Ils étaient deux, en costume bleu. L'un lisait un journal tandis que l'autre faisait le guet.

– Les Fédéraux, dit Julio.
– Les types de Sharp ? La DSA ? demanda Reese.
– Sûrement.
– Tu ne penses pas qu'ils sont un peu trop en vue ?
– Je crois qu'ils ne s'attendent pas vraiment à ce que Shadway se montre dans le coin. Mais il faut bien qu'ils suivent la procédure normale.

Julio alla se garer à un demi-bloc de là, derrière la Ford, en ayant soin d'avoir plusieurs voitures entre eux et les types de la DSA, afin de pouvoir les surveiller sans être vus.

Avec Julio, Reese avait fait des heures de surveillance. Avec lui, cela ne relevait jamais de la corvée. Julio était un type dont la conversation était toujours intéressante. Mais, même lorsqu'ils ne bavardaient pas, ils pouvaient rester ensemble dans le silence total sans se sentir mal à l'aise – un des tests les plus sûrs pour éprouver une amitié. Tout en surveillant ceux qui avaient à l'œil les bureaux de Shadway mais aussi l'immeuble et les allées et venues, ils parlèrent d'Éric Leben, du génie génétique et du rêve de l'immortalité. Ce rêve n'était pas l'exclusivité du seul Leben. L'humanité avait depuis ses origines été hantée par l'immortalité, par le triomphe sur la mort. Pour Julio et Reese, c'était là un sujet sensible car tous deux avaient perdu la femme qu'ils aimaient et ne s'étaient jamais remis de ce coup cruel.

Reese pouvait comprendre le rêve qu'avait entretenu Leben et même les raisons qui l'avaient poussé à se livrer sur lui-même à une expérience génétique infiniment dangereuse. Elle avait mal tourné, c'était évident : il y avait eu les deux meurtres et cette abominable crucifixion. La preuve qu'Éric Leben, en ressortant de la tombe, n'avait plus rien d'humain et qu'il fallait à tout prix l'arrêter. Le morbide résultat de ces expériences – de cette folle entreprise – ne pouvait attirer la sympathie même si face à l'insatiable appétit de la Mort, tous les hommes et les femmes étaient unis, frères et sœurs.

La journée ensoleillée s'assombrissait à présent avec l'arrivée d'une couche de nuages gris ardoise. Reese sentit la mélancolie s'insinuer en lui. Il aurait pu s'y laisser aller, n'eût été le travail. Mais ils travaillaient bel et bien tout en étant officiellement en congé de maladie.

Les types de la DSA ne s'attendaient certainement pas à ce que Shadway débarque dans ses bureaux, mais ils devaient espérer pouvoir identifier l'un des agents qui opéraient à l'extérieur. Comme l'après-midi s'avançait, plusieurs personnes entrèrent ou sortirent de l'immeuble, mais Reese et Julio remarquèrent surtout une femme grande et mince avec une chevelure noire à la Betty Boop. Sa silhouette anguleuse était encore accentuée par sa robe fourreau couleur flamant rose. Pas rose pâle, ni magenta. Non, rose intense, comme le plumage du flamant. Elle entra et ressortit par deux fois, raccompagnant des couples d'âge moyen qui étaient arrivés en voiture – à l'évidence des clients auxquels elle devait faire visiter des maisons. Sa propre voiture était une Cadillac Seville jaune canari avec une plaque RAI qui devait signifier son appartenance à la Reine des Agences Immobilières ! Elle était en tout cas aussi singulière que sa propriétaire.

– Celle-là... dit Julio comme elle regagnait les bureaux de l'agence avec un autre couple.

– Difficile de ne pas la remarquer, commenta Reese.

– Difficile de la perdre de vue, commenta Julio.

À 16 h 50, elle était ressortie à nouveau, seule, et s'était précipitée vers sa voiture comme un grand oiseau affolé. Julio et Reese décidèrent qu'elle rentrait probablement chez elle. Aussi laissèrent-ils la DSA guettant l'arrivée improbable de Ben Shadway pour suivre la Cadillac jaune qui descendit la 1re Rue jusqu'à Newport Avenue avant de se diriger vers Cowan Heights, au nord. Il s'avéra que la Reine des Agences Immobilières habitait une maison de stuc à deux étages avec un toit de bardeaux et de nombreux petits balcons de cèdre, maison qui dominait l'une des rues les plus escarpées des Heights.

Julio s'arrêta en face pendant que la Cadillac de la dame en rose entrait dans son garage. Il se prit à fouiller la boîte aux lettres – un délit fédéral – dans l'espoir d'apprendre le nom de la jeune femme.

— Theodora Bertlesman, annonça-t-il à Reese. Elle se fait appeler Teddy parce que j'ai lu ce nom sur une lettre.

Ils attendirent encore deux minutes, puis allèrent sonner. Malgré le ciel couvert, le vent qui agitait les hibiscus rouges, les bougainvilliers et le jasmin restait doux. La rue était silencieuse, paisible, comme isolée du monde par le seul écran efficace connu de l'homme : l'argent.

— J'aurais mieux fait de travailler dans l'immobilier, fit Reese. Pourquoi est-ce que j'ai voulu être flic, nom de Dieu ?

— T'avais probablement été flic dans une vie antérieure, dit Julio. Dans un autre siècle, où il valait mieux être flic plutôt que de vendre des maisons. T'es retombé dans le même système sans comprendre que les choses avaient changé.

— Un karma en boucle, en somme, hein ?

L'instant d'après, la porte s'ouvrit. La grande femme rose comme un flamant dévisagea Julio, n'adressa qu'un bref coup d'œil à Reese. Elle ressemblait moins à un oiseau, vue de près. Et elle était plus impressionnante aussi. De la voiture, Reese n'avait pu voir la pureté de porcelaine de sa peau, ses beaux yeux gris et ses traits délicats. Ses cheveux à la Betty Boop, qui avaient paru laqués auparavant, se révélaient doux et épais. Elle était toujours aussi grande, aussi mince et flamboyante, mais sa poitrine n'était certainement pas plate et elle avait des jambes admirables.

— Que puis-je pour vous ? demanda-t-elle.

La voix de Teddy Bertlesman était grave et soyeuse. Il émanait d'elle une telle assurance que si Julio et Reese avaient été deux voyous, ils auraient hésité à s'en prendre à elle.

Julio sortit son badge et ses papiers. Il se présenta et ajouta :

— Voici mon collègue, le lieutenant Hagerstrom.

Il expliqua ensuite qu'ils souhaitaient lui poser quelques questions au sujet de Ben Shadway.

— Peut-être que mes renseignements sont erronés, mais je crois savoir que vous êtes employée comme agent de vente dans sa société.

— Bien sûr que vous le savez parfaitement, dit-elle sans le moindre accent de mépris mais avec une note d'amusement. Entrez, je vous prie.

Elle les précéda dans un living-room dont le décor était aussi audacieux que sa robe mais indéniablement chic et de bon goût. Une table en marbre blanc, des sofas aux lignes contemporaines habillés d'un somptueux tissu vert, des chaises en moire de soie couleur pêche avec des bras et des pieds finement sculptés, de grands vases vert émeraude, avec de majestueux plumets d'herbe de la pampa composaient le mobilier. Les murs se réunissaient en voûte gothique. Un peu partout, il y avait de grands tableaux d'art moderne. Cet ensemble conférait une dimension humaine à cette pièce qui aurait pu par ailleurs sembler un peu froide. Un panorama du comté d'Orange apparaissait sur un mur de verre. Teddy Bertlesman prit place sur le sofa vert, en face des fenêtres. Reese et Julio s'installèrent sur les chaises de moire, séparés d'elle par la table de marbre blanc qui évoquait un autel.

— Madame Bertlesman... commença Julio.

— Non, je vous en prie, fit-elle en ôtant ses chaussures et en ramenant ses longues jambes sous elle. Ou bien ce sera Teddy, ou alors, si vous tenez à rester strict, ce sera Miss. Ne soyons pas trop guindés. Cela me fait penser au Sud avant la guerre de Sécession, à ces ladies en crinolines, qui sirotaient d'un air pincé sous les magnolias leur mint julep servi frais par des matrones noires.

— Miss Bertlesman, reprit Julio, nous voudrions nous entretenir avec Mr Shadway et nous espérons que vous avez une idée de l'endroit où il se trouve. Il nous semble qu'un investisseur doublé d'un agent immobilier doit pouvoir disposer de propriétés à louer encore vacantes, et que dans ces conditions...

– Excusez-moi, mais je ne vois pas en quoi cela tombe sous votre juridiction. Selon vos cartes, vous êtes de Santa Ana. Ben a des bureaux à Tustin, Costa Mesa, Orange, Newport Beach, Laguna Beach et Laguna Niguel, mais aucun à Santa Ana. Et il réside à Orange Park Acres.

Julio l'assura que l'affaire Shadway-Leben dépendait en partie de la juridiction du district de Santa Ana. Il lui expliqua que de tels cas de coopération n'étaient pas rares, mais Teddy Bertlesman faisait preuve d'un scepticisme poli et se montrait subtilement non coopérative. Reese ne pouvait qu'admirer sa diplomatie, sa finesse d'esprit et l'aplomb avec lequel elle esquivait les questions les plus insidieuses pour répondre sans rien leur apprendre d'utile. Le respect qu'elle avait pour son patron et sa détermination à le protéger devenaient de plus en plus évidents, quoiqu'elle n'eût rien dit qui pût constituer un chef d'accusation pour complicité avec un malfaiteur faisant l'objet d'un mandat de recherche.

Finalement, Julio dut admettre l'inutilité de son approche autoritaire. Espérant alors qu'en révélant ses véritables raisons il gagnerait la sympathie de Teddy, il soupira et déclara en se laissant aller en arrière :

– Bon, écoutez, Miss Bertlesman, nous ne vous avons pas dit toute la vérité. Nous ne disposons d'aucun mandat officiel. Pas à proprement parler. En fait, nous sommes censés être en congé de maladie. Notre capitaine serait furieux s'il savait que nous nous occupons encore de cette enquête parce que ce sont les agences fédérales qui ont pris l'affaire en main et on nous a donné l'ordre de nous retirer.

Mais, pour toutes sortes de raisons, nous ne pouvons obtempérer sans perdre notre dignité.

Teddy Bertlesman fronça les sourcils de façon très charmante.

– Je ne comprends pas... fit-elle, étonnée.

Julio leva la main.

– Écoutez-moi un instant.

D'une voix intime, douce, sincère, bien différente de son ton officiel, il se mit à raconter le double meurtre d'Ernestina Fernandez et de Becky Klienstad. Il parla de son petit frère, Ernesto, qui avait été dévoré par les rats il y avait bien longtemps. Il expliqua comment cette tragédie pouvait justifier son obsession à l'égard de morts injustes, et aussi combien la ressemblance entre les deux prénoms, ceux d'Ernestina et d'Ernesto, l'avait frappé, l'amenant à considérer cette enquête comme une affaire personnelle.

– Je dois cependant admettre, acheva-t-il, que même si les deux prénoms ne se ressemblaient pas et si les facteurs étaient différents, j'aurais sans doute trouvé d'autres raisons pour en faire une croisade. Parce que, voyez-vous, je prends toujours les choses très à cœur. Une mauvaise habitude !

– Une merveilleuse habitude, dit Reese.

Julio haussa les épaules.

Reese était surpris que son collègue soit à ce point conscient de ses motivations. Tout en l'écoutant et en mesurant à quel point il se connaissait, Reese sentit encore grandir son respect pour Julio.

– Ce à quoi je voulais en venir, reprit Julio, c'est que je crois que votre patron ainsi que Rachael Leben ne sont coupables de rien. Qu'ils ne sont sans doute que des pions dans un jeu qu'ils ne comprennent pas totalement. Je pense qu'on se sert d'eux et qu'ils risquent de servir de boucs émissaires et d'être tués pour servir l'intérêt des autres, et peut-être même du gouvernement. Ils ont besoin d'aide et voilà pourquoi je suis ici. Alors, aidez-moi à leur porter secours, Teddy.

Julio faisait un numéro étonnant. En tout cas, pour quiconque ne le connaissait pas, cela aurait été un scénario très réussi. Néanmoins on ne pouvait douter de sa sincérité et de son inquiétude. Certes, il y avait une note de ruse dans son expression, mais le désir de justice était chez lui aussi authentique que la chaleur humaine qui se dégageait de l'homme.

Teddy Bertlesman était assez intelligente pour voir que Julio ne lui racontait pas d'histoires. Elle déplia les jambes et s'assit sur le bord du sofa dans un froissement de soie, un son qui, aux oreilles de Reese, fut comme une douce brise d'été. Il sentit un frisson courir sur sa nuque.

— Je savais parfaitement que Ben Shadway ne pouvait être une menace contre la Sécurité nationale, dit-elle. C'est ce que sont venus me raconter ces agents fédéraux. J'ai eu du mal à garder mon sérieux. Non, en fait, j'aurais voulu leur cracher à la figure.

— Où Ben Shadway et Rachael Leben ont-ils pu aller ? demanda Julio. Tôt ou tard, les feds vont leur mettre la main dessus et je crois que pour leur bien il vaudrait mieux que Reese et moi nous arrivions avant. Est-ce que vous avez une idée ?

Elle se leva du sofa dans un rapide éclat de soie rose et se mit à arpenter la pièce avec grâce. Pour Reese, toujours assis sur sa chaise, elle semblait étonnamment grande. Elle s'arrêtait régulièrement et se déhanchait une seconde de façon provocante avant de se remettre à marcher, l'air concentré.

Elle se mit à énumérer tout haut différentes possibilités.

— Bien, voyons... Il a des propriétés dans tout le comté. Surtout des petites maisons... Bon... Il y a un petit bungalow à Orange, un autre sur Pine Street, mais je ne pense pas qu'il y soit parce qu'il y avait encore des travaux à faire dans la cuisine et la salle de bains... Ce qui signifie qu'il y a des ouvriers sur place, qui vont et viennent. Ensuite, nous avons ce demi-duplex de Torba Linda...

Reese l'écoutait mais, pour l'instant, ce qu'elle disait ne l'intéressait guère : il s'en remettait à Julio. Reese ne songeait qu'à la regarder, il se grisait de ses mouvements, de chacune de ses attitudes. Elle occultait toute autre pensée. À première vue, elle lui avait fait penser à un oiseau, mais de près, c'était une gazelle, souple et vive. Sa taille était impressionnante mais sa fluidité plus encore. Elle évoquait une danseuse. Sa beauté surpassait tout. Il était également sensible à son intelligence, son énergie, son intuition.

Même lorsqu'elle s'éloignait de la fenêtre, une aura de lumière continuait de l'accompagner. Pour Reese, elle resplendissait d'une lumière intérieure.

Depuis cinq ans, depuis la mort de Janet lors du rapt de leur petite Esther, il n'avait pas ressenti une telle émotion. Il se demanda si Teddy Bertlesman l'avait remarqué ou si, pour elle, il n'était qu'un flic comme les autres. Il se demanda comment il pourrait la revoir sans se rendre ridicule, s'il pouvait exister quelque chose entre une femme comme elle et un type de son genre. Il se demanda comment il pourrait désormais vivre sans elle. Il se demanda aussi s'il pourrait se remettre à respirer un jour et si son émotion transparaissait. Mais de cela il ne se souciait guère...

– ... le motel !

Teddy s'était figée sur place. Une seconde, elle eut l'air perplexe, puis elle sourit, d'un sourire adorable.

– Mais oui. Bien sûr ! C'est l'endroit le plus probable.

– Il est propriétaire d'un motel ? demanda Julio.

– Oui, un vieux truc, à Las Vegas. Ben vient juste de l'acheter. Il a créé une nouvelle société dans l'intention de l'exploiter. Le motel est inoccupé mais il a été vendu avec le mobilier. Même la chambre du directeur est meublée, je pense, et Ben et Rachael pourraient s'y installer quelque temps.

Julio jeta un coup d'œil à Reese et demanda :
– Qu'est-ce que tu en penses ?

Reese dut détourner les yeux de Teddy pour retrouver l'usage de la parole. D'une voix curieusement enrouée, il répondit :
– Ça me paraît possible.

Teddy se remit à faire les cent pas dans un crissement léger de soie.

– Oui, j'en suis certaine, dit-elle. Ben est associé avec Whitney et Whitney est peut-être le seul homme sur Terre en qui Ben ait totalement confiance.

– Qui est ce Whitney ? demanda Julio.

– Ils étaient ensemble au Vietnam. Ils sont comme deux frères. Peut-être plus proches, même. Vous savez, Ben est un type très chouette, parmi les meilleurs, n'importe qui vous le dira. Il est aimable, ouvert et d'une honnêteté infernale. À tel point que les gens ont généralement du mal à y croire d'emblée, jusqu'à ce qu'ils apprennent à le connaître mieux. Ce qui n'empêche pas qu'il garde ses distances. Il ne se livre jamais complètement. Si ce n'est avec Whit Gavis, je pense. Il est probable que les choses qu'il a vécues pendant la guerre l'ont rendu différent des autres. Pour toujours. Comme pour Whit.

– Et il est aussi proche de Mrs Leben ?

– Oui, je le pense. Je crois qu'il l'aime. Ce qui fait d'elle la femme la plus veinarde que je connaisse.

La pointe de jalousie n'échappa pas à Reese. Il sentit aussitôt son cœur se serrer.

Julio, apparemment, avait eu le même sentiment, car il dit :
– Pardonnez-moi, Teddy, mais je suis un flic, et curieux par nature. Vous dites cela comme si vous

auriez aimé que ce soit vous plutôt que Rachael Leben...

Elle cligna des yeux, surprise, puis rit :

— Moi et Ben ? Oh, non ! D'abord, je suis bien plus grande que lui et, en talons, je l'écrase complètement. Et puis, il est très pépère, très calme – il reste chez lui à lire de vieux romans policiers et à jouer avec ses trains modèles réduits. Non, c'est un type fantastique, mais je suis trop fantaisiste pour lui.

Reese retrouva son souffle.

— Non, je suis seulement jalouse de Rachael parce qu'elle s'est trouvé un type bien, reprit Teddy. Ce qui n'est pas mon cas. Quand on est grande comme moi, on comprend très vite que tous les hommes ne vont pas sauter sur vous – à part les joueurs de base-ball, et j'en ai horreur. Donc, à trente-deux ans, on ne peut s'empêcher d'éprouver une certaine amertume quand on voit une autre fille décrocher le gros lot, même si on l'aime bien.

Le cœur de Reese sauta littéralement dans sa poitrine.

Julio posa encore quelques questions pour mieux situer le motel dans Las Vegas, puis ils se levèrent et Teddy les raccompagna jusqu'à la porte. Un pas après l'autre, Reese cherchait dans son esprit ce qu'il pourrait dire pour la revoir. À l'instant où Julio ouvrait la porte, il se retourna vers Teddy.

— Euh... excusez-moi, Miss Bertlesman, mais je suis un flic, moi aussi, et mon métier consiste à poser des questions, voyez-vous, et je me demandais si... si vous... eh bien... si vous aviez beaucoup d'amis...

Tout en parlant, il enviait Julio d'être si calme, si maître de ses réactions alors qu'il était, lui, tellement maladroit et transparent.

Elle sourit :

— En quoi cela concerne-t-il votre enquête ?

— Ma foi... je pensais... je veux dire qu'il n'y a pas que les ennuis que nous pourrions avoir avec notre capitaine mais... si vous veniez à parler du motel à qui que ce soit, vous risqueriez de mettre en danger la vie de Mr Shadway et de Mrs Leben et...

Il aurait voulu se tirer une balle dans la tête pour mettre fin à cette situation humiliante.

— Non, je n'ai pas d'ami assez intime à qui je puisse confier des secrets...

Reese s'éclaircit la gorge.

— Eh bien, euh... c'est parfait en ce cas.

Il fit un pas vers le seuil, sous le regard intrigué de Julio, et Teddy demanda :

— Vous êtes plutôt un grand type, non ?

Reese se retourna une fois encore.

— Pardon ?

— Vous êtes très grand même. Dommage qu'il n'y en ait pas plus de votre gabarit ! À côté de vous, une fille comme moi a l'air presque petite...

Qu'est-ce qu'elle peut bien vouloir dire ? se demanda Reese. N'importe quoi ? Simple politesse avant de prendre congé... Ou bien était-ce l'ombre d'une avance ? Et en ce cas, comment y répondre ?

— J'aimerais qu'on me considère comme une petite femme, ajouta-t-elle.

Il essaya de dire quelque chose. Mais aucun son ne franchit ses lèvres. Il se sentait aussi bête, aussi maladroit et timide que s'il avait seize ans.

Et, tout à coup, la parole lui revint.

— Miss Bertlesman, accepteriez-vous que nous nous revoyions de temps en temps ? bredouilla-t-il.

Elle sourit.

— Oui, certainement.

— Vous voulez bien ?

— Mais oui, je serais ravie.

— Samedi soir alors ? Pour dîner ? À sept heures ?

— Ça me semble parfait.

Il la regarda, éberlué.

– Vraiment ?

Elle se mit à rire.

– Mais oui, vraiment.

Une minute plus tard, dans la voiture, Reese n'en revenait toujours pas.

– Bon sang de bon sang ! fit-il.

– Tu sais que je ne m'étais jamais aperçu de tes talents, se moqua Julio d'un ton affectueux.

Reese se sentit rougir.

– Bon Dieu, tu ne crois pas que la vie est bizarre, parfois ? On ne sait jamais à quel moment elle peut prendre un grand tournant.

– Ne t'emballe pas, fit Julio en démarrant. Ce n'est qu'un premier rendez-vous.

– Oui. Probablement. Mais... je ne sais pas, quelque chose me dit que ça pourrait aller plus loin.

– Tu es encore plus romantique que je ne pensais, commenta Julio tandis qu'ils descendaient vers Newport Avenue.

Reese réfléchit un instant.

– Tu sais ce qu'Éric Leben a oublié ? Il était tellement obsédé par l'idée de vivre éternellement qu'il en a oublié de profiter de la vie. Elle peut être courte, mais on peut y faire des tas de choses. Leben était tellement occupé qu'il n'a pas su profiter de l'instant qui passe.

– Écoute, si l'amour te change en philosophe, il va falloir que je me trouve un nouveau partenaire.

Reese demeura silencieux durant quelques minutes, l'esprit rempli d'images de longues jambes dorées et de soie couleur flamant rose. Quand il reprit pied dans la réalité, il s'aperçut que Julio allait dans une direction bien précise.

– On va où ?

– À l'aéroport John Wayne.

– À Las Vegas ?

– Tu es d'accord ?

– Ça me semble la seule chose à faire.

— Il va falloir qu'on paye les billets de notre poche, ajouta Julio.
— Je sais.
— Si tu veux rester ici...
— Mais non, je marche avec toi.
— Je peux m'en sortir tout seul.
— Je te dis que je marche avec toi.
— Ça pourrait être dangereux à partir de maintenant, tu sais. Et il faut que tu penses à Esther.
« À Esther et peut-être aussi maintenant à Teddy Bertlesman, songea Reese. Quand on trouve quelqu'un à aimer — quand on ose aimer — c'est souvent là que la vie devient cruelle. Quand on vous prend ceux que l'on aime. Quand on perd tout... »
Cette prémonition de mort le fit frissonner.
— Je marche, dit-il néanmoins. Tu ne m'as pas entendu ou quoi ? Bon Dieu, Julio : je marche.

33

Viva Las Vegas

Ben Shadway, qui avait suivi l'orage à travers le désert, atteignit Baker, la porte de la Vallée de la Mort, à 18 h 20.

Le vent était plus fort qu'aux environs de Barstow. La pluie frappait le pare-brise en longues rafales obliques. Les panneaux lumineux de la station-service, du motel et du restaurant dansaient frénétiquement, à la limite de la rupture. Un feu de carrefour se balançait dans les bourrasques, prêt à décoller du sol. À la station Shell, les deux employés de service en ciré jaune travaillaient la tête rentrée dans les épaules. Un amas d'herbes détrempées haut de plus de deux mètres dévalait en roulant l'unique rue orientée est-ouest.

Ben entra dans la boutique pour appeler Whitney Gavis. Mais il ne réussit même pas à avoir Las Vegas : un message enregistré lui apprit trois fois que la liaison était momentanément interrompue. Le vent gémissait dans les stores vitrés et la pluie mitraillait le toit dans un bruit d'enfer. Ce qui expliquait sans doute les perturbations techniques du téléphone.

Il avait peur. Depuis qu'il avait vu la hache contre le réfrigérateur, là-bas, dans la cuisine de la cabane d'Éric Leben, il avait peur. Mais, maintenant, c'était pire encore, car il avait le net sentiment que tout tournait mal, que la chance l'avait abandonné. Il y avait eu cette rencontre avec Sharp, ce changement désastreux du temps, et maintenant Whitney Gavis qu'il n'arrivait pas à joindre avec cette interruption de la ligne avec Vegas... L'univers n'était plus qu'une machine hostile, méchante, dominée par des dieux qui conspiraient contre lui et qui feraient tout pour qu'il ne revoie jamais Rachael vivante !

Malgré sa tension, sa peur et son envie de repartir aussitôt, il prit le temps d'acheter de quoi grignoter dans la voiture. Depuis Palm Springs, il n'avait rien mangé et il était absolument affamé.

La vendeuse était une femme d'âge moyen, les cheveux décolorés par le soleil, la peau tannée par des années de désert. Ben acheta trois barres chocolatées, quelques sachets de cacahuètes et un pack de six Pepsi. Il l'interrogea ensuite sur le téléphone.

— J'ai entendu dire qu'il y a eu des inondations à l'est, du côté de Cal Neva, et d'autres encore pires vers Stateline. Les poteaux sont tombés avec la ligne. On dit que ce sera réparé d'ici une heure ou deux, déclara-t-elle sur un ton morne.

— Je ne savais pas qu'il pouvait pleuvoir aussi fort dans le désert, dit Ben pendant qu'elle lui rendait la monnaie.

— On ne peut pas dire qu'on ait vraiment de la pluie par ici. Disons trois fois par an. Mais quand il y a un orage, un vrai, c'est comme si Dieu accomplissait sa menace et qu'il voulait tous nous emporter.

La Mercury était garée à quelques pas de la sortie, mais le temps d'arriver à la voiture, il fut trempé. Une fois installé, il ouvrit une boîte de Pepsi, but une longue goulée, posa la boîte entre ses cuisses, déballa une barre chocolatée, puis lança le moteur et reprit la route.

Peu importait le temps, désormais. Il devait rallier

Las Vegas à la vitesse maximale, même au risque de déraper sur la chaussée gluante de pluie. Il n'avait pas réussi à joindre Whit et n'avait plus le choix.

Le moteur toussa une fois, la voiture vibra, avant de prendre de la vitesse. Durant une minute ou deux, alors qu'il se dirigeait vers le Nevada, Ben prêta l'oreille au régime du moteur sans quitter des yeux les indicateurs du tableau de bord. Aucun voyant ne s'était allumé. Il se détendit quelque peu. Il grignotait sa barre de chocolat et, peu à peu, monta à quatre-vingts, puis à cent, cent vingt, prudemment, guettant d'éventuels ratés...

Anson Sharp s'éveilla frais et dispos à 7 h 10 ce mercredi matin. Une pluie violente tombait sur Palm Springs. Il décrocha le téléphone en écoutant gargouiller l'eau près de la fenêtre et appela différents subordonnés en plusieurs points de Californie du Sud.

Dirk Cringer, un des agents en poste au quartier général du comté d'Orange, lui apprit que Julio Verdad et Reese Hagerstrom n'avaient pas laissé tomber l'enquête sur Leben comme ils auraient été censés le faire. Connaissant la réputation de chiens de chasse des deux hommes, même dans les affaires les plus complexes, Sharp avait donné l'ordre de placer des mouchards sur leurs voitures personnelles. Verdad et Hagerstrom devraient être suivis en permanence par une équipe spéciale sans qu'ils puissent soupçonner qu'ils étaient sous écoute électronique. Cette précaution s'était révélée payante puisque, l'après-midi même, ils s'étaient rendus à la UCI où ils avaient rencontré le Dr Easton Solberg, ex-associé de Leben, et que plus tard ils étaient restés en surveillance pendant deux heures à proximité des bureaux de Shadway à Tustin.

– Ils nous ont repérés tout de suite et ils se sont installés à un demi-bloc de nous, ajouta Cringer.

Comme ça, ils pouvaient nous surveiller sans perdre l'immeuble de vue.

— Ils ont dû se dire qu'ils étaient particulièrement futés, fit Sharp. Mais on ne les a pas quittés.

— Ensuite, ils ont suivi une femme qui travaille avec Shadway. Une certaine Theodora Bertlesman.

— On l'a déjà interrogée au sujet de Ben Shadway, non ?

— Oui, comme tous ceux qui travaillent avec lui. Et elle n'a pas été plus coopérative que les autres, d'ailleurs. Peut-être même moins.

— Combien de temps sont-ils restés avec elle ?

— Plus de vingt minutes.

— Ce qui semblerait indiquer qu'elle a été plus bavarde avec eux. Vous avez une idée de ce qu'elle aurait pu leur raconter ?

— Non. Elle habite tout en haut d'une colline des Heights. Il n'y avait pas moyen d'orienter un micro sous le bon angle. De toute façon, Verdad et Hagerstrom risquaient d'être repartis avant qu'on y arrive. En tout cas, ils sont allés tout droit à l'aéroport.

— Quoi ? s'exclama Sharp, surpris. Lequel ?

— Au John Wayne du comté d'Orange. Ils sont encore là-bas. Ils essaient de trouver un vol.

— Pour où ?

— Vegas. Ils ont acheté deux billets pour le premier vol pour Vegas. Il est à 8 heures.

— Mais pourquoi Vegas ? dit Sharp, plus pour lui-même que pour Cringer.

— Peut-être qu'ils ont enfin décidé de laisser tomber et qu'ils vont prendre des petites vacances.

— On ne part pas comme ça sans bagages. Vous m'avez dit qu'ils avaient foncé droit à l'aéroport, ce qui veut dire qu'ils ne se sont même pas arrêtés chez eux pour prendre des vêtements de rechange.

— Oui, ils y sont allés tout droit.

— Très bien, parfait, dit Sharp, excité tout à coup. Alors, ils essaient probablement de rejoindre

Shadway et Mrs Leben avant nous et ils ont des raisons de penser qu'ils doivent les chercher à Vegas.

Il se dit qu'il avait encore une chance de mettre la main sur Shadway, après tout. Cette fois, ce salaud ne lui échapperait pas.

— Écoutez, s'il reste encore des places disponibles pour ce vol de 8 heures, envoyez-y deux hommes.

— Bien, monsieur.

— J'ai des agents ici, à Palm Springs, et nous allons partir pour Las Vegas nous aussi, dès que possible. Je veux être sur place quand Verdad et Hagerstrom arriveront.

Il raccrocha et composa aussitôt le numéro de la chambre de Jerry Peake.

Le tonnerre gronda, loin au nord, très étouffé. L'orage dérivait vers le sud, suivant la Coachella Valley.

Peake avait la voix d'un homme endormi.

— Il va être 7 h 30, lui annonça Sharp. Soyez prêt à partir dans un quart d'heure.

— Que se passe-t-il ?

— On suit Shadway à Las Vegas, et cette fois nous avons la chance de notre côté.

Quand on vole une voiture, un problème se pose toujours. Comment être sûr du bon état de la mécanique ? Impossible de demander une garantie ou un compte rendu d'entretien à son propriétaire !

La Mercury lâcha à soixante-dix kilomètres à l'est de Baker. Tout d'abord, le moteur toussa, crachota et la voiture se remit à vibrer comme elle l'avait fait en entrant sur l'interfédérale quelque temps auparavant. Cette fois, cependant, elle ne repartit pas. Ben essaya de relancer le moteur mais en pure perte. Il ne faisait qu'épuiser la batterie. Il resta assis un long moment, désespéré, sous les rideaux de pluie.

Mais abandonner n'était pas dans le style de Ben.

Il imagina un plan en quelques secondes et le mit aussitôt en application, encore qu'il parût peu pratique.

Il prit le .357 et le glissa dans sa ceinture, sur ses reins, avant de sortir sa chemise de son jean pour couvrir l'arme trop voyante. Il était cette fois dans l'impossibilité de prendre le fusil et le déplora.

Il mit les feux de détresse et sortit sous la pluie battante. L'orage, fort heureusement, semblait s'éloigner très vite vers l'est. Il s'essuya le front du revers de la main et se tourna vers l'ouest dans la pénombre grise. Des phares approchaient dans le lointain.

La circulation était très clairsemée sur l'interfédérale 15. Les poids lourds l'emportaient largement sur les joueurs invétérés qui fonçaient vers leur Mecque. Ben agita les bras mais deux voitures et un camion passèrent sans ralentir, l'arrosant au passage, ce qui ne fit qu'augmenter son désarroi.

Deux minutes plus tard, un autre poids lourd apparut. Avec tous ses feux de position, il ressemblait à un arbre de Noël. Au grand soulagement de Ben, il commença à freiner et s'arrêta bientôt contre l'accotement derrière la Mercury. Ben courut jusqu'à l'énorme bahut et rencontra le regard d'un moustachu au visage raviné.

— Je suis en rade ! cria-t-il, les mains en porte-voix.

— Le garage le plus proche est à Baker, dit l'homme. Il vaudrait mieux que vous fassiez demi-tour pour reprendre la voie ouest.

— J'ai pas le temps de la faire réparer ! cria Ben. Il faut que j'arrive à Vegas aussi vite que possible ! (Il avait déjà préparé un mensonge.) Ma femme est à l'hôpital. Elle est blessée. Elle va peut-être mourir...

— Bon Dieu ! Alors, montez !

Ben contourna le camion tout en priant pour que

son sauveur soit un as du volant qui garde le pied au plancher malgré la pluie.

Sur le dernier segment d'autoroute, en plein désert Mojave, Rachael roulait vers Las Vegas. Dans la nuit qui succédait à l'orage, elle se sentait plus seule que jamais. La pluie n'avait pas cessé durant les deux dernières heures, sans doute parce qu'elle roulait vite et rattrapait l'orage dans sa course vers l'est.

Au cours de sa vie, elle avait connu bien des fois la solitude et l'isolement. À sa naissance, ses parents ne s'entendaient plus mais pour des motifs religieux, ils avaient refusé d'envisager le divorce. Rachael avait donc passé ses premières années de jeunesse dans une maison sans amour, déchirée entre son père et sa mère qui n'arrivaient pas à dissimuler leur ressentiment. Pis encore : chacun d'eux semblait la considérer comme l'enfant de l'autre et lui en faire grief. Elle avait été ainsi privée de toute marque d'affection. Dès qu'elle avait atteint l'âge requis, on l'avait envoyée en pension dans diverses écoles catholiques. Pendant onze ans, elle n'en était sortie que pour les week-ends. Dans ce genre d'institutions dirigées par des nonnes, elle s'était fait de nouvelles amies, jamais vraiment intimes, car elle avait une piètre opinion d'elle-même et n'avait pas imaginé un instant que quiconque puisse désirer se lier d'amitié avec elle.

Quelques jours après sa sortie de l'école, durant l'été qui avait précédé son entrée au collège, ses parents avaient été tués dans un accident d'avion, alors qu'ils rentraient d'un voyage d'affaires. Rachael avait toujours pensé que son père avait accumulé une petite fortune dans l'industrie de la mercerie en investissant la dot de sa mère. Mais, à la lecture du testament, elle avait découvert que sa famille était ruinée depuis des années et que son train de vie avait englouti les derniers dollars qu'il lui restait. Dès lors, elle avait dû renoncer à entrer à la Brown University et s'était résignée à travailler comme serveuse. Elle vivait dans une pension de famille, économisant sou par sou pour entrer dans un collège d'État.

Un an après, dès le début des cours, elle avait très vite compris qu'elle ne réussirait pas à se faire de vrais amis parce qu'elle devait poursuivre son travail de serveuse et qu'il ne lui restait pas un instant pour des activités extérieures qui auraient pu favoriser des rencontres. Quand elle avait reçu son diplôme et s'était préparée aux études supérieures, elle avait déjà derrière elle quelques milliers de nuits solitaires.

Elle avait été une proie facile pour Éric Leben qui voulait se nourrir de sa jeunesse comme un vampire du sang de ses victimes. Il était déterminé à l'épouser. Avec douze ans de plus qu'elle, il était passé maître dans l'art de séduire une jeune femme. Pour la première fois de son existence, elle avait eu le sentiment d'être désirée, aimée. De plus elle l'avait cru capable de lui donner l'affection à laquelle elle n'avait pas eu droit.

Bien entendu, les choses n'avaient pas évolué comme elle l'avait espéré. Elle avait très vite appris qu'Éric ne l'aimait pas vraiment mais qu'il faisait une fixation sur le symbole qu'elle représentait pour lui. En quelques semaines, elle comprit que leur union était tout aussi dépourvue d'amour que celle de ses parents.

Et puis, elle avait rencontré Benny. Et, pour la première fois de sa vie, elle ne s'était pas sentie seule. Benny était loin maintenant et elle ne savait pas si elle le reverrait jamais.

Les essuie-glaces battaient sur un rythme monotone et les pneus de la Mercedes sifflaient un accord de vide, de désespoir et de solitude absolue.

Elle tenta de se réconforter en pensant qu'Éric n'était plus une menace, pas plus pour elle que pour Ben. Il avait certainement succombé aux morsures des serpents à sonnettes. Même en tenant compte des modifications génétiques de son organisme, Éric, s'il avait métabolisé les morsures de tous ces serpents, était en pleine dégénérescence, non seulement physique mais mentale. L'image d'Éric à genoux dans la boue, dévorant un serpent vivant, lui revint. S'il survivait aux serpents à sonnettes, il resterait probablement dans le désert, car il n'avait plus rien d'humain, il était une chose qui se traînait sur le ventre parmi les dunes, rampant dans les arroyos, prête à se gaver des autres créatures vivantes. Il était désormais une menace pour les animaux mais plus pour elle. Et même si l'on supposait qu'il restait encore une étincelle d'intelligence et de conscience en lui, s'il avait encore le désir de se venger d'elle, il aurait quelque difficulté à quitter le désert pour retrouver la civilisation et se mouvoir en toute liberté. S'il s'y risquait, il déchaînerait la terreur et on se lancerait à sa poursuite. Il ne tarderait pas à être capturé ou abattu.

Pourtant la peur ne la quittait pas. Elle se souvenait des visions qu'elle avait eues de lui alors qu'il la suivait depuis le bord de l'arroyo, ou qu'il la regardait tout en grimpant vers elle et, à l'évocation de ces images, elle fut secouée d'un frisson intense.

Un moment plus tard, au sommet d'une côte, elle vit qu'elle touchait au terme de son voyage. Droit devant elle, au centre d'une large vallée sombre, Las Vegas scintillait sous la pluie. Il y avait tant de millions de lumières multicolores que la ville ainsi déployée semblait plus vaste que New York alors qu'elle ne représentait qu'un vingtième de la mégapole. Même à cette distance, Rachael repérait nettement le Strip avec ses hôtels et le quartier des casinos surnommé Glitter Gulch[1] par certains. La plupart des lumières, clignotantes, étaient concentrées dans ce quartier.

Vingt minutes plus tard, elle quitta l'étendue désolée du Mojave et entra dans la ville par Las Vegas Boulevard South, entre deux rideaux de néons qui projetaient de grandes flaques de couleurs sur la chaussée mouillée. En s'arrêtant devant le Bally's Grand, elle faillit pleurer de soulagement. Sous la porte à marquise, il y avait des garçons de parking et quelques clients de l'hôtel. Après quatre heures de route interminables dans la nuit, elle se sentit heureuse de revoir des êtres humains, même s'ils étaient étrangers.

Pensant au dossier Wildcard, elle hésita à laisser la Mercedes au garçon qui s'empressait mais elle se dit qu'il était peu probable qu'on vole un sac poubelle rempli de feuillets froissés. De plus, la voiture serait plus en sécurité dans le parking de l'hôtel. Elle descendit donc et prit le ticket que le garçon lui tendait.

Sa cheville ne la faisait presque plus souffrir. Les traces de griffes dans son mollet, en revanche, étaient brûlantes et elle éprouvait des élancements douloureux. Mais les plaies n'avaient pas aussi vilain aspect qu'auparavant. Elle réussit à entrer dans l'hôtel avec un boitillement à peine perceptible.

Quitter la nuit pluvieuse pour l'ambiance surexcitée et lumineuse du casino la surprit. Elle était tout à coup projetée dans un univers de luxe, dominé par le brouhaha des joueurs, le tintement des machines à sous et le rythme sourd d'un groupe de rock qui jouait dans la salle.

Graduellement, elle prit conscience d'être un objet de curiosité dans ces lieux. Bien sûr, il n'y avait pas que des smokings et des robes du soir autour

---

1. Littéralement : le ravin scintillant. *(N.d.T.)*

d'elle. On ne s'habille pas forcément pour une nuit de jeu et de danse. Elle vit des jeans, des chemises de sport aussi bien que des costumes d'été. Mais personne ne portait, comme elle, un jean qui semblait sortir d'un rodéo et un chemisier déchiré, sale et mouillé. Personne n'avait aux pieds des chaussures boueuses. Et, surtout, personne n'avait le visage taché de boue et les cheveux emmêlés. Elle se dit que, même dans ce monde à part de Las Vegas, les gens regardaient parfois la télévision et pouvaient la reconnaître puisque aussi bien elle était recherchée dans tous les États du Sud-Ouest. Ce n'était vraiment pas le moment d'attirer l'attention sur elle. Heureusement, les joueurs constituent une race à part, obsédée par les paris, qui lui sont plus essentiels que le fait de respirer, et seuls quelques rares regards s'arrêtèrent sur elle.

Elle se dirigea d'un pas rapide vers les cabines téléphoniques, situées dans une alcôve où le tintamarre n'était plus qu'un ronronnement assourdi. Elle composa le numéro de Whitney Gavis et il répondit immédiatement. D'une voix haletante, elle dit :

– Excusez-moi. Vous ne me connaissez pas. Mon nom est Rachael...

– La Rachael de Ben ?

– Oui, fit-elle, surprise.

– Je vous connais, je sais tout de vous. (Il avait une voix qui ressemblait de façon surprenante à celle de Ben : calme, mesurée, rassurante.) Je viens juste d'entendre les informations il y a une heure et cette histoire ridicule de secrets intéressant la Défense nationale. Quelle connerie ! N'importe qui connaissant Benny n'y croirait pas une seconde. J'ignore ce qui se passe, mais je me suis dit que je ne tarderais pas à vous voir si vous aviez besoin de vous planquer pour un temps.

– Il n'est pas avec moi mais il m'a envoyée, expliqua-t-elle.

— N'en dites pas plus. Où êtes-vous ?
— Au Bally's Grand.
— Il est 8 heures. Je serai là dans dix minutes. Ne bougez pas. Ils ont des systèmes de surveillance dans les casinos et vous risquez d'être prise dans le champ d'une caméra si vous vous baladez dans la salle. Un des types de la sécurité pourrait même vous reconnaître. Vous me suivez ?
— Croyez-vous que je puisse aller aux toilettes ? Je suis affreuse à voir. J'aimerais me laver un peu.
— Bien sûr. Mais ne descendez pas dans le casino. Et soyez de retour près des cabines dans dix minutes, car c'est là que nous allons nous retrouver. Il n'y a pas de caméras de surveillance. Attendez-moi calmement, mon petit.
— Une minute !
— Oui ? Qu'est-ce qu'il y a ?
— Comment vous reconnaître ?
— Ne vous en faites pas. Moi je vous reconnaîtrai. Benny m'a montré votre photo si souvent que chaque trait de votre joli minois est imprimé dans mon esprit. Rappelez-vous : ne bougez pas !
Il raccrocha.

Jerry Peake n'était plus du tout certain de vouloir devenir célèbre. Il n'était même pas sûr de tenir encore à être un agent de la DSA, célèbre ou pas. Tout était arrivé trop vite. Il était incapable d'assimiler les événements. Il avait l'impression de se trouver juché sur un de ces gros tonneaux sur lesquels on doit tenir en équilibre, dans les fêtes foraines. L'inconvénient, c'est que ce tonneau-là roulait dix fois plus vite que dans la plus sadique des attractions. Quelquefois aussi, il se sentait pris dans un tube sans fin et se demandait s'il retomberait jamais sur ses pieds.
L'appel d'Anson Sharp l'avait tiré d'un sommeil si profond que la douche glacée qu'il avait prise

n'avait même pas réussi à l'éveiller tout à fait. Le rapide trajet jusqu'à l'aéroport de Palm Springs, pleins phares et sirène ululante, lui avait semblé faire partie d'un reste de cauchemar. À 8 h 10, un jet biréacteur du Centre d'entraînement du corps des Marines de Twentynine Palms se posa sur l'aéroport, exactement une demi-heure après que Sharp l'eut demandé, ceci dans le cadre des échanges entre la DSA et les divers corps d'armée en cas d'extrême urgence. Ils montèrent à bord et l'appareil décolla presque aussitôt au plus fort de l'orage. Le pilote monta en flèche dans les bourrasques et les rafales de pluie et Peake se sentit lavé en quelques secondes des dernières traces de sommeil. À présent, il était pleinement éveillé et serrait les accoudoirs de son siège, les jointures blanches.

— Avec un peu de chance, déclara Sharp à l'adresse de Peake et de l'autre agent, Nelson Gosser, nous nous poserons à McCarran avec dix ou quinze minutes d'avance sur le vol d'Orange. Et quand Verdad et Hagerstrom se pointeront au terminal, on leur collera aux fesses.

À 8 h 10, le vol de 8 heures pour Las Vegas n'était pas encore parti. L'avion était toujours sur la piste de l'aéroport John Wayne mais le pilote assura à ses passagers que le décollage était imminent. Pour tuer le temps, on distribua des boissons, des noisettes et des biscuits à la menthe.

— J'adore ces noisettes, dit Reese. Elles sont enrobées de miel. Mais en revanche il y a une chose que je n'aime pas du tout.

— C'est quoi ? demanda Julio.

— Prendre l'avion.

— Ça ne va pas durer longtemps.

— Quand on choisit de défendre la loi, on ne pense pas forcément qu'on va être obligé de faire le tour de la planète en avion.

— Trois quarts d'heure, précisa Julio. Cinquante minutes au pire.

— Non, non, j'ai dit que je marchais avec toi, ajouta vivement Reese. Je ne reviens pas là-dessus. Mais j'aimerais mieux aller à Vegas en bateau.

Il était 8 h 12 quand l'avion roula jusqu'en bout de piste et décolla.

Tandis qu'il roulait vers l'est dans le pick-up rouge, Éric, au fil des kilomètres, devait lutter pour conserver suffisamment de conscience humaine afin de pouvoir conduire. Des sensations et des pensées bizarres l'envahissaient : il aurait voulu sortir de la camionnette et courir nu dans le désert sombre, les cheveux au vent, fouetté par la pluie. Il aurait aimé s'enfouir dans le sol, se réfugier dans un endroit humide et noir. De plus il ressentait un appétit sexuel pressant, brûlant, qui n'avait plus rien d'humain. Un désir fiévreux d'animal en rut. Des souvenirs lui revenaient aussi, très clairs dans son esprit. Mais ils ne lui appartenaient pas en propre, ils venaient de la mémoire ancestrale : il se voyait grignoter un tronc pourrissant en quête d'insectes et de larves. Il s'accouplait avec une créature à l'odeur musquée dans un nid obscur.

S'il laissait ces images et ces sensations s'imposer à lui, il risquait de basculer dans un état mental comme il en avait connu à plusieurs reprises depuis sa mutation... un état bestial qui annihilait toute conscience. Si tel était le cas, il perdrait le contrôle du véhicule. Il luttait donc et concentrait toute son attention sur l'autoroute qui luisait dans le faisceau des phares. Il résistait la plupart du temps mais, parfois, brièvement, sa vision s'obscurcissait, il se mettait à respirer trop vite, et l'appel des sirènes se faisait insupportable.

Durant de longues périodes, il n'éprouvait aucune sensation physique mais, de temps à autre, il sentait les changements qui s'opéraient en lui. C'était comme si son corps devenait une boule de vers entremêlés. Ils avaient dormi jusque-là et se débattaient soudain frénétiquement.

Depuis qu'il avait vu ses yeux si étranges, il n'osait plus se regarder car il savait que son équilibre mental était précaire. Mais il ne pouvait éviter de voir ses mains sur le volant et il discernait nettement les nouvelles altérations qui étaient intervenues. Durant une certaine période, ses doigts allongés s'étaient raccourcis, ils étaient devenus plus épais, et ses griffes avaient commencé à se rétracter tandis que la membrane qui s'était formée entre le pouce et l'index disparaissait presque. Puis, le processus s'était inversé, ses mains s'étaient développées à nouveau, ses jointures s'étaient renforcées et ses griffes avaient repoussé, plus pointues et plus dangereuses qu'auparavant. Les mains qu'il contemplait maintenant étaient particulièrement hideuses – noirâtres, tachetées, avec des griffes recourbées et monstrueuses et une phalange supplémentaire à chaque doigt. Il détourna le regard et essaya de ne fixer que la route devant lui.

Ce n'était pas seulement la peur de constater ce qu'il devenait qui l'empêchait de se regarder. Il était effrayé, certes, mais il tirait aussi un plaisir malsain, dément, du spectacle de cette transformation. Pour le moment, du moins, il était fort et mortellement dangereux. Si l'on exceptait son apparence inhumaine, il était l'incarnation du rêve machiste de la puissance absolue, de la force incoercible dont rêvent tous les hommes dès leur jeunesse. Mais il ne pouvait se complaire dans ce plaisir, car ce genre de rêverie pouvait déclencher à tout instant le processus qui le ferait régresser au stade animal.

Il sentait à présent en lui en permanence ce feu particulier et indolore qui couvait ou courait dans son sang, sa chair et ses os. Un feu qui ne cessait plus et qui se faisait d'heure en heure plus intense. Il lui arrivait de penser qu'il se consumait pour renaître de ses cendres mais à présent, il avait l'impression de brûler de l'intérieur et d'alimenter lui-même ce feu. Des langues ardentes allaient jaillir bientôt de l'extrémité de ses doigts. Il avait trouvé un nom à cette chose : le feu du changement.

Heureusement, les spasmes de douleur atroce qui avaient accompagné les premières phases de sa métamorphose s'étaient atténués. La souffrance revenait parfois, très brièvement, mais elle n'était jamais aussi vive qu'avant. Apparemment, dans les dix dernières heures, il avait connu des périodes de rémission, au cours desquelles son organisme s'était adapté à sa nouvelle condition.

La seule souffrance qui subsistait était cette faim effroyable qui le paralysait par instants. Jamais, au cours de son existence, il n'avait connu la faim sous cette forme. Son corps, en détruisant les cellules anciennes pour en fabriquer de nouvelles à un rythme frénétique, avait probablement besoin d'une ration énergétique plus importante. Il s'était aussi aperçu qu'il urinait plus fréquemment. À chaque fois que le besoin se faisait trop pressant, il quittait la route pour soulager sa vessie et constatait que son urine dégageait une odeur d'ammoniac et autres éléments chimiques puissants.

En arrivant en haut d'une dernière côte, et en découvrant l'étendue lumineuse de Las Vegas, il fut une fois encore saisi d'une faim qui lui tordit les viscères. Pris d'un tremblement irrépressible, il se mit à suer. Il arrêta le pick-up contre l'accotement et trouva à tâtons le frein à main.

Bientôt les tiraillements de son estomac se changèrent en souffrance. Un grondement monta de sa gorge et il sentit que la maîtrise de son corps lui échappait : l'animal, en lui, resurgissait, pressant, vorace. D'avance, il était effrayé par ce qu'il pouvait faire. Il allait peut-être quitter le véhicule pour aller chasser dans le désert. Et dans ces étendues arides, même à quelques kilomètres de Las Vegas, il pourrait bien se perdre. Pire encore : dépourvu de tout sens commun, guidé par son seul instinct féroce, il pourrait se hasarder sur l'autoroute, arrêter la première voiture venue et déchirer en pièces son conducteur. Si près de Las Vegas, il risquait d'être vu et il n'aurait plus le moindre espoir de rallier le motel de Vegas où Rachael avait trouvé refuge.

Rien ne devait l'arrêter avant qu'il l'ait rattrapée. Dès qu'il pensait à elle, un voile rouge tombait devant ses yeux et il poussait un cri de rage involontaire. Se venger d'elle, la tuer était son unique désir, un désir qui serait assez puissant pour l'empêcher de succomber à la tentation de rôder dans le désert en quête d'une proie. La vengeance restait le seul point qui le rattachait encore à son humanité, qui le poussait à aller de l'avant.

Réprimant de toutes ses forces la conscience primitive qui s'était éveillée avec sa faim dévorante, il se pencha vers la glacière qui se trouvait derrière son siège. Il l'avait aperçue en montant dans le pick-up mais il n'avait pas encore eu le temps d'examiner son contenu. En soulevant le couvercle, il vit avec soulagement que le cow-boy et sa compagne avaient prévu un pique-nique de route. Il y avait là une dizaine de sandwichs parfaitement emballés, deux pommes et un pack de six bières. Aussitôt Éric lacéra le plastique et engloutit la nourriture à toute vitesse. Il s'étouffa plusieurs fois, cracha des bouts de pain et de viande, et dut s'obliger à mâcher plus calmement.

Certains des sandwichs étaient composés de rosbif saignant. Le goût et la senteur de la viande déclenchèrent en lui une excitation presque insupportable, bien qu'il eût préféré du bœuf cru, dégoulinant de sang. Il aurait aimé planter ses crocs dans l'animal vivant, lui arracher des lambeaux de chair palpitante.

Les autres sandwichs étaient au fromage et à la moutarde, sans un brin de viande. Il les engloutit tout aussi vite mais sans plaisir. Le souvenir du goût du sang du cow-boy lui revint à l'esprit. Et mieux encore, la saveur de cuivre, le parfum doré du sang de la fille, qu'il avait bu à même sa gorge, à même ses seins... Il se mit à siffler et à se balancer sur son siège, explosant de plaisir à cette évocation. Il se jeta ensuite sur les deux pommes mais il eut quelque mal à les manger car ses mâchoires élargies, sa langue bizarrement reconstituée et ses crocs pointus n'étaient pas prévus pour consommer des fruits.

Il but la totalité du pack de bière, s'étouffant parfois. Il ne risquait pas d'être ivre, car son métabolisme en pleine accélération brûlerait l'alcool avant même qu'il en ressente les effets.

À l'issue de ce repas, il se laissa aller un instant sur le siège, pantelant. Il fixait d'un regard stupide les vitres sous l'écran de pluie, et la bête qui était en lui, pour un temps, se retira. De vagues souvenirs de meurtre et de viol flottaient en lui comme des filets ténus de fumée. Mais au-dehors, dans la nuit du désert, des feux d'ombre brûlaient. Les portes de l'Enfer qui l'appelaient vers cette damnation à laquelle il avait échappé en circonvenant la Mort ? À moins que ce ne fussent de simples hallucinations...

Peut-être que son esprit torturé, terrifié par les changements qui s'étaient produits dans son corps, essayait d'extérioriser ce feu et de transférer la chaleur de la métamorphose hors de sa chair et de son sang ?

Il formulait cette hypothèse, presque rassuré par toute la connaissance qu'il portait en lui et qui lui avait valu la réputation d'un génie dans son domaine. Mais ce fut de courte durée. Le souvenir du sang revint et un frisson de plaisir sauvage le parcourut. Un son guttural et profond monta de sa gorge.

Plusieurs voitures et quelques camions passèrent sur l'autoroute. Ils se dirigeaient tous vers Vegas. Vegas...

Lentement, il se rappela peu à peu que lui aussi allait vers Vegas, qu'il avait rendez-vous avec la vengeance au Golden Sand Inn.

TROISIÈME PARTIE

LES FEUX DE L'ENFER

> La nuit peut être douce comme un baiser.
> Mais pas une nuit comme celle-ci.
> *Le Livre des chagrins comptés*

34

Convergences

Après s'être lavé le visage et avoir démêlé quelque peu ses cheveux collants, Rachael retourna auprès des cabines téléphoniques et s'assit sur une banquette de cuir rouge d'où elle pouvait observer les allées et venues entre l'entrée, le hall de l'hôtel et l'escalier qui accédait au casino. La plupart des gens descendaient vers les jeux, vers le tintamarre et les lumières, mais la circulation, dans le hall, était incessante.

Elle observait tous les hommes qui entraient aussi discrètement que possible. Mais elle n'espérait pas identifier Whitney Gavis, car elle n'avait pas la moindre idée de son physique. En revanche elle redoutait toujours d'être reconnue par quelqu'un qui l'aurait vue à la télévision ou dans les journaux. Elle avait le sentiment qu'elle avait des ennemis de toutes parts – même si c'était un sentiment proche de la paranoïa pure...

Elle ne se rappelait pas avoir été jamais aussi lasse et malheureuse. Les quelques précieuses heures de sommeil prises à Palm Springs ne l'avaient pas préparée vraiment à cette activité frénétique. Ses jambes étaient ankylosées, douloureuses, de même que ses bras, de plus en plus lourds. Elle souffrait de la nuque au bas du dos. Ses yeux étaient irrités, injectés de sang. Même après les sodas qu'elle avait bus en route, elle avait la bouche sèche.

– Mon petit, vous avez l'air vannée, dit Whitney Gavis en s'approchant brusquement.

Elle l'avait vu arriver, mais elle avait reporté son attention sur d'autres hommes qui passaient, persuadée qu'il ne pouvait être Whitney Gavis. Il ne mesurait que deux ou trois centimètres de moins que Benny, il était sans doute plus fort, avec des épaules et une poitrine plus larges. Il portait un pantalon blanc, très ample, et une chemise en maille de coton bleu pastel. Avec une veste blanche, il aurait eu un côté *Miami Vice*[1]. Le côté gauche de son visage était marqué d'un réseau rouge et brun de cicatrices, comme si on l'avait entaillé de multiples fois, ou bien brûlé. Ou les deux. Son oreille gauche était découpée. Il avait la démarche raide et bougeait la hanche gauche comme si sa jambe était paralysée. Ou plutôt artificielle, songea Rachael. Quant à son bras gauche, il avait été amputé entre le coude et le poignet et elle voyait le moignon sous la manche de sa chemise.

Il rit en voyant son expression surprise.

– Il est évident que Benny ne vous a pas prévenue. Je n'ai évidemment rien du chevalier servant qui vient à la rescousse.

Elle tiqua mais répondit spontanément :

– Non, non... Je suis si heureuse de vous voir.

---

1. En français : *Deux flics à Miami* (N.d.T.)

Je suis tellement soulagée de trouver un ami que... Je veux dire...

Elle bredouilla encore quelques mots et pour finir se tut.

Il rit de nouveau et lui prit le bras.

– Du calme, mon petit. Y a pas de mal. Je n'ai jamais connu un type aussi peu concerné par l'apparence physique des gens que Benny. Ce qui compte pour lui, c'est ce qu'on est, ce qu'on donne... C'est bien de lui de ne pas vous avoir parlé de mes... particularités !... Je refuse d'appeler cela des handicaps. Mais je dois reconnaître que vous avez toutes les raisons d'être déconcertée.

– Je crois qu'il n'a pas eu le temps de me le dire, fit-elle, consternée. Nous nous sommes quittés si vite.

– Ben va bien ? demanda Whitney.

– Je l'ignore.

– Où est-il ?

– Il arrive. Je l'espère. Mais je n'en suis pas certaine.

Soudain, elle était frappée par l'idée que Ben aurait pu revenir de la guerre le visage ainsi ravagé, amputé d'une main, une jambe abîmée. Et à cette seule pensée elle était meurtrie. Depuis cette nuit du lundi, où Benny s'était emparé du .357 Magnum de Vincent Baresco, elle l'avait considéré plus ou moins consciemment comme solide, courageux, invincible en fait. Elle avait eu peur pour lui parfois, et depuis qu'ils s'étaient séparés au-dessus du lac Arrowhead, elle était inquiète. Mais, tout au fond d'elle-même, elle avait entretenu la certitude qu'il était trop résistant, trop dur, trop entraîné pour craindre quoi que ce fût. Et à présent, devant Whitney Gavis, consciente de ce qu'il avait servi au Vietnam aux côtés de Benny, Rachael comprenait que Benny, comme tout un chacun, était un homme mortel, aussi vulnérable que les autres, dont la vie ne tenait qu'à un fil, tendu au-dessus du même vide qui attendait tout le monde.

– Hé, ça va ? demanda Whitney.

– Oui... oui, ça va aller, dit-elle d'une voix lasse. Je suis seulement... fatiguée... et inquiète.

– Je veux tout savoir. Je veux dire la vérité, pas ce que disent les infos.

– C'est une longue histoire. Pas ici.

– Non, souligna-t-il en regardant autour de lui. Non, pas ici, vous avez raison.

– Benny doit me retrouver au Golden Sand.

– Au motel ? Oui, bien sûr, c'est une bonne cachette. Ce n'est pas que ça soit vraiment classe...

– Je ne peux pas me montrer difficile en ce moment.

Whit avait lui aussi confié sa voiture au garçon de parking et, en sortant de l'hôtel, il présenta son ticket en même temps que celui de Rachael.

Le vent poussait toujours de longs rideaux de pluie au-delà de l'immense porte cochère. Les éclairs avaient cessé et des milliers de gouttes reflétaient la lumière jaune et ambrée des tubes qui entouraient la marquise. Le Strip doré était comme un long bouclier à la mesure d'un ange.

On avança d'abord la voiture de Whitney, une Karmann Ghia blanche presque neuve, puis la Mercedes suivit. Au risque d'attirer l'attention du personnel, Rachael regarda prudemment dans le coffre puis derrière les sièges avant de s'installer au volant et de démarrer. Le sac contenant le projet Wildcard était toujours là. Mais ce n'est pas ce qui l'avait inquiétée en inspectant l'intérieur. Elle était ridicule, elle le savait. Éric était mort – ou du moins réduit à un état qui n'avait plus rien d'humain. Il rampait dans le désert, à plus de deux cents kilomètres de là. Il était impossible qu'il l'ait suivie jusqu'au Grand et qu'il se soit glissé dans la voiture pendant les quelques minutes où elle était restée au parking.

Elle suivit Whitney sur Flamingo Boulevard. Ils tournèrent en direction de l'est sur Paradise Boulevard, puis droit vers le sud en direction de Tropicana et du Golden Sand Inn, le refuge tant attendu.

Même avec la nuit et la pluie, Éric ne se risqua pas sur Las Vegas Boulevard South, cette rue baroque et bigarrée que les gens de Vegas appellent le Strip. La nuit brillait de tous les néons qui tapissaient les immeubles de dix étages et des torsades de milliers d'ampoules pulsaient en cadence comme les viscères d'un immense poisson multicolore. La pluie sur les glaces et le pare-brise, pas plus que le Stetson bien enfoncé ne pouvaient longtemps dissimuler la face de cauchemar de l'étrange conducteur. Il quitta donc le Strip bien avant d'atteindre le secteur des hôtels, empruntant la première rue vers l'est, dès qu'il eut dépassé la zone de l'aéroport McCarran. Dans ce quartier, il n'y avait pas d'hôtels, les lumières se firent rares et la circulation clairsemée. Il continua en direction de Tropicana Boulevard par des voies détournées.

Il avait entendu Shadway expliquer à Rachael où se trouvait le Golden Sand Inn et il n'eut aucune difficulté à trouver le motel, dans un secteur peu fréquenté et presque désolé de Tropicana. Le bâtiment à un seul étage, en forme de U, entourait une piscine qui était ouverte sur la rue. Les boiseries recuites par le soleil avaient besoin d'un sérieux coup de peinture. Le stuc était terni, crevassé par endroits et la toiture de goudron et de pierres, typique des constructions du désert, nécessiterait quelques travaux. Il y avait des vitres cassées aux fenêtres et les herbes folles avaient envahi le terrain. Feuilles mortes et vieux papiers s'étaient accumulés contre un mur. Près de l'entrée, une grande enseigne au néon éteinte se balançait de manière précaire sur ses attaches, grinçant dans le vent d'ouest.

De part et d'autre du motel, sur deux cents mètres, il n'y avait que de la terre nue. De l'autre côté du boulevard, un nouveau complexe d'habitation était en construction. Les squelettes de poutres métalliques luisaient sous la pluie. Si l'on exceptait les rares voitures qui défilaient sur Tropicana, le motel était relativement isolé, là, à la périphérie sud-est de la ville.

Tout était obscur et, apparemment, Rachael n'était pas encore arrivée. Où était-elle ? Il avait conduit très vite, mais il ne pensait pas l'avoir dépassée sur l'autoroute.

À la seconde même où il pensait à elle, un voile cramoisi tomba devant ses yeux. Le souvenir du sang le fit saliver. La rage qui lui était maintenant familière répandit des cristaux glacés dans tout son organisme, mais il serra ses dents de requin et lutta pour demeurer au moins rationnel dans son comportement.

Il gara le pick-up contre l'accotement de gravier, à plus de cent mètres du Golden Sand, engageant l'avant dans un fossé d'écoulement pour donner l'impression que le véhicule avait quitté la route et qu'il était abandonné jusqu'au lendemain matin. Il éteignit les phares, coupa le moteur. Le martèlement de la pluie se fit plus fort soudain sur le toit. Il attendit encore un instant que le boulevard soit désert, puis ouvrit rapidement la portière et s'élança en courant sous la pluie.

Il pataugea dans le fossé empli d'un torrent d'eau boueuse avant de traverser l'étendue de terrain nu qui le séparait du motel. Il se mit à courir plus vite en entendant approcher une voiture. Il ne pouvait se cacher nulle part. Il n'y avait autour de lui que quelques touffes d'herbe détrempées.

L'envie d'arracher ses vêtements et de courir nu dans le vent et la nuit lui revint. Il voulait s'éloigner de la ville, gagner des terres désertes, sauvages.

Mais la vengeance le dominait. C'était l'objectif sur lequel il devait se concentrer.

Le bureau du motel se trouvait à l'angle nord-est de la construction. À travers les vastes fenêtres, il ne voyait qu'une partie de la pièce plongée dans l'ombre : les contours vagues d'un sofa, un fauteuil, un tourniquet à cartes postales vide, une petite table et le comptoir de réception. Quant à l'appartement du directeur, où Shadway et Rachael s'installeraient sans doute, on devait y accéder directement à partir du bureau. Éric fit jouer la poignée de la porte et vérifia ce qu'il avait supposé : elle était fermée à clé.

Brusquement, il vit son reflet dans la glace humide, un visage démoniaque, cornu, déformé par ses dents et de bizarres excroissances. Il détourna aussitôt le regard en étouffant la plainte qui avait failli monter de sa gorge.

Il s'avança alors dans la cour, de porte en porte. Malgré l'absence de lumière, il distinguait une foule de détails, y compris le bleu sombre des portes. Une chose était sûre. Il avait une bien meilleure vision nocturne que l'homme.

L'allée de revêtement craquelé qui faisait le tour du bâtiment était couverte d'un auvent en aluminium passablement détérioré, qui laissait passer la pluie en divers endroits. Une de ces gouttières formait une petite cataracte qui rejaillissait sur le ciment. Plus loin, un carré de pelouse avait été envahi par les mauvaises herbes. Éric s'approcha de la piscine. Ses bottes faisaient un bruit de gargouillement dans l'herbe et la boue.

On avait vidé la piscine mais l'orage commençait à la remplir. Dans la partie la plus profonde du bassin, il y avait déjà près de quarante centimètres d'eau. Un feu d'ombre venait d'y apparaître, sans doute illusoire, ses flammes rouges et argent déformées par les rides de l'eau.

Plus que tout autre, ce feu-là fit des étincelles de

peur en lui. Plongeant le regard dans le trou ténébreux de la piscine, il faillit céder à une terrible impulsion de fuite. Il aurait voulu courir, courir et mettre des kilomètres entre lui et cet endroit.

Il s'éloigna rapidement.

Il retourna sous l'auvent d'aluminium. Le tambourinement incessant de la pluie le rendait claustrophobe. Il avait l'impression d'être prisonnier d'une boîte. Il essaya la porte de la chambre n° 15, qui se trouvait presque au centre de la structure en U. La porte était fermée à clé comme celle du bureau, mais il vit que la serrure était ancienne. Le loquet avait du jeu. Il recula et se mit à donner des coups de pied dans le battant. Au troisième, excité à l'idée de détruire, il se mit à pousser de petits cris aigus sans pouvoir se dominer. Au quatrième coup de pied, la serrure céda et la porte pivota dans un grincement de métal.

Il entra.

Il se souvint que Shadway avait dit à Rachael que l'électricité n'avait pas été coupée, mais il s'abstint d'appuyer sur l'interrupteur. D'abord, il ne voulait pas que Rachael puisse soupçonner sa présence lorsqu'elle arriverait. Et puis, avec sa nouvelle vision, il distinguait suffisamment de choses autour de lui pour se déplacer sans renverser quoi que ce soit.

Lentement, il referma la porte.

Puis il s'approcha de la fenêtre qui donnait sur la cour, écarta les rideaux sales, graisseux, de quelques centimètres, et jeta un coup d'œil dans la nuit extérieure. Il avait une vue totale sur l'autre aile et, en particulier, sur la porte du bureau.

Quand elle arriverait, il la verrait.

Et, dès qu'elle se serait installée, il frapperait.

Impatient, il se balançait d'un pied sur l'autre.

Il poussa un gémissement violent bien que ténu.

Il avait soif de sang.

Amos Zachariah Tate – le camionneur au visage ridé, à la moustache impeccable, au strabisme évident – semblait être la réincarnation d'un de ces hors-la-loi qui avaient hanté les immenses étendues du désert Mojave au bon vieux temps de l'Ouest, attaquant les diligences et les courriers du Poney-Express. Cependant, il avait plutôt les manières d'un prédicateur itinérant : sa voix était douce, il se montrait courtois, quoique ferme, généreux et convaincu que la rédemption de l'âme ne pouvait passer que par l'amour de Jésus.

Il avait donné à Ben une couverture de laine pour le protéger contre le souffle glacé de l'air climatisé, lui avait versé du café tenu au chaud dans une bouteille thermos et offert une barre chocolatée avec en prime quelques conseils spirituels. Il semblait sincèrement préoccupé du bien-être de Ben. C'était le Bon Samaritain par nature, totalement dépourvu d'égoïsme, embarrassé par la plus discrète marque de reconnaissance. Il puisait sa force dans ses boniments à propos de Jésus.

Et Amos avait cru à cent pour cent au mensonge de Ben sur cette épouse grièvement blessée qui agonisait peut-être au Sunrise Hospital de Las Vegas. Il n'avait pas l'habitude de prendre la loi à la légère et respectait même les limitations de vitesse, mais, dans ce cas, il avait fait une exception et avait accéléré jusqu'à cent vingt, ce qui était le maximum exigible d'un poids lourd avec un temps pareil.

Ben, tout en sirotant son café et en mâchonnant sa barre de chocolat, bien au chaud sous sa couverture, ne pouvait être que reconnaissant envers Amos Tate, bien que son esprit fût surtout occupé par d'amères pensées sur la mort et la perte des êtres chers. Il aurait pourtant aimé que son Bon Samaritain appuie un peu plus sur l'accélérateur. Si l'amour était la chose la plus proche de l'immortalité que les êtres humains pouvaient espérer – ce qu'il avait pensé lors de cette première nuit d'amour avec Rachael –, alors il avait désormais la clé de cette vie éternelle. Pourtant, alors même qu'il accédait aux portes du Paradis, on tentait de le lui arracher. Quand il essayait d'imaginer le terrible vide que serait l'existence sans elle, il avait envie de prendre le volant des mains d'Amos et de faire décoller ce gros camion vers Las Vegas.

Mais, tout ce qu'il pouvait faire pour l'heure, c'était de compter les kilomètres qui passaient.

Il s'enveloppa un peu plus dans la couverture.

L'appartement du directeur du Golden Sand Inn n'était plus habité depuis plus d'un mois et sentait vaguement le moisi. Rachael renifla plusieurs fois après être entrée. Elle se fit la réflexion que l'odeur n'était peut-être pas très forte mais qu'elle finirait par lui donner la nausée.

Le living-room était spacieux, la chambre petite, la salle de bains minuscule. Quant à la cuisine, elle était exiguë et sinistre mais parfaitement équipée. Les murs ne semblaient pas avoir été repeints depuis dix ans au moins. Les tapis étaient usés jusqu'à la corde et le lino de la cuisine fendillé et décoloré. Le mobilier croulait sur place et les divers appareils de la cuisine étaient éraflés ou jaunis par l'âge.

– Ça ne sort pas d'*Architectural Digest,* dit Whitney Gavis en s'appuyant contre le réfrigérateur avec le moignon de son bras gauche pour enfoncer la fiche dans la prise murale. (Le moteur du compresseur se mit aussitôt à ronronner.) Mais tout marche bien, et il est peu probable qu'on vienne vous chercher ici.

Tandis qu'ils traversaient l'appartement en allumant une à une les lumières, elle avait commencé à lui raconter les péripéties qu'ils venaient de vivre. Ils s'installèrent sur deux chaises, de part et d'autre de la table de formica recouverte de poussière et marquée de plusieurs brûlures de cigarettes, et elle lui fit une relation aussi succincte que possible des derniers événements.

Au-dehors, le vent gémissait comme une bête vorace, griffait les fenêtres comme s'il voulait entendre ou ajouter son mot.

Immobile devant la fenêtre de la chambre 15, guettant l'arrivée de Rachael, Éric avait senti le feu du changement s'intensifier en lui. Il s'était mis à suer abondamment, en filets de plus en plus rapides qui sourdaient de ses pores, comme pour s'aligner sur le rythme de la pluie au-dehors.

C'était comme s'il était soudain plongé dans un brasier, et à chaque bouffée d'air qu'il inspirait, ses poumons étaient brûlés. De toutes parts, maintenant, il y avait des feux d'ombre, des flammes fantômes qui dansaient et qu'il se refusait à regarder en face. Ses os, songea-t-il, étaient en train de se consumer et sa chair était tellement chaude qu'il n'aurait pas été surpris de voir des flammèches sortir de sa peau.

– Je fonds, dit-il d'une voix profonde, gutturale et absolument inhumaine. Je suis... l'homme... qui fond...

C'est alors que, brusquement, son visage se transforma. Un bruit terrible, de broyage, de craquement, emplit ses oreilles un bref instant. Il provenait de son crâne et se changea presque aussitôt en un son gargouillant, écœurant. Un liquide coulait. Le processus s'accélérait à une allure démentielle. Terrifié, horrifié – mais aussi pénétré d'une sorte d'exaltation sinistre, de joie démoniaque –, il sentait son visage changer de forme de seconde en seconde. Il entr'aperçut à la limite de son champ de vision une arcade sourcilière énorme, qui disparut très vite, comme si l'os n'était que du beurre. Des modifications essentielles affectaient son nez, sa bouche, ses maxillaires. Il était en train d'acquérir un museau rudimentaire et difforme. Ses jambes se dérobèrent sous lui et il dut s'écarter de la fenêtre pour se laisser tomber à genoux sur le plancher. Quelque chose céda dans sa poitrine. Accompagnant la formation de son nouveau museau, ses lèvres se fendirent et gagnèrent ses joues. Il se traîna jusqu'au lit, roula sur le dos, s'abandonnant à ce changement dévastateur qui lui procurait un certain plaisir. Comme de très loin, il s'entendit émettre des sons insolites, un grondement de chien, un sifflement de reptile, et ahaner comme un homme qui approche de l'orgasme.

Les ténèbres l'absorbèrent.

Quand il reprit en partie ses sens, quelques minutes plus tard, il s'aperçut qu'il avait roulé jusque sous la fenêtre. Bien que le feu du changement n'eût nullement diminué et qu'il sentît ses tissus en pleine mutation, il se redressa et regarda au-dehors. Dans la faible clarté, il discerna des mains énormes et chitineuses, comme si elles appartenaient à un crabe ou à un homard qui aurait eu des doigts au lieu de pinces. Il agrippa le rebord de la fenêtre pour garder l'équilibre. Il appuya sa tête contre la vitre, le souffle court et brûlant.

Les fenêtres du bureau étaient éclairées.

Rachael avait dû arriver.

Aussitôt, il sentit la haine bouillonner en lui. L'odeur du sang emplit ses narines.

En même temps, il eut une érection. Énorme et difforme. Étrange. Il aurait voulu posséder Rachael, la tuer en la pénétrant, comme il l'avait fait avec la fille du cow-boy. Dans cet état de dégénérescence, il perdait son identité. Seconde après seconde, il cessait de savoir qui elle était pour lui : la seule chose qui comptait, c'est que c'était une femelle, une proie.

Se détournant de la fenêtre, il essaya d'atteindre la porte, mais ses jambes en pleine métamorphose refusèrent de le porter. Une fois encore, il geignit en s'effondrant sur le plancher et la fièvre du changement monta encore de quelques degrés.

Son code génétique avait subi de sévères modifications. Sous l'effet d'une aberration chromosomique il évoluait au hasard ou bien en réponse à des forces et des schèmes qu'il ne pouvait percevoir. Et le processus s'accompagnait d'une production colossale d'hormones et de protéines, qui étaient le ciment de sa chair.

Il était en train de devenir une chose qui n'avait encore jamais hanté la face de la terre et qui n'aurait jamais dû y paraître.

Le jet biréacteur des Marines se posa sur l'aéroport international de McCarran, à Las Vegas, à 21 h 03, au soir de ce mercredi. Soit avec dix minutes d'avance sur le vol régulier en provenance d'Orange qu'avaient pris Julio Verdad et Reese Hagerstrom.

Harold Ince, un agent du bureau de la DSA au Nevada, attendait Anson Sharp, Jerry Peake et Nelson Gosser au contrôle.

Gosser se dirigea immédiatement vers une autre porte, celle que devaient emprunter les passagers du vol d'Orange. Il avait pour tâche de filer aussi discrètement que possible Verdad et Hagerstrom jusqu'à leur sortie du terminal, après quoi ils seraient sous la surveillance de l'équipe qui attendait dehors.

— Monsieur Sharp, nous n'avons pas beaucoup de temps, dit Ince.

— Ah bon? fit Sharp en empruntant d'un pas rapide le couloir qui conduisait au hall principal du terminal.

Peake les suivait. Ince, bien plus petit que Sharp, avait grand mal à aligner le pas sur son supérieur.

— Monsieur, la voiture vous attend devant, discrètement, dans la file des taxis comme vous l'avez demandé.

— Parfait. Et s'ils ne prennent pas un taxi ?
— Le guichet de location de voitures est encore ouvert. S'ils s'y arrêtent, je vous préviendrai immédiatement.
— Bien.

Ils atteignirent le trottoir roulant. Il était désert car il n'y avait pas eu d'arrivées depuis quelque temps et aucun vol n'était prévu dans l'immédiat. Les haut-parleurs diffusaient des conseils et des plaisanteries lamentables aux nouveaux venus. On reconnaissait les voix de Paul Anka, Joan Rivers, Bill Cosby entre autres. « Ne lâchez pas la main courante. Gardez votre droite. Faites attention à ne pas vous casser la figure en arrivant au bout. »

Sharp, irrité par la lenteur du trottoir, se tourna vers Ince et demanda :

— Comment sont vos rapports avec la police de Las Vegas ?
— Ils se montrent très coopératifs, monsieur.
— C'est tout ?
— Ma foi, ajouta Ince, ce sont de chics types. Ils ont un boulot infernal dans cette ville et ils s'en tirent vraiment bien. On doit le reconnaître. Ils ne sont pas tendres, je dois dire, et ils respectent tous les genres de flics.
— Même nous ?
— Même nous, monsieur.
— S'il y a échange de coups de feu et que les flics de Vegas rappliquent avant que nous ayons pu tout nettoyer, est-ce qu'on peut compter sur eux pour rédiger leur rapport dans notre sens ?

Ince tiqua.

— Eh bien... Je... Peut-être...
— Je vois, fit Sharp d'un ton glacé.

Ils arrivèrent à la fin du trottoir roulant et entrèrent dans le hall du terminal.

— Ince, ajouta Sharp, dans les jours qui viennent, vous devriez nouer des contacts plus serrés avec d'autres agences locales. La prochaine fois, je ne veux plus entendre « peut-être ».

– Oui, monsieur, mais...

– Restez là. Près du stand de presse. Et faites-vous aussi discret que possible.

– Je me suis habillé pour ça, dit fièrement Ince.

Il portait un complet d'été en nylon vert et une chemise en Banlon orange.

Sharp poussa une dernière porte de verre et se retrouva dehors. La pluie fouettait la marquise et Jerry le rejoignit la seconde d'après.

– Il nous reste combien de temps, Jerry ? demanda Sharp.

Peake jeta un coup d'œil à sa montre.

– Ils se posent dans cinq minutes.

À cette heure, la file de taxis en attente était plutôt courte – quatre en tout. Leur voiture était garée à l'angle, à moins de vingt mètres du dernier taxi. On lisait sur la portière : ARRIVÉES SEULEMENT. C'était une de ces Ford couleur caca que l'agence utilisait fréquemment et qui auraient aussi bien pu porter en toutes lettres : VOITURE BANALISÉE RÉSERVÉE AUX FORCES DE L'ORDRE. Par chance, la pluie rendait la voiture plus discrète et Verdad et Hagerstrom ne repéreraient peut-être pas tout de suite qu'ils étaient suivis.

Peake s'installa au volant et Sharp à côté de lui, avec son attaché-case sur les genoux.

– S'ils prennent un taxi, dit-il, lisez bien l'immatriculation et suivez de loin. Si jamais on les perd, la compagnie de taxis nous donnera très vite leur destination.

Peake se contenta d'acquiescer.

La voiture était à moitié exposée à la pluie qui venait gifler avec violence la glace du côté de Sharp.

Il ouvrit l'attaché-case et en sortit les deux armes dont les numéros ne pouvaient permettre de remonter la piste jusqu'à la DSA. L'un des silencieux était encore parfaitement neuf, mais l'autre, qu'il avait utilisé au lac Arrowhead, était fatigué. Il vissa donc le neuf sur son arme à lui et donna l'autre à Peake, qui la prit avec une réticence visible.

– Quelque chose ne va pas ? demanda Sharp.

– Eh bien... monsieur... vous voulez toujours abattre Shadway ?

Sharp le fixa d'un regard appuyé.

– Ce n'est pas ce que je veux, Jerry. Ce sont mes ordres : liquider Shadway. Des ordres qui émanent de tellement haut que je n'ai pas à les discuter.

– Mais...

– Mais quoi ?

– Si Verdad et Hagerstrom nous conduisent jusqu'à Shadway et à Mrs Leben, si nous les trouvons vraiment, nous ne pourrons pas les abattre devant eux. Ce que je veux dire, monsieur, c'est que ce sont deux lieutenants de police et qu'ils ne se tairont certainement pas.

– Je suis convaincu que je peux persuader Verdad et Hagerstrom de se tenir hors de tout ça, fit Sharp. (Il vérifia que l'arme était bien chargée.) Ces deux cons sont censés s'être retirés de l'affaire et ils le savent. Quand je vais leur tomber dessus, ils comprendront très vite que c'est leur carrière qui est en jeu. Et leur pension de retraite. Non, ils nous laisseront faire. Et quand ils seront partis, nous nous occuperons de Shadway et de la femme.

– Et s'ils ne veulent pas ?

– Alors, il faudra que nous nous occupions d'eux aussi, dit Sharp.

Avec un geste rapide de la paume, il remit le chargeur en place.

Le réfrigérateur faisait un bruit d'enfer.

L'odeur de moisi flottait toujours dans l'air.

Ils étaient penchés sur la table de la cuisine, comme ces résistants que l'on voit dans les vieux films sur l'Europe occupée par les nazis. Le .32 de Rachael était à portée de sa main, mais elle se disait qu'elle n'en aurait certainement pas besoin. Cette nuit tout au moins.

Whitney Gavis avait écouté la version abrégée de leur histoire sans le moindre signe de scepticisme, ce qui l'avait surprise. Il n'avait rien d'un homme naïf, prêt à écouter n'importe quel récit effarant. Pourtant, il la croyait. Sans doute lui faisait-il confiance parce que Benny l'aimait.

– Benny vous a montré des photos de moi ? demanda-t-elle, surprise.

– Oui, mon petit. Depuis deux mois, il ne parle que de vous.

– Alors, il savait que nous étions épris l'un de l'autre bien avant que j'en prenne conscience.

– Non. Il pensait que vous étiez dans les mêmes dispositions que lui mais que vous refusiez de l'admettre, c'est tout. Il croyait aussi que vous en viendriez à le comprendre, et il ne se trompait pas.

– S'il vous a montré des photos de moi, pourquoi ne m'a-t-il pas montré de photos de vous, pourquoi ne m'a-t-il même pas parlé de vous, puisque vous êtes son meilleur ami ?

– Benny et moi, expliqua Whitney, depuis que nous nous sommes connus au Vietnam, nous sommes comme deux frères, mieux même. Nous partageons tout. Mais, jusqu'à une date récente, mon petit, ce n'était pas le cas entre vous deux. Ne lui en veuillez pas. C'est le Vietnam qui a fait de lui ce qu'il est.

Le Vietnam, se dit Rachael, était sans aucun doute une des raisons qui expliquaient que Whitney Gavis ait accepté sans question son incroyable récit, même jusqu'aux derniers détails : la poursuite avec le mutant en plein désert Mojave. Un homme qui avait connu la folie de la guerre au Vietnam était prêt à croire n'importe quoi.

– Mais, dit Whitney, vous n'êtes pas certaine que les serpents aient pu le tuer vraiment.

– Non, dut-elle admettre.

– S'il est ressuscité après avoir été tué par ce camion, est-ce qu'on ne peut pas envisager qu'il survive à toutes ces morsures ?

– Si. Je le suppose.

– On ne peut pas non plus être certain qu'il va continuer de dégénérer et de rôder dans le désert comme un animal.

– Non, fit Rachael. En fait, je ne suis sûre de rien.

Il plissa le front et tout le côté meurtri de son visage aux traits séduisants se plissa comme une feuille de parchemin.

La nuit, au-dehors, était habitée par les bruits menaçants de l'orage : le crissement d'un palmier contre le toit, le grincement du panneau du motel, qui se balançait sur ses attaches rouillées, le ruissellement d'une conduite crevée.

Mais Rachael guettait d'autres bruits que ni le vent ni la pluie ne pouvaient expliquer.

– Le plus inquiétant, dit Whitney, c'est qu'Éric a dû entendre Benny vous parler du motel.

– Peut-être, fit-elle, mal à l'aise.

– Mon petit, c'est presque une certitude.

– Bon, d'accord. Mais si l'on tient compte de l'aspect qu'il avait quand je l'ai vu la dernière fois, il aura été incapable de regagner la route et de faire de l'auto-stop, non ? Et puis, il m'a semblé en pleine régression, aussi bien sur un plan mental que physiquement. Whitney, si vous aviez vu tous ces serpents, vous comprendriez qu'il est peu probable qu'il ait encore suffisamment de conscience pour traverser le désert et arriver ici, à Las Vegas.

– C'est improbable, mais pas impossible. Rien n'est vraiment impossible, mon petit. Après que je suis tombé sur cette mine au Vietnam, on a dit à ma famille qu'il était impossible que je m'en tire.

Mais j'en suis sorti vivant, pourtant. Ensuite, on m'a expliqué qu'il était impossible que je retrouve suffisamment de contrôle musculaire pour parler sans qu'on me fasse des greffes. Mais j'y suis parvenu. Bon sang, vous savez, ils avaient toute une liste de choses impossibles ! Et je n'avais pas l'avantage de votre mari – je ne bénéficiais pas de ses recherches sur la génétique.

Elle se rappela l'affreuse protubérance osseuse sur le front d'Éric, ses cornes naissantes, ses yeux inhumains, ses mains abominables...

– Si vous appelez ça un avantage ! dit-elle.

– Je pourrais vous trouver un autre logement.

– Non, fit-elle vivement. C'est ici que Benny doit me retrouver. Si je n'y suis pas...

– Ne vous en faites pas, mon petit. Il vous retrouvera toujours avec moi.

– Non. Je veux être ici quand il arrivera.

– Mais...

– Je veux être ici, insista-t-elle. Parce que... Je veux... je veux le voir. Il faut que je le voie tout de suite.

Whitney Gavis l'étudia un moment sans rien dire, avec un regard intense et déconcertant. Il dit finalement :

– Vous l'aimez vraiment, n'est-ce pas ?

– Oui, fit-elle d'une voix vibrante.

– Je veux dire vraiment.

– Oui, répéta-t-elle, luttant pour que sa voix ne se brise pas d'émotion. Et j'ai peur pour lui... tellement peur.

– Il s'en tirera bien.

– Si quoi que ce soit devait lui arriver...

– Il ne lui arrivera rien. Mais je ne crois pas que vous couriez un danger en passant la nuit ici, après tout. Si votre mari... si Éric atteint Vegas, il devra éviter de se montrer. Il ne sera probablement pas ici avant quelques jours...

– S'il arrive.

– Donc, je pense qu'on peut attendre demain pour vous trouver un autre logement. Cette nuit, vous pouvez attendre Benny ici. Il va venir. J'en suis sûr, Rachael.

Elle sentit les larmes lui monter aux yeux et se contenta de hocher la tête.

Whitney, en homme délicat, fit semblant de ne pas remarquer ses larmes et n'essaya pas de la consoler. Il se leva simplement et dit :

– Parfait ! Même si vous n'avez qu'une seule nuit à passer dans ce taudis, il faut qu'on essaie de le rendre un peu plus habitable. Il y a quantité de draps et de serviettes dans l'armoire, mais je suis sûr qu'ils sont poussiéreux, moisis ou pleins de champignons. Je vais donc aller vous acheter quelques petites choses... Et qu'est-ce que vous diriez de manger un peu ?

– J'ai très faim. Je n'ai eu droit qu'à un œuf ce matin et à quelques barres chocolatées. Je me suis arrêtée à Baker, mais c'était après ma rencontre avec Éric et je n'avais guère d'appétit. J'ai acheté un pack de sodas.

– Bon, eh bien, je vais vous ramener de quoi manger. Vous voulez passer commande ou bien vous me faites confiance ?

Elle se leva à son tour et, d'un geste las, passa la main dans ses cheveux.

– Je suis prête à manger n'importe quoi, sauf du calmar ou des navets.

Il sourit.

– Vous avez de la chance qu'on soit à Vegas. Dans n'importe quelle autre ville, à cette heure, on n'aurait que ça. Mais ici, rien n'est jamais fermé. Vous voulez m'accompagner ?

– Je ne crois pas qu'il serait prudent de me montrer.

– Oui. Vous avez raison. Bon, je serai de retour dans une heure. Ça ira ?

– Oui. Je me sens plus en sécurité ici que partout où j'ai été depuis hier.

Dans l'obscurité de velours de la chambre 15, Éric rampait sans but de tous côtés, agité de spasmes, de frissons, comme un affreux cafard bossu.
– Rachael...
Il s'entendait répéter ce mot, toujours le même, et à chaque fois avec une intonation différente, comme s'il constituait son unique vocabulaire. Sa voix était épaisse, étouffée, mais ces deux syllabes étaient toujours claires. Parfois, il savait ce qu'elles signifiaient, il se rappelait qui elle était, mais, à d'autres moments, cela n'éveillait rien en lui. Cependant sa réaction était toujours la même : une rage glacée.
– Rachael...
Pris dans les marées du changement génétique, impuissant, il geignait, sifflait, étouffait et, quelquefois, un rire silencieux montait de sa gorge. Il luttait pour respirer et toussait, saisi de nausées. Il se retrouva sur le dos, pris de convulsions, agitant au-dessus de lui ses mains deux fois plus larges que celles qui avaient été les siennes dans sa vie précédente.
Les boutons de sa chemise à carreaux sautèrent. Une couture craqua à l'épaule : son corps enflait pour prendre des dimensions et une forme monstrueuses.
– Rachael...
Durant les dernières heures, ses pieds avaient grandi avant de se rétrécir, puis de grandir à nouveau et, quelquefois, ses bottes menaçaient d'éclater. Finalement, elles le serrèrent à tel point qu'il ne les supporta plus et se mit à les déchirer avec frénésie, ses longues griffes lacérant le cuir épais en larges bandes.
Il vit alors que ses pieds nus avaient subi des

changements aussi radicaux que ses mains. Ils étaient plus larges, plus plats, avec un os sinueux sur le dessus, des orteils aussi longs que ses doigts qui s'achevaient eux aussi par de longues griffes.

– Rachael...

Les changements le traversaient comme autant d'éclairs frappant un arbre, comme si de l'électricité remontait ses membres jusqu'à leurs extrêmes prolongements.

Il ne cessait de se tordre et se débattait sous des convulsions de plus en plus fortes.

Ses talons martelaient le plancher.

Des larmes brûlantes jaillirent de ses yeux et une salive épaisse coula de ses lèvres.

Inondé de sueur, dévoré par son feu interne, il n'en était pas moins gelé au plus profond de lui-même. Dans son esprit comme dans son cœur, il y avait de la glace.

Il alla se blottir dans un coin en se tortillant de douleur. Il sentit son sternum craquer, se dilater, et chercher une nouvelle forme. Sa colonne vertébrale craqua également et il la sentit changer, obéissant à d'autres altérations de son corps.

Quelques secondes plus tard, il se mit en mouvement comme un crabe, s'arrêta au milieu de la chambre et se redressa sur les genoux. Le souffle court, avec une plainte sourde au fond de la gorge, il demeura immobile un instant, la tête inclinée, laissant le malaise se dissiper avec la sueur.

Le feu du changement diminuait enfin. Pour un moment tout au moins, sa forme s'était stabilisée.

Il se leva en titubant.

– Rachael...

Il ouvrit les yeux et regarda autour de lui. Il ne fut pas surpris de s'apercevoir que sa vision, dans le noir, était aussi nette qu'en plein soleil. De plus, son champ de vision avait augmenté de façon extraordinaire. Quand il regardait droit devant lui, les objets qui se trouvaient à sa droite et à sa gauche étaient aussi nets que ceux qui étaient en face de lui. Il alla jusqu'à la porte.

Certaines parties de son corps mutant semblaient déformées, disfonctionnelles, l'obligeant à se déplacer par saccades, comme un crustacé géant qui n'aurait pas réussi à se tenir debout. Mais il n'était pas infirme : il pouvait progresser rapidement et en silence et il sentait en lui une force plus grande encore que celle qu'il avait eue.

En émettant un léger sifflement qui se perdit dans le bruit de la pluie et du vent, il ouvrit la porte et sortit dans la nuit, son domaine familier.

35

Le monstre

Whitney quitta le motel par la porte de la cuisine qui ouvrait sur le garage poussiéreux où ils avaient mis la Mercedes noire. Sa propre voiture était garée dans l'allée, à l'extérieur.

Il se tourna vers Rachael, qui l'avait accompagné jusqu'au seuil, et dit :

– Fermez cette porte à clé et ne bougez pas. Je reviens très vite.

– Ne vous en faites pas. Tout ira bien. Il faut que je range le dossier Wildcard. Ça va m'occuper.

Il comprenait sans difficulté pourquoi Ben était tellement amoureux d'elle. Même avec ses cheveux humides et emmêlés, pâle de fatigue et d'inquiétude, elle était ravissante. Mais la beauté n'était pas son unique qualité. Elle était aussi sensible, intelligente, compréhensive et solide en même temps – un ensemble rare.

– Ben sera probablement là avant moi, ajouta-t-il.

Elle esquissa un mince sourire, reconnaissante de cette mince tentative pour la rassurer. Hélas ! Plus que jamais, elle était convaincue qu'elle ne reverrait jamais Ben vivant.

Whitney lui fit signe de rentrer et referma la porte sur elle. Il attendit jusqu'à ce qu'il entende le déclic de la serrure. Puis il traversa le garage dont le sol était couvert de taches d'huile et se dirigea vers la sortie latérale.

Le garage était éclairé par une unique ampoule qui pendait au bout de son fil. L'endroit était sale et puant, encombré d'outils et d'appareils en mauvais état, de divers rebuts : seaux rouillés, balais abîmés, aspirateurs hors d'usage, chaises aux pieds cassés que les précédents propriétaires avaient sans doute eu l'intention de réparer un jour. Plus des tuyaux d'arrosage, des rouleaux de fil de fer, un lavabo, des pommeaux de douche, un gant de jardinage, des boîtes de peinture depuis longtemps desséchée. Le tout était entassé contre les parois en précaire équilibre.

En faisant jouer la serrure, avant d'ouvrir, Whitney crut entendre un bruit dans le garage, derrière lui, un bruit bizarre qui ne dura pas. En fait, il avait cessé à la seconde où il s'était retourné.

Il inspecta le garage en fronçant les sourcils, la Mercedes, le réchaud à gaz abandonné dans un coin, le banc à moitié écroulé, le cumulus. Tout semblait normal.

Il écoutait intensément.

Mais il n'entendait que le vent et la pluie sur le toit. Il s'éloigna de la porte et fit lentement le tour de la Mercedes, mais sans rien trouver.

Peut-être une des piles avait-elle bougé sous son propre poids, ou à cause d'un rat. Il n'aurait pas été surpris de découvrir que les lieux étaient en fait infestés de rats, quoi qu'il n'en ait jusqu'à présent vu aucun. L'amas était tellement informe et hétéroclite qu'il n'aurait pu dire si quoi que ce soit avait été dérangé.

Il retourna vers la porte, promena une dernière fois les yeux autour de lui, puis sortit sous la pluie.

À la seconde où il plongea dans les rafales, il comprit. Quelqu'un avait essayé d'ouvrir la porte principale. Mais elle était en commande électrique et, en mode automatique, on ne pouvait pas la faire fonctionner, précaution supplémentaire contre les cambriolages. Celui qui avait essayé d'ouvrir avait dû y penser également. Ce qui expliquait que le bruit eût été aussi bref.

En boitillant, Whitney se dirigea vers l'angle du bâtiment et l'allée d'accès. La pluie avait redoublé et, avec le bruit, il n'entendait même plus ses propres pas. Il écoutait, guettant le moindre bruit insolite à proximité du garage. Tout d'abord, il n'entendit rien. Il fit encore six ou huit pas, s'arrêtant par deux fois pour écouter. Et c'est alors que par-dessus les chuintements et les bruits de ruissellement des gouttières, il perçut un son effrayant. Immédiatement derrière lui. Cela tenait d'un sifflet à vapeur, du miaulement d'un chat, avec toutefois une note grave, une espèce de grondement menaçant. Immédiatement, ses cheveux se hérissèrent sur sa nuque.

Il se retourna brusquement et recula en trébuchant quand il vit la chose qui se dressait au-dessus de lui dans l'ombre. Elle faisait plus de deux mètres et il rencontra le regard de deux yeux qui ne pouvaient exister. Ils étaient différents, globuleux, gros chacun comme un œuf. L'un était vert pâle et l'autre orange. Ils étaient iridescents comme chez certains animaux. L'un pouvait appartenir à un chat hyperthyroïdien et l'autre à un homme qui aurait eu la pupille d'un serpent. L'un et l'autre étaient obliques et à facettes. Mon Dieu, oui ! À facettes, comme les yeux de certains insectes...

Une seconde, Whit resta paralysé. Brutalement, un bras s'abattit sur lui avec une violence extrême, le frappant en plein visage. Il tomba sur le sol de ciment et alla rouler dans la boue et l'herbe détrempée.

Le bras de la créature – le bras de Leben, songea-t-il vaguement, car il comprenait qu'il avait devant lui Éric Leben transformé au-delà de tout ce qui était imaginable – n'était pas articulé comme un bras humain. Il était apparemment segmenté, avec trois ou quatre coudes supplémentaires qui pouvaient jouer entre eux de toutes les manières possibles, ce qui lui conférait une flexibilité terrifiante. Sous l'effet du coup formidable qu'il venait d'encaisser, Whit crut un moment qu'il allait s'évanouir. Terrassé par la terreur, levant les yeux sur le monstre qui s'approchait, il vit qu'il marchait les épaules voûtées, le dos cassé, mais avec en même temps une sorte de grâce, sans doute due à ses jambes qui semblaient aussi souples que ses bras, entre les lambeaux de jean qui y adhéraient encore.

Whit prit conscience qu'il hurlait. Il n'avait hurlé ainsi qu'une fois durant sa vie. Au Vietnam, quand la mine avait sauté sous lui, quand il s'était retrouvé étendu dans la jungle et qu'il avait vu la moitié de sa jambe à cinq mètres de là, avec ses orteils sanglants qui avaient crevé le cuir brûlé de sa botte.

Et cette fois aussi, il ne pouvait plus s'arrêter de hurler.

Il entendit alors, par-dessus son propre hurlement, un son aigu, perçant, qui était le cri de triomphe de son adversaire.

La tête de la chose se balançait bizarrement et Whitney entrevit des crocs recourbés qui brillaient dans la nuit.

Il essaya de reculer sur la terre gluante, se servant de son bras valide et de son moignon, mais il n'allait pas assez vite. Il n'eut pas le temps de se remettre sur pied. Il n'avait guère parcouru plus de deux mètres quand Leben le rattrapa, le saisit par le pied gauche, celui de sa jambe artificielle, et entreprit de le traîner vers la porte grande ouverte du garage.

Même avec la nuit et la pluie battante, Whit distinguait suffisamment la main de la chose pour voir qu'elle était aussi inhumaine que le reste. Énorme. Et puissante.

Whitney se mit à donner des coups de pied frénétiques en se servant de sa jambe valide, de toutes ses forces. Il rencontra la jambe de la chose-Leben qui poussa un cri, plus de colère que de douleur. En réponse, le monstre tira si violemment sur la jambe de Whit que les fixations furent arrachées et que la prothèse se détacha. Whit fut traversé d'un éclair de souffrance, réalisant qu'il était encore plus vulnérable maintenant.

Dans la minuscule cuisine du motel, Rachael venait à peine d'ouvrir le sac poubelle dans lequel était entassé le dossier Wildcard quand elle entendit le premier cri. Immédiatement, elle sut que c'était Whitney et, instinctivement, elle comprit qu'il ne pouvait y avoir qu'une explication : Éric.

Elle laissa tomber la liasse de feuillets et s'empara du .32 posé sur la table. Elle se précipita vers la porte de derrière, hésita, puis ouvrit.

Elle s'arrêta après quelques pas dans le garage, car tout semblait bouger autour d'elle. La porte principale était ouverte et un souffle violent de vent agitait l'ampoule qui pendait au plafond, faisant danser des ombres dans les moindres recoins. Rapidement, elle explora du regard les meubles cassés, les vieux seaux et les différents rebuts qui semblaient prendre vie sous le mouvement de balancier de l'ampoule.

Mais le cri de Whitney venait de l'extérieur, ce qui prouvait qu'Éric devait être dehors, et non dans le garage. Abandonnant toute prudence, elle dépassa la Mercedes, enjamba un tas de boîtes de peinture et de tuyaux d'arrosage.

Une plainte perçante, affreuse, à glacer le sang, domina les cris de Whitney, et elle sut alors sans le moindre doute qu'Éric était là. Car elle se rappelait la plainte qu'il avait poussée en la poursuivant dans le désert. Mais, cette fois, elle était plus forte, plus intense, plus furieuse, et plus étrangère que jamais. En entendant ce son monstrueux, elle faillit faire demi-tour pour s'enfuir. Mais non, elle ne pouvait abandonner Whitney Gavis.

Elle se rua à l'extérieur, dans la tempête, braquant le pistolet droit devant elle, les bras tendus. La chose-Éric n'était qu'à quelques mètres de distance et lui tournait le dos. L'effroi lui arracha un cri car le monstre tenait une jambe de Whitney qu'il venait apparemment d'arracher.

La seconde d'après, elle prit conscience que c'était sa prothèse, mais il était trop tard : elle avait attiré sur elle l'attention de la chose. Éric rejeta la jambe et se tourna vers elle. Elle rencontra le regard ardent de ses yeux immondes.

Son apparence était à ce point terrifiante que Rachael resta totalement muette. La nuit et la pluie lui dissimulaient miséricordieusement certains détails de la chose mutante, mais elle devinait une tête massive et difforme, une mâchoire qui évoquait à la fois le loup et le crocodile, avec une profusion de dents acérées. La chose était nettement plus haute qu'Éric et ne portait plus sur elle que des fragments de jean. Elle était voûtée, penchée en avant, déformée par une bosse énorme. Sur la poitrine, le sternum était d'une largeur effrayante, revêtu de cornes ou d'épines, avec quelques excroissances cartilagineuses. Les bras, longs, avec des articulations aberrantes, pendaient jusqu'aux genoux. Quant aux mains, elles étaient celles des démons qui, dans les profondeurs ardentes de l'Enfer, ouvrent l'âme des mortels pour s'en régaler.

– Rachael... Rachael... je suis venu... pour toi... dit Éric en un chuchotement mauvais, formant avec peine chaque syllabe, comme s'il avait presque oublié le langage.

La bouche, la gorge et la langue de la créature, de même que ses lèvres, n'étaient plus conçues pour

formuler des phonèmes humains et le moindre mot requérait un effort et une souffrance terribles.
– ... Pour... toi...
Le monstre fit un pas vers elle, en balançant les bras dans un crissement chitineux.
Le monstre !
La chose !
Elle ne pouvait plus penser à Éric, à son mari, en la regardant. Ce n'était plus qu'une abomination qui, par sa seule existence, était un défi à la création de Dieu.
À bout portant, elle fit feu.
La chose ne s'arrêta même pas. Elle émit un couinement qui était plus un signe de férocité que de douleur et avança encore d'un pas.
Rachael fit feu à nouveau, puis une troisième fois et une quatrième.
Les impacts firent vaciller la bête mutante, mais elle ne tomba pas pour autant.
– Rachael... Rachael...
– Tuez-le ! Tuez-le ! hurla Whitney.
Il restait encore six projectiles dans le barillet. Elle les tira aussi rapidement que possible, visant tour à tour au ventre, à la poitrine, au visage.
La chose meugla enfin de douleur et s'abattit sur les genoux, puis face contre terre dans la boue.
– Oh, Dieu ! bredouilla-t-elle. Dieu !
Tout à coup, ses forces l'abandonnaient et elle dut s'appuyer contre le mur du garage.
La chose-Éric vomit, éructa, se secoua et se redressa sur les mains et les genoux.
– Oh, non ! s'exclama Rachael, incrédule.
La chose redressa sa tête effroyable et la fixa de ses yeux semblables à deux lanternes dépareillées. Lentement, Éric baissa les paupières, les releva, et ses yeux semblèrent briller d'un éclat encore plus intense.
Sa structure génétique modifiée lui permettait de

guérir très vite. Il pouvait se remettre en mouvement après avoir reçu dix balles. Il était non seulement immortel, mais virtuellement invincible.

– Meurs, maudit ! s'entendit-elle crier.

Il eut un haussement d'épaules et cracha quelque chose dans la boue, puis se redressa lentement.

– Courez ! cria Whitney. Pour l'amour de Dieu, Rachael, courez !

Elle n'avait pas le moindre espoir de pouvoir sauver Whitney. Et il eût été absurde de rester là avec lui.

– Rachael, fit la créature d'une voix épaisse, chargée de mucus mais aussi de rage, de haine, de faim, et d'un désir malsain.

Elle n'avait plus de balles dans son arme. Il y avait des munitions dans la Mercedes, mais elle n'y arriverait jamais à temps pour recharger. Elle lâcha le pistolet.

– Courez ! cria encore une fois Whit Gavis.

Le cœur battant à tout rompre, elle s'élança vers le fond du garage, en sautant par-dessus les tuyaux et les boîtes de peinture. Elle éprouva un élancement douloureux dans sa cheville gauche et les cicatrices de griffes, sur sa cuisse, redevinrent brûlantes comme des plaies récentes.

Derrière elle, le démon poussa un cri perçant.

Dans l'espoir de le retarder Rachael s'arrêta une fraction de seconde pour faire basculer des rayonnages métalliques chargés d'outils et de boîtes de clous. Il y eut un fracas métallique et, en atteignant la porte de la cuisine, elle entendit la bête qui escaladait les débris. Ainsi elle avait abandonné Whitney vivant tant était grande son envie frénétique de la rattraper.

Elle franchit le seuil, claqua la porte mais, avant qu'elle ait pu verrouiller, la porte bascula sous un coup d'une force inouïe. Elle fut littéralement propulsée à travers la cuisine, réussit par miracle à rester sur pied, mais alla buter contre l'extrémité de la desserte et bascula en arrière contre le réfrigérateur. Elle éprouva une douleur intense à la nuque.

La chose sortit du garage. Dans la lumière de la cuisine, elle était encore plus immense et hideuse qu'elle n'aurait pu l'imaginer.

Un instant, la chose resta immobile dans l'embrasure de la porte, fouillant du regard la petite cuisine poussiéreuse. Elle leva enfin la tête et bomba le torse comme si elle voulait que Rachael l'admire. Sa chair était tachetée de brun, de gris, de vert et de noir, avec des zones plus claires qui ressemblaient presque à de la peau humaine. Mais la plus grande surface était ridée comme de la peau d'éléphant, parfois écailleuse. La tête avait la forme d'une poire, légèrement inclinée sur le cou épais et musculeux, plus étroite en bas qu'en haut. En bas, la poire portait une protubérance en forme de museau, avec des mâchoires. Quand elle ouvrit la gueule pour émettre un étrange sifflement, Rachael vit qu'à l'intérieur les dents étaient plantées en tous sens, comme celles d'un requin. Quant à la langue qui dardait, elle était sombre, frétillante et totalement inhumaine. Toute la face était grumeleuse. Outre les deux excroissances du front, des cornes rudimentaires, des bosses et des creux complexes s'étaient formés, tumeurs ou os noueux, cartilages déformés. Au-dessus de l'arcade sourcilière, des artères et des veines gonflées pulsaient, immédiatement sous la peau.

Dans le désert, elle avait pensé qu'Éric régressait, que son corps génétiquement transformé devenait un patchwork de formes ancestrales. Mais la créature qui était devant elle ne possédait rien qui appartînt à l'histoire de l'évolution humaine.

C'était là le produit cauchemardesque d'un véritable chaos génétique, une créature qui n'appartenait ni au passé ni au futur, un monstre lancé dans un voyage divergent et qui avait perdu la plupart sinon tous les maillons susceptibles de le rattacher à l'espèce humaine. Une partie de la conscience d'Éric subsistait encore à l'évidence sous ce crâne difforme, mais Rachael soupçonnait que ce n'était plus qu'à l'état de vestige et que cette étincelle ne tarderait pas à s'éteindre.

– Regarde-moi... dit la chose, comme si elle avait toujours à cœur de se faire admirer.

Rachael s'éloigna du réfrigérateur vers la porte qui ouvrait sur le living.

Le monstre leva une main redoutable, comme pour lui interdire de bouger. Le bras segmenté semblait capable d'exécuter des mouvements dans tous les sens et chaque jointure était protégée par des plaques d'un brun noirâtre qui évoquaient une carapace d'insecte. Les longs doigts munis de véritables serres étaient effrayants, mais, au centre de la paume, il y avait plus atroce encore : un orifice rond, grand comme une pièce d'un demi-dollar, pareil à une ventouse. Sous le regard terrifié de Rachael, l'orifice immonde s'ouvrit et se referma plusieurs fois, comme une plaie vivante. La fonction de cette bouche-dans-la-main était à la fois mystérieuse et par trop évidente. Sous le regard de Rachael, elle devint rouge et humide, manifestant une faim obscène.

Sous l'effet de la panique, Rachael se précipita vers le seuil et entendit derrière elle le cliquetis des sabots du monstre sur le linoléum. Elle fit cinq ou six pas dans le living, essayant d'atteindre la porte qui accédait au bureau. Il ne lui restait plus qu'une dizaine de pas à faire quand elle vit la bête qui se dressait au-dessus d'elle, sur sa droite. Elle était d'une rapidité effroyable !

En hurlant, Rachael se jeta sur le sol et roula sur elle-même. Elle heurta une chaise, se redressa et jeta la chaise entre elle et l'ennemi.

Quand la jeune femme avait changé de direction, la créature n'avait pas immédiatement réagi. Elle était encore au centre de la pièce, les yeux fixés sur elle, ne comprenant apparemment pas qu'elle avait coupé toute retraite à Rachael et qu'elle pouvait prendre son temps pour savourer sa terreur avant de la tuer.

Rachael recula vers la chambre.

— Reechel, Reechel ! gronda la bête.

Elle était incapable de prononcer distinctement son nom.

Fascinée, Rachael la contemplait. Les protubérances du front se reformaient sans cesse. Sous ses yeux l'une des cornes rudimentaires fondit totalement et une veine nouvelle surgit lentement, comme une fissure en formation dans la terre.

Rachael continuait à reculer.

La chose se remit en marche, lentement, avec aisance.

— Reechel !...

Persuadé que l'épouse de son passager attendait dans une salle de réanimation, Amos Tate voulut conduire Ben directement jusqu'au Sunrise Hospital, ce qui l'aurait considérablement éloigné du Golden Sand Inn. Ben dut insister pour qu'il le laisse au coin de Las Vegas Boulevard et de Tropicana. Il n'avait aucun argument à opposer à l'offre généreuse d'Amos, aussi dut-il se résoudre à lui avouer qu'il avait menti au sujet de sa femme blessée, sans toutefois lui offrir une autre explication. Il rejeta la couverture, ouvrit la portière et sauta dans la rue, courant droit vers l'est sur le Tropicana. Il passa devant le Tropicana Hotel et laissa derrière lui un Amos Tate perplexe, les sourcils froncés.

Le Golden Sand Inn devait être à moins de deux kilomètres, une distance que Ben pouvait d'ordinaire couvrir en six minutes ou moins. Mais, sous la pluie drue, il ne pouvait se permettre de courir aussi vite, au risque de se casser une jambe ou un bras en tombant sur le trottoir glissant, ce qui l'empêcherait d'intervenir efficacement si jamais Rachael était en danger.

« Dieu ! pria-t-il, faites qu'elle soit bien à l'abri ! » Il courait à longues foulées régulières, le revolver s'enfonçant cruellement dans son ventre. Il traversait dans un jaillissement d'eau les flaques qui s'étaient formées sur l'asphalte. Les voitures étaient rares. Plusieurs ralentirent en passant à sa hauteur, mais aucun des conducteurs ne lui proposa de le prendre. De son côté, il ne prit pas le temps de s'arrêter pour lever le pouce.

Deux kilomètres, ce n'était pas une distance énorme mais il avait l'impression qu'il allait courir jusqu'au bout du monde.

Julio et Reese avaient pu conserver leurs armes à l'aéroport d'Orange en présentant leurs cartes à l'inspection, devant le détecteur de masses métalliques. Ils répétèrent la même opération, à l'aéroport international McCarran de Las Vegas pour louer le plus rapidement possible une voiture. Ils eurent affaire à une ravissante brunette du nom de Ruth. Au lieu de leur donner simplement les clés et de leur désigner l'emplacement de parking, elle décrocha le téléphone et demanda au mécanicien du service de nuit de monter la voiture jusque devant l'entrée principale du terminal.

Ils n'étaient pas équipés pour la pluie et ils attendirent derrière les portes vitrées jusqu'à ce que la Dodge s'arrête au virage avant de se précipiter sous l'orage. Le mécanicien, vêtu de vinyle de la tête aux pieds, vérifia rapidement leurs papiers et leur donna les clés.

Bien qu'ils aient survolé de lourdes masses nuageuses, Reese n'avait pas vu à quel point le temps se dégradait et il ne s'était nullement attendu à arriver en plein orage. Ils s'étaient posés en douceur mais il avait quand même agrippé les accoudoirs de son siège de toutes ses forces.

Ses pensées revenaient maintenant à Teddy Bertlesman, la grande femme en rose, mais aussi à la petite Esther, qui l'attendait à la maison. Il ne lui restait qu'elle, se dit-il. Esther, son unique raison de vivre, ce qui était peu face au destin cruel. Et puis voilà que cette femme était entrée dans sa vie et Reese songeait que c'est toujours au moment où un homme trouve de nouvelles raisons de vivre qu'il risque de mourir. Mais ce n'était peut-être qu'une absurdité issue de la superstition.

La pluie, en tout cas, lui apparaissait comme un mauvais présage et il se sentait particulièrement mal à l'aise.

Julio démarra et ils s'éloignèrent du terminal. Reese épongea la pluie de son visage et dit :

— Et toutes ces pubs sur Vegas à la télé ?...

— Oui, quoi ?

— Où est le soleil ? Et toutes ces mignonnes en bikini ?

— Qu'est-ce que tu en as à faire des mignonnes en bikini maintenant que tu as rendez-vous avec Teddy Bertlesman, samedi ?

Reese sentit son cœur se serrer.

Rachael claqua la porte de la chambre et fit jouer la serrure branlante. Puis elle courut jusqu'à l'unique fenêtre, écarta les rideaux moisis, s'aperçut qu'il y avait un store et comprit qu'avec les croisillons métalliques qui lui barraient la route, elle ne pourrait s'échapper.

Elle chercha autour d'elle quelque chose qui pourrait lui servir d'arme, mais il n'y avait que le lit, les deux tables de chevet, une lampe et une chaise.

Elle s'attendait d'une seconde à l'autre à voir la porte fracassée, mais il ne se passait rien.

Et elle n'entendait rien dans le living-room. Le silence était inquiétant. Que faisait la chose ?

Elle courut jusqu'à l'armoire, l'ouvrit, mais elle ne vit rien d'utile à l'intérieur. Rien que des cintres.

On secoua le loquet.

– Recheel ! fit la chose dans un sifflement.

Une parcelle de la conscience d'Éric subsistait toujours dans le mutant.

Rachael pensa qu'elle allait mourir ici. D'une mort lente et abominable. Elle se retourna et vit alors une trappe au plafond, juste au-dessus de l'armoire. Elle devait accéder au grenier.

La créature abattit sa lourde patte sur la porte et répéta encore :

– Recheel ! Recheel !

S'introduisant dans l'amoire, celle-ci appuya de toutes ses forces sur les rayons pour tester leur solidité. Elle constata qu'ils étaient vissés au mur et qu'elle pourrait s'en servir comme d'une échelle. Quand elle fut sur le quatrième, sa tête n'était plus qu'à trente centimètres du plafond. Tout en se maintenant à une tringle, elle tendit la main et souleva doucement la trappe.

La bête griffa la porte et se jeta contre le battant une première fois tout en roucoulant affreusement :

– Recheel !

Rachael escalada le dernier rayon, prit appui des deux mains sur le bord de l'ouverture et se hissa enfin à la force des bras. Il n'y avait pas vraiment de plancher, dans le grenier, mais des poutres recouvertes de plaques de plastique. Dans la faible lumière jaune qui filtrait par la trappe, Rachael vit que l'endroit était particulièrement bas de plafond, guère plus d'un mètre cinquante, avec des clous de solives qui faisaient dangereusement saillie un peu partout. Avec surprise, elle s'aperçut que le grenier ne s'étendait pas seulement au-dessus de l'appartement et du bureau du directeur mais à tout l'ensemble du bâtiment, du moins pour cette aile du motel.

En dessous, il y eut un craquement énorme et elle sentit l'écho se répercuter dans les poutres du grenier. Elle entendit alors le bois du battant qui cédait, puis un claquement métallique.

Elle referma en hâte la trappe et se trouva plongée dans les ténèbres. Elle se mit à ramper aussi silencieusement que possible sur deux poutres et s'éloigna à trois mètres de la trappe. Là, elle s'arrêta et attendit.

Elle guettait anxieusement les bruits dans la chambre. À présent qu'elle avait refermé la trappe, elle n'entendait plus rien car le toit n'était qu'à quelques centimètres de sa tête et le crépitement de la pluie incessante couvrait tout.

Elle priait pour que, avec son Q.I. presque animal désormais, la chose-Éric ne comprenne pas tout de suite par quel chemin elle s'était enfuie de la chambre.

Avec un seul bras et une seule jambe, Whitney Gavis s'était tout d'abord traîné hors du garage pour tenter d'échapper à la créature monstrueuse qui lui avait arraché sa prothèse. En atteignant la porte, il se dit qu'il se faisait des idées : handicapé comme il l'était, il ne pourrait rien faire pour Rachael. Oui, c'était bien là le problème : il était un handicapé. Il lui était arrivé de parler de ses particularités en plaisantant, et il avait dit à Rachael qu'il ne voulait pas qu'on le traite comme un handicapé. Mais là, dans cette terrible situation, il ne pouvait plus se faire la moindre illusion et devait faire face à la douloureuse réalité. Il était handicapé et cette idée le rendait furieux. Furieux contre lui, contre cette guerre terminée depuis longtemps, contre les Vietcongs et la vie en général. Un instant, il faillit éclater en sanglots.

Mais il ne servait à rien de rester à fulminer et à s'apitoyer sur lui-même. Il n'aimait pas gaspiller le temps et l'énergie.

– Tu vas m'arrêter ça tout de suite, Whit, dit-il à haute voix.

Il s'écarta du garage pour continuer de se haler désespérément sur un bras en direction de l'allée pavée. Il voulait atteindre Tropicana Boulevard et là, quand il serait au milieu de la chaussée, il pourrait espérer qu'un automobiliste s'arrête.

Il n'avait parcouru que six ou peut-être huit mètres lorsqu'une douleur violente vrilla sa tête. Il retomba sur le dos, le visage mitraillé par la pluie froide, et leva sa main valide vers sa joue ravagée. Il sentit sous le tissu mal cicatrisé que lui avait laissé le Vietnam de nouvelles et profondes lacérations.

Il était pourtant certain que Leben ne l'avait pas griffé, que le coup de sa grosse patte osseuse l'avait seulement envoyé à terre. Mais, indéniablement, il portait quatre ou cinq coupures profondes et saignait abondamment, surtout près de la tempe gauche. Est-ce que ce monstre échappé d'une soirée d'Halloween avait des éperons ou quelque chose de ce genre sur les poignets ? Il explora son visage du bout des doigts, déclenchant des éclairs de douleur, et laissa retomber sa main.

Il roula à nouveau sur le ventre et reprit sa progression pénible en direction du boulevard.

– Ça ne fait rien, se dit-il encore une fois à haute voix, ce profil-là ne risquait pas de te valoir un prix de beauté, mon joli.

Il se refusait à penser au sang qui coulait à flots de sa tempe.

Accroupie dans le grenier obscur, Rachael commençait à se dire qu'elle avait réussi à tromper la vigilance de son adversaire. Sa dégénérescence était telle qu'il n'avait peut-être plus assez d'intelligence pour deviner où Rachael s'était réfugiée. Mais son cœur continuait de battre follement dans sa poitrine et elle tremblait toujours. L'espoir cependant s'infiltrait doucement en elle.

C'est alors que la trappe s'ouvrit et que la lumière jaillit dans le grenier.

Les pattes hideuses du mutant apparurent, puis sa tête en poire, et il se hissa dans le grenier et tourna vers elle ses yeux déments.

Elle détala vers le fond du grenier. Elle sentait les griffes levées au-dessus de sa tête et elle savait aussi qu'elle devait éviter absolument de courir sur les plaques de plastique car elle pourrait les crever sous son poids et tomber dans une chambre. Même si elle échappait à l'électrocution en traversant le réseau de câblage, elle pourrait se briser une jambe ou même la colonne vertébrale. Elle serait alors définitivement immobilisée et ne pourrait qu'attendre que la bête prenne son plaisir avec elle.

Elle parcourut ainsi près de dix mètres avant de se retourner. La chose était restée en arrière, près de la trappe, et se contentait de la regarder.

– Recheeeel ! fit-elle en une plainte encore plus informe.

Puis elle rabattit la trappe et l'obscurité revint, lui donnant tout l'avantage.

Les chaussures de Ben étaient tellement trempées qu'il commençait à déraper régulièrement. En même temps, il sentait une ampoule en formation sur son talon gauche.

Quand enfin il arriva en vue du Golden Sand Inn, il vit les fenêtres du bureau illuminées et ralentit suffisamment pour pouvoir saisir la crosse du Magnum de combat.

Il regrettait de ne plus avoir le Remington qu'il avait abandonné dans la Mercury.

Dès qu'il atteignit l'allée d'accès, il vit la silhouette

qui rampait en direction du boulevard. La seconde d'après, il sut que c'était Whitney Gavis, apparemment blessé, sans sa prothèse.

Il était devenu une chose qui aimait l'obscurité. Il ne savait pas qui il était, ne se rappelait pas clairement ce qu'il avait pu être, ne savait pas vers quel but ultime il allait, mais l'obscurité était son domaine.

Devant lui, la proie se déplaçait avec prudence et lenteur car elle était effectivement aveugle ici, et il serait bientôt sur elle. Il n'avait pas besoin de lumière, lui.

Il pouvait la distinguer nettement, de même que tous les détails de cet endroit où il était.

Néanmoins, il était quelque peu désorienté. Il savait qu'il avait grimpé pour parvenir à ce long tunnel. Son odorat lui disait qu'il était surtout fait de bois, mais, pourtant, il avait la conviction qu'il aurait dû se trouver sous terre. Cet endroit ressemblait aux boyaux sombres et humides qu'il retrouvait dans ses souvenirs des âges perdus et qui l'attiraient pour des raisons qu'il ne comprenait pas vraiment.

Tout autour de lui, maintenant, des feux d'ombre jaillissaient. Leurs flammes dansaient brièvement, puis s'effaçaient. Il savait qu'il les redoutait autrefois, mais il ne parvenait plus à se rappeler pourquoi. Maintenant, ces flammes fantômes lui importaient peu, elles étaient inoffensives. Il les ignorait.

Quant à l'odeur de la femelle, elle était très forte et l'embrasait. Le désir le ralentissait et il devait lutter pour avancer, pour se ruer sur ses traces. Il sentait aussi qu'il y avait du danger à se déplacer en ce lieu étrange, mais l'appétit sexuel l'emportait largement sur la prudence.

Car il comprenait qu'il ne devait pas s'écarter des poutres pour marcher dans les espaces vides, quoiqu'il ne sût pas pourquoi. Il était plus habile à ce cheminement que sa proie. Car il voyait clairement où il posait les pieds.

À chaque fois que Rachael regardait derrière elle, il fermait les paupières afin qu'elle ne le repère pas car il savait que ses yeux étaient luminescents. En même temps, il la voyait s'arrêter pour guetter les bruits et il se réjouissait de sentir grandir sa terreur.

L'odeur de sa peur était aussi intense que celle de sa féminité, quoique plus acide. Elle réveillait en lui la soif du sang. Avant peu, son sang se déverserait entre ses lèvres, sur sa langue, et il plongerait dans son ventre ouvert, en quête de la substance savoureuse de son foie.

Il n'était plus qu'à cinq mètres d'elle.

Quatre.

Trois.

Ben aida Whit à s'asseoir contre un muret qui protégeait un carré d'herbes folles, là où il y avait autrefois un parterre de fleurs. Au-dessus d'eux, l'enseigne du motel grinçait dans le vent.

– Ne t'en fais pas pour moi, dit Whit en l'écartant de la main.

– Ton visage.

– Rachael ! Il faut aller à son secours.

– Tu saignes !

– Je m'en tirerai. Mais c'est Rachael...

Il y avait dans la voix de Whit cet accent d'horreur absolue et de désespoir que Ben n'avait pas entendu depuis le Vietnam.

– La chose m'a laissé. Pour la poursuivre.

– La chose ?

– Tu as un flingue ? Bien. Un Magnum. Très bien.

– La chose ? répéta Ben.

Brusquement, le vent se fit plus violent et la pluie se mit à tomber en cataractes. Whit dut élever la voix.

– Leben ! C'est Leben. Mais il a changé. Oh,

bordel, tu ne peux pas savoir... Ça n'est plus vraiment lui. Le chaos génétique ! Régression. Mutation totale. Dépêche-toi, Ben ! L'appartement !

Incapable de comprendre dans l'instant de quoi Whit voulait parler mais sentant que Rachael était plus gravement en danger qu'il ne l'avait craint, Ben abandonna son vieux copain pour courir vers la porte du bureau.

Aveuglée et à demi assourdie par le vacarme de la pluie sur le toit, Rachael rampait toujours dans les ténèbres du grenier. Elle se disait qu'elle allait bien trop lentement pour échapper à la bête, mais en fait elle atteignit l'autre extrémité du grenier plus tôt qu'elle ne s'y était attendue.

Elle n'avait pas songé une seconde à ce qu'elle ferait en arrivant au bout de l'aile. Elle laissa échapper une plainte de détresse en s'apercevant soudain qu'elle était bloquée. Elle se porta sur la droite, avec l'espoir de découvrir que le grenier faisait un coude, ce qui eût été logique, vu la structure en U, mais elle se heurta à une paroi de ciment, sans doute construite pour servir de barrière coupe-feu en cas d'incendie. Elle promena frénétiquement les mains sur la surface rugueuse et dut se faire une raison : le mur était infranchissable.

Derrière elle, la chose-Éric poussa un cri de triomphe et de voracité obscène qui domina le bruit de la pluie, comme si le monstre n'était qu'à quelques centimètres de son oreille.

Avec un cri étouffé, elle tourna la tête. Elle s'était dit qu'il lui restait peut-être une ou deux minutes pour décider d'une issue possible. Mais, pour la première fois depuis que la bête avait replongé le grenier dans l'obscurité, elle vit ses yeux. Celui qui était vert pâle subissait des changements rapides qui, sans nul doute, allaient le rapprocher de l'œil orange du serpent.

La chose n'était plus qu'à deux mètres d'elle. Rachael perçut toute sa haine en même temps qu'elle sentit son haleine fétide. Elle savait que le monstre pouvait la voir comme en plein jour et qu'il tendait à présent ses mains atroces.

Elle s'appuya de toutes ses forces contre la paroi. En désespoir de cause, prise au piège, elle se précipita tête baissée vers le danger qu'elle avait jusque-là évité : au lieu de se maintenir en équilibre sur les poutres, elle se jeta sur la plaque de plastique qui céda instantanément sous son poids. Elle tomba dans la chambre en dessous et, fort heureusement, se retrouva sur un lit aux ressorts cassés, dévoré par la moisissure, qui sentait l'œuf pourri.

Elle était vivante, indemne.

Au-dessus d'elle, la chose essayait de descendre de façon plus conventionnelle en se dégageant un chemin à grands coups de pied.

Rachael se laissa rouler en bas du lit et courut vers la porte.

Dans l'appartement, Ben découvrit la porte fracassée qui donnait sur la chambre, mais la chambre était déserte, de même que le living-room et la cuisine. Il alla jusque dans le garage, mais n'y vit aucun signe de la présence de Rachael ou d'Éric. Cela valait mieux que de découvrir un corps mutilé dans une flaque de sang...

Les cris pressants de Whitney résonnaient encore dans ses oreilles et il retourna rapidement à l'extérieur. Du coin de l'œil, il surprit un mouvement à l'extrémité d'une aile.

Rachael ! Même dans l'ombre, il sut que c'était elle.

Elle sortait d'une des chambres en courant à toutes jambes et il cria son nom avec un soulagement immense. Elle tourna la tête et obliqua dans sa direction. Tout d'abord, il pensa qu'elle était excitée et heureuse de le voir là mais, dans la même seconde, il comprit qu'elle fuyait, terrifiée.

– Cours, Benny, cours ! cria-t-elle. Cours, pour l'amour de Dieu !

Il vit alors la chose qui sortait de la chambre à la suite de Rachael et il perdit courage bien que l'ombre ne lui permît de ne distinguer qu'en partie la monstruosité qui poursuivait Rachael.

Chaos génétique ! avait dit Whit. Régression. L'instant d'avant, ces termes n'avaient rien signifié pour Ben. À présent, en découvrant ce qu'Éric Leben était devenu, il comprenait. Leben était à la fois Frankenstein et son monstre, le génie et l'âme damnée.

Rachael arriva sur lui, lui agrippa le bras et lança dans un halètement :

– Viens, viens vite !

– Je ne peux pas laisser Whit, fit-il. Recule-toi. Que je puisse viser.

– Non ! Ça ne sert à rien ! Seigneur, j'ai tiré dix fois sur lui !

– Mais mon Magnum est plus puissant que ton arme, insista Ben.

La grotesque créature courait droit sur eux – en fait, elle galopait littéralement en foulées plutôt gracieuses et non pas avec la démarche maladroite à laquelle Ben s'était attendu. Et à une vitesse surprenante ! Sous la lumière grise, certaines parties du corps du monstre prenaient un éclat d'obsidienne qui rappelait les élytres des insectes. À d'autres endroits, Ben devinait le scintillement argenté de plaques écailleuses.

Il n'eut qu'à peine le temps de se mettre en position de tir. Les jambes écartées, il leva le Magnum à deux mains et fit feu une première fois. Dans un grondement de tonnerre, le revolver cracha un jet de feu.

La créature, à quatre mètres de là, fut secouée

par l'impact, tituba mais ne tomba pas. Elle reprit sa charge, moins rapidement mais bien trop vite encore.

Ben pressa la détente une deuxième fois, puis une troisième.

La bête cria alors – c'était un son que Ben n'avait jamais entendu encore et qu'il souhaita aussitôt ne plus jamais entendre – et s'arrêta net. Elle s'effondra contre l'un des poteaux métalliques qui soutenaient l'auvent d'aluminium et s'y agrippa.

Ben tira encore, visant à la gorge cette fois.

Le projectile arracha le monstre à son support et l'envoya rouler à quelque distance.

Au cinquième coup, il demeura à genoux. Il leva une main large comme une pelle jusqu'à sa gorge tandis que son autre bras se pliait selon des angles impossibles pour aller jusqu'à sa nuque.

– Encore, encore ! cria Rachael.

Ben tira le sixième et dernier projectile sur la créature agenouillée qui bascula enfin sur le côté et resta immobile, silencieuse.

Le Magnum faisait à chaque détonation le bruit d'un canon. Comme les derniers échos se répercutaient sur le ciment, le bruit de la pluie parut n'être plus qu'un bruissement léger.

– Est-ce qu'il te reste des munitions ? demanda Rachael, toujours sous l'effet de la terreur.

– Ça va aller, dit-il d'une voix tremblante. Il est mort. Mort.

– S'il te reste d'autres balles, recharge ! hurla-t-elle.

Au timbre de sa voix, Ben comprit qu'elle avait peur, certes, mais aussi qu'elle avait une conscience aiguë de ce qui les attendait. Elle savait de quoi elle parlait ! Il devait recharger très vite son arme...

Ce matin même – cela lui semblait une éternité –, tout en se dirigeant vers la cabane du lac Arrowhead, il avait mis des projectiles de Magnum dans ses poches, avec quelques cartouches supplémentaires pour le fusil. Il avait laissé les autres munitions dans la Mercury quand il l'avait abandonnée sur l'interfédérale 15. En fouillant ses poches, il ne trouva que deux balles de Magnum alors qu'il s'attendait à en avoir encore une dizaine. Il se dit que les autres avaient dû tomber pendant sa course folle.

La créature n'avait toujours pas bougé et il était probable qu'il l'avait achevée. Mais Rachael semblait prise de panique.

– Dépêche-toi ! fit-elle.

Il vit que ses mains tremblaient. Il bascula le barillet et glissa une balle dans une chambre.

– Benny ! lança soudain Rachael.

Levant la tête, il vit que la bête s'était remise en mouvement. Elle tentait de s'arracher au ciment et de se relever, prenant appui sur ses mains énormes.

– Putain de merde ! fit Ben.

Il introduisit la deuxième balle dans le barillet qu'il remit en place avec un claquement sec.

Incroyable ! La bête était presque à genoux et elle tendait une main vers un autre poteau.

Ben visa longuement et fit feu.

La créature eut un sursaut mais se maintint en place en poussant un cri absolument inhumain. Elle tourna le regard de ses yeux lumineux vers Ben et il sentit toute la haine qu'elle portait en même temps que le défi qui lui était lancé.

Les mains de Ben tremblaient à tel point qu'il redouta une seconde de manquer sa cible pour la dernière balle qui lui restait. Il n'avait pas été aussi secoué depuis sa première mission de combat au Vietnam.

Il se planta solidement sur ses pieds. Il avait perdu soudain toute confiance en lui-même, mais se refusait à croire qu'une arme aussi dévastatrice que le .357 Magnum pouvait le trahir. Il tira pour la dernière fois.

Une fois encore, la bête s'écroula, mais cette fois, elle ne resta immobile que quelques brèves secondes. Elle fut agitée de soubresauts, donna des coups de pied convulsifs et cria comme si elle agonisait, ses jointures à carapace crissant sur le ciment.

Ben aurait aimé croire qu'il en avait fini avec le monstre, mais il savait maintenant qu'une arme ordinaire ne pouvait en venir à bout. Peut-être un Uzi automatique, ou un fusil d'assaut AK-91, mais pas une arme comme le Magnum.

Rachael le tira par la manche pour qu'il fuie avant que la bête ne se remette sur pied, mais il pensait à Whit Gavis. Ben savait que Rachael et lui auraient pu s'en tirer en s'enfuyant, mais il devait se battre jusqu'à la mort. La sienne ou celle de la chose mutante.

Et, sans doute parce qu'il avait le sentiment de se retrouver plongé dans la guerre, il repensa au Vietnam et à cette arme cruelle et infamante qui y avait été employée : le napalm. Le napalm était de l'essence gélifiée qui tuait tout ce qu'elle touchait, qui brûlait les êtres jusqu'à l'os. Au Vietnam, tout le monde l'avait redoutée, car, une fois lâchée, elle signifiait la mort inéluctable. Une idée germa alors dans son esprit.

À la seconde où le mutant cessa de se débattre et de couiner pour se redresser une nouvelle fois, Ben attrapa Rachael par l'épaule et demanda :

– La Mercedes... Où est-elle ?
– Dans le garage.

Jetant un regard vers la rue, il vit que Whit avait réussi à se traîner à l'angle du mur. Il appliquait la leçon du Vietnam : aider son copain et s'occuper ensuite de sauver la peau de ses fesses. Ceux qui avaient appris la survie au Vietnam n'oubliaient jamais. Et aussi longtemps que Leben croirait que Rachael et Ben étaient encore dans le motel, il n'irait certainement pas vers le boulevard pour

tomber accidentellement sur l'homme désemparé caché derrière le mur.
Donc, pour quelques minutes tout au moins, Whit était en sécurité.
Laissant tomber son revolver désormais inutile, Ben prit la main de Rachael et lança :
– Viens !
Ils coururent vers le garage à l'arrière du motel. Le vent faisait claquer la porte ouverte contre le mur.

36

Le feu sous toutes ses formes

Affalé contre le mur, tourné vers Tropicana Boulevard, Whitney Gavis avait l'impression d'être noyé sous la pluie, de devenir un homme de boue qui allait se dissoudre peu à peu. D'instant en instant, il devenait plus faible, trop faible pour lever la main vers sa tempe et sa joue qui saignaient, trop faible pour pousser un cri à l'adresse des quelques rares voitures qui passaient dans un sens ou dans l'autre. Il était dans une zone d'ombre, à moins de dix mètres de la chaussée, et les faisceaux des phares ne l'effleuraient même pas. Il supposait qu'aucun des conducteurs ne l'avait entrevu.

Il avait vu Ben vider le chargeur de son Magnum sur la masse monstrueuse d'Éric Leben et il avait vu aussi le mutant se relever. Il ne pouvait rien faire et il s'était concentré sur les quelques centimètres qu'il lui restait à parcourir pour contourner le mur afin d'être plus visible, avec l'espoir que quelqu'un allait s'arrêter. Il avait même osé espérer qu'une voiture de police passerait dans le secteur avec quelques flics bien armés.

Derrière lui, il entendit Ben faire feu par deux fois encore, puis Rachael et lui discutèrent frénétiquement et il les entendit courir. Il savait que Ben ne le lâcherait pas et qu'il avait dû penser à un autre moyen de stopper le mutant. Mais compte tenu de la faiblesse qui le gagnait, il n'aurait sans doute pas le temps de savoir quelle stratégie Ben avait trouvée.

Il vit une nouvelle voiture qui arrivait de l'ouest, sur Tropicana. Il essaya de pousser un cri mais en vain. Il tenta de lever le bras, mais son bras semblait cloué sur sa cuisse.

C'est alors qu'il remarqua que la voiture ralentissait et qu'elle quittait la bande centrale pour se rapprocher de l'accotement. Plus elle approchait, plus elle ralentissait.

Medevac[1], pensa Whit. Cette idée était vaguement effrayante parce qu'il n'était plus au Vietnam, nom de Dieu, mais à Las Vegas. Et il n'y avait pas d'unité Medevac ici. Et puis, c'était une voiture, pas un hélicoptère.

Il secoua la tête et, quand il regarda à nouveau, la voiture était tout près.

Ils vont aller droit sur le motel, se dit-il. Il aurait dû être excité, mais il n'en avait plus la force. Et la nuit devenait très vite de plus en plus noire.

Dès que Rachael et Ben étaient entrés dans le garage, ils avaient fermé la porte. Mais Rachael n'avait pas les clés sur elle et la porte de la cuisine n'avait pas de chaîne de sécurité. Ils durent donc la laisser ouverte en espérant que le monstre arriverait par l'autre côté.

– De toute façon, aucune porte ne l'arrête, dit Rachael. S'il sait que nous sommes là, il arrivera à entrer.

Ben se souvenait des tuyaux d'arrosage que les anciens propriétaires avaient laissés avec d'autres rebuts divers. Pour tenir leur prix, ils avaient pompeusement intitulé le tout : « Fournitures, outils,

---

1. Au Vietnam, *MEDical EVACuation*. (*N.d.T.*)

matériaux et divers matériels utiles ». Il trouva une cisaille de jardinage passablement rouillée qu'il comptait utiliser pour couper une longueur de tuyau d'arrosage quand il aperçut, enroulé sur un crochet, un tuyau de faible diamètre qui ferait un siphon idéal.

Il le décrocha rapidement et plongea une extrémité dans le réservoir de la Mercedes. Il mit l'autre extrémité dans sa bouche et aspira brièvement.

Rachael avait déniché un seau en tôle qu'elle posa près de lui à l'ultime seconde.

– Je n'avais jamais pensé que l'odeur de l'essence pouvait être à ce point agréable, dit Ben en regardant jaillir le liquide doré.

– Même ça pourrait ne pas l'arrêter, dit Rachael.

– Si nous l'arrosons complètement, le feu lui fera plus de mal que...

– Tu as des allumettes ?

– Non.

– Moi non plus.

– Oh, merde !

Elle regarda autour d'elle.

– Où pourrait-il y en avoir ?

Avant qu'il ait pu répondre, la poignée de la porte fut violemment secouée. À l'évidence, la chose-Éric les avait vus faire le tour du motel, à moins qu'elle n'ait senti leurs traces. Dieu seul savait quelles étaient ses capacités... Dieu ou le Diable...

– La cuisine, fit Ben d'un ton pressant. Ils n'ont rien dû enlever. Tu vas peut-être trouver des allumettes dans un tiroir.

Elle se précipita vers la porte.

La bête cognait mais cette porte-là n'était pas creuse comme celle qu'elle avait fracassée pour pénétrer dans la chambre. C'était une barrière plus solide qui ne céderait pas au premier coup. Cependant elle vibrait déjà sur ses pivots mal fixés. Le mutant se jeta à nouveau dessus, de tout le poids de son corps formidable, et la porte fit entendre un craquement sonore.

« Trente secondes, se dit Ben, en regardant alternativement la porte et le seau qui se remplissait. Dieu, je vous en prie, laissez-nous encore trente secondes. »

La bête se rua une troisième fois contre la porte.

Whit Gavis ignorait qui pouvaient être les deux hommes. Ils s'étaient précipités sur lui dès qu'ils étaient sortis de leur voiture. Le plus grand prenait son pouls tandis que l'autre – qui avait l'air d'un Mexicain – braquait une petite lampe-torche pour examiner les plaies de Whitney. Ils portaient tous deux un complet sombre déjà trempé par la pluie.

C'étaient sans doute les agents fédéraux qui étaient aux trousses de Ben et de Rachael, mais, à ce stade, Whitney ne s'inquiétait plus de savoir s'ils représentaient les légions de l'Enfer car le seul danger qui comptait venait de la redoutable créature qui rôdait autour du motel. Devant un tel ennemi, tous les hommes ne pouvaient qu'être unis. Même les agents fédéraux, même ceux de la DSA, seraient des alliés précieux dans la bataille. Ils devraient abandonner l'idée de garder le Projet Wildcard secret. Ils comprendraient très vite que les recherches sur la longévité ne pouvaient être poursuivies dans ce sens. Ils n'auraient plus à faire taire Ben et Rachael. Ce qu'il fallait, c'était arrêter cette chose que Leben était devenue, et c'est certainement ce qu'ils feraient. Aussi Whitney parla, il leur expliqua la nature exacte du danger et à quel point Ben et Rachael avaient besoin de secours...

– Qu'est-ce qu'il dit ? demanda le plus grand.
– Je n'arrive pas bien à comprendre, fit le Mexicain.

Il avait cessé d'examiner les plaies de Whitney et explorait son portefeuille.

Le plus grand palpa la jambe de Whitney.
— Eh, ce n'est pas une blessure. Il a perdu cette jambe il y a longtemps. En même temps que sa main, je pense.

Whitney prit conscience que sa voix n'était qu'un chuchotement et que le bruit de la pluie couvrait ce qu'il essayait de leur dire.

— Je pense qu'il délire, dit le plus grand.

« Non, je ne délire pas, Bon Dieu ! pensa Whitney. Je suis seulement affaibli. » Il aurait voulu le leur dire, mais aucun son ne sortit de sa bouche, ce qui l'effraya.

— C'est Gavis, dit le plus petit en ouvrant le permis de conduire de Whitney. Le copain de Shadway. L'homme dont nous a parlé Teddy Bertlesman.

— Il n'est pas du tout en bon état, Julio.

— Il faut que tu l'emmènes à l'hôpital.

— Moi ? s'exclama le plus grand. Et qu'est-ce que tu comptes faire ?

— Ça ira.

— Tu ne peux pas y aller seul, insista le plus grand, l'air soucieux.

— Reese, on ne risque rien ici. Il n'y a que Shadway et Mrs Leben.

— Tu parles ! Julio, il y a autre chose. Ce n'est pas Shadway ou Mrs Leben qui ont fait ça à Gavis.

— Leben !

Whitney avait réussi à lancer le nom suffisamment fort. Les deux hommes le regardèrent, stupéfaits.

— Leben, répéta-t-il.

— Éric Leben ? demanda Julio.

— Oui... Le chaos... génétique... La mutation... Les revolvers...

— Quoi, les revolvers ? fit le plus grand – Reese.

— ... Ils ne... l'arrêtent pas... acheva Whitney, épuisé.

— Reese, emmène-le jusqu'à la voiture. S'il n'est pas à l'hôpital dans un quart d'heure, il est foutu.

– Qu'est-ce qu'il veut dire à propos des revolvers qui n'arrêtent pas Leben ?
– Il délire, dit Julio. Vas-y ! Vite !
Les sourcils froncés, Reese souleva Whitney comme un père aurait pris son petit enfant.
Celui qui s'appelait Julio se précipita dans les flaques d'eau et ouvrit la portière arrière.
Reese installa Whitney avec précaution, puis se retourna vers son collègue.
– Ça ne me plaît pas.
– Vas-y, dit Julio.
– J'ai juré de ne jamais te laisser tomber, que je serais toujours là quand tu aurais besoin de moi, quoi qu'il arrive.
– Et en ce moment, dit Julio d'un ton inflexible, j'ai besoin que tu conduises cet homme à l'hôpital.
Il claqua la portière.
Reese alla s'installer au volant.
– Je reviens aussi vite que possible, dit-il.
– Chaos... Chaos... le chaos... marmonna Whitney.
Il aurait voulu leur dire tant d'autres choses, les prévenir, mais il ne pouvait formuler un mot.
La voiture démarra.

Peake s'était rangé sur le côté et avait éteint les phares à l'instant où Hagerstrom et Verdad s'étaient garés sur l'accotement, à quatre cents mètres de là.
Sharp se pencha en avant, le front contre le pare-brise, essuya la buée et dit :
– On dirait que... qu'ils ont trouvé un type, là-bas. C'est quoi cet endroit ?
– Ça ressemble à un motel désaffecté, fit Peake. Je n'arrive pas à bien lire l'enseigne... Golden... quelque chose.
– Qu'est-ce qu'ils foutent ici ?
« Et moi ? se demanda Peake. Qu'est-ce que je fous ici ? »

— Est-ce que Shadway et cette pute de Leben ne seraient pas cachés ici ? demanda Sharp.

« Grands dieux, j'espère que non, songea Peake. J'espère bien qu'on ne les retrouvera jamais. J'espère qu'ils sont en train de se bronzer sur une plage de Tahiti. »

— En tout cas, dit Sharp, ces salauds sont en train de mettre ce type dans leur voiture.

Peake avait abandonné tout espoir de devenir célèbre, de même qu'il ne comptait plus être l'un des agents préférés d'Anson Sharp. Tout ce qu'il voulait, c'était survivre à cette nuit, ne pas tuer, et éviter d'être humilié.

La porte du garage craqua une fois encore et se fendilla. Un gond céda et, finalement, la serrure sauta. Le panneau de bois s'abattit en avant et le monstre Leben apparut, comme surgi d'un cauchemar, faisant irruption dans le réel.

Ben saisit le seau déjà plus qu'à moitié plein et se précipita vers la cuisine en essayant de ne pas en répandre le précieux contenu.

En l'apercevant, la créature laissa échapper un cri suraigu de haine et de rage. Ben en eut froid dans le dos. Il écarta d'un coup de pied l'aspirateur qui lui barrait le chemin et escalada une pile de détritus avec une grâce arachnéenne. Il était parvenu dans la cuisine mais la chose se rapprochait et il n'osa pas regarder derrière lui. Il vit la moitié des placards ouverts et les tiroirs béants.

— Va-t'en, cria Ben à l'adresse de Rachael.

Il fallait absolument qu'ils gagnent quelques mètres sur la bête pour avoir le temps de préparer le piège qu'il avait imaginé.

Il suivit Rachael dans le living-room et répandit un peu d'essence sur le tapis et sur ses chaussures.

Derrière eux, le mutant déchaîné traversait la cuisine, renversant tout sur son passage.

Ben avait l'impression d'avancer très lentement, comme si l'air devenait sirupeux. Le living-room lui semblait grand comme un stade. En arrivant à l'autre extrémité, il se dit avec effroi que la porte du bureau risquait d'être fermée, qu'ils n'auraient pas le temps d'incendier le monstre, à moins d'être eux-mêmes pris par les flammes. Mais Rachael ouvrait la porte et il faillit pousser un cri de soulagement. Ils se ruèrent dans le bureau, passèrent devant le comptoir de réception, enfoncèrent la porte vitrée qui donnait sur l'extérieur et sortirent dans la nuit.

Ils faillirent entrer en collision avec le lieutenant Verdad, qu'ils avaient vu pour la première fois à la morgue de Santa Ana.

– Pour l'amour de Dieu !... s'écria-t-il à l'instant où la bête surgissait en hurlant.

Ben vit que le policier tenait une arme.

– Reculez et tirez quand il passera la porte. Vous n'arriverez pas à le tuer, mais ça peut le ralentir.

Il voulait la femelle, il voulait son sang. Il était empli d'une rage glacée mais brûlait d'un désir ardent. Rien ne l'arrêterait, ni les portes ni les armes, rien, jusqu'à ce qu'il ait enfin la femelle, jusqu'à ce qu'il enfonce son membre brûlant en elle. Il ne s'arrêterait pas avant de les avoir tués tous les deux pour se repaître de leur chair. Il voulait plonger son museau dans leur gorge ouverte, arracher leurs yeux, sentir leur cœur sous ses crocs, fouailler dans leurs viscères pour prendre leur cœur, leurs reins palpitants. La faim le submergeait à nouveau. Le feu du changement avait besoin de carburant, toujours plus de carburant. Sa faim le ravageait, le consumait. Il lui fallait de la viande humaine.

Il franchit la porte de verre, sortit dans la nuit et la pluie et vit un autre mâle, plus petit celui-là. Quelque chose lança un éclair et il éprouva une brève douleur dans la poitrine. Il y eut un autre éclair et une autre douleur. Il s'élança sur son adversaire avec un grondement de défi.

Le matin même, alors qu'il se trouvait à la bibliothèque, en quête de documents pour l'enquête non officielle qu'ils allaient poursuivre, lui et Reese, Julio avait lu plusieurs articles écrits par Éric Leben sur l'ingénierie génétique et les perspectives de contrôle de la longévité par la manipulation des gènes. Plus tard, après leur entretien avec le Dr Easton Solberg à l'UCI, il avait beaucoup réfléchi. Il venait maintenant d'entendre les quelques mots haletants de Whitney Gavis à propos de mutation et de chaos génétique. Julio était loin d'être stupide et, quand il se trouva en face de la créature de cauchemar qui poursuivait Shadway et Rachael Leben, il comprit que l'expérience d'Éric Leben avait terriblement mal tourné et que cette monstruosité était en fait le savant lui-même.

Il hésitait encore à faire feu sur la créature quand Shadway et Mrs Leben – qui portaient un seau rempli d'essence à en juger par l'odeur – s'élancèrent à travers la cour, quittant l'abri de l'auvent. Dès lors il sut quel était son devoir. Les deux premières balles n'abattirent pas le mutant, mais celui-ci marqua un temps d'arrêt, comme si l'apparition soudaine de Julio le décontenançait. Julio, stupéfait, comprit qu'il ne réussirait pas à le tuer avec son revolver.

La créature plongea sur lui en émettant un sifflement aigu et lança un bras aux multiples jointures comme un fléau, avec l'intention de lui arracher la tête des épaules.

Julio se baissa, sentit l'horrible bras lui frôler les cheveux. Il tira à bout portant dans le torse du monstre sur lequel il entrevit des épines et des fragments de peau à l'aspect étrange. S'il le serrait contre lui, il serait littéralement empalé. À cette idée, il appuya sur la détente, encore et encore.

Les trois dernières balles firent reculer le monstre qui alla heurter le mur et demeura une seconde immobile, ses longs bras battant l'air.

Julio tira sa sixième et dernière balle, mais la chose resta debout. Il était pourtant certain de l'avoir touchée et blessée.

Il fouilla rapidement dans sa poche, où il gardait toujours une petite réserve de munitions.

La créature s'arracha au mur, ayant apparemment déjà récupéré. Elle lança un cri sauvage de fureur et Julio détala en direction de la cour. Shadway et Mrs Leben étaient immobiles à l'autre extrémité de la piscine.

Peake avait espéré que Sharp l'enverrait à la poursuite de Hagerstrom et de l'inconnu. Et la responsabilité de ce qui se passerait alors au motel incomberait entièrement à Sharp. Mais il n'en fut rien.

– Laissons Hagerstrom, lui dit le sous-directeur. Je crois qu'il emmène le type à l'hôpital. C'est Verdad le cerveau de l'équipe. S'il reste ici, c'est parce que c'est ici que ça se passe et que nous allons mettre la main sur Shadway et la femme.

Quand ils virent Verdad se diriger vers le bureau illuminé, Sharp dit à Peake de redémarrer et d'aller se garer devant le motel. Ils entendirent les premiers coups de feu alors qu'ils stoppaient au virage, en face de l'enseigne GOLDEN SAND INN.

Oh, bordel! se dit Peake, misérablement.

Le lieutenant Verdad se tenait au côté de Benny et rechargeait son revolver.

Rachael, de l'autre côté, abritait la boîte d'allumettes de la pluie, tant bien que mal. Elle venait d'en prendre une et la tenait dans ses mains en coupe en maudissant silencieusement le vent et la pluie, craignant que l'allumette ne s'éteigne à la seconde où elle la craquerait.

La chose apparut sur le devant du motel, dans la clarté d'ambre des fenêtres du bureau. Elle s'approcha avec cette rapidité et cette grâce effrayantes qui semblaient en contradiction absolue avec sa taille phénoménale et son aspect difforme. Elle poussa un ululement en courant droit sur eux. Visiblement, elle ne redoutait rien.

Rachael se dit avec terreur qu'elle avait peut-être raison, qu'elle ne redoutait pas plus le feu que les balles.

Le monstre était déjà à mi-chemin de la piscine. En atteignant l'autre bord, il n'aurait plus qu'à contourner l'angle du bassin et il serait sur eux.

Le lieutenant n'avait pas encore fini de recharger, mais il remit le barillet en place, décidant apparemment qu'il était inutile de perdre du temps avec les deux dernières balles.

La bête était à l'angle de la piscine.

Benny prit le seau d'essence par le bord et par le fond. Il le balança contre sa hanche, puis projeta tout le contenu sur la tête et le torse du mutant qui fondait sur eux.

Courant à toute allure, Peake suivait Sharp. Ils passèrent devant le bureau et surgirent dans la cour juste à temps pour voir Shadway jeter un seau rempli de quelque chose sur...

Sur quoi ? Seigneur, qu'est-ce que c'était que cette chose ?

Sharp, lui aussi, s'arrêta net.

Là-bas, la créature hurlait de fureur en reculant. Elle porta une main grotesque à son visage hideux. Peake distingua deux yeux énormes qui brillaient comme des braises.

La chose se griffait la poitrine, essayant de se débarrasser de ce que Shadway lui avait lancé.

– Leben ! s'exclama Sharp. Putain, je crois que c'est Leben !

Et Jerry Peake comprit aussitôt ce qu'il voulait dire, quoiqu'il ne voulût pas comprendre, car c'était là un secret trop dangereux, non seulement pour sa vie mais aussi pour sa santé mentale.

L'essence semblait avoir temporairement étouffé et aveuglé la chose, mais Rachael savait bien qu'elle ne tarderait pas à repartir de plus belle comme elle l'avait fait avec les balles. Aussi, dès que Benny eut laissé tomber le seau et qu'il se fut écarté, elle craqua l'allumette tout en regrettant de ne pas avoir confectionné une torche qu'elle aurait pu lancer sur le monstre. Mais elle n'avait pas le choix. Elle devait avancer.

La chose-Éric avait cessé de hurler et, sous l'effet de l'odeur d'essence, elle s'était immobilisée, le dos voûté, le souffle bruyant, luttant pour respirer.

Rachael fit trois pas avant que le vent n'éteigne l'allumette.

Un gémissement qu'elle ne pouvait réprimer monta de sa gorge. Elle ouvrit la boîte, prit une autre allumette et la craqua. Cette fois, elle n'avait pas fait un pas que la flamme s'éteignit.

Le mutant démoniaque semblait avoir repris son souffle et se redressait lentement.

La pluie, se dit Rachael. Mon Dieu, la pluie lave l'essence.

Elle prit une troisième allumette de ses doigts tremblants.

– Vas-y ! lança Ben, et il posa le seau devant elle.

Elle comprit. Mais elle n'arrivait pas à craquer l'allumette.

La créature inspira profondément, une fois, deux fois. Elle cria.

Rachael poussa une exclamation de joie quand la flamme jaillit enfin. Elle lança immédiatement l'allumette dans le seau et le reste d'essence s'enflamma.

Le lieutenant Verdad entra alors rapidement en scène. Il s'avança et, d'un coup de pied, envoya le seau rouler jusqu'au mutant.

Le feu se communiqua instantanément à l'une des jambes du monstre, à laquelle des lambeaux de jean adhéraient encore, puis jusqu'à son torse épineux, sa tête en forme de poire.

Mais le feu ne l'arrêta pas pour autant.

Hurlant de douleur, transformée en torche vivante, la chose s'avança encore, plus vite que Rachael ne l'aurait cru possible. Elle vit ses bras qui battaient comme des fléaux, les bouches suceuses au centre de ses paumes. Et il l'agrippa ! Elle faillit mourir sous le choc de l'horreur. La chose l'avait prise par le bras et par le cou et elle sentait les flammes qui la léchaient. Devant ses yeux agrandis d'effroi, elle voyait les épines du torse énorme du monstre sur lesquelles elle allait s'empaler. Il la souleva et elle sut qu'elle allait mourir, que tout était fini.

Mais Verdad surgit et ouvrit le feu. Deux balles touchèrent la tête du monstre. Avant que le lieutenant ait pu tirer une troisième fois, Benny bondit à son tour. Il vola littéralement dans les airs et percuta des deux pieds l'épaule du monstre. Rachael sentit que celui-ci venait de la lâcher d'une main. Elle se débattit frénétiquement en donnant de grands coups de pied dans le torse enflammé. Et puis tout à coup, elle fut libre. Elle tomba sur le ciment, ses chaussures en feu. La créature s'abattit dans le fond de la piscine.

Ben, après son coup de karaté, alla rouler sur le sol mais il se redressa dans la seconde pour voir le monstre basculer. Il s'aperçut alors que les chaussures de Rachael avaient pris feu et il plongea sur elle pour étouffer les flammes.

Un instant, il la serra convulsivement contre lui. Jamais il n'avait senti quelque chose d'aussi bon que les battements affolés de son cœur.

– Ça va ?
– On fera aller, fit-elle d'une voix tremblante.

Il la serra encore, puis l'examina rapidement. Elle avait une coupure en bracelet à un bras, une autre au cou, là où les mains du mutant l'avaient serrée, mais rien de sérieux.

Dans la piscine, la créature continuait de hurler. Mais son hurlement n'était plus le même. C'était une plainte d'agonie. Du moins Ben aurait-il aimé en être certain.

Ensemble, lui et Rachael s'approchèrent du bord. Le lieutenant Verdad était là, immobile.

La créature brûlait comme une énorme chandelle tout en titubant sur le fond du bassin. Même la pluie ne ralentissait pas les flammes dévorantes et Ben se dit que l'eau n'arrêterait rien non plus. En fait, l'intensité du feu avait quelque chose d'anormal, comme si quelque élément chimique de l'organisme du mutant venait s'ajouter à l'essence. Au milieu de la piscine, la créature s'abattit sur les genoux, ses bras griffèrent l'air en vain, puis le ciment. Elle se mit à ramper sur le ventre, lentement, laborieusement.

Le feu d'ombre brûlait sous la surface de l'eau et l'attirait. Il allait non seulement éteindre les flammes qui le dévoraient mais il étoufferait aussi le feu du changement. La souffrance de l'immolation avait réveillé ce qui subsistait en lui de conscience humaine, l'avait tiré de l'état de transe dans lequel il avait sombré lorsque la part sauvage l'avait emporté dans son être. Un instant, il sut qui il était, ce qu'il était devenu, ce qui lui arrivait. Mais dans le même temps il sut aussi que cet état ne durerait pas, que cette conscience ténue s'estomperait vite. Ce qui lui restait de sa personnalité et de son intellect finirait par être totalement détruit dans le processus de croissance et de changement. La mort était sa seule espérance.

La Mort.

Il avait âprement lutté pour l'éviter, il avait pris des risques fous pour échapper à la tombe.

Et voilà qu'il appelait Charon.

Brûlé vif, il continuait de se traîner sur le ciment, en direction du feu d'ombre qui l'appelait sous l'eau, comme un brasier étrange sur un rivage lointain.

Il se tut. Il était au-delà de la souffrance et de la terreur. Calme et solitaire.

Il savait que ce n'était pas l'essence qui le tuait. Pas seulement l'essence. Le feu du changement était plus fort encore que celui qui se déchaînait sur son corps. Le feu du changement était plus intense, plus ravageur que jamais. Il brûlait dans chacune de ses cellules avec un appétit féroce mille fois plus grand, plus exigeant, plus destructeur que tout ce qu'il avait enduré jusque-là. Il lui fallait des protéines, des vitamines, des hydrates de carbone et des minéraux pour ce métabolisme emballé. Mais il ne pouvait plus tuer pour se nourrir. Dès lors, il ne pouvait plus fournir à son organisme ce dont il avait besoin. Et son corps dépérissait.

Le feu du changement, loin de diminuer, avait commencé à consumer ses tissus pour obtenir les énormes quantités d'énergie qui lui étaient nécessaires afin de transformer les autres tissus. De seconde en seconde, le poids de son corps diminuait, non seulement à cause de l'essence qui le brûlait mais surtout parce qu'il était dévoré de l'intérieur. Il sentit sa tête changer de forme, ses bras rétrécir tandis que sa cage thoracique s'élargissait. Et à chaque changement, il se consumait un peu plus ! Ce feu intérieur croissait toujours en intensité, le minant encore davantage.

À la fin, il lui fut impossible de se traîner vers le feu d'ombre qui l'attendait sous l'eau. Il s'immobilisa, agité de soubresauts.

C'est alors qu'à sa grande surprise il vit le feu d'ombre sortir de l'eau, venir jusqu'à lui et l'encercler, confondant en une même flamme le feu du changement et l'horrible résine qui brûlait au contact de l'air. Incendie aveugle, immortel. Dans son agonie, Éric comprit enfin que ces mystérieux feux d'ombre n'étaient ni des portes sur l'Enfer ni de simples illusions inoffensives générées par son cerveau.

Loin d'être inexistants, les feux d'ombre étaient des hallucinations produites par son subconscient pour l'avertir du terrible destin vers lequel il n'avait cessé d'aller depuis son réveil à la morgue. Son cerveau endommagé, affaibli, l'avait empêché de comprendre l'enchaînement logique, du moins au niveau du conscient. Mais son subconscient avait toujours su la vérité et avait essayé de l'éclairer en suscitant ces feux d'ombre fantômes. Le feu, lui avait-il dit, tel est ton destin ! Ce feu insatiable, le feu de ton sang qui te dévorera vivant...

Son cou se raccourcit jusqu'à ce que sa tête repose presque directement sur ses épaules.

Il sentit sa colonne vertébrale s'allonger pour former une queue.

Ses yeux pleins d'éclairs s'enfoncèrent dans ses orbites dominées par des arcades disproportionnées.

Il sentit confusément qu'il avait maintenant plus de deux jambes. Puis il ne sentit plus rien car le feu du changement consumait les derniers restes de carburant contenus dans ses tissus.

Le feu sous toutes ses formes le dévora. Les torsades brillantes s'alimentèrent à leurs propres flammes, rivalisant entre elles. Les derniers lambeaux de sa chair disparurent dans un bain de clarté, dans un éclat d'or ensanglanté, puis la flambée de braise retomba en écailles de tisons.

Finalement, il ne resta plus rien du corps, rien qu'une petite mare gluante et bouillonnante et quelques flammèches qui couraient dans l'ombre. Ben demeurait silencieux, sans comprendre, incapable d'émettre un son. Le lieutenant Verdad et Rachael semblaient eux aussi sous l'effet du choc et gardaient le silence.

Ce fut Anson Sharp qui intervint. Il s'était approché lentement. Il tenait une arme avec l'intention visible de s'en servir.

— Qu'est-ce qui lui est arrivé ? Qu'est-ce qui lui est arrivé, bordel ?

Surpris, Ben découvrit son vieil ennemi, le dévisagea et dit :

— La même chose qui va vous arriver, Sharp. Il a tenté sur lui-même ce que vous rêvez de faire, tôt ou tard. Quoique d'une manière différente...

— De quoi parlez-vous ?

Sans lâcher Rachael mais tout en s'interposant entre Sharp et elle, Ben répondit :

— Il n'aimait pas le monde tel qu'il était, alors il a voulu le transformer pour qu'il corresponde à ses désirs. Mais, au lieu de se construire un paradis, il est entré vivant en Enfer. Avec le temps, vous y arriverez vous aussi.

— De la merde, oui, fit Anson Sharp. C'est fini pour vous, Shadway ! Fini !

Il se retourna alors vers Julio Verdad :

— Lieutenant, lâchez ce revolver, s'il vous plaît.

— Quoi ? Comment ? De quoi parlez-vous ? Je...

Sharp fit feu et le policier fut projeté dans la boue par l'impact.

Jerry Peake, lecteur passionné de romans policiers, avait rêvé de devenir célèbre. Il avait toujours vécu dans un monde à part. En voyant le corps mutant et monstrueux d'Éric Leben réduit à néant au fond de la piscine, il avait été bouleversé, horrifié et effrayé... Puis il se mit à réfléchir à toute allure et il dressa une liste des points communs entre Éric Leben et Anson Sharp. Ils aimaient l'un et l'autre le pouvoir, ils ne vivaient que par lui. Ils avaient de la glace à la place du cœur et ils étaient capables de tout. Ils partageaient le même goût pervers pour les très jeunes filles... Aussi Jerry écouta-t-il très attentivement ce que Ben Shadway disait à propos de l'homme qui pouvait créer son propre enfer sur terre. En regardant encore une fois les restes calcinés du mutant, il eut le sentiment qu'il était arrivé à un carrefour. Il pouvait coopérer avec Sharp, laisser ces meurtres se perpétrer, et vivre pour toujours avec ses remords. Il serait alors damné dans cette vie et dans celle qui l'attendait peut-être après la mort. Ou alors, il pouvait résister à Sharp, retrouver son intégrité et son respect de lui-même, et se sentir heureux quoi qu'il advienne de sa carrière au sein de la DSA. C'était à lui de choisir... Voulait-il être la chose au fond de la piscine ou un homme ?

Sharp ordonna au lieutenant Verdad de poser son arme et celui-ci fit front. Sharp tira, sans hésiter, sans argumenter.

Alors Jerry Peake sortit son arme et fit feu sur Sharp. La balle toucha le sous-directeur de la DSA à l'épaule.

Sharp avait peut-être deviné la trahison de son subalterne. Car il s'était à demi retourné à la seconde où Jerry tirait. Il riposta et Jerry sentit la balle traverser sa jambe, mais il fit feu simultanément une deuxième fois. En s'effondrant, il eut l'immense plaisir de voir la tête d'Anson Sharp exploser.

Rachael ôta la veste et la chemise du lieutenant Verdad et examina sa blessure.
– Je vais m'en tirer, lui dit-il. Ça fait salement mal, mais je vais m'en tirer.
Dans le lointain, ils entendirent l'appel lugubre des sirènes qui approchaient rapidement.
– Ça, c'est Reese, dit Verdad. Il a dû rameuter les flics du coin dès qu'il a quitté l'hôpital.
– Ça ne saigne pas trop, dit-elle.
– Mais oui, je vous l'ai dit, fit Verdad. Je ne veux pas mourir. Je veux vivre assez longtemps pour voir mon collègue épouser la dame en rose. (Il rit devant l'air perplexe de Rachael.) Ne vous en faites pas, madame. Je ne suis pas en train de perdre la tête.

Peake était étendu sur le dos, la tête appuyée sur l'oreiller plutôt dur que faisait l'écope de la piscine.
Avec un bout de sa chemise, Ben avait confectionné un garrot pour sa jambe. Il l'avait serré avec le pistolet abandonné d'Anson Sharp, qui s'était révélé l'outil approprié.
– Je ne crois pas que ce soit réellement utile, déclara-t-il à Peake comme les sirènes couvraient le bruit de la pluie, mais il vaut mieux, par précaution. Ça saigne pas mal, mais je crois qu'aucune artère n'a été touchée. Ça doit vous faire un mal de chien.
– C'est marrant, mais je n'ai pas mal du tout, dit Peake.
– C'est le choc.
– Mais non. (Peake secoua la tête.) Non, je ne crois pas. Vous savez ce que je pense ?
– Quoi donc ?

– Ce que je viens de faire, de descendre mon patron, ça va me rendre célèbre dans toute l'agence. Je n'avais pas compris cela jusqu'au moment où je l'ai tué. Les gens célèbres ne ressentent peut-être pas la douleur comme les autres...

Il sourit.

Ben répondit à son sourire.

– Calmez-vous. Essayez...

Mais Jerry Peake se mit à rire.

– Je ne délire pas, Shadway. Non, vraiment. Vous vous rendez compte ! Non seulement je vais devenir une célébrité, mais je peux rire ! Ce qui signifie peut-être que j'en suis digne. Je veux dire : peut-être que je vais réussir à me faire une réputation sans que ça me monte à la tête. Est-ce que ça n'est pas chouette ?

– Oui, très chouette, fit Ben.

La nuit s'emplissait du ululement des sirènes. Les voitures freinaient. Puis les sirènes moururent et des bruits de pas précipités se firent entendre.

Bientôt, tous les policiers leur poseraient des milliers de questions. Sur Las Vegas, Palm Springs, le lac Arrowhead, Santa Ana, Placentia...

Après cette épreuve, il y en aurait une autre : les médias. Rachael devrait donner ses impressions, expliquer ce qu'elle ressentait. Elle serait harcelée. Mais pour l'instant elle goûtait ces quelques moments de répit.

Julio Verdad et Jerry Peake venaient d'être emmenés en ambulance. Les policiers de Las Vegas montaient la garde auprès du cadavre de Sharp en attendant l'arrivée du coroner. Le lieutenant Hagerstrom le leur avait confirmé. Whitney Gavis avait été hospitalisé à temps et s'en sortirait. Il était ensuite reparti avec Julio Verdad.

Ben et Rachael se tenaient sous l'auvent de la promenade, serrés l'un contre l'autre sans échanger un mot. Puis ils prirent conscience qu'ils ne seraient plus seuls avant de longues heures et ils se mirent à parler en même temps.

– Je me demandais si...

Ben la dévisagea.

– Si quoi ? demanda doucement Rachael.

– Si tu te souvenais...

– Ah...

Instinctivement, elle avait compris ce qu'il voulait dire.

– Quand nous nous sommes arrêtés sur la route de Palm Springs, ajouta-t-il.

– Je me souviens.

– Je t'ai proposé...

– Oui.

– Le mariage.

– Oui.

– Je ne l'ai jamais proposé à personne.

– J'en suis ravie.

– Ce n'était pas très romantique, hein ?

– Mais tu as bien fait. Et l'offre tient toujours ?

– Oui. Est-ce qu'elle te tente encore ?

– Absolument, fit-elle.

Il l'attira contre lui.

Elle l'entoura de ses bras. Elle se sentait protégée, mais un frisson la parcourut.

– Ça ira, fit-il. C'est fini.

– Oui, c'est fini, fit-elle en posant sa tête contre sa poitrine. Nous irons dans le comté d'Orange, où c'est toujours l'été, et nous nous marierons, et je commencerai à collectionner les trains modèles réduits avec toi. Je crois que je pourrais arriver à m'y intéresser, tu ne penses pas ? Et nous écouterons des vieux disques de swing, nous regarderons des films anciens, sur ton scope VCR et nous essaierons d'être toujours heureux, non ?...

– Nous essaierons, dit-il doucement. Mais pas de cette façon. Pas en nous cachant du monde. Ensem-

ble, nous n'avons plus à nous cacher. Ensemble, nous aurons la force de nous montrer, tu ne crois pas ?
– Je ne le crois pas, dit-elle, je le sais.
La pluie n'était plus qu'un fin crachin. L'orage s'en allait vers l'est et la voix furieuse du vent s'était tue.

ÉPOUVANTE

Depuis deux siècles, le roman d'épouvante fascine des générations de lecteurs avides et terrifiés. Mary Shelley, Bram Stoker lui ont donné ses lettres de noblesse. Stephen King, Dean Koontz, Joe Lansdale, Brian Stableford et d'autres talentueux inventeurs de cauchemars ont régénéré ses thèmes.

Sous le signe du surréel, le genre est une véritable plongée dans des jardins secrets où fleurit l'horreur.

BARKER CLIVE
Livres de sang
- Livre de sang
2452/3
- Une course d'enfer
3690/4
- Confessions d'un linceul
3745/4

BLATTY WILLIAM P.
L'exorciste
630/4

CAMPBELL RAMSAY
Spirale de malchance
3711/8 Inédit

CLEGG DOUGLAS
La danse du bouc
3093/6 Inédit
Gestation
3333/5 Inédit
Neverland
3578/5

COLLINS NANCY A.
La volupté du sang
3025/4 Inédit
Internée dans un asile d'aliénés, Sonia Blue est en réalité un vampire. Lorsqu'elle parvient à s'échapper, c'est pour se venger de ceux qui ont cherché à la détruire.

COYNE JOHN
Fury
3245/5 Inédit

GARTON RAY
Tapineuses vampires
3498/3

GOWER DANIEL
Le Procédé Orphée
3851/7

HODGE BRIAN
La vie des ténèbres
3437/7 Inédit

JAMES PETER
Prophétie
3815/6 Inédit
Trois siècles après la mort de Lord Halkin, son esprit maléfique s'empare d'un jeune garçon pour accomplir son œuvre destructrice.

JETER K. W.
La source furieuse
3512/4

KAYE MARVIN
Lumière froide
1964/3

KOJA KATHE
Brèche vers l'enfer
3549/5
Décérébré
3650/4 Inédit
Corps outragés
3764/5 Inédit

KOONTZ DEAN R.
Spectres
1963/6 Inédit
Quelle force maléfique s'est abattue sur Snowfield ? Dès leur arrivée, Jenny et Lisa ont ressenti une impression étrange. Puis les cadavres s'accumulent... Un itinéraire sanglant dans une atmosphère terrifiante.

L'antre du tonnerre
1966/3
Le rideau des ténèbres
2057/5
Le visage de la peur
2166/4 Inédit
L'heure des chauves-souris
2263/6
Feux d'ombre
2537/7
Chasse à mort
2877/6
Les étrangers
3005/9
Les yeux foudroyés
3072/8
Il l'avait tué à coups de hache parce qu'il n'était pas assez fort pour l'achever à mains nues. Sans regrets ni remords, puisque c'était un de ces gobelins. Et maintenant, ils surgissaient de partout...

Le temps paralysé
3291/6
Midnight
3623/8
Une série de crimes inexpliqués, dans une ville américaine. L'enquête va révéler qu'un informaticien mégalomane a trouvé le moyen de faire muter la race humaine. Ses victimes deviennent alors des monstres incontrôlables...

ÉPOUVANTE

LANSDALE Joe. R
Les enfants du rasoir
3206/4 Inédit

LAWS Stephen
Darkfall
3735/5 Inédit

LEVIN Ira
Un bébé pour Rosemary
342/3

MATHESON Richard
La maison des damnés
612/4

McCAMMON Robert R.
Mary Terreur
3264/7 Inédit

MICHAELS Philip
Graal
2977/5

MONTELEONE Thomas
Fantasma
2937/4 Inédit
Lyrica
3147/5 Inédit

QUENOT Katherine E.
Blanc comme la nuit
3353/4

Peut-on oublier le jour où l'on a retrouvé le corps de sa petite fille décapité et calciné ? Dix-neuf ans plus tard, les cauchemars assaillent sans relâche Harley.

Rien que des sorcières
3872/7 (Février 95)

SAUL John
Punir les pécheurs
3951/6 Inédit (Juin 95)

SELTZER David
La malédiction
796/2 Inédit

SHELLEY Mary
Frankenstein
3567/3

Le plus célèbre des romans d'épouvante. Le Dr Frankenstein parvient à animer une créature reconstitué à l'aide de débris humains...

SIMMONS Dan
Le chant de Kali
2555/4

Des cadavres qui ressuscitent, une déesse dévoreuse d'âmes : il est des endroits maléfiques. Calcutta est de ceux-là.

SKIPP & SPECTOR
Décibels
3927/8 Inédit (Mai 95)

STABLEFORD Brian
Les loups-garous
de Londres
3422/7 Inédit

Menant une enquête en Egypte sur les phénomènes occultes, un homme et un enfant sont propulsés dans un univers de songes sataniques... les loups-garous se réveillent.

L'ange de la douleur
3801/7 Inédit

STOKER Bram
Dracula
3402/7

D'un château perdu dans les Carpates au port de Londres, Dracula, le comte vampire étend son ombre meurtrière sur toute l'Europe.

STRIEBER Whitley
Wolfen
1315/4
Les prédateurs
1419/4
Animalité
3587/6

WATKINS Graham
Sacrifices aztèques
3603/6

WHALEN Patrick
Les cadavres ressuscités
3476/6

X
*Histoires de sexe
et de sang*
- Histoires de sexe
  et de sang
3225/4
- Le choix ultime
3911/6 (Avril 95)

Science-Fiction

En 1970, J'ai lu crée la première collection de poche de Science-Fiction, mettant à la portée d'un très vaste public des chefs-d'œuvre méconnus.

Depuis 25 ans, J'ai lu révèle les nouveaux talents, qui seront les maîtres de demain : James Blaylock, David Brin, K. W. Jeter, Loïs McMaster Bujold, Paul Preuss, Tim Powers, Michael Swanwick...

ANDERSON Poul
La reine de l'air et des ténèbres
1268/3
Sur la planète Roland, loin de la Terre, la population se divise en deux groupes hétérogènes. Les scientifiques habitent des cités modernes, sur la côte, tandis qu'à l'intérieur des terres, des paysans superstitieux croient encore à la toute-puissance de la reine de l'Air et des Ténèbres et aux monstres voleurs d'enfants.

La patrouille du temps
1409/3

APRIL Jean-Pierre
Berlin-Bangkok
3419/4 Inédit
A Bangkok, la Babel du XXIe siècle, un scientifique allemand en mal d'épouse se fait piéger dans un gigantesque complot.

ASIMOV Isaac
1920-1992. Auteur majeur de la S-F américaine, Isaac Asimov est né en Russie. Naturalisé américain, il fait des études de chimie et de biologie, tout en écrivant des romans et des nouvelles qui deviendront des best-sellers. Avec les robots, il trouve son principal thème d'inspiration.

Les cavernes d'acier
404/4
Les cavernes d'acier sont les villes souterraines du futur, peuplées d'humains qui n'ont jamais vu le soleil. Dans cet univers infernal, un homme et un robot s'affrontent.

Les robots
453/3
Face aux feux du soleil
468/3
Sur la lointaine planète Solaria, les hommes n'acceptent plus de se rencontrer mais se «visionnent» par écran interposé. Dans ces conditions, comment un meurtre a-t-il pu être commis ?

Tyrann
484/3
Un défilé de robots
542/3
Cailloux dans le ciel
552/3
La voie martienne
870/3
Les robots de l'aube
1602/3 & 1603/3
Le voyage fantastique
1635/3
Les robots et l'empire
1996/4 & 1997/4
Espace vital
2055/3
Asimov parallèle
2277/4 Inédit

La cité des robots
- La cité des robots
2573/6 Inédit
- Cyborg
2875/6
- Refuge
2975/6

Robots et extra-terrestres
- Le renégat
3094/6 Inédit
Une nouvelle grande série sous la direction du créateur de l'univers des robots. Naufragé dans un monde sauvage peuplé de créatures-loups, Derec affronte un robot rebelle.

- L'intrus
3185/6 Inédit
Deuxième volet d'une série passionnante, par deux jeunes talents de la S-F parrainés par Asimov.

- Humanité
3290/6 Inédit

Robots temporels
- L'âge des dinosaures
3473/6 Inédit

La trilogie de Caliban
- Le robot de Caliban
3503/6
- Inferno
3799/5 Inédit
L'application des Nouvelles Lois de la robotique met en péril la sécurité des humains sur Inferno. L'avenir de la planète va se trouver compromis par un crime autrefois impensable.

AYERDHAL
L'histrion
3526/6 Inédit
Balade choréïale
3731/5 Inédit
Sur une planète lointaine, une terrienne et une non-humaine s'affrontent ou font alliance, en fonction des détours d'une politique subtile.

Sexomorphoses
3821/4 Inédit

Science-Fiction

BLISH James
Semailles humaines
752/3

BRIN David
Marée stellaire
1981/5 Inédit
Le facteur
2261/5 Inédit
Elévation
2552/5 & 2553/5

Les Galactiques décident de donner une leçon aux humains, mais Robert et Athaclena, la mutante, contre-attaquent.

BUTLER Octavia E.
La parabole du semeur
3948/6 Inédit (Juin 95)

CANAL Richard
Swap-Swap
2836/3 Inédit
Ombres blanches
3455/4 Inédit
Aube noire
3669/5
Le cimetière des papillons
3908/4 Inédit (Avril 95)

CARD Orson Scott
Abyss
2657/4
La stratégie Ender
3781/5
La voix des morts
3848/6 (Mai 95)

CHERRYH C.J.
Hestia
1183/3
Chasseurs de mondes
1280/4
Les adieux du soleil
1354/3
Les seigneurs de l'Hydre
1420/4 Inédit
L'opéra de l'espace
1563/3 Inédit (Mai 95)
Chanur
1475/4 Inédit
L'épopée de Chanur
2104/4 Inédit
La vengeance de Chanur
2289/4 Inédit
Le retour de Chanur
2609/7 Inédit
L'héritage de Chanur
3648/8 Inédit
La pierre de rêve
1738/3
L'œuf du coucou
2307/3
Cyteen
2935/6 & 2936/6 Inédit
Forteresse des étoiles
3330/7 (Mars 95)
Temps fort
3417/7 Inédit
Les feux d'Azeroth
3800/4 Inédit
La porte de l'exil
3871/8 Inédit (Février 95)

CLARKE Arthur C.

Né en 1917 en Angleterre, Arthur C. Clarke vit depuis de nombreuses années à Ceylan. Cet ancien président de l'Association interplanétaire anglaise, également membre distingué de l'Académie astronautique, a écrit une cinquantaine d'ouvrages, dont certains sont devenus des classiques de la Science-Fiction.

2001 : l'odyssée de l'espace
349/2

Quelque part, du côté d'un satellite de Saturne, une source inconnue émet des radiations d'une extraordinaire puissance. Une mission secrète va entraîner Explorateur I et son équipage aux confins du cosmos, leur permettant de percer le mystère des origines de la vie.

2010 : odyssée deux
1721/4
2061 : odyssée trois
3075/3
Les enfants d'Icare
799/3
Avant l'Eden
830/4
Terre, planète impériale
904/4
L'étoile
966/3
Rendez-vous avec Rama
1047/3
Rama II
3204/7 Inédit (avec Gentry Lee)
Les jardins de Rama
3619/6 Inédit (avec Gentry Lee)
Rama révélé
3850/8 Inédit (avec Gentry Lee)

Suite et fin du cycle de *Rama*. Arthur Clarke livre ici une explication exhaustive et surprenante de la création de l'univers.

Les fontaines du Paradis
1304/4
Les chants de la terre lointaine
2262/4

Base Vénus
Lorsqu'elle reprend conscience, Sparta s'aperçoit que trois ans de son existence ont totalement disparu de sa mémoire. Plus troublant encore : elle se découvre d'étranges pouvoirs. Comme si son corps et ses perceptions avaient été reconfigurés... A la recherche de son passé, Sparta rejoint alors l'orbite de Vénus.

- Point de rupture
2668/4 Inédit
- Maelström
2679/4 Inédit
- Cache-cache
3006/4 Inédit
- Méduse
3224/4 Inédit
- La lune de diamant
3350/4 Inédit
- Les lumineux
3379/4 Inédit
Le fantôme venu des profondeurs
3511/4 Inédit
La Terre est un berceau
3565/7 (avec Gentry Lee)

Science-Fiction

CURVAL Philippe
La face cachée du désir
3024/3

DARTEVELLE Alain
Imago
3601/4

DEVLIN Dean
Stargate
3870/6 Inédit (Février 95)

DICK Philip K.
Loterie solaire
547/2
Dr Bloodmoney
563/4
Le maître du Haut Château
567/4 (Mars 95)

En 1947, les Alliés capitulent. Hitler impose sa tyrannie à l'est des Etats-Unis, les Japonais s'emparent de l'ouest. Cependant une étrange rumeur circule : un homme vivant dans un Haut Château a écrit un livre racontant la victoire des Alliés en 1945.

L'homme doré
1291/3
Le message de Frolix 8
1708/3 (Mai 95)
Blade Runner
1768/3

Un Blade Runner, c'est un tueur chargé d'éliminer les androïdes qui s'infiltrent sur Terre...

Le dieu venu du Centaure
1379/3

DICK & NELSON
A rebrousse-temps
613/3
Les clans de la lune alphane
879/3
Les machines à illusions
1067/3

FARMER Philip José
Les amants étrangers
537/3
L'univers à l'envers
581/3
Des rapports étranges
712/3
Le soleil obscur
1257/4

FOSTER Alan Dean
Alien
1115/3

Le Nostromo vogue vers la Terre, encore lointaine, lorsque le Cerveau Central réveille l'équipage en hibernation. Il a capté un appel de détresse, en provenance d'un astéroïde mystérieux. Trois navigateurs se portent volontaires. Mais lorsque le Nostromo reprend sa route, il emmène un nouveau passager. La mort a pénétré dans l'astronef.

AlienS
2105/4
Alien 3
3294/4

GIBSON William
Neuromancien
2325/4
Comte Zéro
2483/4
Mona Lisa s'éclate
2735/4 Inédit
Gravé sur chrome
2940/3
Lumière virtuelle
3891/6 (Mars 95)

San Francisco, en 2005. Un monde pas très différent du nôtre, rongé par la drogue, le sida et la corruption. Chevette y est coursière à vélo. Lorsqu'elle pique ce qu'elle croit être de simples lunettes de soleil dans la poche d'un autre coursier, elle ne se doute pas des ennuis qu'elle va s'attirer...

GODWIN Parke
En attendant le bus galactique
2938/4 Inédit

HABER Karen
Super-mutant
3187/4 Inédit
L'étoile des mutants
3475/5 Inédit
L'héritage du mutant
3813/4 Inédit

HALDEMAN Joe
La guerre éternelle
1769/3 (Mars 95)
Immortalité à vendre
3097/5 Inédit

HAMILTON Edmond
Les rois des étoiles
432/4
Le retour aux étoiles
490/4

HARRISON Harry
Le rat en acier inox
3242/3
Le rat en acier inox se venge
3546/3

HEINLEIN Robert A.
Une porte sur l'été
510/3
Etoiles, garde à vous
562/4 (Mars 95)
Double étoile
589/2
Vendredi
1782/5

Un cerveau d'ordinateur, un corps surentraîné et la beauté en plus : telle est Vendredi. L'agent idéal en ce monde futur. Mais Vendredi, la non-humaine, est hantée par des souvenirs tragiques. Aurait-elle une âme ?

Au-delà du crépuscule
2591/7 Inédit

HERBERT Frank
La ruche d'Hellstrom
1139/5

Science-Fiction

JETER K. W.
Horizon vertical
2798/4 Inédit
Arrimé à sa Norton, Ny arpente les flancs d'un monde vertical, en quête d'un contrat avec un gang de guerriers ou d'une séquence vidéo qu'il pourra vendre à Info-Express. Mais le chasseur d'images devient bientôt gibier.

Madlands
3309/3 Inédit

JONES RAYMOND F.
Renaissance
957/4

KESSEL JOHN
Bonnes nouvelles de l'espace
3744/8 Inédit

KEYES DANIEL
Des fleurs pour Algernon
427/3

KUBE McDOWELL & McQUAY
Exilé
3689/7 Inédit

LEE TANITH
Cyrion
1649/4
Tuer les morts
2194/3
Terre de lierre
2469/3

LEIGH STEPHEN
Dinosaures de Ray Bradbury
- Le cri du tyrannosaure
3307/4 Inédit
- La planète des dinosaures
3763/4 Inédit

LEINSTER MURRAY
La planète oubliée
1184/2

LEOURIER CHRISTIAN
La terre de promesse
3709/3
Une étrange visite dans un monde parallèle, l'Irgendwo. Mais s'agit-il d'une réalité ou d'un autre niveau virtuel créé par les rêves des Lanmeuriens ?

LEVIN IRA
Un bonheur insoutenable
434/4
Les femmes de Stepford
649/2

MacBRIDE ALLEN ROGER
L'homme modulaire
3782/5 Inédit
Voir à ASIMOV pour la
Trilogie de Caliban

McMASTER BUJOLD LOIS
Miles Vorkosigan
3288/5 Inédit
Cordelia Vorkosigan
3687/5 Inédit
Cordelia, officier de la force expéditionnaire Beta, succombe au charme de son pire ennemi, Lord Aral Vorkosigan. Au terme d'une guerre acharnée, Cordelia accepta de l'épouser. De cette union, naquit Miles Vorkosigan...

Barrayar
3454/6 Inédit
L'esprit de l'anneau profane
3762/6 Inédit
Un clone encombrant
3925/5 Inédit (Mai 95)

MOORE CATHERINE L.
Shambleau
415/4
La nuit du jugement
700/3

MORROW JAMES
En remorquant Jéhovah
3910/6 Inédit (Avril 95)

NIVEN LARRY
L'anneau-Monde
3527/5
Les ingénieurs de
l'Anneau-Monde
3893/6 (Mars 95)

NOLAN & JOHNSON
L'âge de cristal
3129/3

PADGETT LEWIS
L'échiquier fabuleux
689/2

PELOT PIERRE
Delirium circus
773/3

POHL FREDERIK
La Grande Porte
1691/4 (Mars 95)
Les pilotes
de la Grande Porte
1814/4 (Mai 95)
Rendez-vous
à la Grande Porte
2087/4 Inédit (Mai 95)
Les Annales des Heechees
2632/4 Inédit (Mai 95)
A travers la Grande Porte
3332/4 Inédit (Mai 95)

POWERS TIM
Les voies d'Anubis
2011/5
Sur des mers plus ignorées...
2371/4
Le Palais du Déviant
2610/4
Le poids de son regard
2874/6
Poker d'âmes
3602/9
A Las Vegas, Scott Crane se livre à un jeu étrange, dont les règles s'inspirent à la fois du poker et des tarots. Mais ici, ce sont des corps et des âmes qu'il s'agit d'échanger.

Science-Fiction

RAYER Francis G.
Le lendemain de la machine
424/4

RODDENBERRY Gene
Star Trek
1071/3

SILVERBERG Robert
L'homme dans le labyrinthe
495/4
Les ailes de la nuit
585/3
Jeu cruel
800/3
Les chants de l'été
1392/3
Le chemin de l'espace
1434/4
Le château de Lord Valentin
2656/8
Opération Pendule
3059/3 Inédit
La saison des mutants
3021/5 (Avec Karen Haber)
Tom O'Bedlam
3111/5

Le XXII* siècle a accouché d'un monde sans espoir, marqué par la terrible guerre des poussières. Tous ceux qui approchent Tom le vagabond commencent à être, à leur tour, visités par ses merveilleux rêves : le Monde vert, la planète des Neuf Soleils, la Sphère de lumière.

Thèbes aux cent portes
3227/4

SIMAK Clifford D.
Demain les chiens
373/3
Dans le torrent des siècles
500/4
Chaîne autour du soleil
814/3
Au carrefour des étoiles
847/3
Une chasse dangereuse
903/4
Les visiteurs
1194/3

Projet Vatican XVII
1367/4
Le chemin de l'éternité
2432/4 Inédit
L'empire des esprits
3926/3 (Mai 95)

SIMPSON Pamela
Du sang sur la piste temporelle
3145/5 Inédit

SPIELBERG Steven
Rencontres du troisième type
947/3

Un soir, dans l'Indiana, toutes les lumières s'éteignent brusquement. Et dans sa voiture, l'ingénieur Roy Neary voit s'approcher un engin aux phares lumineux qui survole la route, tandis que l'atmosphère s'emplit d'une étrange mélodie...

E.T. l'extra-terrestre
1378/3

Abandonné sur la Terre, cette planète étrange et hostile à trois millions d'années-lumière de chez lui, E.T. trouve refuge auprès d'Elliott, un petit garçon avec qui il établit une complicité télépathique.
L'un des plus grands succès mondiaux du cinéma.

E.T. la planète verte
1980/3

STABLEFORD Brian
Le bord du monde
3380/2

STURGEON Theodore
Les plus qu'humains
355/3
Cristal qui songe
369/3
Killdozer/Le viol cosmique
407/4
Les talents de Xanadu
829/4
Le cœur désintégré
3074/3

SWANWICK Michael
Stations des profondeurs
3436/5 Inédit

VANCE Jack
Cycle de Tschaï
De la lointaine planète Tschaï parvient un signal de détresse. Adam Reith est chargé d'en découvrir l'origine. Capturé par les Hommes-Emblèmes, il découvre des êtres étranges, issus du croisement d'hommes et d'entités extra-terrestres.

- Le Chasch
721/3
- Le Wankh
722/3
- Le Dirdir
723/3
- Le Pnume
724/3

Alastor
Alastor est une constellation dont le diamètre spatial est de trente années lumière. Elle comporte trente mille mondes et cinq trillions d'habitants. Alastor n'a qu'un chef, le Connatic, mais chaque planète poursuit son expérience autonome et le cycle ne parle pas de l'exploration du temps...

- Marune : Alastor 933
1435/2
- Trullion : Alastor 2262
1476/3
- Wyst : Alastor 1716
1516/3

TEPPER Sheri S.
Un monde de femmes
2907/5 Inédit
Rituel de chasse
3244/7 Inédit

Science-Fiction

VAN VOGT A.E.
Le monde des Ā
362/3
En arrivant à la machine des jeux, Gilbert Gosseyn a un nom, une femme, un métier... Après son entrevue avec l'Ordinateur, il a perdu son identité, n'a jamais vu sa femme et se retouve sur Vénus, enjeu de partisans et d'adversaires d'une philosophie non aristotélicienne.
Un livre culte.

Les joueurs du Ā
397/3
La fin du Ā
1601/3 Inédit
A la poursuite des Slans
381/2
La faune de l'espace
392/3
L'empire de l'atome
418/3
Le sorcier de Linn
419/3
Les armureries d'Isher
439/3
Les fabricants d'armes
440/3
Le livre de Ptath
463/4 (Mai 95)
La guerre contre le Rull
475/4
Destination univers
496/4
Ténèbres sur Diamonda
515/3
Créateur d'univers
529/3
Des lendemains qui scintillent
588/3
Invasion galactique
813/3
Le Silkie
855/3
L'horloge temporelle
934/2
Rencontre cosmique
975/3 (Mai 95)

L'été indien d'une paire de lunettes
1057/2
Les monstres
1082/2
A la conquête de Kiber
1813/2
Au-delà du village enchanté
2150/4

VINGE JOAN D.
Finismonde
1863/3
Cat le Psion
3114/7 Inédit
Les yeux d'ambre
3205/4
Sur son synthétiseur, Shannon jouait la symphonie d'un langage totalement étranger. Et à un milliard et demi de kilomètres, T'uupiech la tueuse lui répondait, dans les vents d'ammoniac, les pluies de polymère et les cendres sulfureuses de Titan... Cinq nouvelles où se mêlent la poésie et la cruauté, le rêve et le cauchemar.

La Reine des Neiges
1707/6
Après cent cinquante ans de règne, la belle Arienrhod, la Reine des Neiges et de l'Hiver, ne se lasse pas du pouvoir. Et pourtant, voici que vient le temps de l'Eté et des Etésiens. Alors Arienrhod recourt à de secrets clonages pour se réincarner.

La Reine de l'Eté
3405/6, 3406/6 & 3407/6
Egalement en coffret FJ 6660
Le changement est venu. L'Eté suit l'Hiver. Dans la Salle des Vents, Moon Marchalaube, la nouvelle Reine de l'Eté, attend son peuple. Moon est une sibylle, elle est allée en Extramonde. Mais les Etésiens ne voient en elle qu'un clone d'Arienrhod, l'ancienne Reine des Neiges.

WILLIAMS WALTER JON
Aristoï
3869/8 Inédit (Février 95)

WILLIAMSON JACK
La légion de l'espace
3262/3

WILLIS CONNIE
Les veilleurs du feu
2339/4 Inédit
Le Grand Livre
3761/10 Inédit
En 2054, une jeune historienne recourt à un transmetteur temporel pour étudier une période qu'aucun de ses contemporains n'a encore visitée : le Moyen-Age.
Prix Hugo 1993.

WILSON ROBERT CHARLES
Mysterium
3949/5 Inédit (Juin 95)

WINTREBERT JOELLE
Les maîtres-feu
1408/3
Chromoville
1576/3 Inédit

WOLFE GENE
Le sortilège de Castleview
3165/5
Le livre du Long Soleil
- Côté nuit
3708/5
Dans un vaisseau spatial fendant la nuit d'un futur éloigné, un homme tente de sauvegarder les valeurs de la civilisation, compromises par les puissances d'argent.

- Côté lac
3924/5 Inédit (Mai 95)
L'épopée d'Organsin, affronté aux forces du mal. Menacé de mille périls, parviendra-t-il à sauver le temple de la destruction ?

ZELAZNY ROGER
L'île des morts
509/2
Une rose pour l'Ecclésiaste
1126/3

Achevé d'imprimer en Europe (France)
par Brodard et Taupin à La Flèche (Sarthe)
le 13 février 1995. 1317L-5
Dépôt légal février 1995. ISBN 2-277-22537-1
1er dépôt légal dans la collection : janvier 1989
Éditions J'ai lu
27, rue Cassette, 75006 Paris
Diffusion France et étranger : Flammarion